PENNY VINCENZI

Die Zeit der Erbin

GOLDMANN
Lesen erleben

Penny Vincenzi

Die Zeit der Erbin

Roman

Aus dem Englischen
von Karin Dufner

GOLDMANN

Die englische Originalausgabe erschien 1997 unter dem Titel
»Windfall« bei Orion, London.

Dieses Buch ist auch als E-Book erhältlich.

MIX
Papier aus verantwortungsvollen Quellen
FSC® C014496
FSC
www.fsc.org

Verlagsgruppe Random House FSC® N001967

1. Auflage
Neuausgabe Dezember 2019

Die vorliegende Ausgabe ist eine Neuübersetzung
des erstmals 2002 unter dem Titel
»Leonoras Vermächtnis« auf Deutsch erschienenen Romans.
Umschlaggestaltung: UNO Werbeagentur, München
Umschlagmotiv: Lee Avison/Trevillion Images
Redaktion: Ann-Catherine Geuder
KS · Herstellung: kw
Satz: Uhl + Massopust, Aalen
Druck und Bindung: GGP Media GmbH, Pößneck
Printed in Germany
ISBN: 978-3-442-48992-3
www.goldmann-verlag.de

Besuchen Sie den Goldmann Verlag im Netz

Für Emily und Claudia, in Liebe.
Und in Dankbarkeit für alles, insbesondere
ihre Anregungen beim Kaffee …

Die Hauptfiguren

Die Familie Tallow und ihr Haushalt

Dr. Cassia Tallow
Dr. Edward Tallow, Allgemeinmediziner, ihr Ehemann
Bertie, *William* und *Delia*, ihre Kinder
Peggy, Köchin und Haushälterin, *Mrs Briggs*, Zugehfrau, *Janet Fraser*, Kindermädchen
Maureen Johnson, Edwards Assistenzärztin
Duncan Berridge, Cassias Vater

Andere

Leonora Lady Beatty (verstorben), Cassias Taufpatin
Sir Richard Beatty, ihr Exmann, und seine zweite Frau *Margaret*
Mr Brewster, Leonoras Anwalt
Rollo Gresham, ehemaliger Liebhaber von Leonora
Miss Monkton, frühere Gesellschafterin von Leonora
Benedict Harrington, Leonoras Bruder
Cecily, seine Ehefrau, und *Fanny*, *Stephanie* und *Laurence*, ihre Kinder
Nanny Hawkins, Kindermädchen der Harringtons
Ada Forbes, Cecilys Mutter
Dominic Foster, Architekt und Freund von Benedict, und seine Frau *Nicola*
Harry Moreton, Immobilienentwickler und Cousin zweiten Grades von Leonora, und *Edwina*, seine Frau, Kolumnistin beim *Style*-Magazin
Sir Marcus und *Lady Sylvia Fox-Ashley*, Edwinas Eltern
Justin Everard, Fotograf bei *Style*
Francis Stevenson-Cook, Herausgeber von *Style*
Rupert Cameron, Schauspieler und Jugendfreund von Cassia
Eleanor Studely, seine Bühnenpartnerin
Monica Gerard, Gynäkologin

KAPITEL 1

Juni 1935

Cassia Tallow schrubbte gerade die Altarstufen, als sie erfuhr, dass sie eine halbe Million Pfund geerbt hatte. Später dachte sie oft, die Angelegenheit hätte so sehr aus einem Märchenbuch stammen können, dass sie ein Omen sein musste. Wäre sie einer ihrer üblichen Alltagsbeschäftigungen nachgegangen – die Kinder baden, den Garten pflegen, am Kopf der Tafel sitzen, den Terminkalender der Frauenvereinigung sichten oder eines der Hunderte von Telefonaten entgegennehmen, die jede Woche eintrafen, um ihren Mann an irgendein Krankenbett zu rufen –, hätte die Geschichte wohl nicht so einen Eindruck hinterlassen. Doch der Widerspruch zwischen diesen beiden Ereignissen, sie auf den Knien Steinstufen scheuernd, ach herrje, und zu hören, dass sie mit einem Mal unglaublich reich geworden war, war wirklich äußerst spannend und eines wahren Dramas würdig.

Natürlich war es nicht ganz so dramatisch verlaufen, wie sie es später in Erinnerung hatte. Edward war einfach mit Mr Brewster, dem Anwalt ihrer Taufpatin, in der Kirche erschienen, der ziemlich aufgelöst war, weil er sie mit seiner wichtigen Nachricht nicht zu Hause angetroffen hatte. Sie war tatsächlich mit ihm verabredet gewesen, hatte es allerdings vergessen. Und nun hatte Edward, wie immer verärgert über ihre Schusseligkeit, Mr Brewster zu ihr begleitet.

»Mr Brewster sagte, es sei von äußerster Wichtigkeit, dass er persönlich mit dir spricht und dir auch das Testament zeigt. Er ist den ganzen Weg aus London hergekommen. Ich finde deine Gedankenlosigkeit ziemlich bedauerlich«, tadelte Edward.

Cassia entschuldigte sich und setzte sich mit beiden Männern auf die Kirchenveranda. Mr Brewster war ein ungewöhnlich langweiliges Sinnbild von einem Anwalt, bekleidet mit einem dunkelgrauen Anzug, einer dunkelgrauen Krawatte und einer schwarzen Melone und mit einer recht mitgenommenen Aktentasche bewaffnet. Obwohl seine Stimme ebenso langweilig, monoton und leicht nasal klang, lauschte Cassia aufmerksam, als er ihr die bedeutendste Passage des Testaments vorlas und sie ihr ausführlich erklärte. Nachdem er fertig war, sie die bahnbrechenden Worte gehört hatte, erwiderte sie, sie habe alles verstanden. Ob sie sofort etwas unternehmen müsse, was er verneinte. Also fragte sie, ob es ihn störe, wenn sie die Treppe zu Ende putzte. Mr Brewster, der sich offenbar schon lange nicht mehr vom Verhalten seiner Mitmenschen, ganz gleich wie exzentrisch, aus der Ruhe bringen ließ, entgegnete, selbstverständlich nicht. Doch Edward folgte ihr den Mittelgang entlang und baute sich neben ihr auf, als sie erneut den Lappen auswrang.

»Du hast schon verstanden, was er dir gerade mitgeteilt hat, oder?«, sagte Edward. Cassia kauerte auf den Fersen und betrachtete ihn. »Ich meine den Betrag. Hast du richtig zugehört?«

»Ja. Ja natürlich. Danke.«

»Gut. Ich war nämlich nicht sicher. Deine Reaktion erscheint mir ein wenig … seltsam.«

»Tut mir leid, Edward. Was hast du denn von mir erwartet?«

Sie lächelte ihn an. »Dass ich laut zu singen anfange oder vielleicht ein inniges Dankesgebet spreche?«

»Nein, natürlich nicht. Aber du wirkst so ruhig. Ich, nun, ich muss zugeben, dass ich mich nicht sehr ruhig fühle.«

»Entschuldige«, antwortete Cassia, obwohl sie nicht sicher war, wofür sie sich entschuldigte.

»Außerdem solltest du meiner Ansicht nach mit nach Hause kommen.«

»Warum die Eile? Ich sollte das hier erst noch fertig machen. Wirklich. Könntest du mit Mr Brewster nach Hause gehen und Peggy bitten, ihm einen Tee zu kochen? Ich bin gleich da.«

Edward starrte sie an, förderte sein Taschentuch zutage und putzte sich die Nase. Das tat er immer, wenn er nicht wusste, wie er sich verhalten sollte. »Cassia«, setzte er an, »ich frage mich wirklich, ob du dir dessen bewusst bist …«

»Edward, ich bin mir dessen bewusst. Vielen Dank. Ich habe eine halbe Million Pfund geerbt. Von meiner Patin. Aber das Geld läuft nicht weg, und Mrs Venables wird außer sich sein, wenn ich das hier nicht fertig mache. Morgen findet eine Hochzeit statt. Da Mr Brewster ohnehin schon einen weiten Weg hinter sich hat, hat er sicher nichts dagegen, noch etwa zehn Minuten zu warten.«

»Ja.« Edward musterte sie, als sei er nicht ganz sicher, wen er vor sich hatte, was im Moment sogar zutraf. »Ja, in Ordnung.« Er drehte sich um und kehrte rasch auf die Veranda zurück. Sie hörte ihn mit Mr Brewster sprechen. Dann verklangen ihre Schritte langsam auf dem Weg.

Cassia wrang den Lappen aus und wischte sorgfältig die Stufen ab, um bloß keine Schlieren zu hinterlassen. Anschließend brachte sie das schmutzige Wasser in die Sakristei und goss es ins Waschbecken.

Es war ein wunderschöner Tag, ein passend schöner Tag, dachte sie, als sie nach Hause schlenderte. Ihr nächster Gedanke lautete, wie albern es war zu erwarten, dass das Wetter mit dieser ungewöhnlichen Nachricht übereinstimmte. Hätte unjahreszeitgemäß Schmuddelwetter mit Regen und Wind geherrscht – oder vielleicht doch jahreszeitgemäß, denn sie hatten Juni und waren in England –, hätte das möglicherweise auch gepasst, denn dann hätte sie vorschlagen können, an einen sonnigen und warmen Ort zu verreisen. Zum Beispiel nach Südfrankreich. Das wäre sogar noch besser gewesen.

Cassia fragte sich, warum sie sich nicht merkwürdiger fühlte. Ob sie unter Schock stand – das stellte doch die eigenartigsten Dinge mit Menschen an, oder? Als sie in der Notaufnahme gearbeitet hatte, hatte sie Menschen mit abgetrennten Fingern oder Zehen gesehen, die ruhig auf den Arzt warteten oder mit ihrem Sitznachbarn über das Wetter plauderten. Andererseits hatte sie nicht den Eindruck, unter Schock zu stehen. Sie glaubte auch nicht, dass es sich bei der Nachricht um die Unwahrheit oder einen Irrtum handelte.

Mit was ließ sich ihr Zustand wohl vergleichen? Als sie erfuhr, dass sie mit überdurchschnittlich guten Noten ihr Abschlussexamen bestanden hatte? Nein, denn das hatte sie ihrem Fleiß und ihrer Klugheit zu verdanken. Als Edward sie gebeten hatte, ihn zu heiraten? Oder besser, als er ihrem Vater verkündet hatte, sie werde ihn heiraten? Nein, denn diese Situation hatte sich um einiges komplizierter dargestellt. Bei Berties Geburt? Oder sogar bei Williams? Nein, das war das pure, rauschhafte Glück gewesen, ganz anders als diese ruhige, gelassene Schicksalsergebenheit.

Vielleicht, als man ihr gesagt hatte, Delia sei ein Mädchen. Ein nettes, stilles kleines Mädchen, hatte sie gedacht, das sie durch die Glasscheibe anlächelte. Ein Unterschied zu den ungezogenen, lauten, geliebten kleinen Jungen. Ein Gefühl der schlichten, unkomplizierten Freude (natürlich ohne zu ahnen, dass Delia die Ungebärdigste von allen werden würde). Das kam der Sache schon ein wenig näher. Aber war es nicht falsch, die Geburt einer langersehnten Tochter in einem Atemzug mit einer großen Geldsumme zu nennen?

Cassia gab es auf. Es überstieg ihren Erfahrungsschatz – wie sollte es auch anders sein? Eigentlich empfand sie gar nichts, überhaupt nichts. Noch nicht.

Von St. Mary's zu ihrem Haus war es ein hübscher Spaziergang. Es hieß Monks Ridge House, weil es auf einer Anhöhe über dem Dorf Monks Heath stand. Von hier oben hatte man einen Blick auf das kleine Tal, den gewundenen Fluss, die eng gedrängten Häuser rings um einen Dorfanger, wie aus dem Bilderbuch, und die Kirche dahinter. Gedrungen, aus Backstein und im frühen viktorianischen Stil erbaut, war es ein klassisches ländliches Haus in West Sussex mit einem sehr dunklen Schieferdach und einem ungewöhnlich hübschen Oberlicht über der Tür. Ganz gleich wie müde Cassia auch war, wie erschöpft von ihrer Unfähigkeit, die perfekte Arztgattin zu spielen, oder wie ärgerlich und besorgt wegen ihrer unartigen Kinder – wenn sie um die letzte Straßenecke bot und Monks Ridge sah, wurde ihr sofort wohler ums Herz. Es war, als würde man von einem Freund erwartet, der weder kritisierte noch forderte, sondern sich einfach über ihren Anblick freute. Da ansonsten alle nur Forderungen an sie stellten, empfand sie das Haus als ganz besonders beruhigend.

Cassia hatte sich auf Anhieb in das Haus verliebt. Edward hatte noch andere besichtigen wollen, doch sie hatte gewusst, dass das hier ihr Haus war. Wer hier einzieht, schien es zu sagen, wird nie in Schwierigkeiten geraten. Und das stimmte auch. Es war warm im Winter, kühl im Sommer, die Rohre froren nie ein, die Kaminfeuer brannten wunderbar, die Zimmer waren weder zu groß noch zu klein, und der Garten war freundlich und pflegeleicht.

Seitlich gab es einen großen Anbau, im letzten Regierungsjahr der alten Königin hinzugefügt und nicht sehr schön, der sich hervorragend als Praxis für Edward eignete. Außerdem hinten einen kleinen Wintergarten mit schwarz-weiß gefliestem Boden und Bogenfenstern, wo es Cassia gelungen war, eine Rankpflanze zu züchten. Wenn sie in Sommernächten nicht schlafen konnte (normalerweise, weil sie versuchte, ein schreiendes Baby zu beruhigen), saß sie dort in ihrem Schaukelstuhl und betrachtete die Sterne.

Cassia hatte die Sterne schon immer geliebt. Es war eine ihrer frühesten Erinnerungen: wie sie nachts an der Hand ihres Vaters im Garten stand, während er ihr das Sternenbild zeigte, nach dem sie benannt war. Obwohl sie es nie geschafft hatte, die Umrisse einer Dame zu sehen, die mit ausgestreckten Armen auf einem Stuhl saß, hatte sie, um ihm eine Freude zu machen, doch so getan, als ob. Außerdem gefiel ihr die Geschichte von Cassiopeia, die in den Himmel geschickt worden war, weil sie mit der Schönheit ihrer Tochter Andromeda geprahlt hatte.

Cassia hing an dem Wintergarten, der als ihr Zimmer galt, obwohl Edward sich beschwerte, er verursache Heizkosten und verschwende Platz. Das mit den Heizkosten konnte sie ja noch nachvollziehen, aber sein zweiter Einwand war eindeutig Unsinn, da sich dahinter mindestens ein halber Hektar Garten erstreckte – eine Wiese mit Büschen und Obstbäumen, die sanft zum Tal hin abfiel.

Seltsam (oder von Bedeutung, dachte sie), dass sie Edward nun mit Mr Brewster ausgerechnet im Wintergarten antraf.

»Hallo. Entschuldigen Sie die Verspätung. Kümmert Peggy sich um den Tee?«

»Ja. Und ich sollte mich jetzt wirklich auf den Weg machen. Viele Patienten heute Nachmittag. Kommst du allein zurecht?«, fragte Edward.

»Ja selbstverständlich. Wir kommen zurecht, oder, Mr Brewster? Vermutlich gibt es nicht viel zu regeln. Sie können mir sicher noch einiges mehr erzählen, und ich höre Ihnen einfach zu.«

Als Edward ging, erschien Peggy mit dem Teetablett. Sie wirkte nervös. Fremde im Haus brachten sie immer aus dem Konzept und ängstigten sie. »Danke, Peggy. Mr Brewster, möchten Sie ein Stück Kuchen?«

»Das wäre wunderbar, danke.«

Der Kuchen war ganz und gar nicht wunderbar, weil Cassia ihn selbst gebacken hatte. Er war in der Mitte eingesackt, und die Glasur war an den Seiten heruntergelaufen. Aber Mr Brewster verspeiste ihn, ohne mit der Wimper zu zucken, und nahm sogar ein zweites Stück.

»Also, dann sollten wir das noch einmal durchgehen. Damit Sie auch wirklich alles verstehen.«

»Ja, ich würde es mir gern gründlich ansehen. Hat sonst noch jemand geerbt?«

»Nur ein paar kleine Vermächtnisse an Dienstboten und so weiter. Offenbar hielt Lady Beatty Sie für die würdigste Erbin.«

»Ja. Doch das war ich gewiss nicht.«

»Tja, anscheinend vertrat sie in dieser Angelegenheit einen festen Standpunkt. Und da sie keine Kinder hatte und von Sir Richard getrennt war …«

»Weiß er Bescheid?«

»Noch nicht. Ich werde ihn höflichkeitshalber informieren, da sie viele Jahre lang verheiratet waren.«

»Ja. Ich habe ihm geschrieben, als Leonora – Lady Beatty – starb«, erwiderte Cassia.

»Vermutlich wurden Sie von ihrem Bruder von ihrem Tod in Kenntnis gesetzt?«

»Ja. Genauer genommen von der Frau ihres Bruders, Cecily Harrington. Wir sind recht eng in Kontakt geblieben. Und sie wurden alle nicht in dem Testament bedacht?«

»Nur ein kleines Armband für das älteste Kind. Hier, lesen Sie selbst.«

»O ja, Fanny. Ein liebes kleines Mädchen. Nun, inzwischen nicht mehr so klein. Sie ist fast zehn. Entschuldigen Sie, Mr Brewster, das interessiert Sie sicher nicht.«

Mr Brewster lächelte sie an. »Zum Glück finde ich die Familien meiner Mitmenschen unbeschreiblich faszinierend.«

Cassia starrte auf das Testament. *Hiermit mache ich von meinem Recht Gebrauch, die Erlöse aus dem Maple Trust meiner Patentochter Cassiopeia Blanche Tallow …*

»Da steht nicht, um wie viel Geld es geht«, sagte Cassia.

»Nein. Das Geld wurde von Treuhändern investiert, weshalb man zum Zeitpunkt der Testamentserrichtung nicht sagen konnte, wie viel der Fonds wert sein würde. Inzwischen sind es etwas über fünfhunderttausend Pfund, fünfhunderttausendundelf, um genau zu sein.«

»Du liebe Güte«, antwortete Cassia. »Geld wächst und wächst.«

»Ja, wenn man es richtig anlegt. Natürlich kann es auch an Wert verlieren.«

»Warum hat sie es mir nicht einfach vermacht? Wieso der Treuhandfonds?«

Mr Brewster räusperte sich. »Meiner Ansicht nach war Lady Beatty ein wenig … extravagant. Sie hat mir erklärt, es sei das Beste, das Geld für Sie in einem Fonds anzulegen.«

»Nun ja, das ist sicher richtig. Ich verstehe. Und die Harringtons wissen auch nichts davon?«

»Nein. Ich habe Ihre Patin auf ihre Bitte hin im letzten März in Paris aufgesucht, um das Testament zu erstellen. Sie sind die Einzige, die Einblick nehmen darf. Und Ihr Mann natürlich.«

»Das war in der Wohnung in Passy, oder?«

»In der Tat. Eine sehr schöne Wohnung, muss ich sagen.«

»Ja, das habe ich auch gehört. Also war sie damals schwer krank?«

»Sie schien nicht bei bester Gesundheit zu sein«, erwiderte Mr Brewster. »Doch sie wurde eindeutig gut versorgt.«

»War sie allein?«

»Ja, ich hatte den Eindruck, dass sie recht allein war. Abgesehen vom Personal in der Wohnung selbstverständlich. Soweit mir bekannt ist, hatte sie auch eine Pflegerin, die im Haus wohnte.«

»Ich verstehe.« Zumindest hatte Leonora ihre letzten Tage in angenehmer Atmosphäre verbracht. Cassia hatte sich das gefragt und ihre Befürchtungen gehabt. »Und was geschieht jetzt, Mr Brewster?«

»Da gibt es gewisse Formalitäten. Sie haben noch keinen Zugriff auf das Geld. Als Testamentsvollstrecker muss ich noch eine Testamentseröffnung beantragen. Doch Sie brauchen sich deshalb keine Sorgen zu machen. Oh, und außerdem hat Ihre Patin einen Brief an Sie bei mir hinterlegt.«

Cassia nahm den ein wenig abgewetzten Umschlag von ihm entgegen und öffnete ihn vorsichtig. Es war ein seltsames Gefühl, so als sei Leonora plötzlich ins Zimmer getreten und hielte ihn ihr hin. Ihre extravagante Schrift zu lesen, die sich geneigt über das dicke cremefarbene Papier erstreckte, war, als hörte sie ihre raue Stimme mit dem leicht belustigten Unterton.

Mein geliebtes Zuckererbschen … Oh, dieser alberne Spitzname! Und plötzlich war sie wieder auf der Terrasse des Ritz, zwölf Jahre alt und an der Hand von Benedict …

Cassia war wegen des Friedensmarsches nach London gekommen. Auf Einladung von Leonora, ihrer reichen und glamourösen Patin. Damals war sie Leonora erst einige Male begegnet und hatte sie seit drei Jahren nicht gesehen. Erfüllt von Vorfreude und Nervosität zugleich stand sie in der Euston Station auf dem Bahnsteig und versuchte, Leonora inmitten der Menschenmassen zu entdecken, die alle wegen dieses wichtigen Nationalfeiertags nach London geströmt waren.

Nach einer gefühlten Ewigkeit erschien Benedict Harrington, Leonoras Bruder, der sich charmant für die Verspätung entschuldigte. »Leonora war verhindert, der Himmel weiß, warum. Sie hat mich angerufen und gebeten, dich abzuholen. Ich bin so schnell ich konnte aufgebrochen, doch du hast sicher lange gewartet. Das tut mir wirklich leid.«

Benedict war hochgewachsen und schlank und hatte goldblondes Haar und recht ungewöhnliche braune Augen. Sehr attraktiv, dachte Cassia, und mit seinem taubengrauen Anzug und den butterweichen Lederschuhen wunderschön gekleidet. Sie lächelte ihn an und versicherte, es sei überhaupt kein Problem gewesen. Er erwiderte, in diesem Fall müsse sie ungewöhnlich mutig sein. Er in ihrem Alter hätte ganz allein in London Todesängste ausgestanden. Er hatte Anweisung, sie zu Leonora ins Hotel Ritz zu bringen, wo sie mit einigen Freunden Tee trank. »Sie fand, das würde dir mehr Spaß machen, als zu Hause zu bleiben.«

Cassia antwortete höflich, das sei sicher ein Spaß, obwohl ihre Schüchternheit bei diesen Worten spürbar zunahm und sie viel lieber zu Hause bei Leonora Tee getrunken hätte.

Auf der Fahrt durch die rot, weiß und blau geschmückten

Straßen Londons holte Benedict mit leicht zitternder Hand ein goldenes Zigarettenetui heraus und rauchte den ganzen Weg bis zum Ritz. Dabei wies er sie auf die Sehenswürdigkeiten hin, an denen sie vorbeikamen. Sie fragte sich, warum er wohl so nervös war, und kam zu dem Schluss, dass es an dem morgigen Marsch liegen müsste, denn sie wusste, dass er sein Regiment anführen würde. Aber nervös oder nicht, sie mochte ihn sehr. Als das Taxi anhielt, half er ihr beim Aussteigen wie einer Erwachsenen, nahm ihren schäbigen braunen Lederkoffer und führte sie durch die Drehtür ins Ritz.

Drinnen verharrte Cassia und schnappte laut nach Luft. So etwas hatte sie noch nie gesehen. Die unendlich hohe Decke, die vergoldeten Stühle, die Kronleuchter und die vielen unbeschreiblich eleganten Menschen.

»Hier entlang«, sagte Benedict. »Ach, da ist sie ja, schau.« Lächelnd und mit ausgebreiteten Armen kam Leonora auf sie zu.

»Mein Schatz!« Sie begrüßte Cassia mit einem Kuss. »Wie wundervoll, dass du hier bist. Komm mit.« Sie begleitete sie einige Stufen hinauf auf eine breite Terrasse voller Tische und großer Palmen zu einem Tisch, wo einige andere Damen saßen. Sie waren wundervoll gekleidet, wie Cassia fand, und trugen pastellfarbene Nachmittagskleider und kunstvoll verzierte Hüte. Leonoras Kleid bestand aus aprikosenfarbener Seide, und ihr Hut war ein Wunderwerk aus Rosen und Federn. Allerdings fielen Cassia vor allem die Strümpfe der Frauen auf, denn sie waren nicht schwarz oder dunkelbraun, sondern zartbeige. Noch nie waren ihr solche Strümpfe untergekommen. Sie hatte nicht einmal gewusst, dass es so etwas gab.

Als sie den Tisch erreichten, legte Leonora den Arm um sie und schaute auf sie hinunter. Sie war hochgewachsen wie ihr

Bruder und hatte wie er goldblondes Haar und braune Augen. »Wie hübsch du bist«, sagte sie. »Und sehr groß für dein Alter. Wie soll ich dich nennen? Cassiopeia ist ein bisschen lang.«

»Die meisten Leute nennen mich Cassia«, antwortete Cassia lächelnd. »Aber …«

»Ich tue nicht gern dasselbe wie die meisten Leute. Cassia klingt für mich ziemlich langweilig. Ich nenne dich … einen Moment … Zuckererbschen. Was hältst du davon? Du siehst nämlich aus wie ihre Blüten, gekräuselt, bunt und zart. Alles herhören! Ich möchte euch meine Patentochter Cassiopeia Berridge vorstellen, doch wir werden sie Zuckererbschen nennen. Benedict, mein Schatz, setz dich und trink einen Schluck Tee mit uns.«

»Nein, Leonora, danke. Ich muss los. Ich habe heute noch eine Menge zu erledigen.«

»Wie du meinst. Zuckererbschen, nimm dort drüben Platz, Schätzchen. Neben der Dame in Gelb.«

Benedict lächelte Cassia zu und beugte sich kurz über ihre Hand.

»Tschüss«, sagte er. »Bis morgen nach dem Marsch.«

»Auf Wiedersehen«, antwortete sie. »Und morgen viel Glück.«

»So ein schöner Mann, dein Bruder«, seufzte eine der Damen.

»Noch immer nicht verlobt?«, fragte eine andere.

»Nein, noch nicht«, erwiderte Leonora rasch. »So, Zuckererbschen, jetzt trinkst du erst mal eine Tasse Tee. Möchtest du ein Stück Kuchen oder ein Sandwich?«

Dann kramte Leonora zu Cassias absolutem Entsetzen in ihrer kleinen Handtasche, förderte ein hübsches Zigarettenetui zutage und holte eine Zigarette heraus. Als der Kellner auf sie zueilte, war Cassia sicher, er würde sie anweisen, die Zigarette wegzustecken. Vielleicht würde er sie sogar des Lokals verweisen. Es war ja allgemein bekannt, dass Rauchen in der Öffentlichkeit das Allerschlimmste war, was eine Dame sich erlauben konnte. Allerdings tat er nichts dergleichen, sondern zückte ein Streichholzheftchen und zündete Leonoras Zigarette an.

In einer Ecke der Terrasse spielte ein Pianist »If You Were the Only Girl in the World«. Cassia saß da, lauschte, beobachtete, wie die Damen in ihren hellen Strümpfen Zigaretten rauchten, und wusste, dass sie eine fremde und absolut wundervolle Welt betreten hatte.

Cassia riss sich von ihren Erinnerungen los und zwang sich, sich auf den Brief zu konzentrieren.

Mein geliebtes Zuckererbschen,
wenn Du das liest, werde ich nicht mehr bei Dir sein.
Eine üble Sache, die ich da habe, und die Ärzte sagen, dass es keine Hoffnung mehr gibt. Ich kann nur noch hoffen, dass es schnell ausgestanden ist.
Du sollst das Geld bekommen. Gib es nicht klug aus – Gott behüte –, sondern gut. Mach damit, was Du willst, selbst das, was ich getan hätte, obwohl das vermutlich Verschwendung wäre. Aber habe Spaß damit. Jede Menge Spaß. Du warst mein Lieblingskind, das, was ich nie hatte. Ich habe Dich schrecklich vermisst, mehr als jeden anderen, seit ich aus England fort bin. Dir beim Aufwachsen zuzusehen, Dich bei uns wohnen zu haben, Dich bei Hofe vorzustellen, alle diese Dinge haben mich sehr glücklich gemacht. Das hier ist Dein Dankeschön.
Gott segne Dich, mein Liebling.
Alles Liebe, Leonora

Der Brief verschwamm ihr vor den Augen, als sie ihn wieder und wieder las.

»Fehlt Ihnen etwas, Mrs Tallow?« Mr Brewsters Tonfall war besorgt.

»Nein, nein, alles in Ordnung«, erwiderte sie und kramte nach ihrem Taschentuch, um sich die Augen abzutupfen. »Den Brief zu lesen war ein kleiner Schock. Es war, als wäre sie wieder zum Leben erwacht. Ich habe sie sehr geliebt.«

»Natürlich. Sie war doch eine Freundin Ihrer Mutter.«

»Ja. Sie war viel jünger als meine Mutter, aber ihre Mütter waren eng befreundet. Meine Mutter hat mit Leonora gespielt wie mit einer Puppe. Sie hat sie im Puppenwagen herumgeschoben, sie getragen, sie angezogen, sie gebadet. Leonora hat sie vergöttert.« Obwohl sie sich beim besten Willen nicht vorstellen konnte, dass Mr Brewster das interessierte, wollte sie es ihm erklären. Es erschien ihr wichtig, Leonora einen Platz in ihrem Leben zu geben. »Bis zum Ende waren sie Freundinnen. Nun, bis meine Mutter starb. Auch wenn sie ein sehr verschiedenes Leben führten. Leonora war zweimal verheiratet, beide Male mit steinreichen Männern in London, Mutter hingegen mit einem sehr bescheiden bezahlten Bibliothekar in Leeds.

Während meines Medizinstudiums habe ich bei Leonora und Sir Richard gewohnt. Sie hat mich bei Hofe vorgestellt, oh, es war eine wundervolle Zeit. Aber zum ersten Mal war ich 1919 beim Friedensmarsch bei ihr. Sie hat mich eingeladen. Ich dachte, ich sei im Wunderland. Schließlich war ich ein kleines Mädchen aus der Provinz, nicht sehr weltgewandt, erst zwölf Jahre alt. Und plötzlich war ich in diesem prächtigen Haus mit Dienstboten und lernte ausgefallene, schillernde Menschen kennen. Noch Tee, Mr Brewster?«

»Ja bitte. Sprechen Sie weiter. Erzählen Sie mir vom Friedensmarsch. Mein Vater hat daran teilgenommen, doch ich selbst habe ihn nicht gesehen.«

»Oh, er war sensationell. Ein Jammer, dass Sie ihn verpasst haben. Ich habe gerufen und gerufen, bis ich stockheiser war. Er dauerte stundenlang. All der Lärm, die Farben und die Eindrücke. Natürlich ist der König mitmarschiert. Und die Prinzen und sämtliche Honoratioren. Haig, Admiral Beatty, Sir Roger Keyes, Field Marshal Smuts, die Old Contemptibles, viele Kapellen und Pferde und große Gruppen von Männern. Alle sind die Whitehall hinuntermarschiert, vorbei am vorübergehenden Kriegerdenkmal, und haben vor ihm und den ruhmreichen Gefallenen salutiert. Und ich dachte, wie jeder an diesem Tag, dass es wirklich das Nächstbeste neben dem Leben ist, für sein Vaterland zu sterben. Ich habe in diesem Krieg drei Onkel verloren, und nur wegen dieses Tages glaubte ich, dass es die Sache wert gewesen sei. Natürlich war es das nicht …«

»Mein Vater hat beide Beine verloren«, sagte Mr Brewster leise. »Zu seinem und unser aller Glück verfügte er über eine kleine private Rente. Aber viele dieser bedauernswerten Opfer mussten sich die nächsten zehn oder fünfzehn Jahre mit dem Verkauf von Streichhölzern durchschlagen. Eine Schande ist das.«

Nach einer kurzen Pause lächelte er Cassia wieder an. »Doch es nützt nichts zu jammern, oder? Ich darf Ihre Zeit nicht länger in Anspruch nehmen.«

»Ich bin es, die Ihre Zeit in Anspruch nimmt, Mr Brewster. Es tut mir leid. Mir erschien es nur passend, über Leonora und jene Zeiten zu reden.«

»Natürlich.« Er tätschelte ihre Hand. Cassia fand, dass er ein wirklich netter Mann war. Gar kein Langweiler, wie sie zunächst vermutet hatte.

»Falls Sie noch Fragen haben sollten, nur zu. Sobald Ihnen das Geld uneingeschränkt zur Verfügung steht, gebe ich Ihnen Bescheid. Ansonsten muss ich jetzt zurück nach London. Ob ich ein Taxi anrufen könnte, das mich zum Bahnhof bringt?«

»Ja, bitte tun Sie das. Es tut mir leid, dass ich Sie nicht fahren kann, aber Edward braucht das Auto für seine Hausbesuche.«

»Selbstverständlich. Ein Taxi wäre famos.« Sein Lächeln wurde plötzlich verschwörerisch. »Sie könnten ja in Erwägung ziehen, sich ein kleines Auto anzuschaffen. Nur ein Vorschlag, natürlich.«

»Du meine Güte«, erwiderte Cassia. »Ja, vielleicht tue ich das. Wir werden sehen. Ich gehe rasch und rufe an.«

Als sie im Flur stand und darauf wartete, dass das Taxiunternehmen sich meldete, dachte sie, wie unbeschreiblich merkwürdig es sein würde, etwas nur für sich allein zu kaufen. Ohne Edward zu fragen und endlose Debatten mit ihm führen zu müssen.

Eine angenehme Vorstellung.

Als Mr Brewster fort war, begann Cassia, die Küche aufzuräumen. Sie verabscheute das, genauso wie jede andere Art von Hausarbeit, doch sie wusste, dass es erledigt werden musste. Eigentlich war Monks Ridge viel zu groß, als dass sie das Haus nur mit Peggys nicht sehr tatkräftiger Unterstützung hätte in Ordnung halten können. Insbesondere mit drei kleinen Kindern. »Wie kommst du nur ohne Nanny zurecht, Cassia? Unvorstellbar«, hatte Cecily einmal gesagt. Cassia hatte recht schnippisch entgegnet, sie käme genauso zurecht wie alle, die sich keine leisten konnten.

Sie schaute auf die Uhr. Fast zwei. Delia schlief schon viel zu lange. Jetzt würde sie heute Nacht kein Auge mehr zutun und noch öfter schreien als sonst. Sie würde sie wecken und vielleicht einen Spaziergang mit ihr unternehmen müssen. Vielleicht eine gute Idee, weil sie dann nachdenken konnte. Bertie würde erst um vier aus der Vorschule zurückkommen, und William konnte im Pfarrhaus mit Bone spielen. Also hatten sie und Delia den Nachmittag für sich. Wenn die Jungen nicht da waren, benahm Delia sich stets viel besser.

Sie ging Peggy suchen, die gerade Edwards Hemden bügelte. Peggy hatte Spaß daran, obwohl das Ergebnis bei Weitem nicht so gut war wie bei Mrs Briggs, der Zugehfrau. Doch sie kam sich dabei wichtig vor.

»Peggy«, sagte Cassia, »das können Sie lassen. Mir wäre es viel lieber, wenn Sie mit dem Abendessen anfangen würden. Ich dachte, es könnte Fischpastete geben, und ich habe keine Zeit, sie zu machen. Ich muss William abholen und …«

»Schon gut, Mrs Tallow, ich kann beides erledigen.« Lächelnd schob Peggy sich das strähnige aschblonde Haar aus dem Gesicht. »Ich weiß, dass der Doktor es mit seinen Hemden sehr genau nimmt.«

»Äh ja, richtig, aber …«

»Keine Sorge, Mrs Tallow. Ist alles in Ordnung? Dieser Mann hatte doch nicht etwa schlechte Nachrichten für Sie?«

»Nein, Peggy. Nur eine … Familienangelegenheit.«

Langsam ging Cassia die Treppe hinauf ins Kinderzimmer. Delia schlief noch tief und fest. Sie reckte ihren kleinen Po in die Luft und hatte den Daumen in ihrem rosenknospenähnlichen Mund stecken. Die blonden Locken klebten ihr feucht am Kopf. Sie war so reizend, wenn sie schlief, weshalb es ein Jammer war, sie zu wecken. Doch es musste sein. Absichtlich lautstark schlenderte Cassia im Zimmer auf und ab und summte dabei vor sich hin. Delia regte und bewegte sich, öffnete die großen dunkelblauen Augen – die Augen ihrer Mutter – und fing prompt an zu greinen.

»Liebling!«, sagte Cassia bemüht fröhlich. »Hallo. Magst du kuscheln?«

Delia schüttelte den Kopf, drängte sich tiefer in die Ecke und weinte noch lauter.

»Komm. Zeit zum Aufstehen. Ich dachte, wir gehen spazieren.« Wieder ein Kopfschütteln.

»Nun, ich gehe spazieren.« Cassia versuchte, die in ihr aufsteigende Gereiztheit niederzukämpfen. »Und du musst mitkommen. Vielleicht sehen wir im Wald ja ein Kaninchen.«

Cassia trug Delia nach unten, gab ihr etwas zu trinken und schnallte sie in den zerschrammten Kinderwagen, der auf der Veranda stand. Sie wies Peggy an, sämtliche Telefonate ordentlich zu notieren, und rief Buffy, einen ausgesprochen gemütlichen Basset. Dann marschierte sie die Straße entlang und dachte über Leonora nach. Dabei sang sie aus voller Kehle »One Man Went to Mow«, um Delias Geheule zu übertönen. Sie fühlte sich nicht unbedingt wie die Besitzerin von einer halben Million Pfund.

Cassia war achtundzwanzig. Sie war eher eine aparte Schönheit als im konventionellen Sinne hübsch und hatte dichtes weizenblondes Haar, sehr dunkelblaue Augen und sinnliche volle Lippen, die sich an den Mundwinkeln nach oben bogen. Sie war schlank und ziemlich hochgewachsen – einsfünfundsiebzig –, eine Eigenschaft, die ihrer Ansicht nach ihre Persönlichkeit stark geprägt hatte, denn die Leute hatten sie von Anfang an stets älter geschätzt.

Geboren war sie 1907, genau neun Monate nach der Hochzeit ihrer Eltern. Duncan Berridge und Blanche Hampton hatten sich anlässlich eines überzogenen Bibliotheksbuchs leidenschaftlich ineinander verliebt und schon achtzehn Monate später geheiratet. Es war eine Liebe, die niemals in irgendeiner Form nachließ. Die beiden vergötterten und bewunderten einander. Und das trotz der Unkenrufe von Blanches Vater, der die Ansicht vertrat, die einzige Tochter eines wohlhabenden Anwalts hätte es besser treffen können als mit jemandem, den er beharrlich als Büroangestellten bezeichnete. Doch da Blanche ein ziemlich ernster Mensch war und nicht über die Fähigkeit verfügte, eine größere Anzahl von Verehrern anzuziehen, und da er ihr auch keine große Mitgift bieten konnte, stimmte er zu, als Duncan um ihre Hand anhielt.

So ernst Blanche auch sein mochte – sie besaß eine ungewöhnliche Form von Schönheit. Ihr dichtes dunkles Haar trug sie aus ihrem blassen ovalen Gesicht zurückgekämmt; ihre auffälligen dunkelblauen Augen hatte sie an ihre Tochter weitergegeben. Früher unterdrückt von ihren vier Brüdern und einer herrschsüchtigen Mutter blühte sie in ihrer glücklichen Ehe auf und wurde nicht nur eine zuverlässige Gattin und tüchtige Hausfrau, sondern auch eine Verfechterin der Frauenrechte. Cassia erinnerte sich aus ihrer Kindheit daran, dass ihre Mutter ihrem Vater aus der Zeitung Artikel über die Suffragetten und ihre Kämpfe vorlas und ihrer Unterstützung für sie Ausdruck verlieh, eine Haltung, die er, sehr ungewöhnlich für einen Mann seiner Generation, teilte.

Dass Cassia so bald nach der Hochzeit geboren worden war, hatte Duncan und Blanche auf eine große Familie hoffen lassen. Doch auch viele Jahre später waren noch immer keine weiteren Babys gefolgt. Das hatte große Auswirkungen auf Cassia. Die Abwesenheit von Brüdern führte bei ihr zu der Auffassung, dass das männliche Geschlecht ihr in keinerlei Hinsicht überlegen war. Und dass sie nicht um die Zuneigung ihrer Eltern kämpfen musste, verlieh ihr ein heiteres Selbstbewusstsein. Ihre Eltern waren zwar stolz auf sie, verwöhnten sie jedoch nicht. Außerdem verbrachte sie viel Zeit in ihrer Gesellschaft und war deshalb sehr reif für ihr Alter.

Anfangs besuchte sie ein Internat. Das kam 1916 bei einem kleinen Mädchen ziemlich selten vor, und es war in gewisser Hinsicht Cassias Pech, dass ihre Eltern, die sie beide innig liebten, ihr unbedingt eine gute Schulbildung angedeihen lassen wollten. Ihr Vater hatte wegen des Todes seines eigenen Vaters mit vierzehn von der Schule abgehen müssen. Er war zwar belesen und musikalisch und trat häufig am Klavier und an der Klarinette auf, besaß jedoch keine Berufsausbildung und fühlte sich deshalb in der Gesellschaft derer, die eine hatten, schmerzhaft benachteiligt. Blanche, der man nur wegen ihres Geschlechts als einzigem Familienmitglied eine ordentliche Schulbildung verweigert hatte, wollte ihrer Tochter diese deshalb nicht vorenthalten. Als Cassia neun war und sich in der Umgebung keine gute Oberschule auftreiben ließ, fand man eine Lösung in Form eines kleinen, fünfzig Kilometer entfernten Internats. Einige Jahrzehnte später wäre sie täglich von sich abwechselnden Eltern zur Schule und wieder nach Hause gefahren worden. Doch 1916 besaßen nur die Reichen ein Auto, weshalb Internatsgebühren von zwanzig Pfund pro Halbjahr erschwinglicher erschienen.

Und so wurde Cassia Schülerin in Hammond House, einem recht abweisenden viktorianischen Haus am Stadtrand von Leeds, wo es von zum Großteil freundlichen und fröhlichen kleinen Mädchen wimmelte. Miss Hammond, die Direktorin, war eine aufgeklärte und warmherzige Frau, die ihre Ausbildung unter der wundervollen Ägide von Miss Beale und Miss Buss am Cheltenham Ladies' College durchlaufen hatte. Sie vertrat leidenschaftlich die Auffassung, dass Mädchen nicht nur so klug waren wie Jungen, sondern auch ebenso viel Erfolg im Beruf haben konnten wie diese. Tatsächlich besuchten viele ihrer Schülerinnen, unter ihnen Cassia, anschließend die renommierte Leeds Girls' High. Sie liebte ihre Schülerinnen, wollte, dass sie glücklich waren, und veranstaltete jeden Sonntagnachmittag in ihrem Büro Teepartys. Die Kinder saßen auf dem Boden vor dem Kaminfeuer, rösteten Teekuchen an langen Gabeln, tranken heiße Schokolade und durften mit ihr reden, worüber sie wollten. In Cassias Fall war es ihre felsenfeste Entschlossenheit, Ärztin zu werden.

Als Cassia zehn war, hatte Blanche sich freiwillig als Schwesternhelferin gemeldet und arbeitete in einem Krankenhaus in der Nähe von Finchfield. Davon hatte sie schon immer geträumt, auch wenn sie nie zugegeben hätte, dass sie Kaiser Wilhelm für diese Gelegenheit dankbar war, denn das wäre unpatriotisch gewesen. Allerdings war sie so glücklich wie nie, wenn sie sich frühmorgens für den fünf Kilometer langen Weg aufs Fahrrad schwang und spätabends mit schmerzendem Rücken und pochenden Beinen zurückkehrte, um Duncan von den manchmal aufmunternden, jedoch meist grauenhaften Ereignissen des Tages zu berichten. Blanche stellte fest, dass sie nicht sonderlich zimperlich war und ein echtes Talent für ihren neuen Beruf besaß. Sie konnte Verbände wechseln, ängstliche Patienten beruhigen, zwischen dem echten Bedürfnis nach einem Schmerzmittel und einer ungehaltenen Forderung danach unterscheiden und die Verschlechterung eines Zustands besser vorhersagen als viele erfahrenere und voll ausgebildete Schwestern. Sie sah Dinge, die sie entsetzten, und hörte welche, die ihr das Herz brachen. Doch im Großen und Ganzen fühlte sie sich zum ersten Mal im Leben ausgefüllt.

Der Krieg war in Cassias Bewusstsein noch nicht richtig präsent. Natürlich wusste sie, dass einer tobte. Jeden Tag und sonntags in der Kirche beteten sie für ein glückliches Ende und das Wohlergehen der Männer an der Front. Immer wieder wurde ein Mädchen aus dem Unterricht in Miss Hammonds Büro gerufen und kehrte weinend zurück, weil ein Bruder, ein Onkel oder, noch grauenhafter, ein Vater getötet oder verletzt worden war.

Cassia war unbeschreiblich dankbar, dass ihr Vater nicht gesund genug war, um nach Frankreich zu müssen. Außerdem war sie froh, dass er recht alt wirkte. Das hieß nämlich, dass man ihm auf der Straße keine weiße Feder für seine Feigheit überreichen würde, eine Demütigung, die vielen Männern in der Stadt widerfahren war.

Eines Nachmittags, in den Sommerferien 1917, fragte Blanche Cassia, ob sie nicht zu einem der Konzerte im Krankenhaus kommen und den Männern etwas vorsingen wolle. »Die Armen. Einige von ihnen haben nicht viel, für das es sich zu leben lohnt, und diese Konzerte heitern sie so auf. Ich habe die Oberschwester um Erlaubnis gebeten, und sie ist sehr erfreut. Dein Vater wird dich begleiten.«

Cassia war auch sehr erfreut. Sie hatte eine hübsche Singstimme und war schon bei einigen Konzerten im Hammond House aufgetreten. Sie übte einige beliebte Kriegslieder wie »It's a Long Way to Tipperary« und »Pack Up Your Troubles in Your Old Kit Bag« und einige romantische Weisen wie »If You Were the Only Girl in the World« und »Daisy, Daisy«.

Blanche sagte Cassia, sie solle ihr neues weißes Musselinkleid, weiße Strümpfe und weiße Schuhe anziehen und sich eine weiße Schleife in ihr goldblondes Haar binden. Die drei brachen in dem Wagen der Gutsherrin auf, den einer von Blanches Brüdern ihnen, zusammen mit einem trägen Pony, für die Kriegszeit zur Verfügung gestellt hatte.

Das Konzert sollte am frühen Abend stattfinden. Cassia, die noch nie im Krankenhaus gewesen war, wurde plötzlich nervös, als sie vor dessen hohen, abweisenden Mauern hielten. Auf dem Gelände wimmelte es von Männern. Einige saßen im Rollstuhl, andere hatten die Augen verbunden, und manche hinkten an Stöcken oder Krücken umher. Alle trugen die dunkelblauen Flanelluniformen der Verwundeten. Die meisten lächelten beim Anblick des Wagens und seiner Insassen, und viele winkten Blanche zu, die sie erkannten. Andere jedoch rührten sich nicht und starrten mit bleichen, eingefallenen Gesichtern ins Leere. Cassia wusste, dass sie an einer Kriegsneurose litten. Blanche hatte ihr erklärt, die Betroffenen seien kaum noch anwesend oder hätten sich völlig in eine grausige und gespenstische Welt zurückgezogen, die kaum noch mit der Wirklichkeit zu tun habe. »Man hofft, dass sie bei guter Pflege und durch die Liebe ihrer Familien mit der Zeit in ein richtiges Leben zurückkehren und sich selbst wiederfinden werden. Doch bis es so weit ist, stehen die Armen furchtbare Qualen durch.«

Noch mehr erschreckten Cassia die Männer, die mit zwei amputierten Beinen im Rollstuhl saßen. Und es erstaunte sie, dass zwei der Blinden ausgelassen lachten. Ihr erschien es nahezu unmöglich, dass jemand, der so viel leiden musste, jemals wieder lächeln, geschweige denn lachen konnte. Sie wäre lieber gestorben. Dennoch erwiderte sie das Lächeln, winkte allen zu und folgte ihrer Mutter zu einigen, um sie zu begrüßen und ihnen die Hand zu schütteln. »Gott segne sie«, hörte sie einige Male. Und »hübscher kleiner Engel«. Ihre Nervosität verflog, und als sie beim Konzert schließlich an der Reihe war, hatte sie große Freude daran, auf der Bühne zu stehen und ihre Lieder zu singen. Als alle jubelten und »Zugabe« riefen, lächelte Duncan und stimmte »Are There Any More At Home Like You?« an. Die Zuhörer applaudierten, noch ehe sie den ersten Ton gesungen hatte, und sie hatte zum ersten Mal im Leben das Gefühl, etwas wirklich Nützliches getan zu haben.

Anschließend ließ Blanche Cassia in Duncans Obhut zurück, während sie mit der Oberschwester den Dienstplan des nächsten Tages besprach. Sie standen auf dem Flur und warteten, als sie aus einem kleinen Nebenzimmer ein schreckliches Stöhnen hörten. Fast gegen ihren Willen fühlte Cassia sich davon angezogen, stürmte hin und riss die Tür auf.

Ein Mann lag in einem Bett mit Bettgitter und litt eindeutig Schmerzen. Er wand sich und warf den Kopf hin und her wie ein Pferd. Seine Augen waren verbunden, und sein Atem rasselte. Doch als er die Tür hörte, wandte er sich Cassia zu. »Bitte«, flehte er. »Bitte, ich ertrage das nicht mehr. Bitte, bei Gott, helfen Sie mir.«

Cassia musterte ihn kurz. »Moment«, sagte sie. »Ich bin gleich wieder da, versprochen.« Als sie sich umdrehte, stieß sie mit ihrer Mutter zusammen, die in der Tür stand.

»Mama, Mama«, rief Cassia, packte ihre Mutter an den Händen und zog sie ins Zimmer. »Du musst etwas für diesen armen Mann tun. Er hat große Schmerzen. Bitte, bitte, gib ihm etwas dagegen.«

»Cassia, das kann ich nicht«, entgegnete Blanche. »Dafür bin ich nicht zuständig.«

»Du bist doch Krankenschwester! Du musst einfach. Bitte, hör doch nur, wie er schreit!«

Der Mann stieß eine grausige Mischung aus Stöhnen und Schluchzen aus und flehte wieder um Hilfe.

Inzwischen weinte Cassia bitterlich. »Was ist los? Warum hilfst du ihm nicht?«

»Cassia, er hat eine Gasvergiftung. Das ist eine schlimme Sache. Er wurde gerade erst eingeliefert …«

»Und jetzt ist er hier, und du musst ihm helfen. Dazu ist ein Krankenhaus doch da.«

Blanche studierte die Krankenakte am Fußende des Bettes, zog Cassia aus dem Zimmer und schloss die Tür. Da der Mann mittlerweile lauter schrie, konnte man ihn noch deutlich hören.

»Mama, bitte. Du bist grausam. Es ist entsetzlich. Wieso tust du nichts …«

»Cassia, pass auf. Ich darf nicht entscheiden, welche Medikamente er bekommt. Das können nur die Ärzte. Sie wissen es am besten, und sie haben beschlossen, dass er bis zum Morgen nichts mehr haben kann.«

Cassia starrte sie einen Moment an und versuchte, nicht auf die schrecklichen Schmerzensschreie des Mannes zu achten. Dann machte sie kehrt und marschierte zielstrebig auf ihren Vater zu, der sich mit der Oberschwester unterhielt. Diese war eine hochgewachsene, Respekt einflößende Frau und mit ihrem dunkelroten Haar und dem langen, schlanken Hals eine Schönheit. »Oh, Cassia, du hast wundervoll gesungen. Gerade habe ich zu deinem Vater gesagt, wie sehr sich die Männer sicherlich gefreut haben …«

»Bitte«, erwiderte Cassia, »bitte helfen Sie dem Mann da drin.« Sie zeigte auf die Tür. »Er hat solche Schmerzen, und meine Mutter sagt …« Sie verstummte, und Tränen der Angst tropften ihr von den Wimpern.

»Ja? Was sagt deine Mutter denn?«

»Dass nur die Ärzte entscheiden können, welche Medikamente er bekommt.«

»Das ist richtig. Erst vor etwa einer Stunde war ein Arzt bei ihm und hat ihm verschrieben, was er braucht. Es wurde verabreicht, und jetzt geht es ihm schon viel besser.«

Cassia starrte sie an. »Es geht ihm überhaupt nicht besser. Er leidet entsetzlich, und das wissen Sie genau!«

»Cassia!«, tadelte Blanche.

»Cassia.« Die Oberschwester kniete sich hin und nahm ihre

Hand. »Mir ist klar, wie das auf dich wirken muss. Und es liegt nicht daran, dass ich nicht helfen will. Ich kann nicht. Wir tun alles Menschenmögliche für den armen Mann. Ich bedauere, dass du ihn gesehen hast.«

»Es spielt keine Rolle, dass ich ihn gesehen habe«, entgegnete Cassia und riss sich los. »Nur, dass er solche Schmerzen hat. Sie können ihm doch sicherlich etwas mehr geben. Bestimmt hat der Arzt sich geirrt und nicht bemerkt, in welchem Zustand er ist. Ich finde, Sie sollten ihm erklären …« Wieder wischte sie sich die Tränen weg.

»Ich fürchte, so funktioniert das hier nicht«, antwortete die Oberschwester. Inzwischen wirkte sie nicht mehr so nachsichtig. »Wir ziehen alle an einem Strang, und es steht uns nicht zu, die Entscheidungen der Ärzte infrage zu stellen.«

»Dann sollten Sie das aber tun«, beharrte Cassia.

»Cassia, sei sofort still!«, rügte Blanche.

»Cassia«, erwiderte die Oberschwester, »du bist offenbar ein sehr gütiger und mitfühlender Mensch. Ich bewundere deinen Mut wirklich, aber du verstehst die Situation nicht ganz. Vielleicht kommst du eines Tages zurück und lernst es. Und setzt deinen Mut und dein Mitgefühl für einen guten Zweck ein. Als Krankenschwester.«

Cassia sah sie an. »Nein«, entgegnete sie. »Nicht als Krankenschwester. Ich will nicht Krankenschwester werden, sondern die Möglichkeit haben, selbst zu entscheiden. Ich werde Ärztin.«

Nur dass sie es trotz dieses Schlüsselerlebnisses, ihrer Hartnäckigkeit, ihres Ehrgeizes und eines Spitzenabschlusses an einer der angesehensten medizinischen Fakultäten des Landes in diesem Beruf nicht weiter gebracht hatte als bis zur unbezahlten Sekretärin ihres Mannes. Sie gab Schwangeren und jungen Frauen, die vor Kurzem entbunden hatten, inoffizielle Ratschläge, mischte Hustensaft an und bandagierte hin und wieder ein Knie, dessen Besitzer jammernd in der Praxis saß. Und das tat weh. Es tat jeden Tag so unbeschreiblich weh.

KAPITEL 2

Diese Fischpastete ist ausgezeichnet, Peggy.« Edward lächelte Peggy über seinen leeren Teller hinweg an. »Ist noch etwas davon da?«

»Ein bisschen, Dr. Tallow. Es freut mich, dass sie Ihnen schmeckt.« Peggy errötete. Sie himmelte Edward an, und der geizte normalerweise mit seinem Lob. »Meine Mutter sagte immer, Fisch sei Nahrung fürs Gehirn.«

»Du meine Güte«, mischte sich Cassia rasch ein, die ahnte, dass Edward, der Pedant, diese Äußerung nicht wohlwollend aufnehmen würde. »Ich hatte ja keine Ahnung.«

»O ja«, beteuerte Peggy. »Das stimmt wirklich. Ich schaue nach, was noch übrig ist.«

Sie verschwand. Peggy war nicht unbedingt eine gute Haushälterin, den Tallows jedoch treu ergeben. Sie war sich für keine Arbeit zu fein, nicht einmal fürs Putzen und fürs Windelwaschen, obwohl Mrs Briggs den Großteil des Groben erledigte. Cassia vermutete, dass das viele von Peggys Fehlern ausglich. Peggy kehrte mit der Kasserolle zurück und tat Edward mehr Fischpastete auf.

»Daddy braucht keine Nahrung fürs Gehirn. Es ist doch schon groß genug, oder, Daddy?«

»Das will ich hoffen.« Edward lächelte Bertie zu. »Obwohl ich über die Größe keine genaue Aussage treffen kann.«

»Ganz bestimmt, sonst könntest du ja nicht Arzt sein, richtig, Mummy?«

»Sicherlich«, erwiderte Cassia. Sie lächelte ihren Mann und ihren älteren Sohn entschlossen an. Bertie war seinem Vater wie aus dem Gesicht geschnitten. Die beiden hatten das gleiche glatte braune Haar, braune Augen, ein schmales Gesicht und eine schlanke Figur. Berties Hände waren bereits zu groß für seinen Körper und hingen an mageren Handgelenken, und seine Knöchel schienen zu schmal für seine riesigen Füße. Er überragte alle seine Klassenkameraden und war ein wenig tollpatschig. William hingegen war noch ein wenig pummelig und hatte blondes Haar und blaue Augen wie seine Mutter und seine kleine Schwester.

»O Gott, das Telefon läutet. Nicht schon wieder ein Baby. Nicht heute Abend.« Edward seufzte.

»Sind denn welche fällig?«

»Maxine Foster ist bald so weit. Ja, Peggy?«

»Es ist Mr Harrington. Er möchte Mrs Tallow sprechen.«

»Oh, richten Sie ihm bitte aus, dass ich ihn später zurückrufe. Sagen Sie ihm, dass wir gerade zu Abend essen. Und fragen Sie ihn, ob er in Devon oder in London ist.«

»Ja, Mrs Tallow.«

»Weshalb ruft er an?«, erkundigte sich Edward.

»Keine Ahnung«, entgegnete Cassia knapp. Sie überlegte, ob Benedict sich wegen des Testaments meldete. Immerhin war er Leonoras Bruder. Sie hatten einander sehr nahegestanden. Sicher wusste er Bescheid.

Ein merkwürdiges Gefühl beschlich sie. Was sie empfand, war weder Aufregung, ja nicht einmal Überraschung, sondern eine tiefe Trauer. Sie hatte nicht gewusst, wie krank Leonora war und dass sie im Sterben lag, und hatte sie darum auch nicht besucht. Die hastig arrangierte Beerdigung in aller Stille in Paris hatte sie verpasst und sich deshalb mit einem schlechten Gewissen und Schuld zermürbt. Dieser Tag, die Erbschaft und vor allem Leonoras Brief hatten ihr all das wieder ins Gedächtnis gerufen. Und so saß sie jetzt da und erinnerte sich an Leonora. Ihren Mut, ihre Ausgelassenheit, ihre Schönheit und ihren Sinn für Humor. Und wurde von der Erkenntnis ergriffen, dass sie fort war, für immer fort …

Als sie den Kopf hob, bemerkte sie, dass Edward sie mitfühlend und besorgt musterte, und lächelte zittrig.

Er lächelte ebenfalls. »Warum ruhst du dich nicht ein wenig aus?«, schlug er vor.

Manchmal, ja, manchmal fiel ihr wieder ein, wieso sie ihn geheiratet hatte.

Als sie am Kamin saß und den *Telegraph* durchblätterte, hallte Delias Geschrei die Treppe hinunter. Es war zwecklos, außer ihr konnte niemand sie beruhigen. Sie würde hingehen müssen.

Sie bereitete Delias Fläschchen vor, gab es ihr, legte sie wieder ins Bett und kam die Treppe hinunter. Edward war in der Vorhalle. »Ich rufe nur rasch Benedict zurück«, sagte sie.

»Oh, in Ordnung. Aber sei bitte so gut und sprich nicht zu lang. Ich rechne mit einem Anruf wegen des Babys. Und außerdem sind Ferngespräche …«

»Teuer?«, sagte sie amüsiert und betrachtete ihn. »Keine Sorge, Edward. Vielleicht kann ich ja etwas zur Rechnung beisteuern.« Später würde sie das als einschneidenden Moment deuten.

Cecily nahm das Telefonat an. »Cassia, wie nett. Wie geht es dir?«

»Gut, Cecily, danke. Und dir?«

»Ach, ich kann nicht klagen. Natürlich bin ich schrecklich beschäftigt. Nächste Woche finden die Rennen in Ascot statt, und wir mieten uns dort ein Haus. Kurz darauf reisen wir mit den Kindern und einigen Freunden nach Südfrankreich. Kommt doch einfach mit. Das wäre bestimmt ein Spaß.«

»Cecily, ich glaube nicht, dass das möglich ist. Sosehr ich auch Lust dazu hätte. Edward kann nicht so mir nichts, dir nichts Urlaub nehmen und ...«

»Tja, dann komm eben ohne ihn. Nur für ein paar Tage. Es würde dir guttun. Beim letzten Mal hast du so müde gewirkt.«

Ja, wahrscheinlich traf das zu, dachte Cassia. Ich bin immer müde, mein Leben ist so absolut und gnadenlos ermüdend. Plötzlich hatte sie das Bild vor Augen, wie sie in Südfrankreich an einem Pool lag, wahrscheinlich irgendwo in der Nähe von Nizza. Benedict und Cecily mieteten jeden Juli dort eine Villa und luden Freunde ein. Amüsante, attraktive Menschen. Cassia war einmal dort gewesen, ein Jahr vor ihrer Hochzeit, im Jahr ihres Abschlussexamens. Sie hatte sich gesonnt, Cocktails getrunken, geredet, sich Unsinn angehört, Backgammon gespielt, abends am Pool zu Musik aus dem Grammofon getanzt, war in Nizza durch die Nachtclubs getingelt und sogar einmal im Casino gewesen. Leonora war an Cassias letztem Tag eingetroffen, übersprudelnd von Klatsch über Paris und Le Touquet, und hatte alles über London hören wollen. Es war eine magische, feuchtfröhliche, verzauberte Zeit gewesen, die ihr inzwischen, wie so vieles aus ihrem früheren Leben, wie ein weit entfernter, unmöglicher Traum erschien.

»Ich denke, nicht«, erwiderte sie. »Edward möchte mich hierhaben. Er arbeitet so viel. Aber danke für die Einladung. Äh, könnte ich mit Benedict sprechen? Er hat vorhin angerufen.«

»Ja natürlich. Einen Moment. Und überlege es dir mit Frankreich noch mal. Ich würde mich so freuen. Es wird sicher ein großer Spaß.«

Die liebe Cecily. Sie war so voller Zuneigung und so ansteckend optimistisch. Das musste sie selbstverständlich auch sein. Auch wenn sie die Vorzüge des Lebens genoss, nahm sie dafür viel in Kauf.

»Cassia, hallo. Ich bin es, Benedict. Danke für den Rückruf. Was macht das Baby?«

»Sie ist wohlauf wie immer, die kleine Bestie. Und was kann ich für dich tun?«

»Ich wollte dir nur sagen, dass wir eine Gedenkfeier für Leonora abhalten. So viele Leute haben die Beerdigung verpasst, und es erscheint mir irgendwie schäbig, uns nicht richtig von ihr zu verabschieden. Wir hatten an das Ende dieses Monats gedacht. Was hältst du vom 28.?«

»Gut.«

»Prima. Ich kümmere mich um die Redner. Hast du vielleicht Vorschläge, was die Musik angeht?«

»Ja, ich könnte mir etwas einfallen lassen. Wo findet die Gedenkfeier statt?«

»St. George's, Hanover Square. Es ist eine reizende Kirche, und der Vikar ist ein Freund von mir. Richard wird wahrscheinlich nicht kommen, obwohl ich ihn natürlich einladen werde. Außerdem haben sich so viele von Leonoras Freunden in Luft aufgelöst. Aber es werden einige von der alten Clique da sein. Harry selbstverständlich auch. Ich habe ihn gebeten, eine Rede zu halten. Er hat zugesagt.«

»Ausgezeichnet«, antwortete sie zögernd. »Und was ist mit Rollo Gresham?«

»Ich weiß nicht«, erwiderte Benedict beinahe zu schnell. »Man kriegt ihn zurzeit kaum noch zu Gesicht.«

»Aber er war ihr …« Wie genau beschrieb man Rollo Greshams Rolle in Leonoras Leben? Ihr Liebhaber, ja, doch noch mehr als das. Sie hatte jahrelang mit ihm zusammengelebt, und ihre Trennung war laut Leonora in aller Freundschaft verlaufen. Außerdem hatte er sie ausgesprochen großzügig versorgt, daran bestand kein Zweifel. »Ich dachte nur, er würde dabei sein wollen«, beendete Cassia stockend den Satz.

»Wir werden sehen. Natürlich werde ich mein Möglichstes tun, um ihn zu benachrichtigen.« Benedict klang gereizt. »Ich fände es auch nett, wenn Rupert Cameron käme. Leonora hatte ihn sehr gern. Allerdings habe ich weder seine Adresse noch seine Telefonnummer. Wenn du also …«

»Ja klar. Es ist eine Nummer in Brighton, 427.«

»Famos. Meinst du, er würde eine Rede halten? Oder etwas vorlesen? Er hat eine so schöne Stimme, es wäre wundervoll. Was denkst du?«

»Eine ausgezeichnete Idee. Er ist sicher einverstanden, denn er mochte sie auch. Momentan pausiert er, wie man in seiner Branche so sagt, also wird er bestimmt Zeit haben.«

Die Vorstellung brachte sie zum Lächeln. Rupert würde sich sehr freuen, denn er hatte Leonora ebenso angehimmelt wie umgekehrt. Außerdem würde es angenehm sein, wenn er ihr Gesellschaft leistete, da sie sich ansonsten ziemlich allein fühlen würde. Denn Edward würde, wie immer bei solchen Gelegenheiten, unvermeidlich eine Ausrede parat haben.

Benedict riss sie aus ihren abschweifenden Gedanken. »Gut, das wäre für den Moment alles. Ich melde mich bei Cameron. Ach, und ich habe gehört, dass Cecily dich nach Frankreich eingeladen hat. Eine nette Idee, du bist uns immer willkommen.«

»Ich überlege es mir, doch ich sehe eigentlich keine Möglichkeit, wie …«

Wie was, Cassia?, sagte sie sich. Wie sie abreisen, sich die Fahrtkosten leisten, ein paar Kleider kaufen und Edward ohne Unterstützung im Alltag zurücklassen sollte? Aber das konnte sie ja. Sie sollte es zumindest in Erwägung ziehen. Plötzlich waren die Hindernisse nicht mehr schier unüberwindlich. Nur für einige Tage. Nicht zum ersten Mal seit Mr Brewsters Besuch überkam sie die berauschende, ja beinahe beängstigende Erkenntnis, dass sie nun tun und lassen konnte, was sie wollte. Resolut schob sie den Gedanken beiseite. Es war nicht fair. Nichts an ihrer Beziehung zu Edward und ihrer Treue zu ihm hatte sich verändert, nur weil sie jetzt Geld besaß. Das würde keine bedeutenden Auswirkungen haben. Dazu war sie fest entschlossen.

Sie kehrte ins Wohnzimmer zurück, wo Edward einem Konzert im Radio lauschte. Er stellte die Musik leiser. »Was wollte Benedict?«

»Sie veranstalten eine Gedenkfeier für Leonora. Er wollte mit mir darüber reden.«

»Eine gute Idee.«

»Du kommst doch mit, oder?«

»Natürlich, falls ich an diesem Tag eine Vertretung kriege. Allerdings spielt es eigentlich keine Rolle, ob ich dabei bin.«

»Für mich schon.«

»Ach ja?« Er lächelte das träge, reizende Lächeln, das inzwischen immer seltener wurde. »Schön, das zu hören. Aber all diese Leute, ihre Freunde, ihre Clique. Da passe ich doch nicht so richtig hinein.«

»Ach, Edward, mach dich nicht lächerlich. Du klingst wie eine hängen gebliebene Schallplatte.«

»Na schön. Ich komme mit, wenn ich es einrichten kann. In Ordnung?« Eine Pause entstand. »Wusste Benedict über dich und das Geld Bescheid?«, fügte er hinzu.

»Er hat es nicht erwähnt, und ich hielt die Gelegenheit für ungünstig. Was hätte ich denn sagen sollen? Dreimal darfst du raten: Leonora hat mir eine halbe Million Pfund vermacht?«

»Eine halbe Million Pfund sind eine Menge Geld«, meinte Edward. »Hoffentlich geht alles gut.«

»Edward, natürlich geht es gut«, erwiderte sie, teils amüsiert, teils verärgert. »Warum nicht?«

Sie setzte sich in einen Lehnsessel und dachte an Leonora. Begleitet von Radiomusik fragte sie sich, was sich wohl in einem Menschen abspielte, der ein wunderbares Leben voller Liebe und Freude nahm und es mit Angst, Gier und Trauer füllte. Was hatte Leonora dazu getrieben, in einem Anfall von Wahn alles wegzuwerfen? Und es war ein Wahn gewesen. Eine Krankheit.

»Es ist eine Sucht«, hatte Benedict Cassia an dem schrecklichen Tag erklärt, als Leonora schließlich nach Frankreich geflohen war. Fort von Sir Richard, der sich von einem liebevollen Ehemann in einen verbitterten Gefängniswärter verwandelt hatte. Fort von Sicherheit und Geborgenheit in ein neues, leeres, elendes Leben.

Cassia, damals mitten im Medizinstudium, hatte zu dieser Zeit bei ihnen gewohnt. Das Haus war an diesem Tag so still und tot gewesen; Sir Richard hatte sich in seinem Arbeitszimmer verschanzt. Sie hatte Trost bei Benedict und Cecily gesucht, weinend dagesessen und Benedict angestarrt, während dieser nach den richtigen Worten rang. »Sie ist spielsüchtig. Das ist ebenso eine Krankheit, als ob man von Kokain oder Alkohol abhängig ist. Sie ist machtlos dagegen.« Er hatte versucht, Leonora zu helfen. Anfangs hatte er sich bemüht, Leonora aufzuhalten, und sie vor den falschen Freunden gewarnt, die in ihr nur eine Geldquelle sahen. Später hatte er sie immer wieder ausgelöst und ihre Schulden bei Casinos, privaten Spielclubs und ihren Gläubigern bezahlt. Als ihm die Mittel ausgegangen waren und Richard ihr auf die Schliche kam, hatte er ihr zur Seite gestanden, während sie sich ihrem Mann gegenüber rechtfertigte.

Die Bombe war geplatzt, als ein Freund von Sir Richard, ein Antiquitätenfachmann, zum Abendessen kam und bat, sich das Diadem ausleihen zu dürfen, das Richards Großmutter gehört hatte. Es war in Indien geschmiedet und am Hof des Maharadschas getragen worden. »Nie habe ich es vergessen. Es ist ein Meisterwerk der Goldschmiedekunst, und die Fassungen der Rubine sind höchst ungewöhnlich.«

»Natürlich leihen wir es dir«, antwortete Sir Richard. »Es wäre uns eine Ehre, nicht wahr, Leonora, Liebling?«

»Ja, aber … Das ist … Wann, hast du gesagt?«

»Erst im November. Ich würde es mir nur vorher gern einmal anschauen, damit es katalogisiert werden kann.«

»Was du heute kannst besorgen …«, verkündete Sir Richard. »Wir holen es, und …«

Leonoras Stuhl rutschte unter ihr weg und kippte mit einem lauten Knall um, als sie ohnmächtig zu Boden sank.

Es kam alles ans Licht: Das Diadem war verkauft worden, ebenso Leonoras gesamter Schmuck, vieles davon Erbstücke von Sir Richards Mutter. Sie hatte gute Kopien anfertigen lassen und stattdessen diese getragen. Mit dem Erlös hatte sie ihre Schulden beglichen. Es war eine entsetzliche Zeit, die Cassia nie ganz verwunden hatte.

Sir Richard hatte Miss Monkton ins Haus geholt, damit sie Leonora im Auge behielt. Offiziell Gesellschafterin, aber eigentlich Spionin, wurde Miss Monkton mit ihrem flaumigen Haar und ihrem Mundgeruch dafür bezahlt, ihr Mündel zu beobachten, ihre Gespräche zu belauschen und ihr auf Schritt und Tritt zu folgen. Cassia hatte gesehen, wie Leonora unter ihrem Elend zusammenbrach. Sie wurde still, bleich und dick, weil das Essen ihre letzte Freude geworden war. Ihre Freunde ließen sie im Stich, denn wer wollte schon mit einer solchen Schande in Verbindung gebracht werden? Cassia musste in einem stillen Trauerhaus leben, wo Feindseligkeit und Gehässigkeit herrschten. Außerdem gab ihr keiner die Möglichkcit, dcn Grund dafür zu verstehen, denn Leonora weigerte sich, darüber zu sprechen, und Sir Richard konnte es nicht. Irgendwann, fast zwei Jahre später, hatte sie beim Nachhausekommen Leonoras Zofe Harris weinend angetroffen. Sir Richard hatte sich in sein Arbeitszimmer eingeschlossen, und Leonora war fort.

Cassia hatte Leonora einige Male in Paris besucht. Sie wohnte in einer prächtigen Penthousewohnung in der Avenue Foche.

»Schau, wir können fast den Arc de Triomphe berühren«, sagte sie und führte Cassia auf den Balkon.

Ihr Lebensgefährte war Rollo Gresham, ein widerwärtiger Dickwanst, den Cassia verabscheute. Wie konnte sie nur?, hatte Cassia sich gefragt, bis ihr klar wurde, dass Leonora mehr als alles andere auf der Welt Geld brauchte. Geld von einer Quelle, die Verständnis für ihre Sucht hatte. Und Gresham war sehr wohlhabend. Fünf Jahre lang hatten sie zusammengelebt. Unterdessen ließ Sir Richard sich scheiden und heiratete die heilige Margaret, wie Rupert sie respektloserweise nannte. Obwohl Rollo Gresham sich schließlich von Leonora trennte, zahlte er weiterhin außergewöhnliche Summen für ihren Lebensunterhalt und hatte sich offenbar mächtig ins Zeug gelegt, damit sie die beste ärztliche Behandlung bekam. Anscheinend war er ein gütiger und besserer Mensch, als Cassia angenommen hatte. Das dachte sie nun, als sie sich an die arme Leonora erinnerte, so tapfer, so reizend, so großzügig, ja so großzügig …

Edward schaltete das Radio ab. »Lass uns nach oben gehen. Du siehst erschöpft aus.«

»Ich bin überhaupt nicht erschöpft«, entgegnete sie gereizt.

»Es wäre aber trotzdem nett.«

Wieder das Lächeln, dieses hübsche Lächeln. Sie wusste, was dieses Lächeln im Zusammenhang mit Bett bedeutete. Er wollte mit ihr schlafen. Nun, das war in Ordnung, obwohl es inzwischen immer seltener vorkam und meistens nicht mehr als nur angenehm war. Doch sie hatte noch immer Freude daran, weil sie sich ihm dann näher fühlte. Liebevoller. Mehr in der Lage zu verzeihen. Verzeihen? Was, zum Teufel, sollte sie denn verzeihen? Das war blanker Unsinn. Es war nicht Edwards Schuld, dass er Arzt war und sie nicht. Dass sie eine miserable Hausfrau und eine leidliche Ehefrau war. Nicht seine Schuld, dass sie von Unzufriedenheit zerfressen wurde. Wenn jemand die Schuld trug, dann sie allein.

»Ja«, sagte sie und erwiderte sein Lächeln. »Das wäre nett.« Sie lag im Bett und beobachtete, wie er sich auszog, seine Kleider ordentlich zusammenfaltete, sich die Zähne putzte und sich die Haare kämmte. Dann legte er sich nackt ins Bett und machte das Licht aus. Auch sie war nackt, das Nachthemd in seiner Hülle auf dem Bett ein Zeichen, dass sie bereit für ihn war und ihn wollte. Sie war bereit, und wie bereit, und spürte, wie sie aus hungrigen, unbefriedigten Tiefen die Hand nach ihm ausstreckte. Voller Hoffnung und Sehnsucht danach, dass er sich heute Nacht Zeit lassen würde, was schon seit einer Weile nicht geschehen war. Dass er warten würde, bis sich ihr Höhepunkt aufbaute und sie kam. Mittlerweile gaben Edwards plötzlich aufflammende Bedürfnisse der Geduld mit ihr keinen Raum mehr. Sie fühlte sich im Bett missbraucht wie im Rest ihrer Ehe. Eine Notwendigkeit, vielleicht sogar unabkömmlich, allerdings keiner Rücksichtnahme und Fürsorglichkeit würdig.

Er nahm sie in die Arme und begann, sie langsam und vorsichtig zu küssen, so wie er alles tat. Wegen ihrer von den Ereignissen des Tages aufgewühlten Gefühle begehrte sie ihn plötzlich mit aller Macht. Sie erwiderte seine Zärtlichkeiten mit Lippen und Händen und sagte ihm, wie sehr sie ihn liebte und wollte. Meist gefiel ihm das nicht. Es war ihm peinlich, als befürchtete er, jemand könne sie hören. In dieser Nacht jedoch schien er erfreut und antwortete, er liebe sie auch.

Er liebkoste ihren Körper mit den Händen und streichelte rhythmisch ihre Brüste, ihren Bauch und ihre Schenkel. Sie bog sich ihm entgegen und spürte, wie sie sich in einer mühelosen, immer weiter ansteigenden Glückseligkeit zusammenzog, anspannte und locker ließ. Diesmal würde es schön werden, dachte sie, eine köstliche Entwicklung. Ihr Körper würde von ihm bekommen, was ihm zustand. Doch als sie die ersten Spitzen der Lust empfand und sich nach ihnen ausstreckte, tastete und auf ihnen ritt, bemerkte sie, dass er sich versteifte. Sie wusste, dass er nicht warten und sie nicht mitnehmen würde. Wieder würde er allein weitergehen und sie hinter sich zurücklassen, während sie nach ihm rief. Für ihn würde es vorbei sein, und sie würde daliegen, enttäuscht, noch immer hungrig und so unbeschreiblich allein. Tja, sagte sie sich später, als sie bei einer Tasse Tee in der Küche saß (er schlief schnarchend den Schlaf der Gerechten), vielleicht ist die Ehe eben so. Das wurde also aus Leidenschaft, dem gleißenden Strahlen, das einmal da gewesen war. Dann aber dachte sie (denn solche Gedanken führten zu Ehrlichkeit), dass es bei Edward nie ein gleißendes Strahlen gegeben hatte. Nur rationelle, warme, liebevolle Vernunft.

Als sie Edward kennenlernte, studierte sie noch. Er war zwei Jahre über ihr und machte sein klinisches Praktikum. Er arbeitete tatsächlich in einem Krankenhaus, ein gewaltiger Schritt nach den drei Jahren Theorie, die dem vorangingen. Sie wusste noch, wie sie an ihrem ersten Tag einige Studenten auf Visite beobachtet hatte. Sie unterschieden sich durch ihre kurzen weißen Kittel von den richtigen Ärzten, sprachen mit den Patienten und durften sie unter dem aufmerksamen Blick ihrer Lehrer sogar untersuchen. Wie unglaublich weit entfernt war ihr selbst diese bescheidene Leistung erschienen. Jener erste Tag war der beängstigendste und auch der schönste ihres Lebens gewesen, erinnerte sie sich jetzt mit einem Lächeln. Mit siebzehn hatte sie in einem riesigen Raum gestanden, der sich bis ins Endlose zu erstrecken schien. Er war mit unzähligen Reihen großer Glastische gefüllt, auf denen weiß verhüllte Gegenstände lagen.

Der Direktor wartete an der Tür und winkte Cassia und die anderen Anfänger herein. »Ah, Miss Berridge«, sagte er, als sie ihn erreicht hatte. »Sie gehen zu Tisch Nummer vierundzwanzig und befassen sich mit dem linken Bein.«

Ein albtraumhaftes Gefühl stieg in ihr auf. Das waren die Toten, die Leichen. Sie näherte sich Tisch vierundzwanzig und betrachtete den Körper. Es roch abscheulich, Formaldehyd, wie sie vermutete. Doch noch schlimmer war es, dass die Venen dunkelrot hervortraten. Einen schrecklichen Moment lang befürchtete sie, ihr könnte übel werden. Sie holte tief Luft. Dann noch einmal.

Alle anderen wirkten ganz wie immer, ja sogar gut gelaunt. Einige hatten bereits zum Skalpell gegriffen und schnitten an ihren Leichen herum. Cassia verharrte hilflos, unfähig, sich zu rühren, und fragte sich, ob es mutiger wäre, nach Hause zu gehen oder der Anweisung zu folgen.

»Es ist nur Farbe«, sagte eine amüsierte, aber freundliche Stimme. »Keine Angst. Komm, ich zeige dir, wie es funktioniert.«

Als Cassia den Kopf hob, stand ein lächelndes Mädchen vor ihr. Sie war klein und ein wenig pummelig und hatte einen roten Wuschelkopf. »Ich bin Jenny Porter. Ist alles in Ordnung? Du siehst zum Fürchten aus.«

»So fühle ich mich auch«, erwiderte Cassia.

»Das hier ist offenbar der schlimmste Teil. Mein Vater hat es mir erzählt. Er war …«

»Sag jetzt nicht, dass er hier studiert hat. Anscheinend habe ich den einzigen Vater, bei dem das nicht so ist. Ich bin Cassia Berridge. Okay, bringen wir es hinter uns.« Cassia griff zum Skalpell. Sie fragte sich, ob es möglich war, mit geschlossenen Augen in eine Vene zu schneiden.

Einige Wochen später saß sie mit einem arg verstauchten Knöchel in der Notaufnahme, weil sie auf einem Stück Leber ausgerutscht war, das einer ihrer Mitstudenten quer durchs Labor nach einem anderen geworfen hatte.

Da es ein Nachmittag mitten unter der Woche war, war in der Notaufnahme nicht viel los. Jenny und Tom Cavanagh, die sie hergebracht hatten, waren losgezogen, um sich einen Tee zu besorgen. Die diensthabende Schwester hatte Cassia untersucht, den Knöchel betastet und gedreht und eine Zerrung diagnostiziert.

»Das muss bandagiert werden.« Mit einer herrischen Geste winkte sie jemanden herbei, den Cassia wegen seines kurzen weißen Kittels als Studenten erkannte. »Kommen Sie und verbinden Sie diesen Knöchel.«

Der Träger des weißen Kittels näherte sich. Weil Cassia sich über ihren Fuß beugte und ihn rieb, um die Schmerzen zu lindern, bestand ihr erster Anblick von Edward Tallow aus zwei sehr hübschen, schlanken Händen mit langen Fingern. Er hatte magere Handgelenke und trug eine ziemlich zerkratzte goldene Uhr an einem abgewetzten Lederarmband. Außerdem waren seine Manschetten fadenscheinig. Also kein wohlhabender Student. Vielleicht mit einem Stipendium so wie sie.

»Hallo«, sagte er. Auch seine Stimme war angenehm. Leise und ein wenig belustigt.

»Ah«, sagte sie nach einem Blick auf sein Namensschild, »Mr E. Tallow. Wie geht's? Cassia Berridge. Erstes Studienjahr.«

»Viertes. Was haben Sie denn mit Ihrem Fuß angestellt?«

»Bin im Labor ausgerutscht.«

»Ach herrje. Leber oder Frosch?« Er grinste sie an. Er hatte schöne Zähne, dachte Cassia (warum fiel ihr all das auf?), ein wenig schief, aber sehr weiß. Sie betrachtete ihn weiter. Ein recht schmales Gesicht, gewelltes braunes Haar, haselnussbraune Augen, Sommersprossen, ein sympathisches Lächeln. Mühsam kehrte sie in die Gegenwart zurück.

»Leber.«

»Oh, oh, oh, diese Medizinstudenten«, erwiderte er. »Also, dann fangen wir mal an.« Er begann, den Verband um ihren Knöchel zu wickeln, und neigte dabei den Kopf über ihren Fuß.

»Und, macht das klinische Praktikum Spaß?«, erkundigte sich Cassia.

»Ja, es ist wunderbar. Ich habe wirklich Freude daran.«

»Hat Ihr Vater auch hier studiert?«

»Nein, allerdings mein Großvater. Und Ihrer?«

»Nein. Das muss ein einmaliges Ereignis sein. Zwei Studenten treffen sich, deren Väter beide nicht hier waren.«

»Meiner ist Lehrer«, antwortete Edward Tallow, steckte das Ende des Verbandes fest und befestigte die Sicherheitsnadel. »Oberschule in Sussex. Und Ihrer?«

»Bibliothekar in Leeds.«

»Und wo wohnen Sie? In einem Studentenwohnheim?«

»Nein, bei meiner Patin und ihrem Mann.«

»Oh, wie schön für Sie. Ein bisschen wie zu Hause. Die Wohnheime sind grässlich.«

»Ja«, stimmte Cassia zu und dachte an das große Haus in Grosvenor Gardens, die Dienstboten und die köstlichen Mahlzeiten. Wie zu Hause war das jedenfalls nicht.

»Nun, das hätten wir. Wie fühlt es sich an, wenn Sie den Fuß belasten?«

»Gut. Viel besser. Jetzt muss ich nur noch auf meine Freunde warten.«

»Prima. Kann ich Ihnen eine Tasse Tee holen? Ich könnte ja behaupten, dass Sie unter Schock stehen.« Wieder grinste er.

»O nein. Ich bleibe einfach sitzen und schaue mir alles an. Wie es so als Arzt in der Notaufnahme ist.«

»Es ist okay«, sagte er. Sein Tonfall war bedächtig, fand Cassia. Wenn man ihn fragen würde, ob mit Regen zu rechnen sei, würde er sich seine Antwort gründlich überlegen. »Wie gesagt gefällt es mir ausgesprochen gut hier.«

»Auf welches Fachgebiet möchten Sie sich spezialisieren?«

»Oh, ich glaube, ich würde gern Chirurg werden.«

»Ich auch. Ich …«

»Mr Tallow, bitte hierher, falls Sie einen Moment Zeit haben.« Die Stimme der Schwester klang streng und spöttisch.

Edward Tallow lächelte Cassia noch einmal rasch zu und hastete davon. Sie blickte ihm versonnen nach. Er schien viel netter und um einiges weniger arrogant zu sein als die meisten männlichen Studenten.

Sie hatte ihn schon fast vergessen, als der Pförtner der Universität sie eines Abends zu sich rief, während sie sich gerade zum Gehen anschickte. »Miss Berridge! Ich habe einen Brief für Sie. Ein junger Gentleman hat ihn abgegeben.«

»Danke.«

Mit seiner verbliebenen Hand hielt er ihr das Kuvert hin. Er hatte einen Arm in Ypres verloren.

»Ein sehr netter junger Gentleman. Student im Krankenhaus. Wollen Sie den Brief nicht öffnen?«

Die Nachricht war in einer ansprechenden, ordentlichen Handschrift verfasst. Eine Einladung zum Weihnachtsball der Medizinstudenten von Edward Tallow.

Cassia fragte sich, ob ihr inzwischen zwei Jahre altes Debütantinnenkleid inzwischen wohl zu sehr aus der Mode war. Doch sie kam zu dem Schluss, dass Edward Tallow es wohl kaum bemerken würde.

»Sie sehen wunderschön aus«, stellte Edward Tallow fest und errötete. Er errötete überhaupt häufig, was Cassia gefiel. Eigentlich gefiel ihr alles an ihm: sein leicht derangiertes gutes Aussehen (noch betont von seinem Abendanzug); seine langsame, sanfte Sprechweise; das ernsthafte Interesse an allem, was sie zu sagen hatte; dass er nicht hochnäsig war; seine Leidenschaft für den Arztberuf und seine altmodischen, ausgezeichneten Manieren.

Edward hatte darauf bestanden, sie am Abend des Balls zu Hause abzuholen. Draußen wartete ein Taxi. Erst viel später erfuhr sie, dass er den ganzen Weg von Camden Town, wo er wohnte, bis nach Grosvenor Gardens zu Fuß gegangen war, weil er sich nur so ein Taxi leisten konnte, um sie wieder nach Hause zu bringen.

Gegenüber Sir Richard, der ihn unbedingt hatte kennenlernen wollen, verhielt er sich mit ausgesuchter Höflichkeit, ohne unterwürfig zu sein, und in Leonoras Gegenwart war er der Inbegriff eines Kavaliers. Das Haus raubte ihm sichtlich den Atem.

Der Ball fand im Haus der Studentenvereinigung statt. Die Organisatoren, zu denen, wie Edward ihr stolz mitteilte, auch er selbst gehörte, hatten sich größte Mühe gegeben, alles mit gewaltigen Stechpalmen- und Vogelbeerzweigen und Unmengen von roten Bändern, Girlanden und Schleifen weihnachtlich zu schmücken. Auf den Tischen prangten Stechpalmen und Weihnachtsrosen, und als es Abendessen gab, wurden die Lichter gedämpft und Kerzen angezündet.

Edward stellte Cassia ziemlich förmlich seinen Freunden vor, setzte sie zu ihnen an den Tisch und ging, um ihr etwas zu trinken zu holen. Dann forderte er sie mit ernster Miene zum Tanzen auf.

»Ja, sehr gerne!«, erwiderte Cassia. »Deshalb sind wir doch hier.«

Er war – vermutlich unvermeidbar – kein guter Tänzer. Aber das störte sie nicht, weil sie es selbst ausgezeichnet beherrschte. Allerdings gestattete er ihr großzügig, mit seinen Freunden zu tanzen. Aber als sie und einer von ihnen einen Black Bottom aufs Parkett legten und alle innehielten, um zuzuschauen, stand er am Rand der Tanzfläche und wirkte recht verloren, woraufhin sie prompt ein schlechtes Gewissen bekam.

Er sorgte dafür, dass ihr Glas stets sorgfältig nachgefüllt wurde, während er sein eigenes kaum anrührte. Wieder erfuhr sie erst später, dass er sich nicht mehr als eine zusätzliche Flasche Wein leisten konnte (der Eintrittspreis schloss eine halbe Flasche ein). Außerdem erkundigte er sich mehrere Male, ob sie es auch warm genug habe.

»Mir ist sehr warm, Edward, danke. Selbst in diesem ziemlich tief ausgeschnittenen Kleid. Es war mein … Nun, ich habe es im Sommer zum ersten Mal getragen. Nicht in diesem Sommer«, fügte sie hastig hinzu, voller Angst, er könne sie für reich halten. Das war der Moment, in dem er ihr sagte, sie sei wunderschön.

»Danke«, erwiderte Cassia leichthin und sah ihm lächelnd in die haselnussbraunen Augen.

Eine Weile musterte er sie eindringlich. »Das ist mein voller Ernst, nicht nur ein Kompliment. Ich rede nicht einfach so daher.«

»Nein«, antwortete sie, inzwischen selbst ernst. »Das ist mir klar.« Es war ein seltsam bedeutungsschwerer Augenblick.

Da es ihr mittlerweile unfair erschien, mit seinen Freunden eine kesse Sohle aufs Parkett zu legen, blieb sie sitzen und tanzte nur noch mit Edward, und zwar die unverfänglichen Tänze wie den Walzer und einen gelegentlichen Quickstepp.

»Du tanzt offenbar häufig«, stellte er fest, als sie sich wieder an den Tisch setzten.

»Ach, ich habe es in der Schule gelernt, und letztes Jahr war ich auf einigen Bällen.«

»Wo wohnen deine Eltern denn?«

»Mein Vater lebt in Leeds. Meine Mutter ist vor langer Zeit gestorben«, fügte sie rasch hinzu, bevor Beklommenheit aufkam. Gleichzeitig dachte sie, dass Blanche Edward sehr gemocht hätte.

»Und ist dein Vater so reich wie dein Patenonkel?«, erkundigte sich Edward, plötzlich verlegen.

»Du meine Güte, nein. Er besitzt nicht viel. Ich studiere mit einem Stipendium. Meine Mutter und Leonora waren als Kinder befreundet. Es beruhigt Vater, dass ich in London wohlbehalten unter Richards und Leonoras Dach wohne.«

»Mein Vater ist auch nicht reich«, erwiderte Edward nach einer langen, bedächtigen Pause.

»Nein«, erwiderte sie lässig, »das merkt man.« Sie hätte sich auf die Zunge beißen können, denn er errötete, senkte den Kopf und nahm einen ziemlich großen Schluck aus seinem fast leeren Glas.

»Entschuldige«, fügte Cassia hinzu, denn so ein Fettnäpfchen konnte man nicht ignorieren. Sie legte die Hand auf seine. Er zog sie weg, räusperte sich und begann, an seinen Manschettenknöpfen zu nesteln.

»Edward«, sagte sie, »bitte verzeih mir. Du hast mich völlig falsch verstanden.«

»Das glaube ich kaum«, sagte er. »Du findest, es ist nicht zu übersehen, dass ich aus bescheidenen Verhältnissen stamme. Es tut mir leid, dass ich offenbar nicht das bin, was du gewöhnt bist.«

»Natürlich bin ich es gewöhnt«, rief Cassia verärgert aus. »Nur weil ich während des Semesters in diesem lächerlichen Haus wohne, heißt das nicht, dass unser Haus auch so aussieht. Unser Haus ist ein ganz gewöhnliches in Leeds, und mein Vater bangt ständig um seine Stelle. Ich habe die Oberschule für Mädchen am Ort besucht, und meine beste Freundin lebte über dem Gemüseladen ihres Vaters.«

Er wandte sich ihr zu und lächelte wieder bedächtig. »Ich weiß, dass es albern von mir ist, deshalb so empfindlich zu sein, aber …«

»Wirklich albern«, stimmte Cassia zu. »Denn es spielt überhaupt keine Rolle. Außerdem langweilt mich nichts mehr als reiche Leute und ihr unsinniges Geschwätz.«

Und da geschah es, absurderweise wie aufs Stichwort.

»Cassia, Liebes! Wie nett, dich zu sehen. Ich habe mir doch gleich gedacht, dass du es bist. Und noch dazu in deinem Debütantinnenkleid, wie reizend.«

Als sie die Stimme erkannte, blickte sie auf. Es war Edwina Fox-Ashley, hinreißend in einem silbernen Kleid, mit silbernen Schuhen und einer großen silbernen Feder in ihrem glänzenden schwarzen Haar. Sie hing am Arm eines rotgesichtigen Jungen, der mit der anderen Hand eine Flasche Champagner umklammerte. »Was machst du denn hier, Liebes? Wer hat dich mitgebracht?«

»Edwina, darf ich dir Edward Tallow vorstellen, ein Kommilitone an der medizinischen Fakultät. Ich bin im ersten Semester. Ich dachte, du wüsstest das.«

»Gütiger Himmel, du studierst wirklich? Ich erinnere mich, dass du immer sehr ernst warst. Aber ich hätte nicht gedacht, dass etwas daraus werden würde. Das ist übrigens Archie Symington, er studiert auch hier. Er hasst es, richtig, Archie? Er tut es nur seinem Papa zuliebe. Jetzt müssen wir aber los, Liebes, aber ich melde mich bei dir. Küsschen. Reizend, Sie kennenzulernen, Edward.«

Als Cassia sich zu Edward Tallow umwandte, bemerkte sie, dass sich wie erwartet ein leicht angewiderter Ausdruck auf seinem Gesicht abzeichnete. »Dein Debütantinnenkleid?«, fragte er. »Das hast du wirklich mitgemacht?«

»Ja, habe ich«, antwortete Cassia zögernd. »Doch nur ...«

»Deinem Papa zuliebe?«, entgegnete Edward. Sein Tonfall war eiskalt.

Cassia wusste, dass sie nichts unternehmen konnte, um den bis dahin so glücklichen Abend zu retten. Überhaupt nichts.

Monate vergingen. Cassia vergaß Edward, arbeitete viel und hatte Freude daran. Und dann starb ihr Vater plötzlich an Lungenkrebs, ein schrecklicher Schock. Nur dass es nicht wirklich Lungenkrebs gewesen war, zumindest war das Cassias Überzeugung. Sondern das Ergebnis der langen, einsamen Jahre, in denen er sich abgemüht hatte, sie großzuziehen und seine Stelle zu behalten. Und das alles ohne die Hilfe und Unterstützung seiner geliebten Blanche. Es machte Cassia zu schaffen, dass sie sich nicht mehr um ihn gekümmert hatte.

Allerdings hatte der Tod ihres Vaters eine Konsequenz für sie: Er führte sie wieder mit Edward zusammen. Er sah Cassia am Empfang des Krankenhauses stehen, wo sie auf Tom Cavanagh wartete, der seinen älteren Bruder, einen Assistenzarzt, suchen gegangen war. Edward drückte sein Beileid aus. »Es muss entsetzlich sein.«

»Ja«, erwiderte sie nur. »Das ist es. Doch man muss sich damit abfinden.«

»Ja natürlich. Jedenfalls freue ich mich über die Gelegenheit, mit dir zu sprechen. Ich wollte dir schreiben, aber …«

»Es war sehr nett von dir, mit mir darüber zu reden. Den meisten Menschen ist es peinlich. Sie tun so, als sei nichts geschehen oder als hätte ich nur eine Erkältung gehabt.«

»Tatsächlich?« Er wirkte aufrichtig erstaunt. »Herrje, das hört sich für mich ziemlich seltsam an.« Eine lange, beklommene Pause entstand. »Vielleicht habe ich mich zum Narren gemacht. Auf dem Ball. Wegen deiner Familie.«

»Oh, ich weiß nicht«, antwortete Cassia zögernd. »Ich kann gut nachvollziehen, wie du dich gefühlt hast. Welchen Eindruck du gehabt haben musst.«

»Kannst du das?«, hakte er nach und errötete wieder. »Ich hoffe es. Jedenfalls« – seine Worte überschlugen sich –, »hättest du Lust, irgendwann abends ins Kino zu gehen? Oder magst du das Kino nicht? Wir könnten auch in ein Restaurant oder …«

»Ich liebe das Kino«, erwiderte Cassia. »Danke.«

»Passt es dir am Samstag? Ich hole dich ab. Es wäre nett, deine Pateneltern wiederzusehen. Deinen Patenonkel fand ich besonders sympathisch. Wirklich ein feiner Kerl.«

»Das ist er, ein feiner Kerl.«

Cassia war schon einmal verliebt gewesen, und zwar in Rupert Cameron. Deshalb wusste sie, dass das, was sie für Edward Tallow empfand, etwas anderes war. Es tat nicht weh und löste weder Herzklopfen noch Schmetterlinge im Bauch aus. Bis jetzt sprach er auch ihre Sinne nicht an. Allerdings beschränkte sich ihr Körperkontakt auf einige sehr zögerliche

Küsse nach Besuchen im Kino, im Lyons Corner House, wohin er sie zum Essen einlud, und im Laufe des Sommers nach Picknicks am Serpentine im Hyde Park. Doch sie verspürte in seiner Gegenwart ein schlichtes, unbefangenes Glücksgefühl. Zum ersten Mal im Leben stand sie jemandem wirklich nah, der ihre Lebenseinstellung teilte und dieselben Anliegen, Interessen, Pläne und Hoffnungen hatte. Sie vertraten auch eine ähnliche politische Haltung, nämlich eine leicht sozialistische. Sie standen auf der Seite der Bergarbeiter, lehnten das strenge englische Klassensystem ab und wollten erreichen, dass die Armen und Benachteiligten mehr Hilfe erhielten. Beide waren sie fest entschlossen, später, wenn sie praktizierende Ärzte waren, ein System zu unterstützen, das denen, die wegen der Kosten eine medizinische Behandlung scheuten, diese ermöglichte. Edward war sogar ein vehementer Befürworter der Forderung, dass mehr Frauen den Arztberuf ergreifen sollten.

»Du wirst sicher eine großartige Ärztin«, sagte er ernst zu Cassia, als sie an einem milden Sommerabend am Round Pond in den Kensington Gardens umherschlenderten. »Eine fantastische. Ob Mann oder Frau, spielt doch keine Rolle. Warum auch?«

»Ja, dafür gibt es keinen Grund«, sagte Cassia. »Aber verrate mir eines, Edward: Wie würdest du mit einer weiblichen Vorgesetzten zurechtkommen? Einer Frau, die dir Anweisungen geben kann?«

»Das wäre etwas anderes«, erwiderte er.

»Wieso?«

»Nun, weil ich denke …«

»Dass Männer doch das wichtigere Geschlecht sind?« Sie grinste ihn an.

»Nicht wichtiger, aber von Geburt an befehlsgewohnter. So

will es die Natur, oder? Das Männchen ist in jeder Spezies dominant.«

»Hauptsächlich aus körperlichen Gründen«, widersprach Cassia. »Du findest hoffentlich nicht, dass diese Dominanz etwas mit überlegener Intelligenz zu tun hat.«

»Nein, natürlich nicht. Aber sie haben mehr Autorität.«

»Ich verstehe. Wenn ich also in zwanzig Jahren Chefärztin bin, die Studenten mich auf die Visite begleiten und ich ihnen sage, was sie tun sollen, soll ich also nur die weiblichen mitnehmen? Weil ich für die Männer nicht genügend Autorität ausstrahle?«

»Nein, aber …«

Cassia lachte auf. »Schon gut, Edward. Ich wollte dich nur veräppeln. Zufällig bin ich der Ansicht, dass es einmal viele weibliche Chefärzte mit jeder Menge Autorität geben wird. Wart es nur ab.«

»Sag mal«, begann Edward ein wenig verlegen, »wenn du verheiratet wärst …«

»Ja? Das ist doch nicht etwa ein Antrag, Edward?«

»Nein, nein, natürlich nicht.« Er errötete heftig.

»Entschuldige, das sollte ein Scherz sein. Wenn ich verheiratet wäre …«

»Würdest du dann weiter praktizieren?«

»Ja selbstverständlich«, antwortete sie, verwundert über die Frage.

»Was? Sogar wenn du Kinder hättest?«

»Ja. Hoffentlich soll das nicht heißen, du würdest von einer Ärztin, die Kinder hat, verlangen, dass sie das alles aufgibt, wenn du mit ihr verheiratet wärst. Weshalb sollte sie? Was für eine Verschwendung.«

»Ja«, antwortete er leicht zweifelnd. »Ja, vermutlich schon. Aber für die Kinder wäre es ein wenig schwierig, oder?«

»Ach, ich weiß nicht. Natürlich hätte ich Hilfe im Haushalt. Außerdem ist mit einer unglücklichen und frustrierten Mutter niemandem gedient.«

»Warum sollte sie unglücklich und frustriert sein?«

»Weil sie nicht das tut, was sie tun will«, erwiderte Cassia ungeduldig.

»Kinder zu versorgen ist doch wichtiger und erfüllender als alles andere.«

»Ich fürchte, darin kann ich dir ganz und gar nicht zustimmen. Nein, ich wäre in erster Linie Ärztin und in zweiter Linie Mutter. Mein Mann müsste das einsehen.«

Ende Juni galten sie und Edward als Paar. Cassia war selbst überrascht darüber, so einfach und beiläufig war es geschehen.

Die gelegentlichen Briefe von Rupert, der in Hollywood sein Glück machen wollte, jedoch nur an eine Reihe von Starlets geraten war, mit denen er offenbar katastrophale Affären hatte, erinnerten Cassia daran, wie sich wahre Leidenschaft anfühlte. Doch sie lösten in ihr auch Erleichterung deshalb aus, weil das Unbehagen nicht mehr ihr ständiger Begleiter war. Sie hatte Edward sehr gern, und da sie nicht auf der Suche nach einem Ehemann oder auch nur einem Geliebten war, kam er ihr gerade recht. Manchmal fragte sie sich allen Ernstes, ob er sich überhaupt zum Liebhaber eignete, denn er wirkte so sanft und leidenschaftslos. Und dann geschah etwas, das alles veränderte.

»Ich bin durchgefallen. Ich bin durchs Abschlussexamen gefallen.«

Cassia betrachtete Edwards bleiches Gesicht und konnte nicht fassen, dass so etwas wirklich möglich war. Seine Hände waren gefaltet wie zum Gebet. Ihr fiel nichts ein, womit sie ihn hätte trösten können.

»Ich habe es meinem Vater gebeichtet«, fuhr er fort. »Ich

habe ihn sofort angerufen. Er sagte, er werde Großvater bitten, mit dem Rektor zu sprechen, nur um herauszufinden, wie schlimm es gewesen ist. Es war ein schwerer Schlag für ihn, für meine beiden Eltern. Sie haben solche Opfer gebracht, um mir das Studium zu finanzieren. Meine Mutter hat sehr liebevoll reagiert, so wie alle Mütter, und sich Sorgen gemacht, ich könnte mich aufregen. Sie findet, dass ich nach Hause kommen, sie besuchen soll. Ich glaube, das mache ich sofort. Ich muss mir etwas überlegen und entscheiden, was ich tun soll, und …«

Noch nie hatte sie erlebt, dass Edward so viel redete. Es war, als fürchte er sich davor, damit aufzuhören, weil er dann etwas würde unternehmen müssen. Die ersten Schritte hinaus ins große Unbekannte, außerhalb der Welt des Krankenhauses, des Operationssaals und allem, was ihm etwas bedeutete.

»Edward«, sagte sie. »Edward, komm her und setz dich. Bitte.«

Sie saß auf dem Bett in seinem kleinen Zimmer. Im letzten Jahr hatte sie viel Zeit dort verbracht. Inzwischen war sie selbst eine erfahrene Medizinstudentin und hatte in diesem Jahr die Zwischenprüfung als Jahrgangsbeste bestanden. Das Zimmer war ihr zweites Zuhause geworden, wogegen seine tolerante Vermieterin nichts einzuwenden hatte, denn sie mochte Cassia und bemutterte Edward. Cassia hatte hier mit ihm gebüffelt, gelesen, geredet, im blechern klingenden Radio Konzerte gehört, Berge von Sandwiches verdrückt, literweise Tee getrunken und Edward erwartet, wenn er, bleich vor Erschöpfung, von achtundvierzig oder zweiundsiebzig Stunden langen Schichten in der Notaufnahme, im Kreißsaal oder im OP zurückkehrte. Außerdem hatte sie ihm bei seinen Aufzeichnungen, der Doktorarbeit und beim Korrigieren geholfen.

Als Edward auf sie zukam, breitete sie die Arme aus. Er

setzte sich neben sie aufs Bett und lehnte den Kopf an ihre Schulter. Im nächsten Moment sprang er auf und drosch mit der Faust auf die Tür ein. So erschrocken war sie über diesen für den sonst so sanften Edward untypischen Wutanfall, dass sie ihm ziemlich streng befahl, damit aufzuhören, da sie befürchtete, er könne sich die Hand verletzen. Er setzte sich wieder und schwieg eine lange Zeit.

»Ich habe so hart gearbeitet«, sagte er plötzlich und richtete sich auf. »So unbeschreiblich hart. Es ist einfach nicht fair. So viele Leute, die sich nicht abgeplagt haben, sind durchgekommen. Offenbar bin ich zu dumm. Glaubst du, das ist die Erklärung? Einfach nicht intelligent genug?«

»Edward«, protestierte Cassia, »natürlich bist du intelligent. Das sagen alle. Du hast nur Probleme mit Prüfungen. Du bekommst einfach schreckliche Angst, und dagegen kann man nichts tun …«

»Nein«, erwiderte er. »Man kann nichts tun. Und schau dir das Ergebnis an. Ich bin durchgefallen, und ich werde weiter versagen.« Wieder wurde er wütend und schrie sie zornig an. »Für dich ist ja alles in Ordnung«, tobte er. »Für dich sind Prüfungen ein Klacks. Du genießt sie. Du hast ja keine Ahnung, wie es ist dazusitzen, mit einem Hirn wie Rührei, und zu versuchen, wenigstens die Fragen zu verstehen. Du begreifst das nicht, was du aber solltest. Dir fällt es leicht, und …«

Cassia stand auf. »Tut mir leid, Edward, doch ich glaube, dieses Gespräch hat keinen Sinn mehr. Nicht jetzt. Ich komme später wieder, wenn du dich beruhigt hast.«

»Nein«, widersprach er mit Panik in der Stimme. »Cassia, bitte geh nicht. Ich brauche dich hier. Wirklich. Ich liebe dich so sehr …«

Es wurde totenstill im Zimmer. Cassia verharrte reglos und starrte ihn an.

Edward erwiderte ihren Blick. »Habe ich das gesagt? Habe ich das tatsächlich gesagt?«

»Ja, hast du«, antwortete sie leise. »Tatsächlich.«

»Grundgütiger.« Langsam breitete sich ein Lächeln auf seinem Gesicht aus. »Ich fasse es nicht. So lange wollte ich es dir schon sagen und habe es nicht geschafft. Jedes Mal, wenn wir uns trafen, habe ich all meinen Mut zusammengenommen und mir fest vorgenommen, es zu tun, und es nicht über die Lippen gebracht. Und in den Zeiten dazwischen habe ich mich verflucht und mir geschworen, es beim nächsten Mal zu versuchen.«

Wieder herrschte Schweigen.

»Ich liebe dich so sehr. So, so sehr. O Gott. Das ist dir jetzt peinlich, oder?«

»Nein«, entgegnete sie. »Überhaupt nicht. Es ist wunderschön.«

»Cassia, glaubst du, du könntest mich auch lieben?«

»Ja, Edward.« Erschrocken wurde ihr klar, sie könnte denken, dass sie ihn wirklich liebte. »Ja, ich glaube, das könnte ich.«

Und dann legte sie sich aufs Bett und streckte die Arme nach ihm aus, weil sie ihn trösten und erreichen wollte, dass er sich besser fühlte. Danach wurde es ziemlich verwirrend. Er küsste sie immer wieder, streichelte sie und beteuerte, wie sehr er sie liebte, bis er sich mit einem tiefen Seufzer abwandte. »Nein, das ist falsch. Ich kann das nicht«, sagte er.

»Ach, Edward, du kennst meine Einstellung dazu«, wandte sie ein, denn sie hatten sich schon einige Male heftig über dieses Thema gestritten. Sie vertrat nämlich die Auffassung, dass Sex etwas mit Liebe, nicht mit der Ehe zu tun hatte.

Er hatte darauf beharrt, dass ihre Meinung nichts an seiner ändern könne, die das absolute Gegenteil sei. Und so lagen sie eine lange Zeit still da und hielten sich an den Händen.

Der Direktor hatte Edward vorgeschlagen, die Prüfungen in einem Jahr zu wiederholen.

»Das habe ich dir doch gleich gesagt«, sagte Cassia. »Insbesondere deshalb, weil dein Großvater dort studiert hat.«

»Schon, aber es wird so schwierig für Vater, mich noch ein Jahr zu unterstützen. Dabei wollte er sich bald zur Ruhe setzen. Er ist schrecklich enttäuscht. Beim nächsten Mal muss ich bestehen, und zwar mit ausgezeichneten Noten. Ich muss einfach.«

Sein Vater hoffte, dass Edward die Praxis am Ort übernehmen würde. Der Hausarzt, ein guter Freund von ihm, wollte nämlich bald in den Ruhestand gehen, laut Edward ein weiteres Streitthema.

»Er versteht nicht, wie gerne ich Chirurg werden möchte. Doch nach diesem Debakel sollte ich vielleicht nachgeben und tun, was er will.«

»In einer so wichtigen Sache solltest du vor allem tun, was *du* willst«, widersprach Cassia.

Da Edward erst im September wieder anfangen konnte, würde er für einige Monate nach Hause fahren.

»Ich könnte Zeit mit David Martin verbringen, das ist der Arzt. Ihn auf seinen Runden begleiten und in der Apotheke aushelfen. So sammle ich Erfahrung. Ich werde dich schrecklich vermissen«, meinte er.

»Ich dich auch«, erwiderte Cassia, und es war ihr Ernst.

Mitte August erhielt sie einen Brief von Edward. Seine Eltern wollten sie gerne kennenlernen (*Ich habe ihnen so viel von Dir erzählt.*) und luden sie für das kommende Wochenende ein. *Es ist wunderschön hier. Deshalb möchte ich Dir alles zeigen. Das Wetter ist prima. Bring einen Tennisschläger mit, wir können die Plätze der Schule benutzen. Und einen Badeanzug, falls wir ans Meer fahren. Ich könnte Dich am Freitag-*

abend in Haywards Heath abholen. Bitte komm. Ich liebe Dich, Edward.

Cassia schrieb zurück, dass sie ihn ebenfalls liebte.

Die Tallows wohnten in einem tristen kleinen Haus am Rand des Schulgeländes. Sämtliche Wände waren mit Fotos bedeckt, die Gruppen kleiner Jungen mit Desmond Tallow darstellten.

Desmond Tallow war ein bierernster Mann mit der rechthaberischen Art eines Lehrers. Er war eindeutig stolz auf seinen Sohn, obwohl ihm sein Versagen in den Prüfungen peinlich war. Mrs Tallow war still und schüchtern. Als sie Cassia begrüßte, schien sie sich beinahe vor ihr zu fürchten.

»Wir hatten sehr darauf gehofft«, sagte Desmond Tallow am allerersten Abend beim Essen, »dass Edward inzwischen seinen Abschluss in der Tasche haben würde, damit ich mich an Weihnachten zur Ruhe setzen kann. Doch es hat nicht sollen sein. Also muss ich ihn unterstützen, bis er Erfolg hat, was sicher geschehen wird.«

»Natürlich wird es das«, entgegnete Cassia mit Nachdruck und lächelte Edward über den Tisch hinweg zu. Angesichts dieser Forderungshaltung, dachte sie, war es kein Wunder, dass er in Prüfungen Höllenqualen litt.

Am nächsten Tag veranstalteten Cassia und Edward ein Picknick. Cassia lauschte, als Edward ausführlich über seine Eltern, ihren Alltag in der Schule, ihre Stellung in der Dorfgemeinschaft und darüber sprach, wie viel es ihnen bedeutete, dass er ihren hohen Ansprüchen genügte.

»Das ist alles sehr interessant, Edward«, unterbrach sie ihn schließlich. »Aber lass uns eine Weile aufhören zu reden.« Sie legte sich auf den Moosteppich im Wald, und er küsste sie lange und unbeschreiblich zärtlich.

»Ich liebe dich«, sagte er. »So sehr. Du liebst mich doch auch, oder?«

»Edward, das weißt du«, erwiderte Cassia behutsam. Allmählich verstand sie, wie tief seine Unsicherheit reichte und weshalb ihm Dinge wie ihre Herkunft, ihr Leben bei Sir Richard und Leonora und Leute wie Edwina Fox-Ashley so wichtig waren.

Am Abend gingen die Tallows aus. »Zu einer Feier im Gutshaus«, verkündete Barbara Tallow, eindeutig in dem Versuch, Cassia deutlich zu machen, dass sie nur in den besten Kreisen verkehrten. »Edward, Doris hat für dich und Cassia ein Abendessen vorbereitet. Leider nur etwas Kaltes, aber …«

»Es ist bestimmt köstlich«, antwortete Cassia. »Danke.«

Die kalte Mahlzeit entpuppte sich als alles andere als köstlich. Lammfleisch, Salat und Brot, gefolgt von winzigen Portionen Pudding, Keksen und Käse. Schulessen, dachte Cassia. Nahrhaft und langweilig. Sie hatte ihren Pudding halb verspeist, als sie sich, ohne es zu wollen, an die leckeren Mahlzeiten in Grosvenor Gardens erinnerte. Zu ihrer Verlegenheit hörte sie sich selbst aufseufzen.

»Ist alles in Ordnung?«, erkundigte sich Edward. Sie bejahte und erklärte, sie sei nur ein wenig müde. Er erwiderte, es sei nachlässig von ihm, ihr nicht einmal ein Glas Wein angeboten zu haben. Er werde eine Flasche aus dem Keller holen.

Es war zwar nur ein durchschnittlicher Rotwein, der jedoch die erwünschte Wirkung hatte, sie aufzumuntern und zu entspannen. Nachdem sie den Tisch abgeräumt und das Geschirr gespült hatten, fragte sie, ob sie ein paar Schallplatten auflegen könnten.

Es waren welche mit altmodischer Tanzmusik dabei, und sie tanzten. Einige Gläser Wein später küssten sie sich ziemlich leidenschaftlich auf dem Sofa. Aber nach einigen Minuten setzte Edward sich auf. Die Situation war ihm offenbar peinlich.

»Tut mir leid, aber sie könnten jeden Moment zurück sein.«

»Dann gehen wir doch nach oben. In dein Zimmer. Oder in meins.«

Edward errötete. »Nun, ich weiß nicht. Ich meine …«

»Mummy wäre nicht einverstanden. Herrgott, Edward. Du bist erwachsen. Außerdem würde sie es gar nicht mitbekommen. Sie würde denken, dass wir früh zu Bett gegangen sind, was ja auch stimmen würde.«

Ihr war klar, dass sie recht betrunken war. Lächelnd beugte sie sich vor und küsste ihn fest auf den Mund. Ihre Zunge tastete nach seiner.

Er wich zurück. »Cassia, du weißt ja …«

Sie verspürte eine zunehmende Gereiztheit. »Oh, Edward, ja, ich weiß es. Manchmal frage ich mich, ob du mich überhaupt begehrst.«

»Das weißt du doch«, entgegnete er.

»Ich weiß nichts dergleichen. Wirklich nicht. Beweise es mir.«

»Ja gut.« Seine Miene veränderte sich plötzlich. »Ja, das werde ich.«

Und so landeten sie auf Edwards Bett. Er küsste sie, und sie erwiderte seine Küsse. Sie wurde von gewaltigen Strömen der Lust durchpulst, griff in seine Hose und spürte seine harte, bebende Erektion. Sie wollte ihn so sehr, wollte ihn in sich aufnehmen. Aber als sie ihm das sagte, protestierte er, das sei falsch.

»Es ist nicht falsch, Edward«, rief sie verzweifelt aus, zog ihn an sich und küsste ihn heftig und leidenschaftlich. Er erwiderte den Kuss und schob eine Hand unter ihren Rock, tastete nach ihr. Mit der anderen liebkoste er ihre Brust, hob den Kopf und blickte ihr in die Augen. »O Gott, ich liebe dich so«, keuchte er.

Im nächsten Moment öffnete sich die Zimmertür, und sie sah über Edwards Schulter hinweg das Gesicht von Desmond Tallow, der sie ungläubig und angewidert anstarrte. Zu ihrem Entsetzen hörte sie plötzlich Edwards Stimme. Er wälzte sich von ihr und setzte sich auf. »Vater«, sagte er, »es tut mir leid, dass du verärgert bist, aber … nun, wir werden heiraten.«

Hätte man sie im Vorhinein gefragt, wie sie sich in dieser Situation verhalten würde, wäre sie sicher gewesen, dass sie es abstreiten würde: Nein, werden wir nicht, das hier hat nichts damit zu tun. Aber sie war so erschrocken und fühlte sich von dem, was geschehen war, derart erniedrigt, dass sie das Spiel mitmachte.

Desmond verkündete, er sei schockiert von dem Verhalten seines Sohnes. Er fügte hinzu, er wolle ihn unten sprechen, und ging.

Verlegen sah Edward Cassia an und schwieg, als sie ihn ihrerseits musterte. Sie wollte widersprechen und von ihm wissen, warum er diese Ankündigung gemacht hatte, ohne sie vorher um ihr Einverständnis zu bitten. Nein, sie würden nicht heiraten, das sei nicht wahr. Doch seine peinlich berührte und bedrückte Miene hinderte sie daran.

»Vielleicht sollten wir uns richtig anziehen und runtergehen«, sagte er schließlich.

»Nein, Edward«, widersprach sie. »Ich gehe jetzt nicht runter. Es tut mir leid, dass du allein mit ihnen reden musst, aber ich bin völlig durcheinander. Ich lege mich schlafen. Bitte erkläre es ihnen.«

Er bejahte und verließ wie ein begossener Pudel das Zimmer. Cassia hörte ihn im Bad. Sie ging in ihr Zimmer, wo sie niedergeschlagen unter die Decke kroch und zu ihrer großen Überraschung einschlief.

Am Morgen wachte sie mit scheußlichen Kopfschmerzen

und einer Mischung aus Reue und Panik auf. Die Angelegenheit bedurfte der Klärung.

Sie stand auf, badete, zog sich an und packte ihren Koffer. Ihrer Ansicht nach war es das Beste, dem Haus der Tallows so schnell wie möglich den Rücken zu kehren. Natürlich erst, nachdem sie deutlich gemacht hatte, dass Edwards gestrige Ankündigung ein Irrtum gewesen war. Sie schlich nach unten und ins Esszimmer. Desmond und Barbara waren nicht da. Edward stand an der Anrichte und häufte Speck auf seinen Teller. Lächelnd drehte er sich zu ihr um.

»Guten Morgen, Cassia. Hast du gut geschlafen?«

»Ja. Danke. Erstaunlicherweise. Edward …«

Er fiel ihr ins Wort. »Ich hatte gestern ein angenehmes Gespräch mit meinen Eltern. Sie waren wirklich großartig. Sehr aufgeschlossen, sogar meine Mutter. Offenbar denken sie, tja …« – er lächelte verlegen –, »dass ich eben ein gesunder junger Mann bin, der dem Ruf der Natur gefolgt ist.«

»Wir haben doch gar nichts getan.«

»Ich weiß, aber wir waren allein in meinem Zimmer und lagen bei geschlossener Tür auf dem Bett. Es hätte alles Mögliche passieren können.«

»Aha«, entgegnete sie trocken. »Und was bin ich, wenn du ein gesunder junger Mann bist? Eine Schlampe?«

»Nein, natürlich nicht. Nachdem sie sich beruhigt hatten, haben sie gesagt, sie hätten dich sehr gern. Sie sind beeindruckt von dir.«

»Wie reizend«, höhnte sie.

»Ja.« Offenbar war ihm ihr ironischer Unterton entgangen. »Ihrer Ansicht nach setzt eine lange Verlobungszeit junge Leute stark unter Druck. Sie erinnerten sich an ihre eigene Jugend.«

»Aber wir haben keine lange Verlobungszeit.«

»Schon, doch es war hilfreich, es anzudeuten. Inoffiziell natürlich. Sie schienen sich sehr für uns zu freuen.«

»Edward, es gibt keinen Grund, sich zu freuen. Wir werden nicht …«

Die Tür öffnete sich, und Desmond Tallow trat ein.

»Ach, da seid ihr ja.« Er lächelte beinahe. »Kommt ins Wohnzimmer. Wir haben euch etwas zu sagen.«

Wieder stieg Panik in ihr auf. Als sie Edward hilfesuchend ansah, lächelte er nur aufmunternd, nahm sie am Arm und schob sie ins Wohnzimmer. Barbara stand an einem Beistelltisch, auf dem sich eine Flasche Champagner und vier Gläser befanden. Desmond entkorkte feierlich die Flasche, schenkte ein und reichte ihr ein Glas. Der Champagner war warm und sehr süß. Sie bemühte sich um eine begeisterte Miene.

»Also«, begann Desmond und betrachtete Edward. »Glückwunsch an euch beide. Natürlich haben wir Bedenken. Ihr seid noch sehr jung, doch ihr meint es offenbar ernst miteinander.«

»Mr Tallow …«, setzte Cassia an.

»Nein, kein Wort mehr«, unterbrach Desmond. »Selbstverständlich habt ihr noch eine lange Wartezeit vor euch. Eine Hochzeit kommt erst infrage, wenn Edward seinen Abschluss hat. Und« – er warf ihr einen beinahe verschwörerischen Blick zu – »ich wette, dass du deine Einstellung, was berufstätige Ehefrauen angeht, ändern wirst. Wir wollen anstoßen. Auf euch beide. Und auf die Zukunft.«

»Auf die Zukunft«, wiederholte Barbara und errötete.

Es erschien Cassia einfach zu grausam zu sagen, dass es keine Zukunft geben würde. Zumindest keine, wie sie sie sich vorstellten.

Später fuhr Edward Cassia zum Bahnhof. Desmond hatte ihm das Auto geliehen. Da sie zu früh dran waren, saßen sie da und warteten auf den Zug.

Cassia atmete tief durch. »Edward, wir sind nicht verlobt, und das weißt du genau. Du hättest nie …«

»Aber es könnte so sein. Es sollte so sein. Ich habe die Sache nur ein wenig beschleunigt. Ich liebe dich. So sehr. Und du liebst mich.«

»Edward …«

»Das tust du doch, oder?« Seine Miene war so gekränkt und bedrückt, dass es ihr Angst machte.

»Ich liebe dich, aber …«

»Na siehst du. Was also wäre wunderbarer und natürlicher, als zu heiraten? Cassia, mit dir schaffe ich alles. Da bin ich ganz sicher. Ich liebe dich so sehr, und ich bin so glücklich.« Er lächelte sie an. »Eigentlich war es das Beste, dass es so gekommen ist. Ich hätte nie den Mut gefunden, dich zu fragen. Oh, schau, da ist dein Zug. Komm, wir suchen dir einen Platz.«

Auf dem Bahnsteig stand ein Freund seiner Eltern, ein aufgeblasener, ungehobelter Mann, den Cassia vor der Kirche kennengelernt hatte. Er sagte, er werde ihr Gesellschaft leisten, falls sie das nicht störte. Cassia erwiderte, selbstverständlich nicht, und gab die Hoffnung auf, Edward vor ihrer Abfahrt noch alles zu erklären.

Und das war ihr fataler und nicht wiedergutzumachender Fehler gewesen.

KAPITEL 3

Schatz, du siehst hinreißend aus.«

Cassia lächelte Rupert an und dachte, dass das ganz und gar nicht zutraf. Rupert hingegen war unverschämt attraktiv. Wie ungerecht war es doch, dass Männer mit Mitte fünfzig, was Rupert eindeutig war, noch so gut aussahen, während ihre Altersgenossinnen einfach nur alt waren.

Mein Gott, er war wirklich ein schöner Mann. Sein silberblondes Haar war so dicht wie eh und je, seine blauen Augen funkelten, seine Züge waren noch immer markant, und seine hochgewachsene Gestalt wirkte so schlank wie früher. Obwohl er nie viel Geld besaß, gelang es ihm stets auszusehen, als stünde er unter der Obhut eines fähigen Kammerdieners und eines teuren Schneiders. Das war ein Teil seiner Begabung, des Charmes eines Schauspielers. Wie er in jeder gesellschaftlichen Runde eine aufgelockerte Stimmung verbreitete, färbte auch seine elegante Ausstrahlung auf seine Umgebung ab. Heute trug er einen dunkelgrauen Nadelstreifenanzug, der ohne die schwarz und rosafarben gestreifte Krawatte, natürlich gebunden wie die des Prince of Wales, nicht viel hergemacht hätte.

Cassia stand da, bewunderte ihn und dachte daran, wie sehr sie ihn noch liebte und vermisste. Sanft küsste sie ihn auf die Wange. »Oh, Rupert«, sagte sie nur. »Es ist wundervoll, dich zu sehen.«

»Dich auch, Schatz. Und es ist mein Ernst, dass du traumhaft aussiehst. Ich liebe deinen Hut.«

»Wirklich? Ich habe ihn erst heute Morgen gekauft. Ich war nicht ganz sicher, weil ich mir so lange nichts mehr zum Anziehen gekauft habe, aber ich konnte Leonora doch nicht im Stich lassen. Also war ich bei Harvey Nichols, um ihr eine letzte Ehre zu erweisen. Findest du ihn wirklich okay?«

»Perfekt. Er scheint teuer gewesen zu sein.«

»War er. Sehr«, erwiderte sie und lächelte ihn an. Es war ein keckes Lächeln. Sie hatte sich schon keck gefühlt, als sie den Scheck ausgeschrieben hatte. Dabei hatte sie ständig den Hut angesehen, der noch unverpackt in seiner Schachtel lag. Schwarzes Stroh, flache Krone, breite Krempe und ein zu einer kühnen, dramatischen Schleife gebundenes rotes Band.

»Wo ist Edward?«

»Er konnte nicht kommen. Gestern gab es einen Notfall nach dem anderen. Und dann heute Morgen noch ein Baby in Steißlage. Er war erschöpft. Eigentlich wollte er ohnehin nicht mit.«

»Nun«, sagte Rupert, beugte sich vor und küsste sie, »dann spiele ich heute deinen Ersatzehemann. Mit dem größten Vergnügen, wie ich hinzufügen möchte. Ganz zu schweigen vom Stolz. Wie wäre das?«

»Fantastisch, Rupert. Danke.«

»Also hak dich bei mir unter. Ach, da ist ja Benedict. Und Cecily. Entschuldigst du mich einen Moment, Schatz? Ich möchte mir noch kurz meinen Text anschauen. Wir treffen uns drinnen. Halt mir einen Platz frei.«

»Cassia, meine Liebe«, sagte Benedict Harrington und küsste sie. »Wie hübsch du bist. Findest du nicht auch, Cecily?«

»Wundervoll«, erwiderte Cecily. »Toller Hut, Cassia.«

»Gefällt er dir? Ich dachte, er wäre vielleicht ein wenig zu gewagt.«

»Tja, wenn er es wäre, was er nicht ist, ist das völlig gleichgültig. Immerhin ist das hier eine Gedenkfeier und keine Beerdigung«, entgegnete Cecily mit Nachdruck. »Außerdem hat Leonora ihr Leben der Gewagtheit gewidmet.«

Lächelnd bückte sich Cassia, um sie zu küssen. Cecily war mindestens zwanzig Zentimeter kleiner als sie, hübsch und mit weiblichen Rundungen. Ihre Fähigkeit, über Belanglosigkeiten zu plaudern, war eine ausgezeichnete Tarnung für ihren messerscharfen Verstand.

Benedict war das Ebenbild von Leonora. Die beiden ähnelten sich – nun, hatten sich geähnelt – wie zwei Geschwister in einem Stück von Shakespeare. Dabei war Leonora hochgewachsen und statuesk gewesen, während Benedict für einen Mann eher zart gebaut war. Cassia betrachtete ihn und schob die Erinnerung an Harry Moreton beiseite, der ihr bei ihrem Debütantinnenball eine schockierende, unaussprechliche Eröffnung gemacht und damit den bis dahin so zauberhaften Abend verdorben hatte. Sie drängte den Gedanken mit aller Macht zurück und lächelte Benedict zu. »Ein großartiger Anlass, Benedict. Ich freue mich, dass du diesen Einfall hattest.«

»Sie hat es verdient«, antwortete er. Plötzlich wirkte er bedrückt.

»Ja, hat sie«, stimmte Cassia zu und küsste ihn zu ihrer Überraschung noch einmal. Sie, ja, und auch die anderen neigten dazu zu vergessen, wie sehr er Leonora geliebt hatte.

Benedict lächelte sie an, drehte sich dann aber um, als er seinen Namen hörte.

Es waren die Fox-Ashleys. Sir Marcus, hochgewachsen und elegant in einem Cutaway und wie immer zurückhaltend und mit ausgezeichneten Manieren. Seine aufgetakelte Frau neigte zu einem übertriebenen Selbstbewusstsein und übertönte das ansonsten gedämpfte Stimmengewirr.

»Benedict, mein Lieber, so viele sind gekommen. Die Leute können einem solchen Anlass eben nicht widerstehen.«

»Nicht wahr?« Benedict lächelte sie an. Seine Höflichkeit ließ ihn nie im Stich. »Nun, ich freue mich, dass du es auch nicht konntest, Sylvia. Wie reizend du aussiehst.«

»Du brauchst mir nicht zu schmeicheln, Benedict. Ich sehe aus wie mindestens hundert, wie mir eine meiner lieben kleinen Großnichten gestern mitgeteilt hat. Und ich fühle mich auch so.«

»Ach papperlapapp«, widersprach Benedict. »Du siehst kaum älter aus als deine Tochter. Wo steckt Edwina übrigens?«

»Oh, irgendwo da drüben«, sagte Sylvia. »Und erzähl ihr das bloß nicht. Herrje, es gibt nichts, was sie mehr ärgert, und sie hat ohnehin schon schlechte Laune. Harry hat darauf bestanden, heute Morgen auszureiten. Edwina war ja so wütend auf ihn. Aber keine Sorge, er wird da sein. Er lässt sich keine Gelegenheit entgehen, im Rampenlicht zu stehen. Er ist vor Stolz fast geplatzt, weil du ihn gebeten hast, etwas vorzulesen. Wirklich lieb von dir.«

»Immerhin war er Leonoras Cousin.«

»Ja, stimmt. Eure Familienverhältnisse sind so kompliziert. Ach, Cassia, ich habe dich gar nicht gesehen. Reizender Hut, meine Liebe.«

»Danke«, erwiderte Cassia. »Benedict, wollen wir reingehen?« In diesem Moment hatte sie nur einen einzigen Wunsch: Wohlbehalten bei den Harringtons an ihrem Platz zu sitzen, bevor Harry Moreton eintraf.

Die Kirche war voll besetzt, was sie ebenso überraschte wie Benedict.

»Ich hätte nicht gedacht, dass so viele kommen würden. Wundervoll. Oh, Cassia, du meine Güte – da ist Richard.«

Zum ersten Mal an diesem Tag spürte Cassia, dass ihr Tränen in den Augen brannten. »Ich bin so froh.« Sie betrachtete Sir Richard und seine zweite Frau Margaret, die sich von Grund auf von Leonora unterschied. Stets vernünftig und klug, stand sie in allen Lebenslagen hinter ihm.

Sir Richard näherte sich ihrer Sitzreihe und beugte sich vor, um sie zu küssen. »Guten Morgen, mein Liebes. Wie schön, dich zu sehen.«

»Dich auch, Patenonkel. Ich freue mich, dass du hier bist.«

Die Orgel stimmte die harmonischen Klänge von »Jesu, meine Freude« an. Er tätschelte ihr die Hand. »Bis später.«

»Gott sei Dank«, flüsterte Benedict ihr plötzlich ins Ohr. »Harry ist da.«

Es kostete sie große Willenskraft, sich nicht umzudrehen.

Es wurde gebetet, und man sang Kirchenlieder. Der dreiundzwanzigste Psalm wurde verlesen. Dann trat Rupert ans Rednerpult und begann, mit seiner sanften, wohlklingenden Schauspielerstimme die anrührenden Zeilen aus der Offenbarung 21 vorzutragen: »Und ich sah einen neuen Himmel und eine neue Erde; denn der erste Himmel und die erste Erde sind vergangen, und das Meer ist nicht mehr.«

Als er am Ende angelangt war – »Und der Tod wird nicht mehr sein; noch Leid noch Geschrei noch Schmerz wird mehr sein; denn das Erste ist vergangen« –, stieg unermessliche Trauer in Cassia auf. Sie biss sich auf die Lippe, bis sie beinahe blutete, um ein Schluchzen zu unterdrücken, und griff unwillkürlich nach Cecilys Hand. Durch einen Tränenschleier beobachtete sie, wie Harry Moreton das Kirchenschiff durchschritt und sich zur Gemeinde umwandte. Sein Blick aus dunklen Augen fiel auf Cassia. Er erkannte sie, nahm sie jedoch weder zur Kenntnis noch wandte er sich ab. Eine lange Zeit verharrte er reglos, schlug dann schließlich das Buch in seiner Hand auf und fing an zu lesen.

»Prediger«, verkündete er. »Kapitel drei.« Wieder eine lange Pause. »Ein Jegliches hat seine Zeit, und alles Vorhaben unter dem Himmel hat seine Stunde. Geboren werden hat seine Zeit, sterben hat seine Zeit …«

Seine dunkle, eindringliche Stimme ging ans Herz. Mit inzwischen geschlossenen Augen saß Cassia da und erinnerte sich an den Beginn ihrer seltsamen, gefährlichen und schwierigen Beziehung. An den schlaksigen, mürrischen Jungen, der bei ihrem ersten Besuch in London eingeladen worden war, um Tee mit ihr zu trinken und mit ihr zu spielen.

»Harry ist mein Cousin zweiten Grades«, hatte Leonora an jenem Morgen verkündet. »Ihr beide werdet euch prima vertragen.«

Cassia hielt das für nicht sehr wahrscheinlich, als sie Harry betrachtete. Er war so seltsam gekleidet, trug ein seidenes Hemd und eine kurze Hose und hatte zu lange dunkle Locken. In seinen dunklen Augen malte sich Widerwillen ab gegen sie und die ganze Situation.

Lächelnd war sie auf ihn zugetreten und hatte die Hand ausgestreckt. »Hallo, ich bin Cassia.«

Harry hatte ihre Hand geschüttelt, allerdings ohne das Lächeln zu erwidern. Dann setzte er sich in einen Sessel und starrte hinaus in den Garten.

»Was möchtest du gerne machen?«, fragte Cassia.

»Das ist mir eigentlich egal«, entgegnete er und zog sich die Kniestrümpfe hoch, ohne sie anzusehen.

»Wir könnten Ludo spielen. Oder Karten, wenn dir das lieber ist.«

»Ich hasse Spiele«, antwortete er, griff nach der *Illustrated London News* und blätterte darin herum.

»Wir könnten im Garten spazieren gehen.«

»Es regnet doch, oder?«

Da hatte sie es verärgert aufgegeben, sich an den Puzzletisch gesetzt und mit einem angefangen. Nach einer Weile war Harris, Leonoras Zofe, erschienen und hatte sich erkundigt, ob sie Tee wollten. Schweigend hatte Cassia am Tisch gesessen und beobachtet, wie Harry wortlos eine Unmenge von Sandwiches verschlang. Sie machte einen zweiten Anlauf.

»Die sind lecker, oder?«, sagte sie zwischen zwei Bissen.

»Kann man essen.«

»Hast du Schulferien wie ich? Wo gehst du denn zur Schule?«

»Ich gehe nicht zur Schule. Ich habe einen Hauslehrer. Bis ich nach Eton kann, natürlich.«

»Ist das nicht ein bisschen einsam und langweilig?«

»Überhaupt nicht. Ich bevorzuge die Gesellschaft Erwachsener.«

Jetzt platzte Cassia der Kragen. »Bist du nicht ein wenig zu alt für eine Nanny?« Er war mit einem Kindermädchen in Tracht eingetroffen.

»Nein«, erwiderte er. »Jemand muss sich ja um mich kümmern.«

»Was ist mit deiner Mutter?«

»Ich habe keine Mutter. Sie starb bei meiner Geburt.«

Cassia wurde von Mitgefühl ergriffen. »Das tut mir so leid, Harry. Es muss schrecklich für dich sein.«

Als Harry Moreton sie ansah, war seine Miene noch feindseliger als zuvor. »Ganz und gar nicht. Schließlich kannte ich sie nicht.«

»Stimmt, aber was ist mit deinem Vater? Sicher verbringst du viel Zeit mit ihm.«

»Ich habe keinen Vater. Er ist in der Schlacht an der Marne gefallen, als ich acht war.«

Cassia musterte ihn entsetzt, stand auf und verließ das Zimmer.

»Ich konnte es nicht mehr ertragen«, erklärte sie ihm Jahre später. »Du hast so viel Tragisches erlebt, und niemand hatte sich die Mühe gemacht, mir vorher etwas derart Wichtiges mitzuteilen.«

Als Leonora spätabends zurückkehrte, war sie sehr verärgert. »Cassiopeia« – ihren vollen Namen benutzte sie nur, wenn sie zornig war –, »wie konntest du es wagen, so unhöflich zu Harry zu sein? Soweit mir bekannt ist, hast du ihn einfach am Teetisch sitzen gelassen.«

»Er war sehr unhöflich zu mir. Unhöflich und unfreundlich.«

»Ganz gleich, wie er sich benommen hat – er war Gast in diesem Haus, und es war deine Pflicht, nett zu ihm zu sein.«

»Ich habe es versucht. Wirklich, Leonora. Immer wieder und wieder. Und warum hast du mir nicht erzählt, dass er keine Eltern mehr hat?«

»Ich dachte, das würde für dich keine Rolle spielen.«

»Natürlich spielt es eine Rolle«, empörte sich Cassia. »Es spielt eine große Rolle, wenn jemand in meinem Alter keine Eltern hat, niemanden, der ihn liebt und für ihn sorgt. Das erklärt eine ganze Menge. Wer kümmert sich eigentlich um ihn?«

»Ach Dienstboten. Davon gibt es viele im Haus.«

»Hat er nicht einmal Großeltern?«

»Tja, da ist der alte Mann, Harrys Großvater mütterlicherseits. Aber der ist ein Griesgram. Er wohnt zwar auch dort, will jedoch nichts mit Harry zu tun haben. Er hat Harry nie vergeben, dass er seine Tochter umgebracht hat, so sieht er es wenigstens. Sobald Harry nach Eton geht, wird sein Großvater zurück in sein eigenes Haus ziehen.«

»Und er wird dort ganz allein wohnen? Nur mit Dienstboten?«

»Das tut er ja bereits.«

»Oh.« Dass Harry einsam und ohne Liebe leben musste, entsetzte Cassia bis ins Mark. »Leonora, es tut mir leid, falls ich unhöflich zu ihm war. Wenn du möchtest, schreibe ich ihm und entschuldige mich.«

»Vielleicht nützt es ja etwas«, erwiderte Leonora ein wenig besänftigt.

Cassia hatte einen unbeholfenen, gestelzten Brief an Harry geschrieben. Er antwortete nie, und sie sah ihn zwei Jahre nicht wieder.

»Geboren werden hat seine Zeit, sterben hat seine Zeit«, wiederholte Harry die Worte am Ende des Textes, um ihnen mehr Nachdruck zu verleihen. Er klappte die Bibel zu, verharrte erneut und musterte die Gemeinde. Dann kehrte er langsam an seinen Platz neben Edwina zurück. Als er an Cassia vorbeikam, betrachtete er sie nachdenklich, als wisse er nicht, was er von ihr halten solle. Sie erwiderte seinen eindringlichen Blick aus dunklen Augen, ohne sich abzuwenden.

Im Esszimmer am Eaton Place hatte man ein Büfett aufgebaut. Die Terrassentüren ließen milde goldene Luft herein. Im Garten hatte man kleine Tische verteilt. Sie füllten sich rasch mit Gästen, die plauderten, lachten und einander mit Küsschen begrüßten. Dienstboten gingen mit Tabletts voller Kanapees durch die hundertköpfige Menge und schenkten Champagner nach. Jahrgangschampagner, dachte Cassia, die das Etikett mit unverhohlener Neugier studierte. Was für eine absurde Verschwendung.

»Hallo, Patenonkel«, sagte sie und steuerte auf Richard zu.

»Mein liebes Kind, wie schön, dass du hier bist. Du siehst

gut aus, wenn auch ein wenig mager. Margaret musste weg, einer ihrer Wohltätigkeitsausschüsse. Ich wäre auch lieber nach Hause gegangen, wollte jedoch keinen unfreundlichen Eindruck machen. Ich war traurig über Leonoras Tod.« Seine strenge Miene wurde weicher. »Ich hatte sie sehr gern und befürchte, ich könnte damals nicht richtig gehandelt haben.«

»Du hast das getan, was du für das Richtige gehalten hast.«

»Schon. Doch das, was wir für das Richtige halten, kann oftmals genau das Falsche sein. Möglicherweise war ich eben nicht der passende Mann für sie. Ein Jammer.«

»Das stimmt nicht, Patenonkel. Sie hat dich geliebt. Da bin ich ganz sicher.«

»Nicht so, wie sie dich geliebt hat. Du warst das Licht ihres Lebens. Das Kind, das ihr nie vergönnt war. Arme Leonora. Mein Liebes, ich muss jetzt gehen. Besuch mich doch einmal.«

»Ja … äh, Patenonkel?«

»Ja, mein Liebes?«

»Leonora … Vermutlich weißt du, dass sie mir etwas Geld hinterlassen hat.« Sie fühlte sich verpflichtet, es ihm zu sagen. Sie hätte es mit ihrem Gewissen nicht vereinbaren können zu schweigen. Als sie aufblickte, erschrak sie über seinen Gesichtsausdruck. War es Schock? Nein. Überraschung? Ja. Ungläubigkeit? Beinahe. Im nächsten Moment wurde all das von einem neutralen Lächeln abgelöst.

»Wie nett. Das freut mich. Ich sagte ja, du warst das Kind, das ihr nie vergönnt war. Nun, verschwende es nicht, mein Liebes. Und gib es für dich selbst aus. Steck es in einen Urlaub, ein paar Kleider und vielleicht in ein kleines Auto. Das hätte sie sich gewünscht.«

Inzwischen wand sie sich vor Verlegenheit. Sie konnte ihm unmöglich mitteilen, dass er sie nicht richtig verstanden hatte, dass es sich um sehr viel Geld handelte. Das wäre ihr geschmacklos und unverschämt erschienen. Albern, aber so war es eben. Sie küsste ihn. »Es hat mich wirklich gefreut, dich zu treffen. Richte Margaret Grüße von mir aus.«

Sie blickte dem hochgewachsenen, eleganten Sir Richard nach, der sich durch einen Raum voller makellos gekleideter Menschen schlängelte. Dabei dachte sie, wie sehr sich diese Szene von ihrem jetzigen Leben unterschied. Davon, was sie inzwischen als Normalität betrachtete.

»Cassia?«, erklang da Harry Moretons Stimme hinter ihr.

Langsam und zögernd drehte sie sich um. Sie wusste, dass sie keine andere Wahl hatte, als mit ihm zu sprechen und seine Fragen zu beantworten.

»Wie geht es dir?«

»Ausgezeichnet, Harry. Und dir? Deine Lesung hat mir sehr gefallen.«

»Prima«, erwiderte er lässig. Wider Willen fühlte sie sich heftig zu ihm hingezogen. Zu seiner erotischen Ausstrahlung. Es gelang ihr nicht, seinem Blick auszuweichen. Er schmunzelte wissend und genoss es offenbar.

»Wirklich wundervoll, dich zu sehen«, sagte er nach einer knisternden Pause. »Es hat mich sehr gefreut, dass du es einrichten konntest.«

»Aber natürlich. Und ich fand die Feier anrührend. Außer dass ich Rollo Gresham vermisst habe.«

»Tja, ich nicht«, entgegnete Harry knapp. Er konnte Gresham ebenso wenig leiden wie Benedict, und Cassia fragte sich nach dem Grund.

»Ist der Arzt nicht hier?«, erkundigte er sich unvermittelt. Er bezeichnete Edward immer als »der Arzt«.

»Nein, er musste ein Baby entbinden.«

»Wie löblich. Und jetzt erzähl mal. Wie ist das Leben auf dem Land? Wie geht es der Familie?«

»Alles bestens. Und der Familie geht es gut.«

»Es freut mich, das zu hören. Was treibst du so? Praktizierst du?«

»Oh, dafür habe ich keine Zeit«, erwiderte sie rasch. »Ich muss einen Haushalt führen. Außerdem bin ich natürlich sehr im Gemeindeleben engagiert. Verschiedene Ausschüsse und so.«

»Ach herrje, das klingt ein bisschen wohlanständig.«

»Harry, an Wohlanständigkeit ist nichts auszusetzen.«

»Da würde ich dir widersprechen.« Er grinste, und seine Augen funkelten spitzbübisch. »Meiner Ansicht nach gibt es an Wohlanständigkeit jede Menge auszusetzen. Wohlanständigkeit ist eintönig, langweilig und selbstbeweihräuchernd. Und unattraktiv.«

»Vermutlich hat Verkommenheit deiner Meinung nach ihre Vorzüge.«

»Oh, in der Tat. Erstens ist sie amüsant. Ihre Anhänger haben einen gewissen Charme. Man könnte sie sogar als Herausforderung bezeichnen. Und selbstbeweihräuchernd ist sie ganz sicher nicht.«

»Aber einen großen Wert hat sie auch nicht«, wandte sie ein.

»Ich muss dir wieder widersprechen. Amüsement ist jede Menge wert und hat Charme.«

»Dieses Gespräch ist absurd.« Sie bemerkte, dass er sie angrinste.

»Ach, ich hatte ganz vergessen, welchen Spaß es macht, dich aufzuziehen.« Er tätschelte ihr den Arm.

»Es war nett, dich zu treffen«, stieß sie hervor. Sie hatte vergessen, vorsichtig zu sein, und wunderte sich über sich selbst.

»Die Freude ist ganz meinerseits. Schön, dass du jetzt mit dem Arzt glücklich bist.«

»Ja, bin ich. Wir führen ein wundervolles Leben.«

»Und du bereust nichts? Dass du deinen Beruf aufgegeben hast oder ...«

»Nein, natürlich nicht.«

»O Gott, Edwina naht. Wir müssen weg. Wie schade, ausgerechnet heute, wo du einen Tag Ausgang hast.«

»Ich kann ausgehen, so oft ich will«, entgegnete sie verärgert. »Ich habe eben nicht die Zeit dazu. In einer Landarztpraxis gibt es viel zu tun.«

»Ich verstehe. Tja, dann heißt es wohl Abschied nehmen.« Er griff nach ihrer Hand, beugte sich vor, küsste sie auf die Wange und trat dann zurück, um sie zu mustern. »Ein traumhafter Hut«, meinte er schließlich. »Und sicher war er sündhaft teuer. Es erstaunt mich, dass ein Landarzt so viel verdient.«

KAPITEL 4

Cecily und Benedict haben uns zu sich eingeladen«, verkündete Cassia.

»Wohin, nach London? Bertie, hör mit dem Herumgezappel auf«, sagte Edward.

»Nein, nach Südfrankreich.«

»Frankreich?«, begeisterte sich Bertie. »Können wir hinfahren? Wir haben in der Schule gerade mit Französisch angefangen, und …«

»Bertie, natürlich können wir nicht hinfahren. Wir alle nicht. Am wenigsten du.«

»Doch«, widersprach Cassia. »Wir sind alle eingeladen.«

Edward lief rot an. »Das kommt überhaupt nicht infrage. Nett von ihnen, aber …«

»Warum kommt es nicht infrage?«

»Cassia, bitte! Ich kann unmöglich die Praxis allein lassen. Eine Vertretung kann ich mir nicht leisten. Außerdem wären Fahrkarten nach Frankreich für uns alle sehr teuer. Ich …« Als er sie ansah, wusste sie, was er dachte: Sie könnte es bezahlen. Sie konnte alles bezahlen. Plötzlich besaß sie die Freiheit zu tun, was sie wollte. Nur dass du es nicht willst, sagte sein Blick. Du kannst es unmöglich wollen.

»Ja«, sagte sie rasch. »Du hast recht. Ich habe nicht richtig nachgedacht.«

»Wir könnten hinfahren, Mummy, nur mit dir«, beharrte Bertie. »Es wäre so ein Spaß! Außerdem beschwert Daddy sich immer, er bräuchte mehr Ruhe und Frieden.« Er lächelte Cassia engelsgleich an. »Ohne uns hätte er jede Menge davon. Insbesondere ohne Delia.«

Delia auf ihrem Kinderstuhl fing wie auf ein Stichwort zu schreien an und warf klebrige, mit Orangensaft vermischte Brotstücke auf den Boden.

Edward betrachtete Delia mit einem Gesichtsausdruck, der an Widerwillen heranreichte. »Ich muss los und mich um die wirkliche Welt kümmern. Die Praxis füllt sich. Wir sehen uns später.« Er ging hinaus, ohne seine Familie eines Blickes zu würdigen.

Bertie sah Cassia an. »Bitte, Mummy?«, bettelte er.

Später am Vormittag rief sie zu ihrer eigenen Überraschung Mr Brewster an. »Ich habe mich nur gefragt, wie lange es wohl dauert, bis ich Zugriff auf das Geld habe. Das heißt, auf ein bisschen davon.«

»Wahrscheinlich zwei Monate. Warum? Schwebt Ihnen etwas Besonderes vor? Ein Auto zum Beispiel?« Sie hörte ihm an, dass er lächelte.

»O nein. Es war nur so eine Frage. Wir möchten einiges am Haus reparieren lassen.«

»Mrs Tallow, auf der Grundlage des Testaments gibt Ihnen jede Bank einen Kredit. Sie soll sich einfach mit mir in Verbindung setzen. Sie müssen wirklich nicht warten.«

Als Edward zum Mittagessen nach Hause kam, hatte er schlechte Laune. »Cassia, ich wäre dir dankbar, wenn du verfügbar wärst, während in der Praxis die Hölle los ist. Ich weiß, dass du nicht ständig aushelfen kannst, aber ich hätte dich zweimal gebraucht, und du warst nicht da. Es kann doch nicht so schwierig sein, die Vormittage zu Hause zu verbringen.«

»Edward, ich hatte heute Vormittag viel zu tun«, entgegnete Cassia.

»Ich begreife nicht, warum das unbedingt heute sein musste. Es ist nur eine Frage der Organisation. Früher konntest du so gut mit Zeit umgehen.«

Cassia zählte bis zehn und beschloss, dass es das Beste war, einen Streit zu vermeiden. Sie fügte hinzu, sie werde am folgenden Vormittag auch nicht da sein, weil sie zum Zahnarzt müsse.

»Herrje«, schimpfte Edward. »Ist es wirklich zu viel verlangt, solche Termine für den Nachmittag zu vereinbaren? Das ist es sicher nicht. Ohne deine Hilfe kann ich diese Praxis nicht betreiben. Ich dachte, das hättest du verstanden. Du kennst dich dort aus. Jetzt muss ich aber weg. Bis später.«

»Mrs Venables, leider kann ich mich nächste Woche nicht um die Blumen kümmern. Ich verreise.«

»Verreisen, Mrs Tallow? Wohin denn?«

»Frankreich.«

»Ach du meine Güte. Das hat der Doktor gar nicht erwähnt, als ich ihn gestern Abend gesehen habe.«

»Der Doktor kommt nicht mit.«

»Oh, ich verstehe«, erwiderte Mrs Venables.

Gar nichts verstehst du, dachte Cassia, legte den Hörer auf und betrachtete den fadenscheinigen Teppich. In den letzten Tagen hatte sie häufig auf diesen Teppich gestarrt und sich fest darauf konzentriert, während sie ihre Telefonate erledigte: Cecily, Mr Brewster, Reisebüro, Harrods, ja Harrods, um Reisekleidung für die Kinder zu bestellen. Das war viel einfacher, als sie alle mit zum Einkaufen zu nehmen. Wirklich lächerlich einfach. Sie brauchte nur ein Konto zu eröffnen, ihre Größen anzugeben und eine Auswahl an Hemden, kurzen Hosen, Badehosen und Sonnenhüten zu ordern, die vier Tage später geliefert wurden. Dann hatte sie einen schwindelerregenden Tag in London verbracht. Vor schlechtem Gewissen und Aufregung war ihr flau im Magen gewesen, als sie auch für sich etwas gekauft hatte. Einige Leinenkleider, ein paar der jetzt modernen ausgestellten Hosen und lockeren Strickoberteile aus Seidenjersey, Sandalen, einen neuen Badeanzug, einen breitkrempigen Sonnenhut und für den Abend ein langes hellrosa Kleid aus Crêpe, falls sie nach Nizza fahren sollten. Eine Unmenge von Kleidung für sechs Tage, mehr als sie sich in sechs Jahren angeschafft hatte.

Mrs Venables konnte unmöglich verstehen, was diese sechs Tage bedeuteten, Cassia bemühte sich ja selbst, nicht daran zu denken. Es war nicht nur ein wohlverdienter Urlaub. Auch kein Schritt in die Unabhängigkeit. Nein, es war ein kräftiger, überraschender Schlag in die Magengrube ihrer Ehe. Zum ersten Mal in ihrer sechsjährigen Geschichte hatte sie sich Edward widersetzt und etwas getan, das sie wollte und er ablehnte. Edward würde schon zurechtkommen. Er hatte ja Peggy und Mrs Briggs, die sich um ihn kümmerten. Das ganze Dorf würde zusammenhalten, und es bestand sogar die Möglichkeit, dass einige Patienten den Arztbesuch bis zu ihrer Rückkehr hinausschieben würden, um behilflich zu sein.

Natürlich hatte es mit dem Geld zu tun. Darum war es in dem Streit gegangen. Nicht um ihre Reise, nicht darum, dass Edward allein zu Hause blieb. Er hatte ihr nicht vorgeworfen, sie wolle ihn verlassen. Nicht einmal, dass er nicht verstünde, warum sie ohne ihn verreisen wolle. Es war das Geld. Und Edward, der sich nach seinem anfänglichen Wutausbruch unbedingt versöhnen wollte, hatte ruhig dagesessen und schließlich gesagt, sie brauche wirklich eine Pause, ja, es sei eine gute Idee. Doch auch er wusste, dass es das Geld war.

»Ist es nicht wunderschön hier?«, fragte Cecily. Sie stand mit Cassia und Fanny am Pool.

Fanny war sonnengebräunt, ihr Gesichtchen gerötet. Sie war bezaubernd hübsch und hatte das dunkle Haar und die Rehaugen ihrer Mutter, war jedoch groß und schlank wie ihr Vater.

»Wunderschön«, stimmte Cassia lächelnd zu. »Ein Paradies.«

Der Pool war in eine weiß geflieste, von Olivenbäumen und hängenden Bougainvilleen gesäumte Terrasse eingebaut, die sich etwa hundert Meter unterhalb des Hauses befand. Das Personal bereitete alles für den Abend vor, zündete Laternen an, deckte kleine Tische und schaffte Gläser, Cocktailshaker, ein Grammofon und Schallplatten herbei. Jenseits des Pools erstreckte sich ein von hohen Pinien und Oleander umgebener Rasen in Richtung Meer. Schwerer Blumenduft lag in der Luft und mischte sich mit dem zarteren von Kräutern.

»Normalerweise nehmen wir hier unsere Drinks«, erklärte Cecily. »Heute Abend kommen unsere Nachbarn von der Villa nebenan. Schrecklich nette Leute. Nichts Förmliches. Anschließend gibt es da oben Abendessen.« Cassia schaute hinauf, wo weiteres Personal einen langen Tisch auf einer zweiten geräumigen Terrasse mit Tischtüchern, Silber, Gläsern und Eiskübeln bestückte. Das Haus war traumhaft: in einem hellen Rosé mit geschwungenen Balkonen und einem nur leicht angeschrägten Dach.

Bertie erschien auf einem der obersten Balkone und winkte. »Mummy! Komm rauf, es ist wie auf einem Schiff.«

»Ich kümmere mich besser um die Kinder«, meinte Cassia. »Wahrscheinlich schreit Delia sich wieder die Lunge aus dem Leib.«

»Die Nanny wird schon mit Delia klarkommen«, erwiderte Cecily. »Fanny, mein Schatz, geh nach oben und hol Bertie und William runter. Bestimmt möchten sie sich vor dem Zubettgehen noch im Pool abkühlen. Und du, Cassia, setzt dich und trinkst etwas. Cocktail, Champagner, was immer du möchtest.«

»Ach du meine Güte. Champagner bitte, wenn du einen mittrinkst.«

»Aber klar. Obwohl ich mich zurückhalten muss. Anweisung des Arztes.«

»Wirklich? Warum?«

»Ich hab es noch niemandem erzählt, aber ich bin wieder im Club.«

»Oh, Cecily.« Cassia beugte sich vor, um sie zu küssen. »Das ist ja wunderbar, ich freue mich so. Wie fühlst du dich?«

»Ach, gar nicht schlecht. Ich hoffe nur, dass es diesmal ein Junge wird. Das würde Benedict glücklich machen.« Eigentlich ironisch, dachte Cecily und griff nach Zigarettenetui und Feuerzeug. Wie hatte sie nur so etwas sagen können? Es war auf schreckliche Weise passend.

Was für ein Glück, sagte sich Cecily, dass sie wieder schwanger geworden war. Die Gelegenheiten dazu waren rar gesät. Meistens übte sie sich in Geduld und versuchte, nichts zu erzwingen. Doch vor einigen Monaten war ihr eines Abends die Hutschnur geplatzt. Natürlich hatte sie geschwiegen, aber sie hatte belauscht, dass er ein ziemlich seltsames Telefonat führte. Es entpuppte sich letztendlich als völlig harmlos. Aber er hatte gewusst, warum sie verärgert war, war in ihr Zimmer gekommen und hatte sie beruhigen wollen. Plötzlich hatte sie ihn unbeschreiblich begehrt, und er war zu ihrem Erstaunen darauf eingegangen. Danach hatte er neben ihr gelegen, sie in den Armen gehalten und ihr gesagt, wie sehr er sie liebte und welches Glück er gehabt habe. Was natürlich zutraf.

Als sie ihm einige Wochen später von ihrer Schwangerschaft berichtete, war er wie immer vor Freude außer sich gewesen. Selbstverständlich gab es dafür mehr als einen Grund. Es lag nicht nur daran, dass er seine Kinder liebte und gerne Vater war. Nein, nun konnte er der Welt wieder einmal beweisen, wie wohl er sich in seiner Rolle als Ehemann und Familienvater fühlte.

O Gott, dachte Cecily, legte den Kopf in den Nacken und lächelte Cassia, die ihr ein wenig vor Augen verschwamm, zögernd an. Wie hart hatte sie sich das alles erarbeitet: die schönen Häuser, die Dienstboten, die luxuriöse Tarnung eines schwierigen und gefährlichen Lebens. Nicht viele Frauen hätten das durchgehalten. Wirklich nicht viele.

»Es ist nicht leicht«, sagte sie unvermittelt. »Was ich durchmachen muss. Die ständige Sorge, die Leute könnten dahinterkommen …«

»Cecily, sicher ahnt niemand etwas.«

»Es gab Gerüchte. Ich hoffe nur …« Sie schüttelte sich und lächelte Cassia an. »Dass es wirklich vorbei ist. Dass er sich davon befreit hat.«

»Du kannst nicht mit ihm darüber reden?«

»Um Himmels willen, nein. Das war immer meine Grundregel: nicht darauf achten, so tun, als sei es nie vorhanden gewesen. Nur so kann ihm – uns – nichts passieren. Und das finde ich richtig. Ich glaube, er ist glücklich. Meinst du nicht auch?«

»Ich glaube, er ist sehr glücklich«, antwortete Cassia. »Und das hat er dir zu verdanken.«

»Und du, Cassia? Bist du glücklich?«

Die unerwartete Frage überraschte Cassia, ja sie erschreckte sie beinahe. Sie beherrschte ihre Miene und schlug einen sorgsam neutralen Tonfall an. »Natürlich bin ich das. Überglücklich. Wie könnte es anders sein?«

»Oh, nur so eine Frage. Nicht alle Menschen sind es. Und du führst ein ziemlich schwieriges Leben«, entgegnete Cecily rasch.

»Unsinn, es ist überhaupt nicht schwierig. Oh, ich weiß, wir haben nicht viel Geld, und …« Sie verstummte und überlegte, ob es der richtige Moment war, es Cecily zu eröffnen oder wenigstens herauszufinden, ob sie es wusste, entschied sich jedoch dagegen. »Und auch wenig Hilfe im Haushalt oder Besitztümer. Aber das stört mich nicht. Anders als du bin ich damit ja auch nicht aufgewachsen. Es ist wirklich sehr schön. Ich habe es gut getroffen und bin glücklich«, beendete sie den Satz und hoffte, dass die Worte nicht zu zurechtgelegt und eingeübt klangen.

»Ausgezeichnet«, sagte Cecily leichthin. »Fantastisch. Ich bin froh, dass du das sagst. Es ist wunderbar, dich hierzuhaben. Danke, dass du gekommen bist.«

»Es ist herrlich hier. Danke für die Einladung.«

Die Tage glitten vorbei, goldene, idyllische Tage, die nur dem Genuss gewidmet waren. Nach dreien davon entspannte sich Cassia allmählich. Als sie am Sonntag aufwachte, war es schon elf, und es war seltsam still in der Villa. Sie stand auf und trat auf den Balkon. Die Kinder waren nicht im Pool, die Erwachsenen nicht auf der Terrasse. Das Geläute der Kirchenglocken, das durch die Hügel hallte, war das einzige Geräusch. Sie zog ihren Badeanzug und darüber den Morgenmantel an und ging nach unten auf die erste Terrasse.

Smith, eines der Hausmädchen aus London, lächelte ihr zu. »Guten Morgen, Madam. Ich soll Ihnen von Mrs Harrington ausrichten, dass sie Freunde vom Bahnhof in Nizza abholen. Die Nanny geht mit den Kindern spazieren. Möchten Sie frühstücken, Madam?«

»Nur Kaffee. Und vielleicht ein Glas Orangensaft.«

Sie saß da, nippte daran und reckte ihr Gesicht in die bereits heiße Sonne. O Gott, wie sollte sie sich nach dem hier wieder der Wirklichkeit stellen? Selbst Delia sprach auf die zauberhafte Stimmung hier an – oder möglicherweise auf das Kindermädchen – und hatte in den letzten achtundvierzig Stunden kaum gegreint. In knapp zwei Tagen mussten sie abreisen. Zurück nach England. Nach Monks Heath. Und zu Edward. O Gott. Zu Edward.

Damals, in jenem Herbst, hatte sie darauf gewartet, dass Edward nach London kam, um die Angelegenheit ein für alle Mal zu klären. Ihr Lebensplan stand deutlich vor ihr. In diesem Jahr würde sie in der Notaufnahme und im OP oder im Kreißsaal arbeiten. Sie saß in ihrem Zimmer in Grosvenor Gardens und ging immer wieder dieselben magischen Wörter durch, fast wie Phyllis, das Hausmädchen ihres Vaters in Leeds, die eine fromme Katholikin gewesen war und sich murmelnd über ihren Rosenkranz gebeugt hatte.

Am Abend von Edwards Rückkehr besuchte sie ihn. Er war bereits angespannt und nervös. Am nächsten Tag war eine Besprechung mit dem Direktor angesetzt. »Davon hängt eine Menge ab. Ich muss ihn beeindrucken und ihm vermitteln, dass ich es schaffen werde.«

Es erschien ihr unfair, diese Unterhaltung jetzt zu führen, da sie seine Nervosität nur steigern würde.

Am folgenden Tag wurde Edward eine Stelle in der Notaufnahme zugewiesen. Er musste ins Krankenhaus ziehen und ständig auf Bereitschaft sein. Seine Schichten dauerten zweiundsiebzig Stunden ohne Pausen. Wenn er frei hatte, war er bleich vor Erschöpfung. Also kam die Aussprache wieder nicht zustande.

Und so ging es immer weiter. Ständig gab es einen Grund, nichts zu sagen, um Edward nicht aufzuregen. Dauernde Erschöpfung und dazu der Zwang, ununterbrochen zu büffeln. Edward war nicht in der Lage, die Zukunft zu erörtern. Wenn sich die Situation etwas entspannen würde, konnten sie reden. Es gab keinen Grund zur Eile. Sie liebte ihn noch immer und war glücklich mit ihm. Sie wollte bloß nicht mit ihm verlobt sein.

An Weihnachten hatte sie drei Tage frei. Edward hatte die ganze Zeit über Dienst. In der Notaufnahme war die Hölle los. Hauptsächlich Opfer von Autounfällen und Frauen, die von ihren betrunkenen Ehemännern verprügelt worden waren. Den Heiligabend verbrachten sie in seinem kleinen Zimmer in der Notaufnahme und aßen Truthahnsandwiches.

»Ohne dich würde ich das nicht schaffen«, sagte er, beugte sich vor und küsste sie. »Wirklich nicht. Ich liebe dich so sehr.«

Sie brachte es einfach nicht über sich, ihm das Weihnachtsfest zu verderben.

Kurz nach Weihnachten wurde Cassia in die Chirurgie versetzt. Ihr Chefarzt war Horace Amstruther, einer der angesehensten Chirurgen seiner Zeit. Er war berüchtigt für sein exzentrisches Auftreten und hatte eine riesige Hakennase, die er den verängstigen Patienten ins Gesicht hielt, wenn er sich nach ihrem Befinden erkundigte.

Cassia wusste, welches Glück sie gehabt hatte, ihm zugeteilt worden zu sein. Dennoch war es eine gewaltige, extrem anstrengende Quälerei. Viele Stunden verbrachte sie im Operationssaal, sah dem Großmeister bei der Arbeit zu, notierte ihre Beobachtungen in Berichten und musste sich oft am Operationstisch demütigen lassen.

Was dort vor sich ging, war äußerst schwierig zu sehen, denn dieser wurde vom Anästhesisten, einer OP-Schwester, mindestens zwei weiteren Schwestern, dem Hauschirurgen und natürlich dem großen Meister selbst umringt. Das machte es beinahe unmöglich, im Detail festzuhalten, was sich im Körper des Patienten tat. Wenn man Glück hatte, half einem eine Krankenschwester. Allerdings waren Krankenschwestern Medizinstudentinnen gegenüber meist feindselig eingestellt. Sie lehnten es ab, dass eine Geschlechtsgenossin einen Beruf ausübte, der traditionell das Vorrecht des Mannes war.

Dennoch fühlte sich Cassia im OP in ihrem Element. Die angespannte Atmosphäre, die große Konzentration, die ständige Gefahr, die schrecklichen Entdeckungen. Die Geräusche, Gerüche und Anblicke, vor denen man sie gewarnt hatte, sie könnte deshalb in Ohnmacht fallen, störten sie nicht. Ihr Privatleben erschien ihr nicht weiter wichtig.

Im Frühjahr versetzte man Edward in die Geburtsabteilung. Die Abschlussprüfungen drohten, und er befand sich in einem erbarmungswürdigen Zustand. Manchmal arbeitete er sechsundneunzig Stunden am Stück und versuchte, sich gleichzeitig vorzubereiten. Eines Abends traf sie ihn weinend in seinem Zimmer an. Ein Baby war gestorben, und er machte sich Vorwürfe.

»Ich habe Mist gebaut und es nicht schnell genug rausgeholt. Es war blau angelaufen. Wenn ich nicht so hundemüde gewesen wäre …«

»Edward, dich trifft keine Schuld. Du weißt, dass solche Dinge geschehen. Das hat man uns hundertmal gepredigt. Wir dürfen es nicht persönlich nehmen.«

Er sah sie aus eingesunkenen Augen an und wischte sich die Tränen ab. »Ich kann mich nur auf nichts mehr konzentrieren. Nicht auf das Studium, nicht auf die Arbeit auf den Stationen. Ich fühle mich … ach, ich weiß nicht. Verzweiflung würde es am besten ausdrücken.«

»Nicht, Edward. Bald hast du es überstanden. Dann kannst du dich niederlassen und ein guter Arzt, ein guter Chirurg sein.«

»Mein Gott. Hoffentlich. Oh, Cassia, versprich mir nur, dass du für mich da sein wirst.«

»Ja natürlich.«

Edward bestand seine Abschlussprüfungen, allerdings nur mit knapper Not. Seine Zensuren waren nicht gut genug, um ihm eine Stelle als Assistenzarzt am St. Christopher's zu sichern, nicht genug also, um Chirurg und irgendwann Chefarzt zu werden. Er konnte höchstens auf einen Posten in einem allgemeinen Krankenhaus hoffen und später eine Hausarztpraxis eröffnen. Schrecken malte sich auf seinem Gesicht ab, als er Cassia anstarrte. Nie würde sie vergessen, wie er stumm in eine triste Zukunft blickte. In jener Nacht liebten sie sich zum ersten Mal. Sie fand, dass es das Einzige war, was sie tun konnte, um ihn zu trösten. Auch das entpuppte sich als Enttäuschung – für sie. Er lag in ihren Armen und machte sich abwechselnd Vorwürfe und schwor ihr seine Liebe. Er ergatterte eine Stelle als Assistenzarzt in einem Krankenhaus in Harrow, die er verabscheute. Cassia sah ihn nicht oft, höchstens an jedem dritten Wochenende. Eigentlich war das eine Erleichterung, denn er war so unglücklich, während sie in ihrer Tätigkeit im Kreißsaal aufging.

Wenn sie sich kurz trafen, für gewöhnlich in seinem Zimmer unweit des Krankenhauses, sprachen sie nur wenig und ganz gewiss nicht über die Zukunft, denn seine war zu unsicher, ihre zu bedrohlich.

Sie liebten sich, wann immer es möglich war, und wenigstens das entwickelte sich zum Guten. Cassia entdeckte ihren Körper, ihre Bedürfnisse und Gelüste und konnte zumindest im Bett hemmungslos und fordernd sein. Edward war zögerlicher und litt noch immer an Schuldgefühlen, lernte jedoch allmählich dazu.

In der Woche der Abschlussprüfungen stellte sie fest,

dass sie schwanger war. Zunächst glaubte sie es nicht. Sicher kamen die ausbleibende Periode und die Übelkeit vom Stress. Außerdem war sie immer vorsichtig gewesen, hatte selbst für die Verhütung gesorgt und eine Ärztin aufgesucht, die ihr ein Pessar angepasst und ihr erklärt hatte, wie es funktionierte.

»Ich bin schwanger«, verkündete sie und starrte ihn an. Dabei fragte sie sich, warum er so glücklich lächelte.

»Ich glaube, ich habe eine Praxis«, erwiderte er und schien sie gar nicht gehört zu haben. »Nicht in unserem Dorf, aber ganz in der Nähe. Vater leiht mir das Geld, um sie zu kaufen.«

»Schön«, antwortete sie. »Das freut mich. Edward, ich bin schwanger.«

»Das ist in Ordnung«, sagte er, als ob sie ihn um eine Tasse Tee gebeten hätte. »Völlig in Ordnung. Jetzt können wir heiraten. Es ist nicht schlimm – sondern sogar ganz wundervoll.«

Sie stand da, starrte ihn an und fragte sich, wie man nur so dumm und blind sein konnte. In ihrem Unglück konnte sie ihm nicht mitteilen, dass sie in den Prüfungen eine überdurchschnittlich gute Note erzielt hatte. Man hatte ihr eine Stelle am St. Christopher's angeboten.

Und so fing der Albtraum an. Sie rang mit Dämonen. Zunächst hatte sie an eine Abtreibung gedacht, doch das Kind war nicht nur ihres, und sie konnte damit nicht tun und lassen, was sie wollte. Es war auch Edwards, und deshalb musste sie mit ihm sprechen. Edward, der so viel durchgemacht hatte und so viele Hoffnungen hatte begraben müssen. Er war am Boden zerstört.

»Es lebt«, beharrte er und sah sie ungläubig an. »Es lebt da drin und ist unser Kind. Das kannst du nicht machen, Cassia. Du kannst es nicht einfach töten. Ich fasse es nicht, dass du so etwas überhaupt in Erwägung ziehst!« Ständig wiederholte er, er sehe keinen Grund dafür. Sie liebten einander, sie hätten heiraten wollen, er werde bald in der Lage sein, eine Familie zu ernähren.

»Aber«, schrie sie entsetzt auf, »was wird aus meinem Leben, meiner Karriere? Ich will Chirurgin werden, das weißt du, und ich kann es, ich …«

»Ja, ich weiß, dass du das kannst«, entgegnete er und bedachte sie mit einem schmerzerfüllten Blick. »Du kannst das tun, was ich nicht kann. Das weiß ich.«

»Edward, so ist es nicht.« Mein Gott, wie sollte sie das in Ordnung bringen, damit er sich weniger erniedrigt und gedemütigt fühlte?

»Doch, ist es«, antwortete er. »Und du kannst nichts daran ändern. Du bist klüger als ich, du bist erfolgreicher als ich, und du kannst im Gegensatz zu mir tun, was du willst. Tja, wie schön für dich, Cassia. Wie wunderschön.«

Edwards Leid erschreckte sie. »Du hast gesagt, dass du mich liebst«, wiederholte er ein ums andere Mal. »Was ist passiert? Was habe ich falsch gemacht?«

»Ich liebe dich«, erwiderte Cassia, erfüllt von Schuldgefühlen. »Wirklich. Ich bin nur nicht sicher, ob ich dich heiraten kann.«

»Warum denn nicht? Was hat sich geändert? Du hast es versprochen.«

»Nein«, entgegnete sie. »Das habe ich nie getan.«

»Du hast dich nie geweigert.«

Das stimmte.

»Alles, was ich in den letzten drei Jahren ertragen habe, war nur für dich. Die Liebe zu dir hat mich am Leben erhalten und verhindert, dass ich den Verstand verliere. Du hast ja keine Ahnung, wie oft ich beinahe zusammengebrochen wäre und aufgegeben hätte. Und dann habe ich mir gedacht: Nein, eines Tages werde ich belohnt werden.«

»Bitte nicht, Edward.«

»Du kannst mir nicht den Mund verbieten«, schleuderte er ihr, plötzlich zornig, entgegen. »Ich bin nicht still, nur weil es dir in den Kram passt. Das solltest du wissen.«

Wie in allen Lebenskrisen wandte sie sich an Rupert.

»Du kannst nicht einfach machen, was du willst«, meinte er nur. »So läuft es nicht im Leben. Du trägst Verantwortung. Das Kind, Edwards Glück und Erfolg und auch dein eigener. Wenn du jetzt deinen Kopf durchsetzt, ruinierst du drei Leben.«

»Du hast leicht reden«, antwortete sie. »Du bist frei und kannst selbst entscheiden. Deine Karriere war noch nie in Gefahr.«

»Cassia, du redest wie ein Kind.« Seine Miene war so streng, wie sie es noch nie bei ihm erlebt hatte. »Manchmal muss man im Leben nachgeben. Edward liebt dich, und du liebst ihn. Nur das spielt eine Rolle, und du musst es festhalten.«

Schließlich willigte sie, zermürbt von Schuldgefühlen, Selbsthass, Übelkeit und der Sehnsucht, das Problem aus der Welt zu schaffen, ein, Edward zu heiraten. Alles andere wäre Wahnsinn, sagte sie sich. Edward liebte sie, und natürlich liebte sie ihn auch. Man musste an das Kind denken. Sie passten in jeglicher Hinsicht gut zusammen. Also gab es keinen Grund, ihn nicht zu heiraten. Außerdem war sie studierte Ärztin. Edward sagte, und sie redete es sich ebenfalls ein, dass sie in einigen Jahren vielleicht wieder berufstätig sein konnte. Nicht als Chirurgin, aber in einer Hausarztpraxis, womöglich sogar als Geburtshelferin. Es war nicht aus und vorbei, sondern nur hinausgeschoben.

Ironischerweise heiratete sie im Haus ihrer Großmutter in Halifax. Sie sah keinen anderen Weg, um zu verhindern, dass die Feier ausuferte. Nur wenige Gäste. Niemand aus London, nur Rupert, ein kleines Grüppchen aus der medizinischen Fakultät, Benedict und Cecily. Leonora weigerte sich zu kommen. Sie sagte, sie werde das Fest nur verderben. Sosehr Cassia auch bettelte und flehte, es war vergebens.

Sir Richard führte sie zum Altar, und einen Monat später zogen sie nach Monks Heath, wo sie einfach nur die Frau des Arztes war.

»Wen haben wir denn da? Die Frau des Arztes.«

Cassia schlug die Augen auf. Die Stimme erkannte sie sofort, das Gesicht mit der grellen Sonne dahinter war nur ein schwarzer Schatten.

»Du solltest in diesem freizügigen Badeanzug nicht in der Sonne herumliegen«, sagte Harry Moreton. »Der Anblick ist zwar hübsch, doch du holst dir einen Sonnenbrand.«

»Ich bin eingeschlafen.« Sie versuchte, nicht zu abweisend zu klingen, denn er hatte recht.

»Ich hole dir einen Sonnenschirm, und vielleicht solltest du einen Bademantel anziehen. Ist das deiner?«

»Ja. Danke. Ich wusste gar nicht, dass du heute kommst.« Als sie in den Mantel schlüpfte, zuckte sie leicht zusammen, denn ihre Schultern waren wirklich verbrannt und schmerzten. Sie ärgerte sich über Cecily, weil diese ihr seine Ankunft verschwiegen hatte.

»Ich auch nicht. Eigentlich wollten wir erst nächste Woche hier sein. Doch dann haben wir uns vor ein paar Tagen mit Freunden zum Mittagessen getroffen. Sie wollen morgen in ihre Villa fahren. Und da haben wir spontan beschlossen, heute aufzubrechen. In London ist es brütend heiß und wie ausgestorben. Wir haben die *Golden Arrow* genommen. Wunderbare Reise.«

»Ich weiß, ich bin auch so gefahren«, erwiderte Cassia.

»Ach wirklich?«

»Ja. Wundert dich das?«

»Nein, natürlich nicht. Mich würde nichts wundern, was du tust, Cassia.«

»Das könnte ich als Herausforderung verstehen«, spöttelte sie. »Hallo, Edwina.«

Edwina Moreton stolzierte die Stufen vom Haus herunter. Sie wirkte müde und gereizt. »Gott, ist das heiß. Hoffentlich war es eine gute Idee, Harry. Hallo, Cassia. Du hast einen scheußlichen Sonnenbrand.«

»Ja, ich weiß.«

»Ich kann niemanden auftreiben, der unsere Sachen auspackt. Außerdem will ich einen Drink.«

»Möglicherweise könntest du selbst auspacken. Wenigstens deine Badesachen.« Cassia fand es interessant, wie Harry Edwina musterte. Seine Miene war absolut distanziert.

»Harry, ich bin nicht fast vierundzwanzig Stunden lang gefahren, um mein eigenes Dienstmädchen zu spielen. Wir hätten Mildred mitnehmen sollen.«

»Ich bin ausgesprochen froh, dass wir es nicht getan haben. Mir macht es nichts aus, mich als Kammerdiener zu betätigen. Bis später.«

»Arroganter Mistkerl«, schimpfte Edwina. Sie setzte sich und förderte ein mit Smaragden besetztes goldenes Zigarettenetui mit passendem Feuerzeug zutage. Sie hielt Cassia das Etui hin, aber diese schüttelte den Kopf. »Tja, jetzt sind wir hier. Recht hübsch, wie ich zugeben muss.«

»Paradiesisch«, erwiderte Cassia. »Mir graut es schon vor der Heimfahrt.«

»Wirklich? Ich dachte, du verzehrst dich vor Sehnsucht nach deinem reizenden, lieben Mann.«

»Natürlich vermisse ich ihn«, antwortete Cassia rasch. »Aber es war so ein erholsamer Urlaub. Und dann noch das Kindermädchen …«

»Soll das heißen, dass du keines hast? Wie seltsam. Ist das etwa eine neue Mode?«

»Nein«, sagte Cassia. »Wir können es uns nicht leisten.« Wie so oft in den letzten Tagen schoss ihr der Gedanke durch den Kopf, dass sie es jetzt konnte. Sollte sie wirklich in Erwägung ziehen, eine Nanny einzustellen? Doch wie um alles in der Welt würde sich ein Kindermädchen in den Haushalt in Monks Ridge einfügen? Und würde Edward einverstanden sein …?

»Cassia, hörst du mir eigentlich zu? Ich habe gefragt, wann es normalerweise Mittagessen gibt.«

»Oh, entschuldige. Gegen halb zwei. Wir essen unten am Pool. Ganz informell.«

»Ich glaube, ich halte ein Nickerchen. Herrje, Harry kommt zurück. Ich husche auf der anderen Seite hinauf, bevor er da ist. Bis später.«

Harry erschien in einem schwarzen Bademantel aus Frottee. »Ich gehe schwimmen. Kommst du mit?«

Cassia schüttelte den Kopf und setzte ihre Sonnenbrille auf. Dann lehnte sie sich in dem Liegestuhl zurück und versuchte, ihn nicht zu beobachten. Sie fühlte sich kribbelig. Ihre Entspannung war so gut wie verflogen. Wenn sie gewusst hätte, dass Harry hier sein würde, wäre sie nicht gekommen. Warum, um alles in der Welt, hatte Cecily sie nicht gewarnt? Sie kannte doch Cassias Gefühle, was Harry anging. Die Abneigung, die sie gegeneinander hegten, war ein offenes Geheimnis.

Inzwischen hatte er den Bademantel ausgezogen. Darunter trug er einen schwarzen Badeanzug. Seine Arme und Beine waren muskulös. Wie immer sah er ausgesprochen durchtrainiert aus. Kein Gramm Fett an seinem breiten, kräftigen Körper, und … Cassia wandte den Blick ab und griff nach ihrem Buch. Es platschte laut, als er ins Becken sprang. Sie starrte auf die Seiten und hatte keine Ahnung, was sie da las.

Nach einer Weile stand er wieder vor ihr und trocknete sich ab. Sein Badeanzug klebte an ihm.

Er setzte sich neben sie auf die Terrasse und grinste sie an. »Du hast wirklich einen schlimmen Sonnenbrand. Lass mich dich eincremen. Das hilft.«

»Nein«, wehrte sie ab.

»Mach dich nicht lächerlich.« Er goss sich Sonnenöl auf die Handfläche und begann, es sanft, aber nachdrücklich in ihre Schultern einzumassieren. Da ihr nur übrig blieb, davonzulaufen oder es auszuhalten, ließ sie es über sich ergehen. Es löste ein unerwünscht wohliges Gefühl aus.

Am Abend erschienen sechs weitere Personen zum Essen.

»Ich glaube, wir müssen Edwina unterhalten«, meinte Cecily. »Sie ist so anspruchsvoll. Es tut mir leid, dass sie gleichzeitig mit dir hier sind, Schatz. Mir ist klar, wie du zu Harry stehst, aber ich konnte es nicht verhindern.«

»Ist nicht so wichtig«, erwiderte Cassia.

»Ist es schon. Sie haben heute in aller Früh angerufen und sagten, sie seien in Nizza. Offenbar hat Harry Anfang der Woche mit Benedict telefoniert, um sich zu erkundigen, ob es stören würde, wenn sie früher kämen. Benedict hat Nein gesagt. Natürlich kein Wort zu mir. Du weißt ja, welches Verhältnis Benedict zu Harry hat. Leonora war da genauso. Alle beide unglaublich nachsichtig. Als ob die Sonne aus seinem knackigen Hintern schiene.«

»Cecily, das bin ich ja gar nicht von dir gewöhnt.«

»Nun, ich ärgere mich darüber.«

»Schau, wenn du dir meinetwegen Sorgen machst, brauchst

du das nicht. Inzwischen komme ich ganz gut mit Harry zurecht.«

»In Ordnung. Aber jetzt muss ich ein Wörtchen mit der Köchin reden. Sie hat keine Lust, an einem Sonntag vier Gänge zuzubereiten. Ist diese Frau von allen guten Geistern verlassen? Wie absurd.«

Lächelnd blickte Cassia der davonhastenden Cecily nach.

Die vier Gänge waren ein Gedicht. Kalte Tomatensuppe, rote Meeräsche, Bœuf Stroganoff, in Brandy gedünstete Pfirsiche und zum Abschluss eine köstliche Käseauswahl und bergeweise Weintrauben, Erdbeeren und Melonen. Natürlich gab es dazu eine endlose Abfolge von Weinen. Cassia saß in ihrem rosafarbenen Crêpekleid zwischen zwei außergewöhnlich attraktiven Männern. Cecily hatte darauf geachtet, sie so weit entfernt wie möglich von Harry zu platzieren. Allmählich machte sich in der milden, duftenden Dunkelheit eine wohlige Benommenheit in ihr breit. Das Tischgespräch war amüsant, nichtssagendes Geplauder über Freunde, Partys und darüber, wer sich gerade wo aufhielt.

»Ein idyllisches Fleckchen Erde, Benedict«, meinte einer der attraktiven Männer, der Max hieß.

»Ja, uns gefällt es auch hier«, antwortete Benedict bescheiden, fast als hätte er das Haus selbst gebaut.

»Ist das da unten nicht Greshams Haus?«, fragte Cassias anderer Tischnachbar und wies auf einige Lichter, die weiter unten an der Klippe funkelten. »Wir haben vor einigen Jahren dort gegessen.«

»Das war es«, verbesserte Max. »Er hat es verkauft. Wahrscheinlich wollte er näher am Casino wohnen.«

Alle lachten. Außer Harry, wie Cassia auffiel. Sein Gesichtsausdruck war beinahe zornig. Ihr war nie bewusst gewesen, wie sehr er Gresham verabscheute. Anfangs war seine Haltung ihm gegenüber eher tolerant und leicht amüsiert gewesen, weil er sich Leonoras angenommen hatte. Außerdem waren sie zusammen Autorennen gefahren und hatten gemeinsam am Spieltisch gesessen. Etwas musste zwischen ihnen vorgefallen sein.

Die Konversation wandte sich dem Prince of Wales und Mrs Simpson zu, die derzeit gemeinsam Urlaub machten (natürlich in Begleitung vieler Freunde). Der Entwicklung ihrer Affäre, der tief sitzenden Abneigung der Queen gegen sie, der Meinung von Thelma Furness, Emerald Cunard und der alten Flamme des Prinzen, Mrs Dudley Ward, zu der Angelegenheit und Wallis' Art, sich zu kleiden. »Zu auffällig«, verkündete eine Frau. »Sie sorgt dafür, dass alle anderen Damen im Raum aussehen wie Mehlsäcke.«

»Ein hartes Urteil, finden Sie nicht?«, wandte eine andere ein. »Immerhin hat der Prinz eine Schwäche für schöne Frauen.«

»Oh, aber diese hier verfügt, wie ich gehört habe, über ganz besondere Fähigkeiten«, merkte Edwina an.

»Ach, du glaubst diesen Unsinn nicht etwa, Edwina?«

»Selbstverständlich. Jeder weiß, dass er ein kleines Problem hat.«

»Klein trifft den Nagel auf den Kopf«, erwiderte einer der Männer lachend.

»Wie hat er es dann geschafft, Freda so lange zu halten?«

»Oh, Mamie, ich bitte dich. Wer würde nicht bei ihm bleiben, Problem oder nicht? Ich würde es ganz bestimmt tun. Wie dem auch sei, vielleicht hat sie wirklich besondere Fähigkeiten«, sagte Edwina und weigerte sich dann lachend, weitere Einzelheiten preiszugeben.

Harry betrachtete Edwina mit derselben gleichgültigen Miene, die Cassia schon am Morgen bemerkt hatte. In ihrem weißen seidenen Hausanzug mit ausgestelltem Bein, den passenden Armreifen aus Gold und Smaragden an ihren schlanken Armen und den Smaragdspangen in ihrem dunklen Haar sah sie hinreißend aus. Außerdem war sie sturzbetrunken.

»Tja, ich würde mich freuen, wenn er bald König wird«, sagte einer der attraktiven Männer. »Das Land braucht ihn. Er wird eine Menge bewirken.«

»Was denn?«, widersprach Benedict. »Außer fürs Tanzen und fürs Golfspielen hat er noch keine besonderen Talente an den Tag gelegt.«

»Das stimmt nicht«, protestierte Harry. »Er kann wundervoll mit Menschen umgehen. Offenbar hat er verstanden, was das Alltagsleben ausmacht. Kommunikation.«

»Ja, und er scheint sich wirklich Gedanken über die Bergarbeiter und die Arbeitslosen im Allgemeinen zu machen«, pflichtete Cassia ihm bei. »Meiner Ansicht nach empfindet er viel für sein Volk. Für alle.«

»Höre ich hier einen Hauch von Sozialismus heraus?«, erkundigte sich ihr Tischnachbar.

Sie lächelte ihn an. »Ja, vermutlich schon. Falls Sozialismus bedeutet, dass man sich um gewöhnliche Menschen ohne Vermögen kümmert, die keine eigene Stimme haben.«

»Beim Generalstreik haben sie ihren Stimmen ziemlich laut Gehör verschafft«, wandte ihr Tischnachbar ein. »Ich fürchte, ich kann diese Auffassung nicht teilen. All diese lächerlichen Aufmärsche, ja eigentlich Aufstände, in Sheffield.«

»Ja, aber mit gutem Grund«, entgegnete Cassia. »Diese Menschen sind verzweifelt und leiden Hunger. Und die Regierung hat gedroht, ihnen die wenige Hilfe, die sie erhalten, auch noch zu kürzen.«

»Und sie haben ihren Willen durchgesetzt, richtig? Der Arbeitsminister, wie heißt er noch mal, Stanley, der musste nachgeben. Dem kleinen Mann auf der Straße, oder wie Sie ihn auch nennen wollen, scheint es in meinen Augen recht gut zu gehen.«

»Oh, Max, was für eine vereinfachende Einstellung«, spöttelte Harry. »Sie haben gut reden, solange Sie hier sitzen und Benedicts Premier Cru trinken. Ich sage Ihnen, das ist einer der Gründe, warum Baldwin den Prinzen nicht mag. Deshalb, weil er die Herzen vieler Menschen gewonnen hat. Er ist neidisch. Es würde mich nicht wundern, wenn Baldwin diese Beziehung hintertreibt. Falls es zu Komplikationen kommt, wird er eine Verfassungskrise provozieren.«

»So ein Unsinn, Harry, so weit wird es nicht kommen«, wandte Cecily ein. »Er hat nur Spaß und amüsiert sich mit Wallis, solange er kann. Dieses Gespräch wird viel zu ernst. Wollen wir tanzen? Benedict, hol die Schallplatten. Dann gehen wir hinunter an den Pool.«

Cassia stand auf. Ihr schwindelte ein wenig. Sie begab sich in ihr Zimmer, schenkte sich ein großes Glas Wasser ein, leerte es, kämmte sich das Haar, frischte ihren Lippenstift auf und benutzte ein wenig Parfüm. Sie wollte tanzen. Vom Pool wehten alle ihre Lieblingslieder herauf. »Just the Way You Look Tonight«, »Let's Face the Music and Dance«, »Let's Do it«.

Sie fand den Tisch verlassen vor. Nur Harry saß da, trank Brandy und zog an seiner Zigarre. Lächelnd blickte er auf und wies auf den Stuhl neben sich. Nach kurzem Zögern nahm sie Platz.

»Nett, dich ausnahmsweise auf meiner Seite zu haben«, meinte er.

»Was? O ja, ich war ganz deiner Ansicht. Er besitzt diese Gabe.«

»Ganz im Gegensatz zu Wallis«, erwiderte er. »Die Menschen werden sie nicht mögen. Jedenfalls danke, dass du für mich Partei ergriffen hast.«

»Partei ergreifen würde ich das nicht gerade nennen.« Sie lachte. »Das ist, wie du weißt, meine ehrliche Einstellung.«

»Ja, ich weiß«, sagte er, plötzlich ernst. »Verrate mir eines, Cassia: Bereust du es, dass du deinen Beruf aufgegeben hast und diesen Menschen nicht mehr helfen kannst?«

»O nein«, antwortete sie rasch. »Außerdem unterstütze ich ja Edward dabei. Es ist unsere gemeinsame Aufgabe.«

»Ich verstehe. Sehr löblich.« Er musterte sie mit amüsiert funkelnden Augen. »Hast du Spaß heute Abend? Du siehst wirklich sehr hübsch aus.«

»Danke. Ja, habe ich.«

»Hast du mir verziehen, dass ich hier bin?«

»Sei nicht albern, Harry.«

»Ich bin ganz und gar nicht albern.« Sein Blick glitt langsam über sie, als sei es ihm wichtig, dass ihm keine Einzelheit entging. »Was machen die Schultern?«

»Alles bestens. Danke.«

Er streckte die Hand aus und strich ganz sanft mit dem Daumen darüber. »Sicher?«

»Ja danke«, erwiderte sie förmlich. Und da es ihr plötzlich zu ihrer Überraschung bedeutsam erschien, dass er es erfuhr, fügte sie hinzu: »Leonora hat mir etwas Geld vererbt, Harry.«

»Ach ja?« Sein Tonfall war höflich interessiert. Er schenkte sich einen Kaffee ein. »Nun, sie hatte dich sehr gern, aber das ist dir ja bekannt.«

»Ja, ich sie auch. Ich wünschte, ich hätte sie in den letzten Monaten häufiger gesehen. Ich habe ein schrecklich schlechtes Gewissen.«

»Du hattest keine Ahnung, wie krank sie war. Das hatten wir alle nicht.«

»Nicht einmal du?«

»Nicht wirklich.« Seinem Blick und seinem Tonfall war

nicht die Spur eines Gefühls zu entnehmen. »Nicht bis zum Ende.«

»Aber ging es ihr gut? Ich meine, sie war doch nicht etwa allein? Ich könnte die Vorstellung nicht ertragen …«

»Cassia, sie wurde ausgezeichnet versorgt, das verspreche ich dir.«

»Also warst du bei ihr?«

»Ja«, entgegnete er barsch. Er wirkte aufgewühlt. Er und Leonora hatten einander sehr gerngehabt.

»Sicher vermisst du sie«, sagte sie zögernd.

»Ja natürlich.« Er zog an seiner Zigarre und ergänzte in versöhnlicherem Tonfall: »Und was hast du mit diesem Geld vor? Weitere Hüte kaufen?«

»Harry, es war eine ziemlich hohe Summe.«

»Nun, das freut mich für dich. Hoffentlich hast du Spaß daran.«

»Genau das hat Leonora in ihrem Brief auch geschrieben.«

Eine kaum wahrzunehmende Pause entstand. »Tja, dafür ist Geld da. Bestimmt willst du runtergehen und tanzen«, meinte er in dem offensichtlichen Versuch, das Thema zu wechseln und die Stimmung aufzulockern. »Du tanzt doch gern, Cassia? Und ziemlich gut, wenn ich mich recht entsinne.«

»Ich fürchte, nicht mehr.«

»Hat der Arzt keine Freude am Tanzen?«

»Nicht unbedingt.«

»Woran hat er dann Freude? Essen? Wein? Seinem Beruf?«

»An all diesen Dingen«, erwiderte sie knapp.

»Du hoffentlich auch. Wertschätzt er dich so, wie er es sollte, Cassia?« Sein Tonfall war bemüht beiläufig.

»Aber natürlich.«

»Gut. Du bist ein Glückskind. Ich glaube nämlich nicht, dass Edwina mich zu schätzen weiß.«

»Sicher tut sie das.«

»Eindeutig nicht.« Seine Stimme klang plötzlich hart. »Sparen wir uns die abgedroschenen Phrasen. Doch was konnte ich anderes erwarten, Cassia?«

»Ich weiß nicht.« Allmählich wurde sie von Panik ergriffen. Sie hatte Angst davor, wie dieses Gespräch sich entwickelte.

»Das solltest du aber. Und jetzt komm, wir gehen zum Pool.«

Sie hätte mit ihm getanzt. Vielleicht hätten sie sich weiter unterhalten und wären sich in den nächsten beiden goldenen Tagen am Mittelmeer nähergekommen. Doch als sie die Stufen zur unteren Terrasse hinunterstiegen, überbrachte ihr der Butler eine Nachricht von Edward. Als sie so dastand und den Mond, das Meer und die in Dunkelheit getauchten roten Oleanderblüten betrachtete, während die weißen noch leuchteten, erfuhr sie, dass Edwards Mutter gestorben war. Sie müsse sofort nach Hause kommen.

KAPITEL 5

In den nächsten Wochen gestaltete sich das Leben ausgesprochen schwierig. Edward war niedergeschlagen, und Desmond, der anfangs die Einladung abgelehnt hatte, vorübergehend bei ihnen zu wohnen, blieb fast einen Monat lang. Wie ein bedrückter Schatten schlich er durchs Haus. Wegen seines Magengeschwürs musste er eine spezielle Diät halten. Außerdem ging er gern spazieren, was hieß, dass er sie täglich begleitete, wenn sie mit Buffy und den Kindern loszog. So war ihr auch diese Möglichkeit genommen, seiner deprimierenden Gegenwart zu entfliehen. Die Kinder nutzten das allgemeine Durcheinander, um ungezogen zu sein. Und das wiederum lieferte Desmond eine Gelegenheit, seiner Haltung in Sachen Erziehung ausführlich Luft zu machen.

Nur einmal wurde er von seinen Gefühlen übermannt, und er stützte weinend das Gesicht in die Arme. Er saß im Wohnzimmer, und sie umarmte ihn automatisch. Doch es war ihm peinlich, dass sie Zeugin seiner Schwäche geworden war. Er schützte eine schwere Erkältung vor und schickte sie barsch und verlegen weg. Dieses Verhalten ähnelte so sehr dem, das sie auch von Edward erwartete, dass sie erschrak.

Hinzu kam, dass sie es Edward anscheinend nicht mehr recht machen konnte. Er beschwerte sich über die Kinder, den Zustand des Haushalts und seine Überarbeitung. Als sie ihn freundlich darauf hinwies, sie könne ihm ja bei der Arbeit helfen, wenn er sie nur ließe, entgegnete er, sie wisse nicht, wovon sie rede, und stürmte türenknallend hinaus.

Als Edward zu guter Letzt behauptete, er habe es satt, dass sie ständig wegen ihrer Karriere nörgele, anstatt ihn in seiner zu unterstützen, platzte ihr die Hutschnur, und sie tat dasselbe wie immer, wenn das Leben ihr über den Kopf wuchs. Sie fuhr nach Brighton zu Rupert.

»Ich muss dir etwas erzählen«, sagte sie, als sie sich am Telefon mit ihm verabredete. »Außerdem habe ich Aufmunterung bitter nötig. Es ist wichtig.«

»Das hört sich nach einem komplizierten Treffen an.«

»Na ja.« Sie lachte auf. »Eigentlich ist es etwas Positives. Nun, zumindest die Neuigkeiten.«

»Warum musst du dann aufgemuntert werden, Liebes? Ja, komm, ich lade dich zum Mittagessen ein.«

»Nein, Rupert«, erwiderte sie. »Ich lade dich ein.«

Wie oft hatte sie davon geträumt, dachte sie, als sie im Zug saß, der von Haywards Heath nach Brighton tuckerte. Davon, erwachsen und glamourös zu sein und Rupert Cameron zum Mittagessen auszuführen. Und auch davon, was darauf folgen würde: Dass Rupert ihr seine leidenschaftliche, verzweifelte Liebe gestand und sie anflehte, mit ihm durchzubrennen. Ja natürlich, würde sie sagen. Und sie würden sich irgendwo in einer eleganten Hotelsuite wiederfinden …

Lachend erzählte sie es Rupert, als sie dasaßen, gewaltige Krabben verspeisten und dazu einen ausgezeichneten weißen Burgunder tranken.

»Ich habe dich so geliebt«, sagte sie. »So sehr.«

»Heißt das, dass du mich jetzt nicht mehr liebst?«

»Doch, selbstverständlich. Aber es ist anders. Aus offensichtlichen Gründen. Ich bin glücklich verheiratet.«

»Hoffentlich.« Plötzlich ernst streichelte er ihre Wange. »Das hoffe ich wirklich.«

»Aber die letzten Wochen haben mich zermürbt. Desmond reist nächste Woche ab, also habe ich es fast ausgestanden. Du hattest recht mit deinem Rat, dass ich Edward heiraten soll. Ich habe auf dich gehört und …«

»Hing deine Entscheidung so stark von meinem Ratschlag ab?« Besorgt und nachdenklich musterte er sie.

»Du hast großen Einfluss darauf gehabt. Auf mich. Das hattest du schon immer. Das weißt du. Vermutlich hat es den Ausschlag gegeben. Und was sagst du jetzt?«

»Aber das war doch sicher nicht der einzige Grund.«

»Nein, war es nicht.« Sie hatte das dringende Bedürfnis, ihn zu beruhigen. »Sei nicht albern. Ich wollte es dir nur erklären. Dir war klar, dass wir ausgezeichnet zueinanderpassen. Und dass man im Leben nicht immer seinen Kopf durchsetzen kann.«

»O Gott, offenbar kannst du das verdammte Drehbuch noch Wort für Wort auswendig.«

»Ja. Aber nur, weil es so ein ausgezeichnetes Drehbuch war.«

Eine lange Pause entstand. »Nun, ich hoffe, er behandelt dich gut.«

»Rupert, natürlich behandelt er mich gut.«

»Wertschätzt er dich?«

»Komisch, genau das hat …« Sie verstummte.

»Ja?«

»Genau das hat Harry letztens gesagt.«

»Du hast ein freundschaftliches Gespräch mit Harry geführt? Unglaublich!«

»Rupert, wir verstehen uns inzwischen. Nun, wenigstens sind wir höflich zueinander.«

»Und wo hat dieses höfliche Gespräch stattgefunden?«

»In Frankreich.«

»In Frankreich? Gütiger Himmel, was hat euch beide nach Frankreich verschlagen?«

»Cecily und Benedict. Du weißt ja, dass sie immer eine wunderschöne Villa in der Nähe von Nizza mieten. Ich war bei ihnen eingeladen.«

»Wie dekadent. Ich wundere mich über Edward.«

»Edward war nicht dabei.«

»Oh, ich verstehe.«

»Nein, tust du nicht. Und jetzt kommt meine Neuigkeit.« Sie berichtete es ihm. Zunächst war er überrascht, ja sogar verdattert, dann erfreut und zu guter Letzt nachdenklich, genau, wie sie es vorausgesehen hatte.

»Wie hat Edward reagiert?«

»Positiv.«

»Gut.« Er musterte sie forschend. »Weise von Leonora. Sie wusste, dass du es am nötigsten brauchst.«

Der Hauptgang wurde serviert: gegrillter Hummer. Sie plauderten über die Kinder und Ruperts neueste Freundin, eine rothaarige Tänzerin namens Adele. Dann fragte Rupert: »Und was hast du jetzt mit diesem Geld vor? Langfristig, meine ich. Du könntest wieder als Ärztin praktizieren, oder?«

»Rupert, das geht nicht«, sagte sie erschrocken, weil er das Unaussprechliche äußerte, das sie nicht einmal selbst zu denken wagte. Sie hatte diesen Wunsch aus ihrem Kopf verbannt, voller Entsetzen, weil er gewagt hatte, sich dort einzuschleichen, und sich geweigert, sich auch nur einen Moment lang damit zu beschäftigen.

»Warum denn nicht, um alles in der Welt? Sicher hätte Leonora genau das gewollt. Sie hat dir die Freiheit gegeben, deinen Traum in Erfüllung gehen zu lassen.«

Sie starrte ihn an. Der Satz klang zurechtgelegt und gut eingeübt. »Sie hat doch nicht etwa mit dir darüber geredet, Rupert?«

»Nein. Ich hatte keine Ahnung von ihren Plänen. Es erscheint mir nur so offensichtlich. Nun hast du all das Geld, die Chance, deinen Traum zu leben, und du trittst sie mit Füßen. Was hast du denn mit dem Geld vor, verdammt? Es für Kleider auszugeben?«

»Nein, natürlich nicht.« Sie war den Tränen nah und fühlte sich von seinem Verhalten unter Druck gesetzt.

»Entschuldige, Kleines. Es liegt nur daran, dass du mir sehr wichtig bist. Das war schon immer so.«

»Ja, das weiß ich.« Sie erinnerte sich an die wundervolle, magische und romantische Zeit, als er in ihrem Haus in Leeds gewohnt hatte.

An jenem Abend hatte er darauf bestanden, sie und ihren Vater zum Essen einzuladen. Er trat mit einem Tourneetheater im Leeds Playhouse auf und hatte sich mit ihrem Vater in Verbindung gesetzt. Cassia, damals erst fünfzehn, hatte eines der Kleider angezogen, das Leonora ihr bei ihrem letzten Besuch geschenkt hatte: marineblauer, feiner Wollstoff, mit cremefarbenen Bändern abgesetzt. Es stand ihr ausgezeichnet, und sie sah sehr erwachsen aus.

Rupert hatte darauf beharrt, ihr ein Glas Wein einzuschenken – »Das wird dir guttun.« –, und sie erfuhr, dass er und Duncan sich aus der Schule kannten. Rupert war von einem viel älteren Duncan vor einigen Schulhoftyrannen gerettet worden. Er war Platzanweiser bei Blanches und Duncans Hochzeit gewesen. Dann hatten sie einander aus den Augen verloren, als er seiner, wie er schwor, erfolglosen Karriere nachging. In Cassias Ohren hörte sie sich jedoch wundervoll glamourös an. Drei Wochen lang würde er im Leeds Playhouse auf der Bühne stehen, und zwar in *Gerechtigkeit*, einem

Sozialdrama von Galsworthy. Es handelte von einem Buchhalter, der aus Liebe einen Scheck fälscht und dafür ins Gefängnis wandert. Rupert spielte die Hauptrolle.

»Natürlich bin ich ein bisschen zu alt.« Er lächelte Cassia verschwörerisch zu. »Sicher hältst du mich für einen uralten Mann, aber aus irgendeinem Grund habe ich die Rolle trotzdem gekriegt.«

»Ich finde gar nicht, dass Sie alt aussehen.« Sie erwiderte sein Lächeln. »Nein, Sie sehen sogar sehr jung aus.«

»Deine Tochter ist wirklich ein charmantes Mädchen, Duncan«, sagte er. »Bestimmt bist du sehr stolz auf sie.«

»Bin ich«, antwortete Duncan. »Wirklich stolz.«

Sie war sicher, dass sich dieser Moment für den Rest ihres Lebens in ihr Gedächtnis einprägen würde. Sie sonnte sich in der Bewunderung ihres Vaters und dieses traumhaft attraktiven Fremden und saß, ein wenig beschwipst vom Wein, im von warmem Kerzenlicht erleuchteten Restaurant. Zum ersten Mal spürte sie, dass sich sexuelle Gefühle in ihr regten, die sich in den Augen eines Mannes widerspiegelten.

»Und wo wohnst du?«, erkundigte sich Duncan.

»Ach, das sind keine sehr guten Nachrichten. Wahrscheinlich lauert mir die Zimmerwirtin des Grauens schon auf der Türschwelle mit einem Nudelholz auf.«

»Du übernachtest natürlich bei uns. Kein Widerspruch. Wir haben genug Platz und würden uns sehr freuen, nicht wahr, Cassia?«

»Ja. Wir wären begeistert.«

Darauf folgten drei Wochen reines Glück. Wie Cassia rasch herausfand, war Rupert Cameron nicht nur charmant, sondern besaß ein von Grund auf fröhliches Gemüt und war durch und durch amüsant. Er hatte immer eine lustige Anekdote aus der gestrigen Vorstellung auf Lager, die sich um das

Publikum oder einen anderen Schauspieler drehte. Ein verpasstes Stichwort, ein Lacher an der falschen Stelle, ein zu spät Gekommener, der einen wichtigen, dramatischen Augenblick störte. Und wenn sie aus der Schule nach Hause kam (sie eilte die Straße entlang, anstatt sich wie sonst müde vorwärtszuschleppen), kochte er ihr Tee und erkundigte sich nach ihrem Tag.

Wenn er abends zurückkehrte, sah sie ihn normalerweise nicht, denn es war schon spät, und sie lag längst im Bett. Doch eines Nachts konnte sie nicht schlafen und ging nach unten, um sich einen Kakao zu machen, als er in die Küche trat.

»Beschienen vom Mondlicht, stolze Cassia«, sagte er. »Bekomme ich auch einen?«

Erwärmt von einem Glücksgefühl bereitete sie ihm eine große Tasse Kakao zu und setzte sich zu ihm, während er ihn trank und mit ihr plauderte.

»Ich könnte die ganze Nacht hier sitzen und mit dir reden, doch vermutlich wäre das deinem Vater gar nicht recht«, meinte er schließlich.

Er stand auf, ging zur Küchentür, drehte sich um und betrachtete sie in ihrem fusseligen alten Bademantel. Wenn sie es nur vorausgeahnt hätte, hätte sie den schönen aus Seide angezogen, den Leonora ihr geschenkt hatte. Er warf ihr eine Kusshand zu, kam näher, beugte sich vor und küsste sie sacht auf die Lippen.

»Wie hübsch du bist. Und was für eine wundervolle Art, den Tag zu beenden«, sagte er.

Über eine Stunde lang saß Cassia da, ließ jeden Satz und jedes gewechselte Wort Revue passieren, erinnerte sich an jedes Lächeln und dachte über das angenehme Gefühl, teils emotional, teils körperlich, nach, das sie tief in ihrem Inneren verspürt hatte, als er sie küsste. Dann schlich sie nach oben und an seinem Zimmer vorbei, legte sich in ihr Bett und fand vor Glückseligkeit stundenlang keinen Schlaf.

Kurz darauf reiste Rupert ab. Er schrieb gelegentlich, einmal mit der Nachricht, er habe auf Cassias Vorschlag hin bei Leonora vorgesprochen, die ihn sehr freundlich empfangen habe. Er habe ihren Bruder kennengelernt und ihn sehr gemocht wie natürlich auch Sir Richard. Viele Monate später schrieb er erneut, er werde im Manchester Playhouse im *Kaufmann von Venedig* auftreten und hoffe sehr, dass Duncan und Cassia zur Vorstellung erschienen.

Die Eintrittskarten waren gekauft und sogar die Hotelzimmer bestellt, denn es war zu weit, um abends zurück nach Leeds zu fahren. Und dann, am Morgen der Vorstellung, wachte Duncan mit einer schweren Migräne auf, sodass er nichts weiter tun konnte, als das Bett zu hüten.

»Also bin ich allein gekommen«, teilte sie Rupert seelenruhig beim Abendessen in Manchester nach der Vorstellung mit.

»Werden sie sich keine schrecklichen Sorgen machen?«

»Nein, nein. Vater hat ein Schlafmittel genommen und wird erst morgen früh aufwachen. Und Molly und Phyllis glauben, dass ich bei einer Freundin übernachte.«

»Ich bin nicht sicher, ob es richtig ist, dass ich mich an so einem Täuschungsmanöver beteilige. Doch es rührt mich sehr, dass du so viel riskiert hast, um das Stück zu sehen.«

»Dich«, erwiderte sie mit Nachdruck, »nicht das Stück. Und es war wundervoll, du warst wundervoll. Es war die Sache wert.«

»Du setzt gern deinen Willen durch, stimmt's?«, fragte er. »Und wie ist es um die Schule und deine Zukunftspläne bestellt?«

»Nicht sehr gut«, erwiderte Cassia. Und dann brach sie zu ihrer großen Verlegenheit in Tränen aus. Dennoch gelang es

ihr zu erklären, wie schwierig es sei, in der Sc
zeigen und gleichzeitig einen anspruchsvollen Va
sorgen, der einfach nicht einsah, warum sie nicht jeden
sein Essen kochte und ein Auge auf die Haushaltsführu
hatte.

»Das muss eine ziemliche Last sein«, antwortete Rupert sanft und reichte ihr ein Taschentuch. »Du brauchst eindeutig Hilfe. Vielleicht sollte ich versuchen, das deinem Vater zu erklären.«

»Er würde dir nicht zuhören. Außerdem will er sowieso nicht, dass ich Medizin studiere. Er möchte, dass ich die Schule abbreche und Sekretärin werde.«

»Nun«, meinte er lachend, »wenn es zu einem Kampf zwischen deiner unbezwingbaren Kraft und seiner Sturheit käme, wüsste ich, auf welche Seite ich mich schlagen würde. Wenn ich in fünfzehn Jahren uralt bin und alle möglichen scheußlichen Krankheiten habe, werde ich sagen: ›Holen Sie Dr. Berridge, nur sie kann mich heilen.‹ Und ich hoffe, ich werde nicht enttäuscht werden.«

»Sei nicht so gönnerhaft«, entgegnete sie, plötzlich verärgert. »Ich bin erwachsen und mache mit meinem Leben, was ich will. Und niemand wird mich daran hindern.«

»Sag mal, Cassia«, fragte er plötzlich. »Empfindest du mich als sehr alt?«

»Nein«, erwiderte sie rasch. »Überhaupt nicht. Und welche Rolle spielt das Alter, wenn zwei Menschen …«

»Ja? Wenn zwei Menschen was?« Seine Stimme war sehr sanft.

Zu ihrem Entsetzen spürte sie, dass sie wieder rot anlief, und war machtlos dagegen. Sie trank einen Schluck Wein. »Ach, gar nichts. Wirklich nichts.«

Ein langes Schweigen. »Hör zu«, begann er. »Es ist sehr

licht, dich zu deinem Hotel zu beglei-
gst bei der Vorstellung, was dein Vater
rausfindet …«
n?«
z.« Er lachte auf und wurde dann ernst.
verstehst, bist du wirklich noch ein Kind.«
sie leise, denn nun wusste sie genau, wo-
e. Es war so unbeschreiblich und auf ge-
heimnisvolle [illegible] aufregend. Sie blickte ihn über den Tisch hinweg an, wo nur die Flamme der Kerze sie voneinander trennte, und erkannte, dass sich ihre warmen, verstörenden Gefühle in seinen Augen spiegelten. »Ich verstehe«, antwortete sie leise. »Und es ist mir egal. Es würde mich nicht einmal kümmern, wenn …« Sie verstummte und sprach dann tapfer die undenkbaren Worte aus. »… wenn sich sein Verdacht bewahrheiten würde.« Ihr war klar, dass er an dasselbe dachte, und sie war bereit, bereit, alles in den Wind zu schlagen.

»Cassia, mein Schatz«, erwiderte er mit zitternder Stimme. »Nein, es wäre dir nicht egal. Oder du würdest es morgen bereuen.«

»Nein, das würde ich ganz sicher nicht.«

»Nun, ich aber«, sagte er mit Nachdruck und zwang sich zu einem Lächeln. »Deshalb bringe ich dich jetzt zurück und begleite dich zu deinem Zimmer. Morgen eskortiere ich dich höchstpersönlich nach Leeds, stelle mich dem alten Löwen und versichere ihm, dass auch nicht das geringste Anstößige stattgefunden hat.« Er hielt ihr die Hand hin. »Komm, wir können deine Zukunft unterwegs erörtern.«

Cassia fühlte sich gedemütigt, und ihr wurde ganz heiß vor Scham. Sie hatte sich ihm an den Hals geworfen, und sie wäre vor Peinlichkeit am liebsten im Erdboden versunken. Rasch stand sie auf und sah ihm in die Augen. »Ja gut. Eine ausgezeichnete Idee.«

Am nächsten Morgen erschien er in ihrem Hotel, als sie gerade die Rechnung bezahlte. Mit ihren Ersparnissen, ihrer Kasse für das Medizinstudium, wie sie es nannte.

»Ah«, begrüßte er sie fröhlich. »Gut geschlafen?«

»Ja danke.« Sorgsam wich sie seinem Blick aus und bemühte sich um einen kühlen Tonfall. »Wunderbar.«

»Prima. Komm, wir erwischen noch den Zug um acht.«

»Also«, begann er, als sie endlich in dem ansonsten menschenleeren Abteil saßen. »Du hörst mir jetzt sehr aufmerksam zu und unterbrichst mich nicht. Wir haben nicht viel Zeit, und du musst es unbedingt begreifen.« Er beugte sich vor und küsste sie auf die Stirn. »Mach nicht so ein verängstigtes Gesicht. Es ist nichts Ernstes. Nur, dass es dabei um mich geht.«

Cassia lehnte sich zurück, krampfte die Hände fest auf dem Schoß zusammen und starrte darauf.

»Zuerst möchte ich dir sagen, wie sehr ich dich bewundere. Ich halte dich für unglaublich reif und tapfer. Außerdem für ungewöhnlich attraktiv. Und deshalb muss ich jetzt so mit dir reden. Ich habe mich abscheulich benommen und dich ausgenutzt. Ich habe mit dir geflirtet und dich so behandelt, als wärst du viel älter, als du eigentlich bist, weil ich dich so anziehend finde. Du bist traumhaft, Cassia, und ich könnte … Ach, es ist unwichtig, was ich könnte. Sicher kannst du es dir vorstellen. Ich habe keine Ahnung, wie gut junge Mädchen heutzutage im Bilde sind.«

Cassia riskierte einen Blick auf ihn. Er betrachtete sie, und seine Miene war so offen und ehrlich und derart zerknirscht, dass sie beinahe gelacht hätte. »Oh, ziemlich gut«, meinte sie und musterte wieder ihre Hände. »Vergiss nicht, dass ich auf dem naturwissenschaftlichen Zweig bin. Wir haben jede Menge Biologieunterricht. Ich glaube nicht mehr an den Klapperstorch.«

»Gott sei Dank, wenigstens das nicht.« Rupert seufzte. »Dennoch war mein Benehmen schändlich. Das sage ich deshalb, damit du weißt, wie sehr ich mich zu dir hingezogen fühle. Ich möchte nicht, dass du dich zurückgewiesen und gedemütigt fühlst. Gestern Nacht hat es mich all meine Selbstbeherrschung gekostet, dir einen Korb zu geben. Das war zweifellos gut für mich, und ich habe dabei einen Teil meines abscheulichen Betragens abgebüßt. Dich zu küssen und dir Hoffnungen zu machen, obwohl du erst fünfzehn und dazu einsam und unglücklich bist … Man sollte mich erschießen. Ich habe die Moral eines Straßenkaters. Und der einzige Grund, warum ich mich zurückhalten konnte, war, dass ich dich mag und respektiere. Das verstehst du doch, oder?«

»Ich denke ja.«

»Ich möchte nur, dass du mich als den verkommenen Kerl siehst, der ich bin. Und dass ich, ob verkommen oder nicht, machtlos dagegen bin, dass ich dich bewundere. Unbeschreiblich. Ist das falsch, habe ich damit alles noch schlimmer gemacht?«

Cassias Stimmung schlug um. Sie kam sich nicht mehr wie ein albernes, peinliches Schulmädchen vor, sondern wie eine begehrenswerte, selbstbewusste Frau. Sogar ihre Stimme klang ein wenig dunkler. »Nein, jetzt geht es mir viel besser. Danke. Irgendwann werde ich älter sein, und du brauchst kein schlechtes Gewissen mehr zu haben. Wer weiß, was dann geschieht?«

Er nahm ihre Hand, betrachtete sie, streichelte mit dem Daumen ihre Handfläche und hob sie an die Lippen, um sie zu küssen. Seine Lippen ruhten auf ihrer Hand, bis er sie umdrehte und lange und zärtlich ihre Handfläche küsste. Sie sah seinen vorgebeugten Kopf an, genoss den Moment und beschloss, sich auch die winzigste Einzelheit für immer einzuprägen. Schließlich blickte er auf. Seine Miene war ernst und eindringlich. »Oh, Cassia«, sagte er.

Plötzlich wurde sie von Mut ergriffen und wusste, was sie tun musste. Sie neigte sich vor, umfasste seinen Kopf mit beiden Händen, zog ihn sanft an sich und küsste ihn auf den Mund.

Sie spürte seine Überraschung und seinen ersten Impuls zurückzuweichen. Doch sie hielt ihn weiter fest. Sie bemerkte, dass sich etwas in ihm veränderte. Sacht berührte er sie. Seine Lippen streiften ihre, wurden härter als zuvor, und seine Zunge tastete nach ihrer. Es war so wundervoll, und sie sprang auf ihn an. Nicht nur mit dem Mund, sondern da war auch eine warme Begierde tief in ihrem Innersten. Sie presste sich an ihn und sehnte sich nach mehr. Rasch und beinahe drängend schob er sie weg, als müsse es so schnell wie möglich gehen. Seine strahlend blauen Augen blickten reumütig drein.

»Man sollte mich wirklich erschießen. Cassia, Cassia, du musst mir verzeihen. Ich …«

»Rupert«, antwortete Cassia beinahe lachend, »sei nicht albern. Ich war es. Ich habe dich dazu gebracht. Und, o Gott …«

Der Zug fuhr in den Bahnhof von Leeds ein. Und auf dem Flur stand Mr Devenish, der Chef ihres Vaters und Leiter der öffentlichen Bibliothek von Leeds, und starrte sichtlich fasziniert ins Abteil. Er hatte alles genau beobachtet.

Es folgte eine Reihe grässlicher Szenen.

Ihr Vater, wegen seiner Krankheit noch immer schwach auf den Beinen, wurde erst bleich und dann aschfahl vor Entsetzen, als er die Geschichte hörte. Rückblickend betrachtet war Cassia sicher, dass er sie von Mr Devenish hatte, der sie bis zum Abend gewiss in ganz Leeds verbreitet haben würde. Allerdings war die Meinung der Einwohner von Leeds zweitrangig. Noch schwerer wog, dass sein ältester Freund an der Sache beteiligt war. Das Schlimmste war, dass Cassia ihn so schamlos belogen hatte. Und zu guter Letzt war da noch die Frage, was in der Nacht ihrer Abwesenheit zwischen ihr und seinem ältesten Freund vorgefallen sein könnte.

Zumindest was den fünften Punkt betraf, ließ Duncan sich leicht beruhigen. Rupert kroch vor ihm zu Kreuze und schilderte ihm die Ereignisse bis ins kleinste Detail. Noch wirksamer war Cassias Vorschlag, ihr Vater könne ja mit ihr zum Arzt gehen und sich ihre Jungfräulichkeit bestätigen lassen, falls er ihr nicht glaube. Obwohl ihn ihre Unverblümtheit schockierte, erfüllte sie ihren Zweck. Dennoch war das Entsetzen darüber, dass seine Tochter in ganz Leeds als Schlampe gebrandmarkt werden könnte, nahezu unerträglich. Der gute Ruf der Familie war ruiniert, und er befürchtete, seine Stelle zu verlieren. Rupert teilte er mit, er solle das Haus und die Stadt umgehend verlassen und niemals wiederkommen.

Cassias Großmutter wurde gerufen. Mit fest zusammengepressten Lippen und angewidertem Blick lauschte sie der Geschichte und entgegnete, es sei wohl das Beste, wenn sie auf Dauer einzöge, um dafür zu sorgen, dass Cassia in Zukunft rund um die Uhr überwacht wurde. Sie fügte hinzu, Cassia müsse sofort aus der Schule genommen werden, zu Hause bleiben und ihre Pflicht als Tochter tun, was eigentlich schon im letzten Jahr hätte geschehen sollen.

Cassias Verstand arbeitete auf Hochtouren. Sie entgegnete, es sei einzig und allein Sache ihrer Großmutter, ob sie bei ihnen wohnen wolle. Sollte man sie jedoch zwingen, von der

Schule abzugehen, werde sie dafür sorgen, dass die Gerüchte über ihr Verhalten und die nächtlichen Ereignisse in Manchester hochkochten, und zwar bis hin zu einer vollendeten Verführung und einer möglichen Schwangerschaft.

Ihr Vater schickte sie zwar auf ihr Zimmer, doch sie wusste, dass sie gewonnen hatte. Eine Stunde später ließ er sie holen und verkündete, er habe beschlossen, dass sie weiter die Schule besuchen könne, vorausgesetzt, diese würde sie noch aufnehmen. »Es könnte sein, dass man dich ohnehin hinauswirft, wenn man davon hört.«

Natürlich wurde sie nicht der Schule verwiesen. Ihr kleiner Fehltritt kam der Direktorin nicht einmal zu Ohren. Eine freudige Überraschung war es, dass die Anwesenheit ihrer Großmutter eine gewaltige Erleichterung für sie bedeutete. Die alte Dame übernahm sämtliche Haushaltspflichten, sodass sie endlich wieder Zeit für die Schularbeiten hatte. Sie eroberte sich ihren Platz als Jahrgangsbeste zurück. Die Direktorin rief sie zu sich, teilte ihr mit, sie freue sich über ihre Fortschritte, und riet ihr, sich hohe Ziele zu stecken. »Vielleicht sogar ein Stipendium für die medizinische Fakultät. Gut gemacht.«

Die Nacht mit Rupert, wie sie sie bei sich nannte, war in mehr als einer Hinsicht ein Wendepunkt gewesen.

Und so nahm er in ihrem Leben die Rolle des wichtigsten Ratgebers, Mentors und Freundes mit erotischen Untertönen ein. Er war immer für sie da, wenn sie ihn brauchte, und stand ihr mit seinem klaren Blick und seinen unweigerlich in wundervolle poetische Sätze gekleideten Ratschlägen zur Seite. Er debattierte, erst versöhnlich, dann mit zunehmender Heftigkeit, mit ihrem Vater und ihrer Großmutter, als diese versuchten, ihre Bewerbung an der medizinischen Fakultät zu verhindern. Und als Leonora ihrem Vater vorschlug, sie wolle Cassia bei Hofe vorstellen und ihr eine Ballsaison in London finanzieren – was ihren Vater mehr erfreute als eine glänzende Karriere als Ärztin –, überredete Rupert sie auch dazu.

In vielen Dingen verkörperte er für sie noch immer den idealen Mann. Vermutlich hätte sich ein Psychiater die Hände gerieben, ihr einen Vaterkomplex unterstellt und behauptet, sie sei ja bereits die Ersatzfrau ihres eigenen Vaters gewesen. Sie jedoch hätte dem Psychiater widersprochen. Er irre sich, denn sie habe Rupert schon immer geliebt und würde das auch weiter tun, denn er sei charmant, umgänglich und attraktiv, auch wenn er sich manchmal verantwortungslos oder gar anstößig betrüge. Er bringe Farbe in ihr Leben, sei amüsant und humorvoll, und außerdem schulde sie ihm eine Menge, da er der Mann sei, der sie zuerst auf ihre Sexualität und deren beachtliche Kraft aufmerksam gemacht habe. Sie hätte hinzufügen können, dass Rupert noch immer die Fähigkeit besaß, sie zu verstören, ja zu erregen, ganz gleich, wen sie seitdem geliebt, begehrt und geheiratet und wem sie Kinder geboren habe. Er sei weiterhin der wichtigste Mann in ihrem Leben.

»Wie dem auch sei«, sagte sie und lehnte sich lächelnd zurück. Sie wusste, dass ihre Wangen von zu viel Burgunder gerötet waren, aber auch, dass sie in dem eigens für diese Gelegenheit gekauften marineblauen Crêpekleid sehr hübsch aussah. »Jetzt kann ich dir endlich für all das danken, was du vor so vielen Jahren für mich getan hast.«

»Liebes …«

»Nein, Rupert, versuch nicht, es mir auszureden. Es würde mich sehr glücklich machen. Du hast einmal gesagt, du würdest alles dafür geben, selbst ein Stück zu inszenieren, wenn du nur jemanden fändest, der darin investiert. Es wäre sehr wichtig für dich. Nun, ich bin dazu in der Lage. Du hast meine Karriere gerettet, jetzt rette ich vielleicht deine.«

»Oh, mein Schatz, wie reizend von dir.« Seine blauen Augen strahlten plötzlich. »Ich liebe dich. Ich weiß es zu schätzen, und der Wille steht fürs Werk.«

»Nein, Rupert«, entgegnete sie mit Nachdruck. »Der Wille steht *nicht* fürs Werk. Ich möchte es tun. Oder etwas in diese Richtung. Also versprich mir, dass du es dir überlegen wirst. Oder interessiert es dich nicht mehr? Ich könnte dir nämlich stattdessen auch eine Jacht kaufen.«

»Das wäre nett«, erwiderte er und hob ihre Hand an die Lippen. »Du bist fantastisch. Danke. Das wäre wundervoll. Darf ich mich bei dir melden? Und apropos Karriere: Ich möchte dich wenigstens bitten, darüber nachzudenken, ob du wieder als Ärztin tätig sein willst.«

»Wird gemacht«, antwortete sie lächelnd. »Allerdings halte ich das für unmöglich. Aus den verschiedensten Gründen. Wobei die Einstellung meines Mannes nicht der geringste ist.«

»Oh, Cassia«, sagte Rupert. Er lehnte sich zurück und musterte sie kopfschüttelnd. »Was ist aus der Frau geworden, die ihr Leben nach ihrem Willen einrichten und sich von nichts daran hindern lassen wollte?«

»Du weißt, was aus ihr geworden ist. Und ausgerechnet du solltest ihr das nicht zum Vorwurf machen.«

»Nein«, erwiderte er leise. »Ich frage mich nur, ob ich es mir selbst zum Vorwurf machen sollte.«

Am Tag nach Desmonds Abreise sah Edward Cassia über den Frühstückstisch hinweg an und lächelte ihr verlegen zu. »Cassia, es tut mir leid, dass ich so schwierig war.«

»Schon gut, Edward. Ich verstehe dich.«

»Hoffentlich. Du hattest viel Geduld. Hör zu, ich habe nachgedacht. Das Haus ist doch in einem ziemlichen Zustand, oder?«

»Ich dachte, uns gefällt es so? Du hast immer gesagt, du wolltest ein richtiges Zuhause, kein steriles wie bei deiner Mutter.«

»Stimmt, aber man müsste schon mal ein bisschen Geld reinstecken. Streichen und so. Vielleicht eine Zentralheizung einbauen. Es braucht ein neues Dach. Außerdem würde ich gerne die Praxis renovieren und vergrößern. Deshalb finde ich, dass wir genau das tun sollten. Und zwar so bald wie möglich.«

»Gute Idee. Mit meinem, das heißt mit Leonoras Geld?«, antwortete sie und war nicht sicher, was sie dabei empfand.

»Ich war der Ansicht, dass es unser Geld ist«, entgegnete Edward.

»Ja«, sagte sie rasch. Erschrocken wurde ihr klar, dass sie das Geld als ihr Eigentum betrachtet hatte. Ihr Geld, sie konnte nicht anders, als es so zu bezeichnen. Wie schrecklich, dass sie so geizig und so wenig großzügig hatte sein können. Ausgerechnet gegenüber Edward, der immer alles mit ihr geteilt hatte.

»Edward, möchtest du dir eine andere Praxis kaufen, eine größere?«, fragte sie, um sich zu entschuldigen.

»Warum um alles in der Welt?«, erwiderte er erstaunt.

»Ich dachte, möglicherweise eine in London …«

»Cassia, meine Karriere ist meine eigene. Etwas, für das ich gearbeitet und das ich mir durch meine Bemühungen und Erfolge verdient habe. Ich brauche keine eleganten Räumlichkeiten in London.«

»Davon habe ich auch gar nicht gesprochen. Das weißt du. Aber wir haben doch immer über die Schwierigkeiten der Bedürftigen in den Städten geredet und wollten ihnen helfen.«

»Nein«, entgegnete er kühl. »Ich bin sehr glücklich hier. Dir mag die Praxis bescheiden erscheinen, Cassia, aber ich bin ausgesprochen zufrieden damit. Und ich glaube, dass ich meinen

Patienten viel zu geben habe. Oder hast du Grund, anderer Meinung zu sein?«

»Edward, du missverstehst mich absichtlich. Niemals habe ich angedeutet, dass es deiner Praxis an etwas fehlt. Sie ist wundervoll, und deine Patienten vergöttern dich. Ich habe mich nur gefragt…«

»Ob ich nicht höher hinauswill.«

»Nein!«

»Tja, ich weiß deine Bemerkung nicht anders zu deuten. Und ich will auf keinen Fall, dass du es mir finanzierst. Jetzt entschuldige mich, ich muss arbeiten.«

Als sie ihm nachblickte, wurde sie von leichter Panik ergriffen, ohne zu wissen, warum.

»Ich habe mir einige Kostenvoranschläge kommen lassen«, verkündete er eine angespannte Woche später. »Für das Haus.«

»Ach wirklich?« Sie bemühte sich, ruhig und glücklich zu klingen und sich auch so zu fühlen. »Darum hätte ich mich auch kümmern können.«

»Tja, du schienst nicht sehr begeistert zu sein. Und da für die Jungs die Schule wieder angefangen hat…«

Noch nie hatte er ihr solche Zugeständnisse gemacht. Unsicher lächelte sie ihn an, obwohl sie wusste, was er wirklich meinte. Sein Wutanfall tat ihm leid, doch er wollte es nicht aussprechen.

»Also.« Er holte einige Papiere aus einer Mappe. »Für etwa zweihundert kriegen wir ein neues Dach. Das ganze Haus von innen und von außen zu streichen kostet dreihundert. Die Renovierung und Erweiterung der Praxis fünfhundert. Das ist ausgezeichnet, findest du nicht?«

»Ja, ausgezeichnet.«

»Das Angebot von Mr Cartwright war das beste, und wir

kennen ihn. Also habe ich ihn gebeten anzufangen. Seiner Ansicht nach sollte das Dach noch vor dem Winter erneuert werden.«

»Du hast ihn gebeten anzufangen?«

»Ja. Unterdessen beginnt Mr Morris mit den Arbeiten an der Praxis, was heißt, dass ich ins Esszimmer umziehen muss. Aber es dauert nicht lang. Bis Weihnachten habe ich eine funkelnagelneue Praxis.«

Cassia starrte ihn entgeistert an.

»Was ist?«

»Nichts. Gar nichts. Ich finde nur, dass wir es vorher ausführlicher hätten besprechen sollen.«

»Das haben wir. Ziemlich oft sogar. Insbesondere letzte Woche. Über das Dach und den erbärmlichen Zustand der Praxis.«

»Ja, aber ich hätte gern ein wenig über die Erteilung der Aufträge nachgedacht.«

»Wieso? Was um alles in der Welt gibt es da nachzudenken?«

»Oh, ich weiß nicht. Doch du hast offenbar einfach so entschieden.«

»Cassia«, entgegnete er bemüht geduldig, »ich habe es dir gerade erklärt. Du warst sehr beschäftigt, und ich wollte die Angelegenheit vorantreiben. Gütiger Himmel.« Er verstummte und blickte sie an. »Es geht um das Geld, richtig?«

»Natürlich nicht.«

»Darum, dass es dein Geld ist.«

»Sei nicht albern. Bis jetzt haben wir doch auch immer alles ausführlich besprochen und dann erst entschieden.«

»Deine Frankreichreise hast du nicht mit mir besprochen«, sagte er. »Sei ganz vorsichtig, Cassia. Es ist die Wahrheit.«

»Das war etwas anderes.«

»Warum?«

»Nun.« Lächelnd versuchte sie es mit einem Scherz. »Darüber haben wir doch schon gestritten, oder? Ich habe mich entschuldigt und zugegeben, dass es ein Fehler war.«

»Ja«, antwortete er freundlich. Aber sein Blick war hart. »Das war ein Fehler. Also machen wir es mit den Arbeiten am Haus richtig. Unser Geld, unser Haus.«

Es tat ihr leid, und in der Nacht wollte sie ihn verführen, um es ihm zu beweisen. Doch er ging nicht darauf ein. Abweisend und nachdenklich lag er neben ihr im Bett.

KAPITEL 6

Inzwischen war das Geld da und auf ihrem Bankkonto. Ihrem eigenen Konto. Ihrem neuen Konto. Mr Brewster hatte ihr vorgeschlagenen, ein besonderes Konto dafür zu eröffnen, ein Sparkonto, das hohe Zinsen abwarf. Bald würde sie Benedict aufsuchen, um Investitionsmöglichkeiten zu erörtern.

»Und wenn ich mir etwas kaufen möchte, kann ich einfach Geld auf mein – unser – derzeitiges Konto überweisen?«

»Meinen Sie so etwas wie ein Auto?« Er zwinkerte ihr zu. »Ja natürlich. Sie haben sich also noch keins gekauft?«

»Ich habe überhaupt noch nicht viel gekauft. Nur ein neues Dach, ein paar Kleider und Kleinkram. Vielleicht investiere ich ja in das Theaterstück eines Freundes. Allerdings weiß mein Mann nichts davon«, fügte sie hastig hinzu. »Nur für den Fall, dass Sie ihn treffen.«

»Mrs Tallow, Anwälte und Ärzte neigen ebenso wie Priester nicht dazu, Einzelheiten aus dem Leben ihrer Kundschaft preiszugeben. Darf ich mir die Bemerkung erlauben, wie selten und erfrischend es ist, so viel gesundem Menschenverstand und einem solchen Realitätssinn zu begegnen?«

»Danke«, erwiderte Cassia. Dabei fragte sie sich, ob er ihr anmerkte, welche Todesangst sie davor hatte, Geld für etwas auszugeben, das sie sich wünschte. Welches Licht würde das auf ihr Leben werfen, ihre Ehe und sie selbst …

Am Abend sprach sie das Thema Auto an. Sie schlug vor, dass sie sich ein neues Familienauto anschafften. Ihr jetziges war drei Jahre alt und wurde hauptsächlich von Edward benutzt. Was ist mit einem Daimler?, erkundigte sie sich. Nichts zu Teures, etwas, in das die ganze Familie hineinpasste und das sich auch für Edwards Hausbesuche eignete.

Sie interessierte sich für Autos und kannte sich recht gut damit aus. Sir Richard, der erste Autobesitzer, dem sie begegnet war, hatte sie bei ihrem ersten Besuch durch London chauffiert. Ein wundervoll eleganter Wagen, ein cremefarbenes Buick-Cabriolet, dessen Räder hölzerne Speichen hatten. Benedict hatte einen Bentley gefahren, konservativer, aber wirklich schön. Und Harry hatte natürlich massenweise Autos, traumhaft und mit glamourösen Namen wie Delage, Bugatti und Maserati – mit denen er Rennen fuhr – und dazu noch einen prachtvollen Rolls und einen Hispano Suiza, der angeblich hundert Stundenkilometer schaffte. Cassia riss sich von den Gedanken an Harrys Fuhrpark los und wartete darauf, dass Edward ankündigte, was er kaufen wollte.

Ein neues Auto sei sehr nett, meinte er. Ein Daimler sei eine gute Idee. Aber anderseits sei es wirklich nicht nötig. Sie entgegnete, wenn er kein neues Auto wolle, gut. Doch sie wolle eines.

»Meinetwegen«, seufzte er gereizt. »Dann kaufen wir eines. Ich schaue mich um, was derzeit auf dem Markt ist.«

»Ich habe gemeint, dass ich auch eines haben möchte. Ein eigenes.« Sie hörte, wie ihre Stimme auf dröhnendes Schweigen stieß. Edward betrachtete sie mit ausdrucksloser Miene, jedoch mit finsterem Blick, und verkündete schließlich, das sei seiner Ansicht nach absolut unnötig.

»Edward, es geht nicht darum, was nötig ist. Doch es würde mir das Leben sehr erleichtern. Außerdem liebe ich Autos.«

»Nun«, erwiderte er schließlich, »wenn du das wirklich willst. Aber kauf dir um Himmels willen einen Kleinwagen, der leicht zu handhaben ist. Du bist in letzter Zeit nicht viel gefahren, und inzwischen ist auf den Straßen der Teufel los. Ich empfehle dir einen Austin Seven, damit kann dir nicht viel passieren. Und erwarte nicht, dass ich mich darum kümmere, wenn du eine Panne hast.«

So wütend war sie gewesen, dass sie sofort nach London gefahren war und sich einen Jaguar SS 100 gekauft hatte. Es war ein reizendes sonnengelbes Cabriolet mit Speichen und Leisten aus Chrom und einem besonders hübschen Trittbrett, das sich über den Vorderreifen wölbte.

»Es passt zu dir wie ein schicker Hut«, rief Cecily begeistert aus, als sie in die Boltons fuhr, um es vorzuzeigen. Laut Verkäufer schaffte es hundertfünfzig Sachen, und das stimmte tatsächlich, wie sie feststellte, als sie an jenem goldenen Oktobertag die A24 in Richtung Monks Heath sauste. Bei ihrer Ankunft in Monks Ridge machte der Motor einen solchen Lärm, dass alle aus dem Haus gestürmt kamen, um den Wagen zu bestaunen.

»Mannomann!«, rief Bertie.

»Spitzenklasse!«, jubelte William.

»O mein Gott«, sagte Peggy und schlug die Hände vor ihrem ausladenden Busen zusammen.

Edward war nicht zu Hause. Doch Cassia war in der Küche und buk, als er zurückkehrte. Sein Gesicht war so verzerrt vor Zorn, dass es, wie Peggy am nächsten Tag Mrs Briggs erzählte, genügt hätte, um Milch sauer werden zu lassen.

»Was, in Teufels Namen, steht da in der Einfahrt?«

»Mein Auto«, erwiderte sie mit einem zuckersüßen Lächeln. »Gefällt es dir?«

»Es ist albern. Du kannst es auf keinen Fall behalten. Ich

habe dir doch gesagt, dass du einen Austin Seven kaufen sollst.«

»Vielleicht sollten wir in deinem Arbeitszimmer darüber sprechen«, schlug sie vor, als sie bemerkte, dass sich Peggys und Berties Augen weiteten.

Mit einem wütenden Blick marschierte er aus der Küche in sein Arbeitszimmer. Sie folgte ihm. Er kehrte ihr den Rücken zu und starrte aus dem Fenster. »Was treibst du da für Spielchen, verdammt?«

»Edward, ich wollte ein Auto. Es war nicht sehr teuer. Ein paar Hundert Pfund.«

»Ein paar Hundert Pfund. Nicht sehr teuer! Und du hast es gewagt, dich wegen des Daches mit mir herumzustreiten. Gott steh uns bei, was geschieht hier mit uns?«

»Ich habe mich nicht wegen des Daches gestritten.«

»Selbstverständlich hast du das. Und warum, zum Teufel, hast du dir kein vernünftiges Auto angeschafft, zum Beispiel den Austin oder einen Morris Minor?«

»Es ist ein absolut vernünftiges Auto.«

Eine lange Pause entstand.

»Ich will, dass du es morgen zurückbringst«, sagte Edward.

Es sei zu übertrieben, zu auffällig, zu protzig. Sie sah ihm in die Augen. »Ich bringe es nicht zurück. Tut mir leid, ich kenne mich mit Autos aus. Ich mag Autos. Ich wollte das da.«

Es erregte viel Aufsehen im Dorf und veränderte den Blick der Leute auf sie. Tja, dachte sie, Autos haben eben diese Wirkung. Die Frauen reagierten sichtlich ablehnend und musterten den Wagen, wenn er vor einem Laden oder der Kirche parkte, mit einem Ausdruck, den sie nur als Abscheu bezeichnen konnte. Die Männer verhielten sich gönnerhaft und beeindruckt, beglückten sie mit herablassenden Ratschlägen oder fingen an zu flirten.

Cassia liebte ihr Auto. Es verlieh ihr nicht nur Freiheit, sondern symbolisierte sie auch.

Benedict lud sie zum Essen ein, um die Investitionen mit ihr zu besprechen. Sie gingen ins Savoy.

»Ich würde gerne etwas stiften«, begann sie. »Falls das das richtige Wort ist. Ich möchte ein jährliches Stipendium ans St. Christopher's spenden. Ist das möglich?«

»Ja natürlich, vorausgesetzt, dass sie einverstanden sind, was sie sicher sein werden. Der Direktor ist der beste Ansprechpartner. Ich würde ihm einen Besuch abstatten. Er wird sich bestimmt freuen, dich zu sehen.«

»Glaubst du wirklich? Er war so verärgert, als ich ihm meine Pläne mitgeteilt habe, und sagte, ich würde meine Talente und das Geld des Krankenhauses verschwenden. Es war schrecklich.« Sie hatte die unschöne Szene noch deutlich vor sich.

»Vermutlich hat er dir inzwischen verziehen«, erwiderte Benedict vergnügt. »Insbesondere, wenn du ein Scheckbuch vor seiner Nase schwenkst. Es ist fantastisch, welche Wege Geld einem eröffnet. Schreibe ihm, was du vorhast, dann rollt er dir sicher den roten Teppich aus. Denk an meine Worte.« Er zögerte kurz. »Hast du dir nicht überlegt, wieder als Ärztin zu arbeiten? Jetzt könntest du es.«

»Das hat Rupert auch gesagt. Und du hast wirklich nicht mit ihm geredet? Nein, schon gut, war nur ein Scherz. Ich verstehe nicht, warum es plötzlich möglich sein sollte. Was hat sich verändert? Ich bin noch immer mit Edward verheiratet, lebe auf dem Land und habe drei kleine Kinder.«

»Stimmt, aber du könntest dir eine gute Nanny leisten. Und deine Qualifikationen reichen ja wohl aus.«

»Schon, aber wer stellt eine Frau ein, die nie als Assistenzärztin gearbeitet hat? So wundervoll die Vorstellung auch ist.« Sie seufzte auf.

»Meiner Ansicht nach solltest du mit dem Direktor auch darüber sprechen.«

Es überraschte und rührte sie, dass ihm das so wichtig war.

»Benedict, ich kann nicht. Ich muss an Edward denken. Er fände es unerträglich.«

»Du liebst ihn wohl wirklich.«

»Ja«, antwortete sie rasch. »Und nun möchte ich etwas von diesem appetitlichen Servierwagen bestellen. Dann muss ich los, um den Zug um halb vier an der Victoria Station zu erwischen. Sonst kriege ich schrecklichen Ärger.«

»Irgendwelche Fortschritte?«, erkundigte sich Cecily, als er nach Hause kam.

»Sie will ein Stipendium ans Krankenhaus stiften. Allerdings lehnt sie es offenbar strikt ab, wieder berufstätig zu sein. Ihrer Meinung nach wäre es ein schwerer Schlag für Edward. Das verstehe ich nicht.«

»Ach, Benedict! Was würdest du empfinden, wenn es um mich ginge? Wenn ich eine viel bessere Aktienhändlerin wäre als du und ein Konkurrenzunternehmen gründen würde?«

»Ist sie tatsächlich eine bessere Ärztin als er?«

»Um einiges besser.«

»Ja, das hatte ich vergessen. Arme Cassia, es muss schwer für sie sein.« Er musterte sie. »Wie fühlst du dich, Cecily?«

»In Ordnung. Ein bisschen müde. Warum?«

»Ich dachte, wir könnten über Weihnachten reden. Die Party, die du planst, die Gästeliste und so weiter. Meine habe ich fertig. Hier ist sie.«

Als sie sie studierte, kannte sie die meisten Namen. »Wer ist Dominic Foster?«

Er schenkte sich einen Drink ein. Die Pause dauerte einen Sekundenbruchteil zu lange, und seine Antwort fiel ein wenig zu beiläufig aus. »Ein Architekt, den ich kennengelernt habe. Er arbeitet an einem der Gartenstadtprojekte, in die ich investiert habe. Netter Bursche. Du wirst ihn mögen. Sehr intelligent. Ich habe Cassia empfohlen, ein wenig Geld in dieses Geschäftsfeld zu stecken. Viel Potenzial.«

»Oh«, erwiderte sie. »Gut, laden wir ihn ein.«

Er betrachtete sie, und sie merkte genau, dass er wie immer wusste, was sie dachte. Ob sie sich nun irrte oder nicht, sie musste einfach so handeln, musste immer wieder nachhaken, auf der Hut sein und sich letztlich vergewissern – vergewissern, dass er wusste, was sie tat. Das war für sie beide unabdingbar.

KAPITEL 7

Cassia schrieb an den Direktor und erhielt eine charmante Antwort. Er würde sich freuen, sie zu sehen. Warum besuche sie ihn nicht auf einen Kaffee, um ihren Vorschlag zu erörtern?

Cassia kam zu früh zu ihrer Verabredung. Sie schlenderte durch die medizinische Fakultät, vorbei am Hörsaal, den Labors, den Gerüchen und Geräuschen, und fühlte sich in die Vergangenheit zurückversetzt. Doch sie unterdrückte das unvermeidliche Bedauern und klopfte fest an die Tür des Direktors.

»Sie waren hier sehr glücklich, oder?« Seine buschigen Brauen trafen sich über seinen durchdringend dreinblickenden dunklen Augen. »Außerdem waren Sie eine ausgezeichnete Studentin, was noch viel wichtiger ist. Eine verdammte Schande. Ich fürchte, Sie haben der Sache der Frauen hier für die nächsten Jahre geschadet. Immer wenn ich eine Frau aufnehmen wollte, hat der Ausschuss Sie zitiert. Oh, ich weiß, Sie glaubten, Ihre Pflicht zu tun. Sie haben eigene Bälger in die Welt gesetzt, anstatt in der Geburtshilfe zu arbeiten. Eine schreckliche Verschwendung. Einfach schrecklich. Tja, und da sind Sie jetzt. Was ist das für eine Sache mit einem Stipendium? Sind Sie zu Geld gekommen?«

Sie beschlossen, ein mit zehntausend Pfund dotiertes Forschungsstipendium in der Geburtshilfe einzurichten.

»Eine ausgezeichnete Idee«, verkündete der Direktor. »Wie sollen wir es nennen? Das Tallow-Stipendium?«

»Nein«, entgegnete Cassia hastig. »Ich hatte an Beatty gedacht. Das war der Name meiner Patin, die mir das Geld vermacht hat. Allerdings muss ich ihren Mann fragen. Er ist noch am Leben und könnte dagegen sein.«

»Nun, das ist Ihre Entscheidung. Ihr Mann weiß doch davon?«

Sie sah ihm in die Augen. »Nein, noch nicht. Natürlich werde ich es ihm erzählen.«

»Vermutlich das Beste. Wenn ich mich recht entsinne, war Ihr Mann nicht sehr talentiert.« Sein Blick wurde noch bohrender.

»Selbstverständlich ist er talentiert«, rechtfertigte sich Cassia. »Er leidet nur unter grässlicher Prüfungsangst.«

»Komisch, dass die wirklich Begabten es immer schaffen, sie zu überwinden. Und ich muss feststellen, dass er ziemlich empfindlich reagiert hat, weil Sie besser abgeschnitten haben als er. Wahrscheinlich das Vernünftigste, dass Sie aufgegeben haben, wenn Sie ihn schon unbedingt heiraten mussten. Jedoch nicht für Sie.«

»Ja«, erwiderte sie. Und da er es so aufrichtig zu bedauern schien, dass sie ihren Beruf an den Nagel gehängt hatte, holte sie tief Luft und sprach das aus, was sie sich niemals zu sagen, zu fragen, ja nicht einmal zu denken geschworen hatte: Wie hoch stünden ihre Chancen, jetzt zurückzukehren?

»Hierher, absolut gar keine. Sie könnten ein allgemeines Krankenhaus überreden, Sie als Assistenzärztin zu nehmen. Doch das wäre Knochenarbeit. Außerdem wäre es für Sie nicht möglich, in ein Krankenhaus zu ziehen und die Kinder allein zu lassen, richtig?«

»Nein, völlig unmöglich.«

»Tja, ich hätte einen Vorschlag für Sie. Falls Sie es wirklich ernst meinen. Inzwischen eröffnen überall neue Familienplanungskliniken. Eine wunderbare Entwicklung, sicher teilen Sie meine Meinung. Vielleicht könnten Sie in einer von denen anfangen. Sie suchen weibliche Ärzte. Es ist Alltagsroutine, nicht das, was sich eine ehrgeizige junge Ärztin wünscht. Doch wenn Sie möchten – ich kenne einige Leute in diesem Bereich. Der Himmel weiß, wie es funktionieren soll, Sie wieder auf den neuesten Stand zu bringen. Aber ich könnte einen Termin für Sie vereinbaren.«

»Danke«, erwiderte sie und spürte, wie die Last auf ihren Schultern ein kleines bisschen leichter wurde und das Frösteln nachließ. »Danke, ja. Allerdings kommt es vermutlich nicht infrage, und ich bräuchte das Einverständnis meines Mannes.«

»Herrgott noch mal.« Der Direktor schlug mit der Faust auf den Tisch. »Warum habe ich Ihnen eigentlich eine Chance eröffnet, um mir dann anhören zu müssen, Ihr Mann müsste Ihnen erlauben, ein wenig zu arbeiten? Ausgerechnet von Ihnen. Sie hatten so viel Willenskraft. Nun, ich darf Sie nicht verärgern, sonst überlegen Sie sich das mit dem Stipendium noch anders. Vielen Dank dafür. Hundertmal danke. Und grüßen Sie Ihren Mann von mir.«

»Ja, wird gemacht. Danke.«

»Hübscher Hut«, meinte er unvermittelt. »Ich sehe es immer gern, wenn eine hübsche Frau einen hübschen Hut trägt.«

Unten auf der Straße lächelte sie immer noch.

Cecily genoss ihre Party, wie immer. Am allerliebsten beobachtete sie einfach alles, wenn die Feier ihren Höhepunkt erreichte, und studierte ihr Werk, ihr sorgfältig geplantes gesellschaftliches Beisammensein.

Sie war die geborene Gastgeberin: großzügig, nachdenklich

und kreativ. Bei ihren Partys hatte nie jemand ein leeres Glas, stand am Rand oder musste sich mehr als ein paar Minuten mit einem unangenehmen Gegenüber herumärgern. Wenn die Gäste gingen, waren sie glücklich und mit sich selbst und mit ihr zufrieden.

Die Mischung der Anwesenden war nie vorherzusehen. Der Großteil gehörte der Londoner High Society an. Gelegentlich war auch ein unbedeutendes Mitglied des Königshauses dabei. Zweimal hatte sie den Duke of Gloucester und seine hübsche Frau zu Gast gehabt, einmal die königliche Prinzessin und Lord Lascelles. Doch sie bat auch gerne den internationalen Jetset hinzu. Frauen wie Natalie Paley, Tochter des russischen Großherzogs, Madame Martinez de Hoz und einmal sogar Diana Vreeland. Ihre Gästeliste war ein glitzerndes Verzeichnis der Prominenz.

Nach der Party würden etwa vierundzwanzig diskret und taktvoll informierte Personen zum Abendessen bleiben.

Heute war die Familie nur schwach vertreten: Harry und Edwina Moreton, Cecilys Eltern und Cassia Tallow. Edward hatte sich wegen einer in der Provinz grassierenden Grippeepidemie nicht loseisen können. Zu den engen Freunden gehörten Rupert Cameron und der bekannte Architekt Dominic Foster und seine Frau Nicola, schlank, dunkelhaarig und unbeschreiblich elegant. Foster, hochgewachsen, ebenfalls dunkelhaarig und auf lässige Weise attraktiv, leitete angeblich gänzlich allein die Verwandlung einer grünen Landschaft am südöstlichen Rand von London in eine Vorstadt.

Nicola Foster plauderte nun schon seit einer Weile mit Edwina Moreton. Als Cecily sie beobachtete, dachte sie, wie gerne sie auch so ausgesehen hätte. Mit einer knabenhaften Figur und einem akkuraten Kurzhaarschnitt. Sie überlegte, ob sie nach der Geburt streng Diät halten und zu Monsieur René gehen sollte, um sich die glänzenden Locken abschneiden und die dunklen Augenbrauen zupfen zu lassen. Nun, selbst wenn sie es wollte, würde sie wegen ihres wachsenden Babybauchs noch eine Weile warten müssen. Außerdem würde es eine schreckliche Plackerei werden.

Nicola kam lächelnd auf sie zu. »Vielen Dank, wir haben uns prima amüsiert, aber jetzt müssen wir los. Wo ist Dominic? Ach, Dominic, da bist du ja. Ich pudere mir nur rasch die Nase, dann müssen wir gehen.«

Dominic musterte Cecily. Mit seinen lodernden dunklen Augen war er wirklich sehr attraktiv, und seinen Charme konnte man ihm nicht abstreiten.

»Auf Wiedersehen, Cecily. Es war ein wundervoller Abend. Vielen Dank für die Einladung.«

»Nun.« Sie hielt ihm ihr Gesicht hin, als er sich aus beachtlicher Höhe hinunterbeugte, um sie zu küssen. »Eigentlich sollten Sie sich bei Benedict bedanken. Es war seine Idee. Ich freue mich, dass Sie es einrichten konnten. Sie und Ihre Frau müssen nach dem Weihnachtsfest zu uns zum Abendessen kommen.«

»Es wäre uns ein Vergnügen. Danke. Und frohe Weihnachten.« Er verbeugte sich leicht, lächelte sie an, drehte sich um und ging zu Benedict hinüber, der gerade mit ihrer Mutter sprach.

Cecily beobachtete die beiden mit Argusaugen. Benedict blickte lächelnd zu Dominic auf, erhob sich und schüttelte ihm die Hand. Dann legte er ihm den Arm um die Schulter und führte ihn hinaus. Es war nichts, nur eine höfliche Geste, und Benedict war sehr bald zurück. Knapp sechzig Sekunden später setzte er sich neben sie, küsste ihr die Hand und sagte ihr, wie wundervoll sie und wie fantastisch der Abend gewesen sei. Trotzdem wusste sie es. Sie wusste es immer. Und eine drohende innere Stimme raunte, dass sie diesmal womöglich machtlos dagegen war.

Cassia saß mit Rupert auf dem Sofa, dachte daran, wie sehr sie ihn liebte (obwohl sie nicht mehr in ihn verliebt war), schaute sich im Raum um, plauderte beiläufig über einige Anwesende und dachte neidisch, dass es Edwina stets gelang, so elegant zu wirken.

»Du siehst heute Abend unglaublich schön aus, mein Schatz«, verkündete Rupert und lächelte sie an. Sie erwiderte sein Lächeln und wunderte sich wie immer über seine Fähigkeit, ihre Gedanken zu lesen. »Es ist sehr leichtsinnig von Edward, dich allein ausgehen zu lassen.«

»Rupert, ich bin eine achtundzwanzigjährige Provinzhausfrau mit drei kleinen Kindern. Sei nicht albern.«

»Achtundzwanzig. Ich muss zugeben, dass das ein hohes Alter ist. Aber provinziell bist du ganz sicher nicht. Du bist ausgesprochen schick. Das Kleid ist ein Traum. Schwarz hat dir schon immer gestanden. Mein Gott, ich wünschte, ich wäre noch einmal achtundzwanzig.«

»Was hast du mit achtundzwanzig gemacht?«, erkundigte sie sich neugierig.

»So ziemlich das Gleiche wie jetzt auch«, antwortete er leichthin. »Ich war ein erfolgloser zweitklassiger Schauspieler, bin mit verschiedenen zweitklassigen Ensembles auf Tournee gegangen und hatte bereits eine lange Reihe katastrophaler Liebesbeziehungen hinter mir. Nur dass ich damals geglaubt habe, ich würde irgendwann meinen Durchbruch schaffen. Heute glaube ich das nicht mehr.«

Erschrocken über seinen bedrückten Tonfall starrte sie ihn an. »Rupert, so etwas habe ich noch nie von dir gehört.«

»Ich rede nicht oft darüber. Ich weiß, dass ich Glück habe,

überhaupt noch Rollen zu kriegen. Außerdem habe ich den Krieg überlebt, und ich habe Freunde wie dich. Trotzdem tut es weh, fünfundfünfzig zu werden. Es bringt einen zum Nachdenken. Was mich am meisten wurmt, ist, dass ich nie im West End aufgetreten bin. Kein einziges Mal. Und das wird, wie ich fürchte, auch nicht mehr passieren.«

»Vielleicht doch.«

»Ich denke nicht. Dazu wäre ein Wunder nötig. Jetzt aber genug mit dem Selbstmitleid, mein Schatz. Cecily sieht wundervoll aus. So in sich ruhend. Die Schwangerschaft bekommt ihr.«

»Ja, tut sie. Allerdings …«

»Ich weiß, ich habe es auch bemerkt. Kein Grund zur Sorge. Dazu ist dieser junge Mann viel zu ehrgeizig. Blitzgescheit, aber ziemlich harmlos, würde ich sagen. Ich gehe mal und beruhige Cecily.«

»Pass auf, Rupert. Es gefällt ihr nicht, dass es jemand weiß.«

»Natürlich nicht. Wann war ich je etwas anderes als der Inbegriff des Taktgefühls?«

Sie blickte ihm nach, als er auf das Sofa zusteuerte, sich auf die Lehne setzte, mit Cecily plauderte, ihr offenbar einen Witz erzählte und sich mit ihr unterhielt. Plötzlich blickte Cecily erst erschrocken, dann erleichtert zu ihm auf und entspannte sich sichtlich.

Viel später fragte Cassia ihn, was er gesagt hatte.

»Ach, nicht viel«, erwiderte er. »Nur, dass es Dominic Foster nur auf eines ankommt und dass er sich von nichts daran hindern lassen würde. Er will zum Ritter geschlagen werden und arbeitet zielstrebig darauf hin.«

»Stimmt das?«, hakte sie nach.

Rupert zögerte. »Nicht *ganz*, aber das Ergebnis wird genau dasselbe sein, mein Schatz. Er wird bestimmt keine Risiken eingehen. Das war die Abkürzung, und Cecily hat sich gleich viel besser gefühlt.«

»Du bist wundervoll.« Cassia küsste ihn. »Ich liebe dich.«

Am 20. Januar 1936 starb King George V. in Sandringham. Der alte König hatte noch kaum seinen letzten Atemzug getan, als Queen Mary bereits die Hand ihres ältesten Sohnes küsste. »Der König ist tot, lang lebe der König«, verkündete sie. Eine neue Regierungszeit hatte begonnen, und es hieß, der neue König trauere entsetzlich. Rasch breitete sich nicht nur diese Trauer im ganzen Land aus, sondern auch Aufregung angesichts der Krönung dieses jungen, charismatischen Königs.

Am nächsten Tag reiste Edward VIII. nach London, um zum Thronbesteigungsrat und zu seinem Volk zu sprechen. Einen Tag später wurde die Thronbesteigung an vier Punkten in London bekannt gegeben. Der erste war der St. James's Palace. Ein Fotograf erhaschte einen Blick auf den König, wie er kurz vor Verlassen des Palastes an einem Fenster stand und mit einer schlanken, blassen, dunkelhaarigen Frau sprach, die den meisten seiner Untertanen unbekannt war. Am folgenden Tag brachte fast jede Zeitung das Foto vom König und der geheimnisvollen Frau. Sie blieb nicht lange ein Mysterium.

»Am Donnerstag fahre ich nach London«, sagte Cassia eines Abends Anfang Februar beim Essen.

»Weshalb nun schon wieder? Noch mehr Einkäufe?« Edward lächelte zwar, doch sein Blick war argwöhnisch. »Sicher ist es sehr trist dort. Die Hauptstadt trauert bestimmt noch. Absurd, die ganze Sache«, fügte er hinzu.

»Was – dass alle trauern, weil der König tot ist? Da kann ich dir nicht zustimmen.«

»Oh, ich vergaß, du hast ihn ja kennengelernt.« Edwards Stimme triefte vor Ironie.

»Mummy, du hast den König kennengelernt?«, fragte Bertie. Seine braunen Augen weiteten sich vor Begeisterung. »Wie und wo?«

»Im Buckingham Palace«, erwiderte Cassia hastig. »Es war nur eine große Party.« Sie lächelte. Edward starrte mit finsterer Miene in seine Zeitung.

»Mannomann, Mummy! Wie war es denn?«

»Ziemlich aufregend«, antwortete sie und riskierte damit, dass der finstere Blick sich auf sie richtete. Plötzlich ärgerte sie sich darüber.

»Hatten sie ihre Kronen auf?«

Mit einem Scharren schob Edward seinen Stuhl zurück. »Ich muss gehen. Die Arbeit wartet. Warum fährst du nach London, wenn nicht, um an der Staatstrauer teilzunehmen?«

»Ich esse mit meinem Patenonkel und Margaret zu Mittag. Sie haben mich schon vor Ewigkeiten eingeladen, und ich habe es ständig vor mir hergeschoben. Es ist doch eine nette Idee. Findest du nicht?«

»Ja, wenn du die Zeit dafür hast.«

»Natürlich habe ich die Zeit. Schließlich bin ich ja nicht ganztags berufstätig.«

»Die Dinge haben sich verändert.«

»Was meinst du damit?«

»Früher hattest du Schwierigkeiten, vormittags für mich da zu sein, weil du mit der Kirche, der Frauenvereinigung und so weiter so beschäftigt warst. Und jetzt fährst du einfach Hals über Kopf nach London.«

»Jungs, raus mit euch«, sagte sie, als sie bemerkte, dass Berties Augen plötzlich nicht mehr so strahlten und er sie sehr genau beobachtete. »Peggy soll euch das Gesicht waschen.« Sobald die zwei draußen waren, schloss sie die Tür. »Edward, das ist unfair. Ich war seit kurz vor Weihnachten nicht mehr in der Nähe von London. Außerdem habe ich mir den Donnerstag ausgesucht, weil du dann vormittags keine Sprechstunde hast. Bertie ist in der Schule, und Peggy passt gerne auf Delia und William auf.«

»Ich möchte nicht, dass sie sie zu oft hütet. Sie ist nicht die Schnellste und gerät mit ihren übrigen Arbeiten ins Hintertreffen.«

»Edward, ich würde einmal im Monat nicht als zu oft bezeichnen.«

»Meiner Ansicht nach kommt es häufiger vor.«

Cassia wurde von Zorn ergriffen. »Tut es nicht. Wenn du möchtest, hole ich meinen Terminkalender und beweise es dir. Und falls es dich wirklich so stört, sollten wir jemanden einstellen, der schneller ist.«

»Was, um alles in der Welt, meinst du damit?«

»Ich meine eine Nanny.«

»Eine Nanny! Ich will keine Nanny in diesem Haus. Wir würden uns zum Gespött machen.«

»Du willst vielleicht keine, aber ich. Manchmal sehne ich mich regelrecht danach. Ich habe drei Kinder unter sechs Jahren, eines davon ein sehr anspruchsvolles Baby.« Delia wählte diesen Moment, um ihre Schale mit nicht verzehrten Haferflocken auf den Boden zu kippen. »Das ist sehr anstrengend. Die meisten Frauen in meiner Situation haben mehr Hilfe.«

»Wenn ich mich recht entsinne, öffnet mir bei kaum einem meiner Patienten eine Nanny die Tür, selbst wenn sie sechs Kinder unter sechs Jahren haben.«

»Ach, Edward, hör auf damit. Du weißt genau, was ich sagen will.«

»Ja. Das weiß ich genau. Und ich muss sagen, dass ich es als ziemlich beleidigend empfinde. Du deutest an, dass ich es mir nie leisten konnte, dir die Hilfe zu bieten, auf die du ein Recht zu haben glaubst.«

»Du verhältst dich kindisch.« Sie schnallte Delia ab. »Kindisch und … ach egal.«

»Mir ist es nicht egal. Ganz und gar nicht. Geh nur und iss mit deinen reichen Verwandten. Es schmeckt bestimmt besser als kaltes Fleisch und Salat hier bei mir.«

»Himmelherrgott.« Sie stürmte hinaus und knallte die Tür hinter sich zu.

Als sie am Donnerstagmorgen in den Zug nach London stieg, hatte er kaum ein Wort mit ihr gewechselt. Sie hatte sogar einen viel früheren Zug als nötig genommen, weil sie es im Haus nicht mehr aushielt. Und da sie deshalb auch viel zu früh ankam, beschloss sie, ein wenig einzukaufen.

Es war sehr still in London. Alle Schaufenster waren schwarz verhängt, und viele Männer trugen Trauerflor am Ärmel. Doch in den Läden ging es fröhlicher zu.

Sie hatte Spaß bei Harrods. Delia brauchte ein paar neue Kleidchen, und da sie ohnehin schon in der Kinderabteilung war, kaufte sie auch ein paar Sachen für die Jungen. Danach schlenderte sie zur Modeabteilung und erstand einige Kleider für sich selbst. Ein Tageskleid aus feinem marineblauem Jersey, sehr praktisch, und ein Cocktailkleid, das das genaue Gegenteil davon war. Es bestand aus schwarzer Rohseide, war knöchellang, hatte lange, enge, hinten ausgeschnittene Ärmel und eine angedeutete Schleppe aus demselben Stoff, die fast so lang war wie das Kleid. Nur der Himmel wusste, wann sie es tragen würde, wahrscheinlich erst bei Cecilys nächster Weihnachtsfeier. Und weil sie keine passenden Schuhe dazu besaß, kaufte sie welche aus schwarzem Wildleder, schmal, elegant und mit dünnem Absatz. Dazu noch eine Handtasche mit einem Verschluss aus Strassstein. Zu guter Letzt begutachtete sie die Hüte, probierte einige an und konnte einem wundervollen, übertriebenen Hut mit breiter Krempe, niedriger Krone und einer quer angesetzten riesigen Straußenfeder nicht widerstehen.

Nach ihren Einkäufen fühlte sie sich gleich viel besser. Wie sie zu ihrem Schrecken herausgefunden hatte, hatte das Einkaufen diese Wirkung auf sie. Sogar ihr Groll gegen Edward legte sich ein wenig, so sehr, dass sie eine seidene Krawatte für ihn erstand, bevor sie im Blumenladen einen großen Strauß Lilien für Margaret kaufte.

Sie verließ Harrods durch die Hintertür, um ein Taxi anzuhalten und in die Grosvenor Gardens zu fahren. Es war kaum ein Taxi in Sicht, und während sie wartete, stellte sie fest, dass sich gegenüber das Büro eines Immobilienmaklers befand. Nur aus reiner Neugier überquerte sie die Straße, nachdem sie ihre Einkäufe dem Portier von Harrods anvertraut hatte, und betrachtete die im Fenster angebotenen Häuser. Eines stach ihr besonders ins Auge, ein bezauberndes Puppenhäuschen in der Walton Street, das nicht zu verkaufen, sondern zu vermieten war. Ein über den ganzen Sommer laufender Mietvertrag: Wohnzimmer, Esszimmer, drei Schlafzimmer, Personalunterkünfte im Souterrain, ein hübscher Garten, zweihundertfünfzig Pfund im Monat. Und weil die Walton Street so nah und sie noch immer ein wenig früh zum Mittagessen dran war, ging sie fünf Minuten die Straße entlang, stand da und musterte das Haus.

Es befand sich am Ende der Walton Street, wo auch Harrods war, ein hohes, schmales, kleines Haus, teils verputzt, teils aus Londoner Backstein erbaut. Eine Steintreppe mit Eisengeländer führte zur roten Haustür. Lächelnd ließ Cassia das Haus auf sich wirken – es strahlte Charme und eine glückliche Vergangenheit aus.

Sie kehrte zu Harrods zurück, vergewisserte sich, dass ihre Einkäufe noch wohlbehalten beim Portier standen, und betrat dann das Maklerbüro, eigentlich nur, um sich bestätigen zu lassen, dass das Haus ohnehin bereits vermietet war.

Nein, das sei es nicht, sagte der sich dem mittleren Alter nähernde junge Mann am Schreibtisch. Es sei von März bis September zu haben. Ein bezauberndes Anwesen und optimal, falls Madame mit dem Gedanken spiele, ein Haus für die Londoner Saison zu mieten. Habe sie Interesse an einem Besichtigungstermin?

Cassia hatte nicht die Absicht, ein Haus für die Londoner Saison oder aus sonst einem Grund zu mieten. Und so hörte sie sich zu ihrer eigenen Überraschung sagen, nein, sie brauche leider ein Haus für länger als sechs Monate. Da der junge Mann so nett und offensichtlich enttäuscht war, gestattete sie ihm, sich ihren Namen und ihre Adresse zu notieren, damit er sie informieren könne, falls er etwas Passendes hereinbekäme. Dann holte sie endlich ihre Einkäufe bei dem leidgeprüften Portier ab, ließ sich von ihm ein Taxi anhalten und machte sich auf den Weg nach Grosvenor Gardens.

Vielleicht weil sie umgeben von Tüten und Kartons voller Kleider in einem Taxi dorthin saß, möglicherweise auch wegen des Gesprächs beim Frühstück, fühlte sie sich plötzlich mit aller Macht und so heftig wie schon seit Jahren nicht mehr in den Sommer 1924 zurückversetzt. Damals hatte sie als Debütantin an der Ballsaison teilgenommen und war von Leonora bei Hofe vorgestellt worden. Trotz ihrer Zweifel und ihres Zögerns hatte sie sich prächtig amüsiert. Es hatte sie beinahe erschreckt, welchen Spaß sie fast von Anfang an daran gehabt hatte.

Natürlich waren viele Mädchen oberflächlich gewesen, und ihre Mütter, die sie bei den Mittagessen im April kennengelernt hatte, hatten sie darin noch übertroffen. Aber es waren auch freundliche dabei gewesen. Leonora war äußerst beliebt, was auch auf Cassia abfärbte. Und dass sie darauf bestanden hatte, im April eine Cocktailparty und im Juni einen Ball für Cassia auszurichten, hatte Cassias Status noch erhöht. Sie wurde zu einem Mädchen, mit dem zu rechnen war und dem man den Hof machen konnte.

Sie wäre kein menschliches Wesen gewesen, hätte sie es mit siebzehn nicht genossen, buchstäblich Dutzende von wunderschönen Kleidern geschenkt zu bekommen, prunkvolle Häuser überall in London zu besuchen, die Wochenenden auf dem Land zu verbringen und die Nächte durchzutanzen. Zu ihrer großen Überraschung wirkte sie anziehend auf junge Männer, manche ziemlich oberflächlich, doch einige recht gut aussehend und amüsant. Ihre Tanzkarte war jeden Abend schon früh gefüllt. Sie aß köstliche Mahlzeiten und trank Unmengen köstlichen Champagners. Zu viel manchmal, aber wen kümmerte es, wie man sich morgens fühlte, wenn man lang im Bett bleiben, dort frühstücken und warten konnte, bis der Kater auskuriert war?

Die Vorstellung bei Hofe, über die sie besonders gespottet hatte, hatte sich (wie sie später ihrem Tagebuch gestand) als eine beeindruckende Erfahrung entpuppt. Der Thronsaal war riesig und unbeschreiblich prunkvoll gewesen. Überall gewaltige vergoldete Spiegel, kostbare Gemälde, rote Samtvorhänge und unglaublich prächtige Kronleuchter aus Kristall. Auf der Empore spielte ein Streichorchester, und am Ende des Raums standen die beiden Throne unter einem Baldachin aus Gold und Samt. Das Ganze hätte einer Filmkulisse nicht ähnlicher sein können.

Der König und die Königin waren kleiner, als sie erwartet hatte, wirkten jedoch funkelnd und einschüchternd. Queen Marys berühmte majestätische Haltung wurde von ihrer Hochfrisur und ihrer unvorstellbar dicken Perlenkette noch betont. Als Cassia sich tief vor Ihrer Majestät verbeugt hatte (voller Angst, ihre Federn könnten aus der Halterung rutschen und herunterfallen), hatte sie plötzlich daran gedacht, dass Rupert ein Foto von ihr gemustert und gemeint hatte, die Königin sei vermutlich gar nicht echt, sondern ausgestopft, und musste ein völlig unangebrachtes Kichern unterdrücken.

Cassias eigener Ball fand in der zweiten Juniwoche statt. »Vor Ascot und Hanley. Danach werden die Leute ein klein wenig feiermüde«, meinte Leonora, als sie das Datum erörterten. Vor dem Tanz sollte es ein Dinner für zwanzig Personen im Speisezimmer geben, und um zehn würde der Ball unter der Markise eröffnet werden. Vierhundert Personen waren eingeladen, und wann immer Cassia daran dachte, empfand sie eine Mischung aus Lampenfieber und absoluter Ungläubigkeit. Ihr Kleid war gleichzeitig traumhaft und schlicht und bestand aus zartrosafarbener Seide.

»Eigentlich sollte es ja weiß sein, aber lass uns ein bisschen schummeln, damit du dich hervorhebst«, scherzte Leonora, als sie endlose Stoffballen sichteten. Das Kleid hatte eine tief angesetzte Taille und betonte ihre schlanke Figur, nicht ihre kleinen Brüste. Der in sanften Schichten abgesetzte Rock reichte fast bis zum Boden und hatte eine angedeutete Schleppe. In ihrem inzwischen zu einem makellosen kinnlangen Pagenkopf geschnittenen hellblonden Haar prangte ein mit Diamanten besetztes Band. Ihr einziger anderer Schmuck war eine doppelreihige Perlenkette, ein Geschenk von Leonora und Sir Richard anlässlich des Ereignisses.

Als sie die Treppe hinunterkam, wurde sie schon von ihnen

erwartet. In ihrem Blick malte sich mehr als nur Bewunderung ab. Sie war kein hübsches Schulmädchen mehr, das Debütantin spielte, sondern eine junge Frau, schön und sich auf sinnliche Weise dieser Tatsache bewusst.

Im nächsten Moment traf Harry ein. Sie schaute zu ihm hinunter und erkannte an der Art, wie er Jarvis seinen Mantel reichte, seine arrogante Präsenz. Wieder dachte sie daran, wie sehr sie ihn verabscheute.

Er sah zu ihr hinauf und verbeugte sich leicht. Als sie unten war, küsste er ihr die Hand. »Aber, aber«, sagte er. »Du bist ja richtig erwachsen geworden. Ich hätte dich kaum wiedererkannt.«

»Ich dich auch nicht«, erwiderte sie kühl. In seinem Blick erkannte sie ein Zögern. Offenbar bereitete ihm etwas Schwierigkeiten.

»Du siehst reizend aus, Cassia, wirklich reizend«, sagte er, beinahe wider Willen, ein Moment, an den sie sich für den Rest ihres Lebens erinnerte.

Den Großteil des Abends stand Harry abseits und beobachtete alles mit finsterer und leicht herablassender Miene. Einige Male tanzte er mit einigen der eleganteren Mädchen, und einmal forderte Leonora ihn lachend zum Tanzen auf. Amüsiert sah Cassia zu, wie die beiden eine Art Charleston aufs Parkett legten. Die Tanzfläche leerte sich, und alle schauten hin. Harry tanzte ausgesprochen gut, was Cassia überraschte. Ihrer Erfahrung nach waren kleine, zierliche Männer die besten Tänzer, nicht Hünen von eins achtzig, die breitschultrig waren wie Rugbyspieler.

Es war ein wunderbarer warmer Abend. Der Mond schien hell, und der schwere Duft von Rosen lag in der Luft. Cassia platzte fast vor Glückseligkeit. So, als hätte jemand ihrem magischen Leben seinen Stempel aufgedrückt.

Und dann war Harry auf sie zugekommen. »Schenkst du mir diesen Tanz?«, fragte er nach einer kurzen Verbeugung.

Es war ein Walzer. Ein wenig verlegen hatte sie sich von ihm in die Arme nehmen lassen. Noch nie war sie ihm so nah gewesen. Er war warm und hielt sie sehr fest. Es war kein unangenehmes Gefühl, und es war eigenartig sinnlich, mit ihm zu tanzen. Zum ersten Mal seit einem Jahr verspürte sie tief in ihrem Innersten die seltsame Sehnsucht, die Rupert in ihr ausgelöst hatte, und sie wehrte sich dagegen. Das war nur für Rupert bestimmt. Er war die Liebe ihres Lebens. Sie wollte nicht so für einen anderen Mann empfinden, und ganz sicher nicht für Harry Moreton, den sie nicht ausstehen konnte.

»Wollen wir uns verdrücken?«, fragte Harry plötzlich.

»Verzeihung?« Sie hörte auf zu tanzen und starrte ihn an.

»In einen Nightclub. Vielleicht ins KitKat. Ein sehr niveauvolles Lokal.«

»Harry, ich traue meinen Ohren nicht. Schlägst du mir ernsthaft vor, dass ich von meinem eigenen Ball verschwinden und in einen Nightclub gehen soll?«

»Nur für eine Stunde oder so. Niemand wird es bemerken. Die Anstandsdamen sind alle oben und spielen Bridge, und Leonora ist viel zu betrunken, als dass ihr etwas auffallen würde. Das hast du sicher schon öfter gemacht. Gerade habe ich mit Edwina Fox-Ashley geplaudert, und sie meinte, sie habe dieses Jahr nie mehr als eine Stunde auf einer Party verbracht.«

»Harry, ich glaube, ich will keine Sekunde länger mit dir tanzen«, entgegnete Cassia. »Ich möchte mich jetzt setzen. Vielleicht könntest du mir ja etwas zu trinken holen, bevor du gehst.«

»Du meine Güte.« Er wirkte verärgert. »Es war doch nur so eine Idee. Ja, in Ordnung, ich besorge dir ein Glas, falls du das willst.«

Sie trat vor den Baldachin, atmete die kühle, sanfte Nachtluft ein, um sich zu beruhigen, und sagte sich, dass sie ihn nicht so ernst nehmen durfte. Schließlich war er nur ein dummer, verwöhnter Junge. Als er zurückkehrte, hatte er zwei Gläser und eine Flasche Champagner bei sich und machte ein verlegenes Gesicht.

»Es tut mir leid, wenn ich mich albern benommen habe. Das wollte ich nicht.«

»Ja, das hast du. Wenn du unbedingt gehen möchtest, nur zu. Es wird spät, und ich halte dich nur ungern auf.«

»Ach, ich bin nicht in Eile. Diese Lokale haben bis zum Morgengrauen geöffnet.«

Er schien wirklich nicht zu ahnen, wie sehr er sie gekränkt hatte. Wider Willen lächelte sie ihm zu.

Plötzlich wurde ihr klar, wie betrunken er war.

»Du siehst sehr hübsch aus«, sagte er, beugte sich unvermittelt vor und wollte sie auf den Mund küssen.

Als Cassia den Kopf abwandte, riss er sie herum, küsste sie wieder und hielt ihr Gesicht fest. Sein Atem roch nach Alkohol. Sie machte sich los. »Nicht, Harry. Du hast zu viel getrunken.«

»Habe ich nicht. Dazu habe ich noch nicht genug intus, du tugendhaftes, kleines Schulmädchen. Du bist nichts weiter als ein unschuldiges Landei, oder, Cassia? Verkleidet als etwas völlig anderes.«

»Sprich nicht so mit mir«, zischte sie.

»Warum nicht? Du hast wirklich keine Ahnung, wie es auf der Welt zugeht. Oder vielleicht doch.«

»Harry, würdest du bitte aufhören, mich so gönnerhaft zu behandeln. Das gefällt mir nicht.«

»Tja, dann schauen wir mal. Testen wir deine Fähigkeiten.« Sein Blick wurde tückisch, ja beinahe bösartig. »Sehen wir mal, wie viel du von der wirklichen Welt weißt.«

Und dann erzählte er ihr von Benedict.

Sie war absolut erschüttert gewesen. Übelkeit stieg in ihr auf.

»Hau ab!« Sie schrie beinahe. »Verschwinde von meinem Ball. Du hast ihn mir verdorben, so wie du alles verdirbst. Du bist widerwärtig und gemein, und ich wünschte, ich wäre dir nie begegnet. Raus aus diesem Garten und aus diesem Haus. Raus.«

Harry öffnete den Mund, als wolle er etwas erwidern, klappte ihn jedoch wieder zu. Zum ersten Mal, seit sie ihn kannte, wirkte er verunsichert.

»Raus, hab ich gesagt!«, rief sie.

Sie hatte keine Ahnung, wie lange sie da draußen stand und versuchte, sich zu fassen und das soeben Gehörte zu begreifen. Nach einer Weile rief Leonora nach ihr.

»Cassia, Zuckererbschen, bist du da drüben?«

»Hier bin ich, Leonora«, antwortete sie und ging zu ihr hinüber. »Mir ist ein wenig schwindelig.«

»Ach herrje! Was für ein Jammer. Wo ist Harry? Hast du nicht gerade noch mit ihm geredet?«

»Der ist weg. Er wollte in den KitKat Club.«

»Dem Jungen fehlt es an guten Manieren. Aber inzwischen sieht er recht gut aus, findest du nicht?«

»Eigentlich nicht«, entgegnete Cassia. »Ich finde ihn grässlich.« Sie zwang sich, Leonora anzulächeln, und nahm sie am Arm. »Gehen wir wieder rein. Ich habe schon genug von meinem wundervollen Ball verpasst.«

»Es freut mich, dass du Spaß daran hast, Kind. In meinen Augen war er wirklich perfekt.«

»Das war er tatsächlich«, antwortete Cassia.

Jahrelang hatte sie darüber nachgegrübelt, warum er das getan hatte, bis sie schließlich verstand, dass er ihre Zurückweisung nicht hatte hinnehmen wollen. Aus reiner Rache hatte er blindlings um sich geschlagen. Außerdem begriff sie, warum diese Zurückweisung ihm so nahegegangen war. Natürlich war es da schon zu spät. Viel zu spät.

Sie hatte ihre Einkäufe auf dem Gehweg gestapelt und kramte in ihrer Börse nach Geld, als sie eine amüsierte, ihr wohlbekannte Stimme hörte. »Offenbar ein kostspieliger Vormittag, Mrs Tallow?«

Sie hob den Kopf, und weil sie gerade an ihn gedacht oder versucht hatte, das nicht zu tun, wurde sie wieder von den Gefühlen von früher ergriffen. Nicht von den neuen, die auf eine Freundschaft zusteuerten. Deshalb sah sie Harry Moreton ziemlich kühl an. »Nein, eigentlich nicht. Nur ein paar Sachen für die Kinder.«

»Wirklich?«

»Ja«, entgegnete sie, bückte sich nach den Tüten und ließ prompt die Hutschachtel fallen, die er für sie aufhob. Natürlich erst, nachdem der Deckel sich gelöst hatte und den absurd extravaganten Inhalt freigab.

»Ein seltsamer Hut für ein Kind«, stellte er fest. »Aber vielleicht ist das Leben auf dem Land ja spannender, als ich vermutet habe.«

Sie betrachtete ihn und bemühte sich, die so sorgsam genährte Feindseligkeit wieder zum Leben zu erwecken. Doch angesichts der abstrusen Situation konnte sie sich ein Lächeln nicht verkneifen. »Ich dachte, ich dürfte mir auch einmal etwas leisten«, antwortete sie.

»Ganz richtig. Und es ist wirklich ein sehr schöner Hut. Hoffentlich findest du passende Anlässe, ihn zu tragen. Davon gibt es in einem Dorf in Sussex wahrscheinlich nicht sehr viele.«

»Gelegentlich verlasse ich das Dorf in Sussex auch.«

»Ich verstehe. Und sicher mit zunehmender Häufigkeit. Komm, ich helfe dir mit den Einkäufen. Und setz den Hut auf, um Sir Richard eine Freude zu machen. Margaret hat zwar viele Tugenden, doch sie ist nicht unbedingt ein Gottesgeschenk an die Modeschöpfer. Ich habe gehört, dass du bei ihnen zu Mittag isst. Leider kann ich mich nicht dazugesellen. Ich habe einen schrecklich öden Termin im Reform Club. Gerade habe ich mit Richard das neue Waterloo-Bridge-Projekt erörtert.«

»Was hast du mit der Waterloo Bridge vor?«

Erst überrascht, dann nachdenklich musterte er sie. »Ich habe ganz vergessen, was für ein unweibliches Interesse du für diese Dinge an den Tag legst. Wirklich reizend.«

»Aber Harry, diese Bemerkung war schauderhaft altmodisch. Inzwischen denken Frauen über andere Dinge nach als über Hüte und Mangel an Hauspersonal.«

»Tatsächlich? Das war mir noch nicht aufgefallen. Jedenfalls ist Sir Richard an dem Bau der Brücke beteiligt, und ich investiere darin. Das heißt, meine Firma investiert.«

»Ich wusste gar nicht, dass du eine Firma hast.«

»Es gibt vieles, was du nicht über mich weißt, Cassia. Bedauerlicherweise. Komm, ich helfe dir, die vielen Kleider für deine Kinder zu tragen.«

Als Jarvis die Tür öffnete, lachte sie immer noch.

Harry wurde überredet, auf einen Drink vor dem Mittagessen zu bleiben, und verabschiedete sich dann mit dem Ausdruck tiefsten Bedauerns.

Sir Richard war rührend erfreut, sie zu sehen, und auch Margaret hieß sie auf ihre zurückhaltende Art willkommen. Einen größeren Unterschied zu Leonora konnte es nicht geben, dachte Cassia, denn Margaret hatte ein schmales, recht strenges Gesicht, war kräftig gebaut und trug ihr graues Haar streng zurückgesteckt.

»Ich fürchte, ich muss euch kurz nach dem Mittagessen allein lassen«, sagte Sir Richard. »Ich habe eine Krise in der Fabrik. Könnt ihr mir verzeihen?«

»Natürlich.«

Das köstliche Mittagessen bestand aus einer klaren Brühe, Lammkoteletts und Apfelkuchen. Cassia unterdrückte ein Aufseufzen und dachte, dass es wirklich viel leckerer war als kaltes Fleisch und Salat. Danach setzten sie sich ins Wohnzimmer.

»Und jetzt erzähl mir mal von dem Stipendium, das du deinem Krankenhaus stiften willst«, sagte Sir Richard beim Kaffee.

Sie erklärte ihm, es handle sich um ein Forschungsstipendium in der Geburtshilfe, an dem ihr sehr gelegen sei. Schließlich sei das die einzige Möglichkeit, wenn sie schon selbst keine Forschung betreiben könne.

»Ein Jammer«, meinte Margaret.

»Tja«, antwortete Cassia bemüht fröhlich. »Ich versuche, nicht zu viel darüber nachzugrübeln. Wenigstens kann ich so ein wenig zur Medizin beitragen. Zurück zu dem Stipendium. Ich wollte es, wie ich schon am Telefon sagte, im Gedenken an Leonora ›Beatty-Stipendium‹ nennen.«

»Ach, Schatz, das ist reizend von dir und außerdem wirklich großzügig. Meiner Ansicht nach solltest du das Geld für dich selbst ausgeben.«

»Für mich ist genug übrig«, erwiderte sie lachend. »Immerhin war es eine halbe Million Pfund.«

Eine lange Pause entstand. Schließlich erhob er sich und küsste sie. »Mein Schatz, wie wundervoll«, sagte er. »Ich freue mich so für dich.«

Doch erst als sie seinen eindeutig schockierten Blick bemerkte, war sie selbst ernsthaft erschüttert.

KAPITEL 8

»Gut, Mrs Moreton. Ziehen Sie sich an und gehen Sie wieder ins Sprechzimmer«, sagte die Krankenschwester sanft, wie sie es bei allen von Mr Fortescues Damen tat. »Kann ich Ihnen eine Tasse Tee anbieten, Mrs Moreton?«

»Nein danke«, erwiderte Edwina und zwang sich zu einem spöttischen Lächeln. »Ein Gin wäre mir jetzt lieber.«

Mr Fortescue saß hinter seinem großen Schreibtisch. Er war ein beleibter Mann mit Mondgesicht und mehrfachem Doppelkinn. Nun setzte er eine anteilnehmende Miene auf.

»Also, Mrs Moreton«, begann er. »Wie ich fürchte und Sie bereits vermutet haben, liegt keine Schwangerschaft vor. Natürlich kann man nichts mit Sicherheit sagen, denn der menschliche Körper und seine Fortpflanzungsfähigkeit sind keine exakte Wissenschaft. Alle möglichen Dinge haben Einfluss darauf, insbesondere die innere Einstellung. Allerdings ...«

»Ich werde nie Kinder bekommen können?« Jedes Wort kostete sie unendliche Mühe.

»Nach meinen Untersuchungen zu urteilen, ist es unwahrscheinlich. Offenbar haben Sie keinen Eisprung, und die Progesteronspritzen haben auch nicht gewirkt. Das heißt ...«

»Ich weiß, was das heißt. Keine Eizellen, mit denen die netten kleinen Spermien zusammentreffen könnten.« Ein starres Lächeln.

»Ja, korrekt.«

»Und das kann man nicht behandeln?«

»Leider nein. Wir haben das zwar schon einmal durchgesprochen, aber ich würde es gern zusammenfassen. Sind Sie sicher, dass Sie keine Infektion hatten? Der Gebärmutter oder … nun, sonst gynäkologischer Natur?«

»Nein«, erwiderte Edwina mit Nachdruck. »Hatte ich nicht. Warum also ist Ihrer Ansicht nach zweimal meine Periode ausgeblieben, obwohl sie sonst so stark und schmerzhaft ist?«

»Beinahe würde ich behaupten, aus psychischen Gründen. Sie wünschen sich so sehr, schwanger zu sein, dass Sie Ihrem Körper eingeredet haben, dass Sie es wären.«

»Ja, ich verstehe.«

»Schade, dass Ihr Mann Sie heute nicht begleiten konnte. Ich hätte mich gern mit Ihnen beiden unterhalten.«

»Er ist diese Woche nicht in London«, antwortete Edwina rasch.

»Aha. Und wie steht er zu Ihrer Unfruchtbarkeit?«

»Ich glaube, es stört ihn nicht sehr.« Das war eine Lüge. Sie wusste, dass es Harry allmählich ausgesprochen störte.

»Nun, richten Sie ihm aus, er kann mich jederzeit aufsuchen, falls er Fragen hat.«

»Ja, ja, das werde ich.« Als ob er das jemals tun würde. Harry, der Scheitern auf keinem Gebiet und bei niemandem duldete, würde die Unfruchtbarkeit seiner Frau nie mit einem Wildfremden erörtern. Selbst wenn es sich dabei um einen Fachmann handelte.

Als sie auf die Welbeck Street hinaustrat, wurde es dunkel, und es wehte ein kräftiger Wind. Edwina fühlte sich erschöpft und niedergeschlagen. Wenn Harry von ihrer Unfruchtbarkeit erfuhr, würde er sicher die Scheidung verlangen.

Vielleicht war das sowieso eine gute Idee. Sie hatten nur

wenige Gemeinsamkeiten, und ihre Ehe konnte man kaum als glücklich bezeichnen. Sie hätte ihn nie heiraten sollen. Tief in ihrem Innersten wusste sie, dass es ein Fehler gewesen war. Doch alle hatten sich so gefreut, als sie es ihnen erzählte. Ihre Freundinnen hatten sie beneidet, die Zeitungen hatten darüber berichtet. Mit jedem Tag war ein Rückzieher unmöglicher geworden. Außerdem war er eine ausgezeichnete Partie: gut aussehend, sexy, charmant, klug und reich. Steinreich.

Als er sie gefragt hatte, als er gesagt hatte … Wie sollte sie seine Worte je vergessen: »Edwina, ich möchte, dass du mich heiratest.«

Sie hatte bei einem Ball neben ihm am Tisch gesessen. Zuerst hatte sie das für einen Scherz gehalten und gelacht (und gleichzeitig gedacht, dass es sie nicht stören würde, wenn es sein Ernst wäre, so unverschämt attraktiv war er in seinem Frack). Doch dann hatte sie den feierlichen Ausdruck in seinen Augen bemerkt. Nicht unbedingt liebevoll und romantisch, doch ernst. Beinahe verzweifelt.

Also hatte sie sich zurückgelehnt, eine Zigarette in ihre Zigarettenspitze gesteckt, ihn um Feuer gebeten (um Zeit zu gewinnen) und ihn betrachtet. »Ich nehme an, dass du das nicht so meinst, Harry. Oder?«

»Natürlich meine ich das so, verdammt«, entgegnete er mit vor Gereiztheit rauer Stimme. Im nächsten Moment wurde ihm offenbar klar, dass sich ein Liebhaber nicht so verhielt, und er rang sichtlich um Beherrschung. »Ich wünsche mir sehr, dass du mich heiratest. Ich finde dich wunderschön, ausgesprochen interessant und sehr, sehr sexy. Ich bin sicher, dass wir glücklich werden.«

Das Wort »interessant« hatte den Ausschlag gegeben. Schon immer hatte sie interessant sein wollen und geglaubt, daran gescheitert zu sein, weil sie zu oberflächlich war und sich zu sehr mit unwichtigen Dingen beschäftigte.

Dass sie schön war, wusste sie. Das sah sie morgens und auch häufig während des Tages. Ein ovales Gesicht, eine cremefarbene Haut, braune Augen und glänzendes dunkles Haar. Und dass sie sexy war, war ihr auch bekannt.

Vor dem Abend des Heiratsantrags hatte sie nicht mit Harry Moreton geschlafen. Doch sie war so überwältigt von der berauschenden Aussicht, ihn zu heiraten, dass sie ihn kurz darauf in sein großes Haus am Lowndes Square begleitet und in seinem Bett eine solche Leidenschaft erlebt hatte, dass ihr Körper noch Tage später bei der bloßen Erinnerung vibrierte und pochte.

Irgendwann schlief sie ein und stellte beim Aufwachen fest, dass er sich über sie beugte und sie mit einer Mischung aus Begierde und einer seltsamen Ungeduld musterte. Als sie lächelte, erwiderte er die Geste nicht. »Du hast noch nicht gesagt, ob du mich heiraten wirst.«

Sie bejahte, natürlich würde sie. Dann hatte sie ihn voller Sehnsucht an sich und in sich hineingezogen, und sie hatten nicht weiter darüber gesprochen.

Erst Tage später – inzwischen waren viele Flaschen Champagner geleert und zahlreiche Glückwünsche entgegengenommen worden – wurde ihr klar, dass er ihr nie gesagt hatte, dass er sie liebte. Und er hatte sie auch nicht gefragt, was sie für ihn empfand.

Sie begrub ihre Zweifel unter einem Berg von Vorbereitungen und gestattete sie sich erst lange nach der Hochzeit wieder.

Als es bereits hoffnungslos zu spät gewesen war.

Edwina beschloss, Cecily zu besuchen. Einerseits war das keine sehr gute Idee, denn Cecily war im siebten Monat schwanger und sah aus wie eine Fruchtbarkeitsgöttin. Doch Edwina hatte sie sehr gern. Sie war so sanft und gütig, und man konnte gut mit ihr reden. Allerdings beabsichtigte Edwina nicht, Cecily von diesem Nachmittag bei Mr Fortescue oder den vorangegangenen zu erzählen. Doch als sie so dasaß und lauschte, während Cecily begeistert über Fanny und Stephanie und deren Gefühle für ihr neues Geschwisterchen plauderte, brach sie plötzlich in Tränen aus und beichtete ihr alles.

»Oh, Liebes.« Cecily legte die Arme um sie. »Das tut mir so leid. Etwas Schlimmeres kann ich mir gar nicht vorstellen. O Gott, das war jetzt nicht sehr taktvoll.«

»Sei nicht albern«, erwiderte Edwina. »Für mich gibt es auch nichts Schlimmeres.«

»Was meint Harry dazu?«, erkundigte sich Cecily.

»Er weiß es nicht«, entgegnete Edwina barsch. »Und er wird es nie erfahren.«

»Edwina, du kannst es ihm nicht verheimlichen. Es ist so offensichtlich, und …«

»Ja, ja, natürlich kann er sehen, dass da noch keine Kinder sind«, antwortete Edwina ungeduldig. »Aber wir waren in den ersten beiden Jahren sehr vorsichtig. Also ist noch nicht so viel Zeit vergangen. Doch er darf nicht wissen, dass es keine Hoffnung gibt. Er würde böse werden, da bin ich sicher. Soll er besser denken, dass es irgendwann schon noch passiert. Außerdem«, fuhr sie fort, wobei sie Mr Fortescues Anmerkung zu dem Thema ein wenig zurechtbog, »sagte er, es bestünde eine geringe Möglichkeit. Es sei nur ziemlich unwahrscheinlich.«

»Ich finde, du solltest ihm reinen Wein einschenken«, sagte Cecily mit Nachdruck.

»Das kann ich nicht, und das werde ich nicht. Und du wirst es auch nicht tun.«

»Edwina, natürlich nicht. Sei nicht albern. Aber ihr könntet doch ein Kind adoptieren.«

»Nein, das geht nicht. Kannst du dir vorstellen, dass Harry in seiner männlichen Arroganz ein fremdes Kind aufnimmt und als sein eigenes betrachtet? Ach, mach dir keine Sorgen um Harry«, sagte Edwina seufzend. »Ich bin es, die Mitgefühl braucht. Harry hat jede Menge anderer Dinge in seinem Leben. Seinen Beruf, seine Gemälde. Mein Gott, wie viel Geld er dafür ausgibt, letzte Woche hat er für Tausende von Pfund einen Modigliani gekauft. Seine Pferde. Zumindest hat er keine Geliebte. Noch nicht. Glaube ich wenigstens.« Sie zündete eine Zigarette an.

»Oh, Edwina, natürlich hat er keine. Sei nicht absurd.«

»So absurd ist das nicht. Harry ist reich und sehr attraktiv und fängt an, sich mit mir zu langweilen. Das weiß ich. Also wäre es extrem naiv von mir, nicht mit so etwas zu rechnen. Eigentlich begreife ich nicht, warum es nicht schon längst geschehen ist. Vielleicht ist es das ja, und ich habe es nur nicht mitgekriegt.« Sie lächelte gekünstelt fröhlich. »Falls es dazu kommt, suche ich mir natürlich einen Liebhaber. Vermutlich etwas, worauf ich mich freuen sollte.«

»Würdest du das wirklich tun?«

»Auf der Stelle. Viel besser, als eine Szene zu machen, findest du nicht? Und außerdem mehr Spaß.«

»Schwebt dir schon jemand Bestimmtes vor?«, erkundigte Cecily sich lachend.

»Es gibt eine Menge Leute, mit denen ich gerne ins Bett gehen würde, falls du das meinst. Allerdings hat mich noch keiner gefragt. Das heißt, ernsthaft.«

»Ich hoffe, dass das auch so bleibt. Harry fängt bestimmt keine Affäre an. Er liebt dich sehr.«

»Cecily, er liebt mich überhaupt nicht. Das hat er noch nie.

Schau mich nicht so an. O Gott.« Wieder flossen die Tränen. »Was ich brauche, ist eine Beschäftigung«, verkündete sie, wischte sich die Augen ab und putzte sich die Nase. »Ich kann doch nicht den Rest meines Lebens damit zubringen, Kleider zu kaufen und Partys zu veranstalten.«

»Es gibt immer noch karitative Organisationen.«

»Mit wohltätigem Engagement kann ich nichts anfangen. Ich hätte lieber einen Beruf. Mein Gott, ich wünschte, ich hätte ein bisschen mehr Bildung. So wie Cassia.«

»Und was hat es ihr genützt?«, entgegnete Cecily spitz. »Alles vergeudet, und nur wegen dieses Idioten von einem Ehemann.«

»Mummy! William hat gespuckt. Erst in sein Bett und dann in meins.«

»O Gott.« Cassia riss sich aus dem Schlaf. »Ich komme. Bertie, sag William, er soll aufs Klo gehen.«

»Da ist er schon. Er weint.«

Sie zog ihren Morgenmantel an, schloss die Schlafzimmertür leise hinter sich und machte sich auf die Suche nach William. Es war drei Uhr. Der arme Edward schlief erst seit einer Stunde, weil er ein ziemlich widerspenstiges Baby entbunden hatte.

Eine Stunde später hatte sie zweimal Williams Bettwäsche gewechselt, saß erschöpft neben ihm und wartete auf das nächste Unglück, als aus Delias Zimmer ein lauter Schrei ertönte. Als sie hineinhastete, erbrach sich Delia gerade schwallartig über ihr Bettchen und den Fußboden. Nachdem sie sie gesäubert hatte, musste William sich erneut übergeben. Und dann fing auch noch Bertie an. Es wurde eine sehr lange Nacht.

Um sieben schliefen die Kinder. Sie waren zwar noch blass

um die Nase, doch das Schlimmste war vorbei. Sie kroch neben Edward ins Bett. Er schaute stöhnend auf die Uhr und verkündete, er müsse aufstehen.

»Die drei haben eine Magen-Darm-Grippe«, sagte sie. »Ich habe eine scheußliche Nacht hinter mir.«

»Es liegt sicherlich an dem Hackfleisch, das sie zum Abendessen hatten«, erwiderte er. »Ich fand, dass es verdorben roch.«

»Und warum hast du nicht den Mund aufgemacht?«

»Ich fand, es sei deine Entscheidung.«

»Na klar. Ich wusste, dass es verdorben ist und dachte, prima, dann werden sie alle krank. Danke für deine Hilfe, Edward.«

»Bleib noch ein bisschen liegen und ruh dich aus. Ich schaue später nach dir. Hast du ihnen genug zu trinken gegeben? Es ist sehr wichtig, dass sie ausreichend Flüssigkeit bekommen.«

»Edward« – es kostete sie Mühe, nicht zu schreien –, »ich weiß, wie man eine Magen-Darm-Grippe behandelt. Vielen Dank. Ich möchte dich nur darüber informieren, dass alles, was ich ihnen gegeben habe, absolut alles, sofort wieder hochgekommen ist. Auch Wasser. In Ordnung?«

»Ja, gut. Ich wollte es lediglich erwähnen.«

Da ihr auch leicht übel war, hoffte sie, ein wenig schlafen zu können. Sie hörte, wie unten der Haushalt zum Leben erwachte. Peggy klapperte in der Küche herum. Edward rief ihr vom Esszimmer aus zu, er wolle seinen Speck. Mein Gott, auf seine zurückhaltende Art konnte er recht arrogant sein. Mrs Briggs traf ein und berichtete Peggy in aller Ausführlichkeit von ihrem Streit mit Mr Briggs am Vorabend. Buffy bellte den Milchmann an. Edward schrie, Buffy solle still sein. Sie versuchte, es sich bequem zu machen.

Ruhe. Frieden. Sie glitt in eine sanfte Benommenheit hinüber.

Dann: »Mummy, ich habe schon wieder gespuckt!«

Gerade zog sie sein Bett ab, als Edward mit einigen Briefen hereinkam.

»Leider fühlt sich Mrs Briggs nicht wohl. Ich habe sie nach Hause geschickt. Vielleicht lag es ja doch nicht am Hackfleisch. Also brauche ich dich später in der Praxis. Peggy sagt, sie habe heute Vormittag zu viel zu tun, um auszuhelfen. Ist mit dir alles in Ordnung?«

»Ja, absolut bestens, Edward. Ich habe noch immer nicht geschlafen. Bertie hat sich gerade noch einmal übergeben. Und jetzt teilst du mir mit, Mrs Briggs sei nach Hause gegangen und du bräuchtest mich in der Praxis. Warum schlägst du Peggy nicht vor, sie solle sich auch hinlegen? Nur für den Fall, dass ihr später übel wird.«

»Mach dich nicht lächerlich. Du fühlst dich doch wohl, altes Mädchen. Trink etwas Wasser. Übrigens habe ich dir deine Post mitgebracht.« Er hielt inne und musterte sie argwöhnisch. »Es ist ein Schreiben vom St. Christopher's dabei. Hast du eine Ahnung, was das sein könnte?«

»Äh, nein, wahrscheinlich ein Jahrgangstreffen.« Verdammt, sie hätte den Direktor bitten sollen, den Brief an Cecilys Adresse zu schicken. Aber normalerweise gelang es ihr, ihre Post abzufangen.

»Ich hatte nichts von ihnen.«

»Vielleicht ist es ja an uns beide.«

»Und dann richten sie es nur an dich? Stört es dich, wenn ich es lese. Tja, ich …«

»Mummy! Es tut mir so leid. Dein ganzes Nachthemd ist voll.«

Nachdem sie gebadet und sich die Haare gewaschen hatte, schleppte sie sich erschöpft ins Schlafzimmer.

Edward saß auf dem Bett und machte ein sehr seltsames Gesicht. »Was zum Teufel ist das?«, fragte er.

»Was?« Sie wusste genau, was er meinte.

»Dieser Brief vom Direktor. Wegen eines Forschungsstipendiums.«

»Oh, das.«

»Ja, das. Verdammt, Cassia, was treibst du da für Spielchen?«

Da er sonst nie Kraftausdrücke benutzte, hieß das, dass er äußerst verärgert war. »Bedeutet es das, was ich denke? Du hast hinter meinem Rücken den Direktor aufgesucht und ihn gebeten, ein Forschungsstipendium am St. Christopher's einzurichten. Meinem Krankenhaus ...«

»Meinem auch.«

»Verschon mich mit diesem Theater. Meinem Krankenhaus, ohne dich mit mir abzusprechen. Ist dir bewusst, welche Demütigung das für mich ist und was der Direktor nun denkt?«

»Sei nicht albern, Edward. Was soll er denn denken? Er ist nur dankbar wegen des Geldes.«

»Ja, das Geld. O ja, das gottverfluchte Geld.«

Es läutete. »Doktor, der erste Patient ist da!«, rief Peggy die Treppe hinauf.

Edward erhob sich. Er war kreidebleich, und die Abscheu stand ihm ins Gesicht geschrieben. »Bitte komm runter, sobald du kannst. Ich brauche deine Hilfe. Wir erörtern die Angelegenheit beim Mittagessen. Sie muss geklärt werden. Und was soll dieser Unsinn mit einer Familienplanungsklinik?«

»Ich weiß nicht. Du hast mich den Brief noch nicht lesen lassen.«

Sie griff danach. Der Direktor hatte handschriftlich ein Postskriptum hinzugefügt: »Habe mit meiner Kollegin über die Familienplanungskliniken gesprochen. Sie würde Sie gerne kennenlernen. Ihr Name lautet ...«

Cassia legte den Brief weg. Inzwischen war ihr auch ziemlich übel.

»Ich habe entschieden, eine Nanny einzustellen«, verkündete Cassia. Sie saß in einem Sessel auf der einen Seite des Kaminfeuers, Edward auf der anderen. Sie stickte, Edward löste ein Kreuzworträtsel. Das Sinnbild der häuslichen Harmonie, dachte sie. Wer hätte gedacht, in was für ein Schlachtfeld sich ihre Ehe innerhalb so kurzer Zeit hatte verwandeln können?

»Habe ich vielleicht auch noch ein Wörtchen mitzureden? Immerhin sind es meine Kinder, die an eine Fremde übergeben werden sollen.«

»Selbstverständlich nehme ich keine, mit der du nicht einverstanden bist. Ich führe Bewerbungsgespräche, und wenn ich eine Liste habe, werden sie dir natürlich vorgestellt.«

»Ich meinte, ob ich in der Frage mitzureden habe, dass du überhaupt eine Nanny beschäftigen willst. Ich muss sagen, dass mir das ganz und gar nicht gefällt. Du bist ihre Mutter und solltest dich um sie kümmern.«

»Du hattest nie etwas dagegen, dass Peggy sich um sie kümmert. Peggy, die sich kaum um sich selbst kümmern kann.«

»Du warst immer in der Nähe.«

»Stimmt. Doch in Zukunft wird sich das ändern. Deshalb möchte ich, dass eine verantwortungsvollere Person auf sie achtet.«

»Wie äußerst gewissenhaft von dir.«

»Ach, scher dich zum Teufel«, entgegnete Cassia.

Er stolzierte aus dem Zimmer. Sie hörte, wie er in sein Arbeitszimmer ging und die Tür schloss, und versuchte zu ergründen, was sie empfand. Erschreckend wenig.

»Das muss sehr schwer für Sie gewesen sein«, sagte Dr. Pamela Richards. Ihr eigentlich strenges Gesicht war voller Mitgefühl, als sie Cassia ansah. »So weit gekommen zu sein und dann alles aufzugeben.«

»Nun«, erwiderte Cassia zögernd. »Ich bin schwanger geworden. Und mein Mann hatte eine Praxis in Monks Heath übernommen. Ich dachte, ich müsste mich diesen Pflichten beugen.«

»Vermutlich war der Direktor nicht sehr erfreut. Oder Mr Amstruther. Soweit mir bekannt ist, waren Sie seine Lieblingsstudentin.«

»Tja, da bin ich nicht so sicher. Er hat getobt vor Wut und mich etwa eine halbe Stunde lang angebrüllt.«

»Das heißt, Sie waren seine Lieblingsstudentin.« Pamela Richards schmunzelte. »Sonst hätte er keine halbe Stunde verschwendet. Da ich selbst Ehefrau und Mutter bin, habe ich Verständnis für Ihre Entscheidung. Obwohl es ein Jammer ist, dass Sie nicht einmal Ihre Zeit als Assistenzärztin hinter sich gebracht haben. Dann hätten Sie nämlich eine Ausgangsbasis.«

Zum ersten Mal wurde ihre Miene tadelnd. Cassia fühlte sich, als sei sie wieder in der Mädchenschule in Leeds und würde von einer Lehrerin abgekanzelt, nicht wie am St. Christopher's.

»Jedenfalls wollen Sie jetzt wieder berufstätig sein.«

»Ja, so sehr.«

»Nun, der Direktor hatte recht, wir brauchen Ärztinnen. Natürlich müssen Sie vorher einen Kurs absolvieren, doch das schaffen Sie mit links. Haben Sie eine Kinderbetreuung?«

»Oh … ja.«

»Gut. Wahrscheinlich suchen Sie eine Klinik in Sussex.«

»Das wäre optimal. Monks Heath liegt in der Nähe von Haywards Heath. In dieser Gegend etwa. Aber ich habe ein Auto und könnte problemlos nach Brighton fahren. Das sind nur gute zwanzig Kilometer.«

»Ich werde mich erkundigen. Was halten Sie von Richtung

London, der Umgebung von Croydon? Dort gibt es mehr Kliniken.«

»Ja, mir ist alles recht.«

»Ich werde mein Bestes tun, doch ich kann Ihnen nichts versprechen. Bis dahin trage ich Sie für den nächsten Kurs ein. Er findet in etwa einem Monat statt.«

»Wunderbar.«

»Ich muss Sie warnen«, sagte Dr. Richards. »Es ist keine sehr anspruchsvolle Aufgabe. Nicht für jemanden, der in der gynäkologischen Chirurgie Karriere machen wollte. Aber sie ist sehr wichtig.«

»Das stört mich wirklich nicht. Sicher ist es viel aufregender, als für meinen Mann die Praxis und die Apotheke zu verwalten und die Kirche mit Blumen zu schmücken.«

Pamela Richards lachte. »Ja, das kann ich mir denken.« Eine Pause entstand. »Und er befürwortet es, oder?«

»O ja, natürlich. Absolut.«

Beinahe glaubte sie es selbst.

KAPITEL 9

Cecily hat einen kleinen Jungen zur Welt gebracht.« Cassia lächelte Edward zu, dem es sogar gelang, die Geste mehr oder weniger zu erwidern.

»Wie nett«, sagte er nach einer Pause. »Wenn du mich jetzt entschuldigst, ich muss gehen. In der Praxis ist heute Morgen die Hölle los. Du kannst mir doch später helfen, oder?«

»Ja, heute schon. Aber du weißt, dass ich ab morgen für den Rest der Woche nicht hier sein werde.«

»Wie könnte ich das vergessen?«

»Janet kann dich doch unterstützen, oder, Janet?«

»Natürlich. Ich freue mich schon darauf.« Janet Fraser strahlte sie an. Sie strahlte überhaupt sehr viel. Sie war nun schon seit einem Monat bei der Familie und ein richtiger Glücksgriff. Janet war neunundzwanzig, schlank und zierlich und hatte hübsches dunkles Haar, große funkelnde Augen und ein bezauberndes Lächeln. Nichts konnte sie aus der Ruhe bringen oder ihr auch nur für einen Moment die gute Laune verderben. Weder Delias Wutanfälle noch Williams unbeschreibliche Schlamperei oder das allgemeine Durcheinander im Haushalt. Ihr Vater war ein hoher Beamter im Außenministerium gewesen, weshalb Janet weit gereist und gebildet war.

»Ich will auf keinen Fall einen alten Drachen«, hatte Cassia ihr beim Bewerbungsgespräch anvertraut. »Sondern jemanden, der zur Familie gehört.«

»Das wünsche ich mir auch«, antwortete Janet Fraser. »Und Ihre Familie ist ja so sympathisch. Außerdem ist es sicher spannend, für eine berufstätige Mutter zu arbeiten. Es gibt ja so wenige wie Sie. Falls Sie also finden, dass ich zu Ihnen passe, würde ich mich sehr freuen.« Es war das erste Mal, dass Cassia sie strahlen sah.

Janet Fraser war am Princess Christian Institute ausgebildet, doch obwohl sie die braune Uniform trug und sehr tüchtig wirkte, was sie auch war, erwies sich das Zusammenleben mit ihr als bemerkenswert einfach.

Erstaunlicherweise hatte Peggy sie gern (obwohl Mrs Briggs ihre Bedenken hatte), und die Kinder liebten sie.

Delias Benehmen hatte sie um »hundertfünfzig Prozent« verbessert, wie Cassia Cecily teils amüsiert, teils zerknirscht mitteilte. Und die Jungen sagten beide, mit ihr könne man Pferde stehlen. Sie war zwar streng, spielte jedoch verschiedene Spiele mit ihnen, brachte ihnen Kartentricks bei und unternahm mit ihnen lange Erkundungsspaziergänge durch die Gegend. Nicht einmal Buffys schlammige Pfoten machten ihr etwas aus.

Nur Edward sträubte sich weiter.

Cassia konnte sich nicht erinnern, dass er Janet in diesem Monat auch nur einmal angelächelt hätte.

»Ich würde mich freuen, wenn du ein wenig netter zu Janet wärst«, sagte sie am Ende der dritten Woche. »Deine Unhöflichkeit ist nicht zu übersehen, und das ist sicher nicht leicht für sie.«

»Cassia«, erwiderte er, »ich wollte sie nicht im Haus haben. Ich bin bereit, sie zu dulden, aber verlange von mir nicht, dass ich sie zu meiner Busenfreundin mache.«

»Sei nicht albern, Edward. Niemand erwartet, dass du ihr Busenfreund wirst. Sei einfach nur ein umgänglicher Arbeitgeber.«

»Tja, ich bin nicht ihr Arbeitgeber, richtig?«, antwortete er mit dem kalten, harten Blick, den sie inzwischen fürchtete. »Sondern du. Und ich will nicht, dass sie mein Auto fährt. Dass sie deines fährt, ist mir auch nicht recht.«

»Dein Auto wird sie nicht anrühren, und mit meinem kann ich machen, was ich will.«

»Wie mit allen anderen Dingen in deinem Leben.«

»Edward, das ist doch alles so lächerlich«, sagte Cassia nach langem Schweigen. »Können wir nicht wieder Freunde sein? Was hat sich denn verändert, bis auf die Tatsache, dass mein Leben ein wenig leichter geworden ist?«

»Du hast dich verändert. Und für mich ist das Leben schwieriger geworden. Ich halte es gerade noch aus. Aber erwarte nicht, dass es mir gefällt.«

Türenknallend verließ Cassia den Raum. In der Küche sah Peggy Mrs Briggs an und zog die Augenbrauen hoch.

»Cecily ist eine sehr alte Freundin«, erklärte Cassia Janet. »Ihr Mann ist der Bruder meiner Patin.«

»Sie ist fett«, ergänzte William.

»Nicht mehr«, erwiderte Cassia. »Das war das Baby in ihrem Bauch, und das ist jetzt auf der Welt.«

»Sicher möchten Sie Ihre Freundin und ihr Baby besuchen, nachdem Sie morgen den Kurs abgeschlossen haben«, sagte Janet. »Wenn Sie bis sieben nicht zurück sind, kümmere ich mich darum, dass Mr Tallow sein Abendessen bekommt.« Cassia musste an sich halten, um sie nicht zu umarmen.

»Mrs Moreton?«

»Ja, am Apparat.« Edwina nahm einen der schweren Perlenohrclips von Chanel ab, hielt sich den Hörer ans Ohr und setzte sich an ihren Schreibtisch.

»Sie kennen mich nicht. Ich heiße Mary Whittaker und habe Ihre Nummer von Cecily Harrington. Wunderbar das mit ihrem Baby, finden Sie nicht?«

»Ja, wirklich wundervoll«, erwiderte Edwina höflich.

»Sie sagte, dass Sie eine Beschäftigung suchen. Sie hätten etwas Zeit und seien bereit, ein wenig zu arbeiten. Ich sitze im Verwaltungsausschuss des St. Christopher's Hospital. Eines unserer Mitglieder hat soeben gekündigt, und wir bräuchten jemanden, der im Arbeitskreis für den Flaggentag mithilft. Würde Sie das interessieren?«

»Nun, ich bin nicht sicher«, antwortete Edwina, für die das todlangweilig klang. »Das heißt, ich habe noch etwas anderes in Aussicht, das aber noch nicht feststeht. Äh, welche Aufgaben hätte ich denn genau?«

»Tja, organisieren«, erwiderte Mary Whittaker, die sich leicht verärgert anhörte. »Man sagte mir, das sei Ihre Stärke. Es handelt sich um eine landesweite Veranstaltung, und wir müssen sämtliche Aushilfen und Sammlerinnen einweisen und dafür sorgen, dass die Flaggen ausgeliefert werden. Es ist wirklich eine sehr wichtige Aufgabe. Natürlich würden Sie Unterstützung bekommen. Lady Southgate hat die Leitung. Vermutlich kennen Sie sie, das tun ja alle, aber wenn Sie nicht interessiert sind …«

»Es liegt nicht daran, dass ich nicht interessiert wäre. Doch ich könnte keine Zeit haben.«

»Oh, ich verstehe. Sehr schade. Wie geht es übrigens Ihrer Mutter?«

»Ausgezeichnet, danke.«

»Natürlich kenne ich sie«, sagte Mary Whittaker, als ob eine Bekanntschaft mit Sylvia Fox-Ashley eine Pflicht gewesen wäre. »Heute Abend treffe ich sie auf einer Dinnerparty. Vielleicht kann sie mir ja jemanden empfehlen, dem es möglich ist, Zeit zu erübrigen.«

»Edwina?« Sylvia Fox-Ashleys Stimme klang streng. Edwina, die diesen Tonfall kannte, seufzte auf.

»Ja, Mummy.«

»Das gibt einen Tadel, Schatz. Du hast Mary Whittaker beleidigt und damit auch Sir Simeon, der ein wichtiger Klient deines Vaters ist.«

»Mummy, das wusste ich nicht. Ich fand, die Sache klang ein wenig …«

»Edwina, tu es. Nur für mich. Außerdem ist es für einen guten Zweck. Es wird langsam Zeit, dass du etwas mit deinem Leben anfängst, wenn du schon keine Familie gründest. In dieser Hinsicht gibt es wohl nichts Neues?«

»Nein, Mummy, gar nichts. Ich habe dir doch erklärt, dass wir nicht in Eile sind. Mehr steckt nicht dahinter.«

»Wirklich, Schatz, es ist viel besser, die Kinder sofort zu kriegen, es hinter sich zu bringen und dann sein Leben weiterzuführen. Höre auf meinen Rat, Edwina, und sag Harry, dass du so bald wie möglich ein Kind möchtest. Oder macht er deswegen Schwierigkeiten? Falls ja, könnte ich ja mal ein Wörtchen mit ihm …«

»Nein, Mummy, tut er nicht, und ich verbiete dir, mit ihm über dieses Thema zu reden. Du bewegst dich auf dünnem Eis. Ich warne dich.«

»Schon gut, jetzt geh nicht gleich in die Luft, Schatz. Nicht im Traum würde ich mich in eine so persönliche Angelegenheit einmischen. Jedenfalls wäre es sehr hilfreich, wenn du dich an dieser Veranstaltung beteiligen würdest. Seit dem Börsenkrach laufen Daddys Geschäfte nicht mehr so gut, und Simeon Whittaker ist sehr wichtig für ihn. Außerdem sind diese Ausschüsse zum Totlachen. Horden von Damen, die Gott spielen. Du würdest dich amüsieren.«

KAPITEL 10

Sechs Monate im Kreißsaal und sechs in der Notaufnahme hatten Cassia auf vieles vorbereitet, was sie in der Klinik für Familienplanung erlebte. Dreißigjährige Frauen, die wie fünfzig aussahen und das zehnte oder zwölfte Kind erwarteten. Achtzehnjährige, die ihr drittes oder viertes bekamen. Und Mädchen von dreizehn oder vierzehn, die einfach nur schwanger waren. Im Kreißsaal hatten Frauen Kinder geboren, in der Notaufnahme hatten sie sie verloren und waren häufig als Folge einer Abtreibung bei einer Engelmacherin verblutet. Nicht einmal die Spuren von Gewalt, die diese Frauen aufwiesen, konnten Cassia schockieren. Die Blutergüsse, Schnittwunden und manchmal sogar Knochenbrüche. Es war tragisch, aber sie hatte sich daran gewöhnt.

Eine neue Erfahrung für sie waren die vielen kleinen Kinder – mager, mit Rotznasen und einer vor Unterernährung bleichen Haut –, die sich um ihre Mütter drängten. Und auch die Geschichten der Frauen kannte sie nicht. Geschichten der Hoffnungslosigkeit, der niederdrückenden Armut, der auszehrenden harten Arbeit und der ständigen Krankheiten, alles noch verstärkt von der unentwegten Todesangst vor einer erneuten Schwangerschaft.

Sie saß in ihrem kleinen Zimmer, durch das sich eine scheinbar endlose Prozession von Frauen schob, die genauso gut in einem anderen Zeitalter und in einem anderen Land als sie und ihre Kreise hätten leben können. Ihre Sprechstunde begann um zwei und dauerte häufig bis acht, denn der Verein hatte den Anspruch, alle Hilfesuchenden auch zu empfangen. Geduldig warteten die Frauen ganze Nachmittage lang, während ihre Kinder quengelten, spielten oder stritten. Babys wurden gestillt, manchmal sogar zwei- oder dreimal, und die Frauen sprachen, gelegentlich traurig, gelegentlich voller Galgenhumor, über ihre Männer und was sie von ihnen erdulden mussten.

Cassia malte sich aus, wie es wohl sein mochte, eine dieser Frauen zu sein, im Bett zu liegen, schwere Schritte auf der Treppe zu hören, alkoholgeschwängerten Atem zu riechen und sich vor dem zu fürchten, was gleich wieder geschehen würde. Und vor den unvermeidlichen Konsequenzen.

»Er ist in Ordnung, wenn er nicht betrunken ist, Doktor«, erzählte man ihr immer wieder, häufig sogar gut gelaunt.

»Er will nicht verhüten, er findet, das verdirbt alles«, gefolgt von einem ebenso fröhlichen »Und wenn ich ihm sage, dass ich wieder was Kleines kriege, wird er natürlich wütend«.

Ernüchtert von diesen Erlebnissen fuhr sie nach Hause und schämte sich, weil sie sich über ihr Los beklagte und Edward – stets so gütig und rücksichtsvoll und wenigstens zärtlich im Bett – nicht für den besten Mann auf Erden hielt.

Eines Abends versuchte sie, ihm davon zu erzählen. Nicht nur von den Frauen, sondern auch von ihrer eigenen Dankbarkeit und Reue, in der Hoffnung, ihn dadurch versöhnlicher zu stimmen.

Er lauschte höflich eine Weile und meinte dann: »So etwas habe ich in Harrow oft gesehen. Darüber habe ich sicher mit dir gesprochen.«

»Nein, Edward, hast du nicht.« In den wenigen Stunden, die

sie miteinander verbracht hatten, hatten sie nur über seine Arbeit, seine Mühen, seine Erschöpfung und gelegentlich auch ihre geredet. Doch er entgegnete, vielleicht habe sie ja nicht richtig zugehört und ob sie ihn jetzt entschuldigen wolle.

»Gütiger Himmel«, rief sie aus. »Nein, ich entschuldige dich nicht! Ich muss mit dir sprechen. Ich halte es so nicht mehr aus. Es ist entsetzlich. Wir können nicht so weitermachen.«

»Es wundert mich, das von dir zu hören. Die ganze Sache, all die Veränderungen in unserem Leben, hast *du* veranlasst, und wenn es dir nicht gefällt …«

»Was mir nicht gefällt«, schrie sie, »ist deine Einstellung und deine Feindseligkeit. Dabei tue ich nur ein wenig von dem, wonach ich mich seit unserer Hochzeit sehne. Du solltest dich für mich freuen, weil ich endlich die Chance …«

»Ich bedaure sehr, dass du bis jetzt in unserer Ehe so unglücklich warst.«

»Ich habe nicht gesagt, dass ich unglücklich war, sondern dass ich berufstätig sein wollte. Als Ärztin. Was ich mir gewünscht habe, seit ich ein kleines Mädchen war.«

»Ach, diese alte Leier.« Sein Tonfall war eiskalt.

»Was soll das heißen?«

»Diesen Teil deiner Vergangenheit hast du besonders gern, oder, Cassia? Das fleißige, ehrgeizige Kind, das sich gegen alle Widrigkeiten durchsetzt. Von der Unterstützung, die du hattest, der Hilfe deiner Verwandtschaft, der Ballsaison in London und deinen reichen Freunden hören wir viel weniger. Nur von dem traurigen, mutterlosen Mädchen aus Leeds.«

»Das ist eine Unverschämtheit.« Sie stand auf, spürte, wie das Bedürfnis, ihn zu schlagen, in ihr hochstieg, und fragte sich, ob sie ihm nachgeben sollte, damit Edward endlich begriff, was in ihr vorging. »Warum tust du das? Wieso bist du so verbittert und zornig?«

»Ich bin zornig«, schleuderte er ihr entgegen, »weil du ständig andeutest, dass du bis jetzt nichts hattest, während mir alles zustand, obwohl das Gegenteil der Wahrheit um einiges näherkommt. Und jetzt muss ich arbeiten.«

Er stolzierte hinaus und in sein Arbeitszimmer. Sie hörte die Tür zuknallen, saß da, starrte ins Feuer und fragte sich nicht zum ersten Mal in diesen bewegten Monaten, ob das Geld, das ihr endlich die Chance eröffnet hatte zu tun, was sie wollte, es ihr vielleicht auch unmöglich machte, weiterhin die Ehefrau zu sein, die Edward sich wünschte.

Sie dachte nicht oft an das Geld. Nein, sie gestattete es sich nicht, weil sie wusste, dass es in diesem Fall zur Obsession werden würde. Die kleinen Extravaganzen und Veränderungen in ihrem Leben, die sie herbeigeführt hatte, genügten ihr und lösten in ihr nicht das Gefühl aus, verschwenderisch zu sein. Wenn sie es sich in ihrer jetzigen Situation überlegte, erschien ihr die Erbschaft seltsam unwirklich, eine gewaltige Macht und in gewisser Weise bedrohlich. Unwiderstehlich, sofern man den Dingen ihren Lauf ließ. Die Wucht ängstigte sie. Sie versuchte, sie in Schach zu halten, eingesperrt hinter einer Mauer aus eherner Willenskraft und gehärtetem gesundem Menschenverstand, die sie im Laufe der letzten Jahre aufgebaut hatte. Allerdings spürte sie, dass diese Macht nun stärker wurde und sich winzige, nicht aufzuhaltende Wege in jeden Winkel ihres Lebens bahnte.

Dem Nachdenken darüber, was sie tun könnte und wollte, konnte sie sich immer schwerer entziehen. Das Wissen, was sie alles vollbringen könnte, war an sich schon beängstigend. Vom Beruflichen, zum Beispiel dem wahnwitzigen Gedanken, ein eigenes Krankenhaus zu eröffnen oder eine medizinische Stiftung zu gründen, kam sie schließlich zum Persönlichen. Sie konnte mit den Kindern die Welt bereisen und ihre

Wunder bestaunen, vielleicht sogar jahrelang. Und dann war da auch noch das, was sie als Begehrlichkeiten bezeichnete, auf den ersten Blick am wenigsten angsteinflößend, weil leicht zu erfüllen, und gerade deshalb das Gefährlichste. Sie dachte an prächtige Häuser, elegante Möbel und schöne Gemälde; sie träumte von schicken Kleidern und kostbarem Schmuck; sie stellte sich Jachten, Rennpferde und Flugzeuge vor.

Alle diese Dinge – oder zumindest viele davon – konnte sie haben. Jedoch nicht in ihrer Ehe, nicht als Mrs Edward Tallow, nicht als die Frau des Arztes. Wenn sie das Geld, das gewaltige Vermögen, das ihr so unverhofft in den Schoß gefallen war, nutzen wollte, bedeutete das ganz klar das Ende ihrer Ehe. Der Ehe mit einem Mann, den sie nicht liebte und den sie nie geliebt hatte. Nur dass er der Vater ihrer Kinder und der Mittelpunkt aller ihrer Leben war und für deren Glück sie sich auf fast unerträgliche Weise verantwortlich fühlte. Eine Trennung würde nicht nur zu Bitterkeit und Feindseligkeiten führen, sondern ihn zutiefst kränken und demütigen. Angesichts der Natur ihrer Beziehung konnte diese Ehe einfach nicht andauern, nicht solange da dieses Geld, ihr Geld, war. Und so wartete sie und verdrängte ihr Vermögen, bis irgendetwas geschehen würde. Wo würde es enden? Ohne dass es ihr selbst so recht bewusst war, betete sie darum, dass ein Wunder für dieses Ende sorgen würde, ohne dass ihr selbst ein Fehler unterlief oder sie überhaupt etwas unternehmen musste.

Cassia schaute auf die Uhr. Fast fünf, aber es warteten nur noch drei Frauen. Jane, die Sekretärin, hatte ihr das gemeldet, also sollte sie in einer halben Stunde fertig sein und würde es doch noch bis sechs ins Savoy schaffen. Sie hatte eine Notfallvertretung in einer Klinik unweit von Elephant and Castle. Vermutlich sollte sie heute Abend hingehen. Sie hatte versprochen, dort zu sein, falls Edwina nichts anderes hörte. Es war zur Unterstützung von St. Christopher's, das hatte man ihr zumindest mitgeteilt. Aber ausgerechnet Edwina …

Sie zwang sich, sich auf die junge Frau zu konzentrieren, die vor ihr saß. »Erzählen Sie«, forderte sie sie sanft auf.

»Wissen Sie, Doktor, ich brauche wirklich Hilfe. Ich habe jetzt in fünf Jahren vier Babys bekommen. Mein Mann mag diese Dinger nicht benutzen, und das letzte kleine Baby ist gestorben.«

»Ach, das tut mir sehr leid«, erwiderte Cassia. Das Mädchen sah nicht älter aus als zwanzig. Sie hatte ihr Alter mit zweiundzwanzig angegeben, doch irgendwie bezweifelte Cassia das. »Woran denn? Diphtherie oder …?«

»Nein, sie ist bei der Geburt gestorben. Es hieß, es könnte daran liegen, dass es so kurz nach dem letzten kam. Es waren nur zehn Monate dazwischen.«

»Ja, das ist sehr kurz«, antwortete Cassia. Eigentlich war es ein unwahrscheinlicher Grund für den Tod eines Babys, aber zehn Monate! Sie dachte an die Zeugung des Babys und an den Vater, der Kondome verweigerte. Sein Glück, dass er nicht mitgekommen war.

»Natürlich brauchen Sie Hilfe. Wir können ganz bestimmt verhindern, dass so etwas noch einmal passiert. Ich untersuche Sie jetzt, und dann gebe ich Ihnen ein Verhütungsmittel und erkläre Ihnen, wie man es benutzt. Wann wurde das Baby denn … geboren?« Manchmal war es so schwer, die richtigen Worte für diese traurigen, tragischen Ereignisse zu finden. Wann wurde das Baby geboren? Wann war es gestorben?

»Vor etwa sechs Wochen.«

»Das ist ein wenig früh. Ihr Körper verändert sich noch und kehrt zu seiner normalen Form zurück. Auch innerlich. Also unternehmen wir etwas Vorübergehendes, und ich bitte Sie wiederzukommen.«

»Ach du meine Güte. Aber keine ....«

»Nein, keine Kondome.« Sie lächelte. »Vielleicht etwas, das man ein provisorisches Pessar nennt. Und später dann ein richtiges. Ich zeige Ihnen alles. Könnten Sie sich jetzt bitte frei machen und auf der Liege Platz nehmen?«

Das Mädchen, noch immer wund nach der Geburt, zuckte bei der Untersuchung zusammen. Cassia brach es fast das Herz.

»Gut«, sagte sie zehn Minuten später und reichte dem Mädchen ein steriles Päckchen und eine Broschüre. »Kommen Sie in drei Monaten wieder. Und viel Glück.«

»Ja, Doktor. Ich danke Ihnen so sehr.« Plötzlich füllten sich ihre Augen mit Tränen, die sie mit dem Handrücken wegwischte. »Entschuldigen Sie. Ich wollte nicht weinen. Doch als ich darüber gesprochen habe, war die Erinnerung wieder da.«

»Ich weiß. Weinen Sie nur, ich nehme es Ihnen nicht übel. Erzählen Sie ruhig weiter, es könnte hilfreich sein.«

»O nein, schon gut. Außerdem habe ich ja noch die anderen. Ich habe Glück. Trotzdem ist es schrecklich, diese Schmerzen durchzumachen und dann zu sehen, dass das Baby, nun, nicht lebt.«

»Ich verstehe. Wie hat Ihr Mann sich denn verhalten? Anteilnehmend?«

»O ja, er ist wirklich ein netter Mann. Er ist nur, tja, Sie kennen ja die Männer.« Sie lächelte zittrig.

Cassia nahm den Omnibus vom Elephant zum Strand. Er rumpelte ziemlich schnell dahin, und Cassia schaute aus dem Fenster, die Stimme des Mädchens im Ohr, und erinnerte sich an ein anderes Baby, das gestorben war, an ihre Trauer, ihre Schuldgefühle und die Ereignisse danach ... Nein, Cassia, zerbrich dir jetzt nicht den Kopf darüber, nicht heute, nicht an diesem Abend, verdammt.

»Cassia, hallo, wie reizend, dass du gekommen bist.« Wie immer war Edwina beeindruckend elegant. Sie trug ein schwarzes Kostüm und einen in einem kecken Winkel sitzenden roten Hut. »Sicher bist du nach der Arbeit erschöpft. Ich habe zwei Martinis bestellt. Wenn ich mich recht entsinne, magst du sie. Ein toller Mantel, Liebes. Von wem ist er? Stiebel?«

»Nein, ich habe ihn bei Selfridges gekauft«, erwiderte Cassia. »Und ja, ein Martini wäre wunderbar.« Es fiel ihr schwer, diesen Nachmittag zu vergessen. Was für ein absurder Gegensatz zwischen Armut und Martinis, Totgeburten und Designerkleidung.

»Gut. Tja, ich bräuchte ein wenig Hilfe. Man hat mich gebeten, mich ehrenamtlich fürs St. Christopher's zu engagieren und beim Flaggentag im Juni mitzumachen. Ich dachte nur, du könntest mich ein bisschen impfen. Morgen habe ich die erste Sitzung und möchte nicht dastehen wie eine Vollidiotin. Ich habe auf ein paar Hintergrundinformationen gehofft.«

»Was ist mit dem Ausschuss?«

»Ich habe schon eine Vorstellung davon: das absolute Grauen. Mummy hat mich vor denen gewarnt. Nein, ich dachte, du könntest mir etwas über das Krankenhaus erzählen. Wie lange es schon besteht, wie viele Stationen es hat und so weiter. Meinst du, die werden medizinische Kenntnisse von mir erwarten?«

»Nein, natürlich nicht.« Cassia lachte. »Wahrscheinlich wird auch keiner von dir wissen wollen, wie viele Stationen es gibt. Also, das Krankenhaus wurde 1442 gegründet. Früher stand es in der Nähe von Smithfield, wurde jedoch im frühen neunzehnten Jahrhundert in Richtung Victoria verlegt, weil es in der City bereits das Guy's und das Bart's gab. Es ist finanziell nicht so gut ausgestattet wie das Thomas's, aber …«

»Nein, das hat Harry gesagt.«

»Harry? Was um alles in der Welt hat der denn damit zu tun?«

»Harry weiß eine ganze Menge von Dingen«, antwortete Edwina ausweichend. »Es wundert mich immer wieder. Er betreibt irgendeine Krankenversicherung. Keine Ahnung.«

»Gütiger Himmel«, sagte Cassia. »Jedenfalls müssen sie immer mehr um Mittel kämpfen, obwohl sie ziemlich viele Vermächtnisse erhalten. Also sind Veranstaltungen wie dein Flaggentag wichtig. Oh, und sie werden beeindruckt sein, wenn du damit aufwarten kannst, dass es als erstes Krankenhaus Geburten unter Betäubung angeboten hat. Ja, und die Schwestern werden mit dem Namen ihrer Station angesprochen, nicht mit ihrem eigenen. Momentan wird viel zum Thema TBC geforscht. Bringt dich das weiter?«

»Fantastisch«, sagte Edwina. »Ich wusste, dass du Tipps für mich hast. Und wie läuft's mit der Arbeit? Hast du Freude daran?«

»Ja, sehr. Es ist zwar nicht sehr anspruchsvoll, aber ein Anfang.«

»Worum geht es da – um Frauen, oder?«

»Ja. Familienplanungskliniken. Es ist eine wachsende Bewegung und …«

»Sicher faszinierend.« Edwina stellte ihr Glas weg und musterte ihre sehr langen roten Fingernägel. »Möchtest du noch einen Drink?«

»Nein, lieber nicht, ich muss gleich nach Hause.«

»Ach komm schon. Dann ist die lange Fahrt nicht so eintönig. O Gott, da ist ja Harry. Er hat gedroht, dass er kommt. Ich habe es ihm verboten, doch er hat offenbar beschlossen, nicht auf mich zu hören. Hallo, Liebling.« Sie hob das Gesicht, um geküsst zu werden. Harry küsste sie rasch, dann sah er Cassia an und küsste sie ebenfalls.

»Hallo, Cassia.«

»Hallo, Harry. Ich wollte gerade gehen.«

»Charmant wie immer«, spöttelte er. »Warum überwindest du dich nicht und trinkst noch einen?«

»Natürlich tut sie das«, meinte Edwina. »Harry, wärst du so nett zu bestellen? Wir hatten Martinis. Ich pudere mir rasch die Nase. Bin gleich zurück.«

Er setzte sich neben Cassia. »Wie geht es dir?«

»Ausgezeichnet, danke, Harry.« Sie spürte das unvermeidliche erotische Knistern, das so unangenehm zwischen ihrem Verstand und ihrem Herzen angesiedelt war.

»Du wirkst müde.«

»Na, vielen Dank auch.« Sie bemerkte, dass ihr Tonfall abweisend war.

»Cassia, es ist nichts daran auszusetzen, wenn man müde ist. Arbeitest du zu viel?«

»Eigentlich nicht.«

»Aber du arbeitest? Als Ärztin?«

»Ja.«

»Gut«, erwiderte er und lehnte sich mit ausgesprochen zufriedener Miene zurück. »Davon habe ich gehört. War ja an der Zeit, dass du wieder anfängst.«

»Jetzt nicht du auch noch«, meinte sie. »Alle hacken darauf herum. Es ist wie eine Art Verschwörung.« Als sie ihn anblickte, entdeckte sie in seinen dunklen Augen etwas, das sie nicht ganz deuten konnte. Eine Art Furcht, die im nächsten Moment wieder verschwunden war.

»Und hast du Freude daran?«

»O ja, sehr.«

»Gut. Und kannst du Edwina bei ihrem neuen Projekt helfen? Wie ich gestehen muss, glaube ich nicht, dass es von Dauer sein wird.«

»Das erscheint mir ein wenig unfair«, protestierte Cassia. »Sie hat ja noch nicht mal richtig begonnen, und außerdem legt sie sich mächtig ins Zeug.«

»Nun, ich habe nun mal die starke Neigung, unfair zu sein. Wie du sehr wohl weißt. Arbeitest du jeden Tag?«

»Nein, nur an zwei Nachmittagen. Ziemlich langen Nachmittagen. Manchmal dauert es bis acht Uhr abends.«

»In London.«

»Du würdest es wohl kaum als London bezeichnen, aber ja, am Rand von Brixton. Heute war ich allerdings am Elephant and Castle.«

»Und danach die lange Heimfahrt. Mich wundert, warum du dir kein kleines Stadthaus zulegst. Dort könntest du übernachten, wenn es spät wird, und am nächsten Morgen nach Hause fahren.«

»Was für eine alberne Idee. Wie sollte ich so etwas tun?«

»Ganz einfach, würde ich meinen. Da du jetzt eine finanziell unabhängige Frau bist. Überleg mal, was du dir dadurch ersparen würdest. Das ständige auf die Uhr Schauen, der Stress …«

»Und was würde Edward deiner Ansicht nach dazu sagen? Ganz zu schweigen von den Kindern.«

»Edward könnte dich sicher zwei Abende pro Woche entbehren. Soweit ich weiß, ist er sowieso ständig unterwegs, um Babys zu entbinden. Außerdem hast du doch jetzt eine Nanny, also wäre für die Kinder wunderbar gesorgt.«

»Harry«, entgegnete sie mit Nachdruck, »ich fürchte, du verstehst mich und meine Ehe nicht.«

»Nein«, antwortete er und musterte sie sehr eindringlich und mit nachdenklichem Blick. »Vermutlich nicht.«

Letztendlich war sie machtlos dagegen. Sie saß im Zug und starrte in die aufziehende Dämmerung hinaus. Von den Martinis schwirrte ihr ein wenig der Kopf, während sie grübelte, sich erinnerte und alles noch einmal durchlebte. Diesen Tag. Das Mädchen nachmittags in der Klinik und ihr Baby. Ihr totes Baby…

Sie hatte gehört, dass man nie ganz über seinen ersten Todesfall hinwegkam und dass er einen für den Rest seines Berufslebens verfolgte. Sie war überzeugt davon. Nie würde sie den Anblick des kleinen Babys vergessen, das sie endlich aus dem Leib seiner Mutter gezogen hatten – ein armes, erschöpftes, verängstigtes Mädchen von höchstens fünfzehn Jahren. Das Baby war eindeutig tot. Diese grausige bläulichweiße Farbe.

Cassia war seit zwei Monaten im Kreißsaal tätig und empfand die dramatischen Ereignisse dort als Erfüllung all ihrer Träume. Hier gehörte sie hin. Hier begann das Leben, wurde aus sich aufbäumenden Körpern gelockt, zutage gefördert, hinausgepresst. Der erste Schrei war jedes Mal ein Anlass zu unvergesslicher Freude. Bis zu jenem Tag. Als das Baby starb. Cassia betrachtete sein kleines, ruhiges, beinahe lächelndes Gesicht. Seine Gliedmaßen waren schlaff und ein wenig schwer. Sie brach in Tränen aus.

»Aber, aber.« Die Hebamme musterte sie strafend. »Wenn Sie jedes Mal zu heulen anfangen, werden Sie es als Ärztin nicht weit bringen. Die arme junge Frau sollte weinen, nicht Sie, Miss Berridge. Tragen Sie das Baby in den Waschraum. Ich komme gleich nach. Hören Sie auf zu schreien, meine Liebe«, sagte sie zu der Mutter. »Es ist vorbei.«

Ja, es ist vorbei, dachte Cassia. Endgültig. Stundenlang all diese Schmerzen, und dann war da nur eine kleine, blau angelaufene Leiche. Auf einmal wurde ihr speiübel. Sanft legte sie das Baby im Waschraum auf eine Ablage, wickelte es in ein

Handtuch, obwohl sie wusste, dass das albern war, und übergab sich ins Waschbecken.

Eine Schwesternschülerin sah sie mitleidig an. »Entsetzlich, finden Sie nicht? Ist mir letzte Woche auch passiert. Der arme Kleine.« Sie schaute das Baby an. »Diese Hebammen sind so absolut gnadenlos. Sie geben den Müttern nichts gegen die Schmerzen. Offenbar glauben sie, es sei ihre Aufgabe, sie leiden zu lassen.«

»Letzte Woche«, erwiderte Cassia mit einem zittrigen Lächeln, »haben wir eine Hebamme entbunden. Noch nie habe ich jemanden so schreien gehört. Anschließend meinte sie, sie schäme sich so und denke an all die Mütter, die sie angefahren habe, sie sollten still sein. Seit ich hier arbeite, habe ich eine große Bewunderung für Frauen entwickelt. Nun, jedenfalls für alle Frauen, die Kinder auf die Welt gebracht haben.«

Kurz darauf hatte sie Feierabend. Es war Freitagabend, und sie hatte sich auf die Pause gefreut. Während der Woche wohnte sie inzwischen im Krankenhaus, in einem winzigen Zimmer neben dem des Chirurgen. Doch er hatte ihr das Wochenende freigegeben.

Harris öffnete die Tür. »Sie sehen zum Fürchten aus, Miss. Soll ich Ihnen ein Bad einlassen? Danach gehe ich aus. Es ist mein freier Abend, falls Ihnen das recht ist. Und Sir Richard ist nach Norfolk gefahren. Das soll ich Ihnen ausrichten.«

»Ja, Harris, natürlich ist es in Ordnung. Ich kann mir auch selbst eine Wanne einlassen.«

»Gut, Miss. Tja, dann bin ich mal weg. Oh, und die Köchin ist im Kino, Miss. Sie hat Ihnen etwas zu essen hingestellt.«

»Danke.«

Sie füllte die Wanne bis zum Rand mit Wasser, legte sich hinein und versuchte, sich zu entspannen und die arme, kleine blau angelaufene Leiche zu vergessen. Sie konnte es nicht.

Also stieg sie aus der Wanne, schlüpfte in ein leichtes Hauskleid aus Baumwolle und ging nach unten ins Esszimmer. Nachdem sie eine Weile in ihrem Salat herumgestochert hatte, schob sie ihn weg und schlenderte ins Morgenzimmer. Mein Gott, war dieses große Haus ohne Leonora deprimierend. Sie hatte schon seit Ewigkeiten nichts mehr von ihr gehört und hoffte, dass sie wohlauf war.

Die Türglocke läutete schrill. Jarvis würde aufmachen. Doch er tat es nicht. Immer wieder läutete es Sturm. Da fiel es ihr ein: Jarvis war ja im Urlaub. Noch ein Klingeln, und dann würde derjenige hoffentlich aufgeben. Wieder ein Klingeln. Ein weiteres.

Seufzend stand Cassia auf, durchquerte die Vorhalle und öffnete die Tür. Harry Moreton stand vor ihr. Er trug nur ein weißes Hemd, eine cremefarbene Leinenhose und hohe braune Lederstiefel. Sein dunkles Haar war zerzaust wie noch nie. Er hatte einen ledernen Helm unter dem Arm, und an seinem Handgelenk baumelte eine Schutzbrille. Er wirkte ungewöhnlich glücklich.

»Hallo, Cassia.«

»Oh, hallo.«

»Ich habe deinen Rat angenommen und bin mit dem Rad da. Tja, nicht unbedingt ein Fahrrad, sondern ein Motorrad. Wenn du magst, kannst du nachher mitfahren. Darf ich reinkommen?«

Sie dachte daran, wie abweisend sie sich stets ihm gegenüber verhielt, und gab sich Mühe. »Ja, gerne. Ich fürchte, sonst ist niemand an.«

»Wie kompromittierend für dich.«

Mein Gott, wie sehr sie seine Stimme hasste. Dieser grässliche Eton-Akzent.

»Eigentlich wollte ich dir etwas erzählen. Genau genommen zwei Dinge. Ich habe ein Geschenk für dich. Von Leonora. Ich war gerade bei ihr in Paris.«

»Oh, Harry. Wie geht es ihr? Ist alles in Ordnung? Ich würde sie ja so gerne sehen. Ich vermisse sie entsetzlich.«

»Ja, das kann ich mir vorstellen«, erwiderte er mit einem Anflug von Gereiztheit. »Sie ist wohlauf. Ich soll dir ausrichten, dass sie sich über einen Besuch freuen würde. Und dann habe ich noch Neuigkeiten.«

»Ja?«

»Ich habe einen Einserabschluss. Habe es gerade erst erfahren.«

Wie typisch und arrogant von ihm, damit ausgerechnet zu ihr zu kommen. Doch als sie ihn musterte, betrachtete er sie zweifelnd, und seine Miene war seltsam verunsichert. Ihr wurde klar, dass er sonst niemanden hatte, dem er die frohe Botschaft überbringen konnte. Keine Eltern, keine Geschwister. Benedict und Cecily waren in Frankreich. Also war sie wirklich die Einzige, die er kannte, der er es sagen konnte.

»Harry, das ist ja wundervoll! Ja, wundervoll. Gut gemacht. Sicher freust du dich sehr«, antwortete sie mit aufrichtiger Begeisterung.

»Ja. Ich bin recht zufrieden. So ungern ich es auch zugebe, aber ich habe am Schluss ziemlich viel gebüffelt. Selbst mein Tutor war überrascht«, sagte er grinsend.

»Das kann ich mir denken«, meinte sie und grinste ebenfalls. »Lass uns zur Feier des Tages etwas trinken. Jarvis ist weg, aber ich hole Champagner aus dem Keller.«

»Nein, das übernehme ich. Ich weiß, wo er ist.«

Er kehrte mit einer Flasche und zwei Champagnergläsern zurück, entkorkte die Flasche mit einer großartigen Geste und schenkte ein.

»Auf dich«, sagte sie.

»Und auf dich. Auf den Erfolg.«

»Auf den Erfolg.«

Ein unangenehmer Gedanke an Edward stieg in ihr auf, der keinen Erfolg und seine Prüfungen nur mit Ach und Krach bestanden hatte. Dabei hätte er einen guten Abschluss so viel nötiger gehabt als Harry. Sie seufzte auf.

Harry betrachtete sie. »Du siehst ziemlich fertig aus. So richtig fix und fertig.«

»Danke«, entgegnete sie spitz. Plötzlich wurde sie sich dessen bewusst, dass sie ungeschminkt war und sich dringend das Haar richten musste.

»Jetzt sei nicht gleich so kratzbürstig. Offenbar hast du es ein wenig übertrieben und zu viel gearbeitet.«

»Ja, wahrscheinlich. Tja, nicht zu viel, aber sehr viel.«

»Und was für aufregende Dinge hast du heute getrieben? Wen hast du den Klauen des Todes entrissen?«

»Niemanden«, antwortete sie. »Gar niemanden.« Und sie dachte an das kleine Baby, das der Tod nun im Griff hatte. Tränen traten ihr in die Augen.

»Cassia«, sagte Harry mit sanfter Stimme. »Cassia, was ist? Was ist passiert? Was ist los?«

»Oh. Heute ist ein Baby gestorben. Es wurde tot geboren. Die Hebamme hat es mir gegeben und gesagt, ich solle es in den Waschraum bringen. Ausgerechnet, als ob es Abfall wäre. Und ich …«

»Cassia.« Als sie aufblickte, betrachtete er sie mit äußerst sonderbarer Miene: Besorgnis, Furcht und einer Art Ehrfurcht. »Cassia, soll das heißen, dass du solche Dinge tun musst? Dass du bei den Geburten dabei bist und man dich anweist, ein totes Kind zu berühren?«

»Ja natürlich«, erwiderte sie leicht belustigt. »Wie sonst sollten wir unseren Beruf lernen?«

»Ich weiß«, antwortete er, noch immer ziemlich schockiert. »Vermutlich dachte ich, du lernst es nur. Nicht, dass du damit konfrontiert wirst. Das kann für jemanden wie dich nicht das Richtige sein. Wie alt bist du? Gerade mal einundzwanzig. Es ist eine Schande.«

»Harry, die Mutter des Babys war fünfzehn. *Das* ist wirklich eine Schande. Nein, wir führen sämtliche Tätigkeiten aus: Babys entbinden, bei Operationen zuschauen, schreckliche Wunden verbinden …«

»Wie mutig du bist«, sagte er in demselben sanften Tonfall. »Wie unbeschreiblich mutig.«

»Nein, das stimmt nicht«, protestierte sie. »Heute war ich nicht sehr mutig. Aber es war mein erster Toter, und … Mein Gott, es tut mir leid, Harry.«

Bitterlich schluchzend sank sie aufs Sofa. Wahrscheinlich würde er gleich gehen, weil es ihm so schrecklich peinlich sein musste. Sie benahm sich vollkommen idiotisch.

»Komm her«, sagte er stattdessen, setzte sich neben sie und breitete die Arme aus. Ohne nachzudenken, tat sie in ihrer Trauer das, wonach sie sich in diesem Moment am meisten sehnte, und schmiegte sich an ihn.

Sein weißes Hemd bestand aus steif gestärkter weißer Baumwolle, und sie spürte, wie diese schlaff wurde, als ihre Tränen sie durchweichten. Er roch leicht, aber angenehm, nach Schweiß und nach den türkischen Zigaretten, die er rauchte. Es war eine überraschend wohltuende Mischung, und ebenso überraschend war es, wie wohltuend es war, ihm so nah zu sein. Allmählich verebbten ihre Tränen.

»Hier.« Er kramte ein Taschentuch hervor, tupfte ihr die Augen ab und lächelte sie an. »Schon viel besser.«

»Bestimmt sehe ich zum Fürchten aus«, sagte sie, wich zurück und zog die Nase hoch.

»Cassia, du siehst wundervoll aus. Allerdings ist beim Nasehochziehen meine Grenze. Das ist ekelhaft.«

»Entschuldige.« Sie putzte sich mit seinem Taschentuch die Nase, und es gelang ihr, ihn anzulächeln. »Das war ein bisschen typischer für dich.«

»Was meinst du mit ›typisch‹?«

»Nun, kritisch.«

»Oh, was ist denn sonst noch typisch für mich?« Er schmunzelte.

»Darüber möchte ich jetzt nicht reden. Nicht, solange du so nett bist.«

»Bin ich nicht immer nett?«, erwiderte er und reichte ihr das Champagnerglas. »Trink das aus. Es wird dir guttun.«

»Danke. Und nein«, entgegnete sie, wieder mit einem Lächeln, »du bist nicht immer nett.«

»Offenbar heitert dieses Gespräch dich auf. Soll ich dir sagen, wie du bist?«

»Ja«, antwortete sie, ziemlich erstaunt über seinen Vorschlag. »Es interessiert mich sehr, wie ich bin. Welchen Eindruck mache ich auf dich?«

»Durchsetzungsfähig. Sehr durchsetzungsfähig. Und häufig launisch.«

»Launisch! Das ist unfair. Die meisten Menschen bezeichnen mich als ausgesprochen ausgeglichen.«

»Tja, da haben die meisten Menschen wohl mehr Glück als ich. So sehe ich dich zumindest. Von sich selbst überzeugt. Hart im Nehmen. Unbeholfen. Kratzbürstig. Und unbeschreiblich sexy.«

»Danke viel…«, begann sie und glaubte dann, sich beim letzten Wort verhört zu haben. »Was hast du gesagt?«

»Ich sagte, du seist von dir selbst überzeugt, hart im Nehmen, unbeholfen, kratzbürstig und unbeschreiblich sexy.«

»O ja, ich verstehe.«

Sie lehnte sich zurück und musterte ihn. Dabei fühlte sie sich sehr merkwürdig: verwirrt, schockiert, absolut ausgeliefert und …

»Du wirst ja rot«, sagte er liebevoll, wischte ihre letzte Träne mit dem Finger weg und leckte ihn ab.

Sie starrte ihn weiter an. Obwohl er sie nicht einmal berührte, empfand sie einen Stich tief in ihrem Innersten, eine heftige Aufwallung, die sie als Begierde erkannte. Eine überwältigende, stärkere Begierde, als sie sie je zuvor verspürt hatte. Er rührte sich nicht, sondern musterte sie nur. Ganz langsam wanderte sein Blick von ihrem Haar zu ihren Augen, ihrem Mund und schließlich zu ihren Brüsten.

Im nächsten Moment war er bei ihr und begann sie zu küssen, ganz ohne sie sonst zu berühren. Zuerst ganz zärtlich. Sein Mund und seine Zunge erkundeten ihre Oberlippe. Dann das Innere ihres Mundes, langsam und vorsichtig. Und während seine Zunge sich bewegte, bewegte sich auch die Begierde in ihr, breitete sich aus, erforschte ihr Innerstes, und sie folgte diesem Gefühl und rückte näher an ihn heran. Er lehnte sich kurz zurück, lächelte, dann legte er seine Hände auf ihre Schultern und begann, sie zu liebkosen, während er sie erneut küsste. Seine Hände glitten zu ihren Brüsten, umfassten sie, und als er mit den Daumen über ihre Brustwarzen unter dem dünnen Kleid strich, konnte sie ein Aufstöhnen nicht unterdrücken. Sie schob die Zunge unter seine und spürte, wie er auf ihr Stöhnen reagierte. Sie fühlte, dass er lächelte, und erwiderte das Lächeln. Er knöpfte ihr Kleid auf, beugte sich vor, um ihre Brüste zu küssen, und leckte an ihren Brustwarzen. Seine Zunge bewegte sich so quälend langsam und verharrte immer wieder.

Sie schaute hinunter auf seinen Kopf und versuchte, sich vor

Augen zu halten, dass das Harry war. Ihr Widersacher. Harry, den sie seit ihrer Kindheit verabscheute. Stattdessen zwang sie sich, an Edward zu denken. Edward, den sie angeblich liebte. Und dennoch wünschte sie sich nichts mehr, als mit Harry im Bett zu liegen. Er, nackt neben ihr, auf ihr, in ihr. Mit einem letzten verzweifelten und distanzierten Blick auf ihn und sie zusammen sagte sie sich, dass sie das nicht tun konnte, nicht durfte. Und irgendwie, gerade noch rechtzeitig, gelang es ihr, sich aufzusetzen, Harrys Gesicht mit den Händen zu umfassen und ihm mitzuteilen, dass er jetzt gehen müsse.

Es dauerte eine Weile, ihn zu überzeugen. Zunächst amüsiert, dann empört und gekränkt und schließlich zornig entgegnete er, er werde nicht gehen, es gebe keinen Grund dafür. Zu guter Letzt warf er ihr vor, sie sei eine alberne, prüde Jungfrau. Mit einem an Panik grenzenden Gefühl klammerte sie sich an ihre Entscheidung. Einige Male war sie kurz davor, ihm und ihrer Begierde nach ihm nachzugeben. Vor lauter Aufgewühltheit und Elend wurde ihr übel. Nur der letzte wütende Vorwurf rettete sie, machte sie ärgerlich und überzeugte sie davon, dass sie sich richtig verhielt.

»Was für eine Unverschämtheit«, zischte sie und unterdrückte die Tränen, die bei diesem wilden Ansturm der Gefühle wieder in ihr aufsteigen wollten. »Wie kannst du es wagen, so mit mir zu sprechen, wenn …«

»Wieso, stimmt es denn nicht?«

»Nein!«, schrie sie auf – ein folgenschwerer Fehler. »Nein, es stimmt nicht.«

Eine sehr lange Pause entstand.

»Ah«, sagte er schließlich. »Jetzt ist es heraus. Der Arzt, wie ich annehme. Der blässliche Mediziner. Tja, ich bezweifle, dass er sehr geschickt ist. Dass er dir große Freude bereitet. Kein Wunder, dass du nicht …«

Sie wurde von Zorn und Empörung ergriffen. »Es ist widerlich von dir, so über diese Dinge zu reden.«

»Diese Dinge!«, wiederholte er. »Was für ein Ausdruck. So damenhaft und unerotisch. Ich spreche vom Ficken, Cassia. Ficken. Das Wort kennst du doch, oder? Ficken, ficken, ficken. Du fickst den Arzt. Wie wenig sinnlich muss das sein. Liegst du unter ihm, während er in dich hineinstößt? Liegst du da, wartest darauf, dass es bald zu Ende ist, und denkst dabei an England? Ich hätte dir Stoff für andere Gedanken geboten, Cassia, das kann ich dir versichern. Aber ich wage zu vermuten …«

»Harry!«, rief sie, und inzwischen schrie sie fast. Tränen liefen ihr übers Gesicht, und nicht nur auf der Stirn, sondern auch in den Achselhöhlen brach ihr der Schweiß aus. »Du bist widerlich. Absolut widerlich. Raus! Verschwinde aus diesem Haus. Und komm nie wieder in meine Nähe.«

»Das werde ich nicht.« Er stürmte zur Tür. »Dessen kannst du gewiss sein.«

Doch er tat es trotzdem. Am Abend bevor sie zu ihrer Hochzeit nach Leeds aufbrechen wollte, erschien er bleich und mit finsterer Miene an ihrer Tür und bat, sie nur fünf Minuten sprechen zu dürfen. Widerwillig stimmte sie zu und führte ihn ins Wohnzimmer. Er hatte abgenommen und wirkte eingefallen und geschwächt. »Ich hatte mir fest vorgenommen, nicht zu kommen, aber ich konnte nicht anders. Ich fasse nicht, dass du es wirklich tust. Cassia, es ist noch nicht zu spät.«

Ihr war klar, dass sie ihn am Weitersprechen hindern musste, wohl wissend, dass sie die eine Sache zu hören kriegen würde, die sie nicht ertragen konnte. »Harry«, erwiderte sie. »Ich muss einfach. Ich bin …«

»Ja? Was bist du?«

»Schwanger.«

Es herrschte Schweigen. Er stand da und betrachtete sie. Sein Blick wanderte über sie, verharrte auf ihren Brüsten, blieb lange an ihrem Bauch haften und glitt dann hinauf zu ihrem Gesicht, ihren Augen.

»Ist das alles?«, fragte er. »Ist das der einzige Grund?«

»Nein«, antwortete sie zu schnell. »Nicht der einzige, aber …«

»Liebst du ihn?«, fragte er. »Denn das ist der einzige Grund. Wenn du mir sagst, dass du ihn liebst, lasse ich dich jetzt und für alle Zeiten in Ruhe.«

»Ich …« Eine Ewigkeit schien zu vergehen, während er abwartete, ihr in die Augen starrte und sie förmlich mit seinem Blick durchbohrte. Und da stieß sie die Worte hervor. Es war, als stemme sie sich gegen eine gewaltige körperliche Macht. »Ich … liebe … ihn.«

»Gut«, entgegnete er sachlich, machte auf dem Absatz kehrt und ging zur Tür hinaus. Und verschwand für einige Jahre aus ihrem Leben.

KAPITEL II

Ein eiskalter Blick traf Edwina. Ein Hauch von Abneigung malte sich darin ab. Sie erwiderte ihn, solange sie konnte, und betrachtete dann nervös ihre Hände. »Es tut mir leid. Wirklich. Ich war in letzter Zeit nur sehr beschäftigt«, stammelte sie.

»Mrs Moreton, wir alle sind beschäftigt. Allerdings haben wir inzwischen fast April, und Sie teilen mir mit, Sie hätten die Briefe an die regionalen Organisatoren noch nicht verschickt. Ich bin sehr enttäuscht.«

»Das verstehe ich. Doch ich bin mit dem Schreiben beinahe fertig. In zwei Tagen kann ich sie auf den Weg bringen. Reicht das?«

»Das wird es wohl müssen. Meiner Ansicht nach brauchen Sie Unterstützung. Ich rufe Jennifer Barling an und frage sie, ob sie Ihnen unter die Arme greifen kann. Herrje, das ist wirklich eine ernste Angelegenheit.« Ihr Tonfall war ziemlich aufgebracht.

Edwina wurde von Panik ergriffen. Das war ja noch schlimmer, als wenn sie sich nie auf die Sache eingelassen hätte. Aber es war so grässlich langweilig. Die dämlichen alten Schabracken und dazu noch Hunderte von Briefen schreiben, was eine Ewigkeit dauerte. Außerdem …

Mary Whittaker sprach weiter. »Eigentlich denke ich, dass

ich Jennifer bitten sollte, Ihren Aufgabenbereich zu übernehmen. Sofern sie Zeit hat. Sie ist sehr gut darin, wichtige Termine einzuhalten. Trödelei können wir uns schlichtweg nicht leisten.«

Die Panik wuchs. Falls ihre Mutter das erfuhr, würde sie vor Wut außer sich sein. »Nein, nein«, erwiderte sie rasch. »Ich schwöre, dass ich alles erledigen werde. Ich will helfen. Das Problem ist nur, dass mir einfach das Händchen dafür fehlt.«

»Das sehe ich selbst, Mrs Moreton.«

Da kam ihr plötzlich die zündende Idee. »Lady Whittaker, da gibt es noch etwas, worüber ich mit Ihnen reden wollte. Mir ist etwas eingefallen, was ich tun könnte und was viel besser zu mir passt.«

Mary Whittakers Miene verriet, dass alles, was besser zu Edwina passte, nur ein Reinfall werden konnte.

»Ich dachte, ich könnte für das Krankenhaus eine Modenschau veranstalten. Für karitative Zwecke, wissen Sie? Ich habe viele Kontakte in der Modebranche. Eine gute Freundin arbeitet bei der *Vogue*, und zahlreiche meiner Freundinnen könnten die Kleider vorführen. Wir könnten sie in einem der großen Hotels stattfinden lassen. Das Dorchester würde sich prima eignen. Der neue Ballsaal, wo früher die Eislaufbahn war. Wir könnten viel Geld einnehmen. Eine meiner Freundinnen, Venetia Hardwicke, vermutlich kennen Sie sie« – Mary Whittaker schüttelte kühl den Kopf –, »hat eine für St. Thomas's organisiert, und sie war ein gewaltiger Erfolg. Das mit dem Flaggentag tut mir unendlich leid, Lady Whittaker, und ich kümmere mich um alles. Nur dass mir das alles so fremd ist. Außerhalb meiner Kreise. Während die Modenschau …«

»Ich habe gehört, dass die Modenschau für St. Thomas's viel Geld eingebracht hat«, erwiderte Mary Whittaker äußerst widerstrebend. »Wir haben die Möglichkeit erörtert, für

St. Christopher's auch so etwas zu veranstalten. Allerdings haben wir im Ausschuss niemanden, der die nötigen Kenntnisse besitzt.«

Das war beim besten Willen nicht zu übersehen, dachte Edwina. Sie lächelte Mary Whittaker aufmunternd zu. »Tja, jetzt haben Sie jemanden. Ich würde mich mit Feuereifer der Aufgabe widmen, Lady Whittaker. Alles geben, was ich kann, ich verspreche es.«

»Ich werde es beim Ausschuss zur Sprache bringen müssen. Und natürlich befassen Sie sich im Moment hauptsächlich mit dem Flaggentag. Doch der Plan hat etwas für sich. Welcher Zeitraum schwebt Ihnen denn vor?«

»Oh, der frühe Herbst wäre optimal. Bis dahin hätten wir all die traumhaften neuen Kleider. Ich persönlich bevorzuge die Winterkollektion, Sie nicht? So viel mehr …« Sie hielt inne, denn sie bemerkte, dass das kein Thema war, das Mary Whittaker gerne weiter erörtern wollte.

»Gut, wie gesagt, ich wende mich an den Ausschuss und komme auf Sie zurück. Könnten Sie bis dahin bitte mit den Briefen weitermachen?«

Am selben Morgen war Cassia ziemlich gut gelaunt aufgewacht. Die Dinge schienen sich zu regeln. In ihren Kliniken lief alles bestens. Die Kinder waren glücklich. Janet war eine echte Perle. Und selbst Edward hatte widerwillig eingeräumt, dass sie sehr gut mit den Kleinen umgehen konnte. Und das Beste von allem: Seine Haltung gegenüber Cassia war plötzlich versöhnlicher. Er verhielt sich freundlicher, und letzte Nacht hatte er sie zum ersten Mal seit Weihnachten wieder geliebt. Sie hatte sich ihm dankbar und voller Freude hingegeben. Er war ganz besonders vorsichtig und rücksichtsvoll gewesen. Es überraschte sie beinahe, denn Vorsicht und Rücksichtnahme hatte er in letzter Zeit nicht gerade an den Tag gelegt.

Es war kein voller Erfolg gewesen, denn es war ihr nicht gelungen zu kommen, doch es war schön, begehrt zu werden und wieder bei ihm zu sein. Danach hatte sie still in seinen Armen gelegen, während er ziemlich lautstark schlief. Sie hatte an sich und an ihre Ehe gedacht und sich gefragt, warum sie so jämmerlich erleichtert war, weil sich seine Einstellung zu ihr geändert hatte und er sie wieder wollte.

Das schlechte Gewissen, vermutete sie. Als sie einnickte, dachte sie, dass ihre Ehe vielleicht bald wieder so sein würde wie früher.

Sie erwachte früh, stand leise auf, lag eine Weile in der Badewanne und lächelte durch das Fenster in den sonnigen Tag und die Schäfchenwolken hinaus. Es wäre so schön, wieder mit einem Freund zusammenzuleben statt mit einem abweisenden, verhärteten Feind.

Sie hörte, dass die Kinder aufstanden und dass Janet mit ihnen sprach. Mein Gott, was für eine Freude, sie im Haus zu haben. Cassia zog sich an und lief lächelnd nach unten.

Gerade war der Briefträger da gewesen. Es waren einige Briefe für Edward dabei und zwei für sie: einer mit dem Poststempel SW3 und einer in Ruperts geschwungener Handschrift. Als sie den ersten Brief öffnen wollte, umfasste jemand heftig ihre Knie.

»Mummy, rate mal, wer ich bin.«

»Keine Ahnung. Delia?«

»Nein.«

»Bertie?«

»Nein.«

»Äh … doch nicht etwa William!«

»Ja.« Er lachte, als sie zu ihm hinunterschaute, und sie

dachte, wie sehr sie ihn liebte. Er war viel mehr nach den Berridges als nach den Tallows geraten. Janet kam lächelnd und mit einer ebenso lächelnden Delia die Treppe hinunter. Bertie rutschte das Treppengeländer hinunter und umarmte Cassia.

Edward erschien und wirkte ziemlich abgehetzt. »Ist Post gekommen? Ach ja. Danke. Guten Morgen, Kinder.« Ihr fiel auf, dass er die Briefe in die Jackentasche stopfte, ohne sie eines Blickes zu würdigen. Das war seltsam.

Sie setzten sich an den Frühstückstisch.

Der Brief mit dem Poststempel SW3 stammte von der Immobilienfirma unweit von Harrods. Beim Öffnen fielen ein paar Beschreibungen von Häusern aus dem Umschlag, auch die von »ihrem Haus«, wie sie es inzwischen bezeichnete, in der Walton Street. Ein Brief von dem ernsten jungen Mann steckte auch in dem Kuvert.

Sehr geehrte Mrs Tallow, hieß es darin. *Was Ihre Anfrage wegen des Hauses in der Walton Street betrifft, ist es noch zu haben, und wir können es nun für länger als sechs Monate anbieten. Ich habe auch die Daten einiger weiterer Immobilien beigelegt. Ich stehe Ihnen gern weiter im Auftrag von D. S. Pritchart zu Diensten, E. Throgmore.*

Der nette Mr Throgmore, dachte sie und erinnerte sich an sein seriöses Auftreten. Er hatte es verdient, es zu etwas zu bringen. Allerdings glaubte sie nicht, dass Edward Mr Throgmore oder ihre Nachfragen billigen würde, und verstaute deshalb den Brief in ihrer Handtasche, die an der Stuhllehne hing.

Der zweite Brief von Rupert war interessanter. *Schatz*, schrieb er, *falls Du noch Lust hast, Dich zu den Engeln zu gesellen, hätte ich da ein kleines Projekt. Ruf mich an, wenn Du reden willst. Ganz liebe Grüße, Rupert.*

Sie warf einen Blick auf Edward. Inzwischen studierte er mit gerunzelter Stirn seine Post.

»Du meine Güte«, sagte sie und schaute auf die Uhr, »fast halb neun. Janet, ich fahre die Jungs. Sie könnten mit Delia ja die Enten füttern gehen.«

»Ja natürlich, Mrs Tallow. Was für eine nette Idee.«

Als sie endlich nach Hause zurückkehrte, war es nach zehn. Edwards Auto war fort.

»Peggy, was ist los? Wo ist Mr Tallow?«

»Bei Mrs Clark haben die Wehen zu früh angefangen. Sieht nicht gut aus. Der Doktor hat die Patienten weggeschickt.«

»O mein Gott, die arme Mrs Clark. Nun, ich bin im Esszimmer. Ich muss eine Menge Briefe schreiben.«

Als sie ins Esszimmer ging und sich an den Tisch setzte, bemerkte sie Edwards Post auf dem Sideboard. Sie war neugierig darauf. Etwas an seinem Gesichtsausdruck und der konzentrierten Miene, mit der er sie gelesen hatte, gefiel ihr nicht. Nachdem sie etwa zehn Minuten gegen die Versuchung angekämpft hatte, griff sie nach einem Umschlag.

Er war in einer ordentlichen Handschrift verfasst und in Brixton abgestempelt. Brixton! Vielleicht war er ja für sie von einer ihrer Patientinnen. Mit dieser Rechtfertigung zog sie mit leicht zitternden Fingern das Schreiben heraus.

Sehr geehrter Dr. Tallow, stand da, *in Bezugnahme auf Ihre Anzeige, in der Sie einen Assistenten suchen …*

Die anderthalb Stunden bis zu Edwards Rückkehr zogen sich endlos hin. Er schien sehr mit sich zufrieden.

»Hallo, Edward. Wie geht es Mrs Clark?«

»Oh, prima. Dem Baby auch. Einen Monat zu früh, aber kerngesund. Muss nicht einmal ins Krankenhaus. Jetzt überlege ich, was ich wegen der Sprechstunde machen soll. Ich musste sie absagen. Einfach lästig, keine Vertretung zu haben.«

»Ja, Edward, wirklich lästig. Hast du deshalb wegen eines Assistenten inseriert?«

Er lief puterrot an. »Woher weißt du das? Hast du etwa...«

»Deine Briefe gelesen? Ja, das habe ich, bitte entschuldige. Ein wenig unfair. Aber sie lagen hier auf dem Sideboard. Also wohl nicht so unfair, wie hinter meinem Rücken zu handeln.«

»Mach dich nicht lächerlich.« Er sprach lauter als gewöhnlich. »Es war nicht hinter deinem Rücken. Dich geht das gar nichts an.«

»Es geht mich nichts an?« Sie hörte, wie ihre Stimme vor Zorn bebte. »Edward, wie kannst du so etwas sagen? Deine Praxis in diesem Haus...«

»Natürlich wollte ich mit dir darüber reden. Schon öfter. Aber du bist ja immer so beschäftigt.«

»Beschäftigt! Herrgott noch mal. Obwohl ich jeden Abend nach dem Essen in diesem verdammten Zimmer sitze und meine eigene Arbeit vernachlässige, um für dich da zu sein.«

Kurz verzog er beschämt das Gesicht. »Wie nett von dir.«

»Edward, bitte erspar mir das. Wie, glaubst du, fühle ich mich, wenn ich erfahre, dass du dich bereits um einen Assistenten bemühst...«

»Tut mir leid«, sagte er. »Mir ist klar, dass ich mit dir darüber hätte sprechen sollen. Allerdings begreife ich nicht, warum du dich so aufregst. Welchen Unterschied bedeutet es für dich?«

»Welchen Unterschied?« Inzwischen wirklich erbost erhob sie die Stimme. »Welchen Unterschied, auch wenn du weißt, dass ich meine Seele verpfänden würde, um diese Aufgabe selbst zu übernehmen. Das ist dir bekannt, Edward, wir haben es erörtert. Eines Tages, hast du gesagt, eines Tages...«

Er sah sie verlegen an. »Habe ich das? Ich erinnere mich nicht. Außerdem erscheint es mir nicht sehr praktisch, Cassia. Hinzu kommt, dass ich dachte, eine Hausarztpraxis sei für dich eher zweitklassig. Ich habe geglaubt, du wärst nur auf die Chirurgie aus.«

»Ach ja. Wenn ich mich recht entsinne, habe ich das aus irgendeinem Grund aufgegeben. Woran mag es wohl gelegen haben? O ja, um zu heiraten.«

Er wischte diesen Einwand beiseite. »Und jetzt hast du die Kinder, deine eigene Stelle …«

»Als ob ich nicht in den beiden jämmerlichen Familienplanungskliniken kündigen würde, um hier mit dir zusammenzuarbeiten. Ich bin nicht nur eine Krankenschwester, die sich überschätzt. Warum hast du mich nicht gefragt, Edward? Warum hast du nicht mit mir darüber geredet?«

»Das hatte ich vor.« Er wirkte noch zerknirschter. »Ich hatte wirklich vor, dir meine Entscheidung mitzuteilen.«

»Ach, ich verstehe. Kein Gespräch also, sondern nur eine Entscheidung mitteilen.«

»In den letzten sechs Monaten hast du auch so Einiges getan, ohne es zuvor mit mir zu besprechen.«

»Das ist ungerecht.«

»Es ist absolut gerecht. Das Kindermädchen, dein Auto …«

»Das kann man wohl kaum miteinander vergleichen.«

»Das Stipendium …«

»Oh, jetzt kommen wir auf den Punkt. Das Stipendium. Das hat dich sehr gekränkt, oder, Edward? Bis ins Mark gekränkt.«

»Es hat mich wütend gemacht. Als gekränkt würde ich es nicht unbedingt bezeichnen.«

»Nun, *ich* habe mich unbeschreiblich über dich geärgert. Haben sie was zu bieten?«

»Was?«

»Die Bewerber. Haben sie was zu bieten?«

»Ich hatte noch nicht die Zeit, die Briefe zu lesen. Du kannst mir ja bei der Entscheidung helfen, da du sie ja ohnehin schon kennst.«

Sie ging nicht darauf ein. »Nun, ich freue mich, dass die Praxis einen Assistenten ernähren kann. Wie viel wird er kosten? Fünfhundert im Jahr?«

»Was das betrifft: Dank deines Geldes müssen wir uns doch keine finanziellen Sorgen mehr machen, richtig? Wegen Berties Schulgebühren, der Arbeiten am Haus und der neuen Praxis.«

»Also soll ich diese neue Stelle subventionieren?«

Er wurde kreidebleich. »Das war ein mieser Seitenhieb.«

Sie errötete, erschrocken über sich selbst, weil sie so etwas ausgesprochen hatte. »Tut mir leid. Aber es stimmt trotzdem. Deshalb wäre es umso vernünftiger gewesen, die Angelegenheit mit mir zu diskutieren, findest du nicht?«

»Nicht wirklich. Nein.«

Plötzlich wurde sie von Schuldgefühlen überwältigt. Sie versuchte, die Stimmung aufzulockern, und schlug einen versöhnlicheren Ton an. »Darf ich dich etwas fragen, Edward? Da du meine Einstellung jetzt kennst, könntest du dir doch überlegen, mich als deine Assistentin zu beschäftigen.« Sie zwang sich zu einem Lächeln. »Oder wenigstens ein Bewerbungsgespräch mit mir zu führen.«

»Nein, ich glaube, das würde nicht funktionieren. Nicht hier auf dem Land.«

»Warum nicht hier auf dem Land, herrje? Wäre das nicht sogar besser, weil jeder mich kennt? Ich könnte die Frauen- und vielleicht die Kindersprechstunde übernehmen.«

»O nein«, herrschte er sie an. »Dass du hier irgendetwas übernimmst, kommt überhaupt nicht…« Er bemerkte, dass er einen erneuten Fehler gemacht hatte, und verstummte.

»Mein Gott, du bist ja so lächerlich«, entgegnete sie. »Du kannst es nicht ertragen, auch nur ein Stückchen deiner Position hier abzugeben. Der Doktor, der wundervolle, allmächtige

Doktor, vor dem das ganze Dorf den Hut zieht. Darum geht es doch, oder? Du willst einen Untergebenen, der auch als solcher betrachtet wird, niemanden, der mit dir auf Augenhöhe ist.«

Sie hielt inne und ließ die letzten Wochen Revue passieren. Plötzlich verstand sie seine Bemühungen, freundlicher zu sein, sich nicht über ihren Beruf zu beklagen, nicht auf das Geld anzuspielen, sich liebevoller zu verhalten … die vergangene Nacht fiel ihr ein, sein Bedürfnis aus heiterem Himmel, sie nach so langer Zeit wieder zu lieben.

»Mein Gott«, sagte sie. »Du hast sogar unser Liebesleben mit hineingezogen.«

»Sei still. Peggy könnte uns hören.«

»Es ist mir egal, wer uns hört. Hast du mich deshalb gestern gefickt, Edward? Um mich zufriedenzustellen, mich glücklich zu machen und meine Gefühle dir gegenüber positiv zu beeinflussen, damit du mir damit kommen kannst? Oh, du widerst mich an. Ich will nicht mehr mit dir darüber reden. Oder überhaupt über irgendetwas.«

Türenknallend stürmte sie hinaus und stieg in der Auffahrt in ihr Auto. Als sie mit quietschenden Reifen durch das Tor brauste, schaute sie sich noch einmal um und sah, dass er im Esszimmerfenster stand und stumpf ins Leere starrte.

»Cassia mietet sich ein Haus in London. Was hältst du davon?«, fragte Edwina.

»Wirklich?«, erwiderte Harry. Sein Tonfall war zwar beiläufig, doch es schwang ein wenig Selbstzufriedenheit darin mit. »Nun, das habe ich ihr vorgeschlagen. Letztens am Abend.«

»Tatsächlich? Ich finde es ein bisschen merkwürdig. Ja, natürlich freue ich mich für sie, aber ich kann mir nicht vorstellen, was sie damit anfangen will.«

»Vielleicht darin wohnen? Das machen die Leute normalerweise mit Häusern.«

»Oh, Harry, du weißt genau, was ich meine. Was, glaubst du, wird Edward dazu sagen?«

»Ganz gleich, was es auch ist, es wird sich bestimmt kaum lohnen, es sich anzuhören. Der Mann ist der Inbegriff der Langeweile.«

»Ich speise heute Abend mit Dominic Foster«, verkündete Benedict und steuerte auf die Tür zu. Sein Tonfall war genau richtig. Beiläufig, zu beiläufig. Cecily warf ihm einen prüfenden Blick zu. Sie lag im Bett und stillte Laurence. Benedict war nach oben gekommen, um sich zu verabschieden.

»Benedict …«

»Ja?«, erwiderte er. Als er sich umdrehte und ihr Gesicht sah, errötete er heftig. »Cecily«, sagte er. »Herrgott, Dominic Foster ist verheiratet.«

»Du auch«, entgegnete sie spitz. Er ging hinaus und knallte die Tür hinter sich zu.

Cecily saß da und konzentrierte sich ganz fest auf Laurence' Köpfchen. Als er satt war, läutete sie nach der Nanny und wies sie an, ihn zu wickeln. Dann legte sie sich in die Badewanne und dachte über Benedict nach. Über Benedict und die langen, schwierigen Jahre voller Sorgen.

Bei ihrer Hochzeit war sie noch sehr jung gewesen. Erst knapp zwanzig. Er war fünfunddreißig, also beinahe doppelt so alt wie sie, und galt als gute Partie: steinreich, charmant, amüsant, gebildet. Cecily hatte sich auf den ersten Blick in ihn verliebt, und zwar auf einer Party einer Freundin ihrer Mutter.

Als Benedict um ihre Hand anhielt, war sie überrascht. Sie hatte gedacht, ja sogar gehofft, dass er sie nicht nur sympathisch fand. Und er hatte sie auch einige Male geküsst und ihr gesagt, wie schön und attraktiv sie in seinen Augen sei. Allerdings hatte sie nicht geglaubt, dass seine Gefühle stark genug waren, um ihn eine Ehe in Erwägung ziehen zu lassen. Doch dann war er an einem späten Nachmittag im Haus ihrer Eltern in der Sloane Street erschienen, mit einer Schachtel, die einen kostbaren Ring von seiner Großmutter enthielt. Als er ihr sagte, er liebe sie und würde sich geehrt fühlen, wenn sie bereit sei, ihn zu heiraten, hatte sie keinen Moment gezögert. Sie war ihm einfach um den Hals gefallen und hatte geantwortet, sie brauche keine Bedenkzeit. Sie sei begeistert.

Ihre Eltern freuten sich sehr, insbesondere ihre Mutter. Die Hochzeit war ein großes Ereignis und wurde als das prunkvollste Fest des Jahres 1923 bezeichnet. Die Flitterwochen verbrachten sie in Ägypten und unternahmen eine Nilkreuzfahrt. Es war ausgesprochen romantisch. Und der Sex, ein Thema, zu dem ihre Mutter düstere und geheimnisvolle Andeutungen hatte fallen lassen, entpuppte sich als halb so schlimm wie befürchtet. Allerdings auch nicht als welterschütternd. Sie nahm an, der Fehler liege bei ihr. Immerhin war Benedict so viel älter als sie und wusste sicher, was er tat. Er verhielt sich so reizend und einfühlsam und tröstete sie, als sie sich anfangs für ihre mangelnde Leidenschaft entschuldigte. Später schwieg er taktvoll, wenn sie sich nach einem der zunehmend unbefriedigenderen Versuche in Tränen von ihm abwandte. Irgendwann musste es doch besser werden. Aber es war einfach immer so schnell vorbei, obwohl sie sich eine wundervolle, lang andauernde Nähe vorgestellt hatte – Umarmungen, Küsse und Liebkosungen –, bevor die eigentliche Sache geschah.

In den Nächten, in denen Benedict sie offenbar begehrte, drehte er sich, beinahe ungeduldig, mit seinem Ding – sie verabscheute den medizinischen Ausdruck – zu ihr um. Es war schon hart, und es war, als wolle er es möglichst schnell in sie einführen. Und sie war nie bereit und fühlte sich trocken und elend. Er stieß ein paarmal in sie hinein, und sie gab sich solche Mühe, etwas zu empfinden. Doch da war nichts, überhaupt nichts. Ganz sicher nicht der Rhythmus von Ebbe und Flut, wie es Marie Stopes in ihrem Buch *Liebe in der Ehe* so poetisch schilderte. Dann spürte sie, wie er in ihr erschauderte. Anschließend küsste er sie, sagte ihr, dass er sie liebte, und schlief meistens einfach schnarchend ein. Unterdessen lag sie da, fühlte sich wund und elend und grübelte darüber nach, wie sie die Angelegenheit verbessern könnte – für sie beide.

Und schließlich wurde sie schwanger, und alles änderte sich. Benedict war ja so begeistert, mehr, als sie es sich ausgemalt hatte. Ohne zu murren, sagte er unglaublich viele gesellschaftliche Verpflichtungen ab, weil sie sich nicht wohl genug fühlte, und wiederholte ständig, sie solle sich ausruhen und gut auf sich und damit auch auf ihr Baby achten.

Inzwischen arbeitete er bei einer großen Börsenmaklerfirma. Zu Cecily sagte er, es schicke sich nicht mehr, wenn ein Mann untätig bliebe und nur von seinem Vermögen lebe, spiele und sich amüsiere. Sie deutete das als gestiegenes Verantwortungsbewusstsein und freute sich darüber.

Im September wurde Fanny geboren, ein großes, gesundes Baby, und zwar nach einer schweren Geburt, die Cecily tapfer ertragen hatte. Eine Stunde nachdem es vorbei war, erschien Benedict, küsste sie zärtlich und meinte, er habe sie noch nie so geliebt und sei sehr stolz auf sie. Ein wenig ängstlich fragte sie ihn, ob es ihn nicht störe, dass das Kind ein Mädchen sei. Daraufhin küsste er sie wieder und erwiderte, er habe Mädchen schon immer viel netter gefunden als Jungen.

Sie genoss die Mutterschaft und wuchs mühelos und freudig in die Aufgabe hinein. Auch ihre Beziehung zu Benedict änderte sich. Nun waren sie auf Augenhöhe. Sie empfand sich nicht mehr als naives junges Mädchen, das mit einem weltgewandten Mann zusammenlebte, sondern als erwachsene Frau. Sie war sehr glücklich.

Kurz darauf trat Norman Duvant in ihr Leben.

Er hatte zuerst an sie geschrieben, einen reizenden, charmanten Brief, der sie anrührte, weshalb sie ihn Benedict zeigte.

»Benedict, es ist so traurig. Vermutlich ein Bettelbrief. Von einem Mr Duvant.«

»Darf ich bitte sehen? Bitte.« Er klang ziemlich merkwürdig, dachte sie. Seine Stimme zitterte. Sie reichte ihm den Brief und sah zu, wie er ihn las.

»Hast du noch andere von diesem Mann erhalten?«

»Nein.«

»Bist du sicher?«

»Benedict, natürlich bin ich sicher. Ich habe noch nie von irgendjemandem einen solchen Brief bekommen. Ansonsten würde ich mich daran erinnern. Es ist so eine tragische Geschichte. Seine Mutter liegt im Sterben, und er hat seine Arbeit verloren. Heutzutage gibt es diese Schicksale häufig. Woher, glaubst du, hat er meinen Namen?«

»Wahrscheinlich aus der Gesellschaftsseite. Leute wie er grasen sie ab. Ich kümmere mich darum, Cecily. Und falls du noch einmal so etwas kriegst, gib mir sofort Bescheid. Verstehst du?«

»Ja, Benedict, natürlich.«

»Oder falls dieser Mensch versucht, sich irgendwie mit dir in Verbindung zu setzen.«

»Ja, Benedict, aber das wird er sicher nicht.«

»Hoffentlich«, entgegnete er, steckte den Brief ein und ging hinaus.

Sie bemitleidete den armen Mr Duvant einige Tage lang, dann vergaß sie ihn. Doch im Spätherbst kurz nach Fannys erstem Geburtstag trank sie eines Tages gerade im Wohnzimmer Tee, als eine aufgelöst wirkende Susan hereinkam. »Da ist ein Gentleman, Madam. Er behauptet, Sie würden seinen Namen kennen, und er möchte Sie sprechen. Ich habe gesagt, Sie seien beschäftigt. Sie brauchen ihn also nicht zu empfangen, wenn Sie nicht wollen.«

»Wie heißt der Herr, Susan?«

»Duvant, Madam, Norman Duvant.«

»Nein, ich glaube nicht … O ja natürlich. Wie seltsam.«

»Er meinte, er habe etwas mit Ihnen zu bereden, Madam. Was soll ich tun?«

Cecily war ziemlich verunsichert. Benedict hatte ihr klipp und klar verboten, Norman Duvant zu sehen oder Kontakt mit ihm zu pflegen. Allerdings hatte ihr sein Brief sehr gefallen. Außerdem waren sie so glücklich und vom Leben reich beschenkt worden. Was konnte es also schaden, ihn kurz zu sprechen, ihm vielleicht einen Rat zu geben oder ihm zu empfehlen, an wen er sich wenden solle?

»Führen Sie ihn herein, Susan. Aber teilen Sie ihm bitte mit, ich hätte nur etwa fünfzehn Minuten Zeit. Bringen Sie noch eine Tasse und einen Teller. Und kommen Sie sofort, sobald ich läute.«

Mr Duvant war ihr auf Anhieb sympathisch. Er war höflich, wortgewandt, erstaunlich gut angezogen und sehr respektvoll. Sie schätzte ihn auf Anfang dreißig, und mit seinem hellbraunen Haar und den grauen Augen sah er recht gut aus.

»Was für ein bezauberndes Zimmer«, verkündete er und schaute sich um, nachdem er ihr die Hand geschüttelt hatte. »Ich bin Ihnen äußerst dankbar, Mrs Harrington. Sie wären überrascht, wie wenige Menschen Umgang mit uns haben wollen.«

Cecily musterte ihn zweifelnd.

»Oh, verzeihen Sie, ich hätte es Ihnen erklären sollen. Ich gründe gerade einen Verband arbeitsloser ehemaliger Soldaten aus meinem Regiment, das Ihrem Mann unterstand. Ich weiß nicht, ob er mich je erwähnt hat.«

»Nein«, erwiderte sie und ärgerte sich, weil Benedict das beim Eintreffen von Norman Duvants Brief versäumt hatte. »Es tut mir leid.«

»Nun, warum sollte er? Jedenfalls dient dieser Verband hauptsächlich der Geselligkeit. Wir müssen eine Menge Zeit totschlagen, insbesondere die unter uns, die noch jung und aktiv sind, und das ist eine schlimme Sache. Ich habe einen Saal in Paddington aufgetan, wo wir uns täglich treffen können. Jeder ist willkommen. Nur auf eine Tasse Tee und ein wenig Geplauder. Sie wären erstaunt, wie sehr das die Männer aufmuntert.«

»Selbstverständlich. Eine wundervolle Idee!«, erwiderte Cecily.

»In der Tat. Aber es kostet Geld. Miete, Heizung, Beleuchtung. Jemand hat uns zwar Tische gespendet, doch ich muss noch einige gebrauchte Stühle und Teppiche kaufen. Und natürlich auch Tassen und Untertassen und so weiter. Ich bitte Sie nicht um ein Geschenk. Doch einige der Männer haben Holzspielzeuge geschnitzt. Schauen Sie, ich habe ein paar Proben dabei. Vielleicht hätten Sie ja Interesse daran, einige zu erwerben. Ich weiß, dass Sie ein Kind haben, und …«

»Woher wissen Sie das?«, hakte Cecily in leicht scharfem Ton nach.

»Ich habe die Anzeige in der *Regimentspostille* gelesen«, antwortete Duvant.

»O ja natürlich.« Sie schämte sich ihres Argwohns. »Selbstverständlich kaufe ich ein paar Spielzeuge und erzähle meinen Freundinnen davon. Sie sind wirklich hübsch. Am besten spende ich Ihnen auch etwas zur Deckung Ihrer Kosten. Ich finde es sehr löblich, was Sie tun.« Benedict konnte unmöglich Einwände erheben. Schließlich war dieser Mann kein Bettler. Außerdem war es vielleicht sogar überflüssig, es ihm zu erzählen. Sie konnte das Geld von ihrem eigenen Konto abheben.

»Das ist wirklich zu gütig von Ihnen, Mrs Harrington. Ich bin Ihnen zu tiefstem Dank verpflichtet. Ob ich Ihrem Mann diesen Brief hinterlassen dürfte? Es ist nur eine Ausgabe unserer eigenen Postille. Es könnte ihn interessieren, was ein früherer Kriegskamerad so aus seinem Leben macht.«

»Sicher wird es das«, erwiderte Cecily.

Kurz darauf verabschiedete er sich. Die Nanny brachte Fanny, und Cecily ging mit nach oben, um dabei zu sein, wie sie gebadet wurde und ihre neue erworbene Fähigkeit, das Hüpfen, vorführte. Anschließend nahm sie sie mit nach unten ins Wohnzimmer, gab ihr ihre Milch und kuschelte mit ihr.

Der Brief von Norman Duvant lag noch immer auf ihrem kleinen Tisch. Sie war nicht sicher, was sie damit anfangen sollte. Natürlich musste Benedict ihn sehen. Wenn er erfuhr, dass sie ihn ihm verheimlicht hatte, würde er sehr böse werden. Andererseits würde er bestimmt auch schäumen, wenn er hörte, dass sie Norman Duvant in seinem Haus empfangen hatte.

Nun, dachte sie. Sie würde ihn für ein, zwei Tage verstecken; die Angelegenheit konnte warten.

»Rock-a-bye, Baby«, sang sie leise und wiegte Fanny in ihren Armen. Fanny patschte mit ihrem Händchen nach ihrem Gesicht. Cecily wurde von einem heftigen Glücksgefühl ergriffen. Sie war vom Leben reich beschenkt worden.

Plötzlich läutete das Telefon. Als sie die Hand nach dem Hörer ausstreckte, bemerkte sie nicht, dass der Brief dabei zu Boden fiel.

Es war Benedict. »Alles in Ordnung?«

»Ja danke, bestens.«

»Ich habe mich gefragt, ob du etwas dagegen hättest, morgen oder übermorgen eine Dinnerparty für einige Amerikaner zu organisieren. Ich weiß, es ist sehr kurzfristig, doch ich möchte gastfreundlich sein.«

Fanny, die anfing, sich zu langweilen, schlüpfte vom Schoß ihrer Mutter und fing an, im Zimmer herumzukrabbeln. Beim Anblick des Briefes unter dem Tisch lächelte sie. Sie mochte Briefe und liebte es, Dinge aus Kuverts zu ziehen. Mit ihren scharfen Zähnchen riss sie eine Ecke des Umschlags auf, und dann war es ein Kinderspiel, einen Finger hineinzustecken und den Inhalt herauszuziehen. Als Cecily ihr Telefonat mit Benedict beendet hatte, lag der Brief in drei großen Stücken auf dem Boden.

»Aber Benedict, das ist Erpressung. Will dir das nicht in den Kopf?«

»Natürlich. Also sprich nicht mit mir wie mit einem Kind.«

»Du benimmst dich aber wie eines, und wie ein dummes obendrein.«

»Um Gottes willen«, seufzte Benedict. »Hör einfach auf.«

»Ich soll aufhören? Ich erfahre so etwas Entsetzliches über meinen eigenen Mann, und zwar ohne dass mich die geringste Schuld trifft …«

»Ich habe dir doch gesagt, dass du dich von diesem Mann fernhalten sollst«, entgegnete er mit Nachdruck.

»Tja, wenn du mir erklärt hättest, warum …« Sie verstummte, denn sie verstand, wie unmöglich es gewesen wäre, das zu erklären.

»Jedenfalls hättest du auf mich hören sollen.«

»Und wieso, wenn ich fragen darf? Weil ich deine Frau bin?

Deine Dienstbotin? Tut mir leid, Benedict, das erscheint mir unter den gegebenen Umständen nicht passend.«

»Ich verstehe nicht, was du meinst.«

»Dann rede ich einmal Klartext. Ich finde heraus, dass du eine wie auch immer geartete Beziehung mit einem Mann hattest. Darüber hinaus mit einem Mann, den du seit Jahren kanntest. Dass er wieder in dein Leben getreten ist, hat dir einen ziemlichen Schrecken eingejagt. Und wenn ich mir die Bemerkung erlauben darf, bist du die Sache ausgesprochen ungeschickt angegangen.«

»Cecily, pass auf, was du sagst.«

»Ich sage zu dir, was ich will. Wenn es dir nicht gefällt, kannst du ja gehen. Allerdings werde ich mich in diesem Fall an die Polizei wenden.«

»Die Polizei!«

»Ja selbstverständlich. So reagiert man doch auf Erpressung. Man meldet sie der Polizei. Es ist ein Verbrechen.«

»So wie das, was mir Norman Duvant vorwirft«, sagte Benedict leise.

»Das ist mir klar. Vielen Dank.«

»Sollten wir vielleicht ... darüber reden?«

Cecily betrachtete den Mann, den sie geliebt und zu kennen geglaubt hatte. Dessen Kind sie geboren und den zu lieben, zu ehren und dem zu gehorchen sie gelobt hatte. Und sie wusste, dass sie darüber sprechen mussten.

»Ja, vielleicht sollten wir das«, erwiderte sie.

Er beichtete ihr alles und ersparte sich und ihr nichts. Nach einer Stunde war sie im Bilde. Norman Duvant war nicht nur in seinem Regiment, sondern auch sein Adjutant gewesen. Ihre Affäre hatte erst nach dem Krieg begonnen, als Benedict ihm zu einer Anstellung in einer Bank verholfen, Interesse an ihm entwickelt und ihn unterstützt hatte.

»Weil er dich … angezogen hat.«

»Ja«, flüsterte er.

Sie versuchte zu begreifen. Ihre Kenntnisse zum Thema Homosexualität waren sehr lückenhaft, aber sie verstand: Es war ein Zustand, eine Krankheit, die manche Männer befiel, für gewöhnlich welche mit schwacher Persönlichkeit. Allerdings hatte sie gehört, dass sie geheilt werden konnte. Außerdem war sie streng verboten. Angesichts dessen hatte Benedict sich sträflich leichtsinnig verhalten. Entsetzt lauschte sie den Schilderungen von Briefen, gemeinsamen Abendessen, Wochenenden in dem Haus in Devon und teuren Geschenken. Er hatte Duvant sogar ein Haus gekauft.

»Ein Haus, Benedict, ein Haus! Wie konntest du nur?« Sie starrte ihn schockiert an.

»Ich weiß, ich weiß.« Er schlug die Hände vors Gesicht. »Da hatte er schon angefangen, mich zu erpressen. Ich dachte, dann würde er endlich Ruhe geben.«

Aber natürlich hatte er das nicht getan. Stattdessen hatte er ihn noch gnadenloser mit Briefen, Anrufen und Drohungen verfolgt.

»Ich habe nicht die geringste Ahnung, was ich jetzt tun soll.«

»Hast du mich deshalb geheiratet? Um dieses Ungeheuer zu verscheuchen?« Sie hätte nicht gedacht, dass etwas so wehtun konnte.

»Das war einer der Gründe«, antwortete er nach langem Schweigen mit bedrückender Offenheit.

»Oh! Also gab es auch noch andere. Vermutlich hast du mich für so dumm und naiv gehalten, dass du dachtest, du würdest damit durchkommen. Dass ich es nicht errate oder sonst irgendwie in Erfahrung bringe.« Er sah sie nicht an. Ja, es gab anscheinend Dinge, die noch mehr wehtun konnten.

Cecily schloss die Augen und fragte sich, wie sie das ertragen sollte.

»Hast du mich denn gar nicht geliebt?«

»Doch, natürlich! Ich liebe dich immer noch. Das musst du mir glauben. Ich liebe dich unermesslich. Du bist schön und reizend, unserer Tochter eine wundervolle Mutter und …«

»Tja«, sagt sie. »Das sind ja hinreißende Komplimente, muss ich sagen. Alle anderen müssen mich für eine Idiotin halten.«

»Cecily, niemand hält dich für eine Idiotin. Weil es niemand weiß.«

»Einige sicher schon.«

»Es gab Gerüchte, doch die sind seit unserer Hochzeit völlig zum Erliegen gekommen. Das musst du mir glauben.«

Sie schwieg. »Wieso habe ich nie etwas aufgeschnappt?«

»Diese Art von Tratsch hätte dich nie erreicht. Er ging nur in gewissen Kreisen um. Zu dem deine Freunde zum Glück nicht gehören.«

»Aber du hast befürchtet, es könnte sich herumsprechen.«

»Vermutlich. Ja.«

Der Schmerz bohrte sich in sie hinein. »Weiß Leonora Bescheid?«

»Ja. Sie hat in vielerlei Hinsicht versucht, mir zu helfen.«

»Und Richard.«

»Ich glaube nicht.«

»Gab es noch andere?«

»Gelegentlich. Es hat nie lange gedauert. Ich habe dagegen angekämpft, Cecily. Ich habe mir solche Mühe …«

»Schau mich an, Benedict!« Das Donnern ihrer Stimme durch den Raum erschreckte, ja ängstigte sie beinahe selbst. Er blickte auf. »Hast du mich je begehrt?«

Wieder ein langes Schweigen. »Ich habe dich geliebt.«

Das beantwortete auch diese Frage. Sie stand auf, weil sie es nicht mehr ertragen konnte. »Ich gehe zu Bett«, sagte sie. »Ich muss über die ganze Sache nachdenken. Doch eines musst du tun, Benedict, und zwar die Polizei verständigen. Dieses Subjekt darf nicht damit durchkommen. Es wird immer so weitergehen und schlimmer und gefährlicher werden. Wenn du es nicht tust, übernehme ich es. Ich habe diesen Brief, und der ist Beweis genug. Gute Nacht.«

Beim Verlassen des Zimmers schaute sie sich um. Er starrte sie an, tiefe Reue stand ihm ins Gesicht geschrieben. Und noch etwas: nackte Angst.

»Das ist mein Ernst«, sagte sie. »Es ist am besten so. Ich werde es mir nicht anders überlegen, Benedict. Wir müssen es hinter uns bringen, für uns alle, nicht nur deinetwegen. Es geht auch um mich und Fanny. Du musst mutig sein. Für uns.«

Er wandte sich zwar nicht an die Polizei, aber an Maurice Castle, einen Anwalt, den Leonora ihm empfohlen hatte. Über das Gespräch erstattete er Cecily ausführlich Bericht. Inzwischen hatte sich eine gewisse Ruhe in ihr breitgemacht, sodass sie den schäbigen Einzelheiten mit einer erstaunlich distanzierten Haltung lauschen konnte.

Castle hatte beruhigend, kompetent und mit Gründlichkeit reagiert: Wie viele Beweise besitze Duvant? Gebe es Briefe, Durchschläge von Schecks oder Ähnliches? Benedict hatte bejaht, es existierten Briefe, allerdings nichts Eindeutiges. Es bereitete Castle Sorge, dass Duvant im Landhaus gewesen war. Hatte das Personal etwas beobachtet oder gesehen, wie die beiden ein Bett teilten? Benedict erwiderte, seiner Ansicht nach nicht.

»Die Dienstboten sind doch gewiss loyal«, wandte Cecily ein.

»Ich gehe davon aus«, antwortete Benedict. »Aber man kann sich auf niemanden verlassen. Geld wechselt den Besitzer, und Dienstboten sind oft käuflich. Offenbar …« Er verstummte.

»Was?«

»Das möchtest du nicht hören.«

»Doch. Alles.«

»Nun, offenbar hat das Personal im Fall Oscar Wilde befleckte Bettlaken vorgelegt.«

Noch immer die eigenartige Ruhe. »Sprich weiter.«

»Castle hält es für höchst unwahrscheinlich, dass Duvant sich an meine Geschäftspartner wendet, was seine größte Drohung war. Oder an überhaupt irgendjemanden. Seiner Ansicht nach begriffen diese Burschen immer nicht, dass sie sich desselben Verbrechens schuldig gemacht haben. Vielleicht vertrauen sie ja auch darauf, dass ihre Opfer das nicht begreifen. Wenn ich für schuldig befunden und ins Gefängnis gesteckt würde, würde man ihn ebenfalls anklagen. Er spiele sich nur auf, meint Castle und empfiehlt, es darauf ankommen zu lassen. Wenn er wirklich redet, solle ich alles abstreiten. Es wäre Aussage gegen Aussage. Außerdem fand er, dass Duvant nur verlieren könne, sofern es keine hieb- und stichfesten Beweise gebe. Seine Geldquelle wäre versiegt, und gegen ihn würde ermittelt.«

»Richtig.«

»Und dann fügte er noch hinzu« – er betrachtete Cecily ziemlich ängstlich, dann wurde sein Tonfall zum ersten Mal ein wenig fröhlicher –, »dass er die ganze Sache legalisieren würde, wenn er Lordkanzler wäre.«

»Legalisieren! Was, Homosexualität?«

»Ja. Natürlich erwarte ich nicht, dass du mir zustimmst. Aber seiner Meinung nach führt die derzeitige Lage nur zu weiteren Straftaten. Wenn es erlaubt wäre, würde das automatisch aufhören.«

»Das wird nie passieren. Das britische Volk würde das nicht dulden. Nicht in tausend Jahren. Und das sollte es auch nicht.«

Benedict schwieg und musterte sie hilflos.

»Und welche Strafe würde dir drohen, wenn man dich vor Gericht stellen und verurteilen würde?«, fragte Cecily mit zitternder Stimme.

»Oh, lebenslänglich, fürchte ich. Noch immer. Daran besteht kein Zweifel.« Mit dem Anflug eines amüsierten Funkelns in den Augen sah er sie an. »Bis Mitte des letzten Jahrhunderts ist man dafür am Galgen geendet. Das kann mir zumindest nicht passieren.«

»Benedict, bitte. Das ist nicht komisch.«

»Ich weiß. Entschuldige.«

Seit gefühlten Wochen schon zermarterte sie sich das Hirn und war, voller Angst und gekränkt, noch immer überzeugt, dass er zur Polizei gehen sollte. Allmählich legte sich die Benommenheit. Dann, eines Tages Ende November, sie saß gerade da und versuchte zu lesen, stattete Cassia ihr einen unerwarteten Besuch ab. Sie studierte im zweiten Jahr Medizin und strahlte regelrecht vor Glück. Cecily hatte Cassia schon immer gerngehabt, fürchtete sich jedoch ein wenig vor ihrem gnadenlosen Ehrgeiz und ihrer überlegenen Intelligenz. Deshalb war sie nicht sicher, ob sie sie in ihrem derzeitigen Zustand würde ertragen können. Ihr Lächeln fiel ein wenig zittrig aus.

»Verzeih mir den Überfall«, sagte Cassia, küsste Cecily und strich sich das zerzauste blonde Haar aus dem Gesicht. »Aber ich kam gerade auf dem Fahrrad vorbei, und mir fiel ein, dass ich erst um elf die nächste Vorlesung habe. Und da dachte ich mir, ich schaue kurz nach Fanny. Stört es dich?« Sie vergötterte Fanny und liebte es, mit ihr zu spielen.

»Tut mir leid«, erwiderte Cecily. »Fanny schläft tief und fest. Sie hat eine leichte Erkältung.«

»Oh, wie schade. Nun, dann gehe ich eben wieder.«

»Nein, nicht«, antwortete Cecily, was sie große Mühe kostete. »Bleib doch auf einen Tee oder so. Was möchtest du?«

»Ach, eine heiße Schokolade, bitte. Draußen ist es lausig kalt.« Sie musterte Cecily forschend. »Cecily, ist alles in Ordnung? Du bist so blass um die Nase. Du kriegst doch nicht schon wieder ein Kleines? Oh, entschuldige, wie schrecklich von mir. So etwas Unhöfliches hätte ich nicht sagen dürfen. Nicht weinen, Cecily. Was ist los? Was ist passiert?«

Zu ihrem eigenen Erstaunen gelang es Cecily, die entsetzlichen Worte auszusprechen und Cassia zu erzählen, was für ein Mensch Benedict war.

Cassia war nicht im Geringsten schockiert, ja sie schien nicht einmal überrascht. Das besorgte Cecily. Vielleicht war sie ja die einzige Ahnungslose in ganz London gewesen.

»Meinst du, dass viele Leute Bescheid wissen?«, erkundigte sie sich leise und ängstlich.

»Nein«, erwiderte Cassia rasch (zu rasch, wie Cecily fand). »Ich habe nie etwas Derartiges aufgeschnappt.« Sie nahm Cecily in die Arme und drückte sie an sich. »Wie schade. Wie jammerschade für euch beide. Es tut mir sehr leid.«

»Ist das also deine Ansicht dazu, Cassia? Einfach nur schade?«

»Ja natürlich«, erwiderte Cassia, offenbar überrascht über die Frage. »Und auch nur wegen der allgemeinen Einstellung dazu. Dass es strafbar ist und so ein Unsinn.«

»Betrachtest du es etwa nicht als Straftat?«

»Nein. Wieso auch? Und du?«

»Ich bin nicht sicher. Nein, ich glaube nicht. Aber ich … Oh, inzwischen verstehe ich überhaupt nichts mehr.«

»Weshalb redest du nicht darüber und schüttest mir dein Herz aus? Vergiss nicht, dass ich Wissenschaftlerin bin und dass mich nichts schockieren kann.«

Und plötzlich war sie fähig, darüber zu sprechen. Nicht über ihre Trauer und die Demütigung, sondern die albtraumhafte Situation: die Erpressung, Benedicts Weigerung, zur Polizei zu gehen, Maurice Castles Ratschläge, ihr Bauchgefühl in dieser Angelegenheit. »Was soll ich tun, Cassia?«, fragte sie und griff nach der Hand ihrer Freundin. »Was, um Himmels willen, soll ich tun?«

Und da machte Cassia ihr ein Angebot.

Norman Duvants Haus stand auf halber Höhe einer kleinen, gepflegten Straße in Ruislip. Sie hatten keine Mühe, es zu finden. Cecily parkte ihren Morris, und dann saßen sie da und betrachteten es. Den hübschen Vorgarten mit seinen blühenden Blumen, die leuchtend rote Haustür, die Musselinvorhänge, die in der Brise wehten.

»Ich weiß, was du denkst«, sagte Cassia schließlich.

»Dass es nicht aussieht wie das Haus eines Erpressers.«

»Genau. Wenn es eine verfallene Bruchbude wäre, hätte ich ein wenig mehr Mut.«

»Ich fühle mich sehr mutig«, antwortete Cassia, stieg aus und knallte die Tür zu. »Los, bringen wir es hinter uns.«

»Du meine Güte. Allmählich kommen mir …«

»Tja, mir nicht. Pass auf, du beginnst das Gespräch, und ich unterstütze dich. Und wenn du glaubst, dass dich die Courage verlässt, denk an Fanny. Die ganze Sache ist nicht ihre Schuld.«

»Nein, nein, in Ordnung. Sehe ich sehr verschüchtert aus?«

»Nein. Nur wunderschön«, entgegnete Cassia mit Nachdruck.

Es entpuppte sich als unerwartet einfach. Zu Cecilys Überraschung nahm die ziemlich scharfe kleine Ansprache, die sie sich in Gedanken zurechtgelegt hatte, beim Anblick von Norman Duvants herablassender, gönnerhafter Miene an Fahrt auf und verfehlte ihre Wirkung nicht.

Lächelnd öffnete er die Tür. Sie traten ein, und Cassia bat um eine Tasse Kaffee für sie beide. »Ich fand, wir sollten ihm ein bisschen Arbeit machen«, erklärte sie später.

Das Wohnzimmer war blitzblank und seltsam unpersönlich. Die Dekoration bestand aus einigen Blumenvasen, ein paar recht schlechten Aquarellen und einigen wenigen Fotos, die alle Norman Duvant als kleines Kind mit seinen Eltern zeigten.

»Also.« Norman Duvant setzte sich und verschränkte die Hände ineinander. »Welchem Umstand verdanke ich die Ehre Ihres Besuchs?«

Die Worte sprudelten beinahe ohne zu stocken aus ihr heraus. Cecily teilte Norman unverblümt mit, was sie von ihm und seinen Umtrieben hielt. Sie wisse von seiner Beziehung mit ihrem Mann und auch, dass er ihn erpresse.

»Eines wundert mich«, fügte sie hinzu. »Immerhin muss Ihnen klar sein, dass auch Sie verhaftet werden würden, falls man ihn festnimmt. Ich kann mir nicht vorstellen, dass Sie so dumm sind, Mr Duvant, oder dass Sie bei meinem Mann davon ausgehen. Ich habe einen Rechtsanwalt zurate gezogen und bin überzeugt, dass Sie angezeigt würden, sofern gegen meinen Mann Anklage erhoben wird. In dem äußerst unwahrscheinlichen Fall, dass er zu einer Gefängnisstrafe verurteilt werden würde, wäre auch sofort Schluss mit den Zahlungen, die Sie von ihm erzwingen. Und das wäre sicherlich nicht zu Ihrem Vorteil. Deshalb bin ich der Ansicht, dass es das Beste wäre, wenn Sie ihn von nun an in Ruhe ließen. Wir beabsichtigen beide nicht, Sie wiederzusehen oder mit Ihnen zu sprechen. Sollte Ihnen Ihre persönliche Sicherheit etwas wert sein, verschwinden Sie aus unserem Leben. Wenn Sie uns weiter belästigen, werden wir rechtliche Mittel gegen Sie ergreifen.« (»Ich habe keine Ahnung, ob ich das überhaupt könnte«, sagte sie auf der Heimfahrt zu Cassia. »Aber es erschien mir einen Versuch wert. Inzwischen sah er nämlich gar nicht mehr so selbstsicher aus.«)

Norman Duvant schwieg eine Weile. »Ich frage mich, wie die Arbeitgeber Ihres Mannes an der Börse die Informationen einstufen würden, wenn ich mich an sie wendete.«

»Mr Duvant«, entgegnete Cassia kühl und schlug die Beine übereinander. »Ich bezweifle sehr, dass sie Sie überhaupt anhören würden. Mr Harrington ist in seiner Kanzlei ein angesehener Partner mit makellosem Ruf. Ich versichere Ihnen, dass das von größerer Bedeutung ist als alles, was Sie so daherreden.«

»Das werden wir ja sehen«, meinte Norman Duvant. »Ich werde ihnen heute Abend einen ausführlichen Bericht schicken.«

»Das steht Ihnen natürlich frei. Allerdings möchte ich Sie an die Gesetze hinsichtlich Erpressung in diesem Land erinnern. Hinzu kommt, dass Mr Harrington sich in dieser Angelegenheit bereits an einen prominenten Anwalt gewendet hat. Und jetzt entschuldigen Sie uns. Komm, Cecily, wir haben mit unserer Zeit wirklich Wichtigeres zu tun.«

Cecily erhob sich und schenkte Cassia ein strahlendes Lächeln. »Ganz richtig«, erwiderte sie und zog ihre Handschuhe an. »Zuerst einmal muss ich einkaufen gehen. Guten Morgen, Mr Duvant. Ich hoffe, dass wir einander nie wieder begegnen.«

Cecily war über sich selbst erstaunt. In jenem Moment erschien ihr die Unternehmung den Aufwand wert gewesen zu sein. Sie genoss die Situation nicht gerade, aber sie hatte doch das Gefühl, als könne sie, wenn nötig, fliegen, über Wasser gehen oder viele andere unvorstellbare Dinge tun.

Sie ließen Mr Duvant stehen und steuerten durch die Haustür und über den Vorgartenweg auf ihr Auto zu. Cecily startete den Motor, legte den Gang ein und fuhr ziemlich schnell und selbstbewusst bis zum Ende der Straße. Dort stoppte sie plötzlich, lehnte sich aus der Tür und erbrach sich heftig.

»Entschuldige, Cassia«, sagte sie.

»Schon gut. Hier, nimm mein Taschentuch. Du warst wunderbar. Ich war sehr beeindruckt.«

»Wirklich? Du warst auch wundervoll. Ohne dich hätte ich es nie geschafft. Hoffentlich klappt es. Ich kann nicht glauben, dass es so einfach sein sollte.«

»Meiner Ansicht nach ist es das«, erwiderte Cassia. »Ich denke, die Sache mit der Erpressung hat ihn ziemlich getroffen. Hast du sein Gesicht gesehen? Solange Benedict ihm nicht nachgibt, werden wir sicher nichts mehr von ihm hören. Du musst Benedict sagen, was du getan hast.«

Cecily lehnte sich zurück, wischte sich die Augen ab und atmete tief durch. »Findest du das ratsam?«

»Natürlich. Ansonsten unternimmt er noch selbst etwas.«

»Nun, wenn du meinst. Danke für alles, Cassia. Das werde ich dir nie vergessen. Vor allem, dass du keinen Anstoß daran genommen hast, verstehst du?«

»Ja, ja, ich glaube, das verstehe ich. Was wirst du als Nächstes tun?«, erkundigte sie sich beiläufig.

Cecily war klar, was sie meinte. »Ich fahre einfach nach Hause und mache weiter. Solange nichts Schreckliches geschieht.«

»Genauso wie bisher?«

»Warum auch nicht?«

»Nun, ich weiß nicht. Ich dachte, vielleicht …«

»Cassia«, sagte Cecily mit Nachdruck, »falls du gedacht haben solltest, dass ich mich von Benedict scheiden lassen oder mich von ihm trennen würde, könntest du nicht falscher liegen. Jetzt braucht er mich mehr denn je. Ich werde unsere Ehe retten. Das muss ich, und ich bin sicher, dass ich es kann.«

»Also liebst du Benedict noch?«

»Ja natürlich. Ich liebe ihn mehr denn je. Er benötigt Hilfe, um sein … Problem zu überwinden. Und die gebe ich ihm. Ich werde ihn nicht im Stich lassen.«

»Das ist … wunderbar.« Cassia lächelte Cecily verlegen zu.

Cecily merkte ihr an, dass sie nicht ganz überzeugt war, doch sie wusste, dass sie es schaffen würde. Was Benedict jetzt nötig hatte, war jede Menge Hilfe, Anteilnahme und Unterstützung. Mit ein wenig Zeit würde es ihr gelingen, diese schreckliche Angelegenheit mit ihm durchzustehen. Schließlich handelte es sich um eine psychische Erkrankung, und kranke Menschen wurden wieder gesund. Es war nur eine Frage der richtigen Herangehensweise. Vor allem musste sie ihm zeigen, dass sie nicht schockiert oder angewidert war, dass sie bereit war, ihm zu verzeihen. Und, das Wichtigste: dass sie ihn noch begehrte.

Sie würde lernen, im Bett mehr seinen Wünschen zu entsprechen, und sich die Scheu abgewöhnen, die die Dinge für ihn sicher noch erschwert hatte. Sie konnten ihre Ehekrise bekämpfen und weitere Kinder bekommen. Und in ein paar Jahren würde ihnen diese Situation wie ein schrecklicher Albtraum erscheinen. Gemeinsam würden sie sich allen Problemen stellen. Darum ging es doch in einer Ehe. In guten wie in schlechten Zeiten. Die schlechten Zeiten waren nun hoffentlich vorbei. Sie konnten sie hinter sich lassen.

Allerdings war es noch nicht ausgestanden, und sie wusste, dass sie den Rest ihres Lebens in der Furcht verbringen würde, dass es wieder von vorn anfing.

KAPITEL 12

»Der Mann hat den Verstand verloren«, verkündete Harry.

Edwina blickte auf. »Wer hat den Verstand verloren?«

»Der König. Er ist völlig verrückt geworden. Gestern Abend hat er im St. James's Palace eine offizielle Dinnerparty veranstaltet. Hier steht, es seien die Mountbattens, die Baldwins, Diana und Duff Cooper und die Simpsons eingeladen gewesen.«

»Wo liegt das Problem?«

»Mein Gott, Edwina. Begreifst du denn nicht, was er vorhat? Er versucht, diese Frau durch die Hintertür in sein öffentliches Leben einzuschmuggeln. In der Hoffnung, dass wir uns irgendwann daran gewöhnen, nur weil sie ihre eleganten Füßchen unter denselben Tisch stellt wie der Premierminister.«

»Sie ist doch mit Ernest verheiratet.«

»Im Moment. Ich würde viel Geld darauf verwetten, dass sich das bald ändert.«

»Ach, er wird ihrer überdrüssig werden wie aller anderen auch. Und selbst wenn nicht, kann er keine Geschiedene heiraten, das ist unmöglich. Er ist der König von England, Verteidiger des Glaubens und so weiter.«

»Und bis über beide Ohren verliebt. Diana Cooper hat mir letzte Woche erzählt, er scheine wirklich zu glauben, dass er sich ohne sie dem Leben und seinen königlichen Pflichten nicht mehr stellen kann. Edwina, dieser Kaffee ist abscheulich. Ich glaube, er ist nicht frisch gemahlen. Ich verlange ja nicht viel von dir, aber …«

»Du verlangst eine ganze Menge, und ich bin sicher, dass der Kaffee frisch ist. Ich spreche mit der Köchin darüber, also hör auf zu jammern. Jedenfalls braucht der König doch nicht ohne Wallis weiterzuleben. Sie kann im Hintergrund bleiben, in Fort Belvedere die Gastgeberin spielen und warten, bis er von seinen königlichen Pflichten nach Hause kommt.«

»Das wird ihm nicht genügen. Diese Dinnerparty beweist es.«

»Nun, wir werden sehen«, sagte Edwina. »Jetzt muss ich los. Ich bin heute schrecklich beschäftigt.«

»Mit welchem Teil deines Lebens? Dem medizinischen? Dem pseudotheatralischen? Allmählich wird mir davon schwindelig, Edwina.«

»Ach, scher dich zum Teufel«, erwiderte Edwina schmunzelnd. »Mit der Modenschau, falls das für dich theatralisch ist. Heute Vormittag bin ich mit Leon de Rosay verabredet, und nach dem Mittagessen treffe ich mich mit Venetia und Rose bei Victor Stiebel, um zu erörtern, ob er uns für die Modenschau einige Abendroben zur Verfügung stellen könnte. Anschließend …«

»Verzeih, aber so faszinierend all das sein mag, wird es mir allmählich zu kompliziert. Bei mir wird es heute auch spät. Abendessen im Sporting Club. Also sehen wir uns vermutlich morgen um die gleiche Zeit. Tschüss, überarbeite dich nicht.« Er stand auf und beugte sich kurz vor, um sie zu küssen.

»Leon, dieser Mantel ist ein Traum. Könnte ich einen für mich selbst bestellen, wenn wir schon dabei sind? Und dieses Kostüm, bitte in Weinrot. Ich liebe die Schulterpolster. Nur vielleicht ein wenig länger. Und …«

»Mrs Moreton, ich dachte, das sei eine geschäftliche Besprechung. Wenn Sie möchten, dass ich eine Verkäuferin rufe, gern. Aber ich kann nicht auf zwei Hochzeiten tanzen.«

»Leon, seien Sie doch nicht so langweilig. Natürlich können Sie das. Wegen meiner Modenschau werden Sie Hunderte zusätzlicher Kreationen verkaufen. In sechs Monaten ist der Name de Rosay genauso groß wie Stiebel oder Lachasse. Aber ich will das Kostüm. Bitte. Vergessen Sie es nicht. Es ist überflüssig, irgendeine öde Verkäuferin zu holen.«

»Aber …«

»Leon, konzentrieren Sie sich. So, jetzt schauen wir mal. Wo waren wir? O ja, Sie entwerfen sechs Kostüme, vier Cocktailkleider und ein paar Abendroben, sofern Sie Zeit haben. Nun, natürlich haben Sie die, was wundervoll ist. Und bestellen Sie die Mädchen so bald wie möglich zu den Anproben ein. Das ist kein Problem. Und Sie können Maria Guy mit den Hüten beauftragen, sagten Sie?«

»Ich denke schon. Gewiss. Ich spreche mit ihr.«

»Sie sind ein Engel. Ach ist das alles aufregend. Ich bin begeistert. Haben Sie Hunger? Ich könnte ein Pferd verschlingen.«

»Vielleicht ein winziges Fohlen«, erwiderte Leon de Rosay mit einem Lächeln. »Wollen wir eines suchen gehen?«

Beim Aufstehen dachte sie, wie sehr sie die Gesellschaft von Homosexuellen genoss. Sie waren so amüsant, so einfühlsam und so genügsam. Außerdem war Leon mit seinem kastanienbraunen Haar und seiner aristokratischen Adlernase sehr attraktiv. Ja, Leon de Rosay. Seit seinen Anfängen als Leonard Rosewall, geboren und aufgewachsen in Clapham, hatte er es weit gebracht. Inzwischen kannte sie ihn seit über zwei Jahren. Ihre Freundin Venetia Hardwicke, die bei der *Vogue* arbeitete, hatte ihn ihr vorgestellt.

»Du wirst von ihm begeistert sein, Edwina. Und seine Entwürfe sind genau dein Stil. Ich will ihn ein bisschen unterstützen. Wir bringen eines seiner Kostüme in der Augustausgabe. Kauf etwas von ihm und führ es ein bisschen spazieren, Schatz. Nur für mich. Damit die Leute es bemerken.«

»Bist du in ihn verliebt?«, fragte Edwina.

Venetia hatte lachend erwidert, absolut nicht, obwohl er sehr gut aussähe. »Nur Jungs, Schätzchen. Aber er ist amüsant.«

Sie kaufte eines von Leons Kleidern. Er war nicht nur ein ausgezeichneter Schneider, sondern hatte auch ein Händchen für prächtige Abendroben. Harry hatte es gefallen. Sie hatte weitere Kleider gekauft und eine Freundin zur Vorstellung der nächsten Kollektion mitgenommen. Was ihre Modenschau betraf, war er sehr großzügig, denn es bedeutete eine Menge Arbeit für ihn und würde ihn Geld kosten. Doch das war er ihr schuldig.

»Wohin wollen wir?«, erkundigte sie sich.

Er ging mit ihr in ein kleines französisches Restaurant in der Sloane Street, gleich um die Ecke von seinem Atelier. Es war schummerig und anheimelnd und roch nach köstlichem Essen. Jeder Tisch war eine dämmrig beleuchtete Insel.

»Leon, es ist wunderschön hier. So romantisch. Ein Jammer, dass wir keine Affäre haben.«

»Mrs Moreton, falls Sie das möchten ...«

»Sie Schlitzohr!«, schalt Edwina ihn lachend. »Sie wären sogar dazu in der Lage, damit Sie größer rauskommen.«

»Ich würde mich bemühen.« Er küsste ihr die Hand.

»Nun, das brauchen Sie nicht. Ich bete Sie so an, wie Sie sind. Kommen Sie, bestellen wir. Und dann möchte ich alles über die Surrealistenausstellung hören. Ich habe mich so geärgert, weil ich sie verpasst habe, aber Harry ... Leon, was ist denn dahinten?«

»Noch ein kleinerer Speiseraum für privatere Gesellschaften als unsere. Warum?«

»Ach nichts.«

Allerdings war »nichts« stark untertrieben, auch wenn sie es vielleicht gehofft hatte. Gerade hatte ein Mann raschen Schrittes den Hauptraum des Restaurants durchquert und das Hinterzimmer betreten und war von einem anderen Mann, der sich halb von seinem Stuhl erhoben hatte, mit einem herzlichen Handschlag begrüßt worden. Benedict Harrington.

Am liebsten wäre sie rasch verschwunden, bevor er sie bemerkte. Doch um halb drei war Leon gerade mitten in einer langen, lustigen Geschichte, als der erste Mann allein ging. Jetzt erkannte sie ihn: Dominic Foster, der berühmte Architekt. Er sah sie nicht.

Auch Leon erkannte ihn. »Das ist der Mann der Stunde«, sagte er. »Alle reden über ihn. Im letzten Monat stand sogar etwas über ihn in der *Vogue*.«

»Nun, was für eine Ehre für einen Architekten«, erwiderte Edwina spitz.

Leon, der die Anspielung nicht verstand, lächelte sie an. »Ja, er hat einige traumhafte Ateliers in Pimlico entworfen. Ein Freund von mir will eines kaufen. Sie sind eine Pracht. Fast alles besteht aus Glas – die Wände, die Dächer. Das einzige Problem, an das niemand gedacht hat, sind die Tauben.«

»Ach ja?«, erwiderte Edwina geistesabwesend.

Benedict kam aus dem Hinterzimmer und erschrak sichtlich bei ihrem Anblick. Rasch hatte er sich wieder gefasst, kam auf Edwina zu und küsste sie. Sie spürte, wie angespannt sein Körper war.

»Edwina, wie nett, dich zu treffen!«

»Hallo, Benedict. Kennst du Leon de Rosay? Momentan der

genialste Modeschöpfer in London. Leon, Benedict Harrington, der Cousin meines Mannes.«

»Wie geht es Ihnen, Mr Harrington.« Leon stand auf und streckte die Hand aus.

Sie beobachtete, wie er Benedict musterte und auf ihn reagierte, nicht sexuell natürlich, aber emotional. Männer wie sie erkannten einander stets auf Anhieb und wussten Bescheid. Die berüchtigte Codefrage »Sind Sie ein Freund von Dorothy?« war so absolut überflüssig. Nur vielleicht nicht für jemanden wie Benedict. Armer Benedict.

Sie lächelte ihn an. Sein offensichtliches Leid ging ihr ans Herz. »Leon hilft mir bei der Modenschau, die ich zur Unterstützung des St. Christopher's organisiere, nicht wahr, Leon?«

»Mrs Moreton«, seufzte Leon. »Wenn Sie mich bitte entschuldigen würden, ich muss dringend los. Eine Kundin kommt in drei Minuten, eine schwierige Kundin, so ganz anders als Sie.«

»Aber natürlich. Danke für das wundervolle Mittagessen und Ihre Hilfe.«

Mit einer leichten Verbeugung verließ er das Lokal und unterschrieb auf dem Weg nach draußen die Rechnung.

Benedict sah Edwina an und schien etwas sagen zu wollen, sprach es jedoch nicht aus. Offenbar litt er Höllenqualen.

»Benedict«, sagte sie mit Nachdruck, »setz dich einen Moment. Wir wollen ein Glas Wein trinken. Oder bist du sehr in Eile?«

»Nein, überhaupt nicht. Das heißt…«

Nachdem er Platz genommen hatte, winkte sie den Kellner heran. »Zwei Gläser Champagner«, bestellte sie zackig und fügte hinzu: »Ich finde Champagner nach dem Mittagessen das Beste. Eigentlich nach allem. Oder davor. Und du?«

»O ja. Danke.« Der Champagner wurde serviert. »Auf dich,

Edwina.« Er hob sein Glas und leerte es buchstäblich in einem Zug. »Edwina …«

»Benedict«, sagte sie. »Benedict, ich schwöre, ich werde Cecily kein Wort verraten. Oder sonst jemandem. Dass du hier gewesen bist. Keine Sorge.«

»Oh, das ist völlig in Ordnung«, antwortete er. »Ich hatte nicht vor …« Als er sie ansah, war sein Augenausdruck erst schicksalsergeben, dann belustigt. »Doch, hatte ich. Nun, ich wollte versuchen, dich darum zu bitten. Also danke ich dir. Es ist nur, dass Cecily Dominic Foster nicht sehr mag. Keine Ahnung, warum.«

»Benedict, bitte!«, entgegnete sie. Die Ungeduld war ihr so deutlich anzuhören, dass er erschrocken das Gesicht verzog. »Wenn du mich weiter behandelst wie eine Vollidiotin, muss ich wohl doch noch ein Wörtchen mit Cecily reden. Ich werde schweigen wie ein Grab. Aber natürlich ist mir klar, warum Cecily Dominic nicht leiden kann. Und wieso du mit ihm hier bist. Lass uns ehrlich zueinander sein. Wir sind allein.«

Er betrachtete sie. »Danke. Ich wollte dich nicht kränken.«

»Das hast du aber. Benedict, du weißt doch, dass es mich nicht stört.«

»Tut mir leid«, wiederholte er. »Ach, ich vergesse immer, wie anders du bist.«

»Tja, so kann man es auch sehen«, erwiderte sie, leerte ihr Glas und bedeutete dem Kellner, Nachschub zu bringen.

Sie tranken noch ein Glas, dann ein drittes. Als Edwina ihm von ihrer Modenschau berichtete, bemerkte sie, dass er allmählich lockerer wurde. Um halb fünf saßen sie noch immer da, und er gab eine wunderbare Imitation seiner Sekretärin zum Besten, die stets erst auf die Bürouhr und dann auf ihre Armbanduhr schaute, wenn er zu spät von der Mittagspause zurückkehrte.

»Bestimmt kümmert es außer ihr niemanden«, stellte Edwina fest.

»Schon, aber Cecily könnte anrufen.«

»Hast du solche Angst vor Cecily?«

»Nicht vor ihr, aber davor, dass sie sich Sorgen macht.«

»So ein Jammer, dass sie es nicht zumindest ein Stück weit akzeptieren kann.«

»Edwina! Wie sollte sie das?«

»Oh, ich weiß nicht. Allerdings wäre eine weniger … starre Haltung hilfreich. Sie würde euch beide glücklicher machen. Immerhin hast du sie geliebt und bist lange bei ihr geblieben.«

»Ja, aber sie befürchtet, dass ich ertappt werden könnte. Die Schande.«

»Warum sollte das passieren? Und was für eine Schande? Inzwischen ist London so tolerant. Niemand stößt sich daran. Schau dir Noel Coward und Syrie Maugham an.«

»Theoretisch nicht. In der kleinen, abgeschotteten Welt des Theaters«, erwiderte Benedict ernst. »Wenn unsere charmanten, konventionellen und wohlerzogenen Freunde Wind davon bekämen, sähe die Sache ganz anders aus. Es ist noch immer eine Straftat, Edwina, das darfst du nicht vergessen.«

»Es ist so lächerlich, dass ich in die Luft gehen könnte«, antwortete Edwina. »Meine erste sexuelle Erfahrung hatte ich mit einer Lesbierin. Es war wunderschön. Ich werde sie für immer im Gedächtnis behalten.«

»Ist das wirklich wahr?« Seine Miene war seltsam: nicht schockiert, ja nicht einmal erstaunt, sondern extrem erleichtert.

»Natürlich ist es wahr. Und es ist nicht bei dem einen Mal geblieben. Ich habe eine Weile gebraucht, um mich umzustellen, das kann ich dir sagen. Bis heute sehe ich manchmal eine Frau und denke mir, oh, die wäre interessant. Chemie, verstehst du? Natürlich verstehst du das«, fügte sie lachend hinzu. »Jedenfalls ist schon seit Jahren nichts mehr in dieser Richtung gelaufen. Jetzt wird es aber allmählich anzüglich. Noch ein Glas, und ich falle über dich her. Das wäre spannend. Mach nicht so ein verängstigtes Gesicht, Benedict, das war nur ein Scherz. O Gott, schon so spät. Ich hätte vor einer halben Stunde bei Stiebel sein sollen. Jetzt muss ich mich beeilen. Tschüss, Benedict, mein Schatz, und bitte, mach dir keine Sorgen. Ich schwöre, ich werde kein Wort sagen. Zu niemandem.«

Cassia redete sich ein, dass es beim besten Willen keine Rolle spielte. Wenn sie sich für ein Jahr ein kleines Häuschen in London mietete, war das überhaupt nicht von Bedeutung. Möglicherweise war es ein wenig extravagant, nur zweimal pro Woche dort zu übernachten, doch dank Leonora brauchte sie sich diesbezüglich keine Gedanken zu machen. Leonora wäre mit dieser praktischen Lösung bestimmt einverstanden gewesen. Es war doch so viel vernünftiger, sich jeden Dienstag und Donnerstag in ihr Auto zu setzen und in einer knappen halben Stunde in ihrem Haus zu sein. Mittwochs und freitags würde sie morgens um sechs aus der Walton Street aufbrechen und um halb neun zu Hause sein, um die Jungen zur Schule zu fahren. Für sie würde es nicht den geringsten Unterschied bedeuten. Wenn sie aus der Klinik zurückkehrte, schliefen alle drei Kinder stets wie die Murmeltiere, und sie sah sie ohnehin erst am nächsten Morgen.

Die Kinder waren ziemlich aufgeregt wegen des Plans, ein Haus zu mieten, und die Nachricht, dass sie zwei Nächte die Woche nicht da sein würde, schien sie nicht weiter zu stören.

»Wir sind dann sowieso im Bett«, sagte William.

»London! Dürfen wir mal mitkommen und in den Zoo gehen?«, begeisterte sich Bertie.

»Ja natürlich.«

»Und uns den Big Ben anschauen?«

»Ja, auch den Big Ben.«

Am Samstag wollten sie alle das Haus in London besichtigen und dort die Nacht verbringen. Es gab reichlich Platz, ein weiterer Grund, warum sie das Haus gemietet hatte, anstatt sich ein Hotelzimmer zu nehmen. Sie wollte den Kindern nicht den Eindruck vermitteln, dass sie in London ein Doppelleben führte. Das Haus gehöre zu ihrem Leben als Ärztin, erklärte sie Bertie, der als Einziger alt genug war, das zu verstehen. Sie wolle dort nicht allein wohnen, sondern brauche eine Unterkunft, damit sie problemloser in der Klinik arbeiten könne, ohne sich Sorgen wegen des Heimwegs zu machen.

Janet fand den Einfall mit dem Haus großartig. Es gefiele ihr nicht, dass Cassia so spät noch Auto fuhr. Dem Doktor gehe es genauso, obwohl er es nie direkt angesprochen habe. Doch sie merke ihm an, dass er stets nervös war, bis er ihren Wagen in der Einfahrt hörte. Nun würden sie an diesen Abenden beruhigt sein.

Und auch Edward schien die Bedeutung des Hauses zu verstehen, was es repräsentierte. Zumindest betrachtete er es nicht als Bedrohung. Als sie es ihm eröffnete und ihm alles schilderte, sagte er nur »Gute Idee« und hörte kaum zu, als sie ihm mitteilte, sie werde vor dem Frühstück zurück sein und die Jungen zur Schule bringen. Daran, es sich selbst anzusehen, hatte er kein Interesse, er sei zu beschäftigt, aber schließlich sei dafür ja noch genug Zeit. »Tu, was du für richtig hältst«, merkte er sachlich an. Es lief überhaupt alles ganz sachlich ab.

Aber natürlich war das ganz und gar nicht der Grund gewesen, das Haus zu mieten.

Zwei Tage nach Eintreffen ihres Schreibens erschien Maureen Johnson zu ihrem Bewerbungsgespräch. Edward bat Cassia, sie vom Bahnhof abzuholen. Empört über sein mangelndes Taktgefühl hatte sie stattdessen Janet geschickt und Maureen herzlich auf der Türschwelle begrüßt. Dabei trug sie ein neues, sündhaft teures Kleid von Harvey Nichols. Keine Ahnung, warum. Sie fühlte sich so einfach besser.

Maureen war recht hübsch und hatte ordentlich frisiertes braunes Haar, eine rosige Haut und ziemlich kleine blaue Augen. Wie Cassia leicht selbstzufrieden feststellte, hatte sie auch ziemlich dicke Knöchel. Maureen war hoch qualifiziert, offenbar tüchtig und interessierte sich besonders für die Kinderheilkunde. Cassia gegenüber verhielt sie sich mit einer Mischung aus dem Respekt, wie er der Ehefrau eines zukünftigen Arbeitgebers zustand, und der Herablassung, die berufstätige Frauen in Anwesenheit von Hausfrauen an den Tag legten. Sie erklärte Cassia, sie habe gerade ihre Zeit als Assistenzärztin am Kingston Hospital in Surrey hinter sich und sei am University College Hospital ausgebildet worden. Cassia erwähnte ihr eigenes Studium nicht, sondern erkundigte sich bei Maureen nur mit einem reizenden Lächeln, weshalb sie eine Stelle in einer Hausarztpraxis anstatt eine Stelle in einem Krankenhaus anstrebe. Maureen erwiderte, ihrer Ansicht nach biete eine Hausarztpraxis einer Frau größere Chancen.

»Aber hat man Sie nicht gebeten, am University College Hospital zu bleiben?«, fragte Cassia und erkannte an Maureens Erröten, dass sie sich nicht für diese Ehre qualifiziert hatte. Und nun wusste Maureen, dass sie es wusste.

Edward sprach über eine Stunde mit ihr und nahm sie dann mit zu einem Hausbesuch bei einem Kind mit Diphtherieverdacht. Bei ihrer Rückkehr erörterten sie angeregt das Thema Impfungen, was das ganze Mittagessen lang andauerte. Cassia saß da und zwang sich anfangs zu einem Lächeln. Dann blätterte sie die neueste Ausgabe der *Vogue* durch und bat die beiden schließlich, sie zu entschuldigen, da sie William von der Schule abholen müsse.

Als sie zurückkam, war Edward mit Maureen in der Praxis. Die Tür wurde aufgerissen. »Könntest du bitte Maureen nach Haywards Heath bringen?«, sagte er.

Da die Sonne schien, öffnete Cassia das Verdeck des Jaguars. Trotz des strahlenden Tages war es ziemlich kalt und windig, und sie beobachtete genüsslich, wie Maureen Johnsons ordentliche Frisur zerzaust und ihr gerötetes Gesicht blass wurde.

»Auf Wiedersehen«, verabschiedete sie sich höflich am Bahnhof. »Es war reizend, Sie kennenzulernen. Ich bin noch immer der Ansicht, dass Sie am University College Hospital bleiben und dort als Kinderärztin hätten praktizieren sollen. Mir wurde nach meinem Abschluss am St. Christopher's eine Stelle in der Geburtshilfe angeboten. Ich war ja so begeistert. Aber dann kam Bertie, und ich musste zu guter Letzt absagen.«

Die Mischung aus Verwirrung und Abneigung, die sich auf Maureens Gesicht abzeichnete, behielt sie im Gedächtnis, was ihr half, Edwards Loblied auf Maureen, seine Entscheidung, sie einzustellen, und seine Bitte an Cassia, ihr doch im Dorf ein Zimmer zu suchen, zu ertragen. Außerdem begeisterte er sich für Maureens Vorschlag, jeden Mittwochnachmittag eine eigene Kindersprechstunde abzuhalten. Cassia versuchte, ihn freundlich daran zu erinnern, dass sie diese Idee selbst schon einige Male geäußert habe. Doch als sie ihren gehässigen Unterton bemerkte, gab sie es auf.

»Ich hoffe, dass du Dr. Johnson hilfst, sich einzugewöhnen, und sie jedem im Dorf vorstellst. Du könntest auch bei ein paar ihrer ersten Sprechstunden dabei sein, ihr sagen, wer die

Leute sind, und ihr etwas über sie erzählen. Natürlich mischst du dich nicht in medizinische Belange ein.«

»Natürlich«, sagte Cassia.

Das war der Tag, an dem sie den Immobilienmakler anrief und bat, das Haus in der Walton Street besichtigen zu können. Sie stand in dem hübschen Wohnzimmer im ersten Stock, schaute hinunter auf die Straße, fühlte sich auf gefährliche Weise unabhängig und verkündete, sie werde es nehmen.

An ihrem ersten Abend dort endete ihr Dienst in der Klinik besonders spät. Als sie Brixton verließ, war es fast halb zehn, eine zusätzliche Rechtfertigung dafür, das Haus zu mieten. Sie parkte den Wagen, saß da und schaute hinauf zu den Fenstern. Sie hatte eine Frau eingestellt, die putzte, ein Auge auf alles hatte und an ihren Arbeitstagen um die Teezeit kam, um das Kaminfeuer anzuzünden und Licht zu machen. Das Haus wirkte warm, einladend und hübsch. Sie lächelte es glücklich an wie einen neuen, sehr charmanten Freund.

Beim Eintreten fühlte sie sich ziemlich seltsam, so, als spiele sie eine Rolle und als sei das nicht ihr wirkliches Leben. Es war, als beobachte sie sich selbst, wie sie den Mantel auszog, den Hut abnahm und beides auf den Stuhl im Eingangsbereich legte. Dann ging sie nach oben ins Wohnzimmer. Es war ein sehr ansprechender Raum. Wenn das Haus ihr gehört hätte, hätte sie ihn vermutlich anders eingerichtet. Doch da es sich nur um eine Bühnenkulisse handelte, war es eine wirklich reizende, in verschiedenen Schattierungen von Cremefarben und Blau gehalten. Der Kamin war mit einem hübschen gusseisernen Gitter und einigen handbemalten Kacheln ausgestattet. Zu beiden Seiten erhoben sich in Alkoven eingelassene Bücherregale bis zur Decke. Die Regale waren ebenso leer wie die Wände, weshalb sie beides würde füllen müssen. Aber das würde ein Spaß sein. Sie würde

Fotos von den Kindern mitbringen, damit das Haus mehr ihres wurde.

Sie stand auf und schlenderte in den nächsten Teil der Kulisse, die kleine Küche, wo sie sich einen Kaffee machte. Mrs Horrocks, die Hilfskraft, hatte ihr einen Rosinenkuchen und eine Dose mit Keksen hinterlassen. Cassia bemerkte erst jetzt ihren Hunger, setzte sich an den winzigen Küchentisch und verschlang einen Keks nach dem anderen. Gerade wollte sie wieder nach oben gehen, um sich zu vergewissern, ob Mrs Horrocks, wie angewiesen, das Bett aufgedeckt hatte, als das Telefon läutete. Es war Edwina.

»Schatz, einfach toll, dass du in London bist. Eine fantastische Idee. Wie ich dich beneide. Ich hätte so gerne ein Häuschen ganz für mich allein, um ein bisschen Ruhe und Frieden zu haben.«

Da Edwina ihr riesiges Haus den Großteil der Zeit für sich hatte, fand Cassia diese Bemerkung ziemlich eigenartig, sprach es jedoch nicht aus.

»Das ist nicht der springende Punkt, Edwina«, sagte sie. »Die Sache ist nur, dass meine Dienste so spät enden, und danach noch der lange Heimweg. Es war eben praktischer.«

»Tja, wenn du das so siehst, Cassia, werde ich bestimmt niemandem etwas anderes erzählen. Aber vermutlich bleibst du auch an anderen Tagen in der Stadt. Ich veranstalte nächsten Mittwoch eine Dinnerparty und würde dich gerne einladen.«

»Edwina, ich kann nicht. Du verstehst das falsch. Ich habe nicht die Absicht …«

»Natürlich kannst du. Es werden viele Leute da sein, die dich faszinieren werden. Einschließlich Leon de Rosay. Er ist ein aufstrebender Modeschöpfer … ach, das weißt du sicher. Tut mir leid, ständig vergesse ich, dass du anders als früher kein Landei mehr bist. Jedenfalls organisiere ich eine Modenschau zur Unterstützung deines Krankenhauses. Habe ich das erwähnt?«

»Nein«, antwortete Cassia, jetzt aufrichtig interessiert.

»Tja, das mache ich. Deshalb fand ich, dass du kommen solltest. Mummy und Daddy sind ebenfalls da, weil Mummy mir mit den Eintrittskarten hilft. Du weißt ja, wie Daddy dich vergöttert. Außerdem habe ich mich gefragt, ob wir Rupert auch dazubitten könnten. Ich dachte, er könnte etwas zur Kulisse beitragen. Was meinst du?«

»Ich weiß nicht«, erwiderte Cassia. Ihr Gefühl, selbst in einer Kulisse zu stehen, nahm zu. »Modenschauen sind nicht wirklich sein Ding.«

»Eine Show ist doch eine Show. Könntest du ihn bitte fragen, Schatz?«

»Nun …«

»Gut. Dann wäre das geklärt. Gibst du mir wegen Rupert Bescheid? Jetzt muss ich aber los. Glückwunsch zum Haus. Ich bin begeistert.«

Cassia kehrte zurück nach oben und schaltete das Radio ein. Es lief ein Orgelkonzert von Bach. Edward verabscheute Bach und forderte sie immer auf, das Radio leiser zu stellen. Nicht abschalten natürlich, nur leiser. Cassia liebte Bach und drehte die Lautstärke auf. Mein Gott, war das wundervoll.

Sie setzte sich aufs Sofa, legte die Füße hoch, schaute sich um und genoss den Frieden, Bach und das Glück, vermischt mit schlechtem Gewissen. Selbst jetzt wäre sie viel lieber zu Hause gewesen. Sie sah auf die Uhr. Sie wäre noch nicht angekommen und würde unter Zeitdruck durch die gewundenen Straßen rasen. Also war alles gut. Sie brauchte kein schlechtes Gewissen zu haben. Bach und Frieden waren nur ein Bonus.

Die Wände waren kahl. Sie würde sie rasch schmücken müssen. Nur dass man Bilder nicht in Eile kaufen konnte. Dazu brauchte man Zeit und Sorgfalt. Plötzlich erinnerte sie sich an ihr Zimmer in Grosvenor Gardens. Sie besaß einige Bilder, die Leonora ihr geschenkt hatte. Zwei liebte sie ganz besonders, Aquarelle, die Landschaften aus der frühen viktorianischen Ära darstellten. Dann waren da auch noch ein paar Drucke, die die Vauxhall Gardens zeigten. Ob Sir Richard etwas dagegen haben würde, wenn sie sie mitnahm? Sie ging zum Telefon und wählte seine Nummer. Jarvis war am Apparat. Ja, Sir Richard sei zu Hause.

»Patenonkel, ich bin es.«

»Mein liebes Mädchen. Wie geht es dir? Wo bist du?«

Herrje, noch mehr Erklärungen. Sie schilderte ihm alles in Windeseile, ohne ihm die Zeit zu geben, sie zu unterbrechen.

»Du musst ganz bald kommen und es dir anschauen. Vielleicht am Samstag. Ich bringe die Jungen mit. Am besten zum Tee. Natürlich mit Margaret. (Das würde sicher ein Spaß werden.) Die Sache ist, dass ich ein paar schrecklich kahle Wände habe. Deshalb habe ich mich gefragt, ob es dich sehr stört, wenn ich mir einige der Bilder aus meinem alten Zimmer wenigstens ausleihen würde. Ich glaube, sie haben mir gehört.«

»Schatz, natürlich. Jederzeit. Samstag wäre wunderbar, ja. Danke.« Eine Pause entstand. »Dein kleines Haus ist eine prima Idee. Sehr vernünftig.« Sie merkte ihm an, dass er völlig anderer Ansicht war. »Allerdings eine ziemliche Überraschung. Du hättest es uns erzählen können.«

Das hätte sie, dachte Cassia, als sie sich in ihrem neuen rosafarben und grau gestalteten Schlafzimmer einrichtete. Doch sie hatte es nicht getan, weil ihr vor den Begründungen und dem ganzen Tamtam graute. Es würde schwierig werden, es den Menschen verständlich zu machen. Alle würden glauben, dass ihr das Geld letztlich zu Kopfe gestiegen war. Dass sie über die Stränge schlug. Dass sie ihr Leben umkrempeln wollte. Ein neues, schillerndes, unabhängiges Leben, in dem sie tun konnte, was sie wollte und was sie sich immer gewünscht hatte. Wie es vielleicht Leonoras Absicht gewesen war …

Tja, sollten sie doch denken, was sie wollten. Sie lagen absolut falsch.

KAPITEL 13

Edwina hatte die Dinnerparty, den Auftakt zu ihrer Modenschau, mit viel Bedacht geplant. In so etwas war sie wirklich gut. Sie liebte es, eine Gästeliste aufzustellen, unterschiedliche und dennoch zueinanderpassende Menschen miteinander in Kontakt zu bringen, die Sitzordnung festzulegen, das Menü zu planen, Blumen zu bestellen und sich zu überlegen, was sie anziehen sollte. Und da dieser Abend ganz besonders wichtig war, entpuppte sich sogar die Gästeliste als Herausforderung, weil das Verhältnis aus Vertretern der Mode, der Geschäftswelt und der besseren Gesellschaft ausgewogen sein musste. Beim Frühstück sah sie Harry ein wenig nervös an.

»Harry, du kommst doch heute Abend bitte nicht zu spät.«

»Ich fürchte, ich kann nicht versprechen, vor neun zurück zu sein.«

»Aber Harry, es ist so ein wichtiger Abend für mich, bitte.«

»Edwina, ich habe Bedeutenderes zu tun, als meinen mir von dir bei Tisch zugewiesenen Platz einzunehmen.« Seufzend stand er auf und steuerte auf die Tür zu.

Ziemlich erbost blickte Edwina ihm nach. »Ich fasse es nicht, dass du mich so im Stich lässt.«

»Ich habe dich nicht im Stich gelassen, noch nicht. Ich sagte nur, dass ich nicht garantieren kann, hier zu sein.«

»Mein Gott, du bist ein Albtraum. Ja, Bishop?«

»Telefon für Sie, Madam. Lady Bushnell.«

»O Gott.« Edwina hastete hinaus. Als sie zurückkam, war ihre Miene finster. »Die verdammte Frau kann nicht kommen. Jetzt ist meine perfekte Tischordnung zum Teufel. Das ist nicht komisch, Harry. Warum kannst du mir nicht einmal im Leben helfen?«

Eine Stunde später rief er sie an. »Ich habe die Bushnells für dich ersetzt. Benedict wollte mich wegen irgendetwas sprechen. Er und Cecily haben nichts vor und sind bereit, die Lückenbüßer zu spielen. Hoffentlich bist du jetzt mit mir zufrieden.«

»Oh, Harry, nein! Nicht die beiden, nicht heute Abend.«

»Warum nicht, um alles in der Welt? Benedict ist immer sehr unterhaltsam. Und Cecily wird Eintrittskarten verkaufen.«

»Harry, du verstehst das nicht. O Gott, warum hast du mich nicht gefragt? Und jetzt mach die Leitung frei. Ich muss Leon de Rosay anrufen.«

Doch Leon de Rosay war nicht in seinem Atelier. Wie seine Directrice ihr mitteilte, sei er nicht in der Stadt und werde erst nach vier zurückerwartet.

»Bitten Sie ihn, mich zurückzurufen?«, erwiderte Edwina. »Es ist wirklich äußerst wichtig. Vergessen Sie es nicht.«

Cassia beschloss, den Vormittag in Grosvenor Gardens zu verbringen und ihre Bilder zu sichten. Sir Richard und Margaret wollten ausgehen, sagten jedoch, Jarvis erwarte sie. Sie solle sich fühlen wie zu Hause.

»Richard meinte, da seien noch einige Bilder von Leonora, die dir vielleicht gefallen. Ich habe sie in dein Zimmer gestellt. Lass sie einfach stehen, wenn sie dir nicht gefallen«, sagte Margaret.

Sie bezeichneten es noch immer als ihr Zimmer. Cassia fand

das rührend. Es war seltsam, allein in dem gewaltigen Haus zu sein, wo immer noch Leonora umging wie ein Gespenst, das man fast mit Händen greifen konnte.

»Oh, Leonora«, sagte sie laut und hörte, wie ihr die Stimme brach. »Ich vermisse dich so.«

»Möchten Sie Tee, Miss? Oder Kaffee?«

Das war Harris. Cassia würde für Harris stets »Miss« bleiben. Es war reizend. Lächelnd antwortete sie, Tee sei wundervoll, und könne sie ihn in ihrem Zimmer haben?

»Natürlich, Miss. Ich bringe ihn sofort. Sicher vermissen Sie Lady Beatty«, fügte er hinzu und schaute Cassia ins Gesicht. (Verdammt, jetzt weinte sie.)

»Ja, Harris.« Während sie in ihrer Handtasche nach einem Taschentuch kramte, amüsierte sie sich beinahe über Harris' feststehende Überzeugung, dass Leonora auch weiterhin Lady Beatty war. Sie fragte sich, wie er wohl Margaret sah. »Jedenfalls ist es schön, hier zu sein.«

»Wie geht es den Kindern, Miss?«

»Ausgezeichnet. Danke.«

»Es fehlt mir, junge Leute im Haus zu haben. Es ist ganz anders geworden. Es war eine glückliche Zeit, als Sie und Mr Moreton noch Kinder waren. Er war ein seltsames Kind. So ernst. Wie ein kleiner alter Mann.«

»Ja, war er. Tja, inzwischen wirkt er jünger.«

»Oh, er ist ein reizender Gentleman. Er schickt mir und Jarvis immer Weihnachtsgeschenke.«

»Tut er das?« Es wunderte sie, dass Harry so viel Anteilnahme an den Tag legte.

»O ja, Miss, immer. Und als ich im Krankenhaus lag, hat er mir so schöne Blumen geschenkt.«

»Ach du meine Güte. Wie nett von ihm. Ich gehe jetzt besser nach oben, Harris.«

»Ja selbstverständlich, Miss. Ich bringe Ihnen den Tee.«

Auf dem Weg nach oben fragte sie sich, warum Harry Moreton, der so brüsk, schwierig und absolut gnadenlos sein konnte, älteren Dienstboten Präsente und Blumen schenkte. Harry Moreton, den sie offenbar noch immer kaum kannte.

Ihr Zimmer war völlig unverändert. Selbst die Stofftasche für ihr Nachthemd lag noch auf dem Bett. Einige ihrer Bücher stapelten sich auf dem Nachttisch. Vielleicht würde sie die auch mitnehmen.

Die Bilder hingen an der Wand. Die zwei, von denen Sir Richard glaubte, dass sie ihr gefallen könnten, lehnten am Bett. Es handelte sich um ausgesprochen hübsche frühviktorianische Porträts. Eines stellte einen kleinen Jungen mit einem großen Hund dar, das andere ein kleines Mädchen in einem von einem Hund gezogenen Karren. Sie würden zu beiden Seiten des Fensters wunderbar wirken. Die Rahmen bestanden aus Ahornholz, doch einer von ihnen würde repariert werden müssen. Als Cassia das Bild umdrehte, stellte sie fest, dass sich das Papier auf der Rückseite in einer Ecke völlig gelöst hatte. Vielleicht konnte sie es ja hineinstecken, aber es beulte sich ein wenig aus. Offenbar befand sich etwas darunter. Vorsichtig schob Cassia den Finger hinein, worauf ein Bündel Papiere herausfiel.

Es waren Belege eines Pfandleihers, Dutzende davon. Wie traurig. Offenbar hatte Leonora den Bilderrahmen als sicheres Versteck betrachtet. Viel besser als eine Brieftasche. Hauptsächlich ging es um Schmuck, aber es war auch einer für einen Bilderrahmen aus Perlmutt und einer für Hutnadeln dabei. Mein Gott, Leonora musste wirklich verzweifelt gewesen sein.

Alle waren vor langer Zeit datiert worden, einige sogar bereits auf 1920. Natürlich niemals eingelöst, und sicher waren die Gegenstände inzwischen längst verkauft. Cassia wusste, dass Benedict vergeblich versucht hatte, ein paar der Schmuckstücke aufzuspüren. Sie studierte die Adressen: verteilt in ganz London, Paddington, Croydon, Golders Green. Eine Pfandleihe befand sich in der Leather Lane. »Unweit von Hatton Garden«, hieß es. Der Schein war auf den Fotorahmen ausgestellt.

Der Rahmen war sicher sehr hübsch. Hatton Garden war nicht weit, und das Datum auf dem Beleg lautete 1928. Also erst vor acht Jahren. Der Rahmen war wohl längst weg. Aber es ließ sie nicht los. Sie würde sich einfach erkundigen…

Der junge Mann hinter der Theke der Pfandleihe war ungeduldig und nicht gerade höflich. Beim Anblick des Datums auf dem Schein lächelte er ziemlich herablassend.

»Wir behalten die Gegenstände nicht so lang. Insbesondere nicht etwas so Wertloses.«

»Nun, ich habe mich nur gefragt…«

»Gibt es Probleme, Mr Taylor?« Ein um einiges älterer Mann kam aus dem Hinterzimmer des Ladens. Er sah aus, als habe er nie einen Fuß ins Freie gesetzt. Seine Haut hatte die Farbe von Pergament, er musste dringend zum Friseur, und selbst seine Fingernägel waren zu lang.

»Nein, nein, kein Problem«, erwiderte der junge Mann. »Offenbar glaubt diese Dame, dass wir Gegenstände acht Jahre oder länger aufbewahren.«

»Nun«, sagte der alte Mann lächelnd. »So etwas ist schon vorgekommen. Worum geht es denn? Was haben Sie da?«

»Nur diesen Pfandschein. Der ist praktisch selbst schon eine Antiquität.« Cassia lächelte ihn an. Sie fand ihn sympathisch. »Er gehörte meiner Patin.«

»Lassen Sie mich mal schauen.« Er griff danach. »O ja, ich verstehe. Ein Rahmen aus Perlmutt, was? Ungewöhnlich. Schwierig zu verkaufen. Es wundert mich, dass ich ihn genommen habe. Sie muss eine gute Stammkundin gewesen sein. Wie sah sie denn aus?«

»Sehr attraktiv. Blond, blaue Augen, elegant gekleidet. Sie hat Hüte geliebt. Und große Pelzkragen mit Fuchsköpfen. Etwa vierzig. Vermutlich hat sie vieles bei Ihnen versetzt.«

»Oh! Mrs Jarvis.« Also hatte sie den Namen ihres Butlers verwendet, dachte Cassia. Dieser weitere Hinweis auf Leonoras gefährliches Doppelleben rührte sie an. »Ja, sie war eine Stammkundin. Wie geht es ihr? Ich habe sie seit einer Weile nicht gesehen.«

»Ja, das glaube ich Ihnen. Leider ist sie im letzten Jahr verstorben.«

»Es tut mir sehr leid, das zu hören. Sie war eine wahre Dame. Immer hat sie mir zu Weihnachten eine Kleinigkeit geschenkt. Es hat mich gewundert, dass im letzten Jahr nichts …«

»Im letzten Jahr?« Leonora hatte doch jahrelang in Paris gelebt. Wie eigenartig, dass sie an ihren Pfandleiher gedacht hatte.

»Ja, da hat sie es zum ersten Mal vergessen. Nun, natürlich hat sie es nicht vergessen, die Ärmste. Warten Sie einen Moment, ich schaue, ob ich den Rahmen finde.« Er verschwand nach oben. Cassia nahm auf einem harten Stuhl Platz.

Nach zehn Minuten kehrte er kopfschüttelnd zurück.

»Bedauerlicherweise kein Rahmen. Allerdings das hier.« Er hielt ein Armband aus Goldfiligran hoch. »Das war von ihr. Es fiel ihr sehr schwer, sich davon zu trennen. Sie sagte, es sei von ihrer Mutter. Nun, ich konnte es mir leisten, es aufzubewahren. Ich dachte, sie könnte eines Tages in der Lage sein, es auszulösen.« Wieder schüttelte er den Kopf. »Schön, oder? Ein Kunstwerk, angefertigt in Indien, hat sie mir erzählt.«

»Ja, wunderschön. Könnte ich es jetzt kaufen? Ich meine, auslösen. Das würde ich gerne tun.«

»Selbstverständlich. Moment… hundert Pfund. Das ist weniger, als ich ihr gegeben habe, aber sie hat mir leidgetan. Ein Jammer, dass sie wiederkommen musste.«

»Was soll das heißen, wiederkommen?«

»Tja, das war, nachdem sie ins Ausland gezogen war. Ich dachte, dass sich ihre Lage mit dem Neuanfang bessern würde.«

»Oh, das hat sie auch.« Sie wollte ihm unbedingt begreiflich machen, dass Leonora keine gescheiterte, gefallene Frau gewesen war. »In Paris hat sie in ausgezeichneten Verhältnissen gelebt. Wirklich.«

»Ist das so?« Er musterte sie zweifelnd. »Nun, wenn Sie das sagen. Doch sie brauchte das Geld für dieses Armband dringend, so viel kann ich Ihnen verraten. Sehr dringend. Deshalb habe ich ihr auch so viel gegeben.«

»Und wann war das?«, fragte Cassia. Plötzlich fühlte sie sich merkwürdig und ein wenig ängstlich, hatte jedoch keine Ahnung, warum.

»Im November 1934. Da hat sie mir auch mein Weihnachtsgeschenk überreicht. ›Es tut mir leid, dass es so spät kommt, Mr Fisher‹, sagte sie und gab mir eine kleine Schachtel Trüffel. Ich hatte ein schlechtes Gewissen, weil sie sich das offensichtlich nicht leisten konnte, wenn sie schon das Armband ihrer Mutter versetzen musste. Doch sie hat darauf bestanden.«

Draußen hielt Cassia ein Taxi an, stieg ein, betrachtete das Armband und zermarterte sich das Hirn nach einer Erklärung. Wenn Leonora sechs Monate vor ihrem Tod verzweifelt Schmuckstücke versetzt hatte, woher, um alles in der Welt, hatte sie dann eine halbe Million Pfund, um sie Cassia zu hinterlassen? Selbst wenn es noch so sicher angelegt worden war. Und gewiss hatte dieses Geld beträchtliche Zinsen eingebracht.

Das alles ergab nicht den geringsten Sinn.

Um vier Uhr hatte Leon de Rosay Edwina noch immer nicht zurückgerufen. Sie war ziemlich in Sorge.

Also beschloss sie, Benedict anzurufen, um ihn davor zu warnen, dass Leon auch anwesend sein würde. Aber er war nicht in seinem Büro.

»Er ist früher gegangen, Mrs Moreton«, erklärte Mildred Waters. »Stephanie singt in einem Schulkonzert, und er wollte sie gerne hören.«

Sie versuchte es bei ihnen zu Hause, doch weder Benedict noch Cecily waren da. Sie bat, Benedict auszurichten, er möge sie anrufen, und ging dann nach oben, um zu entscheiden, welches der beiden Kleider, die sie gerade bei Leon de Rosay gekauft hatte, sie heute Abend anziehen sollte.

Zurück in der Walton Street rief Cassia Mr Brewster an. Er war nicht in seiner Kanzlei, aber seine Sekretärin meinte, er werde um fünf wieder da sein, und sie werde ihn bitten, sich bei ihr zu melden. »Ist es dringend, Mrs Tallow?«

»Nein, nicht unbedingt. Doch ich würde wirklich gerne mit ihm sprechen.«

Mr Brewster rief Cassia um Viertel nach fünf an. Er war bei Gericht gewesen. »Gibt es ein Problem, Mrs Tallow?«

»Nein«, erwiderte sie und musterte Leonoras Armband, das nun ihr Handgelenk zierte. Es gefiel ihr, etwas so Persönliches von ihr zu tragen, denn es rief Erinnerungen an Leonora wach. »Nein, eigentlich nicht. Ich wollte nur etwas mit Ihnen erörtern. Mehr nicht.«

»Möchten Sie in meine Kanzlei kommen?«

»Ja bitte, wenn es Ihnen passt.«

»Natürlich. Morgen Vormittag um halb elf?«

»Gut. Ich werde in London sein. Sie haben eine Abschrift des Testaments vorliegen, oder?«

»Das habe ich in der Tat. Nun, also bis morgen. Guten Abend, Mrs Tallow.«

Cassia legte den Hörer auf und starrte auf das Telefon. Er hatte Leonora, kurz nachdem sie das Testament aufgesetzt hatte, aufgesucht. Deshalb hatte er sicherlich einen Eindruck von ihren Lebensverhältnissen. Es musste einfach eine Erklärung für die Sache geben. Und wenn er keine hatte, wusste er vielleicht, wo sie zu finden war.

Edwina war inzwischen ziemlich betrunken. Sie hatte die Gäste für halb acht eingeladen und geplant, um acht das Essen zu servieren. Um Viertel nach acht war Harry noch immer nicht da. Am liebsten hätte sie ihn ermordet.

Unverschämt nonchalant kam er um zwanzig nach acht, noch immer im Büroanzug, hereinspaziert, küsste sie und ihre Mutter, verbeugte sich vor allen anderen und bat, ihn zu entschuldigen, weil er sich noch zum Essen umziehen müsse. »Fünf Minuten, ich schwöre. Warum setzt ihr euch nicht schon? Es stört mich wirklich kein bisschen.«

»Lass uns anfangen, Edwina«, sagte Sylvia. »Ich verhungere, und dein Vater kippt gleich um, so viel hat er intus.«

»Meinetwegen«, erwiderte Edwina. »Gehen wir zu Tisch.«

Leon de Rosay war ebenfalls nicht erschienen. Ihr Abend war offenbar zum Scheitern verurteilt.

Sie hatte sich gegenüber der Tür neben Sir Simeon Whittaker platziert. Nun würde es doppelt so schwierig werden, aufzuspringen und Leon abzufangen, falls er doch noch kam. Ihm hatte sie einen Platz so weit entfernt wie möglich von Cecily zwischen Cassia und Venetia zugewiesen. Sicher würde er gern mit ihnen plaudern und hoffentlich so angeregt die Modenschau erörtern, dass er keine Gelegenheit hatte, mit Benedict zu sprechen. Nun konnte sie nur noch hoffen und beten.

Harry trat ein. In seinem Dinnerjackett wirkte er elegant und ein wenig selbstzufrieden. »Noch einmal Entschuldigung. Edwina wird mich später auspeitschen.«

»Hört sich nach Spaß an«, murmelte Venetia. »Harry, hast du schon das Neueste über den kleinen Mann und Wallis gehört?«

»Kommt drauf an, was das Neueste ist.«

»Er hat sich juristischen Rat bei Walter Monkton geholt. Wegen Wallis' Scheidung.«

»Ja, das ist mir zu Ohren gekommen«, erwiderte Harry. »Lord Beaverbrook hat es mir erzählt.«

»Erstaunlich, oder?«, wandte Sylvia Fox-Ashley ein. »Es will mir einfach nicht in den Kopf. Warum kann er nicht in aller Stille mit dieser Frau zusammenleben, anstatt einen solchen Unsinn zu veranstalten?«

»Es heißt, er sei in sie verliebt«, meinte Venetia.

»Was hat das denn damit zu tun? Er kann sich doch trotzdem mit ihr treffen, wenn nicht gerade das Auge der Öffentlichkeit auf ihm ruht. Allmählich verliere ich die Geduld mit ihm.«

»Wie ungewöhnlich«, murmelte Edwina.

Harry wandte sich an Cassia, die neben ihm saß. »Und was hältst du von unserem geliebten König und seinem Betragen?«, fragte er leise und lächelte sie an. Seine Augen funkelten gefährlich.

»Eigentlich habe ich keine Meinung zu diesem Thema.«

»Wirklich? Das wundert mich. Der Konflikt zwischen Liebe und Pflicht. Ich hätte gedacht, dass dich das besonders interessiert.«

»Harry, bitte ...«

»Du siehst so reizend aus, wenn du rot wirst. Jedenfalls ist es eine nette Überraschung. Ich hätte nicht geglaubt, dass wir dich so bald nach deiner Rückkehr nach London bei einer unserer bescheidenen kleinen Partys begrüßen können. Übrigens war ich äußerst geschmeichelt, weil du meinen Vorschlag aufgegriffen hast.«

»Harry, ich bin nicht nach London zurückgekehrt, sondern verbringe nur zwei Nächte pro Woche nach meinen Diensten hier. Welchen Vorschlag meinst du eigentlich?«

»Dass du dir hier ein kleines Haus zulegen sollst. Wir waren im Savoy …«

»Harry, es war *meine* Idee, das Haus zu mieten. Wie ich bereits erklärt habe, wollte ich nach der Arbeit nicht mehr so weit fahren.«

»Und warst du heute arbeiten?«

»Nun, nein, aber …«

Mit ausgesprochen selbstzufriedener Miene lehnte er sich zurück. »Da hast du es. Nicht nur wegen der Arbeit, sondern auch für dich. Warum auch nicht? Übrigens siehst du sehr hübsch aus. Schönes Kleid. Vionnet?«

»Ja, stimmt«, antwortete Cassia ein wenig widerwillig.

»Neu? Vermutlich kannst du so etwas Schickes auf dem Land nicht tragen.«

»Schon ein bisschen älter«, erwiderte Cassia, die das Kleid am Vortag eigens für die Dinnerparty gekauft hatte. »Und natürlich könnte ich es auf dem Land tragen. Wir laufen dort nicht mit Stroh in den Haaren herum.«

»Nicht? Du überraschst mich. Ist dir bewusst, welche Verantwortung es bedeutet, dass du neben unserem Ehrengast sitzt? Der offenbar nicht die Höflichkeit besessen hat zu erscheinen.«

»Sicher ist er aufgehalten worden. Beim Einkauf von Seide oder so. Natürlich bin ich mir der Verantwortung bewusst. Ich werde mich sicher amüsieren.«

»Nun, ich muss zugeben, dass du viel hübscher aussiehst als Edwina. Sie trägt eine Kreation von ihm. Ich persönlich kann seinem Stil nichts abgewinnen, er ist zu hart.«

»Harry, ich möchte dich etwas fragen. Es geht um …« Sie hatte »Leonora« sagen wollen, doch in diesem Moment öffnete sich die Tür.

»Leon!« Edwina stand auf, umrundete den Tisch und küsste Leon de Rosay, der gerade von Bishop hereingeführt worden war und noch auf der Türschwelle stand. »Wie wundervoll, dass Sie nach Ihrem anstrengenden Tag kommen konnten. Treten Sie näher und lernen Sie die anderen kennen.« Alle am Tisch wurden vorgestellt. Leon verbeugte sich lächelnd, schüttelte Hände und küsste Wangen.

Cassia musterte ihn und dachte, dass ein attraktiver Mann wie er ganz sicherlich homosexuell war (auch wenn er bewusst Wert auf dezente Kleidung und ein ebensolches Auftreten legte). Sie beobachtete, wie die Gäste auf ihn reagierten, und bewunderte Edwinas Mut als Gastgeberin, weil sie ihn mit Menschen wie den Whittakers an ihren Tisch bat. Doch natürlich war das bei einem Modeschöpfer in Ordnung. Er war einfach eine Abwechslung, der Star des Abends, eingeladen zum allgemeinen Amüsement.

Sie bemerkte, dass Rupert ihn unbefangen und charmant begrüßte. Cecily lächelte zwar, wirkte jedoch seltsam argwöhnisch. Und dann schien dröhnendes Schweigen zu herrschen, als er mit Benedict bekannt gemacht wurde.

»Ja natürlich, haben wir uns nicht letztens beim Mittagessen getroffen?«

»Wirklich?«, fragte Cecily und lächelte noch zuckersüßer als zuvor. »Das hast du mir gar nicht erzählt, Benedict.«

»Richtig«, erwiderte Benedict, und Cassia bemerkte, dass eine leichte Röte über seine Wangen huschte. Doch er verhielt sich betont beiläufig. »Ja, das stimmt. Oh, wo war das noch mal?« Abwartend hielt er inne. Vermutlich flehte er um Rettung, doch seine Gebete blieben unerhört.

»Im Chez Victoire«, sagte Leon de Rosay. »Es ist amüsant dort, oder? Und das Essen ist einfach köstlich. Ich war mit Mrs Moreton dort, Sie mit Dominic Foster. So ein begabter Mann, finden Sie nicht? Ein Freund von mir, ein Künstler, hat eines dieser wundervollen Ateliers in Pimlico gekauft. Sehr ungewöhnlich. Er hat einen wundervollen Stil. Vielleicht kein Le Corbusier, aber … Setzen Sie sich doch und essen Sie weiter.«

»Was für ein Albtraum.« Edwina saß an ihrem Schminktisch und bürstete sich energisch die Haare.

»Ach ich weiß nicht«, erwiderte Harry. Er rekelte sich rauchend in einem Sessel und musterte sie eindringlich. »Mich hat es sehr amüsiert.«

»Ja, dich mag es amüsiert haben. Und deine Verspätung war nicht gerade hilfreich. Das Essen wurde erst eine Stunde nach dem Eintreffen der Gäste serviert. Abgesehen von allem anderen ist Mrs Barclay ziemlich verärgert, weil sie die Speisenfolge zeitlich genau geplant hatte. Die Rebhühner waren schlicht und ergreifend zu lange gegart. Und dann saß Cecily nach Leons kleiner Eröffnung da, war stumm wie ein Fisch und machte ein Gesicht, als hätte sie einen Golfball im Hintern.«

»Du hättest deinen Freund Leon warnen können, verdammt. Ihn bitten, nichts zu sagen. Übrigens mochte ich ihn nicht sehr. Mir wäre es lieber, wenn du ihn nicht mehr einladen würdest.«

»Harry, ich habe den ganzen Tag versucht, ihn zu erreichen. Und ob du ihn magst oder nicht, ist ohne Bedeutung.«

»Es ist nicht ohne Bedeutung, wenn er an meinem Tisch sitzt.« Harrys Tonfall war hart.

Edwina wechselte das Thema. »Und dann hat Benedict sich so betrunken, dass er Venetia praktisch ins Kleid gekrochen ist. Wahrscheinlich, um uns allen seine Normalität zu beweisen. Und danach hat Mary Whittaker uns den Flaggentag vom letzten Jahr in allen Einzelheiten geschildert. Es ist das letzte Mal, dass ich jemandem helfe, mehr sage ich dazu nicht.«

»Lass uns ins Bett gehen«, erwiderte Harry. »So schlimm war es nicht, und du hast dich ausgesprochen wacker geschlagen. Wie immer. Du bist unbeschreiblich tüchtig, Edwina. So gut darin, alles im Griff zu behalten. Wirklich alles.« Unvermittelt stand er auf, ging auf sie zu, legte ihr die Hände auf die Schultern, ließ sie hinunter zu ihren Brüsten wandern und küsste ihr Haar.

Ängstlich betrachtete Edwina ihn im Spiegel. »Harry, bitte nicht. Ich habe meine Tage und …«

»Schon wieder?«, fragte Harry lässig und wich zurück. »Die kriegst du inzwischen immer häufiger.«

»Ja nun, es ist ein regelmäßiges Ereignis, falls du das noch nicht bemerkt haben solltest, Harry.«

Stille entstand. »Edwina, ich habe mir überlegt, dass es allmählich an der Zeit wäre, ein Kind zu bekommen«, sagte er schließlich. »Was hältst du davon?«

»Ich weiß nicht. Ich habe noch nicht groß darüber nachgedacht.«

»Tatsächlich? Nun, möglicherweise könntest du langsam damit anfangen. Mit dem Nachdenken. Die Vorstellung, einen Sohn und Erben zu haben, gefällt mir plötzlich immer besser.«

»Und wenn sie mir nicht gefällt?«

»Das finde ich ziemlich unfair. Wir sind jetzt schon recht lange verheiratet. Fünf Jahre. Ich hatte viel Geduld. Und die lässt rapide nach. In Ordnung?«

Edwina schwieg.

»Also könntest du vielleicht aufhören, das zu benutzen, was immer du da auch nimmst, und wenigstens eine deiner ehelichen Pflichten erfüllen. Gute Nacht, Edwina. Wir sehen uns morgen.« Er nahm sein Brandyglas, ging hinaus und schloss mit einigem Nachdruck die Tür hinter sich.

Seufzend blickte Edwina ihm nach. Es war ein tiefer Seufzer, in dem beinahe Tränen mitschwangen. Ihr war ein wenig übel. Es war kein sehr schöner Abend gewesen, in keinerlei Hinsicht.

KAPITEL 14

Cassia hatte gerade das Licht ausgemacht, als das Telefon läutete. Mit klopfendem Herzen hob sie ab, voller Angst, es könnte Janet oder gar Edward sein, mit der Nachricht, eines der Kinder sei krank, werde vermisst, das Haus stünde in Flammen, Edward habe einen Autounfall gehabt …

»Cassia? Ich bin es, Rupert. Schatz, ich habe den letzten Zug verpasst. Könntest du einem armen Obdachlosen ein Bett für die Nacht anbieten?«

»Wie hübsch«, sagte er und sah sich im Wohnzimmer um. »Reizend, Cassia. Ich beneide dich.«

»Ich habe deshalb ein schrecklich schlechtes Gewissen, aber …«

»Warum, um alles in der Welt, solltest du deshalb ein schlechtes Gewissen haben? Du Dummerchen. Du hast das viele wunderbare Geld, und Leonora wollte, dass du Spaß daran hast. Und diesen Wunsch musst du ihr erfüllen.«

»Du hast recht, ich führe mich lächerlich auf. Außerdem dient es ja nur dem Zweck, mir die Arbeit zu erleichtern.«

»Wie steht denn Edward dazu?«, erkundigte Rupert sich beiläufig. »War er sehr verärgert?«

»Eigentlich nicht. Im Moment ist er sehr vorsichtig, wegen Maureen Johnson und so. Aber, Rupert, ich würde gerne deine Meinung zu etwas wissen, das mir wirklich Sorgen bereitet.«

Sie berichtete ihm von den Pfandscheinen, von Leonora und ihrem eigenen Erstaunen. »Sie hat dieses Armband versetzt. Schau. Ich habe es heute zurückgekauft. In einer Pfandleihe in Hatton Garden. Offenbar gehörte es ihrer Mutter. Ihrer Mutter! Wer versetzt denn ein Erbstück von seiner Mutter, wenn er nicht in Geldnöten steckt?«

»Ich würde mir nicht den Kopf darüber zerbrechen, Schatz. Du darfst nicht vergessen, dass sie krank war. Du oder ich, wir würden vermutlich nicht etwas von unserer Mutter versetzen. Aber sie … Offenbar war sie in eine Klemme geraten, von der sie Rollo nichts erzählen wollte.«

»Ja, aber wie kann man in eine Klemme geraten, wenn man die Summe besitzt, die sie mir vermacht hat?«

»Das Geld war in einem Treuhandfonds angelegt, richtig? Genau das war ja der Sinn und Zweck der Sache. Sie hatte keinen Zugriff darauf.«

Cassia war zu müde, um das alles zu verstehen. »Es gefällt mir nur nicht. Es fühlt sich irgendwie falsch an. Hast du Leonora im letzten Jahr gesehen?«

»Einmal.«

»Wo? Hier in London?«

»Ja. Sie hat hier einen Arzt aufgesucht. In der Hoffnung, dass er eine andere, bessere Diagnose stellt.«

»O Gott, wieso habe ich das nicht gewusst? Weshalb hat es mir niemand gesagt?«

»Sie hat uns allen das Versprechen abgenommen …«

»Allen? Wer sind alle?«

»Oh«, erwiderte er leichthin, »ich, Harry, Benedict. Ihrer Ansicht nach hattest du genug um die Ohren. Wenn sie eine gute Nachricht erhalten hätte, hätte sie dich wahrscheinlich angerufen, dich zum Mittagessen eingeladen und wäre mit dir einkaufen gegangen. Und da es keine gute Nachricht war …«

»Ihr behandelt mich noch immer wie ein Kind. Es ist so unfair.«

»Cassia, das stimmt nicht. Aber du … Tja, dein Leben war nicht leicht.«

»Bei dir hört es sich an, als würde ich in einer Art Arbeitshaus wohnen«, entgegnete sie zornig. »Es ging« – sie verbesserte sich –, »es geht mir absolut blendend. Ich bin sehr glücklich und führe eine gute Ehe. Ich habe drei reizende Kinder, wir haben ein hübsches Haus. Natürlich wäre ich mit Leonoras Krankheit zurechtgekommen. Das ist doch albern. Ich hätte sie trösten, ihr Gesellschaft leisten und ihr helfen können. Es gibt einige neue Entwicklungen in der Krebsbehandlung. Vielleicht hätte ich ja die Möglichkeit gehabt, medizinisch etwas für sie zu tun.«

»Sie hatte die beste Behandlung, die man für Geld bekommen kann«, erwiderte er mit Nachdruck. »Die fähigsten Ärzte, die neuesten Medikamente.«

»Veranlasst von Rollo?«

»Vermutlich.«

»Obwohl er sie verlassen hat?«

»Es lag ihm sehr viel daran, dass sie gut versorgt wurde. Bis zum Ende hat er sie besucht.«

»Woher weißt du das?«, erkundigte sie sich neugierig. »Er hat sich so abscheulich verhalten, dass ich das kaum glauben kann.«

»Von Harry. Ich nehme an, Harry war auch bei ihm. Harry hat eine Menge für Leonora getan. Er war …« Er zögerte. »Er war bei ihr, als sie starb.«

»Davon hatte ich keine Ahnung.« Sie war beinahe schockiert, weil es so gar nicht zu Harry passte. So etwas erforderte eine besondere Art von Mut und die Bereitschaft, Zeuge von Schmerzen zu werden. Und er hatte es ihr nie gesagt, nein nicht einmal versucht, sie damit zu beeindrucken. Wieder änderte sich ihr Bild von ihm, und wieder löste das Unbehagen aus.

»Siehst du, sie wurde so gut gepflegt wie möglich«, bekräftigte Rupert.

»Ja, ich verstehe.« Nun ergab alles einen Sinn. Sie fühlte sich nur nicht wohl damit.

»Sprich mit deinem Anwalt darüber.«

»Ja, das werde ich. Danke fürs Zuhören. Wie immer.«

»Es ist mir ein Vergnügen, Schatz. Ein komischer Abend, oder? Ein bisschen angespannt.«

»Ja, ein bisschen. Cecily war eindeutig nicht erfreut über das Mittagessen.«

»Tja, wir haben es doch vorausgesehen. An Weihnachten. Sie kann nicht dagegen ankämpfen. Das können sie beide nicht. Herrje, was für ein Durcheinander. Der arme Benedict.«

»Und die arme Cecily. Die Sache ist, Rupert, dass sie überhaupt nichts versteht. Für sie ist seine Homosexualität eine Mischung aus Straftat und Krankheit. Sie hat ihn sogar gezwungen, sich einer schauderhaften Behandlung zu unterziehen. Sie zeigen den bedauernswerten Männern Fotos von hübschen Jungen und verabreichen ihnen dann einen Elektroschock. Oder manchmal einen Einlauf. Das soll sie angeblich heilen.«

»Mein Gott.«

»Ich weiß. Entsetzlich. So schwer muss es für sie sein. Arme Cecily.«

»Ja.« Schweigen entstand. »Aber Harry hat sich wacker geschlagen«, fuhr Rupert schließlich fort. »Er hat die Wogen brillant geglättet und wie ein Wilder das Thema gewechselt.

Ich war sehr beeindruckt. Ich hätte ihn nie für ein ausgleichendes Element gehalten.«

»Nein, ich auch nicht.« Sie bemerkte, dass ihre Stimme kalt und ein wenig feindselig klang.

Rupert musterte sie leicht amüsiert. »Deine Einstellung ihm gegenüber ist noch immer zwiegespalten, was?«

»Gegenüber wem – Harry? Nein, Rupert, ganz und gar nicht. Ich finde ihn weiterhin unhöflich und schwierig. Offen gestanden kann ich ihn die meiste Zeit nicht sonderlich leiden.«

»Schon gut, Schatz. Wie du willst. Ich muss zugeben, dass ich deinen Auftritt im Embassy nie vergessen werde. Sehr dramatisch.«

»Bitte nicht. Ich habe mir große Mühe gegeben, das zu verdrängen.«

»Das solltest du nicht. Du warst beeindruckend, wenn auch ein wenig beängstigend. Ach, apropos dramatisch und wirklich beeindruckend. Ich glaube, wir haben eine Hauptdarstellerin. Für *Briefe*.« Rupert meinte, das perfekte Stück gefunden zu haben, das Cassia finanzieren sollte. »Es ist das Wunder, über das ich mit dir gesprochen habe. Ein Produzent will tatsächlich eine Inszenierung auf die Beine stellen, die optimal für mich geeignet wäre. Sehr dezent. Kein Shakespeare oder Gershwin. Oder eine der grässlichen Komödien, die man mir aufgehalst hat. Eine ganz schlichte Sache. Ein Stück von einem jungen Burschen, das ausschließlich aus Liebesbriefen zweier alter Leute besteht – nun, am Ende des Stücks sind sie alt. Die Briefe werden nach dem Tod des einen von einer Enkelin gefunden. Sie vollziehen eine über fünfzig Jahre andauernde Liebesgeschichte nach. Voller Begegnungen und Trennungen. Natürlich kommen der Krieg und die Weltwirtschaftskrise darin vor. Alles Dinge, die den Menschen ans Herz gehen werden.

Sie heiraten beide den Falschen. Sie glaubt, er sei im Krieg gefallen. Er verdient eine Menge Geld und verliert es in der Wirtschaftskrise. Ihr Mann stirbt, seine Frau verlässt ihn. Sie verabreden sich, doch im letzten Moment kehrt seine Frau zurück, und er fühlt sich verpflichtet, ihr eine zweite Chance zu geben. Etwas für die Tränendrüse. Obwohl es manchmal auch sehr komisch ist. Die zwei sitzen zu beiden Seiten der Bühne und lesen sich die Briefe vor. Ganz einfach. Und kostengünstig zu inszenieren.« Die Hauptdarstellerin hieß Eleanor Studely. »Sie ist schön, intelligent, eine ausgezeichnete Schauspielerin, und wir können sie uns leisten. Sie hat es nie ganz in die oberste Liga geschafft. Und das Beste ist, dass sie begeistert wäre. So wird das ganze Projekt ein wenig realistischer.«

»Rupert, ich freue mich ja so. Gib mir einfach Bescheid, wenn ich etwas für dich tun kann, ja? Aber jetzt muss ich wirklich ins Bett. Ich bin völlig erledigt. Dein Zimmer ist vorbereitet. Es ist oben, gleich gegenüber von meinem.«

»Schatz, wie aufregend, so in deiner Nähe zu schlafen. Wir sollten dieses kleine Stelldichein für uns behalten, oder?«

»Was für ein Stelldichein?« Cassia lachte auf. »Rupert, du bist albern.«

»Ganz und gar nicht«, erwiderte er, und sie merkte ihm an, dass er es ernst meinte. »Ich halte es wirklich für keine gute Idee, wenn dein Mann oder Edwina Moreton und ihre Clique erführen, dass wir die Nacht unter einem Dach verbracht haben. Du kennst ja die Gerüchteküche.«

»Ja, aber …« Sie verstummte und sah die Situation plötzlich mit den Augen der anderen. Eine junge und darüber hinaus noch reiche junge Ehefrau mietete sich allein ein Haus in London, weit weg von ihren familiären Verpflichtungen. Und dann übernachtete eine alte Flamme, ein Mann, den sie bekanntermaßen jahrelang vergöttert hatte, plötzlich bei ihr. Es war ein seltsam beunruhigender Gedanke, nicht nur wegen ihres Rufs, sondern auch wegen der Möglichkeiten, die er eröffnete.

»Vielleicht hast du recht«, antwortete sie und erhob sich rasch. »So absurd die Vorstellung auch sein mag. Ja, in Ordnung, es bleibt unser Geheimnis. Gute Nacht, Rupert.«

»Gute Nacht, Cassia. Träum schön.«

Allerdings fand sie keinen Schlaf. Die Entdeckung der Pfandscheine, die eigenartig anrührende Erkenntnis, dass Harry in der Stunde ihres Todes bei Leonora gewesen war, Ruperts Anspielung auf das, was er als ihren Auftritt im Embassy bezeichnete, all das hatte sie aufgewühlt. Sie setzte sich auf, öffnete die Vorhänge und starrte hinaus, betrachtete die Dächer von London und erinnere sich an jenen Abend und an ihr Verhalten. Selbst jetzt schämte sie sich noch ein wenig wegen ihres Benehmens.

Es war Cecilys Geburtstag gewesen. Ein Jahr vor Delias Geburt. Benedict rief an und sagte, er werde mit einigen Freunden im Embassy feiern. Cecily habe ausdrücklich darum gebeten, dass Cassia und Edward mit von der Partie sein sollten.

»Wir gehen hin, weil es zufällig Donnerstag ist.«

»Oh, ich verstehe«, meinte Cassia lachend. Auch nach vier Jahren Familienleben auf dem Land erinnerte sie sich an die Donnerstage im Embassy, die Abende, wenn alle – alle, die etwas zählten, wie Edwina es ausgedrückt hätte – sich dort einfanden. »Eine sehr nette Idee, Benedict, und vielen Dank für die Einladung. Aber wir können leider nicht kommen.«

»Warum nicht?«

Warum nicht? Es gab so viele Gründe. Sie hatte nichts anzuziehen. Edwards Dinnerjackett, das er schon als Student besessen hatte, war inzwischen so abgewetzt, dass selbst ihre Freunde im Dorf darüber witzelten. Außerdem war im Embassy Abendgarderobe Pflicht. Edward würde sich sowieso weigern. Und selbst wenn er sich unter Druck dazu bewegen ließe, würde er den ganzen Abend lang schmollend schweigen, bis sie Lust bekam, ihn zu ohrfeigen. Hinzu kam, dass sie es sich nicht leisten konnten, die unvermeidlichen Kosten, ganz gleich, ob es sich um eine Party handelte und sie Gäste waren. Taxis, zumindest eine Lokalrunde, Babysitter, ein Geschenk für Cecily, sie musste zum Friseur … und Harry würde dort sein.

»Tut mir leid, Benedict, wir können wirklich nicht. Frag nicht nach, es geht nicht. Entschuldige.« Sie legte den Hörer auf und brach in Tränen aus.

Fünf Minuten später meldete sich Cecily. »Cassia, bitte komm. Sag jetzt nichts, hör einfach zu. Die Kinder kannst du natürlich mitbringen. Mein Friseur kommt, er wird auch dir die Haare richten. Zieh das schwarze Kleid an, das du an Weihnachten anhattest, es ist traumhaft. Ich wünschte, Kleider würden mir so gut stehen wie dir. Falls du mir etwas schenken möchtest, würde mich nichts glücklicher machen als ein paar Ableger von dieser wundervollen weißen Rose für meine Terrasse. Komm ohne Edward, wenn er keine Lust hat. Ich möchte, dass du hier bist. Immerhin habe ich Geburtstag, und du würdest ihn mir sonst verderben.«

Wie hätte sie angesichts einer solch freundlichen, taktvollen und herzlichen Einladung den einzig verbleibenden, so überaus wichtigen Grund für ihr Fernbleiben nennen können?

Anfangs war es ein ausgesprochen schöner Abend gewesen. Sie waren zu zwölft. Rupert war mit seiner neuesten Flamme da, einem hübschen Mädchen namens Yolande, die Cassia eifersüchtig gemacht und ihr den Abend ruiniert hätte, hätte sie nicht verkündet, sie sei im Begriff, nach Hollywood zu gehen, und habe einen Dreijahresvertrag mit Selznick.

Sie hatten einen Tischherrn für Cassia aufgetrieben, einen ziemlich netten und humorvollen Mann namens Patrick Compton, den sie bereits von den Weihnachtsfeiern kannte. Er saß beim Abendessen im Haus neben ihr und brachte sie so zum Lachen, dass sie sich zweimal verschluckte, worauf ein bereits betrunkener Benedict ihr übertrieben herzhaft auf den Rücken klopfte. Harry saß am anderen Ende des Tisches und wechselte kaum ein Wort mit ihr. Er und Edwina hatten sich offenbar gestritten, denn er sprach auch mit ihr nicht.

Um halb zwölf verteilten sie sich auf verschiedene Autos und fuhren in die Bond Street. Der Eingang des Embassy am Piccadilly Circus bestand aus einem langen Gang, wo die ganze Nacht ein Mann stand und den Gästen Gardenien verkaufte. Patrick Compton erstand eine für Cassia.

Luigi, der Restaurantchef, begrüßte Cassia mit Namen, was sie überaus freute, und führte sie zu zwei Sofas, neben denen Champagnerkühler standen. Sie fand sich zwischen Patrick und Benedict wieder. Das Glas in ihrer Hand wurde so regelmäßig nachgefüllt, dass sie bald verwirrt und nicht mehr sicher war, ob sie überhaupt etwas getrunken hatte.

Patrick Compton war kein guter Tänzer, verlor jedoch auch auf der Tanzfläche seinen Humor nicht. Sie tanzte mit Benedict, der ausgezeichnet war, und mit Rupert, der es natürlich noch besser beherrschte.

»Du siehst hinreißend aus.« Sanft küsste Rupert ihre Hand und begleitete sie zurück zu ihrem Platz. »Wirklich absolut reizend. Du erhellst diesen düsteren, alten Laden.«

»Jetzt mach mal einen Punkt, Rupert«, protestierte sie und schaute sich lachend um. »Düsterer, alter Laden, das soll wohl ein Scherz sein. Ich komme mir vor wie im Paradies. Es wimmelt hier nur so von attraktiven Menschen, sieh dich um. Du ahnst ja gar nicht, was düster ist, Rupert. Komm mal zu einem geselligen Beisammensein im Gemeindehaus, dann weißt du es.«

»Wenn du dort wärst, wäre es auch wundervoll. Jetzt schenke ich dir noch ein Glas Champagner ein. Und danach will Lord Wynfort dich offenbar zum Tanzen auffordern.«

Das wollte Lord Wynfort in der Tat. Und dann noch ein Mann und noch einer. Ihr war schwindelig, und sie fühlte sich berauscht vor Freude, von dem Champagner und der Befreiung aus dem Alltagstrott. Und als sie vor Glück beinahe schwebte, blickte sie auf und sah Harry Moreton vor sich stehen. Er verbeugte sich leicht.

»Darf ich dich um diesen Tanz bitten?«

»Ja natürlich.« Sie nahm die Hand, die er ihr hinhielt, wobei sie darauf achtete, ihm nicht in die Augen zu schauen.

Er führte sie auf die Tanzfläche. Das Orchester spielte »Nice Work If You Can Get It«. Das war gut, ungefährlich, nicht zu langsam. Es überraschte sie immer wieder, was für ein guter Tänzer Harry war. Seine massige Gestalt wurde leichter und geschmeidiger, und sein Gefühl für Rhythmus war makellos. Sie sagte es ihm.

»Ich vergesse nie, wie ausgezeichnet du tanzt«, erwiderte er mit einem Lächeln. »Und auch sonst nichts an dir.«

Das Stück endete. Sie machte sich los und wollte die Tanzfläche verlassen. Die Musik setzte wieder ein, langsamer, gefährlicher. Gar nicht gut. Bedrohlich. Harry zog sie wieder an sich und nahm sie in die Arme. Sie bewegte sich vorsichtig und versuchte, Abstand zu ihm zu halten.

»Es wird dir nicht gelingen, Cassia«, sagte er.

»Was?«

»Mir aus dem Weg zu gehen. Komm schon, warum amüsierst du dich nicht? Und hast Spaß mit mir. Nur dieses eine Mal.«

»Harry, ich gehe dir nicht aus dem Weg.«

»Doch, tust du.« Er zog sie noch enger an sich. Da sie sich nicht gegen seine starken Arme wehren konnte, gab sie nach. Wie immer war er sehr warm, und plötzlich fühlte sie sich erschreckend geborgen und glücklich.

»Da ist etwas«, sagte er unvermittelt, als ein neues Stück begann. »Just the Way You Look Tonight«, noch gefährlicher.

»Was soll da sein?«

»Etwas zwischen uns.«

»Harry, ich verstehe wirklich kein Wort.«

»Natürlich tust du das. Ich kann mir einfach nicht vorstellen, den Rest meines Lebens ganz ohne dich zu verbringen. Eine mörderische Aussicht.«

»Mach dich nicht lächerlich«, erwiderte sie, gleichzeitig amüsiert und verärgert. »Wie kann sie mörderisch sein? Wir sind jetzt beide verheiratet.«

»Nun, das ist deine Schuld.«

»Oh, Harry, du bist albern.«

»Nein, du. Cassia, sieh mich an.«

Er hörte beinahe auf zu tanzen. Als sie aufblickte, war sein Gesicht so reglos wie sein Körper. Seine Miene regte sich nicht, nur seine Augen musterten sie forschend. Sie spürte seinen Blick auf sich wie eine körperliche Berührung, die tief in ihr Innerstes reichte. Eine gewaltige, bohrende Kraft. Sie schwieg.

»Cassia, bitte! Lauf nicht mehr vor mir weg. Ich ertrage das nicht.«

Plötzlich wurde sie von Wut ergriffen, die sich mit Verzweiflung und einem entsetzlichen Bedauern mischte. »Warum tust du mir das an?«, fragte sie mit leiser Stimme. »Weshalb findest du dich nicht damit ab und lässt mich in Ruhe?«

»Du weißt, warum. Ich kann nicht, und ich will nicht.«

Sie riss sich von ihm los und wich zurück. Von blindem Zorn erfüllt nahm sie nichts mehr außer ihm wahr. Weder die anderen Tanzenden noch die Menschen an den kleinen Tischen am Rand der Tanzfläche, die sie beobachteten, oder das Orchester ... »Du musst«, sagte sie. »Du musst einfach. Es ist schrecklich, was du mit mir machst, Harry, entsetzlich ...«

»Es ist deine Schuld. Du hättest vernünftiger und mutiger sein müssen.«

Das war der Moment, in dem ihr endgültig der Geduldsfaden riss. Sie hob die Hand und versetzte ihm eine heftige Ohrfeige. Das Geräusch wurde zwar von der Musik übertönt, doch jeder konnte ihn sehen, den Schlag in dieser Oase der Stille und der aufgewühlten Gefühle, die sie auf der überfüllten Tanzfläche geschaffen hatten. Alle hatten es beobachtet, das ganze Lokal, und es zum Glück missverstanden.

Sie ließ ihn stehen und kehrte rasch zu den anderen zurück. Irgendwie gelang es ihr, die Tränen zu unterdrücken. »Tut mir leid«, sagte sie knapp und lächelte ziemlich gekünstelt. »Mit mir sind die Pferde durchgegangen. Entschuldige, Edwina, aber dein Mann hat mich beleidigt. Und zwar sehr. Verzeihung auch an euch, Cecily und Benedict. Rupert, wollen wir tanzen?«

Und Rupert, der liebe Rupert, hatte sich schon halb erhoben. Er betrachtete sie besorgt, hielt ihr die Hand hin und führte sie zur Tanzfläche, wo sie so lange tanzten, bis sie sich wieder beruhigt hatte. Taktvoll stellte er ihr keine Fragen. Harry Moreton war verschwunden.

»Ja, Cecily, ich bekenne mich schuldig. Ich habe das schwere Verbrechen begangen, mit Dominic zu Mittag zu essen.«

»Tu nicht so arglos, Benedict. Ich weiß, was dahintersteckt.«

»Verdammt noch mal. Foster arbeitet an einer Wohnsiedlung, an der meine Kanzlei und auch die von Harry Interesse hat. Es war nur ein Geschäftsessen.«

»Ach ja? In einem kleinen, intimen Restaurant in Chelsea? Warum nicht im Rules oder im Savoy, einem Lokal, das näher bei deinem Büro ist? Oder in deinem Club?«

»Weil … Herrgott, Cecily, was soll das werden, ein Verhör?«

»Ja, genau.« Sie erhob die Stimme. »Ich will es wissen.«

»Willst du nicht. Du möchtest nur beruhigende Phrasen hören. Dich interessiert doch gar nicht, was ich wirklich tue und empfinde.«

»Und was empfindest du wirklich?«

Er zögerte. Beinahe wäre er in seine eigene Falle getappt. »Ich sagte gerade, dass du es gar nicht wissen willst. Meine Gefühle kümmern dich nicht, solange ich mich so verhalte, wie du es dir wünschst, und die rote Linie nicht überschreite, die dein verdrehter Verstand gezogen hat. Aber ich verrate es dir. Ich bin verzweifelt, Cecily. Ich fühle mich erstickt und kriege kaum noch Luft. Ich kann nicht mehr ungezwungen auf andere zugehen, vor lauter Angst, was du davon halten könntest. Ich darf nicht mehr mit einem anderen Mann über Banalitäten plaudern, lockere Verabredungen treffen oder mich an einem angenehmen Gespräch erfreuen. Ich warne dich. Falls du vorhast, mich aus dem Haus zu treiben, dann hast du eine gute Methode dafür gefunden.«

»O mein Gott, wenn du …«

»Nein, Cecily, lass mich ausreden. Ich tue alles, was du von mir verlangst. Ich bin ein liebevoller Vater und ein hingebungsvoller, treuer Ehemann. Deinetwegen habe ich mich dieser abscheulichen Behandlung unterzogen. Niemals habe ich dich auch nur einen Moment lang um Mitgefühl und Rücksichtnahme auf meine Empfindungen gebeten …«

»Mitgefühl!«

»Ja, Mitgefühl. Glaubst du, für mich wäre das alles leicht gewesen? Dass ich nie bedrückt oder verwirrt war?«

»Natürlich nicht. Das ist unfair. Ich habe dir alles verziehen …«

»Ich will keine Verzeihung, Cecily, sondern Verständnis. Und das habe ich von dir nie bekommen.«

Türenknallend verließ er das Haus. Sie hörte seinen Wagen wegfahren. Sie versuchte, nicht daran zu denken, wo er möglicherweise war. Den Rest der Nacht lag sie wach, starrte in die Dunkelheit und fragte sich, wie das alles enden sollte.

»Wie ich Ihnen bereits gesagt habe«, begann Mr Brewster, »habe ich Ihre Patin zweimal in Paris aufgesucht. Einmal, um mich dazu bevollmächtigen zu lassen, ihr Testament zu errichten, und einmal, damit sie und natürlich auch die Zeugen ihre Unterschriften leisten konnten. Wie Sie sich sicher erinnern, handelte es sich dabei um ihren Arzt und den Priester der Gemeinde, wo sie den Gottesdiensten beiwohnte.«

»Ja selbstverständlich. Ich weiß noch, dass ich ein wenig verwundert war. Leonora war nie eine Kirchgängerin.«

»Auch die glühendsten Atheisten wenden sich manchmal dem Glauben zu, wenn ihnen ihre eigene Sterblichkeit bewusst wird, Mrs Tallow.«

»Ja, vermutlich. Und das war wann?«

»Ende März. Ich könnte es nachschlagen.«

»Nein, nicht so wichtig. Und welchen Eindruck machte sie?«

»Nun, sie war offenbar schwer krank, aber in guter Gemütsverfassung. Natürlich den Umständen entsprechend.«

»Und sie wurde kompetent versorgt? Nichts wies auf finanzielle Schwierigkeiten hin?«

Sein Lächeln war beinahe gönnerhaft. »Ansonsten hätte sie

Ihnen wohl kaum ein solches Vermögen vermachen können, Mrs Tallow.«

»Nein, hätte sie nicht. Und das war in Passy?«

»Ja, wie ich Ihnen bereits erzählt habe, in einer traumhaft schönen Wohnung in der obersten Etage eines Hauses an einem hübschen Platz. Wenn Sie möchten, gebe ich Ihnen die Adresse. Und ja, es war rund um die Uhr eine Krankenschwester anwesend. Außerdem eine Zofe. Ich denke, sie hätte wirklich keine bessere Pflege bekommen können.«

»Und sie lebte schon seit einiger Zeit dort?«

»Soweit ich weiß. Und natürlich ist sie auch dort gestorben. Mr Gresham, der den Maple Trust eingerichtet hat, hat mich schriftlich davon in Kenntnis gesetzt. Anscheinend hat er in den letzten Wochen viel Zeit mit ihr verbracht. Ihr Cousin Mr Moreton ebenfalls.«

»Ja, das habe ich gehört. Die arme Leonora.«

»Richtig. Aber ich möchte mir die Bemerkung erlauben, dass sie in vielerlei Hinsicht Glück hatte. Heutzutage werden alte Menschen so häufig von der Jugend vernachlässigt.«

»Ich hätte sie nicht vernachlässigt«, entgegnete Cassia, die plötzlich einen Kloß im Hals hatte. »Hätte ich denn nur gewusst, wie krank sie war. Doch das wurde mir aus irgendeinem Grund verheimlicht.«

»Auf eigenen Wunsch Ihrer Patin, glaube ich.«

»Das hat man mir auch gesagt. Absurd. Als ob ich noch ein Kind wäre.«

Mr Brewster lächelte sie an. »Für unsere Eltern und ihre Generation, Mrs Tallow, bleiben wir immer Kinder.«

»Was ist mit dem Treuhandfonds, in dem das Geld angelegt war? Wissen Sie, wer diesen Maple Trust gegründet hat?«

»Meinen Sie die Treuhänder? Ich habe ihre Namen nicht

griffbereit, könnte aber nachschauen. Sie wurden von Mr Gresham ernannt.«

»Und da sind Sie ganz sicher?«

»Ja selbstverständlich. Ich musste Einsicht in die Regelungen des Fonds und in das Dokument nehmen, das Ihre Patin ermächtigte, darüber zu verfügen, bevor ich die nötigen Unterlagen ausfertigen konnte.« Er lächelte beinahe entschuldigend. »Ich fürchte, das ist schrecklich kompliziert.«

»Mit wem hatten Sie zu tun?«

»Mit Mr Greshams Anwälten, die die Treuhänder ernannt haben.«

»Also hat er den Fonds eingerichtet und Leonora dazu bevollmächtigt, mir das Geld zu hinterlassen.«

»Ja«, erwiderte Mr Brewster zögernd. »Ich dachte, das hätte ich Ihnen schon erklärt, Mrs Tallow.«

»Ich muss nur meine Gedanken ordnen. Dann hat dieser Fonds vermutlich auch Zinsen abgeworfen?«

»Ja, in der Tat.«

»Die meiner Patin ausgezahlt wurden?«

»Ja, das war in den Bedingungen des Fonds so geregelt.«

Cassia seufzte auf. »Das klingt alles absolut logisch.«

»Ist es auch, Mrs Tallow, selbst wenn es mit einer gewissen Komplexität behaftet ist. Macht Ihnen etwas Sorgen?«

»Nein«, antwortete sie rasch. »Eigentlich nicht.«

Nur dass das nicht stimmte, dachte sie auf der Rückfahrt in die Walton Street. Sie wusste nicht, was es war, das sie da beschäftigte. Es war eine winzige, jedoch beharrliche Furcht, die sich nicht legen wollte. Etwas lag im Argen, passte einfach nicht.

In der Klinik ging es an diesem Abend besonders hoch her. Nach drei Stunden erschien Mrs Barker, die Empfangsdame, und meldete, das Wartezimmer sei noch halb voll.

Rupert hatte sie gebeten, eine weitere Nacht bleiben zu dürfen. Er war am Abend mit Eleanor Studely und Jasper Hamlyn auf einen Drink verabredet, um zu besprechen, ob sie die Rolle in *Briefe* übernehmen wolle. Am nächsten Morgen hatten die drei einen Termin mit der Leitung des Second House Theatre, wo sie hofften, das Stück inszenieren zu können.

»Es tut mir so leid, Schatz, aber es ist so viel praktischer, als zweimal zwischen London und Brighton hin- und herzufahren. Ich koche dir auch ein leckeres Abendessen wie eine gute Ehefrau.«

Um Viertel nach zehn kehrte sie nach Hause zurück. Rupert las im Wohnzimmer. Er kam herunter, um sie zu begrüßen, setzte sie an den Tisch und servierte ihr eine köstliche Fischpastete.

»Du siehst ja völlig erledigt aus. Hier, trink das. Es ist ein sehr guter Wein, den ich heute Nachmittag bei Berry Brothers gekauft habe.«

»Oh, Rupert, wie wundervoll. Danke.«

»Edward hat angerufen.«

»Edward!«

»Ja. Ist das ungewöhnlich?«

»Sehr. Ist etwas passiert?«

»Ich glaube nicht. Er klang recht ruhig. Irgendetwas mit morgen?«

»Ich rufe ihn besser an. Herrje!«

Edwards Tonfall war von kalter Wut erfüllt. »Warum ist Rupert Cameron dort?«

Wie sollte sie ihm das erklären? »Weil er ein Bett für die Nacht brauchte und ich ihm eines angeboten habe.«

»Wie nett von dir. Wie praktisch für ihn.«

»Edward, bitte. Ich bin total erschossen. Ich habe sechs Stunden Dienst hinter mir. Ist sonst irgendwas los?«

»Eigentlich nicht«, entgegnete er hörbar beherrscht. »Maureens Vater ist erkrankt. Deshalb kann sie morgen früh die Mutter-Kind-Sprechstunde nicht übernehmen. Ich habe mich gefragt, ob du nicht aushelfen könntest …«

Cassia wurde von einem gefährlichen Zorn ergriffen. »Wobei denn, Edward? Bei der Patientenaufnahme? Beim Babywiegen? Oder vielleicht bei etwas Schwierigerem, wie ihnen etwas gegen Bauchschmerzen zu verschreiben?«

»Cassia, bitte! Mein Gott, ich wünschte, ich hätte dich nie angerufen.«

»Ich auch, Edward. Aber ja, ich werde da sein. Gute Nacht.«

»So ein Idiot«, meinte sie zu Rupert.

Er betrachtete sie schweigend. »Cassia, hat es etwas mit mir zu tun?«

»Nein, es hat nichts mit dir zu tun. Reden wir über etwas Angenehmeres. Wie fandest du Miss Studely?«

Doch es fiel ihr schwer, sich zu konzentrieren. Gleich nach dem Abendessen ging sie zu Bett, wachte jedoch um zwei mit Magenschmerzen und einem scheußlich beklommenen Gefühl wieder auf.

»Ich fahre für ein paar Tage nach Devon«, verkündete Benedict.

Cecily musterte ihn. »Allein?«, fragte sie kühl.

»Himmelkreuzdonnerwetter, Cecily! Natürlich allein. Ich brauche Zeit zum Nachdenken.«

»Worüber?«

»Über mein Leben. Ist das erlaubt?«

»Ja natürlich.« Plötzlich schämte sie sich. Vielleicht hatte er ja recht damit, dass sie ihn aus dem Haus trieb und ihn damit noch mehr in Gefahr brachte. »Entschuldige«, sagte sie sanft. »Ich weiß, dass ich überreagiert habe. Es ist nur …«

»Mir ist klar, was es ist, Cecily, und ich verstehe dich. Aber es fällt mir schwer, damit zurechtzukommen. Wirklich sehr schwer. Ich wünschte, du könntest mir ein wenig vertrauen. Mehr verlange ich ja nicht.« Benedict betrachtete sie. »Ich glaube, es wurde alles gesagt. Wieder und immer wieder. Jedenfalls reise ich heute Abend ab. Direkt nach Büroschluss.«

»Ich hoffe, du hast die Taufe deines Sohnes nicht vergessen. Am Sonntag in einer Woche.«

»Natürlich habe ich sie nicht vergessen, verdammt. Wofür hältst du mich?«

»Das wüsste ich auch gern«, erwiderte sie und hätte in der nächsten Sekunde alles dafür gegeben, die Worte zurücknehmen zu können.

Benedict sah sie eine Weile schweigend an und marschierte dann mit finsterer Miene und türenknallend hinaus.

Fanny, die den Flur entlangrannte, um sich vor der Schule von ihrer Mutter zu verabschieden, stieß mit ihm zusammen und war sehr erstaunt, als er sie in scharfem Ton zurechtwies, sie solle besser aufpassen.

Sie ging in Cecilys Zimmer. »Was hat Daddy denn? Er scheint sauer zu sein.«

»Oh, er macht sich nur Sorgen wegen der Arbeit. Nichts Schlimmes. Kriege ich ein Abschiedsküsschen?«

»Ja. Geht es dir gut, Mama?«

»Ja, bestens, Liebes. Bis später. Vergiss deine Handschuhe nicht.«

»Wird gemacht.« Sie umarmte ihre Mutter, griff nach ihrer Hand und küsste sie.

»Ich hab dich so doll lieb«, sagte sie ernst.

»Ich dich auch«, erwiderte Cecily.

Falls Fanny etwas zustoßen sollte, würde sie nicht mehr leben wollen, dachte sie, als sie ihr nachblickte. Sie liebte alle ihre Kinder von Herzen, aber Stephanie benahm sich oft so albern, und Laurence war noch zu klein, um richtig etwas mit ihm anfangen zu können. Doch Fanny mit ihrer reizenden Bedächtigkeit, ihrer sanften Art und ihrer großzügigen Einstellung war (wie sie sich gelegentlich eingestand) ihr Lieblingskind. Sie besaß alle ihre guten und keine ihrer schlechten Eigenschaften. Schon darüber nachzudenken, wie unbeschreiblich sie Fanny liebte, trieb Cecily die Tränen in die Augen.

Sie nahm sich zusammen. Sie war wegen Benedict und der ganzen Situation aufgewühlt. Das passte wieder einmal zu dem Nervenbündel, in das sie sich verwandelt hatte: wegen eines glücklichen, gesunden kleinen Mädchens zu weinen, dessen einziges Problem war, dass es ein wenig zur Pummeligkeit neigte. Wie sie selbst, dachte Cecily, schlüpfte aus dem Nachthemd und stieg in die wartende Badewanne. Da Laurence inzwischen mit dem Fläschchen gefüttert wurde, musste sie sich besser im Griff haben, denn es gab keinen Vorwand mehr, sich stets eine zweite Portion aufzutun. Sie würde weniger essen und jeden Tag Sport treiben. Kein Wunder, dass Benedict seit Laurence' Geburt nachts ihr Schlafzimmer mied.

Seltsamerweise hatte Cassia Spaß daran, in der Mutter-Kind-Sprechstunde auszuhelfen. Es herrschte eine fröhliche Stimmung. Glucksende Babys, glückliche (wenn auch müde) Mütter, rosige Kleinkinder. Ein himmelweiter Unterschied zum Vorabend mit den bleichen, verzweifelten Frauen, die alle scheinbar unlösbare Probleme mit sich herumschleppten. Außerdem freuten sich die Frauen sehr, sie zu sehen, auch wenn einige erstaunt wirkten. Das bereitete ihr etwas Sorgen.

»Ich war nicht fort«, antwortete sie einem Mädchen, das tatsächlich meinte, es sei schön, dass sie zurück sei.

»Nicht? Es hieß, Sie wohnten jetzt in London und arbeiteten dort.«

»Ich bin nur zwei Nächte pro Woche in London. Wer hat Ihnen denn das erzählt?«

Das Mädchen wand sich verlegen. »Eigentlich niemand, Mrs Tallow. Das sagen alle.«

Sie wusste, dass sie es Edward und auch Maureen nicht vorwerfen konnte. In einem Dorf brodelte eben rasch die Gerüchteküche.

»Alles in Ordnung?« Am Ende des Vormittags kam Edward herein und musterte sie ein wenig ängstlich.

»Ja, prima. Jetzt sind alle weg. Keine ernsthaften Schwierigkeiten, bis auf die, die ich zu dir reingeschickt habe.«

»O ja. Davey Mortimer. Offenbar ist er stocktaub. Ich begreife nicht, warum seiner Mutter das nicht aufgefallen ist.«

»Sie wollte es sich nicht eingestehen«, erwiderte Cassia knapp. »Keine Mutter erträgt den Gedanken, mit ihrem Kind könnte etwas nicht stimmen. Außerdem kann er ausgezeichnet von den Lippen ablesen. Ist dir das nicht aufgefallen?«

»Nein, ist es nicht.«

»Herrje.« In gespieltem Tadel schüttelte sie den Kopf. »Ein toller Arzt bist du. War nur ein Witz«, fügte sie hastig hinzu.

Es gelang ihm sogar zu lächeln. »Vielen Dank für deine Unterstützung.«

Cassia erwiderte sein Lächeln. »Es war mir ein Vergnügen. Wirklich.« Es war schön, das auszusprechen, und sie meinte es ernst. Sie befürchtete, ihm seit langer Zeit nichts als Schmerzen zugefügt zu haben.

KAPITEL 15

Zur beträchtlichen Verärgerung seiner Mutter beherrschte bei Laurence Harringtons Taufe nicht das in ihren Augen eigentlich wichtige Thema das Gespräch. Nicht, wie niedlich er in dem gerüschten Taufkleidchen ausgesehen hatte, das schon seit fünf Generationen im Besitz der Familie Harrington war. Nicht, wie brav er gewesen war, selbst als der Vikar ihm Wasser über das Köpfchen goss und seine vier Namen – Laurence Henry Stohn Benedict – verkündete. Nicht der wundervolle Blumenschmuck in der Kirche. Nicht seine beeindruckende Reihe von Paten: ein amerikanischer Investmentbanker, ein Anwalt, eine Gräfin und eine Ärztin. Ja, nicht einmal, wie hinreißend seine Schwestern in ihren identischen zitronengelben Seidenkleidern waren. Nein, es ging nur um das, was viele als Anschlag auf das Leben des Königs beim Trooping the Colour am Vortag betrachteten, und dessen großen Mut, weil er die Zeremonie fortgesetzt hatte, als sei nichts geschehen.

»Wir haben es gesehen!«, rief Bertie. Er sprang auf und nieder, während er Fanny das spannende Abenteuer schilderte. »Wir standen ganz in der Nähe des Königs, als er auf seinem riesigen Pferd vorbeiritt. Dann hat ein Mann mit einer Waffe auf den König gezielt, und die Polizei hat sie ihm weggenommen.«

»Und was ist danach passiert?«

»Er ist einfach weitergeritten«, erwiderte Bertie, wohl wissend, dass das Ende der Geschichte keine Möglichkeit der Steigerung mehr bot. »Aber Daddy hat gesagt, das wäre sehr mutig von ihm gewesen. Wenn er verletzt worden wäre«, fügte er, in dem Versuch, einen krönenden Abschluss herbeizuführen, hinzu, »hätte Daddy die Kugel entfernen und ihm das Leben retten können. Nicht wahr, Daddy?«

»Sei nicht albern, Bertie«, erwiderte Edward streng. Cassia befand sich mit den Eltern und den übrigen Paten in einem anderen Raum, wo die offiziellen Fotos gemacht wurden. Edward stand bei den Jungen und versuchte ziemlich erfolglos, sie daran zu hindern, zu viel von den Sandwiches, Würstchen und weiteren Köstlichkeiten zu verschlingen, die die Dienstboten pausenlos servierten. Es war ihm deutlich anzumerken, dass er sich nicht wohl in seiner Haut fühlte.

Sylvia Fox-Ashley, die am anderen Ende des Raums neben der Tauftorte verharrte, beobachtete ihn seufzend. »Cassias Mann ist ja so ein grässlicher kleiner Langweiler. Marcus, warum plauderst du nicht ein wenig mit ihm?«

»Warum ich?«, erwiderte Sir Marcus leicht verschnupft.

»Tja, jemand muss es ja tun. Wieso also nicht du? Los, Marcus, es ist so ungezogen, ihn da einfach herumstehen zu lassen.«

Die Rede des wichtigsten Paten, des amerikanischen Bankers, war ausufernd und langweilig. Cassia warf einen besorgten Blick auf Edward. Mit einer Miene, die man nur als angestrengt bezeichnen konnte, stand er neben Sir Marcus Fox-Ashley. Sie würde hingehen und ihn retten müssen. Vielleicht konnten sie sich ja aus dem Staub machen, nachdem die Torte verteilt war.

»Der Arzt scheint sich nicht sonderlich zu amüsieren.« Harry lächelte sie an.

Leicht unsicher erwiderte sie das Lächeln. »Nein, ich fürchte nicht.«

»Soll ich meine Frau bitten, ihn zu unterhalten?«

»O nein, das wäre sicher keine gute Idee«, protestierte Cassia hastig.

»Ach ja? Warum denn nicht?«

»Harry, das weißt du ganz genau.«

»Nein«, erwiderte er, obwohl er es ganz genau wusste. Von allen Anwesenden würde Edwina bestimmt am wenigsten zu Edwards Wohlbefinden beitragen. Mit Ausnahme ihrer Mutter vielleicht. »Wenn sie möchte, kann sie sehr charmant sein. Außerdem flirtet sie gut, wenn es ihr in den Kram passt. Das ist eines ihrer wenigen Talente. Das Flirten ist eine Kunst an sich, findest du nicht, Cassia?«

»Ich fürchte, davon habe ich keine Ahnung, Harry.«

»Ja, ich würde nicht behaupten, dass es dir liegt.«

»Danke«, sagte sie ziemlich kühl.

»Jetzt sei nicht gleich eingeschnappt. Frauen wie du haben es nicht nötig zu flirten. Schon wieder ein bezaubernder Hut. Aber, Cassia, bald ist von dem Geld nichts mehr übrig.«

»Was wahrscheinlich gar nicht das Schlechteste wäre.« Mit einem tiefen Seufzer schaute sie zu Edward hinüber.

»Warum sagst du das? Es führt doch nicht etwa zu Schwierigkeiten zwischen dir und dem Arzt?«

»Nein, natürlich nicht. Ich …« Sie verstummte, weil ihr plötzlich das unterbrochene Gespräch über Leonora bei der Dinnerparty einfiel. »Harry, kann ich dich etwas fragen?«

»Kannst du. Ich muss aber nicht darauf antworten.«

»Es ist nur, dass Rupert gesagt hat, du seist bei Leonora gewesen, als sie starb. Das war sicher ein großer Trost für sie.«

Offenbar verlegen, weil er bei einer guten Tat ertappt worden war, starrte er in sein Glas. »Das ist keine Frage«, erwiderte er schließlich.

»Ich weiß. Doch ich hatte keine Ahnung. Ich wollte mich nur bei dir bedanken. Ich wünschte, ich wäre dort gewesen.«

»Ich hatte das Gefühl, es ihr schuldig zu sein.« Eine lange Pause entstand. »Und wie lautet die Frage?«, fügte er schließlich hinzu.

»Wurde sie gut versorgt, als sie vor ihrem Tod so krank war?«

»Ja«, antwortete er leicht gereizt. »Das habe ich dir doch alles schon erklärt. Sie hatte ihre treu ergebenen Dienstboten und eine ausgezeichnete medizinische Versorgung, es also den Umständen entsprechend bequem.«

»Und keine finanziellen Schwierigkeiten?«

»Natürlich nicht. Warum?«

»Na ja ... ach, das ist nicht so wichtig.«

»Doch, ist es. Raus mit der Sprache.« Er klang aufrichtig besorgt.

Sie berichtete ihm von den Pfandscheinen. »Das passt nicht dazu, dass sie mir so viel Geld vermacht hat.«

»Wie viel genau? Oder sollte ich nicht nachfragen?«

»Eine halbe Million Pfund. Tja, ein bisschen mehr, wenn es dich so interessiert.«

»Ein ordentliches Sümmchen. Nun, Rollo war – ist – unverschämt reich.«

»Schon, aber er hat sie verlassen.«

»Er hatte sie sehr gern und wollte, dass sie gut gepflegt wird. Sie hatte Krankenschwestern rund um die Uhr und auch alles andere.«

Sie versuchte, sich davon beruhigt zu fühlen und sich einzureden, dass sie sich keine Sorgen zu machen brauchte. »Weißt du, wo Rollo heute wohnt?«

»Keinen blanken Schimmer. Er gondelt in der Weltgeschichte herum. Gerüchten zufolge ist er jetzt in Venedig.«

»Aber er war bei Leonoras Beerdigung?«

»In Paris? O ja.«

»Ich verstehe. O Gott, Edward explodiert gleich. Wir müssen gehen.«

»Schade. Auf Wiedersehen, Cassia. An deiner Stelle würde ich aufhören, über Leonora und all das nachzugrübeln.« Unvermittelt beugte er sich vor und küsste sie auf die Wange. »Du wirst mit jedem Mal hübscher. Das Geld steht dir. Wir müssen auch weg. Ich fliege morgen früh nach Le Touquet.«

»Weshalb?«

»Wir bauen dort ein Hotel. Eine idyllische Gegend. Es würde dir gefallen. Möchtest du mitkommen?«

»Harry, natürlich nicht.«

»Wieso. Du hast doch keinen Dienst, oder?«

»Nein, aber ich habe einiges zu erledigen.«

»Zweifellos für den Arzt. Wie nobel. Tja, dann nehme ich dich ein andermal mit. Ich habe mir gerade ein nettes kleines Flugzeug gekauft. Ach, Edward, ich habe deiner Frau eben gesagt, wie reizend sie in letzter Zeit aussieht. Du bist ein Glückspilz. Und jetzt entschuldigt mich. Mein Champagner wartet auf mich.«

Als Edward ihm nachblickte, stand ihm die Abscheu ins Gesicht geschrieben. »Können wir bitte gehen?«, fragte er. »Ich habe entsetzliche Kopfschmerzen.«

»Ich auch«, sagte Bertie. »Außerdem ist mir schlecht. Ich habe von diesem Blubberzeug getrunken. Aber es schmeckt lecker.«

»Oh, Bertie«, schimpfte Cassia. »Du bist ein schrecklicher Junge.«

Die Heimfahrt legten sie schweigend zurück. Edwards

schlechte Laune war so ansteckend, dass selbst William machtlos dagegen war. Sobald sie zu Hause waren, liefen die Jungen los, um Janet von ihrem Wochenende zu erzählen. Edward verschwand in seinem Arbeitszimmer.

Als Cassia ihm nachschaute, stieg plötzlich Zorn in ihr auf. Obwohl sie wusste, dass es ein Fehler war und nur zu Schwierigkeiten führen würde, folgte sie ihm. Sie war einfach machtlos dagegen. »Edward, könntest du mir bitte mitteilen, was los ist?«

»Das weißt du ganz genau. Ich musste heute zu dieser absurden Veranstaltung. Ich kann diese Leute auf den Tod nicht ausstehen.«

»Nun, wenn ich bis jetzt nichts davon geahnt hätte, wäre ich jetzt sicher im Bilde. Und ich denke, die anderen auch.«

»Sei nicht albern. Als ob die überhaupt zur Kenntnis nehmen würden, was ich tue oder sage.«

»Sie konnten gar nichts zur Kenntnis nehmen, weil du geschwiegen hast. Es war mir so peinlich. Du hast dich unhöflich verhalten.«

»Unhöflich! Ich fand deinen Freund Mr Moreton ziemlich unhöflich. Sich zu verdrücken, sobald ich erschienen bin, und zwar mit der Begründung, er müsse sich einen Champagner holen.«

»Ja nun, Harry ist von Geburt an unhöflich«, räumte Cassia ein. »Aber die anderen haben sich große Mühe gegeben. Der liebe alte Sir Marcus und …« Ihre Stimme erstarb.

»Ja, und wer sonst noch? Beim nächsten Mal versuch gar nicht erst, mich zum Mitkommen zu überreden, Cassia.«

»Beim nächsten Mal werde ich gar nicht wollen, dass du mitkommst.« Türenknallend verließ sie das Zimmer.

»Das hat doch alles prima geklappt«, sagte Cecily. Sie und Benedict saßen nach dem Abendessen im Wohnzimmer. Sie stickte, er arbeitete einige Papiere durch.

»Ja, das denke ich auch.«

»Laurence war sehr brav, und die Mädchen sahen einfach niedlich aus.«

»Stimmt.«

»Ich fand John Fishers Rede ein bisschen langweilig.«

»Ein bisschen.«

»Benedict?«, sagte Cecily nach einer Pause.

»Ja?«

»Benedict, es tut mir sehr leid.«

»Was tut dir leid?«

»Dass ich wegen deines Mittagessens mit Dominic Foster so wütend war. Es war falsch von mir, die Sache an die große Glocke zu hängen.«

»Schon gut, Cecily.« Er klang distanziert und lächelte ihr nicht einmal zu.

»Bitte verzeih mir.«

»Da gibt es nichts zu verzeihen.« Diesmal lächelte er, allerdings nur kurz und höflich. Vergeblich versuchte Cecily, mehr hineinzulesen.

»Benedict …«

»Entschuldige, Cecily, aber ich muss heute Abend noch diese Unterlagen sichten. Vielleicht sollte ich in mein Arbeitszimmer gehen.«

»Nein, bitte nicht. Es ist schön, dass du zurück bist. Ich habe dich vermisst.«

»Ich bedaure, meine Liebe, doch ich muss schon bald wieder fort. Nach Paris. Nur für eine Woche oder zehn Tage. Einer der Partner in meiner Firma, das heißt in der Börsenmakleragentur«, fügte er nachdrücklich hinzu (er achtet darauf, dass ich nicht glaube, es hätte etwas mit Immobilien oder mit Dominic Foster zu tun, dachte Cecily), »würde gerne Geschäftsbeziehungen zu einer französischen Firma knüpfen. Wir werden uns einige ansehen und uns mit ein paar Leuten unterhalten. Er möchte unbedingt, dass ich ihn begleite, weil ich Französisch spreche.«

»Ja, das ist sicher ein Vorteil«, erwiderte sie mit einem fröhlichen Lächeln. »Wie nett, natürlich musst du hin. Ich wünschte, ich könnte mitkommen.«

Sie wartete darauf, dass er wie früher antworten würde, dass sie das vielleicht tun sollte. Ein wenig einkaufen, Sehenswürdigkeiten besichtigen. Aber er schwieg. »Das wünschte ich auch«, sagte er schließlich in einem Ton, der klarmachte, dass das Thema für ihn abgeschlossen war. »So, und falls es dich nicht stört, setze ich mich jetzt in mein Arbeitszimmer und schaue, wie ich mit diesen Unterlagen vorankomme.«

»Wann reist du ab?«

»Am Dienstag. Wir nehmen den Nachtzug.«

»Aha. Dann also bis später.«

»Oh, ich werde bis spät in die Nacht arbeiten. Ich schlafe in meinem Ankleidezimmer, um dich nicht zu wecken.«

»Es macht mir nichts, wenn du mich weckst, Benedict«, erwiderte sie. Doch er verstaute seine Akten bereits in einer Mappe und griff nach seinem Zigarettenetui. Entweder hatte er sie nicht gehört, oder er tat so, als ob. Cecily wandte sich wieder ihrer Stickerei zu, doch die kleinen Blümchen verschwammen ihr vor den Augen.

Edward war nicht mehr im Esszimmer, als Cassia und die Kinder sich an den Frühstückstisch setzten.

»Der Doktor musste weg. Sie sollen ihn entschuldigen.« Peggy kam mit einer Platte voller Eier mit Speck herein.

»Wollt ihr Jungen Haferbrei? Es steht nämlich welcher in der Küche, falls ihr großen Hunger habt.«

»Ich hätte gern ein wenig Haferbrei, wenn es nicht zu viel Mühe macht, Peggy«, sagte Janet Fraser. Sie saß neben Delia und fütterte sie mit Babynahrung. »Das erinnert mich an zu Hause. Und Ihrer ist so lecker. Der beste, den ich je außerhalb von Schottland gegessen habe.«

Peggy errötete freudig und ging den Haferbrei holen. Bertie griff nach der Zeitung, die Edward auf den Tisch geworfen hatte. »Oh, schau mal, Mummy, da ist ein Foto von Onkel Benedict und dem netten Mann mit den Autos und noch jemandem. Schau doch mal …«

»Wo? O ja. Du meine Güte, sie sehen ja zum Fürchten aus. Wie bei einer polizeilichen Gegenüberstellung. Was steht da?«

Der Artikel, den das Foto illustrierte, teilte ihr mit, die Moreton Construction Company, Geschäftsführer Mr Harry Moreton und Mr Benedict Harrington, die groß in das Bauprojekt Waterloo Bridge investiert hatten, hätte soeben einen wichtigen Vertrag zum Bau einer neuen Gartenstadt in Guildford unterzeichnet. Architekt würde der ebenfalls abgebildete Mr Dominic Foster sein.

Sie erinnerte sich an Dominic Foster von Cecilys und Benedicts Weihnachtsfeier, an sein dunkles gutes Aussehen und seine hochgewachsene, anmutige Figur. Und auch an Cecilys Miene, als sie ihn beobachtet hatte, und ihr offensichtliches Unbehagen bei Edwinas Dinnerparty. Damals hatte sie erfahren, dass er und Benedict zusammen zu Mittag gegessen hatten. Der Mann war wirklich unverschämt attraktiv – aber homosexuell? Wie war so etwas festzustellen? Die arme Cecily mit ihrer ständigen, beinahe neurotischen Angst. Sie war zwar angesichts der Umstände nachzuvollziehen, aber dennoch ein

Jammer. Sicher erschwerte sie ihr das Leben oder machte es ihr sogar zur Hölle.

Draußen knirschte der Kies. Cassia spähte aus dem Fenster. »Bertie, die Post kommt. Könntest du sie holen?«

Der Stapel war so dick wie üblich. Hauptsächlich Rundschreiben für Edward. Einige Kuverts adressiert an Dr. M. Johnson, was Cassia ziemlich wurmte. Einige gewöhnliche Briefe an Edward und einer an sie, mit der Maschine beschriftet und in London abgestempelt. Als sie ihn aufriss, sprangen ihr im Briefkopf sofort Name und Adresse vom St. Christopher's ins Auge. Das Schreiben war vom Direktor.

Liebe Mrs Tallow,
ich hoffe, Sie sind wohlauf. Wir planen, die Einrichtung des Beatty-Forschungsstipendiums in Kürze bekannt zu geben. Vielleicht findet sogar eine kleine Zeremonie statt. In diesem Fall würden wir uns natürlich freuen, wenn Sie und Ihr Mann auch anwesend sein könnten.
Von Dr. Richards habe ich erfahren, dass Sie in der Klinik in Brixton viel Gutes tun. Hätten Sie möglicherweise Zeit, mich aufzusuchen? Wir haben die Möglichkeit erörtert, unsere Nachbetreuungssprechstunden auszuweiten, die wir inzwischen wöchentlich abhalten, und Ratschläge zur Empfängnisverhütung zu erteilen, wo es unserer Ansicht nach medizinisch geboten ist. Derzeit ist es noch nicht endgültig entschieden, doch meiner Ansicht nach wären Sie nach Ihren Erfahrungen sowohl in der Klinik in Brixton als auch in diesem Krankenhaus – einschließlich Ihrer Bekanntschaft mit einigen Mitarbeitern hier – ausgezeichnet dazu geeignet, sich an diesem Vorhaben zu beteiligen. Natürlich muss ich Sie darauf hinweisen, dass Ihre Tätigkeit unvermeidlich untergeordneter

Natur wäre, doch andererseits würden Sie damit Ihren Kontakt zum Krankenhaus auffrischen.
Falls Sie so gütig wären, meine Sekretärin anzurufen oder ihr zu schreiben, könnten wir einen Termin vereinbaren.

»Mummy, fehlt dir etwas?«, fragte Bertie. »Du hast auf einmal eine so komische Gesichtsfarbe.«

KAPITEL 16

Das muss ein Witz sein, dachte Edwina. Ein schlechter Scherz. Sie hielt sich den Hörer ans andere Ohr. »Könnten Sie bitte wiederholen, warum Sie mich gerne sehen würden?«

»Miss Le Page hat am Donnerstagmorgen oder am Freitag Zeit. Wir möchten Sie so bald wie möglich sprechen. Oder wäre das zu knapp für Sie, um Ihre Kritik zu verfassen?«

»O nein«, erwiderte Edwina leichthin. Sie hatte zwar keine Ahnung, was eine Kritik war, doch die meisten Dinge gingen ihr schnell von der Hand. »Donnerstag wäre in Ordnung.«

»Ausgezeichnet. Dann also um elf. Natürlich mit der Kritik.«

»Ja natürlich. Auf Wiedersehen.«

Gleich nachdem sie aufgelegt hatte, rief sie Venetia Hardwicke in ihrem Büro bei der *Vogue* an. »Venetia? Ich bin es, Edwina. Hast du wirklich diesen Leuten von *Style* gesagt, sie sollen sich bei mir melden?«

»Ja, habe ich. Eine Redakteurin meinte, sie bräuchten jemanden mit guten Verbindungen für die Einkaufsseite. Ich habe ihr von dir erzählt, und sie klang ziemlich beeindruckt. Ich habe dir nichts davon verraten, damit du nicht enttäuscht gewesen wärst, wenn es nicht geklappt hätte. Es ist wirklich ein Kinderspiel, Edwina. Du suchst dir einfach einen Laden aus, oder besser, sie suchen ihn für dich aus. Es wird einer ihrer Anzeigenkunden sein. Dann gehst du hin, entscheidest dich für ein paar Sachen, über die du schreiben möchtest, und lässt sie fotografieren. Sie brauchen Redakteurinnen, die sich Zutritt zu den Häusern und Kleiderschränken der Menschen verschaffen können. Ich dachte, das ist genau das Richtige für dich. Außerdem bewundere ich, was du bis jetzt für die Modenschau hingekriegt hast.«

»Oh«, sagte Edwina. »Ich verstehe. Ich hätte ja große Lust dazu, aber ich weiß nicht, ob ich so was kann. Was ist übrigens eine Kritik? Und schaffe ich das bis Donnerstag? Ich habe es versprochen.«

»Edwina, du bist zum Totlachen«, erwiderte Venetia. »Das ist eine Art Besprechung. Vermutlich wollen sie, dass du die aktuelle Ausgabe erörterst. Ja, du liest sie von vorn bis hinten durch, schreibst auf, was dir gefällt und was nicht, und machst Vorschläge für ein paar Artikel.«

»Was für Artikel?«

»Na, Artikel eben. Soll ich dir helfen?«

»Auf gar keinen Fall. Jetzt, wo ich weiß, worum es geht, schaffe ich das auch wunderbar allein. Wie ist diese Miss Le Page denn so?«

»Oh, furchteinflößend. Aber das ist ihre Masche. Das ist bei denen allen so. Eine absolute Perfektionistin. Angeblich hat sie einmal ein Mädchen gefeuert, weil es ohne Hut zum Mittagessen gegangen ist. Doch deshalb wird sie dich mögen.«

Edwina kaufte sich eine Ausgabe von *Style*. Die Zeitschrift war eine Mischung aus *Vogue* und *Tatler*, ein Modejournal mit vielen Fotos von Menschen auf Partys. Bis jetzt hatte sie sie noch nie gelesen, doch sie fand sie recht interessant, auch wenn der Partyteil ein wenig steif wirkte. Niemand sah aus, als würde er sich amüsieren. Sie griff zu dem Stift und dem großen

Schreibblock, die sie ebenfalls gekauft hatte, und setzte sich zufrieden an ihren Schreibtisch. Das würde ein Spaß werden.

»Was, um alles in der Welt, tust du da?«, erkundigte sich Harry. Bei seinem Eintreffen hatte Edwina bereits wie eine Besessene geschrieben. Auf ihrem Schreibtisch türmten sich Unterlagen, und der Papierkorb quoll über.

»Ich verfasse eine Kritik«, erwiderte sie leichthin. »Über die Zeitschrift *Style*. Sie wollen mich wegen einer Stelle sprechen.«

»Einer Stelle? Was für einer Stelle?«

»Einkaufsredakteurin.«

»Einkaufsredakteurin? Du! Wie absurd.«

»Harry, du kannst ja so gemein sein. Was ist daran absurd?«

»Erstens hast du im Leben noch keinen Tag gearbeitet und nicht die Spur von Disziplin. Zweitens hast du keine Ahnung, wie es bei einer Zeitschrift zugeht. Und drittens gefällt mir die Vorstellung nicht. Du bist meine Frau, und ich will nicht, dass du irgendeine alberne Stelle annimmst. Ganz sicher nicht im Moment.«

»Was für ein Pech«, entgegnete Edwina kühl. »Denn wenn man mir die Stelle anbietet, nehme ich sie ganz bestimmt.«

Türenknallend stürmte Harry hinaus. Edwina blickte ihm nach und verzog das Gesicht. Dieser Idiot wollte ihr Vorschriften machen, als ob sie ein viktorianisches Dienstmädchen wäre. Eine Unverschämtheit.

Cassia saß beim Zahnarzt im Wartezimmer und versuchte, Bertie von der Marter abzulenken, die ihm sicherlich bevorstand. Obwohl er erst sechs war, hatte er schlechte Zähne und bereits drei Plomben.

Mr Rankins Tür öffnete sich. »Na, Bertie, Lust auf einen Ritt auf meinem Stuhl?«, fragte der Zahnarzt lächelnd.

»Los, Bertie«, sagte Cassia. »Rein mit uns.«

»Mrs Tallow, meiner Ansicht nach wäre es vielleicht ratsamer, wenn Sie draußen warten würden. Kinder schlagen sich allein häufig besser.«

Mit einem letzten verzweifelten Blick in ihre Richtung ließ Bertie sich ins Behandlungszimmer schieben.

Cassia setzte sich wieder, blätterte in verschiedenen zerfledderten Illustrierten und versuchte, nicht auf die Geräusche auf der anderen Seite der Tür zu hören.

Es handelte sich um das übliche Mischmasch aus Zeitschriften: *Good Housekeeping*, *Home Chat* und *Country Life*. Als Cassia *Country Life* zur Hand nahm, blieb ihr Blick sofort an den Immobilienanzeigen hängen.

Ein ziemlich hässliches Schloss in Schottland und ein riesiger Bungalow auf Sizilien standen zum Verkauf. Und dann war da noch ein Haus, das ihr ziemlich bekannt vorkam. Es war groß, prächtig und ausgesprochen schön. Eine Villa im Queen-Anne-Stil in Wiltshire, laut Verfasser der Annonce umgeben von einigen Hundert Hektar hügeliger Parklandschaft. Außerdem verfügte es noch über Nebengebäude, Stallungen und einige Häuschen für das Personal. Es sollte versteigert werden.

Sie saß noch da, starrte auf das Foto und grübelte darüber nach, woher sie es kannte, als sie Mr Rankins Stimme hörte.

»Na, so schlimm war es doch nicht?« Der Türknauf drehte sich. Und da fiel es ihr wie Schuppen von den Augen: Es war Rollo Greshams Haus.

Rollo Gresham verkaufte sein zauberhaftes Haus! Warum? Leonora hatte gesagt, er sei so stolz darauf.

Allein seine Gemälde waren wie die von Harry ein Vermögen wert. Außerdem standen dort seine Pferde und seine Autos. Gut, er verbrachte inzwischen den Großteil seiner Zeit im

Ausland. Aber so einen wundervollen Stützpunkt in England würde er doch behalten wollen. Na ja, vielleicht war es nur für einen gelegentlichen Besuch selbst für einen reichen Mann wie Rollo zu kostspielig.

Mit einem schlechten Gewissen verstaute sie die Zeitschrift rasch in ihrem Einkaufskorb, ohne zu wissen, warum. Sie lächelte Bertie zu, der gerade durch die Tür kam. Der Junge wirkte bleich und abgekämpft.

»Drei Plomben, tut mir leid«, verkündete Mr Rankin. »Aber er war sehr tapfer.«

Bertie war den Tränen nahe. Sie fuhr mit ihm nach Hause, machte ihm etwas Heißes zu trinken, setzte sich zu ihm, las ihm vor, kuschelte mit ihm und dachte erst wieder an die Ausgabe von *Country Life*, als sie sie am nächsten Tag in ihrem Einkaufskorb entdeckte. Da sie sich nicht erinnern konnte, was sie überhaupt damit gewollt hatte, steckte sie sie in eine Schublade ihres Frisiertischs. Vielleicht würde es ihr später wieder einfallen.

»Das ist sehr interessant, Mrs Moreton.«

»Es freut mich sehr, das zu hören.« Edwina entspannte sich ein wenig und gestattete sich ein Schlückchen von dem Zitronentee, den Miss Le Page vor sie hingestellt hatte. Miss Le Page selbst trank nur heißes Wasser, was in Edwina das Gefühl auslöste, bereits ein paar Blättchen Lapsang Souchong seien ein Ausdruck schrecklicher Gier.

Sie musterte Miss Le Page, während diese ihre Kritik durchblätterte. Miss Le Page war zierlich und ähnelte in jeglicher Hinsicht einem Vogel. Ihre Worte untermalte sie mit flatternden Handbewegungen. Sie hatte sehr dunkles Haar, das ein porzellanweißes Gesicht umrahmte, und ebenso dunkle große Augen. Ihr Mund war ein scharlachroter Strich. Gekleidet war sie ganz in Schwarz, abgesehen von ihrem roten Hut, der genau zum Lippenstift passte. Edwina fragte sich, ob wohl die Hutmacherin oder die Drogistin dahingehend ihre Anweisungen erhalten hatten. Angesichts der Macht, die Miss Le Page ausübte, war beides recht wahrscheinlich.

Als Chefredakteurin von *Style* herrschte sie nicht nur über eine Auflage von hunderttausend Exemplaren, sondern hatte in Sachen Stil auch das letzte Wort. Nur die *Vogue* und *Harper's Bazaar* konnten *Style* das Wasser reichen. Die drei Zeitschriften kämpften mit harten Bandagen um Anzeigenkunden und Leserinnen. Ihre Chefredakteurinnen wechselten kein Wort miteinander und nickten einander höchstens kurz zu, wenn sie sich bei einer Modenschau begegneten. Jedes Blatt hatte seine Stärke. Die *Vogue* war die Modebibel, *Harper's* vertrat einen etwas breiter gefächerten Ansatz, und *Style* hatte zusätzlich die Gesellschaftsseiten zu bieten. Diese waren der Inspiration von Aurora Le Page geschuldet, die zwar Engländerin, jedoch fünf Jahre lang bei der amerikanischen *Vogue* tätig gewesen war, bevor man sie gerufen hatte, um die kränkelnde Zeitschrift zu retten. Innerhalb eines Jahres hatte sie ihr wieder neues Leben eingehaucht.

Die Mischung aus Klatsch und Mode war unwiderstehlich. Die Chefredakteurin der *Vogue* mochte sie als gewöhnlich bezeichnen, die des *Harper's* als dümmlich, doch die Leserinnen waren begeistert.

Gerüchten zufolge erhielt die furchterregende Gesellschaftsredakteurin Drusilla Wyndham nicht nur Einladungen zu Partys und Hochzeiten mit beigefügten Zehnpfundscheinen, sondern wurde auch häufig in Restaurants und Boutiquen angesprochen, ja sogar, ein berühmtes Beispiel, auf dem Rückweg vom Altar in der Chelsea Old Church nach der Kommunion, und zwar von Müttern, die sich verzweifelt wünschten, der Debütantinnenball ihrer Tochter möge in ihrer Kolumne erwähnt werden. Edwina war Mrs Wyndham einige Male bei Festlichkeiten begegnet und hatte sie recht sympathisch gefunden.

Als Aurora Le Page ihre Kritik weglegte, blickte Edwina auf.

»Ziemlich interessant«, sagte Le Page. »Vor allem, wenn man bedenkt, dass Sie keine Ahnung haben, wovon Sie reden.«

»Nein«, erwiderte Edwina vergnügt. »Wie sollte ich auch?«

»Ganz richtig. Aber mir gefallen einige dieser Vorschläge. Sie kennen Mrs Wyndham, richtig?«

»Ja. Wir haben uns ein paarmal getroffen. Auf Partys. Sie war sogar bei meinem Debütantinnenball.«

»Ja, das hat sie erzählt. Sie sagte, Ihre Mutter sei eine äußerst charmante Frau.« Was eine Menge über die beiden verriet, dachte Edwina. »Tja, ich habe in letzter Zeit keine Gespräche mehr mit jemandem geführt, der auch nur Ideen hatte. Und Sie sind offenbar nicht auf den Kopf gefallen. Wann könnten Sie anfangen?«

Edwina zögerte. »Morgen?«

»Edwina, ich verbiete es dir«, sagte Harry. »Und damit Schluss.«

»Nun, das ist mir egal«, entgegnete Edwina. »Verbiete nur, so viel du willst, ich tue es trotzdem. Wenn es dir nicht passt, Harry, kannst du ja … Na, was kannst du denn? Dich von mir scheiden lassen? Ich dachte, dafür braucht man triftige Gründe. Dich von mir trennen? Meinetwegen. Lebst du eigentlich noch im Mittelalter, oder was? Ich bin weder dein Dienstmädchen noch dein Eigentum.«

»Du weißt genau, warum ich dagegen bin.«

»Ja, in der Tat. Dir gefällt die Vorstellung nicht, dass ich nur ein kleines bisschen Einfluss habe. Dass ich mein eigenes

Leben führe und nicht nur eine Hausfrau bin, die nach deiner Pfeife tanzt und sich Loblieder auf dich anhört.«

»Edwina, das ist nicht wahr. Ich habe kein Problem damit, dass Frauen berufstätig sind. Ich befürworte es sogar sehr.«

»Wie großzügig von dir.«

»Doch ich möchte nicht, dass du derzeit arbeitest, weil ich mir eine Familie wünsche. Bald. Was dir sehr wohl bekannt ist.«

»Ich hatte keine Ahnung, dass Berufstätigkeit eine Empfängnis verhindert«, entgegnete Edwina kühl. Sie hoffte, dass er das Pochen ihres Herzens nicht hörte, und betete, sie möge nicht erröten.

Harry, der an der Tür gestanden hatte, kam auf sie zu und packte sie an den Handgelenken. Sein Gesicht war verzerrt vor Wut. »Edwina, sollte ich herausfinden, dass du eine Schwangerschaft verhinderst, lasse ich mich von dir scheiden, so viel ist klar.«

»Mit welcher Begründung?«

»Ach keine Sorge. Mir fällt schon etwas ein, und das könnte ziemlich unangenehm für dich werden. Und jetzt gehe ich aus. Es wird spät.«

Als er fort war, griff Edwina nach ihrem Zigarettenetui. Ihre Hände zitterten so, dass sie das Feuerzeug kaum bedienen konnte. »O Gott.« Sie lehnte sich in ihrem Sessel zurück und blickte hinaus in den strahlenden Sommerabend, der sich plötzlich verdunkelt zu haben schien. »Was soll ich nur tun?«

»Entschuldigen Sie die Verspätung«, sagte der Direktor. »Nehmen Sie doch Platz. Also, wie hört sich eine Mitarbeit in der Nachsorge für Sie an?«

»Wundervoll«, antwortete Cassia nur.

»Ich hielt es für einen guten Einfall. Mr Scarsdale und

Schwester Rigour haben mir erklärt, dass sich diese Sprechstunden als äußerst hilfreich erwiesen haben und dass ihr Fachbereich ausbaufähig, ja dringend notwendig ist. Natürlich wäre es nur auf Probe. Es könnte nicht funktionieren.«

Sie wagte kaum, die Frage zu stellen, aber es führte kein Weg daran vorbei. »Und wie sehen Sie meine Rolle in diesem Programm?«

»Nun, Sie sind doch Ärztin, richtig? Die Prüfung in Geburtshilfe haben Sie recht gut bestanden. Sie besitzen einige Erfahrung auf diesem Gebiet. Deshalb halte ich es für die optimale Lösung, Sie als leitende Ärztin einzusetzen.«

»Edward, ich muss mit dir reden«, sagte Cassia, als sie nach Hause kam. Sie wusste, dass es unumgänglich war, das Thema sofort anzusprechen. Es war zu wichtig, um es vor sich herzuschieben.

Er reagierte äußerst verärgert und gekränkt. Mit seinem Zorn hatte sie gerechnet, mit der Gekränktheit nicht.

»Es liegt nur an diesem albernen Stipendium«, tobte er. »Du hast dir die Stelle gekauft.« Sein Gesicht war kreidebleich. »Ich muss jetzt gehen. Ich glaube nicht, dass es dazu noch viel zu sagen gibt, du vielleicht? Dass du einen weiteren Tag nicht zu Hause sein wirst, spielt ja vermutlich keine große Rolle. Du tust sowieso, was du willst. Wir sehen uns morgen. Gute Nacht.«

»Ich finde, du solltest ihm reinen Wein einschenken«, meinte Sylvia Fox-Ashley.

»Mummy, ich kann nicht, er bringt mich um.«

»Warum sollte er das? Es ist nicht deine Schuld.«

»Selbstverständlich ist es nicht meine Schuld, dass ich unfruchtbar bin. Allerdings weiß ich es inzwischen schon seit einer geraumen Weile. Ich hätte es ihm sagen müssen. Ich habe ihn getäuscht. Nichts macht Harry wütender als Unaufrichtigkeit.«

»Könntest du ihm nicht erklären, du machtest dir Sorgen und wolltest deshalb zum Arzt gehen?«

»Damit könnte ich es ein bisschen hinauszögern. Doch dann würde er wissen wollen, welche Untersuchungen durchgeführt werden, und er ist durchaus in der Lage, sich gründlich mit der Angelegenheit zu beschäftigen. Er wird mich begleiten und Fragen stellen. Außerdem weiß unser Hausarzt, dass ich bei Mr Fortescue war.«

»Du machst deshalb ein schreckliches Theater, Edwina. Das passt so gar nicht zu dir. Ich begreife nicht, warum du es ihm nicht einfach beichtest, dich entschuldigst, ihm sagst, du hättest ihm nicht wehtun wollen, und anbietest, jeden Arzt aufzusuchen, den er dir vorschlägt. Tut mir leid, Schatz, aber ich muss mich jetzt umziehen. Wir speisen im Forty Three, und ich muss in einer halben Stunde weg. Ich habe dir einen Rat gegeben, mehr kann ich auch nicht tun.«

»Nein«, erwiderte Edwina und ging. Sie war ein wenig erleichtert, weil das Gespräch vorbei war, obwohl sie noch mehr hatte sagen wollen. Es war nicht leicht, der eigenen Mutter mitzuteilen, man habe drei Wochen vor seiner Hochzeit eine Schwangerschaft abbrechen lassen. Selbst einer Mutter wie Sylvia.

KAPITEL 17

Eine grässliche Frau«, empörte sich Mrs Wyndham. »So vulgär.«

»Aber ausgesprochen elegant«, wandte Aurora Le Page ein. »Als wir das letzte Mal eine Doppelseite über sie gebracht haben, haben sie uns die Bude eingerannt.«

»Sie spielt ausgezeichnet Canasta«, meinte Edwina. Sie hatte gerade einige Vorschläge für ihre erste Einkaufsseite mit Miss Le Page erörtert, als Drusilla Wyndham mit ihren Fotos für die Gesellschaftsseite hereinmarschiert gekommen war. Unvermeidlich hatte sich die Unterhaltung Mrs Simpson und dem König zugewandt. Nun drehten sich die beiden Frauen um und starrten Edwina an.

»Woher wissen Sie das?«, fragte Aurora.

»Meine Mutter hat mit ihr gespielt. Letzten Sommer in Biarritz. Sie waren zu mehreren dort. Die Männer haben den ganzen Tag mit Golf verbracht. Deshalb war sie mit Mrs Simpson allein, und sie haben sich eben so beschäftigt.«

»Wie faszinierend«, erwiderte Mrs Wyndham. »Allerdings wundert mich das nicht. Es ist ein ziemlich vulgäres Spiel.«

»Schauen Sie sich nur die Mädchen an, die bei der Gartenparty vorgestellt wurden. Sehen sie nicht zum Fürchten aus?«

»Ein wenig schon«, räumte Edwina ein. »Diese Hüte! Wie konnte das passieren?«

»Tja, wegen der Trauer bei Hofe. Es gab einen Rückstau von sechshundert, weshalb man beschlossen hat, sie bei zwei Gartenpartys abzufertigen.« Drusilla Wyndham nahm sich eine Zigarette aus der Schachtel auf Miss Le Pages Schreibtisch. »Natürlich die absolute Katastrophe. Bei der ersten hat es gewittert, und der König hat befohlen, die Vorstellungen nach Liste abzuarbeiten. Also haben die meisten sie verpasst, was vermutlich das Beste war. Und bei der zweiten saß er nur da und hat ein Gesicht gemacht wie ein schmollendes Kind, was Ihnen sicher schon aufgefallen ist.«

»Bringen wir es trotzdem, Drusilla, es ist einfach zu amüsant. Sie wissen nicht zufällig, was Mrs Simpson für diesen Sommer geplant hat, Mrs Moreton?«

»Meine Mutter könnte im Bilde sein. Ich frage sie.«

»Bitte tun Sie das.«

Edwina kehrte an ihren Schreibtisch in der Moderedaktion zurück, einen Raum, den sie mit sechs anderen Frauen teilte. Ein sanfteres Gemüt wäre in dieser Umgebung wahrscheinlich eingegangen wie eine Primel, doch Edwina blühte auf. Dass sich alles um Stil, Originalität und die lebenswichtige Bedeutung eines winzigen Details an einem Kleid, einem Hut, einem Paar Schuhe, ja sogar einer Feder drehte. Dass die welterschütterndste politische Krise oder das wichtigste internationale Ereignis nicht mit der neuesten Kreation von Monsieur Dior oder der neuesten Äußerung von Mr Hartnell mithalten konnten. All das erschien ihr völlig vernünftig, ja sogar sinnvoll.

Zum ersten Mal im Leben fühlte sie sich wirklich und wahrhaftig zu Hause. Sie schnupperte den berauschenden Duft, ließ sich den köstlichen Geschmack auf der Zunge zergehen und achtete nicht auf die häufig gehässige Stimmung. Dank ihres ausgeprägten Selbstbewusstseins deutete sie alle

Kritik als konstruktiv und betrachtete Feindseligkeiten als vorübergehende Entgleisungen.

Ihren ersten Streit hatte sie mit der Dessous-Redakteurin, einer gewissen Frances Campbell-Moore, die ihr vorwarf, sie wolle sie nicht nur von ihrem Posten verdrängen, sondern sich auch noch bei Miss Le Page einschmeicheln, indem sie ihr Haus als Aufnahmeort für eine Fotositzung mit Abendroben anbot. Edwina entgegnete, sie habe keine große Lust, für den Rest ihrer Tage Mannequins in Korsetts zu schnüren. Falls Miss Campbell-Moore ein besseres Beispiel für ein klassisches Londoner Treppenhaus vorzuweisen habe, wäre sie ihr sehr dankbar, denn ihr Ehemann drohe ihr wegen des Fototermins schon mit Scheidung. Damit hatte sie sich den widerwilligen Respekt der anderen verdient und konnte in ihrer kleinen Ecke in der Moderedaktion sitzen und in Ruhe ihre recht bescheidene Aufgabe erledigen.

Sie liebte ihren Beruf, der längst nicht so hohe Anforderungen an sie stellte, wie sie befürchtet hatte. Nach einem Monat war sie sicher, die Dinge im Griff zu haben. Und sie war so glücklich wie schon seit sehr langer Zeit nicht mehr. Der einzige Wermutstropfen war ihre ständige Sorge wegen Harry, weil sie ihm seinen Wunsch beim besten Willen nicht erfüllen konnte. Was würde er wohl tun, wenn er es herausfand?

»Cassia, ich möchte mit dir reden.«

»Hast du heute Morgen nicht Sprechstunde?«

»Maureen vertritt mich. Was ich dir zu sagen habe, ist zu wichtig, um es zwischen Tür und Angel zu erörtern.«

»Oh.« Plötzlich wurde sie von Nervosität, ja beinahe Panik ergriffen. Hastig ging sie in Gedanken die Ereignisse der letzten drei Wochen durch. Sie war nicht häufiger abwesend gewesen als sonst. Die Kinder fühlten sich offenbar wohl. Sie hatte keine Partys oder Taufen in London besucht oder, was noch wichtiger war, ihn gebeten, sie zu begleiten.

Außerdem hatte sie sich größte Mühe gegeben, ihren Beruf nicht zu erwähnen. Nicht einmal an dem Tag, als Dr. Rivers, der Oberarzt, an der Grippe erkrankt war, Dr. Simmonds, der Assistenzarzt, Schwester Rigour bei der Entbindung von zu früh geborenen Zwillingen assistierte und die für die Nachsorge zuständige Schwester in den Kreißsaal gerufen wurde, wo sage und schreibe drei Mütter gerade ihre Kinder bekamen. Deshalb hatte Cassia ganz allein und nur unterstützt von einer Schwesternschülerin die Sprechstunde übernommen. Nicht davon zu berichten war ihr so schwergefallen wie nichts davor. Doch sie würde sich für den Rest ihres Lebens an jenen Tag erinnern, an dem sie wirklich wieder als Ärztin praktiziert hatte. Natürlich war es keine schwierige Aufgabe gewesen. Einige Untersuchungen von Becken, Vagina, Brüsten und des allgemeinen Gesundheitszustands. Aber sie hatte einen Abszess in der Brust, eine Beckenentzündung und Beschwerden diagnostiziert, die für sie eindeutig auf eine Blinddarmentzündung hinwiesen, nicht auf das Wiedereinsetzen der Periode, wie die Patientin behauptete. Also hatte sie einen Arzt in der allgemeinen Abteilung angerufen, der irgendwann erschienen war und ihre Feststellung bestätigt hatte. Als sie um sieben erschöpft in die Walton Street zurückkehrte, war sie so glücklich gewesen wie schon seit Menschengedenken nicht mehr.

»Ich habe nachgedacht«, riss Edward sie aus ihren Erinnerungen. »Und ich habe den Eindruck, dass wir beide nicht sehr froh mit dieser Situation sind. Mir ist klar, dass ich mich nicht richtig verhalten habe. In letzter Zeit.«

»Nun«, erwiderte sie bemüht versöhnlich, »ich auch nicht. Nicht immer.«

»Es war recht schwierig für mich.« Plötzlich lächelte er, ein zerknirschtes, beinahe verlegenes Lächeln. Es versetzte sie zurück in die Anfangstage ihrer Beziehung, als sie mit ihm glücklich gewesen war.

»Ich weiß, Edward.« Entschuldige dich nicht zu viel, Cassia, sonst dreht er dir das Wort im Munde um.

»Die Sache ist« – inzwischen erwärmte er sich für sein Thema, und die Worte sprudelten nur so aus ihm heraus –, »dass ich etwas tun möchte. Etwas, das mir sehr wichtig ist.«

»Gut«, antwortete sie bewusst fröhlich. »Wenn es dir wichtig ist, nur zu.«

»Ja, doch dazu brauche ich deine Mitarbeit. Deine Unterstützung. Weißt du …« Er betrachtete sie beklommen. »Deine Erwartungen sind nicht die einzigen, die enttäuscht wurden, Cassia. Mir geht es genauso.«

»Aber Edward …«

»Lass mich ausreden. Dann kannst du antworten, was du möchtest. Ich hoffe nur, dass es das sein wird, was ich hören will.« Wieder das zögerliche Lächeln. Sie wartete ab. Allmählich wurde ihr flau. »Ich wollte immer Chirurg werden. Das habe ich mit dieser Praxis verdrängt und mir eingeredet, dass es mein Wunsch war.«

»Aber es war dein Wunsch. Diese Praxis, meine ich. Das weißt du doch. Du wolltest Dorfarzt und ein lebenswichtiger Teil der Gemeinde sein.«

»Ja, richtig. Und es war schön. Ich hatte Freude daran. Doch jetzt will ich mehr. Ich will zurück an die medizinische Fakultät.«

»An die medizinische Fakultät! Aber …«

»Ja, ich will wieder Chirurgie studieren und mein Aufbaudiplom machen. Nie im Traum hätte ich gehofft, dass das möglich sein könnte. Ich habe mir nicht einmal gestattet, daran zu denken. Aber wegen deines Erbes hat sich jetzt natürlich alles verändert.«

Sie war so vor den Kopf gestoßen, dass sie nicht mehr klar denken konnte. Stets hatte sie angenommen, dass Edward mit seinem Leben, seiner Praxis und seiner Stellung im Dorf völlig zufrieden war. Mit dem Respekt und der Wertschätzung, die bei seinen schlicht gestrickten Patienten fast an Ehrfurcht grenzten.

Es erschien ihr unfassbar, dass er bereit war, all diese Dinge für das harte, anstrengende Dasein eines Medizinstudenten zu opfern. Dann würde er keine Autorität und keine Hochachtung mehr genießen. Nein, jede seine Äußerungen und Entscheidungen würde kritisiert, infrage gestellt und häufig gar verlacht werden. Sie zweifelte nicht daran, dass er aufgrund seiner heutigen Reife und seines Selbstbewusstseins die Aufgabe schultern, die Prüfungen mit Bravour bestehen und ein angesehener Chirurg werden würde. Allerdings zu einem in ihren Augen unbeschreiblich hohen Preis.

Er betrachtete sie mit Ungeduld im Blick. »Du wirkst nicht überzeugt.«

»Doch, schon. Sprich weiter.«

»Hätte ich im Prinzip deine Unterstützung?«

»Ja«, sagte sie, und es gelang ihr, einen positiven, ja sogar begeisterten Tonfall anzuschlagen. »Ja natürlich. Du weißt, dass ich zuerst an deine Karriere gedacht habe, als ich – wir – Leonoras Geld bekamen. Dass du etwas damit anfangen kannst. Selbstverständlich unterstütze ich dich und helfe dir.«

»Gut, denn, weißt du, ich habe mich bereits um einen Studienplatz beworben und ihn erhalten.«

»Du hast einen Studienplatz? Wo, wie, warum hast du mir nichts erzählt …?« Ihre Stimme erstarb, denn sie kannte die unvermeidliche Antwort, die sie nicht hören wollte.

»Ich habe einen Platz am University College Hospital in Glasgow.« Inzwischen war sein Augenausdruck seltsam ängstlich, ja beinahe feindselig. »Vielleicht erinnerst du dich, dass ich vor einigen Monaten dort auf einem Kongress war. Möglicherweise auch nicht. Ich habe mich gut mit dem Direktor verstanden, und so nahm die Sache ihren Lauf. Ich habe mich auch an einigen Londoner Krankenhäusern beworben, doch das hat nicht geklappt. Jedenfalls gefiel es mir in Glasgow. Das Krankenhaus, die Stadt, alles wunderbar. Ich hoffe, in diesem Herbst anfangen zu können. Zwei Jahre lang. Und natürlich will ich, dass du und die Kinder mich begleiten.«

Im ersten Moment begriff sie nicht ganz. Es waren nur Wörter, willkürlich zusammengesetzte, eigenartige Sätze. Er konnte doch nicht ernsthaft von ihr verlangen, nach Glasgow zu ziehen? Da waren doch die Praxis, Maureen, ihre neue Stelle. Sie sprach es aus.

»Darüber habe ich schon nachgedacht. Ursprünglich habe ich überlegt, die Praxis zu verkaufen, aber das halte ich nicht für klug. Ich werde einen Stellvertreter beschäftigen und Maureen zur Juniorpartnerin machen. Sie ist sehr tüchtig. Sie könnte auch in dem Haus wohnen. Das wäre besser, als es leer stehen zu lassen. Oder vielleicht will sie ja ebenfalls fort.«

»Hast du bereits mit ihr darüber gesprochen?«, fragte sie.

»Nein, natürlich nicht. Ich wollte es zuerst dir sagen.«

»Ja, ich verstehe.« Sie zwang sich zu einem Lächeln und bemühte sich, zumindest ein wenig Begeisterung an den Tag zu legen. Dabei zermarterte sie sich wie wild das Hirn. Was würde das für sie bedeuten? Sie würde ihre Sprechstunden aufgeben müssen, doch sicher gab es auch in Glasgow Familienplanungskliniken, das müsste also zu schaffen sein. Doch ihre Nachsorge, der Weg zurück ins St. Christopher's wäre vorbei, fast ehe er begonnen hatte. Und das Haus, nein die Häuser.

Sie würde die Walton Street verlassen müssen. Und Rupert und …

»Wie lange planst du das schon?«, erkundigte sie sich, um Zeit zu gewinnen.

»Oh, seit einigen Monaten. Ich habe mich auf einige Stellen beworben.«

»Und es gab nichts in London oder hier in der Nähe?«

»Nicht in London, nein. Und natürlich wollte ich an ein Krankenhaus mit einem guten Ruf. Das University College Hospital in Glasgow verfügt über einige ausgezeichnete Chirurgen, die interessante Operationen durchführen. Wenn ich diese Angelegenheit durchziehe, dann richtig. Ich mache keine halben Sachen. Es wäre doch beispielsweise zwecklos, am Haywards Heath Hospital anzufangen.«

»Ja, das wäre nicht sinnvoll.« Es war wichtig, positiv zu wirken und nur vernünftige Einwände vorzubringen. »Aber was ist mit den Jungen? Der Schule?«

»Nun, Bertie kommt in einem Jahr ins Internat, und William kann dort zur Schule gehen. Es ist ja kein verschlafenes Nest.« Plötzlich klang er verbittert und kalt.

Als sie ihn betrachtete, merkte sie ihm an, er wusste, dass sie nicht wollte, und würde nach jedem Strohhalm greifen, um es zu verhindern. Sie fragte sich, warum es ausgerechnet Glasgow sein musste. Wieso jetzt?

Eine lange Pause entstand. Sie saß da, nestelte an einem losen Faden an ihrem Rock herum und spürte, dass er sie beobachtete. »Nun, was hältst du davon?«, fragte er gekünstelt fröhlich, ja beinahe leutselig.

Sie wartete auf Hilfe, auf eine zündende Idee, doch diese blieb aus. »Es ist eine schwerwiegende Entscheidung, Edward«, sagte sie schließlich leise. »Eine sehr schwere. Für mich und die Familie.«

»Das sehe ich anders.« Seine Stimme klang gefährlich ruhig.

»Sei nicht albern«, entgegnete sie. »Das musst du doch begreifen. Alles würde sich verändern, unser Leben ...«

»So schlimm wird es nicht. Die Kinder besuchen neue Schulen. Wir hätten ein neues Haus und würden neue Freunde kennenlernen. So etwas ist schon öfter vorgekommen, Cassia. Viele Familien ziehen um.«

»Aber stell dir vor, wenn es mit der Praxis nicht klappt. Wenn dein Vertreter sie nicht richtig führt. Was machst du dann? Die Praxis ist dein Lebenswerk, Edward, du darfst das nicht einfach wegwerfen.«

»Cassia, was soll das? Was hast du vor? Willst du mich entmutigen, bevor ich überhaupt angefangen habe? Wenn ich Erfolg habe, werde ich nicht in die Praxis zurückkehren. Aber vielleicht hältst du das ja für unwahrscheinlich.«

»Natürlich nicht, Edward.«

»Dass ich in den Abschlussprüfungen nicht glänzend abgeschnitten habe, heißt noch lange nicht, dass ich unfähig bin.«

»Das habe ich auch nie behauptet. Ich versuche nur, an alles zu denken. Und all deine Patienten im Dorf. Sie lieben dich und vertrauen dir. Wenn du einfach gehst, lässt du sie im Stich.«

»Cassia, meinen Patienten wird nichts geschehen. Ich lasse sie nicht ohne ärztliche Hilfe zurück.«

»Ja, ich weiß. Es erscheint mir nur so grausam.«

»Jetzt bist du albern. Sentimental und albern.«

»Tja, tut mir leid, dass du das findest. Mir bedeuten sie alle viel.«

»So viel, dass du inzwischen nur noch deine halbe Zeit im Dorf verbringst.«

»Bitte, fang nicht wieder damit an.«

»Weitere Einwände?«, fragte er nach einer Pause.

Sie zögerte. »Nun, es ist ein Risiko. Ein großes Risiko. Für dich.«

»Für mich?«

»Ja. Was, wenn es dir nicht gefällt. Wenn du größere Schwierigkeiten hast, wieder Student zu sein, als du jetzt glaubst?«

»Cassia, darüber habe ich nachgedacht. Ich glaube, ich bin reif genug, um das auszuhalten. Angesichts dessen, wie wichtig das Ergebnis ist. Deshalb behalte ich ja die Praxis. Offenbar bist du nicht bereit, mich zu unterstützen.«

»Doch, Edward, natürlich. Das ist unfair.«

»Für mich klingt das nicht nach Unterstützung. Ich bin enttäuscht von dir, Cassia.«

Sie musterte ihn forschend und rechnete eigentlich mit Empörung. Aber er wirkte aufrichtig bedrückt und gekränkt. Sie wurde von Reue ergriffen. »Edward, bitte gib mir Zeit, um mich an die Idee zu gewöhnen.«

»Damit habe ich nicht gerechnet. Oder vielleicht doch. Sagen wir mal, ich habe gehofft, dass du hundertprozentig hinter mir stehst. Wie ich es umgekehrt auch tun würde.«

»Das stimmt doch gar nicht. Hast du etwa hinter mir gestanden, als du Maureen als Assistentin eingestellt hast? Oder als ich dir von der Sprechstunde im Krankenhaus erzählt habe?«

»Das ist etwas völlig anderes.«

»Warum?«

»Das verstehst du doch sicher. Hier geht es um meine gesamte Karriere, nicht um ein paar lächerliche Sprechstunden.«

»Ich finde sie ganz und gar nicht lächerlich.« Sie war erschrocken über ihren heftigen Tonfall. »Mir bedeuten sie alles. Meinen Wiedereinstieg, mein …«

»Ah, jetzt verstehe ich. Nun ist es auf dem Tisch. Es würde dich bei deiner so überaus wichtigen Arbeit stören. Und zwar sehr. All deine rührende Besorgnis um die Praxis, das Dorf und die Kinder. Das interessiert dich überhaupt nicht. Du denkst nur an dich, deine Arbeit, dein verdammtes Forschungsstipendium und deine reichen Freunde in London.«

Sie betrachtete ihn, erkannte Trauer und Verunsicherung in seinem Gesicht. Solche Gefühle hatte sie schon lange nicht mehr gesehen, und zu ihrer Überraschung brannten Tränen in ihren Augen. Sie stand auf, ging zu ihm und wollte die Arme um ihn legen. Aber er schob sie weg.

»Nicht. Bitte nicht.«

»Edward, ich wollte dich nicht verärgern. Wirklich nicht. Ich bewundere, was du leistest, und ich bewundere dich. Sehr.«

»Ach, verschon mich. Wie kannst du das? Ich bin nicht erfolgreich. Deshalb ist mir dieses Studium auch so wichtig. Ich bin nicht sonderlich klug. Ich bin auch nicht schlagfertig und charmant wie …«

»Lass das. Bitte hör auf, dich selbst zu bemitleiden.«

»Ich bemitleide mich aber«, entgegnete er leise. »So unbeschreiblich.« Er verließ das Zimmer und schloss die Tür.

Die Haustür knallte zu, und Cassia blickte ihm nach, als er die Auffahrt entlang und aus dem Tor ging. Er wirkte entsetzlich niedergeschlagen. Seine schmalen Schultern waren gebeugt, sein Kopf versank beinahe zwischen ihnen, seine Schritte waren matt und schleppend. Sie schämte sich und war schrecklich unglücklich.

Benedict wandte sich von Cecily ab. »Es tut mir leid«, sagte er.

»Schon gut. Ich verstehe.«

»O Gott, ich wünschte, du tätest das wirklich.«

»Doch, Benedict. Schau, vielleicht wäre es ja besser, wenn du in Zukunft immer in deinem Zimmer schläfst. Diese Situation belastet uns beide.«

»Na schön, wenn du das möchtest.«

»Es ist nicht das, was ich möchte, sondern was mir als das Beste erscheint. Für mich.«

»In Ordnung. Soll ich jetzt gehen?«

»Nein. Ich mag es, wenn du da bist. Leg die Arme um mich.«

»Es ist sehr warm hier. Lass uns einfach so liegen bleiben.«

Cecily blinzelte die Tränen weg, die ihr in die Augen traten. Noch nie hatte sie sich so gedemütigt und elend gefühlt. Und ihm erging es sicher nicht anders.

Ihre Ehe war nichts weiter als ein irreparabel beschädigtes Wrack, und es gab keine Aussicht, sie zu retten. Vermutlich wollte Benedict das auch gar nicht.

Inzwischen war sie nicht einmal mehr sicher, ob sie selbst das wollte.

»Woran denkst du gerade?«, fragte er.

Wenn sie ihm sagte, ja es auch nur andeutete, dass sie eine Scheidung in Erwägung zog, war alles verloren. Wahrscheinlich wartete er nur darauf, auf ein Stichwort, das ihn befreien würde. Sie zermarterte sich das Hirn nach einer positiven Antwort, fand eine und sagte in dem verzweifelten Versuch, freundlich und aufmunternd zu klingen: »Ich habe mir überlegt, wo wir die Ferien verbringen sollen. Vielleicht dieses Jahr in Frankreich? Es ist allerdings ziemlich spät, um noch die Villa zu mieten.«

»Ja, viel zu spät.«

»Oder sollen wir nach Devon fahren?«

»Oh, besser nicht. Das Haus ist in einem desolaten Zustand. Wir müssen es renovieren lassen. Und die Gärten sind völlig verwildert, sie sehen schauderhaft aus.«

»Umso mehr Grund hinzufahren. Ich könnte ein paar Arbeiten in die Wege leiten.«

»Hör zu, können wir nicht ein andermal darüber reden? Ich bin hundemüde. Ich glaube, ich gehe jetzt in mein Zimmer, falls du nichts dagegen hast.«

»Natürlich nicht.« Sie weinte sich in den Schlaf.

Am nächsten Morgen war er zerknirscht und bemühte sich um Versöhnung. »Ich dachte, ein paar Wochen in Schottland wären vielleicht nett. Wir könnten bei Jack Danvers in Ord wohnen. Die Kinder wären begeistert und ich auch. Ich könnte ein bisschen angeln …«

»Tut mir leid, Benedict«, erwiderte sie. »Ich hasse Schottland, und noch mehr hasse ich es, dass Letty Danvers den ganzen Tag ohne Punkt und Komma redet, während du und Jack loszieht, um Tiere zu töten. Ich glaube, ich bleibe lieber in London. Du kannst ja hinfahren, wenn du möchtest.«

»Nein, nein, ich bin viel zu beschäftigt. Ich bleibe auch hier.«

Am Abend allerdings meinte er, er habe nun doch beschlossen, hinauf in die Berge zu fahren. »Es ist so idyllisch da oben. In den ersten Ferienwochen, falls es dich nicht stört.«

»Kein Problem. Wir fahren vielleicht ins Haus meiner Eltern in Hampshire. Fanny ist gern dort, und sie und Stephanie können dort Reitstunden nehmen.«

»Gute Idee.«

»Edward«, sagte Cassia. Seit Tagen schon nahm sie ihren ganzen Mut für dieses Gespräch zusammen.

»Ja?« Er blickte nicht einmal auf.

»Edward, ich habe nachgedacht. Wegen Glasgow.«

»Hast du das?« Seine Stimme klang entspannter, ja sogar hoffnungsfroh. Sie schämte sich, weil sie ihm noch immer nicht sagen konnte, was er hören wollte.

»Edward, wenn ich beschließen würde, nicht mitzukommen …«

»Ja?«

»Dann könntest du es doch trotzdem tun, oder? Du könntest dir dort ein Haus mieten und nach Hause kommen, wann immer es möglich ist. Vielleicht wäre es sogar besser so. Du könntest dich auf dein Studium konzentrieren. Schließlich haben nicht viele Medizinstudenten Frau und Kinder.« Ihr Lächeln war ein wenig zu fröhlich.

»O nein«, entgegnete er. »Das kommt überhaupt nicht infrage. Ich habe dir gesagt, dass ich deine Unterstützung brauche. Deine volle Unterstützung. Wenn du mich nicht begleitest, gehe ich nicht.«

»Aber …«

»Ohne dich schaffe ich es nicht. Ich brauche dich in meiner Nähe. Wirklich. Eine andere Möglichkeit gibt es nicht. Hoffentlich überlegst du es dir.«

Da es inzwischen fast dunkel im Zimmer war, konnte sie sein Gesicht nicht sehen. Doch sie hörte den aufrichtigen Schmerz in seiner Stimme.

»Ich verstehe. Nun, dann werde ich mich sehr bald entscheiden müssen.«

»Ja, richtig.«

Es war ihre letzte Hoffnung gewesen, und die war nun in den Boden gestampft worden.

KAPITEL 18

Das ist Erpressung«, protestierte Harry. »Er könnte mühelos ein Krankenhaus in der Nähe von London finden oder ohne dich hingehen.«

»Das glaube ich nicht. Er hat nicht genügend Selbstbewusstsein. Er ist so ganz anders als, nun, du.«

»Das will ich doch schwer hoffen. Komm, lass uns tanzen.«

Sie zögerte.

»Komm schon. Wir reden später weiter. Ich fange an, mich zu langweilen.«

Was tat sie hier bloß?, dachte sie verzweifelt, als sie ihm auf die Tanzfläche des Four Hundred Clubs folgte. Allein mit Harry Moreton? Hatte sie jetzt völlig den Verstand verloren?

Er hatte sie um halb sieben angerufen, als sie gerade nach Hause gekommen war.

»Cassia? Ich bin es, Harry. Hättest du vielleicht Lust, mit mir ins Theater zu gehen?«

»Ins Theater?«

»Ja, ich habe zwei Karten für *The Barretts of Wimpole Street*. Es soll ziemlich gut sein. Ich bin sicher, es wird dir gefallen.«

»Aber kann Edwina nicht …?«

»Nein, kann sie nicht. Sie hat heute Abend irgendwelche dämlichen Modeaufnahmen.«

»Ich verstehe. Großer Gott, sie nimmt die Sache wohl mächtig ernst.«

»Ja«, entgegnete er knapp. »Sehr. Jedenfalls will ich die Karte nicht verfallen lassen. Deshalb habe ich an dich gedacht, weil du sicher sowieso nichts vorhast.«

»Schade, dass du mich für ein solches Mauerblümchen hältst. Tut mir leid, Harry, aber ich bin wirklich hundemüde.«

»Ach Unsinn. Es wird dich aufmuntern. Zieh dich um. Ich hole dich gegen sieben ab.«

Sie legte den Telefonhörer auf und betrachtete ihn nachdenklich. Dabei fragte sie sich, ob das entspanntere Verhältnis, das sich zwischen ihr und Harry Moreton entwickelte, besser oder gefährlicher war als die aufgeladene Feindseligkeit, die früher zwischen ihnen geherrscht hatte.

Sie fand das Stück ziemlich gut, obwohl Harry nicht sehr begeistert war. Er gähnte ununterbrochen, und während des unbeschreiblich romantischen dritten Akts spürte sie, dass etwas Schweres auf ihrer Schulter landete. Es war sein Kopf. Sie schob ihn weg.

»Wach auf«, zischte sie. »Sonst gehe ich.«

»Lass uns beide gehen. Komm, ich habe einen Tisch im Ivy reserviert. So sind wir vor den Horden dort.«

Nach dem Ivy bestand er darauf, sie ins Four Hundred auszuführen. Als sie kurz vor Mitternacht eintrafen, füllte sich das Lokal allmählich. Der Restaurantchef hastete auf sie zu. »Mr Moreton, guten Abend. Madame.«

»Guten Abend, Rossi. Sicher ist mein Tisch noch frei, wir sind früh dran.«

»Natürlich, Mr Moreton. Champagner?«

»Bitte.«

Der Tisch befand sich rechts von der Tür. Harry rückte ihr

den Stuhl zurecht, nahm selbst Platz und lächelte sie ein wenig selbstzufrieden an. »Für diesen Tisch würden viele einen Mord begehen«, meinte er. Einen Moment lang wirkte er wieder wie der herablassende, verwöhnte kleine Junge, der forderte, was er wollte, und es auch bekam. Sie sagte es ihm.

»O mein Gott, ich muss eine schreckliche Landplage gewesen sein.«

»Offen gestanden habe ich mich oft gefragt, wodurch du dich verändert hast und menschlicher geworden bist«, erwiderte sie und nippte an ihrem Champagner. »Als du nach Oxford gegangen bist, warst du noch immer grässlich.«

»Danke.«

»Und dann bist du so ganz anders geworden. Nun, ein wenig.«

»Sex«, antwortete er, lehnte sich zurück und schaute in sein Glas. »Ich hatte in Paris eine wundervolle Liebesbeziehung mit einer Frau, die einige Jahre älter war als ich. Sie hat mir klargemacht, was für ein abscheulicher Schnösel ich war, und mir beigebracht, über mich selbst zu lachen.«

»Oh, ich verstehe.« Sie war nicht ganz sicher, wie sie darauf reagieren sollte.

»Ich habe noch viele andere nützliche Dinge von ihr gelernt, die man am besten der Fantasie überlässt. Zumindest für den Moment.«

Sie schwieg.

»Jedenfalls freut es mich, dass du glaubst, ich hätte mich verändert. Obwohl ich noch immer abscheulich verwöhnt bin. Gut darin, meinen Willen durchzusetzen. Und das hier ist bekanntermaßen der beste Tisch im Lokal. Ein ausgezeichneter Beobachtungsposten und gut dafür, gesehen zu werden.«

»Oh, Harry. Was um alles in der Welt wird Edwina dazu sagen?«

»Nicht viel. Sie weiß, wie böse ich auf sie bin.«

»Sicher nicht so böse wie Edward auf mich.« Die zweite – oder war es die dritte? – Flasche Champagner hatte ihr die Zunge gelockert. Harry hatte zwar das meiste davon getrunken, aber trotzdem …

Und so erzählte sie ihm von Edward und ihrem Dilemma. Und er fällte sein Urteil darüber.

»So habe ich es noch gar nicht betrachtet«, sagte sie, als sie sich wieder setzten.

»Wie betrachtet?«

»Als Erpressung. Edwards Verhalten.«

»Also, für mich ist es ziemlich offensichtlich. Eigentlich sehr schlau. Eines Machiavelli würdig. Das hätte ich ihm gar nicht zugetraut.«

»Vielleicht schwingt tatsächlich etwas davon mit, doch er will wirklich hin. Das war schon immer sein Wunsch.«

»Warum hat er es dann nicht schon als Medizinstudent getan?«

»Seine Abschlussnoten waren nicht gut genug.«

»Ah, da hätten wir es ja. Und deine waren es. Ausgezeichnet, wenn ich mich recht entsinne.«

»Das hat nichts damit zu tun.«

»Nein?«

»Harry, das ist sehr ungerecht von dir.«

»Nun, zum Glück kennst du ihn besser als ich. Jedenfalls hoffe ich, dass du ihm nicht nachgeben wirst.«

»Ich habe keine Ahnung, was ich tun soll.«

»Wenn du mitgehst, ist das dein Ende. Das ist dir doch klar, oder?« Sein Tonfall war ernst geworden, und er musterte sie nachdenklich.«

»Das klingt so melodramatisch. Gar nicht wie du.«

»Es ist kein Melodrama, sondern die Wahrheit. Nach all

dieser Zeit hast du den Wiedereinstieg geschafft und kannst so sein, wie du wirklich bist.«

»Ich bin auch Ehefrau und Mutter.«

»Tja, dagegen lässt sich nichts machen. Aber tu es nicht, Cassia. Gib dich ihm nicht geschlagen. Sein Verhalten ist absolut falsch.«

In Harrys neuestem Auto, einem extrem großen schwarzen Buick, kehrten sie zurück in die Walton Street.

Cassia lachte, als sie vor dem Haus stoppten. »Das Auto blockiert praktisch die Straße. Es sieht aus wie ein Leichenwagen.«

»Danke für den Hinweis. Falls ich mein ganzes Geld verlieren sollte, könnte ich es immer noch für Beerdigungen vermieten. Jetzt muss ich aber los. In gut drei Stunden werde ich in der Bank of England erwartet. Bitte entschuldige mich. Und danke für den schönen Abend.« Unvermittelt beugte er sich vor und küsste sie sanft auf die Lippen. »Tu es nicht, Cassia. Lass dich von ihm nicht kleinkriegen.«

Verwirrt wegen des plötzlichen Stimmungswandels, seiner Worte und vor allem wegen des Kusses, starrte sie ihn an. Im nächsten Moment lächelte er und war wieder der Alte.

»Ich werde für drei Wochen verreisen«, sagte er. »Wenn ich zurück bin, erwarte ich zu hören, dass bei dir alles in Ordnung ist. Anderenfalls könnte ich dem Arzt persönlich einen Besuch abstatten.«

Er stieg aus, hielt ihr die Tür auf, küsste sie wieder, diesmal auf die Wange, und dann war er fort. Sie war noch verwirrter und verängstigter als zuvor.

Cecily fuhr im großen Daimler der Familie nach Devon und hoffte, dass Stephanie, der im Auto häufig übel wurde, sich nicht tatsächlich übergeben würde. Dabei versuchte sie,

Edwinas amüsantes Gespräch mit dem Fotografen zu folgen, das sich hauptsächlich darum drehte, ob Aurora Le Page in ihrer Zigarettendose auf ihrem Schreibtisch wirklich Kokain aufbewahrte.

Der Fotograf, der Justin Everard hieß, war ein recht blasser junger Mann, der eine schwarze Leinenhose und ein cremefarbenes Hemd trug. Das viel zu lange hellbraune Haar reichte ihm bis zum offenen Kragen. Cecily fand ihn auf Anhieb unsympathisch.

»Ich versichere Ihnen, dass ich letztens in die Dose geschaut habe«, sagte Edwina. »Sie war voller Zigaretten. Türkische«, fügte sie hinzu, als ob das eine Rolle spielte.

»Ach, Schätzchen, Sie sind ja so naiv«, erwiderte Justin Everard. »Natürlich sind oben in der Dose Zigaretten. Sie hat einen doppelten Boden, das weiß doch jeder.«

»Oh«, sagte Edwina verunsichert. »Cecily, pass auf, ich glaube, Stephanie wird übel. O Gott, wie ekelhaft. Nicht in meine Hermes-Handtasche, Kleines. Braves Kind …«

Warum, um alles in der Welt, war sie einverstanden gewesen?, fragte sich Cecily, während sie hektisch Stephanie abwischte, das Erbrochene nach Kräften beseitigte und Preston bat anzuhalten. Wenn sie nur Nein gesagt hätte, wäre sie inzwischen wohlbehalten in Lymington, im Ferienhaus ihrer Eltern. Doch die Vorstellung, Merlins, ihr Haus in Devon, könne in *Style* abgebildet werden, als Kulisse für einige Fotos von Hochzeitskleidern und mit ihren beiden kleinen Mädchen als Brautjungfern, war einfach unwiderstehlich gewesen.

»Sie wollen das Meer im Hintergrund«, hatte Edwina erklärt. »Eigentlich war Frankreich eingeplant, aber Miss Le Page fand plötzlich, die Zeit reiche nicht. Offen gestanden wollte sie vermutlich das Geld sparen. Und da ist mir sofort dein Haus eingefallen. Es ist einfach perfekt.« Und weil sie dringend eine Ablenkung von ihrem Unglück brauchte und wegen Edwinas zusätzlichem Köder, die Mädchen würden auf den Fotos zu sehen sein, hatte Cecily zugestimmt.

Edwinas nächster Schritt hatte darin bestanden, Benedicts Daimler zu beschlagnahmen, um sich selbst, den Fotografen und die Kleider zu transportieren. »Er ist so wundervoll geräumig und viel bequemer für uns alle.«

Es wunderte Cecily, dass Edwina eine so verantwortungsvolle Aufgabe erhalten hatte, die Fotoaufnahmen für einen offenbar wichtigen Artikel zu organisieren. Doch wie es sich herausstellte, war die für Brautmoden zuständige Redakteurin erkrankt, weshalb man den Auftrag Edwina erteilt hatte, und zwar hauptsächlich deshalb, weil sie die Fähigkeit besaß, ein großes, schönes Haus am Meer zu beschaffen. »Aber morgen kommt die Moderedakteurin, und wir müssen alle den Boden unter ihren Füßen küssen.«

»Hoffentlich nicht«, erwiderte Cecily spitz. »Immerhin ist es mein Boden.«

Die Zeit hatte nicht gereicht, um Benedict zu kontaktieren, der sich auf einem wichtigen Kongress in München befand. Also hatte sie sich gesagt, er würde sicherlich stolz sein, Merlins auf den Seiten von *Style* zu sehen. Sie rief das Personal an, damit dieses das Haus vorbereitete. Die Mädchen platzten fast vor Vorfreude auf den Aufenthalt und das Baden im Meer, ganz zu schweigen von der Aussicht, als Brautjungfern fotografiert zu werden.

Sie trafen erst nach sechs ein. Mrs Goss, die Haushälterin, empfing sie an der Tür. Sie war mollig und hatte ein rosiges Gesicht und einen butterweichen Akzent. Cecily mochte sie sehr.

»Hocking ist gleich mit dem Esszimmer fertig«, sagte sie. »Er kümmert sich um Ihr Gepäck. Unterdessen zeige ich

Ihnen Ihre Zimmer. Hallo, meine Lämmchen«, fügte sie hinzu und drückte Fanny und Stephanie an ihren ausladenden Busen. »Wie schön, euch zu sehen.«

Sie küssten sie beide.

»Ich habe gekotzt«, verkündete Stephanie. »Das ganze Auto voll.«

»Es stinkt widerlich«, ergänzte Fanny.

»Meine arme Kleine! Dann gibt es zum Abendessen keine Apfelklöße.«

»O doch, doch. Jetzt geht es mir wieder gut. Los, Fanny, wir schauen uns die Kühe an.« Die beiden verschwanden.

Cecily lächelte Mrs Goss zu. »Wundervoll, wieder hier zu sein. Tut mir leid, dass es so kurzfristig ist. Mrs Moreton kennen Sie ja sicher.«

»Ja natürlich«, erwiderte Mrs Goss und verbeugte sich kurz vor Edwina, der ein leichtes Lächeln gelang, bevor sie das Haus umrundete und es musterte, als sei sie eine höchst anspruchsvolle Kaufinteressentin. »Und das ist Mr Everard«, fuhr Cecily fort und blickte ihr finster nach. »Er wird morgen die Fotos machen.«

Mrs Goss betrachtete Justin Everard ein wenig zweifelnd und verbeugte sich wieder. »Wenn Sie mir bitte folgen wollen. Ich zeige Ihnen jetzt Ihre Zimmer. Die lieben Kleinen essen bei mir in der Küche, falls Sie nichts dagegen haben, Mrs Harrington. Hocking sagte, das Abendessen sei jederzeit nach halb acht fertig. Oh, und die Getränke stehen im Wintergarten.«

Cecily begleitete ihre Gäste in die Vorhalle, wo Mrs Goss sie nach oben führte. Dann ging sie ins Wohnzimmer, stellte sich ans Fenster und schaute hinaus aufs Meer.

Merlins war vor zweihundert Jahren vom jüngeren Sohn eines gewissen Lord Jefferies erbaut worden. Dieser hatte einen äußerst kreativen Architekten beauftragt und ihn angewiesen, das Gebäude müsse die malerische Küste mit ihren sich ständig wandelnden Stimmungen widerspiegeln. Ergebnis war ein elegantes, jedoch recht exzentrisches georgianisches Haus. Von innen wirkte es mehr oder weniger konventionell, mit Ausnahme des vertäfelten runden Esszimmers, dessen große Fenster beinahe so hoch waren wie die hinteren Räumlichkeiten. Und natürlich gab es da noch den gewaltigen Wintergarten, der sich in einem Halbkreis entlang der Küste an der Westseite des Hauses erstreckte, und auf der Ostseite einen Aussichtsturm mit Kuppel. Von hier aus konnte man an klaren Tagen nicht nur die Südküste von Wales sehen, sondern auch nachts einen atemberaubenden Blick in den Himmel genießen. Hinter dem Haus reichte der Rasen bis zu den dicht bewaldeten Klippen. Darunter befand sich eine idyllisch geschwungene Bucht, wo die Familie badete und segelte.

Cecily liebte Merlins, aber Benedict hatte es nicht gern, wenn die Familie sich dort aufhielt, weil er es als sein Haus betrachtete. Das er, wie Cecily festgestellt hatte, kaum nutzte.

Es war ein wunderschöner Abend, windig, aber sonnig. Die Mädchen rannten gerade laut jubelnd auf den Wald zu und erfreuten sich an der plötzlichen Freiheit. Ihre Ausgelassenheit brachte Cecily zum Lächeln.

»Ein traumhaftes Haus, Mrs Harrington.« Justin Everard war, eine kleine Kamera in der Hand, aus seinem Zimmer gekommen. »So ungewöhnlich, eine ganz besondere Atmosphäre. Darf ich vor dem Abendessen ein paar Fotos machen, um ein Gefühl dafür zu entwickeln? Und sollen wir uns zum Essen umziehen? Ich war nicht sicher.«

»Nein, hier ziehen wir uns nur selten um.« Cecily lächelte ihn an, denn es freute sie, dass er das Haus zu schätzen wusste. »Nur für große Partys, also einmal alle Jubeljahre. Bitte, nur zu. Oder möchten Sie zuerst einen Drink? Wir nehmen die Drinks vor dem Abendessen stets im Wintergarten ein.«

»Wie bezaubernd«, erwiderte Justin. »Und schauen Sie nur, diese fantastischen Stühle von Lloyd Loom. Wie in einem Märchenschloss. Nein, ich warte auf die Drinks, wenn Sie es mir gestatten. Die kleinen Mädchen sind ebenfalls ein Traum. Sehen Sie bloß. Was haben wir nur für ein Glück.«

Gleich klatscht er in die Hände, dachte Cecily. Sie vermutete, dass er homosexuell war, und wunderte sich, warum sie nicht von der üblichen Mischung aus Abscheu und Panik ergriffen wurde. Wahrscheinlich weil er Fotograf war, also ein Künstler, was es weniger schlimm machte.

Das Abendessen verlief in gelöster Stimmung. Edwina merkte kurz und taktlos an, das Haus wirke ziemlich schäbig, weshalb sie nicht wisse, was Camilla Marsden-Rose dazu sagen würde. Doch Justin versicherte ihr (ebenso taktlos), man werde das Schäbige auf den Fotos nicht bemerken. Dann wandte er sich an Cecily und wollte so viel wie möglich über die Geschichte des Hauses wissen. Sie erwiderte, sie kenne sie nicht gut, worauf er meinte: »Nun, dann erfinden wir eine.« Abwechselnd erzählten sie sich immer ausgefallenere und unwahrscheinlichere Geschichten, wobei Justins die besten waren. Er dachte sich eine gefallene Prinzessin, eine gespenstische Meerjungfrau und einen Kometen aus, der die genaue Lage des Grundsteins bestimmt habe. Edwinas Einfälle waren auch recht gut. Und Cecily erwähnte einen Blitzeinschlag, der den Neubau der Stallungen nötig gemacht habe (tatsächlich ein Rätsel, denn sie waren im viktorianischen Stil gehalten).

Vor dem Zubettgehen führte Cecily sie in die Kuppel, um die Sterne zu bewundern. »Jetzt müsste Cassia hier sein, um uns ihr Sternenbild zu zeigen.«

»Wer ist Cassia?«, erkundigte sich Justin.

»Oh, eine Verwandte. Nun, beinahe eine Verwandte. Eine Freundin.«

»Wie verwirrend. Und weshalb sollte sie hier sein?«

»Ihr Name lautet Cassiopeia. Ein Sternbild ist nach ihr benannt.«

»Dann würde ich sie gern kennenlernen«, meinte Justin. »Ich bin noch nie jemandem begegnet, dem zu Ehren ein Sternbild benannt wurde.«

»Natürlich ist es umgekehrt.« Cecily errötete und kam sich plötzlich albern vor.

»Mir gefällt Ihre Version besser. Eine schönere Geschichte, da wir ja gerade beim Geschichtenerzählen sind. So, und jetzt muss ich ins Bett. Wir haben morgen einen langen Tag vor uns. Camilla hat gedroht, um neun hier zu sein, was vermutlich acht bedeutet. Sie trifft in ihrem Privatflugzeug ein, schick, finden Sie nicht? Gute Nacht, meine Damen, ich flüchte mich jetzt in Morpheus' Arme. Noch einmal danke für Ihre Gastfreundschaft, Mrs Harrington.«

»Nennen Sie mich bitte Cecily. Bei Mrs Harrington fühle ich mich so alt.«

»Sie werden niemals alt werden, sondern für immer jung aussehen«, antwortete er und küsste ihr die Hand.

»Du meine Güte«, murmelte Edwina, als er fort war. »Du hast einen Verehrer. Normalerweise hat er an allem etwas auszusetzen.«

»Wahrscheinlich erinnere ich ihn an seine Mutter«, entgegnete Cecily spitz.

»Sei doch nicht gleich eingeschnappt«, erwiderte Edwina.

Camilla Marsden-Rose traf um halb acht mit dem Flugzeug ein, landete auf einem nahe gelegenen Feld und marschierte über den Rasen. Sie trug eine Reithose und einen Fliegerhelm aus Leder. Ihr folgte das Mannequin Angela, das ziemlich grün im Gesicht war und zittrig wirkte.

»Zu sehr Amy Johnson.« Justin stopfte sich das letzte Stück Toast in den Mund und hastete hinaus, um sie zu begrüßen. »Camilla, Schatz, Sie sehen hinreißend aus.«

»Lassen Sie das, Justin«, sagte Camilla Marsden-Rose. »Dieses Haus ist ein Juwel. Wundervoll, dass Mrs Moreton es aufgetrieben hat. Ein Jammer, dass es so schäbig ist. Aber das sieht man auf den Fotos vielleicht nicht. Könnten Sie diesem Mimöschen ein Glas Wasser holen? Sie hat sich entsetzlich übergeben. Und haben die hier jemanden, der das Flugzeug reinigt?«

Cecily, die Justin gefolgt war, um den neuen Gast zu begrüßen, dachte, dass die Tätigkeit bei *Style* sicher nicht zur Besserung von Edwinas Manieren beitragen würde.

Es war ein sehr langer Tag. Sie mussten vier Brautkleider und Ausstattungen für die Brautjungfern an vier verschiedenen Örtlichkeiten fotografieren. Nach dem ersten zog Cecily sich in ihr Arbeitszimmer zurück, um zu lesen und Briefe zu schreiben. Jeder ihrer Vorschläge, was die Örtlichkeiten und sogar die Frisuren der kleinen Mädchen anging, war von Mrs Marsden-Rose schnippisch abgetan worden. Beim Mittagessen (auf drei Uhr verschoben) wirkte Justin sichtlich entkräftet, Edwina schien beinahe ernüchtert zu sein, und die Kinder waren gelangweilt und quengelig.

»Die Modebranche ist ein hartes Geschäft«, verkündete Camilla, kippte einen ungewöhnlich starken Gin Tonic herunter und streckte ihr Glas aus, um sich nachschenken zu lassen. »Nichts für Leute mit schwachem Herzen, was, Angela?«

»Nein, Mrs Marsden-Rose«, erwiderte Angela mit einem zittrigen Lächeln. »Und nichts für Leute mit empfindlichem Magen.«

»O Gott, erinnern Sie mich bloß nicht daran.« Sie bediente sich an dem Büfett, das Mrs Goss im Wintergarten aufgebaut hatte. Angela verbot sie, etwas zu essen, bis die Arbeit erledigt war. »Ihr Bauch ist bereits recht füllig. Noch ein bisschen mehr, und Sie sehen aus, als *müssten* Sie heiraten. Außerdem möchte ich nicht, dass Ihnen auf dem Rückflug wieder übel wird.«

Zum Glück verschwand Camilla um sechs, die bedauernswerte Angela im Schlepptau. Die anderen sanken im Wintergarten in ihre Sessel, und Cecily bat Hocking, Champagner aus dem Keller zu holen. »Ich glaube, den haben wir uns jetzt verdient.«

Die beiden Mädchen waren sehr erleichtert, weil alles vorbei war. »Die Dame war schrecklich unhöflich«, stellte Fanny fest. »Sie hat behauptet, mein Gesicht wäre zu dick. Und Mrs Goss hat sie befohlen, aus dem Weg zu gehen, ohne Bitte zu sagen.«

»Ach, bei ihr ist Unhöflichkeit eine Kunstform«, meinte Justin. »Ich rechne ständig damit, dass man sie in der Tate Gallery ausstellt. Doch das Komischste ist, sie zusammen mit Drusilla zu sehen, stimmt's, Edwina? Sie ist ein grässlicher Snob und so darauf versessen, auf Drusillas Seiten erwähnt zu werden, dass sie Bücklinge macht. Siebzehnmal danke pro Minute.«

»Was heißt ›Bücklinge machen‹?«, fragte Stephanie.

»Sich albern aufzuführen«, erwiderte Edwina knapp.

Lachend lehnte Cecily sich in ihrem Sessel zurück. Seit Monaten war sie nicht mehr so glücklich gewesen. »Ich bin so froh, dass ihr alle hier seid. Ihr habt mein Leben wirklich aufgeheitert.«

»Ein Jammer, dass es aufgeheitert werden muss«, sagte Justin. »Ist es Ihnen auch sicher recht, dass wir noch eine Nacht bleiben?«

»O ja, bitte.«

»Dann betrachten Sie Ihr Leben als weiterhin aufgeheitert. Wenn Sie mich jetzt entschuldigen, gehe ich nach oben und nehme vor dem Abendessen ein ausgedehntes, entspannendes Bad.«

»Natürlich. Benutzen Sie doch das Bad am Kinderzimmer. Aus irgendeinem Grund ist das Wasser dort heißer. Es ist in der obersten Etage neben dem Spielzimmer, wo Sie heute Nachmittag waren.«

»Das Bad am Kinderzimmer, wird gemacht.« Er stand auf. »Um halb acht bin ich wieder unten.«

An diesen Moment würde sie sich für den Rest ihres Lebens erinnern.

Cecily war die Erste im Wintergarten. Sie hatte ein Kleid aus dunkelblauer Seide entdeckt, das sie ganz vergessen hatte und das ihr sehr gut stand. Sie wirkte darin ziemlich schlank, denn mit ihrer Figur kam sie einfach nicht weiter. Sie musste sich mehr ins Zeug legen. Ihr Haar hatte sie mit den wasserblauen Spangen hochgesteckt, die Benedict ihr am Abend ihrer Verlobung geschenkt hatte. Aus irgendeinem Grund bewahrte sie sie in Devon auf. Sie lächelte ihr Spiegelbild an und sprühte sich ausgiebig mit ihrem geliebten Arpège ein. Dabei fragte sie sich, warum sie sich wegen Edwina und eines homosexuellen Fotografen solche Mühe gab. Nun, wenn der heutige Abend nur halb so lustig wurde wie der gestrige, war er es wert, sich dafür in Schale zu werfen.

Gerade nippte sie an dem von Hocking erstaunlich gut gemixten Martini, als Justin mit seiner kleinen Kamera erschien. Lächelnd küsste er ihr die Hand.

»Sie sehen hinreißend aus«, sagte er. »Die Farbe steht Ihnen ausgezeichnet. Darf ich Sie fotografieren, wie Sie so dasitzen?«

»Wenn Sie wirklich möchten.« Sie lachte auf. »Ich fürchte, Angela kann ich nicht das Wasser reichen.«

»Selbstverständlich können Sie das. Sie ist Mannequin und darüber hinaus ein ziemlich dümmliches. Sie hingegen sind eine echte Frau, eine Mutter und Hausfrau. Und viel attraktiver, wenn ich mir die Bemerkung erlauben darf. Und jetzt ganz locker, so ist es richtig, schauen Sie mich an.«

Er machte einige Fotos. Fanny trat hinter ihn und beobachtete alles. »Knipsen Sie auch eins von mir und Mummy?«

»Na klar. Stell dich hinter den Sessel und leg den Arm um sie. Sehr gut. Und jetzt dreh dich und stütz deinen Kopf auf ihren. Wundervoll, zauberhaft …«

Er betätigte noch einige Male den Auslöser und deponierte die Kamera auf dem niedrigen Tisch. »So, jetzt habe ich mir sicher meinen Drink verdient. Was für ein Tag. Ach, übrigens habe ich den hier im Badezimmer gefunden. Er war unter die Wanne gerollt und kam zum Vorschein, als ich die Badematte zurechtgerückt habe. Vermutlich gehört er Ihrem Mann. So ärgerlich, einen davon zu verlieren.«

Als Cecily die Hand ausstreckte, legte er einen Manschettenknopf hinein. Er bestand aus schwerem Gold und war ziemlich groß, ja sogar protzig. Überhaupt nicht Benedicts Stil.

Er war nicht von Benedict. Und die eingeprägten Initialen waren ganz sicher nicht seine. Sie lauteten nicht BH, ganz gleich, wie lange sie auch darauf starrte und sich wünschte, es möge anders sein. Nein, sie unterschieden sich auf grausame Weise.

DF.

Ein entsetzliches Geräusch drang durch die Tür des Arbeitszimmers, gedämpft zwar, aber dennoch nicht zu überhören. Edward weinte. Cassia stand eine Weile draußen und betete, es möge aufhören. Doch sie wusste, dass das nicht geschehen würde. Sie versuchte, all ihren Mut zusammenzunehmen, um hineinzugehen und ihn zu trösten. Gleichzeitig fürchtete sie sich davor, da sie angesichts seines Schmerzes womöglich einknicken würde. Schließlich rüttelte sie vorsichtig an der Klinke. Es war abgeschlossen.

»Edward!«, rief sie. »Edward, bitte lass mich rein.« Keine Antwort. Das Geräusch verstummte kurz und begann dann wieder von Neuem. »Edward! Bitte!«

Plötzlich wurde die Tür aufgerissen. Mit aschfahlem, tränenüberströmtem Gesicht stand er in der Tür. Trauer und Wut malten sich in seiner Miene ab. »Hau einfach ab«, sagte er leise. »Verschwinde und leg dich in dein verdammtes Bett.«

Seine unflätige Ausdruckweise verriet ihr, wie sehr sie ihn gekränkt hatte.

Sie war sich erst sicher gewesen, dass sie sich weigern würde, als sie ihm am Tisch gegenübergesessen und versucht hatte, das Essen eine trockene und wie zugeschnürte Kehle hinunterzuzwingen. Um den Moment hinauszuzögern, hatte sie sich nach seinen Patienten und nach dem Fortschritt (als ob sie es nicht selbst hätte sehen können) mit der Buchenhecke erkundigt, die er gerade anlegte.

Schließlich legte er das Besteck weg. »Cassia, lassen wir dieses absurde Gespräch. Wie hast du dich entschieden? Ich muss es wissen.«

Lange verharrte sie totenstill. Wie in einem Film sah sie ihr Leben, wenn sie ihm folgen würde, in jeder Einzelheit. Ein Haus, sicher sehr hübsch, zumindest konnte sie dafür sorgen. So viel Personal wie jetzt auch, nur ohne Nanny, denn wozu sollte sie eine brauchen? Eine fremde, unbekannte Stadt ohne Freunde und Kontakte. Kein eigenes Leben, nur angenehme, alltägliche Langeweile. Der Freundeskreis würde natürlich aus Edwards Kollegen im Krankenhaus bestehen. Und ihre Rolle würde wieder sein, ihm den Rücken zu stärken und sich ihm unterzuordnen.

Dann betrachtete sie, wie sich ihr Leben im vergangenen Jahr entwickelt hatte. Eine überwältigende Fülle an spannenden Herausforderungen. Und die Waagschale senkte sich in so atemberaubender Geschwindigkeit, dass sie, erschrocken über sich selbst, die Augen schloss. Nicht nur ihr Beruf war ihr so wichtig, sondern auch ihr dadurch gewachsenes Selbstbewusstsein, dass die Verbitterung und das Elend wieder aus ihrem Leben verschwanden. Und das war absolut in Ordnung so, man konnte sie dafür nicht verurteilen. Sich all das zurückzuerobern hatte sie so viel Kraft gekostet: ihre Freiheit, ihr Haus, Zeit, um allein und nur sie selbst zu sein, wieder Freude am Leben zu haben. Rupert und sein vermutlich oberflächliches Stück. Edwina und ihre sicherlich alberne Modenschau. Dinge, von denen sie wusste, dass sie ihr eigentlich nichts bedeuten sollten. Und die ihr sehr viel bedeuteten. Die sie genoss.

Im letzten Jahr hatte sie sich selbst wiederentdeckt. Alle ihre guten und schlechten Eigenschaften. Stärke, Unabhängigkeit, Klugheit, alles positiv. Aber auch Starrsinn, Launenhaftigkeit und Verwöhntheit, und das war nicht nur schlecht, sondern schockierend. In diesen langen Minuten wurde ihr etwas äußerst Beängstigendes und Grundlegendes klar. Nicht so sehr, dass sie so vieles würde aufgeben müssen, was ihr sehr wichtig war. Nein, dass sie Edward unmöglich lieben konnte, denn anderenfalls hätte sie nicht die geringsten Zweifel gehabt. Sie hätte es zwar entsetzlich bereut, aber trotzdem alles hingeworfen, wie es ihre Pflicht war.

Sie war sich immer noch nicht sicher und kämpfte gegen die neue Cassia – oder war es die alte? – an, als Edward meinte: »Schau mich an, Cassia.« Sie sah ihn an, und er fügte hinzu:

»Du wirst es nicht für mich tun? Du wirst nicht mitkommen?« Und das hatte ihr den Mut verliehen, Nein zu sagen. Nein, sie könne nicht, sie bedauere es sehr und werde ihn von hier aus nach Kräften unterstützen, aber sie könne ihm nicht ihr Leben opfern, da sie wisse, dass es – sie hatte Harrys Stimme im Ohr, der gesagt hatte, sie werde erpresst – absolut überflüssig sei.

»Ich halte es einfach nicht für lebenswichtig für dich, dass ich, dass wir alle umziehen, Edward. Ich begreife das beim besten Willen nicht.«

»Tja«, entgegnete er seelenruhig, schob seinen Stuhl zurück und stand auf. »Zumindest weiß ich jetzt, woran ich mit dir bin, Cassia. Letztes Jahr wäre deine Antwort noch ganz anders ausgefallen. Du bist nicht mehr derselbe Mensch.«

»Das stimmt«, erwiderte sie. »Das ist richtig. Aber ich bin der Mensch, den du damals kennengelernt hast, Edward, und genau darum geht es. Ich muss diesem Menschen treu bleiben, nicht dem, zu dem ich mich entwickelt habe. Tut mir leid, doch mehr gibt es dazu nicht zu sagen. Nur, dass ich hoffe und bete, dass du die Stelle in Glasgow trotzdem annimmst.«

»Wie in Gottes Namen kann ich das?«

»Ganz einfach. Wir, die Kinder und ich, würden hinter dir stehen und stolz auf dich sein …«

»Halt mir keine Vorträge über Familienwerte«, zischte er drohend. »Du mit deiner Nanny und deiner Arbeit in London. Die halbe Woche bist du fort, treibst dich mit deinen grässlichen Freunden herum, triffst dich mit Leuten wie Cameron und den Moretons …«

»Edward, das tut hier nichts zur Sache.«

»Lüg mich nicht an, Cassia.« In seinem Tonfall schwang so viel aufrichtiger Schmerz mit, dass ihr flau wurde. »Ich bin nicht so dumm, wie du offenbar glaubst. Gute Nacht.«

KAPITEL 19

Cecily zwang sich zu einem ruhigen Ton. »Mrs Goss«, begann sie, »als Mr Harrington das letzte Mal hier war …«

»Wann soll das gewesen sein, Mrs Harrington?«

»Vor ein paar Wochen.«

»Tja, da war ich nicht da, Mrs Harrington. Ich hatte meinen Jahresurlaub und habe meine Schwester in Tiverton besucht. Aber ich bin sicher, dass er gut versorgt wurde. Vielleicht war er ja hier, und Hocking …«

»Mrs Goss, natürlich habe ich vollstes Vertrauen. Es ist nur, dass ein Freund von ihm auch dabei war. Soweit mir bekannt ist. Er hat einen Manschettenknopf verloren und mich gebeten, danach zu suchen. Ich habe mich bloß gefragt …«

»Wo könnte das nur passiert sein?« Mrs Goss machte ein besorgtes Gesicht. »Wahrscheinlich im Gästezimmer, wo er übernachtet hat. Wie hieß denn dieser Freund, Mrs Harrington? Ich könnte mich bei Hocking erkundigen.«

»Nein, nein, kein Problem. Ich frage ihn selbst, wenn meine Gäste endlich fort sind. Sie packen gerade, und dann fahre ich sie zum Bahnhof. Nun, Preston wird das erledigen, aber ich komme mit.« Sie plapperte dummes Zeug. Kein Wunder, denn sie war wie benommen nach diesem albtraumhaften Abend. Anfangs hatte sie getan, als sei alles in Ordnung. Doch dann hatte sie eine Migräne vorgeschützt und war zu

Bett gegangen, wo sie eine schlaflose, entsetzliche Nacht verbracht hatte.

Lächelnd räumte Mrs Goss den Rest des Frühstücksgeschirrs ab. »Ich spreche mit Mr Hocking. Bis Sie zurück sind, ist das Rätsel gelöst.«

»Ja, vielleicht«, erwiderte Cecily.

In Exeter verabschiedete sie sich von Justin und Edwina. Auf dem Bahnsteig verbeugte sich Justin und küsste ihr theatralisch die Hand. »Es war wundervoll«, meinte er begeistert. »Vielen, vielen Dank für Ihre Gastfreundschaft. Ihr Haus und Ihre Kinder sind zauberhaft. Ich bestehe darauf, dass wir uns in London einmal treffen.«

»Das wäre nett«, sagte Cecily und sah sich nervös auf dem Bahnsteig um, da sie auf keinen Fall einem Bekannten begegnen wollte. »Und danke für Ihr Verständnis. Das mit gestern Abend tut mir leid.«

»Nicht der Rede wert. Edwina und ich waren hundemüde und froh, früh zu Bett gehen zu können. Richtig, Edwina?«

»Was?«, sagte Edwina. »O ja, Cecily. Wir sehen uns, wenn wir wieder in London sind. Harry und ich reisen in ein paar Tagen nach Cannes. Vielen Dank für alles.« Sie wirkte bleich und angespannt. Wie sie Cecily beim Frühstück zugeflüstert hatte, hatte sie ihre Tage und schreckliche Krämpfe. Sie hatte nichts als Kaffee zu sich genommen und eine gefühlte Handvoll Aspirin geschluckt. Allerdings machte sie auch einen geistesabwesenden Eindruck und schien nicht sie selbst zu sein. Cecily fragte sich, ob sie Harry schon von ihrer Unfruchtbarkeit erzählt hatte. Ihr Verdacht lautete nein.

Kurz nach elf Uhr kehrte sie ins Haus zurück, setzte sich ins Morgenzimmer und läutete nach Mrs Goss.

»Einen Kaffee bitte, Mrs Goss. Und könnten Sie Hocking rufen?« Sie konnte die Ungewissheit nicht mehr ertragen.

Hocking erschien mit besorgter Miene und meldete, er habe keinen Manschettenknopf gefunden.

»Sie brauchen sich nicht den Kopf darüber zu zerbrechen, Hocking. Er ist nicht sonderlich wertvoll. Ich habe ihm eben versprochen, danach zu suchen, wenn ich schon einmal hier bin. Wahrscheinlich liegt er in dem Zimmer, wo er …« Sie zögerte. »Wo Mr Foster geschlafen hat.«

»Mr Foster, Madam? Es war niemand dieses Namens hier.«

»Wirklich? Sind Sie sicher?«

»Absolut, Madam. Mr Harringtons Gast war ein Mr Fraser. Ein alter Schulfreund, sagte Mr Harrington. Ein sehr netter Gentleman.«

Im ersten Moment erschrocken, ja sogar voller Hoffnung, starrte Cecily ihn an. »Oh, wie dumm von mir«, erwiderte sie und hasste sich in diesem Augenblick selbst. »Ja natürlich, warum habe ich nur Foster gesagt? Mr Fraser, ja. Hochgewachsen und dunkelhaarig?«

»Ja, Madam.«

Wenn es einen Beweis für Benedicts schlechtes Gewissen wegen Fosters Besuch gab, dann ja wohl, dass er gelogen und ihn unter falschem Namen vorstellt hatte. Außerdem hatte er seit beinahe einem Jahr zu verhindern gewusst, dass sie hierherkam, weil das Haus angeblich renoviert wurde. So diabolisch schlau und hinterhältig …

Zum ersten Mal dachte Cecily ernsthaft über eine Scheidung nach. Bis jetzt hatte sie sich stets dagegen gesträubt, insbesondere deshalb, weil sie Benedict trotz allem noch von Herzen liebte.

Trotz ihrer wenigen Gemeinsamkeiten hatten Benedict und sie sich gut verstanden. Er war sehr klug, und sie wusste, dass sie selbst es nicht war. Für ihn bestand ein unterhaltsamer

Abend aus dem Besuch einer Oper oder eines Kammerkonzerts, während sie das Kino oder eine Musical-Komödie bevorzugte. Er las Proust, Dickens und moderne Schriftsteller wie Spender und Cecil Day-Lewis, sie verschlang lieber die Romane von Galsworthy, Daphne du Maurier oder ihrer neuen Lieblingsautorin Angela Thirkell. Doch sie liebten beide ihre Kinder, genossen das Familienleben, hatten Spaß an ihren Häusern und an Inneneinrichtung und freuten sich auf ihre Urlaube. Wenn sie früher über ihre Ehe nachgedacht hatte, hatte sie diese in vielerlei Hinsicht für gelungener gehalten als die meisten ihrer Freundinnen.

Außerdem galt eine Scheidung noch immer als Skandal. Für die Kinder würde es schreckliche Folgen haben, und ihr eigenes Leben als alleinstehende Frau würde ziemlich schwierig und einsam werden.

Doch als sie sich Nacht für Nacht schlaflos in ihrem Himmelbett in Devon herumwälzte, kam sie zu dem Schluss, dass ihre Ehe gescheitert war. Benedict zog Männer Frauen vor und hatte derzeit einen Favoriten, der ihm lieber war als sie. Die Behandlung hatte nichts gefruchtet, ihre Bemühung, ihn mit Liebe und Geduld zu heilen, ebenfalls nicht. Sie war eine Versagerin. Das war das Allerschlimmste. Sie fühlte sich so gedemütigt, sicherlich noch mehr, als wenn sie herausgefunden hätte, dass er eine andere Frau liebte. Es war die absolute Zurückweisung. Er bevorzugte keine andere, sondern fand sie an sich, ihre Weiblichkeit, widerlich, unattraktiv, nicht begehrenswert.

Angesichts dessen war es schwierig, sich das Selbstbewusstsein, ja die Selbstachtung zu bewahren. Vielleicht wirkte sie ja nur auf Homosexuelle, dachte sie und erinnerte sich an Justin Everards überschwängliche, wenn auch sehr charmante Aufmerksamkeiten. Diese Vorstellung allein war schon beängstigend genug. Doch welcher Mann würde sie schon als anziehend betrachten?, fragte sie sich, als sie sich eines Morgens nach dem Baden im Spiegel musterte. Sie verabscheute ihre pummelige Figur. Ihre üppigen, schweren Brüste, den runden, schlaffen Bauch, die delligen Oberschenkel. Kein Wunder, dass sie Benedict abstieß. Ein Mann, dessen Begierde straffen, muskulösen Männern galt, konnte an ihr kein Vergnügen haben. Warum war sie nicht knabenhafter gebaut wie Edwina oder sogar Cassia? Das wäre besser gewesen. Ständig nahm sie sich vor, weniger zu essen, aber wenn man unglücklich war, war der Hunger ein schrecklicher Begleiter.

Edwina und Justin waren seit drei Tagen fort. Benedict wurde in zwei weiteren Tagen aus München zurückerwartet. Er hatte keine Ahnung, dass sie sich in Devon aufhielt. Cecily hatte beschlossen, ihn das selbst herausfinden zu lassen. Beinahe genoss sie die Vorstellung, wie er erschrecken würde, wenn er erfuhr, dass sie hier war. Sie würde sein Entsetzen abwarten und sehen, wie er sich verhalten würde. Sie würde ihm die Sache nicht erleichtern; sie würde ihn zwingen, zu ihr zu kommen. Nur dass sie keine Ahnung hatte, was sie dann tun sollte, nicht die geringste.

Zum ersten Mal seit Menschengedenken empfand Rupert Cameron etwas ausgesprochen Angenehmes: Selbstachtung. Den Großteil seines Lebens hatte er nichts vollbracht, auf das er stolz sein konnte. Hauptrollen in seichten Komödien in seiner Jugend, zweite Hauptrollen, als er älter wurde, hin und wieder eine Zweitbesetzung im West End, Nebenrollen in Musicals in der Provinz, Kabarett auf Kreuzfahrten und so viele Dandinis und Buttons in Pantomimen, dass er den Überblick verloren hatte. Nichts, worauf er hätte stolz sein können. Die Hoffnungen des Goldjungen, der an der Schauspielschule den Shakespeare-Preis gewonnen hatte, hatten sich nicht erfüllt.

Und nun war da *Briefe*, ein gutes Stück, ein originelles Konzept, eine herausfordernde Rolle und eine ausgezeichnete Inszenierung, was ihn sehr glücklich machte. Es rührte ihn seltsam an, dass er das zum Großteil Cassia zu verdanken hatte. Cassia, dem Menschen, den er auf der Welt am meisten liebte.

Eines Morgens im Spätsommer rief er sie, wohl wissend, dass Edward in seiner Praxis beschäftigt sein würde, an und fragte sie, ob er wieder für einige Tage in ihrem Haus in London wohnen könne.

»Tut mir leid, dass ich das ständig von dir verlange, aber ich bin momentan ein bisschen knapp bei Kasse …«

»Rupert, natürlich kannst du«, erwiderte Cassia. »Falls ich nicht da sein sollte, lässt Mrs Horrocks dich rein. Sie kommt jeden Morgen von zehn bis zwölf.«

»Du bist ein Engel. Die erste vollständige Leseprobe von *Briefe* findet am Mittwoch statt, wenn du mitkommen möchtest.«

»Das würde ich gerne, Rupert, aber ich glaube, ich kann nicht. Ich muss den Direktor wegen der Ankündigung des Forschungsstipendiums sehen, und anschließend halte ich nachmittags meine Sprechstunde ab.«

»Gut. Wahrscheinlich ist es sowieso besser zu warten, bis wir wissen, was wir da tun. Ist alles in Ordnung, Liebes? Du klingst so bedrückt.«

»Ja, ja«, antwortete sie rasch. »Mir geht es gut. Ich bin nur ein bisschen müde.«

»Du arbeitest zu viel. Ich lade dich am Mittwochabend zum Essen ein – oder vielleicht koche ich dir etwas – und rede wie ein väterlicher Freund mit dir darüber.«

»Das wäre schön. Danke. Allerdings bin ich nicht wegen der Arbeit müde.«

Das hatte Rupert natürlich geahnt. Er wusste genau, was sie erschöpfte, zermürbte und unglücklich machte, denn er beobachtete es bereits hilflos seit Jahren. Und das Schlimmste daran war, dass er sich zumindest zum Teil dafür verantwortlich fühlte.

Kaum hatte Cassia an jenem Mittwochmorgen das Telefon aufgelegt, als es schon wieder läutete. Es war Edwina.

»Hallo«, sagte sie. »Ich hoffe, es ist nicht zu früh für dich.«

Eine derart rücksichtsvolle Bemerkung aus Edwinas Mund war so ungewöhnlich, dass es Cassia ziemlich überraschte. »Nein, schon gut. Ehrlich.«

»Gut. Ich brauche deinen Rat.«

»Rat?«

»Ja, einen frauenärztlichen Rat. Ich dachte, das wäre dein Fachgebiet.«

»Ich bin nicht unbedingt Gynäkologin«, erwiderte Cassia.

»Nein, aber du könntest mir sagen, an wen ich mich wenden sollte. Du kennst doch alle möglichen Kollegen.«

»Edwina, die Art von Ärzten, die du aufsuchen würdest, grüßen mich nicht einmal.«

»Ach, wie öde.« Edwina war offenbar verzweifelt. Und Cassia hörte noch etwas heraus, eine leichte Niedergeschlagenheit.

»Edwina, fehlt dir etwas? Was ist los? Warum möchtest du zum Frauenarzt?«

»Oh, ich hatte in letzter Zeit nur so schreckliche Menstruationsbeschwerden. Harry hat allmählich genug davon.«

»Harry hat genug davon! Das schlägt dem Fass doch wohl den Boden aus. Edwina, ich will ja nicht schlecht über deinen Mann sprechen. Aber für deine Schmerzen hat er wirklich kein Mitgefühl verdient.«

»Nein, aber ich muss immer öfter zu Hause bleiben und …«
»So schlimm ist es? Das hört sich gar nicht gut an.«
»Offensichtlich ist es gar nicht gut, sonst würde ich dich nicht anrufen«, entgegnete Edwina gereizt. »Aber du kannst mir ja sowieso nicht helfen …«
»Ich werde einige Nachforschungen anstellen. Heute Nachmittag habe ich Dienst im Krankenhaus. Ich schaue, was ich rauskriege, und rufe dich heute Abend an, einverstanden?«
»Oh, das ist viel zu spät. Wir verreisen heute Abend. Ich hatte gehofft, davor alles organisieren zu können. Da du nichts für mich tun kannst, wende ich mich eben an jemand anderen.«
»Wenn du verreist, kannst du sowieso nicht zum Arzt gehen. Bis du aus dem Urlaub zurück bist, habe ich ein paar Namen für dich. Amüsier dich.«
»Ja, okay«, antwortete Edwina und legte auf.
»Tolle Manieren«, sagte Cassia in die inzwischen tote Leitung und wandte sich dem anstehenden Tag zu.

Der Direktor war in Hochstimmung. Er berichtete, er habe am Vorabend mit Sir William Beveridge gespeist und einen heftigen Disput mit ihm geführt. »Er hat da so eine fixe Idee namens Nationaler Gesundheitsdienst, der allen eine kostenlose, das heißt vom Staat finanzierte, medizinische Behandlung zur Verfügung stellt. Tja, der Mann ist Politiker. Was soll man da anderes erwarten?«
»Was soll daran falsch sein?«, erwiderte Cassia. »Ich finde den Vorschlag großartig.«
»Im Prinzip schon. Aber wie will man das verwalten? Wir würden alle Mitarbeiter einer Behörde werden, und was verstehen die schon von Medizin? Nein, das funktioniert nicht. Wir wären schneller mit dem Ausfüllen von Formularen beschäftigt, als man das Wort Arzt aussprechen kann. Apropos:

Mr Amstruther hat sich nach Ihnen erkundigt und gefragt, ob Sie nicht mitkommen möchten, wenn er mit seinen Studenten in eines der städtischen Krankenhäuser geht, wo er Belegbetten hat. Das wäre doch interessant für Sie. Eine neue Perspektive.«

»Wundervoll«, sagte Cassia begeistert. »Wie freundlich, vielen Dank.«

»Die Freundlichkeit kommt nicht von mir«, erwiderte der Direktor. Doch sie wusste, dass das nicht stimmte.

Nach ihrer Besprechung mit dem Direktor wollte sie Mr Amstruther in seinem Büro aufsuchen. Aber man teilte ihr mit, er operiere heute Vormittag, werde jedoch um die Mittagszeit fertig sein. Sie könne ihn vor seiner Sprechstunde antreffen. Also wartete sie geduldig vor seinem Behandlungszimmer in dem langen Flur, der zum Operationssaal führte. Amstruther erschien erst kurz vor zwei. Als ihm klar wurde, dass sie ihn sprechen wollte, runzelte er die Stirn.

»Ich habe jetzt keine Zeit. Bin sehr spät dran«, sagte er.

»Tut mir leid, Mr Amstruther, aber der Direktor meinte, ich könnte Sie und Ihre Studenten in eines der städtischen Krankenhäuser begleiten.«

»Gütiger Himmel, hat er das? Nun, ich habe damit kein Problem. Am Freitagmorgen ist Balford dran. Die haben dort einen großen Kreißsaal. Passt Ihnen das?«

Cassia überlegte rasch. Freitagmorgen! Da fuhr sie normalerweise immer nach Hause. Der Tag war heilig. Die Kinder freuten sich darauf und sie auch. Während der Schulferien hatte sie sich angewöhnt, mit ihnen und Janet Mittag essen zu gehen. Also sollte sie es eigentlich nicht tun. Andererseits war es eine unglaubliche Chance. Wenn sie ablehnte, würde er sein Angebot sicherlich nicht wiederholen. Sie würde das Mittagessen auf ein andermal verschieben müssen. Cassia holte tief Luft.

»Ja. Das wäre wundervoll. Vielen Dank.«

Die Nachmittagssprechstunde zog sich ewig hin. Als sie nach sieben in der Walton Street eintraf, wurde sie von Rupert in der Küche erwartet.

»Hallo, Schatz. Du siehst müde aus. Ich habe uns ein Hühnerfrikassee gekocht.«

»Ach, du bist ein Goldstück. Wie war die Leseprobe?«

»Vielversprechend. Eleanor ist brillant, und Jasper Hamlyn hat so viele geniale Ideen. Ich setze große Hoffnungen in das Projekt. Dank dir.«

»Hoffentlich nicht nur dank mir, Rupert.« Sie lachte.

»Nein, natürlich nicht, aber … ich hoffe, du weißt, wie dankbar ich dir bin.«

»Natürlich. Außerdem erwarte ich, dass meine Investition auch Gewinn abwirft.«

Das Frikassee war köstlich, und anschließend förderte Rupert eine große Schüssel Erdbeeren und einen Krug Sahne zutage.

Sie lehnte sich zurück und lächelte ihn über den Tisch hinweg an. »Jetzt fühle ich mich schon viel besser. Danke, Rupert.«

Er betrachtete sie. »Willst du darüber reden?«

»Was?«

»Worüber auch immer. Darüber, was dich traurig macht.«

»Nein. Ja. Oh, ich weiß nicht. Ich rufe besser zuerst Janet an. Ich habe nämlich unangenehme Neuigkeiten für sie.«

Es war typisch für Janet, dass sie die unangenehmen Neuigkeiten ausgesprochen gut gelaunt aufnahm. »Freitag ist in Ordnung, Mrs Tallow. Selbstverständlich müssen Sie hingehen. Es klingt nach einer wunderbaren Gelegenheit. Wir unternehmen eine Fahrradtour. Ich habe für Delia einen Kindersitz auf meinem Gepäckträger anbringen lassen. Sie ist ganz begeistert.«

»Janet, Sie sind ein Schatz. Ist bei Ihnen alles in Ordnung?«

»Oh, bestens, Mrs Tallow. Dr. Tallow ist natürlich sehr beschäftigt. Nach der Sprechstunde ist er sofort in seinem Arbeitszimmer verschwunden. Ich habe Peggy gebeten, ihm sein Abendessen dort zu servieren. Das macht er manchmal, wenn Sie nicht da sind.«

»Wirklich? Oh, Janet, das tut mir leid.«

»Warum? Es ist doch verständlich, dass er nicht mit mir und den Kindern essen will – es ist schon ein bisschen anstrengend, ein richtiges Tohuwabohu. Offenbar ist er morgen den ganzen Tag unterwegs. Dr. Johnson hat die Vertretung.«

»Die arme Maureen«, erwiderte Cassia geistesabwesend. »Wie seltsam. Wo mag er wohl hinwollen? Und was ist mit den Kindern?«

»Denen geht es prima. Bertie war den ganzen Nachmittag mit einem Freund beim Reiten. Jetzt will er Jockey werden. Ich habe ihm erklärt, dass er zuerst Sie fragen muss«, fügte sie lachend hinzu.

»Richten Sie ihm aus, dass das nicht geht«, antwortete Cassia. »Aber er reitet sehr gern. Vielleicht würde er sich über ein eigenes Pony freuen. Was meinen Sie, Janet?«

»Eine wundervolle Idee, Mrs Tallow. Er sitzt sehr sicher im Sattel.«

»Ach ja? Dann denke ich darüber nach. Bitte richten Sie allen liebe Grüße aus.«

»Möchten Sie mit Dr. Tallow sprechen?«

»Nein, besser nicht, wenn er so beschäftigt ist. Gute Nacht, Janet. Und danke.«

»Eine echte Perle«, sagte sie zu Rupert, nachdem sie den Hörer aufgelegt hatte. »Einer der nettesten Menschen, die ich kenne. Und Edward springt so übel mit ihr um, dass es mir richtig peinlich ist. Er will sie einfach nicht im Haus haben.

Nun, das kann ich verstehen, aber es ist schließlich nicht ihre Schuld. Zum Glück lässt sie sich davon nicht beirren, sondern bleibt immer freundlich. Jedenfalls überlege ich mir, den Jungen Ponys zu schenken. Bertie wäre hingerissen, und zufällig steht die Koppel neben unserem Garten zum Verkauf. Eine gute Idee, oder?«

»Ja, sicher. Was sagt Edward dazu?«

»Edward sagt zu gar nichts mehr irgendwas zu mir, Rupert«, erwiderte sie und brach in Tränen aus.

Es war fast Teezeit, als Cassia am Freitagnachmittag in die Straße nach Monks Heath einbog.

Sie hatte eine lange Woche hinter sich und war müde. Der Vormittag im Balford General Hospital war interessant, aber sehr anstrengend gewesen. Unauffällig hatte sie sich an die Fersen der Studenten geheftet, die Mr Amstruthers schlaksiger Gestalt in die große, düstere Wöchnerinnenstation folgten. Und sie hatte stumm danebengestanden, während er ihnen mit Drohungen und Scherzen die Diagnosen der stillen, verängstigten Frauen entlockte, die bereits die traumatische Erfahrung hinter sich hatten, mindestens vier verschiedenen Ärzten die vertraulichsten Details schildern zu müssen.

Interessanterweise waren die Schwestern längst nicht so qualifiziert wie die im St. Christopher's. Sie gingen gröber und ungeschickter mit den Patientinnen um. Cassia beobachtete, wie eine unbeholfen versuchte, einer weinenden jungen Frau, der vor zwei Tagen die Gebärmutter entfernt worden war, einen Katheter zu ziehen. Es kostete sie äußerste Selbstbeherrschung, nicht hinzugehen und ihr zu zeigen, wie man es richtig machte. Entsetzt lauschte sie, als die Oberschwester einer kranken alten Dame drohte, sie werde ihr vor allen Studenten einen Einlauf verabreichen, wenn sie nicht aufhöre, über ihre

Schmerzen zu klagen. Nur das Wissen, dass es streng gegen die medizinische Praxis verstieß und dass Mr Amstruther sie nie mehr auffordern würde, ihn auf Visite zu begleiten, sorgte dafür, dass sie schwieg.

Wie immer war Mr Amstruther unhöflich zu den Schwestern und beleidigte seine Studenten. »Mr Ford, falls Sie die Meinung vertreten, dass diese Dame an einer Eileiterzyste leidet, warum tasten Sie dann ihren Blasenbereich ab?« Doch mit den Patientinnen ging er erstaunlich sanft und taktvoll um, entschuldigte sich, wenn er ihnen Schmerzen zufügte, und fragte sie, ob es sie störe, von den Studenten untersucht zu werden.

Natürlich weigerte sich keine der Patientinnen, mit Ausnahme einer selbstbewussten alten Dame, die meinte, sie habe noch nie einen Mann in sich gehabt, der nicht wisse, was er tue, und werde auch jetzt nicht damit anfangen. Dabei lachte sie mit zahnlosem Mund. Die Erinnerung brachte Cassia zum Schmunzeln, während sie gleichzeitig traurig daran dachte, dass selbst diese Frohnatur unter der schrecklichen Diagnose einknicken würde, sie habe einen bösartigen Tumor in der Gebärmutter, der bereits in die Wirbelsäule streute, sodass selbst die radikalste Operation sie nicht mehr retten konnte. Das Beste, was sie ihr bieten konnten, war eine Bestrahlung, die die Schmerzen wenigstens ein bisschen lindern würde.

Als sie in die Auffahrt von Monks Ridge einbog, kam Bertie auf sie zugerannt und rief so aufgeregt, dass sie kein Wort verstand. Sie stieg aus, nahm ihn in die Arme und hob ihn hoch, drückte ihn an sich, vergrub ihr Gesicht in seinem weichen Haar und schnupperte seine Wärme und den süßen Kindergeruch nach frischer Luft.

»Langsam, Liebling, ganz langsam. Fang noch mal von vorn an. Ich habe nichts mitgekriegt.«

»Im September gehe ich in die Schule«, verkündete er.

»Klar, Bertie, natürlich. Das neue Schuljahr beginnt. Was ist daran so besonders?«

»Nein, nein, du verstehst mich nicht. In eine neue Schule, ein Internat. Ist das nicht toll?«

»Was? Sei nicht albern, Bertie, selbstverständlich nicht. Dafür bist du noch nicht alt genug.«

»Doch, wirklich, es stimmt. Ich kann hin, sobald ich sieben bin. Daddy hat sich darum gekümmert.«

Sie stellte ihn auf den Boden. Trotz der heißen Sonne war ihr eiskalt. Sie schaute hinüber zum Haus, wo Edward in der Tür stand. Kühle Selbstzufriedenheit glitzerte in seinen Augen.

KAPITEL 20

Benedict war wieder fort, und zwar nach einem entsetzlichen, quälenden Streit, der stundenlang getobt hatte. Cecily konnte sich kaum an ein Wort erinnern, ganz sicher nicht an das, was er gesagt hatte. Nur an das Geschrei und die Tränen – seine und ihre – und an die abgrundtiefe Verzweiflung, die über sie herabgesunken war.

Einmal war die kleine Fanny mit ängstlicher Miene hereingekommen. Cecily hatte sie umarmt und sie aufgefordert, zu Mrs Goss zu gehen, weil sie und Daddy reden müssten.

»Das ist kein Reden, sondern Streiten«, entgegnete Fanny, riss sich los und lief hinaus. Zum ersten Mal in ihrem kurzen Leben hatte sie sich ihnen entfremdet. Für einen Moment in Reue und Trauer um ihr Kind vereint blickten sie ihr nach. Doch die Heftigkeit ihrer Auseinandersetzung war zu groß, um sie in die Schranken zu weisen. Sie flammte wieder auf und verschlang sie beide.

»Ich gehe«, verkündete er schließlich. »Ich kann und will das nicht länger ertragen. Falls du mich brauchst, bin ich zu Hause.«

»Dich brauchen?« In diesem Moment war der Widerwillen gegen ihn und das, was er getan hatte, so übermächtig wie nie zuvor. »Eines steht fest, Benedict, nämlich dass ich nie mehr etwas mit dir zu tun haben will.«

Er stand auf. In seinen Augen stand eine so schreckliche Enttäuschung und Verzweiflung, dass sie ihm sogar verziehen und ihn zurückgenommen hätte, hätte er nicht gesagt: »Nun, dann sind wir uns wenigstens in diesem Punkt einig. Lebewohl, Cecily.«

Einen Moment lang, vielleicht sogar länger, empfand sie Reue, ja sogar Mitleid mit ihm und auch einen Anflug von Panik. Sie erhob sich und wollte ihm als letzten Abschied nachrufen, dass ihr zumindest ihre letzte Bemerkung leidtäte. Doch plötzlich wurde ihr schwindelig. Sie musste sich wieder setzen, und der Kopf sank ihr auf die Knie.

Möglicherweise würden sie nach einer Weile wieder in der Lage sein, miteinander zu sprechen. Aber im Moment waren die Wunden zu tief, um sie zu verschließen. Jede Unterhaltung würde von ihrem Schmerz bestimmt werden und deshalb absolut zwecklos sein. Sie hörte, wie sein Wagen ansprang. Der Auspuff dröhnte, das Geräusch verklang, dann herrschte Totenstille.

Sie hatte keine Ahnung, ob sie Minuten oder Stunden so dasaß. Eine sichtlich erschütterte Mrs Goss erschien und erkundigte sich, ob sie das Abendessen servieren solle. Doch Cecily schickte sie weg. Nach langer Zeit zog sie die schweren Vorhänge zu, kroch ins Bett und unter die Decke und flehte um Schlaf. Doch dieser blieb aus und stellte sich erst bei Morgengrauen ein. Das abscheuliche frühe Morgengrauen, erfüllt vom Gesang der Vögel und tanzenden Sonnenstrahlen, als sie endlich in einen kurzen, unruhigen Schlaf fiel, voller gespenstischer Träume. Als sie aufwachte, war ihr Kissen durchweicht von Tränen.

Laurence Harrington, der in der Obhut seiner Nanny in London geblieben war, während seine Mutter und seine Schwestern sich in Devon aufhielten, fühlte sich nicht wohl. Nach Ansicht der Nanny fing er an zu zahnen, und natürlich vermisste er seine Mutter. Aber er hatte nun schon seit über vierundzwanzig Stunden Fieber. Sie hatte den Arzt gerufen, der noch vor Mittag kommen würde. Ob sie wohl Mrs Harrington verständigen sollte? Sie beschloss, auf die Meinung des Arztes zu warten, um Mrs Harrington nicht unnötig in Sorge zu versetzen.

Dominic Foster hatte Probleme mit dem Entwurf der neuen Wohnsiedlung. Harry und Benedict verlangten, dass sie auf vier Hauptstraßen zentriert war, die in einem Platz mündeten, von dem alle Nebenstraßen abgingen. Allerdings war das nur schwer mit der Anordnung der Gärten zu vereinbaren. Die Häuser sollten nämlich große, identische Gärten bekommen. Das war eines der wichtigsten Konzepte dieser Siedlungen – nur dass das wegen der Form des Baugrundes nicht möglich war. Es war schlicht und ergreifend eine Frage der Geometrie. Also mussten sich die Häuser ein wenig in ihrer Wohnfläche unterscheiden, wofür er schon immer plädiert hatte, weil er eine Preisdifferenz als interessantes Element der Anlage betrachtete. Und die Gärten mussten sich ohnehin unterscheiden.

Darüber musste er dringend sprechen. Da Harry verreist war, blieb nur Benedict übrig. Er wusste, dass Benedict aus Deutschland zurück war und sich einige Tage in London aufhalten würde. Deshalb würde er es im Büro versuchen. Falls er nicht dort war, dann eben zu Hause. Und außerdem hatte er noch einen viel wichtigeren Grund, mit Benedict zu reden. Er musste ihn einfach sehen …

Er wählte die Nummer von Simpson & Collins und bat darum, mit Benedict verbunden zu werden. Mildred Waters war am Apparat. Nein, Mr Harrington sei nicht da, doch sie erwarte ihn. Vermutlich werde er später kommen. »Er ist erst gestern aus Deutschland zurückgekehrt, Mr Foster«, erklärte sie in leicht tadelndem Ton. »Sicher nimmt er sich einige Stunden frei, um sich auszuruhen. Ich bitte ihn, Sie zurückzurufen, sobald er hier ist.«

»Danke. Könnten Sie ihm ausrichten, dass es dringend ist?«

»Ich habe hier einige dringende Anrufe für ihn, Mr Foster. Ich setze Ihren auf die Liste.«

»Danke«, wiederholte Foster. Mein Gott, wie er diese Frau verabscheute. Benedict hingegen dachte, dass die Sonne aus ihrem Hintern schien, und wollte kein Wort gegen sie hören. Eine seltsame Beziehung, Männer und ihre Sekretärinnen. Wie eine Art zweite Ehefrau. Nun, Benedict hatte so etwas wirklich nicht nötig. Eine reichte durchaus.

Der Arzt untersuchte Laurence und verkündete, er brüte mit an Sicherheit grenzender Wahrscheinlichkeit die Masern aus. »Sehen Sie die weißen Pünktchen in seinem Mund? Und den Ausschlag auf seinem Bauch? Ich fürchte, in vierundzwanzig Stunden wird es ihm ziemlich schlecht gehen. Er wird viel Pflege brauchen, in einem abgedunkelten Zimmer, weil sonst die Gefahr einer Augenschädigung besteht. Regelmäßiges Abwaschen mit einem Schwamm und viel Flüssigkeit. Sie sollten auf jeden Fall seine Mutter verständigen. Ich komme morgen früh wieder.«

Die Nanny bedankte sich und ging telefonieren. Mrs Harrington klang sehr angespannt, dachte sie. Gar nicht wie nach einer Woche am Meer. Die Angelegenheit mit Laurence bestürzte sie offenbar sehr.

»Ich komme natürlich sofort, Nanny. Das wollte ich ohnehin. Die anderen Kinder bleiben besser hier, damit sie sich nicht anstecken, meinen Sie nicht? So eine entsetzliche

Krankheit. Falls Sie etwas für ihn brauchen, besorgen Sie es. Und selbstverständlich müssen Sie meinen Mann informieren. Oder ist er im Büro?«

»Ihr Mann ist nicht da, Mrs Harrington.«

»Oh, also ist er im Büro?« Plötzlich klang ihre Stimme schneidend und verunsichert.

»Mag sein. Ich habe nicht bemerkt, dass er nach Hause gekommen wäre.«

»Tja, vielleicht ist er noch nicht zurück. Möglicherweise in einem Hotel. Er ist gestern Abend ziemlich spät abgefahren. Könnten Sie mir Bescheid geben, wenn er da ist, Nanny?«

»Gewiss, Madam.«

Cecily legte auf und machte sich auf die Suche nach Mrs Goss. Natürlich bedauerte sie Laurence' Krankheit sehr, doch es war eine Erleichterung, einen Grund zu haben, um Devon und die Kinder hinter sich zu lassen. Der Streit mit Benedict hatte ihre Wahrnehmung des Hauses auf schreckliche Weise verändert. Inzwischen wirkte es nicht mehr friedlich und entspannend auf sie, sondern feindselig und fremd. Außerdem zerrten die Kinder, selbst Fanny, an ihren Nerven.

»Laurence ist krank, die Masern. Selbstverständlich muss ich zu ihm nach London. Mir wäre es lieb, wenn die Mädchen hierbleiben könnten. Ich möchte nicht, dass sie sich anstecken, falls es sich vermeiden lässt. Dürfte ich Sie bitten, sie einige Tage lang zu hüten?«

Mrs Goss erwiderte, es sei ihr ein großes Vergnügen. »Wir hatten letztes Jahr eine wundervolle Woche, als Sie und Mr Harrington in Cowes waren.«

Cecily lächelte dankbar. »Sie sind ein Engel. Ich lasse die Mädchen in ein paar Tagen von Preston abholen, wenn das Schlimmste ausgestanden ist.«

»In Ordnung, Mrs Harrington. Und, äh – ist etwas mit

Miss Fanny? Sie macht einen recht niedergeschlagenen Eindruck auf mich.«

»Oh, ich bin sicher, es geht ihr gut«, antwortete Cecily rasch. »Aber sicherheitshalber schaue ich noch mal nach ihr. Das mit dem … Streit gestern Abend tut mir leid, Mrs Goss. Die Ehe, Sie wissen schon.« Sie lächelte Mrs Goss strahlend an. Diese tätschelte ihr die Hand und machte ein seltsam erleichtertes Gesicht.

»Ich weiß, Mrs Harrington. Als Mr Goss noch lebte, haben wir uns regelmäßig gestritten, normalerweise am Freitagabend, wenn er ein paar intus hatte. Ein reinigendes Gewitter. Es ist so schön, sich anschließend zu versöhnen, oder? Das ist die Sache doch wert.«

»O ja«, sagte Cecily und versuchte, sich eine Situation vorzustellen, in der sie und Benedict sich je wieder versöhnen könnten. »Ja natürlich. Nun, noch einmal vielen Dank, Mrs Goss. Ich gehe jetzt zu den Mädchen.«

Sie waren draußen in den Stallungen. Stephanie spielte ein Pony, Fanny einen ziemlich übellaunigen Stallburschen. »Halt still«, schrie sie. »Halt still, verdammt.«

»Fanny, Schatz«, sagte Cecily. »Das ist kein nettes Wort.«

»Du hast es selbst benutzt«, entgegnete Fanny. Als sie ihr in die Augen sah, war ihr Gesichtchen gerötet und feindselig. »Und Papa auch. Also benutze ich es, wann ich will.«

»Fanny, das mit gestern Abend tut mir leid. Wenn es dich aufgeregt hat …«

Als sie die Arme um Fanny legen wollte, stieß diese sie weg. »Schon gut. Lass mich in Ruhe.«

Cecily seufzte auf und erklärte ihnen, dass sie nach London müsse, weil Laurence die Masern habe. »Ich möchte nicht, dass ihr euch ansteckt. Deshalb bleibt ihr hier bei Mrs Goss. Das wird doch sicher ein Spaß.«

»Wie schön«, jubelte Stephanie strahlend. Fanny starrte sie nur schweigend und mit finsterer Miene an.

Es war später Nachmittag, als sie durch Wiltshire fuhren. Cecily bat Preston, am nächsten großen Hotel zu halten. »Ich muss eine Kleinigkeit essen und kurz zu Hause anrufen, um mich zu erkundigen, wie es Laurence geht.« Auf einem Schild stand, dass es sieben Kilometer bis nach Marlborough waren. Ausgezeichnet. Dort gab es mehrere Hotels.

Preston stoppte vor dem Bear. Cecily ging rasch hinein, bestellte Nachmittagstee und fragte, ob sie ein R-Gespräch nach Hause führen könne.

»Selbstverständlich, Madam. Wenn Sie im Salon Platz nehmen wollen, rufen wir Sie, sobald wir eine Verbindung haben. In der Hotelhalle steht ein Telefon.«

Es schien eine Ewigkeit zu dauern. Als sie endlich ans Telefon geholt wurde, war Adams, der Butler, am Apparat.

»Master Laurence scheint es nicht sehr schlecht zu gehen. Ich rufe die Nanny.«

»Danke, Adams. Ist mein Mann da?«

»Nein, Madam.« Er klang überrascht. »Wir haben ihn nicht gesehen, seit er gestern Morgen nach Devon gefahren ist.«

»Oh, ich verstehe. Nun, sicher lässt er sich bei der Fahrt Zeit. Oder er ist sofort ins Büro.«

»Mag sein, Madam. Wenn er nach Hause kommt, teile ich ihm natürlich sofort mit, dass Sie unterwegs sind.«

»Danke, Adam. Ich möchte jetzt mit der Nanny sprechen.«

Sie fragte sich, warum ihr Herz so heftig pochte. Was mochte nur der Grund für das flaue Gefühl in ihrer Magengrube sein? Sicher nur wegen Laurence. Ganz bestimmt.

Cassia saß im Arbeitszimmer und starrte Edward an. Er zeigte ihr die kalte Schulter und blätterte in der *Times*. Hin und wieder hob er den Kopf und warf ihr einen so giftigen und feindseligen Blick zu, dass es sich anfühlte wie eine Ohrfeige. Inzwischen wartete sie schon seit einiger Zeit, seit fast einer Stunde, wie sie feststellte, als sie auf die Uhr sah. Sie war ihm gefolgt und hatte gefordert, dass sie mit ihm über Bertie sprechen wolle, ja es sogar müsse. Doch er hatte nur erwidert, dazu gebe es nichts von Bedeutung zu sagen, weshalb er es für zwecklos hielte, es zu tun.

»Edward«, sagte sie, »ich verlasse diesen Raum erst, wenn wir es erörtert haben.« Daraufhin schlug er achselzuckend die Zeitung auf und begann zu lesen.

Es war fünf Uhr. Er hatte die Praxis früher geschlossen und durchquerte gerade die Vorhalle, während sie in der Küche mit den Kindern redete. Als sie ihn sah, entschuldigte sie sich und lief ihm nach. Er versuchte, ihr die Tür vor der Nase zuzuschlagen, doch sie stemmte sich dagegen. Es kam zu einer kurzen, lächerlichen Rangelei, bis er plötzlich nachgab und sie ihm ins Zimmer folgte.

Seit sie an jenem Freitagnachmittag mit Bertie ins Haus gegangen war, seine Hand gehalten, seinem aufgeregten Geplapper gelauscht und ihn strahlend angelächelt hatte, hatten sie kaum ein Wort miteinander gewechselt. Keinen Moment lang hatte sie angedeutet, dass sie überhaupt nicht begeistert war, und das während des ganzen Abendessens durchgehalten. Erst als die Kinder im Bett waren, hatte sie sich in bemüht ruhigem Tonfall an Edward gewandt. »Edward, warum hast du das entschieden?«

Er würdigte sie keines Blickes. »Meiner Ansicht nach ist es an der Zeit, dass er ins Internat kommt. Hier wird er zum Muttersöhnchen.«

»Muttersöhnchen. Wie absurd, Edward! Er ist noch klein …«

»Er ist nicht klein, sondern fast sieben, und wird behandelt wie ein Baby.«

»Wird er nicht. Er hat ein sehr schönes Leben, jede Menge Raufereien, St. Joe's ist eine gute Schule, er treibt Sport …«

»Ich will nicht, dass deine Nanny ihn versorgt, und das weißt du sehr wohl. Ich finde, dass sie ihn verzärtelt. Und weil du so viel weg bist, muss er deshalb aufs Internat.«

»Aha. Das ist es also. Die Nanny. Und dass ich nicht zu Hause bin.«

»Zum Teil. Jedenfalls habe ich die Entscheidung getroffen. Es ist beschlossene Sache. Und ich würde dir dringend davon abraten, meine Autorität in dieser Angelegenheit zu unterminieren.«

»Natürlich werde ich das nicht tun.«

»Ach wirklich? Weshalb fällt es mir nur so schwer, das zu glauben? Inzwischen unterminierst du meine Autorität doch fast ständig.«

»Das ist eine Lüge.«

»Ach ja? Da bin ich anderer Meinung. Nun, lass es bitte. Es wäre schlecht für Bertie und würde ihn verwirren. Er freut sich darauf. Ich möchte ihn nicht durcheinanderbringen.«

»Tatsächlich? Dann schick ihn nicht weg. Ist dir nicht klar, wie einsam und verängstigt er sein wird, welches Heimweh er bekommen wird? Natürlich freut er sich – weil er keine Ahnung hat, was ihm blüht. Abgeschnitten von uns allen, von zu Hause, von allem, was er kennt und was ihm etwas bedeutet. Allen möglichen Dingen unterworfen, für die er noch nicht bereit ist …«

»Mach dich nicht lächerlich. Ich war auch erst sieben, als ich ins Internat geschickt wurde.«

»Ja stimmt, und du hast offenbar vergessen, was du mir darüber erzählt hast. Das Weinen unter der Bettdecke, das Heimweh, so schlimm, dass du nicht mehr essen konntest, die Schikanen der älteren Jungen …«

»Es hat mir nicht geschadet«, erwiderte Edward knapp.

»Da würde ich widersprechen. Meiner Ansicht nach hat es dir geschadet. Sogar sehr.«

Mit ausdrucksloser Miene spähte er über den Rand seiner Zeitung und las dann achselzuckend weiter.

»Du bist ein Ungeheuer«, brach es aus ihr heraus. »Glaubst du, ich merke nicht, was du im Schilde führst, Edward, und warum? Ich schlafe im Gästezimmer. Bis morgen.«

Am nächsten Morgen fuhr er früh zu einem Hausbesuch, schloss sich nach seiner Rückkehr ins Arbeitszimmer ein und kam nur zu den Mahlzeiten heraus.

Am Abend waren sie bei den Venables zum Essen eingeladen. Edward sprach verhältnismäßig angeregt über seine Praxis, Maureens Unterstützung und seine Auffassung über den viel geschmähten Nationalen Gesundheitsdienst. Mrs Venables ignorierte Cassia und merkte nur einmal an, ihr berufliches Engagement in London müsse ihr die Mitarbeit in der Gemeinde doch langweilig erscheinen lassen. Und Mr Venables schilderte seinen Tag auf dem Golfplatz in sämtlichen Einzelheiten, Loch für Loch.

Der Sonntag verlief mehr oder weniger nach dem gleichen Muster, nur dass sie abends mit den Kindern Ludo spielten und Edward sich anschließend im Radio ein Konzert anhörte. Sie ging früh zu Bett. Am Montag war er mit zwei langen Sprechstunden und einer schwierigen Geburt beschäftigt, die sich fast die ganze Nacht hinzog. Inzwischen war es Dienstagnachmittag, und Cassia hätte vor unterdrückter Wut, Enttäuschung und der Entschlossenheit, das Thema wenigstens zu erörtern, aus der Haut fahren können.

Ihre Geduld war am Ende. Sie riss ihm die Zeitung aus der Hand. Mit nachdenklicher Miene blickte er zu ihr auf, und langsam breitete sich ein Lächeln auf seinem Gesicht aus.

Einen Moment lang war er der Edward, den sie gekannt und von dem sie sich eingeredet hatte, dass sie ihn liebte: ernsthaft, zärtlich, besorgt und mit diesem zurückhaltenden Lächeln. Sie hielt inne, erschrocken über die lebendige Erinnerung und die Trauer darüber, wie tief sie beide gesunken waren. Als sie ihn wieder betrachtete, bemerkte sie, dass sein Lächeln ganz und gar nicht liebevoll und zärtlich war, sondern selbstzufrieden und seltsam triumphierend. In dieser Angelegenheit hatte er gewonnen.

»Es ist zwecklos, Cassia«, verkündete er. »Ich will, dass er aufs Internat geht, und das wird auch passieren. Die Schule wird nicht auf dich achten, falls du versuchen solltest, etwas daran zu ändern. Ich bin nun mal sein Vater und, zumindest in den Augen der Schulleitung, das Familienoberhaupt. *Ich* treffe die Entscheidungen.«

»Es ist grausam von dir, so etwas zu tun, nur um mich zu bestrafen.«

»Nun«, sagte er, »vielleicht bin ich jetzt mal an der Reihe.«

Kurz wurde sie von Reue und dann wieder von Trauer ergriffen.

»Edward, was ist mit Glasgow? Was wirst du unternehmen?«

»Ich hätte nicht gedacht, dass dich das interessiert. Aber wenn du schon fragst, ich habe die Stelle abgelehnt. Ich habe nicht die Absicht, allein hinzuziehen.«

»Vermutlich ist es das Vernünftigste. Es ist weit weg. Ich kann einfach nicht glauben, dass du nichts in der Nähe von London oder sogar in London selbst bekommen hast.«

»Cassia, lassen wir das doch. Hör auf, mir vorzuspielen, dass dich meine Zukunft kümmert. Und wenn du mich jetzt entschuldigen würdest. Ich möchte gern diesen Artikel zu Ende lesen. Er ist höchst spannend.«

»Nein, ich entschuldige dich nicht. Ich will über Bertie reden und dich umstimmen. Ich möchte, dass er noch mindestens ein Jahr zu Hause bleibt.«

»Wirklich? Offenbar bist du blind.«

»Du findest doch gar nicht, dass es gut für ihn wäre, oder? Der Junge ist dir egal. Seine Bedürfnisse hast du überhaupt nicht in Erwägung gezogen. Wenn ich den Eindruck hätte, dass es anders wäre, fände ich es nicht so schlimm, aber ...«

»Cassia, sei einfach nur still. Damit erreichst du gar nichts.«

Und dann rief Cecily an.

»Cassia? Sicher hältst du mich jetzt für übergeschnappt, aber du hast nicht vielleicht von Benedict gehört?«

»Nein. Warum sollte ich?«

»Ach nichts. Das heißt, Laurence hat die Masern, und ich bin noch immer nicht zu Hause. Ich bin auf dem Weg von Devon nach London. Ich habe kurz angehalten, um einen Tee zu trinken, und dachte, er hätte sich vielleicht bei dir gemeldet, weil er sich Sorgen macht. Immerhin bist du Ärztin ...«

Ihre Stimme erstarb. Cassia hörte ihre Furcht und missverstand sie. »Cecily, du brauchst dir um Laurence keine Sorgen zu machen. Natürlich sind Masern eine scheußliche Krankheit, aber er ist ein zäher kleiner Bursche und wird schon wieder. Bei guter Pflege dürfte er keine Komplikationen entwickeln. Achte nur darauf, dass er in einem abgedunkelten Zimmer liegt, damit seine Augen nicht geschädigt werden. Deine Nanny ist ja so tüchtig ... Cecily, bist du noch dran?«

»Ja.« Cecily sprach sehr leise.

»Schau, ich komme morgen vorbei und sehe nach ihm, falls du möchtest. Beruhige dich. Ich bin zwar keine Kinderärztin, aber Bertie und William hatten es beide. Bei Bertie war es ziemlich schlimm. Die Symptome können recht erschreckend sein, haben jedoch nicht viel zu bedeuten. Soll ich morgen bei dir sein?«

»O ja, bitte. Musst du denn nicht arbeiten?«

»Nein, Janet ist im Urlaub. Ich habe mir zwei Wochen freigenommen. Also geht es in Ordnung, auch in meiner Freizeit Ärztin zu spielen. Peggy kann sich bestimmt um Delia kümmern. Die Jungen muss ich zwar mitbringen, aber da sie es schon hatten …«

»Oh, Cassia, wirklich? Ich wäre dir so dankbar.«

»Keine Ursache. Wo sind die Mädchen?«

»In Devon. Ich wollte nicht, dass sie sich mit den Masern anstecken.« Sie zögerte. »Gibst du mir Bescheid, falls du von Benedict hörst?«

»Ja natürlich. Warum? Hat er …«

Aber Cecily hatte schon aufgelegt.

Zum selben Zeitpunkt rief Dominic Foster bei den Harringtons an. Benedict hatte ihn zwar gebeten, das nicht zu tun, doch da seine Frau ja verreist war, sah er kein Problem darin.

Adams klang ein wenig verstört, als er meldete, nein, Mr Harrington sei nicht da. Er sei noch nicht aus Devon zurück. Er erwarte ihn und Mrs Harrington am Abend.

»Also reisen sie gemeinsam?«

»Nein, Sir, getrennt.«

»Ich verstehe. Nun, wenn Mr Harrington kommt, bitten Sie ihn, mich anzurufen. Mr Foster, Sloane 687. Es geht um das Bauvorhaben in Kingston. Sollte Mrs Harrington anwesend sein, belästigen Sie ihn nicht. Dann spreche ich morgen mit ihm.« Eine schleichende Furcht machte sich in Dominic breit, die der Cecilys gar nicht so unähnlich war.

Besorgnis und ein schlechtes Gewissen.

Wirklich sehr vergleichbar.

Um acht traf Cecily erschöpft und aufgelöst ein. Adams öffnete und teilte ihr mit, das Abendessen stehe bereit, falls sie hungrig sei.

»Nein, nicht jetzt, danke, Adams. Ich gehe sofort hinauf ins Kinderzimmer. Wie fühlt Laurence sich?«

»Die Nanny scheint sich keine großen Sorgen zu machen«, antwortete Adams. »Aber es wird den kleinen Burschen sicher aufmuntern, Sie zu sehen.«

»Ist mein Mann schon zurück?«

»Nein, Mrs Harrington, noch nicht.«

»Danke, Adams. Schicken Sie ihn bitte nach oben, wenn er kommt.« Sie unterdrückte ihre Angst und begab sich ins Kinderzimmer.

Erst um zehn schlief Laurence endlich ein. Er war zwar quengelig und hatte hohes Fieber, doch sein Zustand war offenbar nicht ernst. Die Nanny hatte ihr Bett in sein Zimmer gestellt und versprach Cecily, sie zu rufen, falls es ihm während der Nacht schlechter gehen sollte.

Langsam stieg Cecily die Treppe ins Esszimmer hinunter, stocherte lustlos auf ihrem Teller herum und schlenderte dann ins Wohnzimmer. Am liebsten hätte sie gefragt, ob Benedict angerufen hatte, aber sie fürchtete, das könnte albern wirken. Außerdem hätte Adams es ihr ohnehin mitgeteilt.

Sie griff nach einer Zeitschrift und legte sie wieder weg, schaltete das Radio ein und aus. Sie fühlte sich ruhelos, elend und erschöpft, doch sie wusste, dass sie keinen Schlaf finden würde. Schließlich ging sie hinaus in die totenstille Vorhalle.

Spontan öffnete sie die Tür von Benedicts Arbeitszimmer und trat ein. Alles war blitzblank, die Schreibtischplatte war leer. Es war ein sehr hübsches Arbeitszimmer, eher eine kleine Bibliothek. Wände und selbst die Tür waren mit Bücherregalen bedeckt. Außerdem gab es hier einen eleganten Schreibtisch mit lederner Tischplatte, einen bequemen Ledersessel und einige hohe Aktenschränke aus Holz. Da sie nicht abgeschlossen waren, zog sie einen auf. Jede Akte war fein säuberlich beschriftet, alle Unterlagen befanden sich an ihrem Platz. Ein Schrank war ausschließlich seiner Tätigkeit an der Börse vorbehalten, der andere seinen verschiedenen Firmen. Einige Schubladen enthielten Familienunterlagen. Sie holte die Akte mit dem Vermerk »persönlich« heraus, eher in der Absicht, sich zu beschäftigen, als in seinem Leben herumzuschnüffeln. Sie wusste, dass sie nichts entdecken würde, was nur im Geringsten belastend war. Und das traf auch zu.

Da war seine Geburtsurkunde, 1888, so lange her und inzwischen ein Stück Geschichte. Dazu seine sämtlichen Schulzeugnisse. Was für ein braver kleiner Junge er gewesen war; Kapitän der Sportmannschaft und bester Schüler im Internat. In Eton war er Präfekt seines Hauses gewesen. Er hatte seine Abschlussprüfung mit Bravour bestanden, war in Cambridge Zweitbester in Geschichte gewesen, hatte im Krieg Auszeichnungen erhalten und war zum Lieutenant-Colonel befördert worden. Wo in dieser Auflistung von Erfolgen lagen die Wurzeln seines Versagens? Wann hatten sich die Schatten zusammengeballt? Wann hatte die Dunkelheit sich herabgesenkt?

Sie suchte weiter. Die Grundbucheintragungen für beide Häuser waren vorhanden. Außerdem ihre Heiratsurkunde und einige Fotos. Sie betrachtete sie. Sie waren so ein glückliches Paar gewesen, so voller Hoffnung. Er war so elegant gekleidet, so attraktiv. Sie hatte ganz vergessen, was für ein schöner Mann er gewesen war; er war in den letzten Jahren stark gealtert. Und sie war so unschuldig gewesen, so ahnungslos. Sie musterte ihr hübsches, jungfräuliches Gesicht unter einem Kranz aus Spitze und Blumen. Voller Glückseligkeit und beinahe triumphierend lächelte sie in die Kamera, stolz auf ihre Eroberung, auf diese gute Partie. Und dann, so kurz darauf, die Enttäuschung, das Gefühl, versagt zu haben, und die Erkenntnis, dass sie in Wahrheit keinen Preis gewonnen und ganz sicher keine Eroberung gemacht hatte. War sie an jenem Tag wirklich zum letzten Mal wirklich glücklich und im bestmöglichen Sinne zufrieden mit sich gewesen?

Seufzend legte Cecily die Akte weg, verließ das Zimmer und schloss die Tür hinter sich.

Am nächsten Morgen hatte sich Laurence' Zustand noch verschlechtert. Sein Gesichtchen war vom hohen Fieber gerötet, seine Augen funkelten selbst im abgedunkelten Zimmer hart und hell. Ein Ausschlag bedeckte seinen ganzen Körper, und er schrie unablässig, schwenkte die Fäustchen und schluchzte herzzerreißend. Die Nanny hatte ihn stündlich mit Natron abgerieben. Sie wirkte erschöpft.

»Nanny, gehen Sie eine Weile zu Bett und schlafen Sie sich richtig aus«, sagte Cecily, die ebenfalls kaum geschlafen hatte. »Ich kümmere mich um ihn. Der Arzt kommt kurz nach neun. Er hat gerade angerufen. Außerdem schaut Mrs Tallow später nach ihm, um uns zu beruhigen. Sie wissen ja, dass sie Ärztin ist. Ihre beiden Jungen hatten auch schon die Masern. Also habe ich genug Unterstützung. Gehen Sie nur.«

Noch immer kein Wort von Benedict. Mit gespieltem Gleichmut rief sie in Devon an. Die Mädchen seien ausgesprochen brav, meldete Mrs Goss. Sie habe mit ihnen ihre Tochter und deren einjährige Zwillinge besucht. »Hoffentlich haben Sie nichts dagegen, Mrs Harrington. Hocking hat uns hingefahren. Ich dachte, Miss Fanny würde besondere Freude daran haben. Sie liebt Babys und kann wundervoll mit ihnen umgehen. Ach, und ein Mr Foster hat angerufen, Mrs Harrington. Er wollte Mr Harrington sprechen.«

»Oh, hat er das?«, erwiderte Cecily. Eine heiße Woge aus Zorn und Ekel stieg ihr in der Kehle auf, sodass sie es buchstäblich schmecken konnte. Bitter wie Galle. »Danke. Was haben Sie ihm gesagt, Mrs Goss?«

»Tja, dass Mr Harrington nicht da ist. Er wirkte ein wenig aufgebracht. Eigentlich eher besorgt, wie ich fand. Er meinte, es ginge ums Geschäft. Ob ich wohl so nett wäre, ihn zu informieren, falls Mr Harrington erscheinen sollte. Ich habe es ihm versprochen. Das war doch nicht etwa falsch, Mrs Harrington?«

»Nein, aber wenn er wieder anruft, bitten Sie ihn vielleicht, die Sekretärin meines Mannes anzurufen, nicht bei uns zu Hause.«

»Ja natürlich. Und wie geht es dem lieben, kleinen Baby?«

Wie konnte er es wagen, zu Hause anzurufen? Und wie konnte Benedict die Frechheit besitzen, ihm zu vermitteln, dass er das durfte? Tränen der Wut und Erschöpfung traten ihr in die Augen. Sie wischte sie ungeduldig weg.

»Stimmt etwas nicht, Madam? Master Laurence fühlt sich doch hoffentlich nicht schlechter?«

»Nein, Adams, danke. Er wird sich wieder erholen. Adams, hat gestern möglicherweise ein Mr Foster angerufen, der meinen Mann sprechen wollte?«

»Ja, Madam. Am frühen Abend, kurz nach Ihrem Anruf. Er hat eine Nummer hinterlassen. Möchten Sie sie haben?«

»Nein, alles in Ordnung.«

Sie bemühte sich um Fassung, war noch dabei, diesen neuen Anschlag auf sich selbst und ihre Würde zu verkraften, als das Telefon schrillte.

Adams hob ab. »Belgravia sieben-zwei-neun. Oh, Mr Harrington, wie schön, von Ihnen zu hören, Sir. Hoffentlich ist alles in Ordnung. Ja, sie ist da. Soll ich …«

»Nein, Adams, bitte nicht. Ich habe keine Zeit, mit meinem Mann zu sprechen. Richten Sie ihm das bitte aus.«

Sie hatte sich so danach gesehnt, dass er sich meldete. Doch nun, befreit von der Sorge um ihn und voller Zorn wegen der neuen Erkenntnis, dass es Dominic Foster gestattet war, ihn privat anzurufen, konnte sie es nicht einmal ertragen, seine Stimme zu hören.

»Mr Harrington, ich fürchte, Mrs Harrington ist im Moment beschäftigt. O ja gewiss, Sir, ich sage es ihr.«

Er hielt ihr das Telefon hin. »Es ist sehr dringend, Madam.«

Cecily griff nach dem Hörer. »Danke, Adams, im Moment brauche ich Sie nicht mehr.« Er verließ das Zimmer und schloss die Tür. »Ja?«, meldete sie sich kühl.

»Cecily?« Seine Stimme klang heiser, erschöpft, ein wenig seltsam. Sie schien ihre eigenen Gefühle widerzuspiegeln.

»Ja.«

»Cecily, ich muss mit dir reden. Ich muss einfach.«

»Aber ich nicht mit dir, Benedict. Tut mir leid, aber dafür fehlt mir einfach die Kraft.«

»Könntest du dir vorstellen, dich mit mir zu treffen?« Sie zögerte. »Bitte. Bitte, Cecily.«

Er hörte sich elend an. Sie erinnerte sich an den Vorabend, als sie ihre Hochzeitsfotos betrachtet hatte, an ihre Trauer und ihr Bedauern. Doch dann dachte sie daran, dass er Dominic Foster ihre Telefonnummern gegeben und ihm erlaubt hatte, bei ihnen zu Hause anzurufen, und die Wut regte sich wieder.

»Es tut mir leid, Benedict, aber das kann ich mir nicht vorstellen. Außerdem …«

Sie wollte ihm von Laurence erzählen, doch er fiel ihr ins Wort. »Also gut. Lebe wohl, Cecily.«

Es gelang ihr nicht einmal, sich zu verabschieden. Nach einer Weile legte er auf.

Cassia war da, als am späten Nachmittag die Polizei erschien, um zu melden, man habe Benedicts Wagen in einem Waldstück unweit von Camberley aufgefunden. Er habe auf dem Fahrersitz gesessen, mit einem Kopfschuss, die Pistole noch in seiner Hand.

KAPITEL 21

Selbstverständlich fand eine Leichenschau statt. Das Urteil lautete Selbstmord: »nicht im Vollbesitz seiner geistigen Kräfte.«

Cecily machte ruhig ihre Aussage. Sie berichtete, ihr Mann habe geschäftliche Schwierigkeiten gehabt, sei jedoch alles andere als depressiv gewesen. Als der Leichenbeschauer sich erkundigte, ob ihre Ehe glücklich gewesen sei, bejahte sie das.

Harry Moreton, Benedicts wichtigster Geschäftspartner, unterbrach seinen Urlaub, um der Leichenschau beizuwohnen. Bleich und ziemlich wütend stand er im Zeugenstand und sagte, seinem Wissen nach habe Benedict keinen Grund gehabt, sich das Leben zu nehmen. Allerdings sei er ein sehr wankelmütiger Mensch gewesen.

»Was meinen Sie mit wankelmütig, Mr Moreton?«

»Er war äußerst sensibel und nahm sich alles schrecklich zu Herzen.«

»Aber er hatte, soweit Ihnen bekannt ist, keine geschäftlichen Schwierigkeiten?«

»Nicht, soweit es unser Geschäft betrifft. Natürlich lebt man als Investor immer in Sorge. Manche Menschen verkraften das besser als andere.«

Der Leichenbeschauer stimmte dem zu und sprach nach kurzer Überlegung sein Urteil.

Cassia saß im Gerichtssaal und hielt Cecilys Hand. Anschließend kehrten sie alle zurück zum Haus, wo Cecily nach oben ging, um sich hinzulegen.

»Das hat ja zum Glück nicht lange gedauert«, sagte Cassia zu Harry.

»Ja, ich habe einigen Leuten etwas zugeflüstert und darum gebeten, es rasch über die Bühne zu bringen. Cecily zuliebe.«

Cassia starrte ihn an. »Gibt es jemanden, den du nicht manipulieren kannst, Harry?«

Er betrachtete sie und lächelte zum ersten Mal an diesem Tag. »Dich«, erwiderte er.

Die Beerdigung fand im engsten Kreis in St. Luke's in Chelsea statt. Nur Cecily, die beiden Mädchen, Cecilys Eltern, die Forbes, die Moretons, Rupert Cameron und Cassia und Edward. Es hatte Cassia überrascht, dass Edward ihrer Bitte zu kommen entsprochen hatte. Doch offenbar hatte ihn Benedicts Tod schwer erschüttert, weshalb er ihm die letzte Ehre erweisen wollte. Auch Sir Richard und Margaret erschienen, was Cassia ebenfalls erstaunte, da sie stets den Eindruck gehabt hatte, dass Sir Richard Benedict nicht leiden konnte. »Im Grund seines Herzens war er ein guter Mensch«, sagte er, als habe er ihre Frage vorausgeahnt. »Und er hat sich sehr um Leonora gekümmert.«

Sie küsste ihn. »Ich bin froh, dass du hier bist. Es ist eine Hilfe. Jetzt sind sie beide fort. Es erscheint mir unfassbar.«

»Mir auch.«

»Die armen kleinen Mädchen«, meinte Margaret und schaute zu ihnen hinüber. Ihre Gesichtchen unter den schwarzen Hüten waren bleich, ihre Augen weit aufgerissen und verweint. Stephanie klammerte sich an die Hand ihrer Mutter. Aber Fanny stand mit leicht trotziger Miene ein Stück abseits.

»Ja«, erwiderte Cassia. »Er war ein wundervoller Vater. Es

ist so traurig. Herrje, ich fürchte, Mrs Forbes ist Cecily keine große Unterstützung. Es wäre wirklich besser, wenn sie zu weinen aufhören würde.«

»Eine grässliche Person«, stimmte Sir Richard zu. »Als sie während der Gebete laut zu schluchzen angefangen hat, hätte ich sie am liebsten geohrfeigt. Es ist ja verständlich, dass Cecily sich nicht im Griff hat, aber wenigstens sie sollte sich beherrschen.«

»Sie liebt das Drama«, erwiderte Cassia schmunzelnd. »Ich weiß noch, als ich Cecily einen Tag vor Fannys Geburt besucht habe. Da hat sie mir in den schauerlichsten Farben geschildert, was die arme Cecily würde erdulden müssen, denn sie könne sich noch an jeden entsetzlichen Moment erinnern. Aber ich glaube, Stephanie hat sie gern. Sie könnte ihr eine Hilfe sein.«

»Und wie geht es deinem Nachwuchs?«, erkundigte sich Sir Richard. »Alles in Ordnung? Wie alt ist der Große jetzt?«

»Bertie ist fast sieben«, mischte sich Edward plötzlich ins Gespräch ein.

»Gütiger Himmel. Dann kommt er ja bald ins Internat?«

»Ja, diesen September. Wir hielten es für an der Zeit, nicht wahr, Cassia?«

»Ja«, erwiderte sie und wandte sich ab. Sie konnte dieses Gespräch unmöglich fortsetzen und so tun, als sei sie an dieser Entscheidung beteiligt gewesen. Sie sah Harry, der allein und mit bedrückter Miene am frischen Grab stand, und ging zu ihm hinüber. »Alles in Ordnung?«

»Ja. Ich fasse es nur nicht, dass sie jetzt beide fort sind.«

»Nein, ich auch nicht. Ich erinnere mich noch an den Tag, als ich sie zum ersten Mal zusammen im Ritz sah. Ich fand, dass ich noch nie zwei so schönen Menschen begegnet bin.«

»Schön und dem Untergang geweiht«, erwiderte er seufzend. »Eine verdammte Schande.«

Cassia warf einen Blick auf Cecily. Sie sprach gerade mit Edwina, die bleich, eingefallen und sichtlich erschüttert wirkte.

»Ist etwas mit Edwina? Sie sieht entsetzlich aus.«

»Ja, sie ist sehr bestürzt. Sie hatte Benedict schrecklich gern.«

»Ja«, stimmte Cassia zu. »Offenbar verstand sie… wie er war.«

Eine kurze, bedeutungsschwere Pause entstand.

»Ich habe ein wenig befürchtet«, sagte Cassia schließlich, »dass er an den Falschen geraten sein könnte.«

»Ich habe ihm abgeraten, falls du Foster meinst.«

»Das war klug. Trauert er sehr?«

»Ja natürlich. Und er darf es nicht zeigen, der arme Teufel.«

Cecily gesellte sich zu ihnen. »Möchtet ihr nicht auf einen Drink und einen Happen zu essen mitkommen?« Sie machte einen völlig gefassten, ja beinahe fröhlichen Eindruck und wirkte gar nicht wie die trauernde Witwe, die Cassia erwartet hatte. »Meine Eltern kommen auch…«

»Vielleicht auf einen Sprung«, erwiderte Harry. »Dann müssen wir aufbrechen, Cecily. Wir fahren nach Wiltshire. Eigentlich zieht uns nichts mehr zu der Party auf der Jacht, aber das Haus in London ist geschlossen, es ist kein Personal da.«

»Es war sehr lieb von euch, euren Urlaub zu unterbrechen.«

»Soll das ein Scherz sein? Wir *mussten* kommen.«

»Natürlich mussten wir das«, stimmte Edwina zu. Cassia fand, dass sie ziemlich mager, aber sehr sonnengebräunt war. Plötzlich erinnerte sie sich an ihre Bitte, ihr einen Gynäkologen zu empfehlen, und ihr fiel mit schlechtem Gewissen ein, dass sie das ganz vergessen hatte. Sie musste es unbedingt erledigen.

Sie wandte sich an Edward. »Würdest du noch kurz mit zu Cecily kommen?« Obwohl sie die Antwort bereits kannte, wusste sie, dass sie sie nicht voraussetzen durfte.

»Nein, ich glaube nicht. Ich muss nach Hause. Kommst du mit?«

»Ja natürlich, was bleibt mir anderes übrig?«

»Das weiß nur der liebe Gott.« Dann beugte er sich vor und küsste Cecily zu ihrer Überraschung auf die Wange. »Auf Wiedersehen. Gib uns Bescheid, wenn wir etwas für dich tun können.«

Cassia war überrascht, denn sie hatte nur förmliche Höflichkeit von ihm erwartet. Doch er wirkte aufrichtig bestürzt. Als sie ihm das im Zug sagte, musterte er sie verständnislos.

»Ich mag Cecily, und es tut mir sehr leid für sie.«

Sie waren allein im Abteil. »War es dir also bekannt?«, fragte sie leise.

»Das mit Benedict?«

Sie hatten nie darüber gesprochen. Da Edward in diesen Dingen eine äußerst rigide Haltung vertrat, hatte sie darauf geachtet, es ihm gegenüber nicht zu erwähnen. Sie hatte befürchtet, dass sich seine Abneigung gegen Benedict im Besonderen und ihre Freunde im Allgemeinen dadurch noch steigern würde.

Kurz starrte er sie an, als könne er ihre Bemerkung nicht fassen. »Ja natürlich«, sagte er schließlich. »Hast du wirklich gedacht, das könnte mir entgehen?«

»Und hast du ihn deshalb so verabscheut?«

»Das war einer der Gründe«, erwiderte er, holte seine Zeitung heraus und versenkte sich für den Rest der Fahrt in die Lektüre.

»Du wirkst bedrückt«, sagte Eleanor Studely am Nachmittag bei der Probe zu Rupert.

»Ja. Ich war heute Morgen bei einer Beerdigung. Ein alter Freund der Familie.«

»War er wirklich alt?«

»Nein, sogar noch recht jung. Zumindest jünger als ich. Drei kleine Kinder. Eine traurige Sache.«

»Das tut mir leid. Woran ist er denn gestorben?«

»Er hat sich umgebracht. Ein klares Ergebnis einiger der barbarischen Gesetze in diesem Land.«

»Oh, Rupert, wie entsetzlich.«

»Ja. Er war … Stört es dich, dir das anzuhören?«

»Selbstverständlich nicht.« Sie lächelte ihn an. Sie war in jeglicher Hinsicht eine hübsche Frau: dunkles Haar, cremefarbene Haut und große haselnussbraune Augen. Doch zwei Dinge sorgten dafür, dass sie nicht nur hübsch, sondern schön war: ein außergewöhnlich breites Lächeln, das ihr recht ernstes Gesicht auf einen Schlag verwandelte, und ihre sanfte, rauchige, unbeschreiblich melodiöse Stimme, mit der sie Wunder bewirken konnte. Anscheinend mühelos konnte sie ihr Publikum zum Weinen, Lachen, Nachdenken und Mitfühlen bringen. Und in diesem Moment tröstete sie Rupert und linderte seinen Schmerz.

»Oh, Liebes, du bist ein Schatz. Nun, siehst du, er war homosexuell und hat es jahrelang verheimlicht. Der Himmel weiß, was ihn das gekostet hat. Und auch seine Frau.«

»War sie darüber im Bilde?«

»O ja. Allerdings nicht, als sie ihn geheiratet hat. Sie war eine Kindsbraut. Natürlich gab es die üblichen Erpressungsversuche, doch er hat sie überstanden. Aber was hat ihm das genutzt? Ich glaube, es lag am Druck. Am jahrelangen Theaterspielen und an der Angst.«

»Eine Schande ist das. Da bin ich ganz deiner Ansicht. So viele sinnlos zerstörte Leben. Warum musste er nur heiraten und sie ebenfalls unglücklich machen? Diese Gesetze gehören weg. Es muss sich etwas ändern.«

»Ja, nur dass es für uns anders ist. In unserem Metier gibt es so viele, dass wir es als das verstehen, was es ist. Für seine Schwiegermutter oder gar seinen Schwager wäre es ein Skandal, ein Grund, sich zu schämen, etwas, das behandelt werden oder für das man bestraft werden muss.«

»Und wie stand seine Frau dazu?«

»Ich glaube … Nun, sagen wir, sie hat es versucht und sich große Mühe gegeben, Verständnis dafür zu haben.«

»Die arme Frau.« Eleanor Studelys reizende Stimme bebte vor Mitgefühl. »War er mit deiner Cassia verwandt?«

»Bloß sehr indirekt. Eigentlich nur über Gott. Er war der Bruder ihrer Patin. Außerdem ist sie nicht ›meine Cassia‹, wie du es ausdrückst.« Aus irgendeinem Grund ärgerte ihn diese Bezeichnung. Oder löste sie Angst in ihm aus?

»Liebster Rupert, das war nur ein Scherz. Allerdings scheinst du sie sehr gern zu haben und viel Zeit mit ihr zu verbringen. Jasper hat angedeutet, dass zwischen euch etwas läuft.«

»Jasper soll sich um seinen eigenen verdammten Kram kümmern«, schimpfte Rupert. Er starrte in sein Glas und bemerkte deshalb Eleanors nachdenklichen und amüsierten Blick nicht.

»Ein Brief für dich, Mummy.«

»Danke, Bertie, mein Schatz. Oh, er ist von Sir Richard. Du erinnerst dich doch noch an ihn. Er wohnt in London in einem riesengroßen Haus. Mein Patenonkel. Wenigstens in gewisser Weise. Er möchte uns besuchen kommen. Ist das nicht schön?«

»Ich fand, dass du bei der Beerdigung ein bisschen blass um die Nase warst«, sagte Sir Richard, als sie ihn anrief, um ihn zum Mittagessen einzuladen. »Allerdings wohl kaum ein Wunder. Aber du hast stark abgenommen. Hoffentlich arbeitest du nicht zu viel.«

»Nein, natürlich nicht. Außerdem habe ich momentan Urlaub. Wir freuen uns darauf, dich zu sehen. Edward muss arbeiten, doch er isst sicher mit uns zu Mittag.«

»Gut. Ich bin schon gespannt auf die Jungs, insbesondere auf Bertie. Er scheint ein aufgeweckter kleiner Bursche zu sein.«

»Das ist er.« Wieder stieg ihr beim Gedanken an Bertie ein dicker Kloß im Hals auf. An ihren Abschied und daran, was er würde durchmachen müssen. »Er hatte dich auch sehr gern. Sagtest du, am nächsten Donnerstag?«

»Ja, wir unternehmen eine Reise die Südküste entlang, verbringen einige Tage in Bournemouth und fahren dann weiter in die Cotswolds. Ob Rupert wohl zu Hause sein wird, wenn wir am Abend in Brighton sind? Wir könnten ihn zum Essen einladen.«

»Vermutlich«, erwiderte Cassia rasch. »Allerdings ist er viel in London und organisiert sein neues Theaterstück. Ich habe schon seit über einer Woche nichts mehr von ihm gehört. Hast du Cecily gesehen?«

»Nein, sie zieht sich ziemlich zurück. Margaret hat sie kürzlich besucht. Ihrer Ansicht nach schlägt sie sich recht wacker.«

»Ich fand, dass sie auf der Beerdigung wirklich tapfer war. Es war fast, als …«

»Ja, ja, ich weiß, was du denkst. Tja, wer kann das wissen? Die arme Frau, sie hat schwere Zeiten hinter sich. Also gut, mein Liebes, dann bis Donnerstag.«

Nur gelegentlich gestattete sich Cassia, an die Zeit vor dem Geld zu denken. Es war gefährlich, denn sie hatte seitdem so viele Entscheidungen getroffen und so viele nicht ungeschehen zu machende Schritte unternommen. Auf gar keinen Fall konnte sie wieder zurück und die Frau werden, die in einer scheinbar guten Ehe gelebt hatte, mit ihrem Mann und ihren Kindern glücklich gewesen war, einigermaßen ordentlich den Haushalt geführt und sich am Dorfleben beteiligt hatte. Die ihre Wünsche und Bedürfnisse vernachlässigt und sich mit vollem Elan in die Aufgabe gestürzt hatte, ein harmonisches Familienleben zu gestalten.

Diese Frau hatte sich wirklich wohlgefühlt. Ja, sie hatte ihre Enttäuschungen erlebt, ihre Schwierigkeiten gehabt und manches bereut, doch sie hätte sich niemals als unglücklich bezeichnet. Und in ihrer Familie war ganz sicher niemand unglücklich gewesen. Damals hatte sie sich noch nicht ihrem Mann entfremdet und sich fast die halbe Woche von ihren Kindern getrennt. Außerdem hätte ihr niemand gegen ihren Willen ihren kleinen Sohn entrissen und ihn in einer Institution untergebracht, die sie aus tiefstem Herzen verabscheute. Sie hätte mehr Freiheiten und weniger Verantwortung gehabt und weniger an Angst gelitten. Und einem entsetzlich schlechten Gewissen. Ja, diese Frau hatte keine Ahnung von Schuldgefühlen gehabt und sie auch nie kennengelernt. Sie hatte gut, wenn auch erschöpft, geschlafen. Und morgens war sie nur mit den Erledigungen des Tages im Kopf aufgewacht, nicht mit den sich ständig steigernden Konflikten und Selbstvorwürfen.

Da heute Sir Richard und Margaret zu Besuch waren, war sie ausschließlich mit Haushaltsdingen beschäftigt. Nach dem Mittagessen saßen sie in Liegestühlen im Garten und schauten den Kindern beim Spielen zu. Weil alle zufrieden und entspannt wirkten, erlaubte sie sich einen Blick zurück über die gefährliche Kluft, die ihr plötzlich verheißungsvoll und sorgenfrei erschien. Sie seufzte auf.

Sir Richard legte ihr eine Hand aufs Knie. »Ein Penny für deine Gedanken.«

»Ach, so viel sind sie nicht wert. Wirklich nicht.«

»Bist du derzeit glücklich?«

»Entsetzlich glücklich.« Und natürlich stimmte das ebenfalls. Die Rückkehr in ihren Beruf, zu ihren alten Freunden und in die Freiheit. Sie konnte tun und lassen, was ihr gefiel, und hatte hübsche, teure Spielzeuge, Kleider, Häuser und Autos, mit denen sie sich amüsieren konnte. »Ich glaube, Leonora wäre sehr zufrieden damit, was sie für mich getan hat.«

Sie lächelte ihn aufrichtig an, doch dann fiel ihr Benedict ein, ein Schatten, der sich über ihre Hochstimmung herabsenkte. »Aber … ach, Patenonkel, wegen Benedict wäre sie schrecklich unglücklich.«

»Ja«, sagte er und wiederholte dann, ohne es zu wissen, Harrys Worte. »Die beiden waren dem Untergang geweiht. Der Himmel weiß, warum. Ihre Eltern waren wirklich reizende Leute.«

»Meine Mutter hat mir viel über Mrs Harrington erzählt. Sie war eine begabte Tänzerin und hat die beiden kleinen Mädchen, Leonora und meine Mutter, stundenlang unterrichtet. Nicht nur Walzer und so weiter, sondern auch Ballett. Und sie hat Blumen geliebt und wundervoll geformte, farbenfrohe Sträuße arrangiert.«

»Ja, das hat Leonora geerbt. Wenn sie da war, sah es im Haus immer himmlisch aus und hat geduftet.« Seufzend schaute er zu Margaret hinüber, die erstaunlicherweise mit Bertie und William eine Partie Kricket spielte. »Vermutlich verstehst du das nicht, aber ich vermisse sie noch immer. Trotz allem. Und ich bereue zutiefst, wie ich die Sache geregelt habe. Doch was hätte ich sonst tun sollen?«

»Nichts«, erwiderte Cassia, und in diesem Moment meinte sie es auch so. »Die Situation war nicht mehr auszuhalten. Natürlich hättest du ihr diese grässliche Miss Monkton ersparen können«, fügte sie lachend hinzu. »Das war gemein von dir.«

»Ich weiß. Das bereue ich. Eine schauderhafte Person. Doch interessanterweise hat sie den Kontakt zu Leonora gehalten und sie sogar in Paris besucht. Sie empfand es als ihre Pflicht. Wer hätte das gedacht?«

»Ja, wer?« Plötzlich schlug Cassias Herz schneller. »Wie reizend von ihr. Auf einmal habe ich richtiges Mitgefühl mit Miss Monkton. Geht es ihr gut?«

»O ja, ausgezeichnet. Sie wohnt in einem kleinen Häuschen in Surrey, das ihr eine unverheiratete Tante vererbt hat. Das mit der unverheirateten Tante passt zu ihr, oder?«

»Stimmt. Meinst du, ich könnte ihr schreiben oder ihr wenigstens eine Weihnachtskarte schicken? Sicher hat sie nicht viele Freunde. Gibst du mir ihre Adresse?«

»Ja natürlich, bevor wir gehen. Oh, gut gehalten, mein Junge. Ich glaube, ich spiele jetzt selbst mit, um in Form zu bleiben. Entschuldigst du mich, Liebes?«

Nun, dachte Cassia, lehnte sich zurück und schloss die Augen, vielleicht würde Miss Monkton endlich einmal zu etwas nutze sein.

Cecily holte tief Luft und klopfte ganz leise an die Tür. Keine Reaktion. Der zweite Versuch führte zum gleichen Ergebnis. Als sie langsam den Türknauf umdrehte und gegen die Tür drückte, war abgeschlossen.

»Bitte geh weg!« Fannys Stimme war rau vor Trauer und Feindseligkeit. »Ich will nicht mit dir reden.«

»Aber warum nicht, Schatz? Ich möchte schon mit dir sprechen, gerade jetzt, wo du so unglücklich bist.«

»Dabei kannst du mir nicht helfen, oder? Überhaupt nicht. Und jetzt geh weg und lass mich in Ruhe. Meinetwegen kannst du die ganze Nacht da stehen bleiben. Ich komme nicht raus und mache auch nicht auf.«

Cecily drehte sich um und ging den Flur des Kindertrakts entlang. Unterwegs begegnete sie der Nanny, die gerade einen Stapel Windeln in Laurence' Zimmer brachte. Sie lächelte ihr ziemlich ratlos zu.

»Ich wollte gerade zu Fanny«, sagte sie. »Doch sie lässt mich nicht rein.«

»Sie ist sehr, sehr aufgebracht«, erwiderte die Nanny. »Ich habe noch nie ein Kind in einem solchen Zustand erlebt.«

»In was für einem Zustand, Nanny?«

»Ich würde sagen, dass sie hauptsächlich unter Schock steht, Madam. Und sehr zornig ist. Als Stephanie letztens vor dem Zubettgehen gebetet hat, sagte Fanny: ›Ich bete nicht mehr zu Gott. Ich glaube nicht an ihn.‹«

»Das ist ja entsetzlich. Ich möchte sie so gerne trösten …«

Sie spürte, wie ihr die Tränen in die Augen stiegen, und unterdrückte sie. Mit Trauer hatte sie nichts am Hut.

Der August war beinahe vorüber. Cassia spürte, wie die goldenen Tage, Tage, in denen sie Bertie beschützen und ihn glücklich machen konnte, unwiederbringlich vergingen. Inzwischen war er abwechselnd aufgeregt und voller Angst. Einige Male, als sie spazieren gingen oder sie ihm seinen Gutenachtkuss gab, sagte er: »Ich werde dich vermissen, Mummy.« oder: »Meinst du, dass da noch andere Neue sind?« oder: »Ein Vierteilschuljahr ist eine sehr lange Zeit.«

Dann lächelte sie fröhlich und aufmunternd, versicherte, sie werde ihn auch vermissen, aber wie nett würde es sein, wenn er nach Hause käme. Natürlich würden da auch andere Neue sein, die auch ein bisschen Angst hätten. Außerdem sei ein Viertelschuljahr gar nicht so lang. Und er würde eine Menge zu erzählen haben.

William platzte vor Neid, beschwerte sich, weil er bei Delia zu Hause bleiben müsse, und bettelte, im nächsten September auch ins Internat zu dürfen.

»Wir werden sehen«, erwiderte Edward.

»Nein, dann bist du noch viel zu klein«, sagte Cassia.

Sie wechselte kaum noch ein Wort mit Edward, so groß war die beängstigende, kalte Abscheu, die sie für ihn empfand. Ihn schien es nicht zu stören, er nahm es nicht einmal zur Kenntnis.

Sie fuhren zu Daniel Neal's, wo sie Berties Schuluniform, seine Sportausrüstung und einen Koffer kauften, der so groß war, dass er selbst hineinpasste. Außerdem zu seiner großen Freude eine Butterbrotdose, die Mrs Briggs bereits mit Keksen und Schokoladentafeln füllte. »Und später backe ich dir noch ein paar Kuchen.«

Cassia hatte noch eine Woche freigenommen, um die letzte Zeit mit ihm nicht zu versäumen. Sie fand sich mit ihrer Rolle ab, ihn zu unterhalten und ihn glücklich zu machen, fest entschlossen, dass diese Tage nur von Freude erfüllt sein sollten. Sie fuhren ans Meer, picknickten am Strand, amüsierten sich am Pier von Brighton, reisten nach London, übernachteten dort und sahen sich die Wachablösung, Madame Tussauds und den Tower of London an. Er spähte in den Raum, wo die kleinen Prinzen gewesen waren. »Stell dir vor, zwei kleine Jungen hier hineinzustecken, die nur wenig älter waren als die Prinzessinnen. Wie konnten sie nur so brutal sein?«, fragte er. Sie drückte ihren kleinen zukünftigen Gefangenen an sich, erschauderte wegen ihrer eigenen Verlogenheit und ihrer Grausamkeit durch Stillschweigen und beteuerte, dass so etwas heutzutage nicht mehr vorkäme.

»Cecily, mein Kind, hörst du mir überhaupt zu?«, sagte Ada Forbes.

»O ja. Entschuldige, Mutter.«

Cecily lächelte ihre Mutter fröhlich an. Sie saßen im Morgenzimmer. Cecily blätterte eine Zeitschrift durch. Mrs Forbes war für einige Tage zu Besuch. »Um dich von deiner Trauer abzulenken«, hatte sie bei ihrer Ankunft zu Cecily gemeint. Allerdings hatte sie bei ihrer Tochter bis jetzt nur wenige Anzeichen von Trauer entdeckt. Cecily war tapfer und gut gelaunt und plauderte angeregt über alle möglichen Dinge. Sie wollte neue Vorhänge fürs Wohnzimmer anfertigen lassen, Laurence in Eton anmelden, dafür sorgen, dass Stephanie Reitunterricht erhielt. Die Mädchen seien zu einer Kostümparty eingeladen. Solle sie ihre Winterkleidung selbst kaufen oder Nanny mit ihnen losschicken? Mrs Forbes hatte den Eindruck, als kümmere sie der Tod ihres Mannes nicht und als habe sie ihn nie wirklich geliebt. Jedenfalls hielt sie es für sinnlos, länger zu bleiben, und hatte das soeben ausgesprochen. Nun wiederholte sie es.

»Nein, Mutter, ganz deiner Ansicht. Ich fühle mich wirklich wohl«, antwortete Cecily.

»Das sehe ich«, erwiderte Ada Forbes. »Dein Vater und ich haben eine Kabine auf der *Queen Mary* gebucht, die in zwei Wochen nach New York aufbricht. Selbstverständlich habe ich ihm gesagt, ich könne ihn nicht begleiten, denn mein Platz sei hier bei dir. Er muss dorthin, irgendetwas Geschäftliches. Doch ich habe wirklich das Gefühl ...«

»Mutter, natürlich musst du fahren«, unterbrach Cecily sie. »Es wäre ein Jammer, die Reise zu verpassen. Du wirst sicher großen Spaß haben.«

»Also glaubst du, dass du es schaffst, ohne dass ich wenigstens für dich erreichbar bin?«

»Selbstverständlich. Bring mir nur einen hübschen Hut von Bonwit Tellers mit. Ich habe gehört, es sollen die schönsten der Welt sein. Dann bin ich absolut glücklich.«

Diese Bemerkung erschien ihr ziemlich seltsam, wie Mrs Forbes später am Tag zu Mr Forbes am Telefon sagte, während Cecily wegen Benedicts Testament beim Anwalt war. Allerdings müsse sie einräumen, dass Cecily ohne sie ausgezeichnet zurechtkäme. »Also bin ich morgen zu Hause, und wir können zu packen anfangen. Ein Glück, dass du meine Passage nicht storniert hast.«

»In der Tat«, erwiderte Gerald Forbes, der insgeheim gehofft hatte, allein nach New York reisen zu können.

Nachdem Harry gegangen war, um sich mit einem Geschäftspartner zu treffen, rief Edwina Cassia an. Peggy teilte ihr mit, sie sei heute nicht zu Hause. Da sie annahm, dass sie sich in London aufhielt, wählte sie die Nummer der Walton Street.

Rupert Cameron war am Apparat. »Nein, Edwina, sie ist nicht da. Kann ich dir vielleicht behilflich sein?«

»Rupert, was läuft da zwischen dir und Cassia? Du wohnst ja inzwischen praktisch bei ihr. Nein, du kannst mir leider nicht helfen. Ich brauche einen Rat von ihr. Einen medizinischen. Nichts Ernstes. Tschüss, Rupert. Übertreib es nicht.«

»Rupert scheint auf Dauer in Cassias neuem Haus zu wohnen«, sagte sie beim Abendessen zu Harry. »Allmählich habe ich den Verdacht, dass das der eigentliche Grund war, es zu mieten. Die beiden hatten doch schon immer eine Schwäche füreinander.«

»Ich fürchte, ich habe keine Ahnung«, erwiderte Harry und stellte das Rotweinglas, aus dem er getrunken hatte, so heftig hin, dass der Stiel abbrach. Das Glas kippte um, und der Inhalt ergoss sich über das Tischtuch.

»Ach, Harry!«, schimpfte Edwina. »Es gehörte meiner Großmutter.«

»Es ist mir schnurzpiepegal, wem es gehört hat«, zischte

Harry und tupfte mit seiner Serviette ziemlich erfolglos an dem Flecken herum. »Hol mir einfach ein neues Glas. Ein köstlicher Wein, so eine bodenlose Verschwendung.«

Den restlichen Abend war er übellaunig. Edwina vermutete, dass die geschäftliche Besprechung nicht gut verlaufen war, war aber zu klug, um sich danach zu erkundigen.

Bertie blickte zu seiner Mutter auf. Mühsam drängte er die Tränen zurück, und sein Mund formte ein zittriges Lächeln. »Auf Wiedersehen, Mummy«, sagte er höflich.

»Auf Wiedersehen, mein Schatz«, erwiderte Cassia und lächelte ihn an. Dabei dachte sie an all die anderen Dinge in ihrem Leben, die schwierig und schmerzhaft gewesen waren. Dazustehen und ihre Mutter zu betrachten, die bleich, reglos und unwiederbringlich tot im Krankenhaus gelegen hatte. Harry an jenem Abend in Grosvenor Gardens wegzuschicken. Bei der Entbindung von Delia, eine Steißlage, nicht zu schreien, weil die Hebamme und alle Schwestern Edward kannten und sie das Gefühl gehabt hatte, ihn sonst zu enttäuschen. Das ewige Nicken und die höfliche Zustimmung, wenn die Leute ihr sagten, ein Leben als Arztgattin müsse doch wunderbar erfüllend sein. Nicht einmal als – nein, diese Erinnerung war verboten, regte sich aber dennoch mit großer Entschlossenheit – sie Harry in jener schrecklichen Nacht gesagt hatte, sie liebe Edward. Verglichen mit der jetzigen Situation, erschien ihr alles andere so banal.

»Du darfst deine Mutter zum Abschied küssen«, verkündete Mr Donaldson freundlich.

Cassia bückte sich und nahm Bertie in die Arme. Inzwischen zitterte sein kleiner magerer Körper vor Angst. Sie küsste ihn zärtlich auf die Wange, spürte, wie er sich kurz in Panik an sie klammerte, und zog ihn, mit den Tränen kämpfend, an sich. Eine landete verräterisch auf seinem Gesicht. Er bemerkte, was es war, sah sie überrascht an und blinzelte heftig. Dann lächelten sie einander tapfer und strahlend an, während sie ihn noch immer in den Armen hielt. Sie fragte sich, warum sie das tat, es zuließ, sich nicht heftiger gewehrt hatte, und sie wusste, dass es zumindest zum Teil an ihrem schlechten Gewissen lag. Sie hatte das Gefühl gehabt, dass sie Edward nicht aller Autorität und Würde berauben durfte.

»Komm. Es ist Zeit, die anderen Jungen kennenzulernen. Schüttle deinem Vater die Hand«, sagte Mr Donaldson im Tonfall eines Menschen, der die absolute Macht ausübte. Und die hatte er nun über Bertie und sein gesamtes Leben, jedenfalls für den Großteil der Zeit, und das über viele Jahre.

Bertie machte sich von ihr los, rückte die graue Kappe zurecht, die bei der Umarmung verrutscht war, und streckte seinem Vater die Hand hin. »Auf Wiedersehen, Daddy.«

»Auf Wiedersehen, alter Junge. Viel Spaß in der Schule. Sei fleißig. Dir wird es hier sehr gut gefallen. Mir hat es das jedenfalls.«

Rasch wandte Cassia sich ab, denn sie konnte es nicht länger mit ansehen. Vor Edward her ging sie zum Auto und setzte die Sonnenbrille auf, denn niemand sollte die Tränen bemerken, die ihr inzwischen übers Gesicht strömten.

»Tschüss, Mummy«, erklang noch einmal Berties dünnes, zittriges Stimmchen. Inzwischen lächelte er mutig und winkte.

»Tschüss, Schatz«, gelang es ihr zu rufen und ebenfalls lächelnd zu winken. Dann stoppte vor ihnen ein anderes Auto und versperrte ihr die Sicht auf ihn. Als es fort war, erhaschte sie gerade noch einen Blick auf ihn, wie er von Mr Donaldson in die Schule geführt wurde. Den Kopf mit der grauen Kappe, die so ordentlich auf seinem frisch geschnittenen Haar saß, hielt er hoch erhoben. Seine Schultern in der steifen neuen grauen Jacke waren gestrafft. Elend und Angst standen ihm ins Gesicht geschrieben.

»Du meine Güte«, sagte Edward stöhnend, als sie die Brille abnahm, sich die tränennassen Augen abwischte und sich die Nase putzte. »Er schafft das schon. Es wird ihm gut gehen, und er wird viel Spaß haben.«

»Ich hoffe bei Gott, dass du recht hast«, entgegnete sie mit vor Feindseligkeit belegter Stimme. Als sie sich umdrehte, um ihre Jacke auf den Rücksitz zu legen, sah sie Berties heiß geliebten, halb kahl geschmusten Teddy dort liegen und griff danach. Offiziell war es den Jungen erlaubt, ihre Teddys mitzubringen, aber Edward hatte darauf beharrt, dass das keine gute Idee sei.

Der Schmerz in ihr wurde immer heftiger und stieg in Wellen in ihr auf, als sie schluckte und den Teddy fester an sich drückte.

»Cassia, müssen wir das noch einmal erörtern?«, fragte Edward.

»Ja«, erwiderte sie. »Ich fürchte, das müssen wir. Erinnere dich gütigerweise daran, wessen Schuld es ist.« Sie schwieg, bis sie wieder zu Hause waren.

KAPITEL 22

Irgendwo schrie jemand. Laut und beharrlich, ein grauenhaftes, schrilles Kreischen. Das ganze Haus hörte es. Es hallte hinauf bis in die Kinderzimmer, wo Nanny gerade Laurence badete, und bis in den Wäscheraum, wo Susan gerade saubere Handtücher für Mrs Harringtons Bad holte. Ja, bis ins Wohnzimmer, wo Adams die Zeitungen und Zeitschriften zurechtlegte, und hinunter in die Küche, wo die Köchin begonnen hatte, das Mittagessen vorzubereiten.

Die Schreie kamen aus dem Schlafzimmer. Nanny war zuerst vor Ort und fand ihre Arbeitgeberin auf dem Bett vor, puterrot im Gesicht und nicht nur schreiend, sondern entsetzlich speichelnd. Außerdem boxte sie in die Luft und schlug auf das Bettzeug und alles in Reichweite ein. Zum Glück nicht auf Fanny, die verängstigt am Fenster kauerte und die Vorhänge um sich zog, als wolle sie sich dahinter verstecken.

»Das hat eben erst angefangen«, stammelte sie. »Ich weiß nicht, warum.«

Nanny trat ans Bett, richtete Cecily in die Sitzposition auf und ohrfeigte sie kräftig.

Die Schreie verstummten abrupt. Einen Moment herrschte Totenstille. Dann schnappte Cecily nach Luft, schlug die Hände vors Gesicht und begann, weniger lautstark, jedoch ebenso beharrlich zu schluchzen.

»Fanny, lauf sofort nach unten und sag Adams, er soll Dr. Rushton anrufen. Und Susan soll bitte herkommen. Sie soll einen Krug Eiswasser und etwas Brandy mitbringen. Danach gehst du hinauf ins Kinderzimmer. Ich habe Laurence bei Stephanie gelassen. Ich bin gleich oben.« Sie betrachtete Cecilys dunklen Haarschopf, zog ihren Kopf an ihren ausladenden Busen, als sei sie ein Kind, und wiegte sie besänftigend. »Aber, aber, Mrs Harrington, schsch. Alles wird gut. Sie waren doch bisher so tapfer. Sie dürfen sich jetzt nicht gehen lassen.«

Dennoch schluchzte Cecily hysterisch weiter. Erst als Dr. Rushton erschien und ihr nach vergeblichen Versuchen, mit ihr zu sprechen und sie zu beschwichtigen, eine Beruhigungsspritze verabreichte und Susan und Nanny sie sanft zugedeckt und die Vorhänge geschlossen hatten, kehrte wieder Ruhe im Haus ein.

»Ich fürchte, sie könnte kurz vor einem Nervenzusammenbruch stehen«, sagte Dr. Rushton leise zu Adams (dem einzigen Mann im Haus). »In diesem Fall braucht sie ausgezeichnete Pflege. Vielleicht muss sie sogar für eine Weile in ein Sanatorium. Das muss ich natürlich mit jemandem erörtern, da sie offensichtlich nicht in der Lage ist, eine solche Entscheidung selbst zu treffen. Wen würden Sie vorschlagen?«

»Vermutlich reden Sie am besten mit ihren Eltern, Dr. Rushton. Ich gebe Ihnen Adresse und Telefonnummer.«

»Eine ausgezeichnete Idee, Adams, danke.«

Am nächsten Morgen traf Ada Forbes ein, bewaffnet mit einem beeindruckenden Blumenstrauß und einem riesigen Obstkorb. Sie schob Adams beiseite, marschierte schnurstracks ins Schlafzimmer ihrer Tochter, schickte Susan weg, die neben dem Bett saß, platzierte ihre beleibte Gestalt auf einem Stuhl, hielt Cecilys Hand und weinte. Nach einer Stunde, in der

Cecily sich weder rührte noch ein Wort sagte – »Nicht einmal, um sich für meine Geschenke zu bedanken«, beklagte sie sich später bei Mr Forbes –, kam Mrs Forbes wieder nach unten und teilte Adams mit, sie wolle gerne selbst mit Dr. Rushton sprechen.

Dr. Rushton erschien innerhalb einer Stunde, untersuchte Cecily und verkündete, seiner Ansicht nach sei ein gutes Sanatorium die einzige Lösung. »Meiner Meinung nach ist sie sehr krank, Mrs Forbes. Aber ich würde mich wohler fühlen, wenn diese Entscheidung auf Ihre Akzeptanz trifft.«

Mrs Forbes war zwar nicht sicher, was Akzeptanz bedeutete, stimmte jedoch zu, dass sich Cecily in einem ziemlich seltsamen Zustand befand. »Mir wäre es lieber, wenn man sie noch nicht verlegt. Es gibt doch keinen besseren Trost als die Anwesenheit der Mutter. Sicher antwortet sie in ein paar Tagen wieder.«

Dr. Rushton erwiderte höflich, er hoffe, sie habe recht. Allerdings müsse sie sich auf eine Enttäuschung gefasst machen. In der Zwischenzeit werde er sich erkundigen, welches Sanatorium sie aufnehmen könne.

Mrs Forbes bedankte sich, rief ihren Mann an und sagte ihm, sie könne ihn doch nicht nach New York begleiten. »Es ist meine Pflicht, Cecily beizustehen. Es tut mir wirklich leid, Gerald.«

Gerald Forbes räusperte sich und sagte, natürlich sei Cecily wichtiger. Nachdem er einen in seinen Augen angemessenen Zeitraum abgewartet hatte, setzte er sich und schrieb an eine gewisse Mrs Hardacre, eine wohlhabende New Yorker Witwe, er werde im November einige Wochen allein in New York sein und hoffe, sie aufsuchen zu dürfen.

Später am Vormittag – sie hatte ziemlich lange an Cecilys Bett gesessen, was zumindest schwache Reaktionen hervorgerufen hatte – kam Ada Forbes aus dem Zimmer und tupfte sich die Augen ab. Das Kindermädchen erwartete sie auf dem Flur.

»Dürfte ich kurz mit Ihnen sprechen, Madam? Es geht um Fanny.«

»Ja, Nanny. Gibt es ein Problem?«

»Ja, Madam. Sie zieht sich zurück, sagt fast nichts und weigert sich zu essen. Sie war dabei, als Mrs Harrington … nun, als sie sich so aufgeregt hat. Und dabei hatte der Tod ihres Vaters sie bereits aus der Bahn geworfen.«

»Das ist doch ganz normal«, entgegnete Mrs Forbes. »Sicher fängt sie sich bald wieder, Nanny. Und natürlich muss man sie zum Essen zwingen. Wenn nötig, setze ich mich persönlich neben sie und füttere sie.«

»Der Arzt hat gesagt, wir sollten das nicht tun, Madam. Wir sollten sie ein paar Tage lang in Ruhe lassen und schauen, wie sich die Sache entwickelt.«

»Tja, wahrscheinlich versteht er etwas von seinem Beruf, aber ich teile seine Auffassung nicht. Wir müssen sie zum Essen überreden. Ich spreche mit ihr. Wir haben uns schon immer sehr gut verstanden. Ich kann ausgezeichnet mit Kindern umgehen und werde herausfinden, was sie so bedrückt.«

Die Nanny ging in die Küche. Sie war in größerer Sorge als zuvor, und wie sie Fanny einschätzte, hatte sie keine große Hoffnung, dass die Mrs Forbes vorschwebenden Überredungskünste eine Wirkung zeigen würden. Inzwischen waren seit Cecilys Zusammenbruch fünf Tage verstrichen, in denen Fanny nichts als Wasser zu sich genommen hatte. Gut, sie war ein kräftig gebautes kleines Mädchen, aber dennoch musste sie bei Kräften bleiben. Also bat sie die Köchin, für die Kinder zum Tee einen Milchpudding zuzubereiten. »In Häschenform, vielleicht bekommt sie ja davon Appetit.«

Doch als Fannys häschenförmiger Pudding trotz Mrs Forbes' energischer Aufforderung fast unberührt in die Küche zurückgebracht wurde, meinte die Köchin zu Molly, der Küchenhilfe, ihrer Ansicht nach sei Zwangsernährung die einzige Lösung. »Die Kleine hat einen Dickkopf wie ihr Vater. Lieber stirbt sie, bevor sie nachgibt. Sie hungert sich noch zu Tode.«

Dass er, wenn auch irrtümlicherweise, für Cassias Liebhaber gehalten wurde, bereitete Rupert Sorgen. Er wusste, dass es sich nur um belanglose Gerüchte handelte, doch diese verwandelten sich häufig in ernsthafte Verleumdungen, was er angesichts des beklagenswerten Zustands ihrer Ehe gefährlich fand. Außerdem hatte das Gerede eine weitere, völlig unerwartete Wirkung auf ihn. Es weckte erotische Gefühle ihr gegenüber, die er längst als tot betrachtet hatte. Zumindest hatte er sich das eingeredet.

Diese Gefühle verfolgten ihn den ganzen Tag, und er dachte so häufig an sie wie schon seit Jahren nicht mehr. Ihren schlanken Körper, ihre tiefblauen Augen, ihr glänzendes maisblondes Haar, ihre verbissene Entschlossenheit, ihre absolute Aufrichtigkeit, ihren Mut.

Ihm war aufgefallen, wie sie sich im letzten Jahr verändert hatte, und es gefiel ihm. Veränderungen, herbeigeführt durch das Geld: die schicken Kleider und die Art, wie sie sie trug; das lächerlich protzige Auto und ihre offensichtliche Freude daran; wie sie in ihrer Arbeit aufging – und eine zunehmende Distanz, gegen die sie sich so heftig wehrte, nicht nur zu Edward, sondern auch zum Hausfrauendasein im Allgemeinen. Es war keine kühle Gleichgültigkeit, nein, es belastete sie, machte ihr Sorgen und setzte sie unter Druck, und das wiederum hatte eine gewisse Anspannung, ein Nachdenken über sich selbst zur Folge, das ausgesprochen sexy war.

All diese Dinge hatten viel in ihr ausgelöst und ihr endlich zu der Schönheit verholfen, die sie in ihrer Jugend beinahe schon besessen hatte und die in den Anfangsjahren ihrer Ehe allmählich verblasst war. Inzwischen war sie, dachte er, als er an einem sonnigen Abend Steine ins Meer warf und vergeblich versuchte, sie an der Wasseroberfläche zum Hüpfen zu bringen, eine gefährliche Frau. Nur dass sie es noch nicht ganz ahnte: hübsch, elegant, sinnlich und – die allergrößte Veränderung – absolut unabhängig. Sie konnte tun, was sie wollte, hingehen, wohin sie wollte, und den haben, den sie begehrte.

Sie hatte diese Unabhängigkeit noch nicht wirklich ausgenützt, war sich aber sicher ihrer bewusst. Sie richtete ihr Augenmerk auf ihre Ziele und wartete mit ihrer Entscheidung ab. Und angesichts dieser Freiheit und dessen, wie ihre Mitmenschen diese wahrnahmen, war die Möglichkeit, dass man ihr die Rolle seiner Geliebten überstülpen könnte, ein Damoklesschwert.

Sogar noch mehr deshalb, weil alle von ihrer engen, liebevollen Beziehung wussten. Diese Gefahr musste aus der Welt geschafft werden. Er wollte sie davor beschützen, empfand die Gefahr aber gleichzeitig auch unbeschreiblich verlockend, was bedrohlich und falsch war. Deshalb musste er sich dem Ungeheuer stellen und es töten.

»Schatz, ich bin es, Rupert. Darf ich dich besuchen?«

»Ja natürlich. Ich bin am Dienstag in London. Komm entweder dann oder am Mittwoch. Übernachte hier, wenn du möchtest.«

Rupert hätte darauf antworten sollen, und das wusste er auch, dass London kein geeigneter Treffpunkt sei und dass er sie lieber zu Hause sehen würde. Aber (noch weiter verlockt von den erotischen, sinnlichen Gefahren) stattdessen hörte er sich sagen, der Dienstag passe ihm wunderbar. Er habe zwei Tage lang Probe. Könne er am frühen Abend zu ihr kommen?

»Aber ich bleibe nicht über Nacht«, fügte er hinzu (offenbar war er doch noch bei klarem Verstand). »Ich muss zurück. Bei mir zu Hause herrscht das absolute Chaos. Ich halte dich auch nicht lange auf.« Als er den Hörer auflegte, war er sehr mit sich zufrieden.

Am liebsten wäre Cassia sofort nach London gefahren, nachdem sie Bertie am Freitag im Internat abgeliefert hatten. Sie war so wütend auf Edward und fühlte sich ihm derart fremd, dass es ihr beinahe unmöglich erschien, auch nur höflich zu ihm zu sein. Doch sie wusste, dass das unfair William gegenüber gewesen wäre, der seinen großen Bruder vermisste. Dennoch war sie erleichtert, sich am Dienstag auf den Weg machen zu können.

Sie war froh, dass die Sprechstunde lange dauerte, denn sie wollte sich erschöpfen. Seit Bertie fort war, fand sie keinen Schlaf mehr, und die Vorstellung verfolgte sie, wie er krank vor Heimweh im Bett lag. Deshalb war sie erst kurz vor acht zu Hause. Ruperts Besuch hatte sie vergessen; er fiel ihr erst auf der Fahrt nach Knightsbridge wieder ein. Verdammt. Wahrscheinlich war er verärgert wieder gegangen. Beinahe hoffte sie das, denn eigentlich wäre sie lieber allein gewesen, um sich ungestört Sorgen um Bertie machen zu können. Aber als sie vor dem Haus hielt, bemerkte sie, dass die Wohnzimmerfenster offen waren und dass das Licht über der Tür brannte. Noch ehe sie ihren Schlüssel aus der Tasche holen konnte, öffnete Rupert, bat sie herein und küsste sie auf die Wange.

»Du siehst müde aus.«

»Das bin ich auch, Rupert. Rieche ich da Abendessen? Du bist ein Engel. Die Nachbarn müssen glauben, dass wir verheiratet sind. Oder dass du zumindest mein Liebhaber bist. Oh, entschuldige, das war nicht komisch.« Lachend stellte sie ihre Tasche weg und ging in die Küche. Auf dem Herd stand eine Pfanne mit Eiern, Tomaten und Kräutern und daneben eine Flasche Olivenöl, sicherlich die Zutaten zu einem von Ruperts köstlichen Omeletts. Aus dem Backofen duftete es wundervoll. »Herzoginnenkartoffeln, mein Leibgericht«, sagte sie und drehte sich um, um ihn zu küssen. Er betrachtete sie mit seltsamer Miene. »Was ist, liebst du mich nicht mehr?«

»Aber natürlich.« Sein Lächeln war, wie sie fand, ziemlich verlegen. »Komm, setz dich, trink etwas. Gin Tonic oder Martini?«

»Kein Gin. Davon werde ich so sentimental, und ich fühle mich ohnehin schon elend genug. Ein Glas Wein wäre nett. Und dann setze ich mich hin und schaue dir beim Omelettbraten zu.«

»Warum bist du sentimental?« Er nahm die Weinflasche aus dem Kühlschrank. »Wegen Bertie?«

»Ja, er ist fort, und ich vermisse ihn so sehr. Nicht dass meine Gefühle eine Rolle spielen würden. Ich kann nur hoffen und beten, dass es ihm gut geht. Aber ich bin so wütend auf Edward, dass ich ihn kaum noch ansehen kann. Wie konnte er etwas so Schreckliches tun?«

»Vermutlich aus Rache. Ziemlich hässliche Sache.«

»Wahrscheinlich. O Gott, was für ein Durcheinander. Alle sind unglücklich. Denk nur an Cecilys arme kleine Kinder und an Cecily selbst.«

»Ja, sie ist offenbar schwer krank«, erwiderte Rupert. »Edwina war vorhin kurz hier …«

»Edwina? Wie ungewöhnlich. Was wollte sie denn?«

»Dich etwas fragen. Sie hätte dich um etwas gebeten und sagte, du wüsstest, worum es geht.«

»O Gott, ja. Ständig vergesse ich es. Ach herrje. Was ist denn mit Cecily?«

»Anscheinend hatte sie eine Art Nervenzusammenbruch. Ihre Mutter ist bei ihr.«

»Ihre Mutter? Das hilft ihr ganz bestimmt nicht. Eine grässliche Person.«

»Diesen Eindruck hatte ich auch. Außerdem ist Fanny noch immer sehr niedergeschlagen und verweigert die Nahrung.«

»Morgen früh gehe ich zu ihnen. Die arme kleine Fanny. Sie hat ihren Vater so geliebt. Schon bei der Beerdigung hat sie sich merkwürdig verhalten und kaum ein Wort gesagt. Mir erschien das zu diesem Zeitpunkt normal, aber wenn ich jetzt darüber nachdenke, wollte sie ihre Mutter nicht einmal anfassen. Oh, Rupert, was für ein Fiasko.«

»Das fürchte ich auch.« Er seufzte.

Cassia betrachtete ihn. »Was ist?«

»Das erkläre ich dir später. Es ist kompliziert. Und jetzt gib mir deinen Teller. Wollen wir hier essen?«

»Fehlt dir etwas?«, fragte Harry. Er musterte Edwina mit gleichzeitig ungeduldiger und besorgter Miene. Sie hatte die Gabel weggelegt, biss sich auf die Lippe und war leichenblass.

»Ja. Nein. Das Übliche eben. Mein Gott, tut das weh.«

»O nein«, sagte er seufzend, bemerkte jedoch im nächsten Moment, dass seine Reaktion gefühllos und absolut unpassend war. »Komm, ich helfe dir ins Bett. Soll ich dir eine Wärmflasche bringen lassen?«

»Ja bitte. Und Aspirin.«

»Ich dachte, du wolltest deshalb einen Arzt aufsuchen«, sagte er bemüht ruhig, während sie sich hinlegte und sich die Wärmflasche auf den Bauch hielt.

»Das werde ich auch. Ich habe Cassia gebeten, mir jemanden zu empfehlen. Heute Abend war ich auf dem Heimweg sogar bei ihr zu Hause, um sie daran zu erinnern, doch sie war nicht da. Dafür aber Rupert«, fügte sie hinzu und schluckte eine Handvoll der Tabletten, die er ihr reichte.

»Rupert? In Cassias Haus?«

»Ja. Ich habe dir ja erzählt, dass er in letzter Zeit ständig dort ist. Jedenfalls hat er gesagt, er werde ihr ausrichten, dass sie mich anrufen soll. Harry, schau mich nicht so finster an, ich habe mein Bestes getan. O Gott, ich habe solche Schmerzen.«

»Ich schaue dich nicht finster an«, entgegnete er und machte auf dem Absatz kehrt und marschierte hinaus.

Edwina ballte die Fäuste. Sie wusste nicht, wie lange sie das noch würde ertragen können. Es hieß doch immer, eine Geburt sei wie Menstruationsbeschwerden, nur zehnmal schlimmer. Falls das stimmte, war es vielleicht das Beste, dass sie es nie würde durchmachen müssen.

»Oh, Cassia, was haben wir getan?«, sagte Rupert.

Sie lächelte ihm über das Kissen hinweg zu. Ihr Haar war ausgebreitet und ihr Gesicht friedlich. Ihre großen Augen waren tiefblau. Sie fuhr ihm mit der Hand durchs silbrige Haar. »Das, woran ich den Großteil meines Lebens gedacht habe.«

»Ja, aber …«

»Aber was, Rupert? Mach doch nicht so ein Gesicht. Oder war es denn so furchtbar?«

»Nein, natürlich nicht. Es war wundervoll. Du warst wundervoll. Doch … wie ich schon sagte, bin ich ein wenig besorgt.«

Es war völlig unerwartet geschehen, und genau deshalb hatte es geklappt. Sie hatten zu Abend gegessen und eine Flasche

Wein geleert. Plötzlich hatte sie sich wegen Bertie besser und weniger verängstigt gefühlt und mehr Hoffnung wegen Edward gehabt. »Vielleicht sollten wir noch eine Flasche trinken«, meinte sie. »Oder warum nicht Champagner. Um auf die Zukunft anzustoßen. Was immer sie auch bringen mag.«

»Gut. Doch dann muss ich gehen.«

»Ich wünschte, du würdest bleiben. Du munterst mich so auf. Außerdem ist es schon ziemlich spät.«

»Nun, wir werden sehen.«

Da der Champagner nicht im Kühlschrank stand, ließ Rupert etwa zehn Minuten lang kaltes Wasser über die Flasche laufen, bevor er sie entkorkte. Der Champagner war nicht kalt genug und nicht einmal sehr gut, zu süß und mit zu wenig Kohlensäure. Cassia trank ein Glas, das ihr nicht schmeckte, trank noch eines und spürte, wie ihre vorübergehende Hochstimmung sich legte. Sie seufzte auf. »Rupert, ich bin so traurig.«

»Du Arme.«

»Nein, ich habe kein Mitgefühl verdient. Wirklich nicht. Es ist alles nur meine Schuld. Ich habe Edward weggestoßen, verstehst du nicht? Mit meinem Geld, dem elenden Geld. Ich muss mit dir darüber reden, Rupert. Außerdem ist da etwas … Nun, jedenfalls habe ich das Geld bekommen und angefangen, es auszugeben.«

»Genau richtig.«

»Nein, du begreifst nicht. Ich habe es allein für Dinge ausgegeben, die mich interessieren, und getan, was ich wollte. Ich habe es nicht mit ihm geteilt, nicht so, wie ich es hätte tun sollen. Ich habe dieses Haus gemietet, was ein schrecklicher Fehler war. Ich brauchte es doch gar nicht! Ich hätte mühelos nach Hause fahren können. Es dauert nur eine Stunde. Aber ich hatte herausgefunden, dass er diese grässliche Maureen eingestellt hatte, obwohl er wusste, dass ich eines Tages mit ihm zusammenarbeiten wollte. Es war meine Rache. Nur, um es ihm heimzuzahlen.«

»Nun, dann hätte er mehr auf deine Wünsche achten sollen.«

»Rupert, rechtfertige mein Verhalten nicht auch noch. Das habe ich nicht verdient. Und dann das Auto. Ich habe genau die Sorte von auffälligem Auto gekauft, die ihn wütend machen würde. Und dann habe ich wieder angefangen, mich mit euch allen in London zu treffen.«

»Cassia, wir sind deine Freunde. Natürlich sollst du uns sehen. Er hatte kein Recht, dich daran zu hindern.«

»Er hat mich nicht daran gehindert. Er fühlte sich in eurer Gegenwart eben nicht wohl. Er ist so schüchtern und unbeholfen im Umgang mit anderen Menschen. Tja, insbesondere mit solchen, die Geld haben. Dagegen ist er machtlos. O Gott, hast du ein Taschentuch?«

Er fand, dass sie wie ein verweintes kleines Mädchen aussah, und erinnerte sich an den Abend, an dem sie sich allein mit ihm in Manchester getroffen und ihm ein reizendes und unbeholfenes Angebot gemacht hatte. Daran, wie gekränkt sie wegen seiner Zurückweisung gewesen war. Und dann an ihre Lippen an seinen am nächsten Morgen im Zug, an ihren gierigen, erstaunlich selbstbewussten jungen Mund …

Rupert zwang sich, in die Gegenwart zurückzukehren. »Sprich weiter.«

»Mehr gibt es eigentlich nicht zu erzählen. Aber ich habe ihn weggestoßen und mich geweigert, mit ihm nach Glasgow zu ziehen.«

»Das hätte er nie von dir verlangen dürfen.«

»Warum nicht? Ich weiß, wie deine Antwort lautet, und es ist nicht wahr. Ich hätte mitkommen müssen, es war das wenigste, was ich für ihn tun konnte. Und jetzt, in diesen Minuten, liegt Bertie, der arme, kleine, sensible Bertie, in irgendeinem schrecklichen kalten Bett, weit weg von mir, und zwar nur, weil ich so egoistisch und gedankenlos war.« Inzwischen schluchzte sie heftig. Die Tränen strömten ihr übers Gesicht.

»Cassia, du redest Unsinn. Komm her, lass dich umarmen.«

Umarmen. Ein sicheres Wort, ein freundschaftlicher, absolut unerotischer Vorschlag. Sie setzte sich zu ihm aufs Sofa, kuschelte sich in seine Arme, schmiegte den Kopf an seine Brust und hickste leise. »Es tut mir leid, Rupert.«

»Das braucht es nicht. Es ist reizend, dass du ein schlechtes Gewissen hast, doch es ist völlig überflüssig.«

»Ist es nicht. Ich bin so sperrig und starrsinnig. Das war ich schon immer. Ständig will ich, dass alles nach meiner Nase geht, glaube zu wissen, was das Beste für alle ist …«

»Cassia, seit sieben Jahren stellst du deine Bedürfnisse zurück. Du hast mit Edward zusammengelebt, deine Pflichten als Ehefrau erfüllt, deine sämtlichen Hoffnungen und deinen Ehrgeiz aufgegeben …«

»Ich *musste* ihn heiraten! Das weißt du genau. Ich war schwanger. Und als ich dich damals um Rat gebeten habe, hast du gesagt …«

»Ja«, erwiderte er leise. »Mir ist klar, was ich gesagt habe. Und seitdem ist kaum ein Tag vergangen, an dem ich es nicht bereut habe. Es war aufgeblasener, selbstgerechter Schwachsinn. Ich hatte kein Recht dazu, und ich fühle mich ausgesprochen schuldig wegen der Folgen, die es für dich hatte.«

»Gütiger Himmel, wirklich?« Sie lehnte sich zurück und starrte ihn an. Ihr Gesicht war tränennass, ihr Haar zerzaust.

»Jetzt siehst du aus wie ungefähr fünfzehn.«

»Bei unserer ersten Begegnung war ich fünfzehn.«

»Und ich war ein alter Mann von über vierzig.« Er seufzte auf.

»Meiner Ansicht nach warst du der attraktivste und anziehendste Mann, den ich je getroffen hatte.«

»Ja, ich weiß. Ich wollte dich so sehr. Und ich habe es auf die schamloseste Weise ausgenützt.«

»Hast du nicht, Rupert. Ich wollte dich ja auch so sehr, aber hättest du …? Selbst in jener Nacht in Manchester … Ach egal. Das verzeihe ich dir nie.«

»Oh, Schätzchen. Glaubst du allen Ernstes, ich hätte noch in den Spiegel schauen können, nachdem ich ein sechzehnjähriges Schulmädchen verführt habe?«

»Nein«, erwiderte sie seufzend. »Wahrscheinlich nicht. Doch es war mir so peinlich.«

»Ich habe versucht, dir das zu ersparen.«

»Ja, und du warst bezaubernd. Ich weiß noch, wie ich dich im Zug geküsst habe. Das hat jahrelang den Standard für alle Küsse gesetzt, und niemand konnte dir je das Wasser reichen.«

»Niemand?«

»Nein.« Sie errötete. »Und jetzt habe ich alles kaputtgemacht. Die Leben aller, die mir etwas bedeuten.« Sie brach wieder in Tränen aus, sah ihn an und zwang sich zu einem Lächeln. »Oh, Rupert, hältst du mich für sehr verdorben?«

»Nein«, antwortete er, und es war sein Ernst. »Ich finde, dass du ein sehr guter Mensch bist.«

»Gut! Das klingt so langweilig.« Sie trank noch einen Schluck von dem abgestandenen Champagner. »Der schmeckt einfach scheußlich. Ich fühle mich plötzlich ziemlich betrunken. Das muss an den aufgewühlten Gefühlen liegen. Also, mein liebster Rupert, mein edler Liebhaber aus der Vergangenheit, hältst du mich für langweilig?«

»Nein«, sagte er. Und plötzlich war die Vernunft wie weggeblasen. Er wusste nur noch, dass er sie wollte, mit einer Macht, die er schon damals und so viele Male empfunden und ebenso oft beiseitegeschoben hatte. Er betrachtete sie, die großen dunkelblauen, mit Tränen gefüllten Augen, ihren Mund, den üppigen, sinnlichen Mund, vor so langer Zeit geküsst und nie vergessen. Er hörte ihre Stimme, die ihn mit leicht spöttischem Unterton als ihren Liebhaber aus der Vergangenheit bezeichnete. Und mehr als alles andere hatte er das Bedürfnis, wieder ihr Liebhaber zu sein und sich jung und begehrt zu fühlen. Er strich ihr das Haar aus dem tränenüberströmten Gesicht, zog ihren Kopf zu sich heran und begann, sie zu küssen. Eigentlich hatte er sie nur küssen wollen, ganz kurz, nur um der Erinnerung willen und damit sie sich auch erinnerte. Doch ihre Reaktion war so wundervoll, zunächst überrascht, dann warm, zärtlich und überaus sinnlich, dass er nicht mehr aufhören konnte.

Er machte weiter. Die Wärme verwandelte sich in Hitze, ihre Lippen spannten sich an, aus der Zärtlichkeit wurde gefährlich lodernde Begierde. Er streichelte ihre Brust unter der Seidenbluse und dem dünnen Unterhemd. Ihre Brustwarze zeichnete sich aufgerichtet und hart darunter ab. Er spürte, wie sie sich an ihn presste, immer enger und entschlossener, und auch, wie er darauf ansprang. Er musste aufhören. Und machte weiter.

Es war traumhaft. Anfangs war sie sanft und hieß ihn zärtlich willkommen, dann wurde sie jedoch gieriger und leidenschaftlicher. Rasch und angetrieben von der Gefahr, drang er in sie ein. Sie bewegte sich unter ihm, und er passte sich ihrem Rhythmus an. Er erahnte ihre Nervosität, ja beinahe Ängstlichkeit, und auch, wie sie sich immer mehr dem Höhepunkt näherte. Plötzlich war sie still. Er wartete ab, und kurz darauf kam sie. Ihr Körper bäumte sich ihm entgegen. Er spürte, wie sie sich zusammenzog, und hörte ihr Stöhnen. Als er selbst den Höhepunkt erreichte, seufzte sie. Und dann war er vorbei, der süße, sanfte, gefährliche Akt, von dem sie beide oft geträumt, den sie jedoch nie vollzogen hatten. Als er dalag und sie in den Armen hielt, sie liebkoste und an ihr schnupperte, dachte er, dass sie nun wirklich ein neues Land, ein unerkundetes Gebiet betreten hatten, und er war nicht sicher, ob es das Paradies war.

»Fanny, wenn du nichts isst, stirbst du. Überleg mal, wie schlimm das für deine arme Mama wäre. Sie muss schon genug ertragen, weil dein geliebter Papa jetzt im Himmel ist. Deshalb ist sie ja krank geworden.« Fannys Gesichtchen war verkniffen, als sie sich von ihrer Großmutter abwandte. »Komm, Liebes, nur ein Löffel für mich und für deine arme Mama.«

»Ich will nicht.«

»Fanny, allmählich habe ich genug. Du vergeudest Unmengen von gutem Essen, für das die hungernden Kinder in Afrika dankbar wären.«

»Dann schick es ihnen eben.«

»Du brauchst nicht gleich ungezogen zu werden. Und jetzt komm, mach den Mund auf. Genau. Und dann runterschlucken. Schon besser. Und noch mal. Siehst du. Fanny! Wie widerlich, du böses, kleines Mädchen. Nanny, könnten Sie bitte kommen? Sie hat sich absichtlich übergeben. Ich schaffe das nicht mehr. Ich fürchte, Sie werden sich selbst darum kümmern müssen. Kein Wunder, dass deine Mutter so krank ist. Meiner Ansicht nach trägst du einen Teil der Schuld daran. Nanny, wann wollte Dr. Rushton hier sein?«

»Um zehn, Madam. Komm, Fanny, wir ziehen dir ein sauberes Kleid an.«

Mrs Forbes ging hinauf in Cecilys Zimmer. Allmählich

graute ihr vor diesen Begegnungen. Cecily drehte sich zu ihr um, sah sie an, nahm wieder ihre übliche Körperhaltung ein und starrte mit stumpfen, glasigen Augen aus dem Fenster. Sie aß nichts und verließ schon seit über einer Woche ihr Bett nur, damit Susan die Bettlaken wechseln und ihr beim Waschen helfen konnte. Selbst dann klammerte sie sich wie ein Kind an eines ihrer Kissen und weigerte sich, es loszulassen. Mittlerweile war es schmutzig, doch sie ließ nicht zu, dass es frisch bezogen wurde. Sie schrie und weinte auch nicht mehr, sondern lag einfach nur da.

»Guten Morgen, mein Kind!« Es kostete Ada Forbes große Mühe, fröhlich und aufmunternd zu klingen. Offenbar begriff niemand, wie sie sich für Cecily und Fanny ins Zeug legte. Es war wirklich ein wenig unfair. Dennoch durfte sie den beiden zuliebe nicht lockerlassen. »So ein schöner Tag. Wir wollen die Vorhänge ein bisschen weiter öffnen, vielleicht sogar das Fenster. Wie fühlst du dich heute? Kannst du deine Mutter nicht ein wenig anlächeln? Nein? Also gut.« Sie setzte sich in ihren üblichen Sessel neben dem Bett und lächelte noch strahlender. »Dr. Rushton kommt heute Morgen, und ich möchte, dass du dich für ihn anstrengst. Sonst fürchte ich, dass du in ein Sanatorium musst, mein Kind. Das wäre doch gar nicht nett, oder?«

Cecily starrte sie kurz an und wandte ihre Aufmerksamkeit dann wieder dem Betthimmel über ihrem Kopf zu. Langsam verlor Ada die Geduld.

»Cecily, Liebes, ich finde, du musst dich ein bisschen bemühen. Wir alle müssen im Leben Dinge ertragen, das war bei mir früher auch so. Es ist nicht nur zwecklos, sich gehen zu lassen, sondern auch egoistisch und äußerst kindisch. Wenn du dich zusammenreißen würdest, wären wir alle viel glücklicher. Ich wäre es auf jeden Fall. Dir zuliebe habe ich auf die Reise nach New York verzichtet. Natürlich beklage ich mich nicht, ich habe es gern getan und verlange auch keinen Dank. Aber ich erwarte für meine Anstrengungen auch einen kleinen Erfolg. Komm schon, Schatz, versuch, ein wenig positiver zu sein. Soll ich dich aufsetzen, dann könnte ich dir die Haare bürsten. Sie müssten dringend gewaschen werden. Cecily, ich habe dir immer beigebracht, dein Äußeres nicht zu vernachlässigen. Das ist der Anfang vom Ende. Meiner Ansicht nach ist das Erscheinungsbild das Allerwichtigste, wirklich, und ...«

Wie sie Dr. Rushton später erklärte, habe Cecily in diesem Moment plötzlich den Mund aufgerissen und wieder zu schreien angefangen. »Und sie hat mich mit den Fäusten geschlagen. Es war ziemlich schmerzhaft. Man kann nicht von mir fordern, dass ich so etwas aushalte. Von uns allen nicht.«

Dr. Rushton stimmte zu, verabreichte Cecily noch eine Beruhigungsspritze, rief das Sanatorium in Richmond an, das er mit Ada Forbes' stillschweigendem Einverständnis ausgesucht hatte, und sagte, sie werde um die Mittagszeit eingeliefert. Er werde einen privaten Krankenwagen bestellen. Nachdem der Krankenwagen mit Cecily verschwunden war, unter den Augen von Mrs Forbes und den Dienstboten auf der Vortreppe und von Fanny, die mit gefrorener Miene oben an einem Fenster stand, ging Ada in Cecilys Zimmer und weinte leise in sich hinein.

Sie läutete nach Susan. »Dieses Bett sollte frisch bezogen werden, Susan, insbesondere das Kissen. Ich habe bemerkt, dass Sie es die ganze Woche nicht getan haben.«

»Ja, Madam. Tut mir leid, aber Mrs Harrington hat sich geweigert, es herauszugeben.«

»Das ist mir klar. Aber man muss auf das Äußere achten. Vielleicht, während sie schlief ... jedenfalls, hier haben Sie es.«

»Ja, Madam. Oh, da drin steckt ein Brief. Schauen Sie, er ist an Mrs Harrington adressiert. Sollte ich ...«

»Ich nehme ihn, Susan, danke. Und kümmere mich angemessen darum. Sie können jetzt weiterarbeiten.«

Später am Nachmittag erhielt Dominic Foster einen Anruf von einer gewissen Mrs Ada Forbes, die darum bat, ihn aufsuchen zu können. Er wollte schon antworten, er sei sehr beschäftigt und wolle niemanden sehen, als sie hinzufügte, sie sei die Mutter von Mrs Benedict Harrington, und ihre Tochter sei heute Morgen mit einem Krankenwagen in ein Sanatorium gebracht worden.

»Da Sie, wie ich Ihrem Brief entnehme, ein enger Freund meines Schwiegersohns waren, möchten Sie ihr sicherlich Blumen schicken. Ich gebe Ihnen die Adresse.« Dominic notierte sie sich folgsam, und sie verabredeten sich für den nächsten Tag.

Florence klopfte an die Tür ihrer Arbeitgeberin. »Entschuldigen Sie, Madam. Mrs Tallow ist unten und möchte Sie sehen. Ich habe ihr erklärt, dass Sie unpässlich sind, Madam, aber …«

»Oh, ich kann wirklich nicht … nun, vielleicht doch. Gut, Florence, führen Sie sie hinauf. Bringen Sie ein Teetablett für zwei und füllen Sie diese Wärmflasche nach. Sie ist schon fast kalt.«

»Hallo«, begrüßte sie Cassia matt, als diese eintrat. »Ich fürchte, ich bin nicht sehr unterhaltsam.«

»Edwina, das ist mir egal. Ich bin nicht zum Plaudern hier.« Edwina fand, dass sie sehr hübsch aussah. Das Geld hatte ihr wirklich gutgetan. »Was ist los? Wieder das Übliche?«

Edwina nickte. »Es tut höllisch weh.« Als sie beim Umdrehen im Bett zusammenzuckte, musterte Cassia sie forschend. »Edwina, hast du deinem Arzt davon erzählt?«

»Ja natürlich.«

»Und was sagt er?«

»Dass es besser wird, wenn ich ein Baby kriege.« Sie lachte auf. »Das ist ein Witz.«

»Warum ist es ein Witz?«

»Ach, nicht so wichtig. O Gott, ich fühle mich so elend. Setz dich, Cassia. Florence bringt uns Tee. Ich war nur bei dir, da ich dachte, du könntest mir jemanden empfehlen, den ich aufsuchen kann.«

»Ja, jetzt habe ich jemanden. Tut mir leid, dass es so lange gedauert hat. Eine wundervolle Frau namens …«

»Oh, ich kann nicht zu einer Ärztin gehen«, protestierte Edwina.

»Warum nicht, um Himmels willen?«

»Weil Harry das nicht ernst nehmen würde. Er hält nichts von Ärztinnen.«

»Wie modern von ihm«, erwiderte Cassia kühl. »Ich kann es kaum erwarten, ihn nach dem Grund zu fragen.«

»Tja, gegen seine Meinung bin ich machtlos. Die Sache ist, dass ich jemanden aufsuchen muss, damit er mich endlich in Ruhe lässt. O Gott …« Der Schmerz durchfuhr sie wie ein Messerstich. Sie wandte sich von Cassia ab. Die Kombination aus Schmerzen und ihrer Angst, es Harry zu beichten, vor seiner Reaktion, sorgte dafür, dass sie untypischerweise den Tränen nah war. Sie griff nach ihrem Taschentuch und wischte sich die Augen ab. »Entschuldige.«

»Edwina, da stimmt etwas nicht. Im Ernst. Hättest du etwas dagegen, wenn ich nachsehe? Es ist in Ordnung. Ich tue dir nicht weh, sondern taste nur deinen Bauch ab.«

Schicksalsergeben ließ Edwina sich von Cassia untersuchen. Sie musste zugeben, dass ihre warmen und sanften Hände sich um einiges angenehmer anfühlten als die kalten von Mr Fortescue.

»Tut es hier weh?« Cassia drückte vorsichtig. Das tat es,

und zwar entsetzlich. »Edwina, ich vermute, du hast eine Eierstockzyste. Unbegreiflich, dass dein Arzt die übersehen hat. Hast du ihm all diese Symptome geschildert?«

»Nicht direkt. Es erschien mir nicht so wichtig.«

»Nun, das war ziemlich leichtfertig von dir«, tadelte Cassia. »Aber er hätte dich trotzdem untersuchen müssen. Für mich ist es ziemlich offensichtlich. Die Schmerzen, die Schwellung …«

»Du meine Güte, erspar mir deine medizinischen Vorträge. Was ist eigentlich eine Eierstockzyste?«

»Ein Geschwür am Eierstock. Normalerweise harmlos, aber schrecklich schmerzhaft. Sie kann all die Symptome auslösen, unter denen du leidest. Jedenfalls sollte die Zyste entfernt und untersucht werden. Nur für alle Fälle.«

»Für alle Fälle?«

»Nun, dass es sich nicht um etwas Schwerwiegenderes handelt. Aber das ist sehr unwahrscheinlich. Doch die Zyste muss weg. Dann hören auch die scheußlichen Symptome auf. Ich fasse wirklich nicht, dass sie noch niemand bemerkt hat. Warst du im letzten Jahr wegen irgendetwas beim Gynäkologen?«

»Nein«, erwiderte Edwina mit Nachdruck. Dass Cassia sie wegen ihres Besuchs bei Mr Fortescue ins Kreuzverhör nahm, hatte ihr gerade noch gefehlt.

»Das musst du aber. Bitte geh zu dieser Frau. Sie ist ausgezeichnet. Wenn es unbedingt ein Mann sein muss, gibt es im St. Christopher's einen Mr Amstruther. Er hat eine Praxis in der Harley Street. Allerdings ist er ein rechter Grobian. Ich wüsste, für wen ich mich entscheiden würde.«

Edwina zögerte. »Ach zum Teufel mit Harry. Ja gut, vereinbarst du einen Termin für mich? Äh, Cassia …«

»Ja?«

»Kann so eine Zyste verhindern, dass man schwanger wird?«

»Sie kann die Wahrscheinlichkeit ganz klar verringern. Machst du dir deshalb Sorgen?«

»Nein, natürlich nicht«, erwiderte Edwina gereizt. »Das ist das Letzte, was ich momentan möchte. Aber irgendwann muss man ja mal daran denken.«

»Nun, darüber kannst du ja mit Miss Gerard reden.«

»Miss Gerard? Ich habe geglaubt, sie sei Ärztin.«

»Sie ist Chirurgin. Als Mann würde man sie Mr Soundso nennen, als Frau eben Miss.«

»Das klingt nicht sehr beeindruckend. Ich hoffe bei Gott, dass Harry sie ernst nimmt.«

»Mach dir darüber keine Gedanken. Ich bin sicher, er will, dass es dir besser geht. Und wenn ich recht habe, wird das passieren. Und jetzt leg die Wärmflasche wieder auf deinen Bauch und trink einen leckeren heißen Tee. Ich rufe Miss Gerard sofort an, einverstanden? Hättest du nächste Woche Zeit?«

Cassia stand neben Edwinas Bett am Telefon, wartete darauf, mit Miss Gerards Sekretärin verbunden zu werden, und lächelte Edwina zu.

Sie sah wirklich sehr gut aus, dachte Edwina leicht verärgert, während sie ihr eigenes hohlwangiges Gesicht im Spiegel betrachtete. Besser als seit Jahren, und das lag nicht nur an ihrer Kleidung. (Obwohl das elegante rote Wollkostüm ihr sehr schmeichelte. Sicher war es von Lachasse.) Nein, sie wirkte ausgesprochen jung und strahlte von innen heraus. Fast, als sei sie verliebt oder habe zumindest eine wundervolle Affäre. Vielleicht traf das ja sogar zu. Nun, das hätte sie nach all den Jahren mit ihrem sauertöpfischen Ehemann auch wirklich verdient. Aber dann wäre an der Sache mit Rupert möglicherweise doch was dran …

Je länger sie sich damit befasste, umso wahrscheinlicher kam es ihr vor, eine Idee, die Edwina gefiel. Denn an Cassia nervte sie vor allem deren Tugendhaftigkeit. Es wäre doch nett, wenn ihr guter Ruf ein wenig leiden würde …

»Los, Tallow, komm her.« Vor Angst zitternd stand Bertie in der Tür zur Toilettenanlage, was seinem Quälgeist nicht entging.

»Oh, Mamas armer, kleiner Liebling fürchtet sich. Ach, der Süße vermisst seine Mummy. Wir haben ihn letzte Nacht nämlich im Bett weinen gehört.«

»Das stimmt nicht«, widersprach Bertie mit Nachdruck.

»Aber klar doch. Mellors hat es uns erzählt. Du jämmerlicher Wicht. Doch wir kennen ein Heilmittel gegen die Flennerei, richtig? Wenn du weiterheulst, was machen wir dann wohl mit dir?«

»Was?«

»Das da.« Collins war größer als alle anderen, groß für sein Alter. Nicht sehr schlau, aber ein ausgezeichneter Kricketspieler. Im nächsten Jahr würde er vermutlich zum Mannschaftskapitän aufsteigen. »Komm her, Wicht, und beug dich vor. Und jetzt steckst du deinen Kopf ins Klo.«

»Nein«, protestierte Bertie. »Das ist fies.«

»Kopf runter. Los.« Collins drückte ihm den Kopf hinunter, bis seine Stirn und Nase untergetaucht waren. Gegenwehr war zwecklos, sie stießen ihn nur umso fester hinein.

»So«, sagte Collins. »Abziehen, Parkins.«

Es gurgelte, und Bertie hatte ein schreckliches Druckgefühl in der Nase, als Parkins, Collins' rechte Hand, an der Kette zog, sodass Wasser die Toilettenschüssel flutete. Eine scheinbare Ewigkeit hielten sie ihn fest, und als das Wasser langsam abfloss, ließen sie ihn los. Nach Luft schnappend tauchte er auf und sackte gegen die Wand der Toilette.

»Ich glaube, gleich heult er wieder«, stellte Collins fest. »Das arme Muttersöhnchen. Hoffentlich fängt er heute Nacht nicht erneut damit an. Was meinst du, Parks?«

»Davon bin ich überzeugt«, erwiderte Parkins.

»Ansonsten müssen wir die Sache wiederholen. Nur, dass wir dann das Klo vorher nicht sauber machen werden, Mamabubi. Wir suchen uns eins mit Scheiße drin. Oder wir lassen dich vorher reinscheißen. Das dürfte einem kleinen Feigling wie dir ja nicht schwerfallen.«

Am Freitag war Cassia mit Miss Monkton zum Tee verabredet. Sie überlegte, ob sie William mitnehmen sollte, beschloss jedoch, dass er sich nur langweilen würde. Bei Janet würde er mehr Spaß haben. Sie bezweifelte, dass Miss Monkton über eine reichhaltige Sammlung an Spielsachen verfügte oder lustige Geschichten erzählen konnte, um ihn zu beschäftigen. Allerdings nahm sie Delia mit, die in den letzten Monaten klammerte und quengelte. Edward war es aufgefallen, und er merkte an, sie fühlte sich seiner Meinung nach bei Janet nicht wohl. Außerdem hatte er sich bei Janet recht spitz erkundigt, ob sie nicht glaube, überfordert zu sein. Wie Cassia festgestellt hatte, litt sogar Janets unerschütterliche gute Laune unter diesen erneuten Vorwürfen.

Miss Monkton lebte in einem Dorf unweit von Petworth, eine Autofahrt von knapp vierzig Minuten. Doch es war ein heißer Tag im Altweibersommer, und die Straßen waren staubig. Delia nörgelte die ersten zehn Minuten lang und schlief dann tief und fest. Den Daumen im Mund lag sie auf dem Rücksitz. Die blonden Locken klebten ihr feucht am Kopf. Als Cassia sich zu ihr umdrehte, hätte sie beinahe einen entgegenkommenden Radfahrer touchiert. Sie musste vorsichtiger sein und sich besser konzentrieren. Aber seit Dienstagnacht fiel es ihr schwer, bei der Sache zu bleiben. Die Erinnerungen und die möglichen Folgen, guter oder schlechter Natur, ließen sie nicht mehr los.

In den ersten vierundzwanzig Stunden hatte sie sich so wundervoll, so sorglos, selbstbewusst und glücklich gefühlt wie schon seit Jahren nicht mehr. Doch dann hatte die Wirklichkeit zugeschlagen: schlechtes Gewissen und Angst.

Sie wünschte, sie wäre sich mehr im Klaren darüber, was sie empfand. Sie wusste nur, dass sie und Rupert etwas extrem Gefährliches getan hatten und dass das Leben nie mehr so sein konnte wie zuvor. Dass es sehr angenehm, ja unwiderstehlich gewesen war, änderte nichts an den möglichen Konsequenzen, die ihr Angst einjagten.

Inzwischen erschrak sie sogar über sich selbst, was an sich lachhaft war, wenn sie sich an die liberale Frau erinnerte, die mit Edward darüber gestritten hatte, dass Sex nicht falsch sein könne, sondern nur ein Ausdruck von Liebe sei. Natürlich hatte sie damals nicht erkannt, dass dies auch eheliche Untreue einschloss. Doch wenn sie sich an ihre damalige unbekümmerte Jugend erinnerte, hätte sie vermutlich erwidert, das sei auch kein Problem, solange niemandem Schmerz zugefügt wurde.

Dieselbe von sich überzeugte und unbekümmerte junge Frau hätte zweifellos verteidigt, was letztens so angenehm in ihrem Bett geschehen war, und zwar ziemlich hitzig. Doch das wäre ein Irrtum gewesen, und außerdem trafen die Begründungen nicht mehr ganz zu. Erstens war sie nicht mehr in Rupert verliebt, dessen war sie ganz sicher. Früher einmal hatte sie ihn vergöttert, und all ihre Schulmädchenträume hatten um ihn gekreist. Er hatte es gewusst und sie bis zu einem gewissen Punkt ermutigt. Das Ergebnis war ein ständiges erotisches Knistern zwischen ihnen. O Gott, dachte sie und schloss kurz bedrückt die Augen. Es war viel mehr als ein Knistern. Sie genoss seine Gegenwart, fand ihn weiterhin attraktiv, himmelte ihn sogar an. Aber sie war nicht in ihn verliebt.

Er war ihr Vertrauter, ihr bester Freund und der Mensch, der sie auf der Welt wahrscheinlich am glücklichsten machte. Doch seine Rolle in ihrem Leben war nicht die ihres Liebhabers. Und sie wusste beim besten Willen nicht, was sie in dieser Sache unternehmen sollte. Sie waren beide ratlos. Und das Schlimmste daran war, grübelte sie weiter, während die Sonne auf die verdorrte frühherbstliche Landschaft hinunterbrannte, dass sie ihn wegen des Vorfalls als ihren besten Freund verloren hatte. Bis jetzt hatte sie mit Rupert über fast alle ihre Lebenskrisen gesprochen und ihn um Rat und Hilfe gebeten. Diesmal war das unmöglich. Sie hatte niemanden, an den sie sich wenden konnte.

Selbstverständlich, sagte sie sich entschlossen, als die Panik, wie es ab und zu vorkam, ein wenig nachließ, durfte niemand davon erfahren. Weder sie noch Rupert würden darüber reden. Außerdem war ihre Beziehung zu Edward gelinde gesagt miserabel. Er war wütend auf sie, und falls er auch nur Verdacht schöpfte, würde er wahrscheinlich auf einer Scheidung beharren und ihr die Kinder wegnehmen.

Nein, dachte Cassia und versuchte vergeblich, die Panik zu unterdrücken, die sich wieder gnadenlos ihrer bemächtigte. Ihr ganzes Leben wurde von ihrem so entsetzlich leichtfertigen Verhalten bedroht. Sie konnte noch immer kaum fassen, dass sie es getan hatte. Oder dass Rupert mitgemacht hatte, insbesondere wegen der Gerüchte über sie beide, die er überall aufschnappte.

Edwina, die sich offenbar schon zu diesem Thema geäußert hatte, hatte ihn am fraglichen Nachmittag bei ihr zu Hause angetroffen. Ausgerechnet Edwina. Was würde Harry davon halten? Nicht dass sie Harrys Meinung interessierte. Doch er neigte dazu, Unfrieden zu stiften, und würde sicherlich das eine oder andere Wort darüber verlieren. In der Öffentlichkeit. Vor anderen Leuten. Aller Wahrscheinlichkeit nach auch in Gegenwart von Edward, sollte sich die Gelegenheit ergeben.

Zum ersten Mal konnte sie Rupert zustimmen, der sich wie üblich mit Schuldgefühlen herumschlug und gesagt hatte, man solle ihn erschießen, aufhängen und auspeitschen. Ganz recht. Allerdings war Rupert sexuellen Verlockungen hilflos ausgeliefert. Das wusste sie so gut wie alle anderen. Es gehörte einfach zu seinem verantwortungslosen, jungenhaften Charme. Sie war zwar nicht sicher, wie ein Mann von knapp sechzig noch jungenhaften Charme besitzen konnte, doch Rupert tat es definitiv.

Aber sie hätte klüger sein müssen. Schließlich war sie die Vernünftige. Doch sie hatte sich so elend gefühlt, so unglücklich wegen Bertie, so verzweifelt wegen ihrer Ehe und, ja, sexuell ausgehungert. Es war schon Wochen, nein Monate her, dass Edward und sie sich geliebt hatten. Und Rupert war eine Verlockung gewesen wie eine üppige Mahlzeit nach einer langen Zeit bei Wasser und Brot.

»Was ist aus deiner Selbstbeherrschung geworden, Cassia?«, fragte sie laut und klopfte mit den Händen aufs Lenkrad. Doch jetzt hatte sie Miss Monktons Häuschen erreicht. Sie würde für eine Weile aufhören müssen, über sich selbst und das abscheuliche Durcheinander nachzugrübeln, in das sie durch eigene Schuld hineingeraten war. Miss Monkton hatte Glück. Sie war eine frigide alte Jungfer, deren Leben nicht von dunklen Geheimnissen bedroht wurde. Aber wer sagte überhaupt, dass Miss Monkton frigide war, dachte sie schuldbewusst, während sie den Motor abschaltete. Vielleicht war das auch nur eines ihrer arroganten Vorurteile? Vielleicht brodelte in Miss Monkton ja ebenfalls die Verzweiflung, und sie hatte

Liebhaber, verheiratete Liebhaber gehabt. Möglicherweise war ihr Leben ja ein langes sexuelles Abenteuer gewesen …

Cassia kam zu dem Schluss, dass sie es mit der Selbstbestrafung übertrieb. Sie betrachtete Delia, die immer noch fest schlief, beschloss, sie im Auto zu lassen, und klopfte an die Tür.

Wie sie erwartet hatte, war es kein hübsches Häuschen. Ursprünglich aus Stein erbaut, hatte man es später mit einem Kieselrauputz versehen und in einem schauderhaften Grauton angestrichen. Das originale Schieferdach war durch Dachziegel ersetzt worden. Der Vorgartenweg war pfeilgerade, und unter den beiden vorderen Fenstern wuchsen kränklich wirkende Rosen. Miss Monkton öffnete die schiefergraue Tür.

»Wie nett, Sie zu sehen, Mrs Tallow. Ich bekomme nur selten Besuch. Manchmal vergehen Wochen, ohne dass ich ein Wort mit jemandem wechsle. Natürlich darf ich in meinem Alter und ohne Familie nichts anderes erwarten, aber die Einsamkeit kann einem zu schaffen machen.«

»Ja, das kann ich verstehen.« Cassia wandte sich ab. Mrs Monktons Mundgeruch war eindeutig nicht behandelt worden (also waren die vielen Liebhaber vermutlich doch unwahrscheinlich). Auch sonst wirkte sie nahezu unverändert. Vielleicht waren ihre Haare ein wenig schütterer und ihre Finger klauenähnlicher geworden, aber sie trug sogar ein Kleid, an das Cassia sich noch erinnerte: ausgebeulter und schäbiger denn je, aus schwarzem Wollstoff mit Spitze an Kragen und Manschetten.

»Meine Liebe, sagen Sie jetzt nicht, Sie hätten die Kinder nicht mitgebracht. Ich habe zum Tee einen Kuchen gebacken.«

»Oh, Miss Monkton, das tut mir leid. William habe ich zu Hause gelassen, er ist so laut und wild, dass er Sie anstrengen würde. Bertie ist im Internat, aber Delia ist hier. Sie ist viel ruhiger. Doch sie schläft tief und fest im Auto. Ich hole sie später.«

Sie gingen ins Wohnzimmer, wo es grauenhaft muffig roch. Es war spartanisch möbliert mit zwei Holzstühlen, einem kleinen Tisch und einem niedrigen Bücherregal. An der Decke hingen mindestens drei Fliegenfallen, an denen Unmengen von toten Fliegen klebten. An den Wänden prangten einige ziemlich betrübliche Bilder, die Wildtiere in unterschiedlichen Stadien des Todes und der Verwesung zeigten. Das Paradestück war ein röhrender Hirsch im Großformat über dem Kamin.

»Setzen Sie sich, Mrs Tallow. Ich biete Ihnen jetzt noch keinen Tee an, wir wollen doch warten, bis Ihr kleines Mädchen aufwacht. Vielleicht möchten Sie ja ein Malzzuckerbonbon. Ich finde sie immer sehr erfrischend.«

»O danke«, erwiderte Cassia, die ziemlich durstig war und sich nach einer Tasse Tee sehnte. »Das wäre schön. Äh, sicher haben Sie in der Zeitung gelesen, dass Mr Harrington verstorben ist.«

»Ja, der arme Mann. Ich war nur froh, dass Lady Beatty das nicht mehr miterleben musste. Es hätte ihr das Herz gebrochen. So traurig, jetzt sind sie beide nicht mehr unter uns. Mrs Harrington nimmt das bestimmt sehr mit.«

»Ja, und die Kinder natürlich auch.«

»Ich habe es sehr bedauert, dass ich nicht zu Lady Beattys Gedenkfeier kommen konnte«, fuhr Miss Monkton fort. »Mr Harrington hatte mich eingeladen, aber ich hatte keine Möglichkeit hinzufahren. Inzwischen habe ich eine schlimme Arthritis, und hier gibt es im Umkreis von vielen Kilometern keinen Bahnhof.«

»Wir wohnen nicht weit von hier«, sagte Cassia nach einer langen Pause. »In der Nähe von Haywards Heath. Mein Mann ist Arzt.«

»Ja, das habe ich gehört. Es muss wundervoll sein, wenn

man Arzt ist und die Kranken heilen kann. Wie ich annehme, haben Sie Ihr Studium nicht abgeschlossen?«

»Oh, doch. Allerdings habe ich nie praktiziert. Ich habe Edward geheiratet, und dann kamen die Kinder.«

»Ein Jammer«, antwortete Miss Monkton zu Cassias Überraschung. »Mich würde es freuen, wenn mehr Frauen diesen Beruf ergriffen. Ich wollte ja Krankenschwester werden, doch mein armer Vater konnte sich die Ausbildung nicht leisten. Also bin ich gleich nach der Schule Gouvernante geworden.«

»Wie schade«, sagte Cassia. »Einer der Gründe, warum ich hier bin, ist, dass ich mich persönlich bei Ihnen bedanken wollte, weil Sie Leonora in Paris besucht haben. Ich wusste, dass sie gut versorgt wurde, als sie erkrankte, aber es war sicher ein Trost für sie, jemanden von zu Hause zu sehen. Wie ich annehme, war es eine beschwerliche Reise für Sie.«

»Überhaupt nicht«, erwiderte Miss Monkton und überraschte sie damit erneut. »Ich war schon einige Male dort.«

»Wirklich?«

Das brachte ihr einen leicht tadelnden Blick von Miss Monkton ein. »Sie sollen nicht glauben, dass ich noch nie einen Fuß ins Ausland gesetzt habe, nur weil ich eine mittellose und unverheiratete Engländerin bin.«

»Miss Monkton, natürlich glaube ich das nicht.« Cassia errötete verlegen.

»Als ich noch viel jünger war, habe ich für eine Diplomatenfamilie gearbeitet und einige Zeit in Paris verbracht. Außerdem hatte ich eine Cousine, die dort lebte. Leider ist sie mittlerweile verstorben. Ich habe sie etwa alle zwei Jahre besucht. Ich kenne mich gut in der Stadt aus.«

»Ich verstehe«, sagte Cassia. Es war nicht leicht, sich Miss Monkton als Paris-Kennerin vorzustellen.

»Als ich erfuhr, dass Lady Beatty dort ist, habe ich sie selbstverständlich besucht. Ich fühlte mich in gewisser Weise verantwortlich für sie und hatte sie gern. Es hat mich sehr erleichtert, dass ich es getan habe. Angesichts der Verhältnisse, in denen sie lebte.«

»Verzeihung?« Cassia war gedanklich abgeschweift und sah zum Auto hinüber. »Was für Verhältnisse?«

»Nun, Mrs Tallow, meine Liebe, sie hätte nicht gewollt, dass Sie das wissen, doch da sie jetzt verstorben ist, spielt es keine Rolle mehr.«

»Steckte sie wieder in Schwierigkeiten?«

»Ja, nachdem Mr Gresham sie verlassen hatte.«

»Ich wusste, dass sie nicht mehr zusammen waren. Aber sie stand doch sicherlich nicht unter finanziellem Druck?«

»Mrs Tallow, sie stand unter großem finanziellen Druck, wie Sie gerade gesagt haben. Und sie war nicht gesund, das merkte jeder, obwohl sie anfangs versucht hat, es vor mir zu verbergen.«

»Also hatte sie Probleme?«

»Schwere Probleme, Mrs Tallow. Sie lebte allein in einer sehr bescheidenen Wohnung. Wirklich sehr bescheiden. Ich habe es erst entdeckt, als ich sie an ihrer alten Adresse in der Nähe des Arc de Triomphe besuchen wollte und man mich dorthin geschickt hat.«

»Wann war das?«

»Im Januar 1935. Es war bitterkalt und feucht, wodurch sich Lady Beattys Zustand noch verschlechterte. Es war kalt in der Wohnung …«

»Miss Monkton, wie lange wohnte sie schon dort?« Die Panik wegen Rupert war nichts verglichen damit.

»Oh, erst seit wenigen Wochen, sagte sie mir. ›Nur vorübergehend, Miss Monkton‹, lauteten ihre Worte. ›Bis ich wieder auf den Beinen bin.‹«

»Aber hat Mr Gresham denn nicht …«

»Mr Gresham war fort, Mrs Tallow. Inzwischen lebte er im Ausland, in Kairo, glaube ich.«

»Ja, ich habe sogar seine Postfachadresse in Kairo, weiß aber nicht, ob er noch dort ist. Mir war klar, dass er gegangen war, doch ich habe geglaubt, er hätte sie finanziell gut versorgt.«

»Ich fürchte, nein«, erwiderte Miss Monkton. »Dazu fehlten ihm die Mittel. Mr Gresham steckte ebenfalls in finanziellen Schwierigkeiten.«

»Das begreife ich nicht. Wie kann das sein? Er war steinreich.«

»Soweit mir bekannt ist, hatte er das gleiche … nun … Leiden wie Lady Beatty. Er hat unablässig gespielt. Das ist in Frankreich natürlich so viel einfacher. Unmengen von Clubs und Casinos. Ich glaube, er hat fast alles verloren. Und leider muss ich hinzufügen, dass Lady Beatty nicht unbedingt einen guten Einfluss auf ihn ausgeübt hat. Sie mussten sich stark einschränken, Mrs Tallow.«

»O Gott!« Natürlich lag es an der Hitze im Zimmer, der abgestandenen Luft, den widerlichen Fliegenfallen und Miss Monktons Atem, dass ihr schwindelte und der Boden unter ihren Füßen sich leicht bewegte. Nicht an Miss Monktons Worten und deren Bedeutung.

»Miss Tallow, was ist mit Ihnen? Werden Sie ohnmächtig? Stecken Sie den Kopf zwischen die Knie.«

Als Cassia die kalten, klauenähnlichen Hände spürte, die ihren Nacken nach unten drückten, fühlte sie sich noch mehr wie in einem Albtraum. Sie sträubte sich. »Entschuldigen Sie, Miss Monkton, ich muss an die frische Luft«, sagte sie.

Cassia stand auf, ging hinaus und sank auf den verdorrten Rasen. Es war warm. Die Sonne beschien ihr Gesicht, und sie hörte die beruhigenden Geräusche des Alltags: ein vorbeifahrendes Auto, muhende Kühe, Vögel in der Hecke, ein Rasenmäher im Garten nebenan. Langsam ließen Übelkeit und Schwindel nach. Sie setzte sich auf, atmete tief durch und schaffte es, Miss Monkton anzulächeln, die ihr gefolgt war.

»Es tut mir leid, dass ich Ihnen einen Schrecken eingejagt habe, Miss Monkton.«

Im Auto begann Delia zu weinen. Erleichtert über die Ablenkung holte Cassia sie heraus, setzte sie neben sich auf den Rasen und plauderte lächelnd mit ihr und Miss Monkton.

Später, als Delia die wenigen Gänseblümchen pflückte, die es wagten, auf dem Rasen zu wachsen, erfuhr Cassia ein wenig mehr: Entsetzt darüber, dass Leonora offenbar krank war, hatte Miss Monkton sie gedrängt, einen Arzt aufzusuchen.

»Was für eine Krankheit war es denn, Mrs Monkton?«

Miss Monkton errötete. Anscheinend war ihr das Thema schrecklich peinlich. »Es war ein … Frauenleiden, Mrs Tallow.«

»Ich verstehe. Hat sie Ihnen das gesagt?«

»Äh, ja. Und es gab auch Hinweise. Im Bad. Ein Wäschehaufen.«

»Soll das heißen, sie hat stark geblutet?«

»Ja«, flüsterte Miss Monkton und betrachtete ihre ineinanderverkrampften Hände. »Sie behauptete, es liege, nun, an ihrem Alter. Kein Grund zur Sorge. Ich habe sie angefleht, zum Arzt zu gehen, aber sie erwiderte, das könne sie sich nicht leisten und es sei auch nicht nötig.«

»Haben Sie es jemandem erzählt?«

»Sie hat mir das Versprechen abgenommen, Ihnen allen nichts zu verraten. ›Hand aufs Herz, Miss Monkton‹, sagte sie vergnügt. Sie war sehr tapfer. Ich habe es geschworen und mein Wort gehalten. Aber ich habe ihr einige Dinge gekauft, von denen ich dachte, dass sie ihr helfen könnten. Rezeptfreie Medikamente und so weiter. Außerdem habe ich es meiner Cousine in Paris gesagt und die Angelegenheit als ernst beschrieben. Sie hat ihren eigenen Arzt verständigt, der sie offenbar aufgesucht hat. Und kurz darauf erhielt ich einen Brief von Lady Beatty mit einer anderen Absenderadresse, wirklich ein hübsches Viertel, im sechzehnten Arrondissement unweit von Passy. Sie schrieb, es ginge ihr gut, sie fühle sich viel besser, ein alter Freund habe ihr ein wenig Geld geliehen. Außerdem bedanke sie sich für meine Hilfe. So, Delia, mein Schatz, wenn du jetzt still sitzt und nicht dauernd zappelst, bekommst du von mir ein kleines Stück von dem Kuchen, den ich für dich gebacken habe.«

Der Kuchen war sehr mächtig und lag Cassia auf der Heimfahrt wie ein Stein im Magen. Außerdem spürte sie noch ein Gewicht, irgendwo zwischen ihrem Kopf und ihrem Herzen, das weder mit dem Kuchen noch mit Bertie und Edward, ja nicht einmal mit Rupert zu tun hatte. Sie bekam es nicht richtig zu fassen, wusste jedoch, dass es zum Großteil Angst war.

KAPITEL 23

Also, wie gut kannten Sie meinen Schwiegersohn, Mr Foster?« Ada Forbes' Miene war ziemlich abweisend.

»Oh.« Einen kurzen Moment lang war Dominic Foster versucht, ihr reinen Wein einzuschenken. »Recht gut. Wir haben zusammengearbeitet, waren aber auch befreundet.«

»Aha. Nun, es war tragisch. Meine Schwiegertochter ist am Boden zerstört. Sie hat einen Nervenzusammenbruch erlitten und liegt derzeit in einem Sanatorium, unter starken Beruhigungsmitteln. Ich weiß nicht, wie das alles noch enden soll. Und die Kinder … tja. Ich kann mir nicht vorstellen, wie sie ohne mich in diesem Haushalt zurechtkommen sollten.«

»Sie können sich glücklich schätzen, Sie zu haben.«

»Ich fürchte, das ist ihnen nicht ganz klar. Die Kinder, eines im Besonderen, sind äußerst niedergeschlagen. Das arme kleine Ding weigert sich zu essen. Wir sind in großer Sorge um sie.«

»O Gott.« Er wurde von Reue ergriffen. »Welche ist es denn? Fanny?«

»Ja. Sie hat ihren Vater vergöttert und war eindeutig sein Lieblingskind.«

»Ja, ich weiß. Er hat es mir erzählt.«

»Wie ungewöhnlich.« Sie musterte ihn so eindringlich, als sei er ein unbekanntes Insekt. »Sie müssen sehr enge Freunde gewesen sein.«

»Ja, waren wir. Deshalb …« Er zögerte, voller Angst, sich zu verplappern und die Angelegenheit noch zu verschlimmern, dachte jedoch, die Lage sei bereits dramatisch genug, sodass er nichts mehr falsch machen konnte. »Deshalb wollte ich Ihre Tochter ja unbedingt aufsuchen. Wie es in meinem Brief steht. Benedict und ich haben in den Tagen vor seinem Tod viel miteinander geredet. Das wollte ich ihr sagen. Ich glaubte, es würde ihr vielleicht helfen. Mehr nicht.«

»Wie Ihnen sicher bewusst ist, kommt das nicht infrage. Sie ist schwer krank. Wollen Sie andeuten« – Ada beugte sich vor –, »Sie wüssten, warum er es getan hat?«

Wieder zögerte Dominic. »Ja, das will ich«, sagte er schließlich.

»Ich verstehe.« Wie gerne hätte sie ihm weitere Fragen gestellt, doch er saß nur schweigend da. »Nun«, sagte sie schließlich, »ich muss jetzt gehen, Mr Foster. Ich werde meiner Tochter Ihre Botschaft ausrichten. Guten Tag.«

Er begleitete sie aus seinem Büro. Nach seiner Rückkehr saß er lange Zeit einfach nur da und starrte ins Leere. Dabei dachte er an Benedict. Er hatte seine hochgewachsene und anmutige Gestalt und sein strahlendes Lächeln vor Augen, hörte seine fröhliche Stimme mit dem stets leicht belustigten Unterton – und seine eigenen harten Worte in jener entsetzlichen Nacht, in der er ihm seine Entscheidung mitgeteilt hatte, die eine Sache, die Benedict offenbar nicht hatte ertragen können.

Cassia hatte die Arme um Fannys erschreckend mageren kleinen Körper geschlungen, sie spürte, wie das Kind von heftigen Schluchzern geschüttelt wurde, und wartete ab, bis sich der Sturm verzog. Eigentlich hatte sie Harry Moreton in seinem Büro aufsuchen wollen, aber es war noch früh, und als sie erfuhr, dass Cecily in ein Sanatorium eingeliefert worden war, hatte sie beschlossen, nach den Kindern zu sehen.

Der begeisterte Empfang hatte sie ziemlich überrascht. Adams hatte sie beinahe überschwänglich hereingebeten und breit über sein sonst so ernstes Gesicht gelächelt. Susan fiel ihr praktisch um den Hals. »Oh, Madam, ich bin so froh, dass Sie da sind!«, rief sie. Die Nanny hastete die Treppe hinunter, als sie hörte, dass Cassia im Haus war, führte sie ins Morgenzimmer und sagte, sie sei noch nie im Leben so erleichtert gewesen, jemanden zu sehen.

»Ich wollte Sie anrufen, Madam, doch Mrs Forbes war dagegen. Sie hält sich für am geeignetsten, die Lage zu meistern, und das ist sie sicher auch, aber …«

»Welche Lage, Nanny? Vermutlich geht es um die Kinder.«

»Teils, teils, Madam. Natürlich sind Stephanie und Laurence traurig, doch mit ihnen ist alles in Ordnung. Stephanie geht schon wieder zur Schule. Es ist Fanny. Sie zieht sich völlig zurück, spricht nicht mit uns und weigert sich zu essen.«

»Sie weigert sich zu essen? Nanny, das ist ja entsetzlich. Wie lange schon?«

»Nun, nach Mr Harringtons Tod hat sie schon fast nichts mehr zu sich genommen. Doch seit dem Nervenzusammenbruch ihrer Mutter isst sie gar nichts mehr. Sie wird immer schwächer und liegt den ganzen Tag nur da. Selbst Dr. Rushton ist verzweifelt und meint, dass wir sie bald zwangsernähren müssen.«

»Auf gar keinen Fall. Das ist Barbarei. Ich hätte gedacht, ein wenig … nun, wie dem auch sei. Wo ist sie? Glauben Sie, sie möchte mich sehen?«

»Das weiß ich beim besten Willen nicht, Madam. Ihre Großmutter schickt sie weg, so viel steht fest.«

»Ich finde, wir sollten sie fragen. Sagen Sie ihr, dass ich da bin und sehr gerne mit ihr reden würde. Sie braucht auch nicht zu antworten. Aber richten Sie ihr aus, Bertie ist im Internat. Ich vermisse ihn sehr, und es würde mich aufmuntern, sie zu sehen.«

Fünf Minuten später klopfte es leise an die Tür, und Fanny stand auf der Schwelle. Cassia war über ihren Anblick erschrocken. Das Mädchen war nicht nur dünn, sondern abgemagert. Ihr früher so strahlendes, hübsches, rundes Gesichtchen war kreidebleich, sie hatte dunkle Ringe unter den großen braunen Augen, ihr Kleid umschlotterte sie, und ihre Beine in den schwarzen Strümpfen waren nur noch Stöckchen. Sie sah wirklich aus wie halb tot, dachte Cassia, die eigentlich nicht zu Übertreibungen neigte und wissenschaftliche Genauigkeit bevorzugte.

»Hallo, Fanny«, sagte sie und hoffte, dass ihr das Entsetzen nicht ins Gesicht geschrieben stand. »Wie geht es dir?«

»Gut«, erwiderte Fanny. Dann rannte sie durchs Zimmer und fiel Cassia weinend in die Arme. »Versprich mir«, fügte sie mit klappernden Zähnen hinzu, »nicht über essen zu reden.«

Cassia bemerkte, dass das Kind eiskalt war und sonderbar roch.

»Ich schwöre. Warum sollte ich auch?«

Fanny blickte auf und musterte sie forschend. »Sei nicht albern, Cassia. Du weißt genau, warum.«

»Tut mir leid. Ja, das weiß ich. Aber ich verspreche, es zu lassen. Was ist los?«

»Das kann ich dir nicht sagen. Wirklich nicht.«

»Nun, eigentlich sollte es ein Leichtes sein, darauf zu kommen. Du hast deinen Papa verloren, den du so geliebt hast, und jetzt ist deine Mama auch weg. Es muss schrecklich für dich sein.«

»Es ist noch viel schrecklicher«, erwiderte Fanny leise und

vergrub den Kopf an Cassias Brust. »Ich dachte, ich könnte es aushalten.«

»Fanny, Schatz, nichts könnte schrecklicher sein. Was meinst du damit?«

Schweigen. Cassia saß abwartend da.

Fanny sah sie an, schien zum Sprechen anzusetzen, nestelte jedoch stattdessen an einem Faden an ihrem Kleid herum. »Ich erzähle dir einen Teil«, verkündete sie schließlich. »Doch du verrätst es ihnen nicht, oder? Alles kann ich dir nicht sagen.«

»Ihnen?«

»Nanny. Oma.«

»Nein, natürlich nicht. Ehrenwort.«

»Ich bin schuld, dass Mama an diesem Tag krank geworden ist. Es war mein Fehler. Und jetzt stirbt sie, und …«

»Fanny, wer hat dir weisgemacht, dass sie stirbt?«

»Sie selbst.«

»Fanny, bist du sicher?«

»Ja, ganz sicher. Ich habe sie gehört. Ich war dabei. Und es war meine Schuld.«

»Du musst mir schon ein bisschen mehr erzählen.«

»Ich habe ihr einen Brief gegeben. Ich habe ihn auf dem Tisch liegen sehen, und Stephanie meinte, dass ich ihn ihr bringen sollte. Nanny hat Nein gesagt. Mama schliefe noch, sie sei sehr müde und brauche viel Ruhe, weil sie so traurig sei. Ich fand das dumm. Denn sie war gar nicht traurig, sondern guter Laune. Papas Tod war ihr egal. Sie hat nicht einmal geweint.« Sie verstummte.

Cassia holte tief Luft. »Fanny, manchmal können Menschen nicht weinen. Sie sind sogar dazu zu unglücklich. Bei mir war es so, als meine Mutter starb. Wusstest du, dass ich damals nur ein bisschen älter war als du?«

»Nein, wusste ich nicht.« Fanny kuschelte sich enger an

Cassia, die offenbar Mitgefühl und Verständnis für sie empfand.

»Sie ist gestorben, als sie ein Baby bekommen hat. Das Baby ist auch gestorben. Und ich konnte einfach nicht weinen. Ich stand nur…« Sie zögerte und überlegte, ob sie Fanny einer solchen Tragödie aussetzen durfte. »Ich stand einfach nur da, habe sie bleich, leblos und ohne jede Regung daliegen gesehen und konnte nicht weinen. Es war zu entsetzlich, zu traurig. Und ich bin sicher, dass deine Mama über den Tod deines Vaters sehr unglücklich war.«

»Nein, war sie nicht.« Das Kinderstimmchen war hart und verächtlich. »Es war nicht wie bei dir. Das kann ich mir schon vorstellen, bei mir war es wegen Papa eine Weile genauso. Aber Mama war immer vergnügt, hat ständig telefoniert und mit ihren Freundinnen gelacht. Jetzt sag nicht, dass sie unglücklich war. Das war sie nicht.«

»In Ordnung.«

»Also habe ich den Brief nach oben gebracht. Sie saß im Bett und las eine Zeitschrift. Dann hat sie lächelnd die Hand ausgestreckt, und ich wusste, dass sie mich küssen wollte. Doch ich hatte keine Lust. Ich habe den Brief nach ihr geworfen. ›Das da wurde für dich abgegeben‹, habe ich gesagt und sie beobachtet. Sie hat ihn lange Zeit angeschaut. ›Ich glaube, den mag ich jetzt nicht lesen‹, sagte sie. ›Gut, dann lese ich ihn dir vor‹, habe ich geantwortet. Als ich ihn aufgehoben habe, hat sie ihn mir aus der Hand gerissen. Ich wollte ihn mir zurückholen. ›Los, mach ihn auf‹, habe ich gesagt. Sie hat es ganz langsam getan und ein paar Zeilen gelesen. Und dann hat sie plötzlich angefangen zu schreien und zu schreien. Es war entsetzlich. Sie ist ganz steif geworden. Ich bin zu ihrem Bett gegangen und habe sie gefragt, was los ist und was drinsteht. Und sie meinte: ›Du darfst ihn nicht sehen, du hättest ihn mir niemals bringen dürfen.‹ Und dann hat sie gesagt: ›Das wird mich umbringen.‹ Danach hat sie weitergeschrien. Alle kamen angelaufen und ...« Wieder wurde ihr magerer Körper von Schluchzern geschüttelt.

»Schsch, Fanny, es ist alles gut.«

»Nichts ist gut. Wenn ich ihr den Brief nicht gebracht und sie nicht gezwungen hätte, ihn zu lesen, wäre das nicht passiert. Sie wäre weiter glücklich gewesen. Und jetzt stirbt sie.«

»Fanny, deine Mutter wird nicht sterben. Das musst du mir glauben.«

»Was hat sie dann damit gemeint?«

»Schatz, das weiß ich nicht, aber jedenfalls nicht das, was du gedacht hast. Ehrenwort. Wenn es Menschen schlecht geht, sagen sie alle möglichen schrecklichen Dinge. Ich habe heute Morgen mit Dr. Rushton gesprochen. Er hat mir bestätigt, dass alles in Ordnung ist. Sie hat eine Krankheit, die man Nervenzusammenbruch nennt. Daran ist noch nie jemand gestorben. Es ist ziemlich unangenehm, und sie wird eine Weile im Sanatorium bleiben müssen. Doch sie erholt sich langsam.«

»Oh.« Eine sehr lange Pause entstand. Dann sah Fanny Cassia an. »Stimmt das wirklich?«

»Es stimmt wirklich.«

Fanny stand auf und ging zum Bücherregal.

»Was machst du da, Fanny?«

»Ich hole die Bibel. Du musst darauf schwören.«

Cassia saß, die Hand auf der Bibel, da und schwor, dass sie Fanny die Wahrheit gesagt hatte.

»Danke«, sagte Fanny und atmete tief durch. »Lass die Hand noch liegen.« Allmählich war Cassia besorgt. Was hatte sie jetzt vor? »Wolltest du mich wirklich besuchen, weil du Bertie vermisst? Nicht, weil sie dir erzählt haben, dass ich nichts esse?«

»Nein«, antwortete Cassia. Beim Anblick von Fannys hübschen Mundwinkeln, die sich ein Stück nach oben bogen, und dem Anflug eines spitzbübischen Funkelns in ihren Augen wurde es ihr leichter ums Herz. »Nein, ich fürchte, da habe ich ein bisschen geflunkert. Ich habe mir Sorgen um dich gemacht. Aber ich vermisse Bertie entsetzlich, und William vermisst ihn auch. Ich habe einen Vorschlag. Was hältst du davon, ein paar Tage bei uns zu verbringen, falls deine Großmutter es erlaubt?«

»Oh.« Sehnsucht schwang in Fannys Tonfall mit. »Oh, Cassia, das wäre toll.«

Anfangs sträubte sich Ada Forbes gegen die Idee. Wie sie Cassia erklärte, sei sie es ihrer Tochter schuldig, den Haushalt zu führen und sich um die Kinder zu kümmern. Sie habe es Cecily versprochen, als diese in den Krankenwagen geschoben wurde. So verlockend es ihr auch erschiene, Fanny in fremde Hände zu geben, es sei nicht Teil der Abmachung, und sie habe das Gefühl, ihre Pflicht nicht richtig zu erfüllen. »Ich bin nicht sicher, ob das eine gute Lösung ist«, beharrte sie. »Wir müssen diese absurde Nahrungsverweigerung überwinden. Mir gefällt es nicht, sie aus Dr. Rushtons Obhut zu entfernen, und …«

»Mein Mann ist Arzt«, wandte Cassia diplomatisch ein. »Also könnte sie, wenn nötig, medizinisch behandelt werden. Vielleicht würde ein neuer Ansatz ja auch die Probleme mit dem Essen aus der Welt schaffen.«

»Ich sehe wirklich keinen Grund, warum das etwas nützen sollte«, entgegnete Ada, empört über die Andeutung, dass an ihrer Herangehensweise etwas auszusetzen sein könnte. »Nanny und ich haben uns so bemüht …«

»Mrs Forbes, Sie waren wundervoll. Niemand möchte Sie kritisieren.« Cassia erinnerte sich mit einem Mal an Mrs Forbes' häufig geäußerte Auffassung, London sei kein Ort, um Kinder großzuziehen. »Aber die Landluft würde Fanny sicherlich guttun. London ist schrecklich ungesund und im Moment bestimmt nicht hilfreich.«

Erleichtert stellte sie fest, dass Mrs Forbes diese Begründung schluckte.

»Tja, das ist eindeutig wahr«, erwiderte sie.

»Außerdem habe ich in Sussex ein ausgezeichnetes Kindermädchen. Meine beiden jüngeren Kinder sind dort. So hätte Fanny jede Menge Gesellschaft.«

Ein Fehler. »Es mangelt ihr hier nicht an Gesellschaft, Mrs Tallow. Sie und ich stehen uns sehr nah.«

»Ja natürlich. Aber wollen wir es nicht versuchen? Nur für eine Woche? Selbstverständlich möchten Sie sicher zuerst Dr. Rushton um Rat bitten.«

»Das möchte ich in der Tat. Nun ja, vielleicht ist es eine gute Idee. Nur für ein paar Tage. Ich glaube wirklich, dass ich ein wenig Abstand brauche. Seit Wochen schinde ich mich buchstäblich wie eine Sklavin für diese Familie ab, ohne dass es mir jemand dankt. Ja, ich glaube, ich nehme Ihr Angebot an. Natürlich vorausgesetzt, dass Dr. Rushton einverstanden ist. Danke, Mrs Tallow, dass Sie sich solche Umstände machen.«

»Keine Ursache. Ich habe Fanny sehr gern. Ach, Mrs Forbes, Fanny hat einen Brief erwähnt, der ihre Mutter so aus der Fassung gebracht hat. Wissen Sie davon?«

»Nein«, erwiderte Ada mit Nachdruck. »Ich sichte jeden Tag die Korrespondenz meiner Tochter, nur für den Fall, dass etwas erledigt werden muss. Und ich versichere Ihnen, dass ich auf nichts gestoßen bin, was sie auch nur im Geringsten aufgeregt haben könnte.«

Als sie später am Tag das Packen von Fannys Sachen beaufsichtigte – ihrer Ansicht nach war die Nanny in dieser Hinsicht ein wenig schlampig –, fragte sie sich, ob es richtig gewesen war, wegen des Briefs zu lügen. Zu guter Letzt kam sie zu dem Schluss, dass sie richtig entschieden hatte. Dass Mrs Tallow sich an Fannys Betreuung beteiligte, war eine Sache. Aber die Angelegenheiten ihrer Tochter gingen sie nichts an. Dominic Foster hatte Benedict offenbar sehr nahegestanden, und sie war ein wenig stolz darauf, dass dieser Mann sich ihr anvertraut hatte. Offenbar betrachtete er sie als diskrete und vernünftige Frau und würde sicher nicht wollen, dass sie das, was er ihr gesagt hatte, mit Dritten erörterte.

Wegen ihres recht langen Besuchs bei den Harringtons kam Cassia zu spät zu ihrer Verabredung mit Harry. Als seine Sekretärin sie hereinführte, war er eindeutig schlechter Laune. Cassia, die noch nie hier gewesen war, fand das Büro gleichzeitig spannend und amüsant. Es wies nur geringe Ähnlichkeiten mit einem üblichen Büro auf und war eher wie ein Arbeitszimmer oder sogar wie ein kleines Wohnzimmer eingerichtet. Es befand sich in einem Gebäude, das Harry in der Curzon Street gekauft hatte, einem hübschen fünfstöckigen Reihenhaus. Die beiden oberen Etagen waren als Wohnungen vermietet, die drei unteren beherbergten die Moreton Company und ihre Tochterfirmen Moreton Constructions, Moreton Investments und Moreton Overseas Ltd.

Die hohe, gut geschnittene Empfangshalle war ganz in Schwarz-Weiß ausgestattet. Der Fußboden war schwarz-weiß gefliest, und ein äußerst hübsches Mädchen in einem schwarz-weiß karierten Kleid thronte, eine Reihe weißer Telefone vor sich, hinter einem schwarzen Schreibtisch. Sie lächelte Cassia an, und nachdem sie in Harrys Büro angerufen hatte, wies sie auf das schwarze Ledersofa an der Wand. »Miss Murray, Mr Moretons Sekretärin, holt Sie sofort ab, Mrs Tallow. Mr Moreton telefoniert gerade.«

Cassia setzte sich und griff nach der *Times*, die vor ihr auf dem Couchtisch lag. Harrys Telefonat gab ihr die Zeit, zwei ziemlich lange Artikel zu lesen: In dem einen ging es um die Vergeblichkeit des anstehenden Marsches aus Jarrow, in dem anderen um den geplanten Besuch des Königs in der krisengebeutelten walisischen Bergarbeiterregion.

Als eine recht kühle Miss Murray sie endlich in sein Büro führte, wurde sie aufgefordert, wieder zu warten, während Harry einige Briefe unterschrieb. Er saß an einem Schreibtisch mit Lederplatte, auf dem eine Buntglaslampe von Tiffany stand.

»Ich hole Kaffee«, verkündete Miss Murray. Sie klang, als handle es sich um einen außergewöhnlichen Akt der Menschenliebe.

Sie sah wirklich sehr gut aus, dachte Cassia, die beobachtete, wie sie einen Stapel Papiere von Harrys Schreibtisch nahm, einen anderen ablegte und einen unordentlichen, absturzgefährdeten Stapel Fachzeitschriften gerade rückte. Sie war hochgewachsen, schlank und dennoch vollbusig und ausgesprochen elegant gekleidet. Das weißblonde Haar hatte sie zu einem makellosen französischen Knoten aufgesteckt. Bis auf ihre zu große Nase hatte sie zarte Gesichtszüge und ungewöhnlich hellgrüne Augen mit langen, dunklen Wimpern. Außerdem hatte sie wohlgeformte Beine. Nun, Harry würde wahrscheinlich nie ein graues Mäuschen einstellen. Sogar die Küchenhilfe bei ihm zu Hause war hübsch.

Sie setzte sich auf ein anderes Sofa, diesmal mit schwerer Seide bezogen, eines von zweien, die auf beiden Seiten eines dekorativen Kamins standen. Einige recht großformatige, interessante moderne Gemälde zierten die Wände. Links und rechts von der Tür befanden sich hohe Bücherregale, und außerdem gab es noch eine Vitrine, die ein paar, wie sie erkannte, kunstvolle Bronzefiguren aus der Zeit des Art nouveau enthielten.

Endlich blickte Harry ziemlich kalt zu ihr auf und schob seinen Aktenstapel beiseite. »Du kommst sehr spät«, stellte er fest.

»Das hast du mir ja schon unmissverständlich mitgeteilt.«

»Tja, niemand kann von mir verlangen, Däumchen zu drehen, während ich auf dich warte. Du wirkst müde. Ist etwas passiert?«

»Oh, nichts, mit dem ich dich behelligen möchte, Harry. Ich bin nämlich aus einem bestimmten Grund hier. Entschuldige die Verspätung. Ich habe Cecilys Kinder besucht. Fanny geht es gar nicht gut.«

»Die arme Kleine«, erwiderte er zu ihrer Überraschung. »Sie macht Schreckliches durch. Was fehlt ihr denn, abgesehen von der Tatsache, dass sie praktisch beide Eltern verloren hat?«

»Wie du«, sagte sie, als sie den Grund für seine Anteilnahme erkannte. Der Gedanke an seine lieblose, einsame Kindheit bedrückte sie immer noch.

»Ja«, entgegnete er knapp. Offenbar war es nicht der richtige Zeitpunkt für ein Gespräch über Gefühle. »Sonst noch etwas? Etwas Körperliches?«

»Sie isst nicht«, erklärte Cassia. »Und sie schläft auch nicht richtig. Jedenfalls nehmen wir sie für ein paar Tage zu uns.«

»Wie schön für sie und wie nett von dir.« Er musterte sie erneut, diesmal leicht verächtlich.

Miss Murray erschien mit einem Tablett mit Kaffee und Keksen. Cassia nahm den Kaffee an und lehnte die Kekse ab. »Harry, ist etwas los?«, fragte sie, nachdem sie einen Schluck getrunken hatte.

»Eigentlich nicht.« Offenbar gab er sich Mühe, freundlicher zu sein. »Und was kann ich für dich tun? Ich habe wirklich nicht viel Zeit.«

»Ja selbstverständlich.« Sie nippte noch einmal an ihrem Kaffee. Er war sehr stark, aber köstlich. Harry war berüchtigtermaßen wählerisch, wenn es um Kaffee ging. Er musste frisch gemahlen, stark und heiß sein. Überhaupt war er ziemlich anspruchsvoll. Edwina führte sicherlich kein leichtes Leben.

»Harry«, begann sie und sah ihm direkt ins Gesicht. »Ich bin sicher, dass du mir erzählt hast, Rollo habe Leonora gut versorgt.«

Seine dunklen Augen blieben undurchdringlich; er blinzelte nicht einmal. »Ja, das habe ich dir erzählt, weil es die Wahrheit war. Als Leonora starb, bewohnte sie eine Luxuswohnung in Paris, wurde von qualifiziertem Personal gepflegt und hatte einen sündhaft teuren Facharzt, der nach dem Rechten sah.« Er betrachtete sie über den Rand seiner Kaffeetasse hinweg. »Außerdem hast du ja ausreichend Beweise dafür, dass sie finanziell gut aufgestellt war. Ein hübsches Kostüm, übrigens.«

»Ich habe letztens Miss Monkton besucht«, erwiderte sie, ohne auf seine Bemerkung einzugehen.

»Ach, Miss Monkton. Warum, um alles in der Welt, warst du bei ihr?«

»Weil Richard mir gesagt hat, sie habe Leonora in Paris aufgesucht. Das hat mich gewundert, weil ich dachte, sie sei mit Leonoras Lebenswandel nicht einverstanden gewesen. Aber er berichtete mir, sie habe sich hingebungsvoll um sie gekümmert. Da sie inzwischen in Pentworth, ganz bei mir in der Nähe, wohnt, wollte ich mich bei ihr bedanken.«

»Wie löblich. Du bist eine wahre Heilige, Cassia. Überall tust du nur Gutes.«

»Bitte, Harry! Jedenfalls meinte sie …« Sein Blick, der auf ihr ruhte, war nachdenklich und bohrend und strahlte eine neue, seltsame Kälte aus. Plötzlich wurde sie nervös und sprach rasch weiter. »Nun, sie meinte, Rollo habe finanziell in der Klemme gesteckt. Sie hätten fast alles verloren. Er habe Leonora verlassen, und sie lebte in äußerst bescheidenen Verhältnissen.«

»O nein«, sagte er wegwerfend. »Miss Monktons Ansicht nach vielleicht bescheiden, verglichen mit ihrem Haus in London, aber …«

»Harry, sie lebte in Armut, das waren Miss Monktons Worte. Ganz allein. Und krank. Ohne sich eine ärztliche Behandlung leisten zu können.«

»Das ist bodenloser Unsinn.«

»Nein, ist es nicht. Sie lebte in einer heruntergekommenen kleinen Wohnung in einem schlechten Viertel. Ohne medizinische Hilfe. Überhaupt ohne Hilfe.«

Er rührte sich nicht und ließ sich nicht im Mindesten aus der Ruhe bringen. Nein, er wirkte völlig entspannt, möglicherweise sogar leicht amüsiert. »Tja«, sagte er schließlich. »Und was ist dann passiert? Wie, glaubst du, kann es sein, dass ich Leonora bei meinem nächsten Besuch in so angenehmen und luxuriösen Umständen angetroffen habe?«

»Ich weiß es nicht, Harry. Ich begreife es einfach nicht. Miss Monkton hat sie geschrieben, ein alter Freund sei auf der Bildfläche erschienen und habe ihr etwas Geld geliehen.«

»Schau, da hast du deine Antwort.«

»Nein, so einfach ist das nicht. Wenn das Geld nur eine Leihgabe war, erklärt es nicht den Luxus, wie du es ausdrückst. Sie hätte sicher nicht viel davon ausgegeben, oder?«

»Nein, vermutlich nicht. Doch wie du weißt, ist Gresham zu ihr zurückgekehrt. Selbst er besitzt so etwas wie ein Gewissen. Außerdem glaube ich nicht, dass er mittellos war. Der Mann ist in Geld erstickt und hat weltweit Investitionen getätigt. Es ist völlig unvorstellbar, dass er alles verloren haben soll.«

»Harry, du hast Leonora in ihren letzten Monaten oft gesehen«, sagte Cassia nach einer Weile.

»Eigentlich nicht so oft, was ich sehr bereue. Ich war damals viel unterwegs. Aber ich war bei ihr, als sie … nun, am Ende.«

»Ja, das ist mir bekannt. Also hast du sicher …« Sie verstummte, unfähig auszusprechen, was sie beschäftigte, und nicht bereit, die zunehmende Ungeduld, die sie ihm anmerkte, weiter zu schüren.

»Pass auf«, sagte er plötzlich. »Weshalb machst du nicht den Mund auf und fragst mich, was du wirklich wissen willst. Ich hasse es, wenn jemand um den heißen Brei herumredet. Ansonsten bin ich, wie ich dir bereits mitgeteilt habe, sehr beschäftigt und habe keine Zeit für diesen Unsinn.«

»Ich dachte nur, ihr hättet viel miteinander geredet«, erwiderte sie, wohl wissend, dass sie dem wahren Thema auswich. »Sie hat dir doch sicher erzählt, was geschehen ist.«

»Cassia, ich muss mich über dich wundern. Du bist Ärztin, verdammt, zumindest habe ich das bis jetzt gedacht. Also muss dir bekannt sein, dass Sterbende nicht mehr ganz klar im Kopf sind. Insbesondere dann, wenn sie unter einer hohen Dosis Morphium stehen und es um sie herum von Pflegekräften wimmelt.«

»Ja, das ist mir klar, aber …« Erneut verstummte sie.

»Aber was, Cassia?«

»Aber was ist mit dem Geld, das sie mir hinterlassen hat?«, sagte sie rasch, um nicht den Mut zu verlieren und ihre Angst in Schach zu halten. »Es war eine beträchtliche Summe, Harry. Wenn sie in solchen Geldnöten gesteckt hätte, wie Miss Monkton es beschrieben hat, hätte sie einen Teil davon sicher für sich verwendet.«

»Ach, Cassia, verdammt noch mal. Das Geld, das sie dir vermacht hat, lag in einem Treuhandfonds. Hast du eine Vorstellung davon, wie schwierig es ist, da dranzukommen? Das ist der Grund.«

»Was ist mit den Zinsen? Laut Mr Brewster sind sie ihr ausgezahlt worden.«

»Und wurden zweifellos rasch wieder verschleudert.«

Sie starrte ihn an und verfluchte seine Fähigkeit, sie aus dem Konzept zu bringen, sie zu provozieren und sie so zu verwirren, dass ihr die Argumente ausgingen.

»Schau, Cassia«, fuhr er fort. »Ich habe keine Ahnung, was du da beweisen willst. Doch ganz gleich, was es ist: Ich kann dir in dieser Hinsicht keine Hilfe sein, tut mir leid.«

»Du könntest mir helfen« – sie holte tief Luft –, »indem du die Wahrheit sagst.«

»Und welcher Teil dieses zweifelhaften Konzepts würde dich genau interessieren?«

»Also gut. Wusstest du, dass Leonora in dieser Wohnung lebte, und hast du sie da rausgeholt? Der Wohnung, in der Miss Monkton sie vorgefunden hat? Und hast du sie in die andere gebracht?« Mehr wagte sie ihn nicht zu fragen. Der Rest war zu bedrohlich, zu gefährlich, um im Moment auch nur darüber nachzudenken.

Als er sie musterte, waren seine dunklen Augen nachdenklich, als sei er nicht sicher, wie er reagieren solle. Es war totenstill im Raum. Sie konnte das Ticken der Uhr und sogar das Knarzen des Heizkörpers hören. Dann schob er seinen Stuhl zurück. »Nein, Cassia, habe ich nicht. Genügt dir das? Vielleicht wärst du jetzt so freundlich, die Angelegenheit auf sich beruhen und mich weiterarbeiten zu lassen.«

Sie stand auf, voller Furcht, er könne die Geduld verlieren. Gleichzeitig hatte sie Angst davor weiterzufragen, und davor, es nicht zu tun. »Danke, dass du mir deine Zeit geopfert hast, Harry.«

»Schon gut«, sagte er. »Allerdings wäre ich froh, wenn du mit diesem Unsinn aufhören würdest. Nimm die Dinge, wie sie sind. Es ist absolut zwecklos, und du vergeudest damit eine Menge deiner und auch meiner Zeit und Kraft.«

Als sie die Straße entlangging, im Bann des verwirrten Zustands aus erotischer Anspannung und Empörung, den er immer in ihr auslöste, war ihr klar, dass sie absolut nichts erfahren hatte und kein bisschen weitergekommen war. Vermutlich war es sogar ein Rückschritt gewesen, denn nun würde er vor ihr auf der Hut sein.

»Verdammt«, schimpfte sie laut. »Verdammt, verdammt, verdammt.«

Harry Moreton war zu schlau für sie – wie auch für die meisten anderen Menschen. Schlauer, als gut für ihn war, so hätte ihre Großmutter es ausgedrückt. Anderseits hatte er ihr noch nie ins Gesicht gelogen. Vielleicht stimmte ja alles. Miss Monkton könnte übertrieben haben, oder es hatte sich nur um ein vorübergehendes Problem gehandelt.

Wenn Rollo Leonora mittellos sitzen gelassen hätte, wäre er doch nie zurückgekommen. Und was das betraf, hätte Harry bestimmt nicht gelogen.

Leider gab es niemanden, mit dem sie darüber sprechen konnte. Natürlich hatte Benedict Leonora bis zum Schluss nahegestanden. Aber Benedict war tot, und sie konnte schlecht Cecily in ihrem beklagenswerten Zustand mit einer so belastenden Sache behelligen. Wahrscheinlich war es das Beste, auf Harrys Rat zu hören und alles auf sich beruhen zu lassen. Vielleicht hatte er recht, und sie vergeudete nur Zeit und Kraft…

Apropos Zeit: Sie schaute auf die Uhr und stellte fest, dass sie zu spät zu ihrer Sprechstunde im St. Christopher's kommen würde, wenn sie sich nicht beeilte. In den nächsten Stunden würde sie einfach nicht daran denken.

»Haben Sie deshalb schon einen Arzt aufgesucht?«, fragte Miss Gerard.

»Nein«, erwiderte Edwina. »Jedenfalls nicht in letzter Zeit.« Ihre Stimme erstarb. Sie war nicht sicher, was sie sagen und wie viel sie dieser fremden, burschikosen, aber recht sympathischen Frau beichten sollte.

»Nichts von der Dysmenorrhö?«

»Verzeihung?«

»Den schmerzhaften Monatsblutungen.«

»Nein. Tja, mein Hausarzt meinte, es werde sich legen, wenn ich ein Baby bekäme.«

»Meiner Ansicht nach ein äußerst wirklichkeitsfremder Ansatz«, entgegnete Miss Gerard kühl. »Außerdem sind bei einer solchen Zyste Ihre Chancen auf eine Empfängnis sehr begrenzt.«

»Wirklich?« Edwina wurde von Erleichterung ergriffen. Endlich hatte sie eine Erklärung, mit der sie Harry aufwarten konnte. Nicht ihre Schuld. Diesmal konnte er ihr keine Vorwürfe machen. Und vielleicht würde sie ja trotzdem schwanger werden. »Und was verursacht so eine Zyste?«

»Das wissen wir nicht genau. Manche Frauen neigen eben mehr dazu als andere. Meistens sind sie Folge davon, dass das eizellenproduzierende Follikel sich vergrößert und mit Wasser füllt.«

»Aber nicht einer Operation oder so?«

»Einer Operation? Gütiger Himmel, nein. Was für einer Operation? Sie hatten doch keine Blinddarm-OP, oder? Nein, natürlich nicht, keine Narbe.«

Als Miss Gerard sie ansah, merkte Edwina ihr an, dass der Ärztin plötzlich klar geworden war, wovon sie redete. Edwina errötete und starrte auf ihre Fingernägel, die sie sich heute Morgen bei der Maniküre blutrot hatte lackieren lassen.

»Mrs Moreton, falls Sie mir etwas erzählen wollen, nur zu. Niemand wird es je erfahren. Das Behandlungszimmer eines Arztes ist wie ein Beichtstuhl. Unsere Standesregeln verpflichten uns dazu zu schweigen.«

»O nein, da ist nichts.«

»Gut. Aber Sie können wirklich jederzeit mit mir sprechen, wenn Ihnen etwas zu schaffen macht. Nun, diese Zyste muss entfernt werden, je früher, desto besser. Ich operiere montags, mittwochs und freitags am Nachmittag. Ich könnte Sie am nächsten Freitag oder am folgenden Montag dazwischenschieben. Was würde Ihnen besser passen?«

»Oh, am Freitag. Ja. Wie lange muss ich ins Krankenhaus?«

»Drei oder vier Tage. Sie werden einen oder zwei Tage lang Schmerzen haben und selbstverständlich benommen von der Narkose sein. Aber es wird Ihnen rasch besser gehen. Und falls die Biopsie nichts Unangenehmes ergibt …«

»Was ist das?«

»Wir testen die Zyste, um festzustellen, ob sie nicht bösartig ist. Sehr unwahrscheinlich. Und danach werden die Schmerzen und all das der Vergangenheit angehören. Ist die Freundin von Ihnen, die die Zyste entdeckt hat, Ärztin oder Krankenschwester?«

»Ärztin. Nun, sie hat Medizin studiert. Am St. Christopher's.«

»Ach wirklich? Wie heißt sie denn?«

»Tallow. Cassia Tallow.«

»Tja, offenbar versteht sie etwas von ihrem Beruf. So eine Zyste ist nicht leicht aufzuspüren, vor allem wenn sie noch verhältnismäßig klein ist. Richten Sie ihr aus, dass sie eine kluge Frau ist. Also, einen schönen Tag noch, Mrs Moreton. Wir sehen uns nächste Woche. Sie müssen am Donnerstagabend in die Klinik kommen, damit wir alles für die Operation am nächsten Tag vorbereiten können. Meine Sekretärin gibt Ihnen einen Termin.«

Bertie lag weinend im Bett. Er hatte sich eine Socke in den Mund gestopft, um das Geräusch zu dämpfen, damit bloß niemand etwas bemerkte und ihn dafür bestrafte. Er fragte sich, wie er die fünfeinhalb Wochen oder vierzig Tage oder neunhundertsechzig Stunden durchhalten sollte, bis er zum Quartalsende wieder nach Hause durfte. Und wie sollte er seinen Eltern und seinen Geschwistern verschweigen, dass das Leben in St. John's eine tägliche Quälerei war und dass er lieber sterben wollte, als die nächsten sieben Jahre hier zu verbringen.

KAPITEL 24

Er scheint dort recht glucklich zu sein«, sagte Cassia und reichte Edward Berties Brief über den Frühstückstisch.

»Natürlich ist er das. Was hast du erwartet? Jede Menge Spielkameraden, Sport. Wie sollte er da unglücklich sein?«

»Darf ich Berties Brief lesen?«, fragte Fanny, nachdem Edward hinausgegangen war.

»Ja selbstverständlich, Liebes.« Cassia lächelte Fanny an. Nach nur fünf Tagen war sie wie verwandelt. Sie war zwar noch immer sehr dünn, hatte jedoch Farbe im Gesicht, und was noch wichtiger war, ihre Augen leuchteten wieder. Das Zusammensein mit William hatte sich als beste Medizin entpuppt, und auch er hatte sich darüber gefreut, denn er vermisste Bertie sehr. Fanny war ein fröhliches kleines Mädchen, das rasch Fußballspielen lernte und gut in Kartenspielen war. Am Samstagnachmittag war Cassia mit den beiden im Kino gewesen. Es lief *Moderne Zeiten*, und Fanny hatte vor lauter Lachen einen solchen Schluckauf entwickelt, dass sie noch vor dem Ende hatte hinausgeführt werden müssen.

»Telefon für Sie, Mrs Tallow«, meldete Peggy, die gerade mit ihrem Tablett hereinkam. »Es ist Mr Cameron. Kann ich abräumen?«

»Ja natürlich.« Sie spürte, wie ihr Gesicht zu glühen begann. Ihr Herz klopfte. Jedes Mal, wenn Ruperts Name fiel, wurde sie von Panik und Schuldgefühlen ergriffen und war sicher, dass jeder wusste, was sie getan hatten. »Kinder, ihr helft Peggy. Und dann müssen wir in die Schule, William.«

Rupert wollte, dass sie einer Probe von *Briefe* beiwohnte. »Ich habe den Bogen noch nicht richtig raus«, meinte er. »Bitte komm, schau dir eine Probe an, und sag mir deine ehrliche Meinung.«

»Rupert, ich habe keine Ahnung vom Theater. Wie könnte ich dir helfen?«

»Eine Menge. Du hast einen vorurteilsfreien Blick. Und Jasper wäre begeistert, wenn seine wichtigste Geldgeberin sich einbringt. Bitte, Schatz, komm.«

Sie zögerte. Die Situation war ausgesprochen heikel. Sie hatte ihm bereits mehrere Male mitgeteilt, dass sie einander derzeit nicht sehen sollten, doch er hatte gekränkt und niedergeschlagen reagiert.

»Natürlich besorge ich mir eine eigene Bleibe, aber wir können uns doch weiter treffen. Meiner Ansicht nach sollte ein einziger Fehltritt keine lebenslange Freundschaft zerstören. Das würde mich sehr traurig machen. Möchtest du etwa nicht mehr mit mir befreundet sein?«

»Doch, selbstverständlich«, antwortete sie, obwohl das nicht ganz stimmte. Die beklommene Abmachung, es habe sich nichts verändert und sie sollten jene Nacht vergessen, war nicht umzusetzen. Ihre Unbefangenheit von früher war fort, das scherzhafte Flirten und damit das Vertrauen. Er nahm nicht mehr denselben Platz in ihrem Leben ein, und je öfter er beteuerte, alles könne wieder so werden wie zuvor, umso mehr wusste sie, dass er sich irrte.

Vielleicht, so dachte sie, als sie im Flur stand, würde das Stück sie wieder zusammenbringen. Es könnte sich als ungefährlicher Weg erweisen, als eine in aller Öffentlichkeit stattfindende Verbindung, die niemand falsch deuten konnte. Und so sagte sie zu.

»Fein«, erwiderte er mit einem Anflug des alten, selbstbewussten Rupert in der Stimme. »Dann siehst du wenigstens, für was wir dein Geld zum Fenster rauswerfen.«

Sie lachte. »Ich hoffe doch nicht. Abgemacht, Rupert. Ich werde da sein. Ich freue mich schon. Danke.«

Außerdem, überlegte sie, als sie den Hörer auflegte, wollte sie sich noch aus einem anderen Grund mit ihm treffen, nämlich um ihm von Miss Monkton, ihrer Schilderung von Leonoras Situation und ihrer eigenen wachsenden Überzeugung erzählen, dass das Geld aus einer anderen Quelle stammte, und zwar aus einer beängstigenden, gefährlichen. Sie brauchte Rat und Hilfe, seine lockere, ungezwungene Art, ihr ihre Sorgen auszureden. Die lebenslange Angewohnheit, sich ihm anzuvertrauen, war einfach nicht totzukriegen.

Seit ihrem Besuch bei Miss Gerard hatte Edwina das Gefühl zu wissen, was der Ausdruck »auf Wolke sieben« bedeutete. Die Vorstellung, Harry sagen zu können, dass sie nie Kinder haben würde, und zwar ohne auch nur im Geringsten schuld daran zu sein, war berauschend. Natürlich würde er enttäuscht sein, aber er würde sich schon damit abfinden. So konnte sie ihr Leben frei von schlechtem Gewissen weiterführen. Ihr war bis jetzt gar nicht klar gewesen, wie tief dieses schlechte Gewissen und die Angst vor Enttarnung saßen.

Zu ihrer beachtlichen Überraschung empfand sie tatsächlich ein gewisses Bedauern darüber, dass sie nie die Freuden der Mutterschaft würde erfahren dürfen, denn realistisch betrachtet würde die Entfernung der Zyste nichts ändern. Zuvor hatte sie sich hauptsächlich vor Harry gefürchtet, davor, wie sie es ihm beibringen sollte, und dem unweigerlichen Kreuzverhör. Nun musste sie sich ihren eigenen Gefühlen stellen, die nicht ausschließlich von Erleichterung geprägt waren. Die Vorstellung einer Geburt und eigentlich auch einer Schwangerschaft hatten ihr stets Grauen eingeflößt. Sie hatte nie die Sehnsucht verspürt, ein Baby im Arm zu halten und es zu stillen, wie so viele ihrer Freundinnen es ihr geschildert hatten. Anderseits war sie Anhängerin der Familientradition und hätte gern ihre Dynastie fortgesetzt und unsterblich gemacht.

Ihr fiel es schwer zu glauben, dass Harry sich wirklich mehr nach Nachwuchs sehnte als sie, denn er schien den meisten Kindern mit Ablehnung zu begegnen. Er hatte sogar einige Male geäußert, er würde einen grässlichen Vater abgeben, da er nie eine Familie gehabt habe. Doch sie wusste, dass er sich verpflichtet fühlte, Kinder zu haben. Die Fortpflanzung war für ihn ein Teil des unvermeidlichen Fortbestands des Lebens.

Nun, er hatte sonst alle seine Ziele erreicht, dachte sie, als sie nach oben in ihr Zimmer ging, um sich für ihren Tag bei *Style* vorzubereiten: Geld, schöne Häuser, kostbare Gemälde, Pferde, Autos, beruflicher Erfolg. Nur auf diese eine Sache würde er eben verzichten müssen. Und es war nicht ihre Schuld. Ganz und gar nicht. Edwina hastete die letzten drei Stufen hinauf und sang dabei, wie immer ziemlich falsch, »Just the Way You Look Tonight«.

An diesem Morgen fand in Miss Le Pages Büro eine Redaktionskonferenz statt. Sie hielt monatlich zwei davon ab. Eine für die langfristige Planung, in der jedes Ressort seine in Arbeit befindlichen Artikel vorstellte, und eine, bei der es mehr ins Detail ging und bei der Miss Le Page Anweisungen erteilte, und zwar in einem schärferen Ton als sonst, wenn sie nur über Gerüchte oder die neuesten Trends plauderte. Heute war letztere Version an der Reihe. Der Tonfall war sogar noch spitzer als sonst, und die Befehle fielen strenger aus: die Halbjahresauflage, denn gestern waren die Zahlen hereingekommen. *Styles* Absatz war gesunken.

»Das heißt«, sagte Francis Stevenson-Cook, der Herausgeber, mit täuschend sanfter Stimme, »wie Sie sehr wohl wissen, Miss Le Page, dass die Anzeigeneinnahmen zurückgehen werden. Und was folgt danach? Die Redakteurinnen werden das sinkende Schiff verlassen, oder?«

Francis Stevenson-Cook (geborener Frank Stephens) war vom Büroboten bei *Style* zum Herrscher über das Unternehmen aufgestiegen, das die Zeitschrift besaß und auch die Illustrierten *Home Style*, *Wedding Style* und *Country Style* herausgab.

Er war ausgesprochen attraktiv und immer elegant gekleidet. Es hieß sogar, der Prince of Wales richte sich gelegentlich nach seinem Geschmack (insbesondere, was Fair-Isle-Pullover und zweifarbige Schuhe betraf). Alle seine Anzüge stammten von den besten Maßschneidern und waren in unterschiedlichen Grautönen gehalten, dunkler im Winter, heller im Sommer. Seine sämtlichen Hemden waren cremefarben und bestanden aus teurer Baumwolle oder aus Seide. Sein gewelltes braunes Haar trug er ein wenig lang, sodass es ihm in die strahlend blauen Augen fiel. Wenn die Situation es zuließ, bevorzugte er Fliege, und er führte stets einen Spazierstock mit silbernem Knauf mit sich.

Er bewunderte Frauen und wusste sie ebenso zu schätzen wie Männer. Außerdem hatte er einen scharf ausgeprägten Sinn dafür, ob sie Geschmack besaßen. Niemand erkannte einen Trend in einer Modekollektion oder einer Farbe in der Wohnungsausstattung oder in der Gartengestaltung schneller und zuverlässiger als Francis Stevenson-Cook. Er war genial, amüsant und charmant. Und absolut skrupellos.

Laut einer berüchtigten Anekdote hatte er einmal eine Redakteurin zum Mittagessen mit Champagner eingeladen und sie gefragt, welcher Zeitschrift sie gern als Nächstes vorstehen wolle. Und beim Aufstehen vom Tisch hatte er ihr mitgeteilt, sie solle sich dort bewerben, weil sie nicht mehr bei ihm arbeiten werde.

Er lebte in einer Wohnung in der Mount Street, die er alle zwei Jahre kostenlos renovieren und zum Teil luxuriös neu einrichten ließ, denn die meisten Innenarchitekten brannten darauf, sich bei ihm einzuschmeicheln. Außerdem besaß er eine ebenso komfortable Wohnung in Paris, veranstaltete rauschende Feste und wurde in Begleitung verschiedener schöner junger Frauen, für gewöhnlich Mannequins oder aufstrebende Schauspielerinnen, in Londons teuersten Restaurants und Nachtclubs gesehen.

Seine sexuellen Neigungen lieferten Stoff für ausufernde Gerüchte. Angeblich war sein Butler und Sekretär, der bei ihm wohnte und mit eherner Tüchtigkeit sein Leben regelte, auch sein Liebhaber (Klatsch, den Stevenson-Cook mit einer Mischung aus spitzbübischer Verschlagenheit und Pragmatismus nach Kräften nährte). Tatsache war jedoch, dass diese Beziehung rein platonisch war, auch wenn er beiden Geschlechtern etwas abgewinnen konnte. Allerdings war er nicht promiskuitiv (auch wenn er dieses Gerücht ebenfalls förderte). Sex spielte in seinem Leben eine relativ untergeordnete Rolle. Er steckte seine beachtlichen Energien lieber in seine Arbeit.

Alle Redakteurinnen hatten Todesangst vor ihm, mit Ausnahme von Drusilla, die ihn als Emporkömmling bezeichnete, eine Tatsache, der er, wie er ihr einmal mitgeteilt hatte, von ganzem Herzen zustimmte. Ihm war bewusst, dass sie seine einzige absolut unersetzliche Mitarbeiterin war. Moderedakteurinnen fände man an jeder Straßenecke, pflegte er zu sagen, ganz im Gegensatz zu einer Frau, die mit fast jedem Prominenten im Land per Du sei.

Am heutigen Morgen wohnte er der Sitzung bei, klopfte mit einem elegant beschuhten Fuß auf den Boden und stützte beide Hände auf seinen Stock. Seine strahlenden Augen wanderten von Gesicht zu Gesicht, während dessen Besitzerin sprach. Hin und wieder ergriff er selbst das Wort und forderte die Betreffende auf, ihre Äußerung zu wiederholen. Seine Begründung lautete, er wolle sorgfältig darüber nachdenken. Doch sein wahres Motiv war, der Sprecherin den Eindruck zu vermitteln, er habe noch nie einen so unglaublichen Unsinn gehört.

Camilla Marsden-Rose hatte gerade zum zweiten Mal an diesem Vormittag ihre wichtigsten Modeartikel erläutert, und zwar mit ungewöhnlich wenig Selbstbewusstsein, als Edwina bemerkte, dass der Blick von Francis Stevenson-Cook auf ihr ruhte. Sie erwiderte ihn ziemlich kühl. Als Tochter und später als Ehefrau eines Tyrannen kannte sie diese Sorte von Männern und wusste genau, wie man am besten mit ihnen umging.

»Ich glaube, wir sind einander noch nicht vorgestellt worden«, sagte Stevenson-Cook mit dem Anflug eines Lächelns. »Miss Le Page, wären Sie so freundlich …«

»Ja natürlich«, erwiderte Miss Le Page. Edwina fand es interessant, dass sie dabei nervös wurde. »Das ist Edwina Moreton, eine neue Mitarbeiterin. Mrs Moreton ist für die Einkaufsseiten zuständig. Ich habe Sie von ihrer Einstellung in Kenntnis gesetzt.«

»Das haben Sie zweifellos, doch wie Sie wissen, bevorzuge ich es, wenn man mich persönlich bekannt macht.« Er beugte sich über seinen Stock zu Edwina hinüber. Lächelnd neigte sie den Kopf in seine Richtung.

»Mrs Moreton«, sagte er und musterte sie eindringlich. »Verraten Sie mir, was Ihrer Ansicht nach der wichtigste Aspekt am Frühlingslook ist.«

Edwina zögerte kurz. Sie wusste, dass sie albern klingen würde, wenn sie nur Camilla Marsden-Rose' Worte wiederholte, insbesondere deshalb, weil sie ihre Auffassung nicht teilte. Andererseits würde diese sich für den Rest ihrer Tage bei *Style* an ihr rächen, falls sie es nicht tat.

Sie hatte einen Geistesblitz. »Charme«, antwortete sie mit Nachdruck.

»Wirklich? Und wie würden Sie diese Eigenschaft durch Kleidung ausdrücken? So, wie Mrs Marsden-Rose es beschrieben hat?«

»Tja … prinzipiell schon. Natürlich die Stoffe, die Mrs Marsden-Rose erwähnt hat. Gaze, Organza und so weiter, und die weiblicheren Schnitte. Doch ich finde, es ist außerdem auch so eine Stimmung, die gerade in der Luft liegt.«

»Sprechen Sie weiter.«

O Gott, wo hatte sie sich da hineinmanövriert? Und warum tat er ihr das an? Ihr, der einzigen blutigen Anfängerin im Raum? Natürlich genau deshalb. Sie lächelte ihn schüchtern an.

»Meiner Meinung nach wollen Frauen nach all den Schneiderkostümen und männlichen Hüten wieder weiblicher wirken, Mr Stevenson-Cook. Mehr so, wie es den Männern gefällt. Darum geht es doch eigentlich bei den neuen Kollektionen. Es ist keine Veränderung nur um der Veränderung willen. Wie Mrs Marsden-Rose bereits gesagt hat«, fügte sie hastig hinzu.

»Ja, das hat sie, aber lassen Sie es darauf beruhen. Sehr interessant, oder, Miss Le Page?«

»O ja«, erwiderte Aurora Le Page. Ihr Tonfall war eiskalt.

Lange herrschte Schweigen. »Ich stimme Ihnen zu, Mrs Moreton«, sagte er schließlich. »Ich würde vorschlagen, dass Ihre Fotos diese Stimmung vermitteln, Mrs Marsden-Rose.«

»Aber natürlich«, zischte Camilla. »Das lag ganz in meiner Absicht.«

»Zweifellos. Doch ich denke, ich würde einen Schritt weitergehen. Sanftere Beleuchtung, sorgfältig ausgewählte Accessoires. Wenn ich mir einen Vorschlag erlauben darf, sollten wenigstens auf einigen der Fotos Männer dabei sein. Die ... wie haben Sie es noch einmal ausgedrückt, Mrs Moreton? O ja, diesem Charme erliegen.«

»Mr Stevenson-Cook, das würde doch sicherlich billig wirken.«

Er warf ihr einen abweisenden Blick zu, förderte ein silbernes Zigarettenetui aus seiner Tasche zutage, klopfte eine Zigarette heraus und lächelte. »Das hängt sicherlich davon ab, wie Sie die Fotoaufnahmen arrangieren. Was eindeutig Ihre Aufgabe ist. Natürlich war das nur ein Vorschlag. Die endgültige Entscheidung liegt bei Ihnen. Nicht im Traum würde ich Ihnen Vorschriften machen. Wie Sie sehr wohl wissen. Könnten wir uns jetzt den Anzeigenkunden zuwenden? Denen müssen wir in den nächsten sechs Monaten ordentlich Honig um den Mund schmieren, bis unsere Auflage wieder steigt. Ich hätte gerne mehr der wichtigen Großhändler mit an Bord: Dorville, Harella, Jaeger und auch die Stoffhersteller Courtauld und Tootal. Die dürfen sich auf keinen Fall wie Bürger zweiter Klasse fühlen, richtig, Mrs Marsden-Rose?«

Er beugte sich zu Aurora Le Page hinüber, die ihm ihr Feuerzeug hinhielt, nahm einen tiefen Zug und pustete eine Rauchwolke zur Decke. Dabei wandte er den Blick nicht von Camillas Gesicht ab.

»Natürlich nicht, Mr Stevenson-Cook«, erwiderte sie mit einem gezwungenen Lächeln.

Edwina schaute sich im Raum um. Die meisten Menschen hätten die Ansicht vertreten, dass die Frauen hier für eine Besprechung im Büro übertrieben aufgetakelt waren. Einige trugen sogar Hüte. Alle waren stark geschminkt und sorgfältig frisiert. Dann betrachtete sie Stevenson-Cook mit seinem Stock mit Silberknauf, der leicht dandyhaften Krawatte und seiner subtilen Art, seine Mitmenschen zu schikanieren. So absurd es auch sein mochte, ergab das in gewisser Hinsicht Sinn. Man konnte keinen Stil diktieren, wenn man ihn nicht besaß. Wie ihr an diesem Morgen klar wurde, leitete Francis Stevenson-Cook nicht nur ein Zeitschriftenimperium, sondern eine Schule des Stils. Und das gefiel ihr. Sogar sehr.

Cecily lag im Bett und blickte durchs Fenster hinaus auf den Richmond Park. Es war ein sehr hübsches Zimmer mit einer sehr hübschen Aussicht. Wenigstens konnte sie das zu schätzen wissen. Leider war es damit auch schon vorbei. Sie hatte an nichts Freude und fand nichts, was sie auch nur im Mindesten aufgemuntert hätte. Nicht die von Freunden geschickten wunderschönen Blumen, die ständig ihr Zimmer schmückten. Nicht die gütigen, freundlichen Schwestern. Nicht die etwas burschikosen Ärzte. Nicht die Angebote von Freunden, sie zu besuchen, was sie stets nachdrücklich ablehnte.

Sie war nicht mehr verzweifelt oder todtraurig, sondern befand sich in einem Zustand niederdrückender, düsterer Lähmung, die sie in ihrem Griff hielt und von der sie sich keine Erlösung mehr erhoffte. Falls jemand Feueralarm geschlagen hätte, hätte sie weder die Kraft noch überhaupt das Bedürfnis gehabt, auch nur den kleinsten Fluchtversuch zu unternehmen. Warum auch? Schließlich würde sie für den Rest ihres Lebens Einsamkeit, Schuldgefühle, Reue und die Abneigung ihrer Kinder ertragen müssen.

Nie würde sie Fannys zorniges, feindseliges Gesichtchen vergessen, als sie nach der Beerdigung versucht hatte, sie zu umarmen und zu trösten. Sie hatte ihr gesagt, sie solle sie in Ruhe lassen, und Cecily kannte den Grund. Sie gab ihr die Schuld an Benedicts Tod, und das hatte sie verdient. Sie hatte ihren Teil dazu beigetragen. Fannys wütender Tonfall, als sie ihr den schrecklichen Brief hingeworfen hatte. »Los, lies ihn.« Fanny würde ihr nicht verzeihen, und das sollte sie auch nicht. Und irgendwann würden Stephanie und selbst der kleine Laurence erfahren, was sie getan hatte, und ihr ebenso wenig vergeben.

Die Besuche ihrer Mutter waren eine nicht enden wollende Qual. Sie saß da, solange es gestattet war – zum Glück nur eine halbe Stunde, eine Zeit, in der Cecily auf die Uhr starrte. Sie verhielt sich übertrieben fröhlich und berichtete ihr, wie gut es den Kindern ginge und wie tüchtig sie den Haushalt führe. Sie brauche sich also überhaupt keine Sorgen zu machen. Die Reise ihres Vaters nach New York sei äußerst erfolgreich. Wie froh sie sei, das Opfer gebracht zu haben, ihn nicht zu begleiten. Und als sich die halbe Stunde gnädigerweise ihrem Ende zuneigte, fügte sie noch hinzu, Cecily solle versuchen, sich zusammenzunehmen, und dankbar für alles sein, was man für sie tat.

Die Kinder durften nicht kommen. Man glaubte, es werde sie anstrengen und ihr Zustand werde sie ängstigen, wofür Cecily dankbar war. Doch bereits Stephanies Briefchen und Zeichnungen waren die reinste Folter, denn sie betonten nur, dass Fanny nichts von sich hören ließ. Auch die Geschichten, die Nanny – auch eine treue Besucherin und willkommener als Cecilys Mutter – erzählte, marterten sie nur. Sie schilderte, dass Laurence täglich Fortschritte machte, krabbelte, vor sich hin plapperte und winkte. Cecily konnte nur daran denken, dass er sich auf den Tag zubewegte, an dem er verstehen würde, was seine Mutter verbrochen hatte.

Edwina hatte geschrieben und gefragt, ob sie sie besuchen könne. Cassia auch und zu ihrer Überraschung sogar Harry. Die Schwestern hatten ihr die Briefe in fröhlichem, aufmunterndem Ton vorgelesen. Wäre es nicht nett, sie zu sehen? Sie hatte sich stets geweigert. Nein, besser nicht. Sie wolle keinen Besuch. Es sei sinnlos. Sie sei zu müde. Und sie war in der Tat müde. Ohne Tabletten konnte sie nicht schlafen, und selbst die wenigen Stunden, die ihr vergönnt waren, waren von Gespenstern erfüllt, einige widerlich und gesichtslos, andere erkennbar. Das waren die schlimmsten: ihre Kinder, Benedict, schrecklich entstellt. Grausige Albträume, aus denen sie schreiend in den Armen der Schwestern erwachte, die vergeblich versuchten, sie zu trösten.

Zahllose Briefe von Freunden trafen ein, doch sie wollte sie nicht lesen, denn sie fürchtete sich vor Briefen und hatte Angst vor einer bestimmten Handschrift auf dem Umschlag. Aber die Schwestern bestanden darauf, sie ihr vorzulesen, und beteuerten, sie würden sie aufmuntern. Sie lauschte jedem und zog sich dabei die Bettdecke bis ans Kinn, um sich in dem schrecklichen Fall, dass sie einen gewissen Namen hören würde, darunter zu verstecken.

Außerdem musste sie sich verschiedenen zwecklosen, erschöpfenden Behandlungen unterziehen. Medikamente. Psychoanalyse – zumindest vermutete sie, dass es Psychoanalyse war, jede Menge peinliche Fragen, die zu sogar noch peinlicherem Schweigen führten, weil sie sich weigerte, sie zu beantworten. Schlaftherapie, was recht angenehm gewesen war, denn sie war scheinbar für Stunden – in Wahrheit waren es Tage – völlig von ihren Dämonen befreit. Es war alles so absurd. Die Ärzte wichen nicht von ihrer Ansicht ab, dass etwas mit ihr nicht stimmte, obwohl sie absolut sicher war, dass sich das nicht so verhielt. Es lag nur daran, dass sie etwas Entsetzliches getan hatte, für den Rest ihrer Tage damit würde leben müssen und nicht wusste, wie das möglich sein sollte.

Häufig überlegte sie, ob und wie sie sich umbringen sollte, da es ihr als einzige Lösung erschien. Eine Woche lang hatte sie die Nahrung verweigert, doch sie hatten sie schließlich zwangsernährt und ihr Schläuche in die Kehle gesteckt. Das war so entsetzlich gewesen, dass sie versprochen hatte, wieder zu essen. Allerdings nahm sie so wenig wie möglich zu sich, gerade genug, dass sie sie in Ruhe ließen. Manchmal beim Baden betrachtete sie ihren Körper wie den einer Fremden. Ihr Bauch war beinahe flach, ihre Brüste waren geschrumpft, und ihre knochigen Arme und Beine wirkten auf seltsame Weise länger. Schon immer hatte sie sich danach gesehnt abzunehmen, damit sie für Benedict schick und schlank sein konnte. Eine grausige Ironie des Schicksals, dass es ihr jetzt gelungen war.

Mit jedem Tag wuchs ihr Gefühl, sich selbst zu entgleiten, weniger Verbindung zu der Person zu haben, die da im Bett lag, ihr Gesicht hatte und ihren Namen und ihre Kleidung trug. Sie hasste diese Frau so sehr. Die Frau, die ihren Mann umgebracht, die ihn in den Tod geschickt hatte. Sie hasste und fürchtete sie, doch sie konnte ihr nicht entrinnen. Sie war für den Rest ihres Lebens an sie gekettet.

Es würde das Beste sein, wenn sie starb. Nur, dass sie nicht einmal das verdient hatte. Der Tod war noch zu gut für sie.

Nach einem Arbeitsessen in Harry Moretons Büro, bei dem beide Männer sorgsam darauf geachtet hatte, sämtliche Themen bis auf die Fortschritte mit dem Projekt Guildford Garden zu meiden, erkundigte sich Dominic Foster schließlich nach Mrs Harringtons Befinden.

»Ach recht gut, denke ich«, erwiderte Harry, der eigentlich

nichts weiter wusste, als die nichtssagenden Äußerungen von Cecilys Ärzten, die Ada Forbes an Edwina weitergab. »Die Behandlung scheint zu wirken.«

»Gut«, antwortete Dominic. »Das ist ja ausgezeichnet.« Wenn Mrs Harrington sich wieder erholte, hatte er weniger Grund, sich Vorwürfe oder Sorgen zu machen. Und es war auch nicht mehr so dringlich, mit ihr zu sprechen und ihr zu erklären, was geschehen war.

»Mein Liebling.« Ruperts Stimme erfüllte die Dunkelheit. Cassia erstarrte, versuchte sich zu entspannen und fragte sich, was sie hier tat und warum sie überredet worden war zu kommen. »Wie wundervoll, deinen letzten Brief zu erhalten. Das Leben hier ist grauenhaft, fast wie in der Hölle. Die von uns, die noch leben, stehen den ganzen Tag im Schlamm und liegen nachts darin. Die Ratten sind unsere ständigen Begleiter …«

»Rupert, du übertreibst es ein bisschen«, hallte die Stimme des Regisseurs durch die Finsternis. »Zu viel Drama. Vergiss nicht, dass du diesen Brief in einem Zustand der Erschöpfung und Todesangst schreibst. Also mehr zurücknehmen, ein wenig matter, in Ordnung?«

Rupert begann von vorn. Er war nervös, dachte Cassia, beinahe in Panik. Bis zur Premiere war es nur noch ein knapper Monat, und er war überhaupt nicht mit sich zufrieden.

Eigentlich war es spannend, das Stück im Rohzustand zu sehen und zu beobachten, wie es in Form gebracht wurde. Nicht dass da viel Form gewesen wäre, nur zwei Schauspieler und fast keine Kulisse. Es unterschied sich sehr von allem, was derzeit im West End lief. Aufwendige Inszenierungen und Musicals, die irgendwann im Kino landeten. Was ihr bei Ruperts erster Schilderung als aufregende Abwechslung erschienen war, kam ihr inzwischen wie ein Vabanquespiel vor. Sie hoffte, dass es ein Erfolg werden würde. Nicht um ihrer selbst willen, denn es interessierte sie nicht, ob ihre Investition Gewinn abwarf, sondern wegen Rupert. Das hier war seine große Chance, wenn auch spät im Leben, vielleicht die letzte Gelegenheit, zu Berühmtheit zu gelangen, und die hatte er bitter nötig. Mehr als je zuvor, dachte sie und seufzte laut auf.

Jasper hatte sie gehört und drehte sich lächelnd zu ihr um. »Das klang nach einer sehr emotionalen Reaktion, Mrs Tallow. Ich bin froh, dass es Ihnen ans Herz geht.«

»Oh, das tut es«, erwiderte sie hastig. »Ich bin begeistert.«

»Gut.«

»Geliebter«, durchdrang Eleanors schöne, tragende Stimme die Dunkelheit. Sie war eine ausgezeichnete Schauspielerin und konnte nur durch eine leichte Kopfbewegung oder eine geringe Veränderung ihres Tonfalls tiefe Gefühle ausdrücken. »Mit großer Bestürzung und Anteilnahme habe ich deinen Brief gelesen. Wenn ich dein Leid nur ein wenig teilen könnte, würde ich …«

»Mrs Tallow?«, erklang eine Stimme vom Sitz hinter ihr.

»Ja?«

»Ich komme vom *Daily Sketch*. Könnten wir rasch ein paar Worte wechseln?«

»Worüber?«

»Ihre Beteiligung an diesem Stück. Soweit mir bekannt ist, haben Sie etwas Geld hineingesteckt. Mr Cameron meinte, ich könnte mit Ihnen darüber sprechen.«

Jetzt fiel es ihr wieder ein. Rupert hatte sie vor einigen Wochen darum gebeten und gesagt, der Mann werde einen Artikel über das Stück schreiben. Unverzichtbare Werbung. »Ich würde mich sehr freuen, wenn du dich kurz dazu äußern könntest, Schatz. Nur, wie lange wir einander kennen und warum du entschieden hast, in *Briefe* zu investieren.« Selbstverständlich hatte sie zugestimmt, aber das war vor … nun, vorher gewesen. Jetzt fühlte sie sich nervös und verunsichert.

»Ich muss das rasch mit ihm abklären. Können wir warten, bis die Szene vorbei ist?«

Rupert sagte, er würde ihr sehr dankbar sein, bei dem Reporter handele es sich um den Theaterkritiker des *Sketch*, und er sei sehr angesehen. Alles, wodurch der Artikel länger und interessanter würde, wäre hilfreich.

»Hoffentlich nicht zu interessant«, antwortete sie lachend und wandte sich an den jungen Mann. »Gut, fragen Sie mich, was Sie wollen. Aber könnte ich es lesen, ehe Sie es veröffentlichen?«

»Natürlich.« Er förderte sein Notizbuch zutage. »Also los. Was hat Sie an diesem Stück interessiert?«

»Die arme Mrs Harrington, es geht ihr einfach nicht besser«, sagte Schwester Lloyd zu Dr. Appleby, dem für Cecilys Fall zuständigen Psychiater. »Ich mache mir Sorgen um sie. Sie ist so entsetzlich mager.«

»Aber sie isst inzwischen? Genug, meine ich?«

»O ja, gerade genug. Doch sie schläft so schlecht und hat diese grässlichen Albträume. Ich bin zu Ihnen gekommen, weil sie mich gefragt hat, ob sie für eine Weile eine zusätzliche Schlaftablette haben kann. Ihrer Ansicht nach verschlechtern die langen schlaflosen Stunden, nur unterbrochen von entsetzlichen Träumen, ihren Zustand.«

»Ich wüsste nicht, was dagegen spräche. Die Tabletten sind recht harmlos, und sie braucht Schlaf. Ja gut, Schwester. Ab heute Abend geben Sie ihr drei Tabletten.«

Am Abend schluckte Cecily zwei Tabletten, schob die dritte in den kleinen Stapel Spitzentaschentücher neben ihrem Bett und versteckte sie später in ihrem Kulturbeutel. Auf diesen Gedanken war sie gekommen, als sie belauscht hatte, wie zwei der jüngeren Schwestern über eine Patientin sprachen, die gerade mit einer Überdosis eingeliefert worden war. »Sie hat nur zehn Beruhigungspillen genommen«, sagte die eine, »und wäre beinahe daran gestorben. Noch zwei oder drei mehr, und sie wäre jetzt tot.«

In den folgenden Tagen hatte Cecily viel darüber nachgedacht. Diese Pillen bekam sie jeden Abend mit ihrer warmen Milch. Es würde nicht schwierig sein, ein Dutzend oder so zu sammeln und sie alle auf einmal zu schlucken. Und dann würde es vorbei sein. Keine Schuldgefühle und kein Hass mehr. So konnte sie der schrecklichen Frau entkommen, die ihren inzwischen abgemagerten Körper bewohnte. Wenn es ihr gelang, die Schwestern zu überreden, ihr ein paar zusätzliche zu geben, konnte sie sie aufsparen, ohne auf die geringe Linderung zu verzichten, die sie ihr verschafften. Warum war ihr das nicht schon früher eingefallen?

»Also, Schatz, wie fandest du es? Deine ehrliche Meinung bitte.«

Ruperts Miene war so ängstlich und nervös, dass er aussah wie Bertie vor einem Zahnarztbesuch. Vor Mitgefühl krampfte sich Cassia das Herz zusammen.

»Ich fand es wundervoll«, erwiderte sie und prostete ihm zu. »Wirklich wundervoll.«

Sie saßen nach der morgendlichen Probe in einem Pub. Jasper Hamlyn und Eleanor Studely waren noch im Theater und wollten später nachkommen, weil sie an einer schwierigen Passage in einem von Eleanors Briefen arbeiten wollten. Allerdings wurde Cassia den Gedanken nicht los, dass es Rupert war, der noch an seinem Auftritt feilen musste.

»Wirklich? Ist das wahr?«

»Ja, wirklich. Ich halte die Idee noch immer für genial und …«

»Vergiss die Idee, Cassia. Wie findest du das Stück?«

»Ebenfalls wundervoll. Ausgesprochen anrührend und amüsant. Nun, genauso, wie du gesagt hat. Ich bin begeistert.«

»Also glaubst du, dass es ein Erfolg wird?«

»Ja, auf jeden Fall. Natürlich bin ich nicht die Richtige, um ein Theaterstück zu beurteilen, aber …«

»Du weichst mir aus«, antwortete Rupert bedrückt. »Eigentlich gefällt es dir nicht. Du findest es schlecht. Du denkst, dass wir ausgebuht werden.«

»Rupert, du benimmst dich lächerlich«, entgegnete Cassia streng. »Lächerlich und pessimistisch. Weshalb sollte ich herkommen, es mir ansehen und dich danach anschwindeln?«

»Weil du nett, lieb und nachsichtig bist und meine Gefühle nicht verletzen willst.«

»Ach, Rupert, jetzt mal im Ernst. So bin ich nicht. Ich bin ein sehr aufrichtiger Mensch, und wenn es mir nicht gefallen hätte, hätte ich das auch gesagt.«

»Und du bist nicht der Ansicht, dass ich schlecht war und Eleanors Auftritt geschadet habe?«

»Nein!«, protestierte Cassia, legte die Hand fest auf seine und lächelte ihn an (das wurde ja tatsächlich mehr und mehr wie Bertie beim Zahnarzt). »Dieser Ansicht bin ich nicht.«

»Mir wäre es lieber, wenn du es mir sagen würdest.«

»Rupert, allmählich wird es albern. Komm, ich lade dich auf ein Glas ein und dann …«

»Liebste Cassia!« Jasper Hamlyn kam mit Eleanor Studely und einem anderen ernsten jungen Mann herein, den Cassia als den Autor James Piggott erkannte. »Wie fanden Sie es? Nein, nein, ich hole die Getränke. Setzen Sie sich. Du auch,

Eleanor. Und wo ist unser Goldjunge? Rupert, mach kein Gesicht wie drei Tage Regenwetter. Alles wird gut. James ist nur hier, um ein paar deiner Szenen zu überarbeiten.«

Cassia setzte sich neben Eleanor. Wenn sie nicht auf der Bühne stand, wirkte sie kleiner und auf unerklärliche Weise jünger.

Eleanor lächelte sie an.

»Es ist so schön«, raunte sie, »endlich einmal mit einer anderen Frau zu sprechen Diese Männer bringen mich noch um den Verstand.«

Sie wurde Cassia immer sympathischer. Die beiden plauderten über Eleanors Kostüme und ihre kleine Tochter. Es stellte sich heraus, dass sie Witwe war. Das hatte Rupert ihr nie erzählt. Offenbar war es ihm nicht so wichtig wie das Stück und Eleanors Rolle darin. Auch das Thema, wie schwer es berufstätige Mütter hatten, kam zur Sprache.

Anscheinend würde sie heute keine Gelegenheit haben, mit Rupert über ihre Ängste wegen des Geldes zu reden. Wegen des Geldes und wegen Harry.

»Los, Arschgesicht.«

Bertie hatte gedacht, dass die Luft rein war, und hastete auf dem Weg zur Hausaufgabenüberwachung an den Toiletten vorbei. Der Klang von Parkins' Stimme löste Brechreiz in ihm aus. Bebend stand er da und betete, jemand möge zufällig vorbeikommen. Aber nein.

»Hier rein, Arschgesicht, hab ich gesagt. Wir haben nicht viel Zeit. Du bist spät dran. Wo warst du?«

»Fußball, Parkins.« Er konnte seine eigene Stimme kaum hören.

»Wo? Sprich lauter, du kleiner Wicht.«

»Fußball.«

»Tja, dann musst du dich jetzt ordentlich waschen. Los, rein mit dir und Kopf runter.«

Als es endlich vorbei war, ging Bertie zum Schulgebäude. Er hielt den Kopf gesenkt und hatte die Hände fest hinter dem Rücken verschränkt, um bloß nicht der Versuchung zu erliegen, sich die Augen abzuwischen. Weder der Lehrer, der auf ihn zukam, noch Parkins oder Collins sollten ihn dabei erwischen.

Ganz gleich, was auch geschah, er durfte nicht weinen. Und nichts verraten. Sonst gab es keine Hoffnung mehr für ihn.

Überhaupt keine.

Gerade wollte Cassia die Klinik in der Harley Street anrufen, um sich zu erkundigen, ob sie Edwina besuchen könne, bevor sie London verließ, als lautstark an die Tür geklopft wurde. Teils erschrocken, teils verärgert machte sie auf.

Harry stand auf der Schwelle. Er sah zum Fürchten aus: bleich, zerzaust und offenbar äußerst aufgebracht.

»Harry! Was ist denn los, um Himmels willen? Es geht doch nicht etwa um Edwina?«

»Doch, es geht um Edwina«, erwiderte er. »Kann ich reinkommen?«

»Ja natürlich. Sie ist doch nicht …?«

»Es geht ihr gut.« Er marschierte an ihr vorbei in die Küche, setzte sich an den Tisch und schlug die Hände vors Gesicht.

»Also, was ist passiert?«

»Kann ich einen Drink haben? Hast du Brandy im Haus?«

»Ich denke schon. Allerdings ist er nicht sehr gut. Hier, bitte sehr, schenk dir selbst ein.«

»Gütiger Himmel«, sagte er, nippte vorsichtig und studierte dann das Etikett. »Der schmeckt ja abscheulich. Hast du nichts Besseres da?«

»Nein, Harry. Ich fürchte nicht. Tut mir sehr leid.«

»Wie du weißt, hat sie diese dämliche Operation durchführen lassen. Ich habe mit der dummen Kuh gesprochen, die sie verpfuscht hat. Mit der, die du empfohlen hast.« Er sah sie finster an.

»Was immer Monica Gerard auch sein mag, eine dumme Kuh ist sie nicht.«

»Ja, ich weiß. Tut mir leid.«

Vergeblich versuchte Cassia, sich daran zu erinnern, wann Harry sich in den letzten zehn Jahren jemals für irgendetwas entschuldigt hätte, und betrachtete ihn erstaunt. Er war offenbar nicht er selbst.

»Jedenfalls hat sie die Zyste entfernt, oder was das auch immer für ein Ding gewesen sein mag. Alles war in Ordnung. Doch als ich kam, hat sie gerade mit Edwina geredet.«

Er schwieg eine Weile und starrte in sein Glas. Offenbar war er am Boden zerstört. Schließlich holte er tief Luft. »Cassia, Edwina wird niemals Kinder bekommen können. Zumindest nicht laut dieser Frau.«

»Oh, ich verstehe.«

»Mehr hast du dazu nicht zu sagen?« Wieder bedachte er sie mit einem zornigen Blick.

»Doch, natürlich. Es tut mir sehr leid, das zu hören. Es ist schrecklich. Für sie und für dich.«

Sie beobachtete ihn, wie er so dasaß und zu groß für ihre kleine Küche wirkte. Er hatte den Kopf gesenkt und starrte in sein Glas. Seine Bestürzung konnte man fast mit Händen greifen, und sie hatte das beinahe überwältigende Bedürfnis, ihn zu umarmen. Um das zu verhindern, setzte sie sich auf ihre Hände.

»Hat Miss Gerard euch den Grund erklärt?«

»Sie sagte, Edwinas Eileiter seien blockiert. Eine schwere

Schädigung, so lauteten, glaube ich, ihre genauen Worte. Man könne nichts dagegen tun.« Er sah sie an. »Du kennst dich doch mit diesen Dingen aus, Cassia. Stimmt das? Gibt es wirklich keine Hoffnung?«

»Harry, das weiß ich nicht. Ohne mir die Schädigung selbst anzuschauen und mehr darüber zu erfahren, kann ich deine Frage nicht beantworten. Außerdem bin ich keine Chirurgin. Aber …« Sie verstummte.

»Aber es ist unwahrscheinlich?«

»Nun ja, nach dem, was du mir erzählt hast, vermute ich schon. Es tut mir so leid.«

»Was verursacht so etwas?«, fragte er unvermittelt.

»Harry, ich habe wirklich keine Ahnung.«

»Hast du wenigstens eine Vermutung?«

Sie antwortete ausweichend, weil sie die Gefahr erahnte. »Wie ich dir bereits erklärt habe, müsste ich zuerst mehr darüber erfahren …«

»Ihr seid doch alle gleich, verdammt«, zischte er und fegte mit einer heftigen Handbewegung das Glas vom Tisch. Als es auf dem Boden zerschellte, starrte sie erschrocken auf die Scherben.

»Entschuldige«, sagte er und strich sich das zerzauste Haar aus der Stirn. »Moment, ich feg das auf.«

»Nein, schon gut, ich erledige das. Möchtest du noch einen?«

»Ja. Nein. Ach, ich weiß nicht. O Gott.« Wieder schlug er die Hände vors Gesicht. »Könnte es eine Abtreibung gewesen sein?«, fragte er plötzlich.

»Was?«

»Du hast mich sehr gut verstanden. Ich glaube, sie hatte eine Abtreibung. Wahrscheinlich mehr als eine.«

»Harry, sei nicht albern. Warum sollte sie?«

»Das kann ich dir erklären. Sie will keine Kinder. Sie war nie begeistert von der Vorstellung. Hat wohl befürchtet, es könnte ihre Figur ruinieren oder ihr bei dem verdammten Job im Wege stehen, den sie seit Kurzem hat.«

»Ach, mach dich nicht lächerlich. Ich weiß, dass Edwina nicht unbedingt der mütterliche Typ ist, aber sie würde nie … Du übertreibst. Es ist absurd.«

»Das glaube ich nicht. Es sind so viele Jahre vergangen, und ich habe ihr schon vor langer Zeit gesagt, dass sie aufhören soll zu verhüten. Nichts ist passiert, und inzwischen erscheint es mir immer plausibler, dass sie selbst Schritte unternommen hat.«

»Das ist ein abscheulicher Vorwurf. Wenn ihre Eileiter blockiert sind, kann sie nicht schwanger werden. So einfach ist das.«

»Ja, aber warum sind sie blockiert? Erklär mir das.«

»Harry, ich weiß es nicht. Ich habe keine Ahnung. Es kommen eine Menge Gründe infrage. Ich weiß nur, dass du bodenlosen Unsinn redest. Unfairen, gefährlichen Unsinn. Mir ist klar, dass du aufgebracht bist …«

Er saß da und starrte sie finster an. Seine Hand, die jetzt ohne Glas auf dem Tisch lag, zitterte. »Nun«, sagte er schließlich. »Das werden wir noch sehen. Ich beabsichtige, es herauszufinden. Ganz gleich, woran es auch liegen mag, wird es wohl unser Schicksal sein, kinderlos zu bleiben. Und ich … o Gott, steh mir bei.«

Sie konnte nicht anders, als beide Hände auszustrecken, eine von seinen zu umfassen und ihm zu sagen, wie gut sie seine Trauer verstünde.

»Du verstehst mich überhaupt nicht«, entgegnete er und betrachtete ihre Hände, die noch um seine lagen. »Ich habe mir wirklich Kinder gewünscht. Für mich war es der einzige Grund zu heiraten. Ich wollte meinen Familienstammbaum fortsetzen. Ich mag Kinder, auch wenn dir das recht unglaubwürdig erscheinen mag. Und da ich eine grässliche, abscheuliche Kindheit hinter mir habe, wollte ich meinen Kindern zu einer schönen verhelfen.« Als er zu ihr aufblickte, lag ein solcher Schmerz in seinen dunklen Augen, dass sie zusammenzuckte.

»Oh, Harry«, erwiderte sie hilflos. »Was soll ich dir sagen? Nur die hohlen Phrasen, die vielleicht sogar zutreffen: dass es noch andere Ziele im Leben gibt. Dass kinderlose Ehen häufig glücklich sind …«

»Gütiger Himmel.« Er starrte sie an. »Bitte erspar mir diese Heuchelei. Glücklich! Ich und Edwina! O Gott!« Eine lange Pause entstand.

»Es tut mir leid«, sagte sie. »Ich dachte nicht …«

»Natürlich nicht«, unterbrach er sie barsch. »Aber wie konntest du nur auf die Idee kommen, dass wir glücklich sind?«

Ehrlich erstaunt über seinen heftigen Tonfall sah sie ihn an. »Ich, nun, ich habe es gehofft.«

»Du hast es gehofft!«, schrie er mit sich überschlagender Stimme. »Du hast gehofft, dass wir glücklich sind. Dass ich mit Edwina glücklich werden kann. Bei Gott, verschon mich mit diesem Geschwätz, Cassia. Du weißt genau, warum ich sie geheiratet habe. Oder etwa nicht?«

Erschrocken bemerkte sie, dass sie noch immer seine Hand umfasste. Der zärtliche Körperkontakt passte so gar nicht zu seinem Zorn. Sie betrachtete ihre Hände und versuchte ängstlich, eine davon wegzuziehen.

»Nicht«, befahl er in scharfem Ton. Sie ließ die Hand liegen und bewegte sich nicht. »Ich habe sie geheiratet«, fuhr er so langsam und deutlich fort, als befürchte er, dass sie ihn missverstehen könne, »weil ich dich nicht heiraten konnte. Aus keinem anderen Grund. Und das ist dir bekannt.«

Das war gefährlich. Brandgefährlich. Sie wagte nicht zu sprechen oder sich zu rühren, starrte nur auf ihre Hände und hatte das seltsame Gefühl, die Bedrohung werde vorübergehen, wenn sie bloß nichts veränderte und die Stille weiter andauerte.

»Das wusstest du, richtig, Cassia?«, fragte er nach langem Schweigen. Inzwischen war seine Stimme ruhiger und nicht mehr so rau. »Ja selbstverständlich. Du wusstest es damals, und du weißt es heute. Also verschon mich bitte mit deinen abgedroschenen Phrasen, ich und Edwina seien glücklich. Denn das könnte ich nicht ertragen. Insbesondere nicht heute.«

Sie blieb weiter stumm.

Plötzlich stand er auf, entriss ihr seine Hand und schlug damit kräftig auf den Tisch. »Zum Teufel mit dir!«, rief er. »Zum Teufel mit dir, Cassia!«

»Nicht.«

»Warum nicht? Begreifst du denn nicht, dass ich jedes Recht habe, wütend auf dich zu sein?«

»Nein, das hast du meiner Ansicht nach nicht. Und jetzt gehst du wohl besser.«

»O nein. Ich gehe nicht. Ständig schickst du mich weg. Du hast mich an dem Abend weggeschickt, als ich in Leonoras Haus kam und dich zum ersten Mal geküsst habe. Du hast mich weggeschickt, als ich dich gebeten habe, Edward nicht zu heiraten. Und ich habe gehorcht. Und beide Male hast du dich geirrt, und ich hätte bleiben sollen. Ständig wirfst du mir vor, ich sei arrogant. Aber in Wahrheit bist du selbst höchst arrogant, wahrscheinlich sogar noch mehr als ich.«

»Ich bin nicht arrogant.«

»Oh doch. Du weißt immer, was das Beste ist. Das war von jeher so. Am besten für dich, am besten für mich, am besten für alle. Du bist arrogant, dickköpfig, skrupellos und …«

»Stopp.« Sie erhob sich. »Hör auf. Ich höre mir das nicht länger an. Und wenn du nicht gehst, gehe ich eben.«

»Sei nicht albern.« Er stieß sie zurück auf ihren Stuhl. »Setz dich wieder. Und da wäre noch etwas: Du hörst nicht zu. Dich interessiert nur, was du hören willst. Ich möchte, dass du dir Folgendes anhörst, Cassia. Und auch, dass du darüber nachdenkst. Wir beide stecken in elenden Ehen fest…«

»Meine Ehe ist nicht…«, begann sie und verstummte.

»Natürlich ist sie das. Ausgerechnet in dieser Sache solltest du mich nicht anlügen. Sie ist abgrundtief unglücklich. Du hättest ihn niemals heiraten dürfen. Es war ein schwerer Fehler, und du solltest wenigstens so ehrlich sein, das zuzugeben.«

»Das werde ich aber nicht.«

»Meinetwegen. Wie ich bereits sagte, bist du auf grässliche und riskante Weise dickköpfig. Anderenfalls hätten wir wirklich glücklich werden können. Eine glückliche Ehe anstelle von zwei gescheiterten.«

»Oh, Harry, das ist wirklich Unsinn.«

»Ach ja? Warum?« Er setzte sich wieder und musterte sie forschend.

»Nun«, erwiderte sie, obwohl sie wusste, dass sie ein wenig lächerlich klang und dass er wie immer die Oberhand gewann. »Du kannst mir nicht vorwerfen, dass du Edwina geheiratet hast. Du hättest niemanden zu heiraten brauchen.«

»Oh doch. Ich musste jemanden heiraten, weil ich dir wehtun wollte. Dir wehzutun war mein größter Wunsch auf der Welt, mein einziges Ziel.«

»Wie kannst du so etwas Abscheuliches sagen? Und sogar tun?« Sein heftiger Tonfall ängstigte sie wirklich.

»Ja? Warum? Obwohl du mir absichtlich wehgetan hast?«

»Mach dich nicht lächerlich. Ich habe Edward nicht geheiratet, um dir wehzutun, sondern weil ich ein Kind von ihm erwartet habe. Das habe ich dir ausdrücklich gesagt. Was sonst hätte ich tun sollen?«

»Etwas ganz Einfaches. Es gab keinen Grund, ihn zu heiraten, obwohl du mich geliebt hast. Wir hätten das Problem lösen können, ein sehr geringes, verglichen mit …«

»Gering? Ein Kind!«

»Cassia.« Seine Stimme war zwar leise, aber es schwang ein bedrohlicher Unterton darin mit. »Cassia, ich hätte Edwards Kind aufgenommen. Selbstverständlich. Möglicherweise wäre es mir nicht leichtgefallen, aber ich hätte es getan. Es wäre ein geringer Preis dafür gewesen, dich zu bekommen.«

»Oh. Ich verstehe.« Sie konnte nichts mehr empfinden und fühlte sich wie eine leere Hülle.

»Das hoffe ich. Ich hoffe, dass du mir glaubst.«

»Aber wenn …«

»Wenn was, Cassia?«

Warum hast du mich gehen lassen, wenn du gewusst hast, dass ich dich liebe?, hatte sie eigentlich fragen wollen. Doch sie kannte die Antwort und wollte sie nicht noch einmal hören. Es lag an ihrer Arroganz, ihrer Dickköpfigkeit und ihrer Überzeugung, stets zu wissen, was richtig war, dass sie ihm nicht geglaubt hätte. Wer hätte das auch getan? Wie viele Frauen, die ein Baby erwarteten, hätten zugehört, wenn ein anderer Mann ihnen seine Liebe gestand und ihnen anbot, sie selbst mit Kind zu nehmen? Wie viele hätten zugegeben, dass sie ihn ebenfalls liebten?

Sie spürte, dass die Leere in ihr sich mit einer schrecklichen, gierigen Trauer füllte und wie ihr Tränen in die Augen stiegen. Ungehalten wischte sie sie weg, starrte an die nackte Wand und unterdrückte die Schluchzer.

»Aber, aber, nicht weinen«, sagte er mit plötzlich sanfter Stimme, streckte wie schon einmal vor so langer Zeit den

Finger aus, hielt eine Träne auf, die ihr die Wange hinunterrann, und betrachtete sie. »Außer, du willst, dass ich bleibe. Du weißt ja, was passiert, wenn du weinst.« Und um ihr zu zeigen, dass er sich erinnerte, hob er den Finger an die Lippen und leckte ihn zärtlich ab, ohne sie dabei aus den Augen zu lassen. »Deine Tränen überwältigen mich, Cassia. Und diesmal würde ich dich nicht verlassen. Ich könnte es einfach nicht.«

Als sie so dasaß und ihn durch einen Tränenschleier anstarrte, spürte sie, wie sich die Leere in ihr mit einem völlig anderen Gefühl anfüllte, einem so gefährlichen und heftigen Verlangen, dass es beinahe schmerzhaft war. Sie beugte ihm ihren Körper entgegen, streckte beide Hände über den Tisch, umfasste sein Gesicht und küsste ihn leidenschaftlich auf die Lippen. Mit der Zunge tastete sie nach seiner. »Nein, Harry, bitte geh nicht. Bleib.«

Als er aufstand und ihr die Hand hinhielt, war seine Miene seltsam ausdruckslos. Sein Blick ruhte auf ihren Augen, und er führte sie hinaus.

Was zwischen ihnen geschah, übertraf alle ihre bisherigen Erfahrungen und Erwartungen. Sie wusste nicht, wie viel Zeit sie in ihrem Bett verbrachten. Jedenfalls wurde es dunkel, und die Straßenlaternen sprangen an. Im Taumel der Leidenschaft hörte sie einmal, dass das Telefon läutete und dass jemand an die Tür klopfte. Doch das war unwichtig, völlig unwichtig. Alles an ihr, nicht nur ihr Körper, sondern auch ihr Verstand, ihr Herz und das, was sie wahrscheinlich als ihre Seele bezeichnet hätte, war nur bei Harry, dabei, wie sehr sie ihn liebte und dass ihr Traum endlich in Erfüllung gegangen war.

So verzweifelt verzehrte sie sich nach ihm, dass sie es nicht erwarten konnte. Wie eine Hure lag sie mit ausgebreiteten Armen und weit gespreizten Beinen da, begierig, ihn in sich zu spüren. Unfassbar, der Moment, als er in sie eindrang. Nicht nur sie selbst, nein ihr Leben und die zurückliegenden Jahre waren auf einmal komplett. Ihr Orgasmus baute sich beinahe sofort auf und zerrte an ihr.

»Warte«, sagte er und zog sich ein wenig zurück. »Warte einen Moment.«

»Ich kann nicht warten. Ich kann einfach nicht.« Tief in ihrem Innersten brach sich etwas Bahn. Sie hörte, wie sie laut aufschrie, und sank, halb schluchzend, halb lachend aufs Bett.

»O Gott«, keuchte sie. »Es tut mir so leid, Harry.«

»Normalerweise sagt das der Mann.« Er lächelte sie an. »Ich habe dir doch schon gesagt, dass du arrogant bist. Ist das bei dir immer so?«

»Nein.« Sie erwiderte sein Lächeln. »Nein, bei mir ist das nicht immer so. Eigentlich nie.«

»Also gut«, sagte er nachdenklich, betrachtete sie und strich über ihre Brüste und ihr Schamhaar. »Dann wollen wir mal sehen.«

Und er begann von Neuem, küsste ihren Mund, ihre Ohren, ihre Kehle und ihr Haar. Seine Lippen wanderten zu ihren Brüsten, ihrem Bauch und ihren Schenkeln. Er liebkoste sie mit seiner Zunge. Sie hielt seinen Kopf und schob ihn in sich hinein, spürte grelle Lichtblitze der Lust, stöhnte, schrie auf und kam wieder zum Höhepunkt.

»Du kriegst immer deinen Willen«, sagte er und drang langsam und unglaublich sanft in sie ein. Sie spürte ihn so tief in sich, dass sein Körper ein Teil von ihrem wurde. Wie in einem fremden Land verlor sie sich in jeder Bewegung, jedem Erbeben, ritt auf gewaltigen Wogen der Lust, die sich aufbauten und zurückzogen wie Ebbe und Flut. Ihr Körper konnte nicht nur fühlen, sondern auch sehen und hören. Er kannte Dunkelheit und strahlendes Licht, Lärm und Stille. Sie kam nicht nur einmal, nein mehrere Male, stets heftiger, wilder und leidenschaftlicher. Jeder Orgasmus verblasste, als der nächste begann. Sie spürte, wie Harry kam und dabei laut und wild ihren Namen rief. Und als sie schließlich ruhig, erschöpft und befriedigt dalag, hatte sie etwas Neues über ihren Körper erfahren. Sie empfand Ehrfurcht vor der Begierde, die sie erlebt hatten, und ihrer Macht, sie auszulösen.

Sie musste kurz eingeschlafen sein. Als sie aufwachte, betrachtete er sie nachdenklich.

»Und was machen wir jetzt?«, fragte er.

KAPITEL 25

»Guten Tag, Mrs Moreton. Ich hoffe, Sie sind wieder wohlauf.«

Erschrocken blickte Edwina von ihrem Schreibtisch auf. Francis Stevenson-Cook stand vor ihr. In seinem dunkelgrauen Wollanzug und dem noch dunkelgraueren Mantel mit Samtkragen war er eine äußerst elegante Erscheinung. Er hatte seinen Stock und eine Melone bei sich.

»Guten Tag«, erwiderte sie. »Ja danke, es geht mir ausgezeichnet.«

»Wunderbar. Ich wollte Sie nämlich morgen zum Lunch einladen. Haben Sie Zeit?«

Eigentlich hatte Edwina mit Justin Everard essen wollen, um eine neue Fotostrecke zu besprechen, doch wenn Stevenson-Cook einen fragte, ob man Zeit hatte, hatte man welche. »Das würde mich sehr freuen. Vielen Dank.«

»Gut. Wenn Sie um Viertel vor eins unten sind, bringt mein Fahrer uns zum Restaurant. Einen schönen Tag noch.« Er drehte sich um und verließ mit einem Schwenken seines Huts das Büro.

Edwina blickte ihm verdattert nach.

»Bilden Sie sich nicht zu viel darauf ein«, meinte Betty Farquarson, die für Accessoires zuständige Redakteurin. »Er lädt jede mindestens einmal zum Lunch ein.«

Edwina wusste, dass das nicht stimmte. Dennoch lächelte sie Betty zuckersüß an. »Das ist mir klar«, entgegnete sie und griff zum Telefon, um ihr Mittagessen mit Justin abzusagen.

»Und wie geht es deiner reizenden Freundin?«, erkundigte er sich, nachdem er sich, wenn auch widerstrebend, bereit erklärt hatte, zu der Besprechung in die Redaktion zu kommen.

»Meiner Freundin? Ach, Cecily. Ich fürchte, gar nicht gut.«

»Das tut mir leid. Was fehlt ihr denn? Natürlich habe ich von ihrem Mann gelesen. So eine Tragödie.«

»Sie hatte einen Nervenzusammenbruch.«

»Ach, wie entsetzlich. Die Arme. Ich schicke ihr Blumen.«

»Justin, das ist reizend von dir.«

»Nun, ich fand sie sehr sympathisch. Und außerdem ziemlich attraktiv.«

»Wirklich?«

»Ja, wirklich. Du brauchst nicht so erstaunt zu klingen. Sie war schön und außerdem recht sexy.«

»Justin! Das kann nicht sein.«

»Kann es doch. Nun, vielleicht ist sexy nicht das richtige Wort. Sinnlich. Ja, das ist besser. Und ausgesprochen warmherzig. Ihr Bohnenstangendamen solltet ihren Frauentyp nicht so einfach abtun. Uns armen Männern gefällt das.«

»Justin, du redest absoluten Unsinn«, entgegnete Edwina. »Aber die bedauernswerte Cecily würde sich sicher über Blumen von dir freuen. Ich gebe dir die Adresse.«

Sie ging ein wenig früher nach Hause, weil sie müde war. Ihre Operation war inzwischen zwei Wochen her, doch obwohl sie sich recht gut erholt hatte, brauchte sie noch mehr Ruhe als sonst.

Am Tag danach hatte sie ein langes Gespräch mit Monica Gerard geführt und ihr alles gestanden. Miss Gerard hatte äußerst verständnisvoll reagiert und sie nicht verurteilt, jedoch gemeint, Edwinas Beichte bestätige ihre ursprüngliche Theorie. »Manchmal geschehen Wunder, wie man so hört, aber ich persönlich habe noch nie eines erlebt. Ihre Eileiter sind unwiederbringlich geschädigt, und das können Sie nicht auf die Zyste oder die Operation schieben. Zweifellos ist die Infektion nach der Abtreibung schuld, die Sie geschildert haben.«

»Ja, ich verstehe«, erwiderte Edwina seufzend.

»Wie geht es Ihnen damit, dass Sie kinderlos bleiben werden, Mrs Moreton?«

»Ach wissen Sie.« Edwina zuckte die Achseln. »Wahrscheinlich hätte ich gerne ein oder zwei kleine Rangen gehabt, doch es wird mir nicht das Herz brechen. Ich habe jede Menge anderer Dinge zu tun. Allerdings wird mein Mann wenig begeistert sein.«

»Nun, ich würde ein offenes Gespräch empfehlen. Er ist offenbar ein intelligenter Mensch. Ich nehme an, die Operation hat vor Ihrer Ehe stattgefunden.«

»O ja, natürlich«, antwortete Edwina hastig.

Miss Gerard musterte sie forschend. »Das hat sie ganz bestimmt. Einige Jahre zuvor. Das wird es ihm erleichtern, sich damit abzufinden. Also gut, ich untersuche noch die Naht …«

Und so war sie nach Hause gefahren, bereit, von Harry ins Kreuzverhör genommen zu werden. Aber es hatte keines gegeben. Er hatte sie freundlich, jedoch geistesabwesend begrüßt, ihr gesagt, sie solle sich ausruhen und schonen, und nachdem er ihr ins Bett geholfen hatte, war er in seinen Club verschwunden.

Seitdem hatte sie ihn kaum gesehen. Und bei den seltenen Gelegenheiten, morgens beim Frühstück und während eines verlängerten Wochenendes in Wiltshire – er hatte den Großteil der Zeit mit Besprechungen oder beim Golf verbracht –, war er besorgt und höflich gewesen. Offenbar hatte er kein

Interesse daran, ihre Unfruchtbarkeit zu erörtern. Selbst zur Schlafenszeit, wenn sie dasaß und sich vor dem Klang seiner Schritte fürchtete, die sich ihrem Zimmer näherten, trat er nur an ihr Bett, gab ihr, nachdem er sich nach ihrem Befinden erkundigt hatte, einen Gutenachtkuss und ging wieder. Das war zwar eine große Erleichterung, aber dennoch seltsam.

Francis Stevenson-Cook lud sie zum Lunch ins Caprice ein. Natürlich hatte er seinen eigenen Tisch, versteckt in einer Ecke. Daneben stand eine Flasche Veuve Clicquot in einem Kübel.

Edwina, die einem Schluck nicht abgeneigt war, stieß einen Freudenschrei aus – »Mein absoluter Lieblingschampagner!« – und trank drei Gläser, bevor der erste Gang serviert wurde, was Stevenson-Cook offenbar sehr erfreute.

»Ich bewundere Frauen, die etwas vertragen«, meinte er. »Aber jetzt ist das Essen da, also lassen wir besser den Rest stehen. Es gibt nichts Schlimmeres, als den Geschmack eines Champagners zu verderben, indem man etwas dazu isst. Sie haben hier einen ausgezeichneten weißen Burgunder. Ich glaube, den nehmen wir. Wirklich vulgär, dieses Restaurant, finden Sie nicht? Das viele Rosa. Doch mir gefällt es hier.«

»Ich kann dem Vulgären etwas abgewinnen«, erwiderte Edwina und knabberte nachdenklich an einer Spargelstange. »Solange es sündhaft teuer ist.«

»Eine interessante Auffassung. Ich glaube, ich stimme Ihnen zu. Nun, die Preise hier sind astronomisch. Und das Essen ist nicht im Mindesten vulgär.«

Er war ein charmanter und aufmerksamer Gastgeber und unterhielt sie mit Gerüchten. So habe Mrs Simpson den Gästen des Königs in Balmoral dreistöckige getoastete Sandwiches servieren lassen, und Prinz Ali Khan halte sich im Ritz drei Geliebte auf drei verschiedenen Etagen. Er lachte über ihre Witze und bewunderte ihr Kleid und insbesondere ihren Hut.

»Gefällt er Ihnen? Eine Kreation von Miss Swirling«, antwortete Edwina.

»Das habe ich mir fast gedacht. Wie geht es ihr? Eine amüsante Person, nicht wahr? Als ich das letzte Mal die Bond Street entlangspaziert bin, was selten vorkommt, habe ich mir überlegt, ob ich sie besuchen soll. Doch ich habe befürchtet, eine Sitzung mit einer Kundin zu stören.«

»Sie hätte sicher nichts dagegen gehabt. Schwer vorzustellen, dass es eine Störung gibt, über die sie sich mehr freuen würde.«

»Mag sein, aber ich habe großen Respekt vor Menschen an ihrem Arbeitsplatz, Mrs Moreton. Ich halte es für ziemlich vulgär, sie zu unterbrechen und meine Position auszunutzen, finden Sie nicht?«

»Oh, absolut«, meinte Edwina. Ihrer Ansicht nach war sie noch nie einem Menschen begegnet, der seine Position so gnadenlos ausnutzte wie Francis Stevenson-Cook.

»Wie ich gehört habe, veranstalten Sie eine Modenschau«, sagte er auf dem Rückweg in die Redaktion.

»Ja. In einem guten Monat. Natürlich wird das meine Tätigkeit bei *Style* nicht beeinträchtigen.«

»Natürlich. Ist Ihre Planung abgeschlossen? Ist alles unter Kontrolle?«

»Nun, mehr oder weniger«, antwortete Edwina, denn er sollte nur nicht glauben, die Modenschau nähme zu viel von ihrer Zeit und Aufmerksamkeit in Anspruch. In Wahrheit war sie schwer im Hintertreffen und hatte sich seit ihrer Operation und der ständigen Müdigkeit sogar überlegt, ob sie sie absagen oder zumindest verschieben sollte.

»Und welchem wohltätigen Zweck dient sie?«

»St. Christopher's Hospital. Eine sehr enge Freundin von mir arbeitet dort und sie …«

»Eine Freundin? Ist sie Krankenschwester?«

»Nein, Ärztin«, erwiderte Edwina, die sich, was Cassias Rolle im St. Christopher's betraf, stets ein wenig vage ausgedrückt hatte, hauptsächlich deshalb, weil sie nur mit halben Ohr zuhörte, wenn diese darüber redete.

»Eine Ärztin! Wie ungewöhnlich. Sie muss sehr klug sein.«

»Ja, das ist sie. Jedenfalls ist es so zustande gekommen. Nun, indirekt. Die Modenschau findet im Grosvenor House statt. Im Great Room, dort wo früher die Eislaufbahn war. Kennen Sie sie?«

»Ja. Ich war 1930 dort, bei einem Kostümball zu Halloween. Ich habe mich als Meerjungfrau verkleidet. Selbstverständlich war Eislaufen so unmöglich. Doch ich hatte einen Schlitten.«

»Fantastisch.« Edwina war wirklich beeindruckt von dieser Vorstellung. »Schade, dass ich Sie nicht gesehen habe.«

»Ich habe ein paar Fotos. Irgendwann zeige ich sie Ihnen. Und nun zurück zu Ihrer Modenschau.«

»Tja, die Kleider hätten wir schon. Und die Mannequins, ein paar Profis und einige Freundinnen …«

»Du meine Güte.« Stevenson-Cook seufzte leise auf. »Meiner Ansicht nach sind Amateurmannequins immer eine Katastrophe.«

»O nein, sie sind alle sehr gut. Ich habe viele modebewusste Freundinnen«, fügte sie mit einem Hauch von Selbstzufriedenheit hinzu.

»Das bezweifle ich nicht. Wirkt Ihre Freundin, die Ärztin, auch mit?«

»Ja, sie führt Kleider vor.«

»Sie führt Kleider vor? Also ist sie nicht nur klug, sondern auch elegant. Was für ein Vorbild. Ich würde sie gern einmal kennenlernen. Ich *werde* sie kennenlernen. Und jetzt möchte ich Ihnen vorschlagen, dass *Style* sich an Ihrer Modenschau beteiligt.«

»Oh!« Edwina war gleichzeitig erstaunt und ängstlich. »Das wäre natürlich sehr freundlich, doch Miss Le Page meint …«

»Ich weiß, was Miss Le Page meint, und zufällig teile ich diese Meinung nicht. Es wird sicherlich eine herausragende Veranstaltung, und es kann für uns nur von Vorteil sein, damit in Verbindung gebracht zu werden. Ich würde Ihnen anbieten, dass die Zeitschrift einen Tisch reserviert und eine Anzeige im Programm schaltet. Wir könnten Exemplare an die anwesenden Damen verteilen. Vermutlich wird auch eine Tombola stattfinden?«

»Ja, das ist sehr wichtig. Es bringt immer sehr viel ein.«

»Dann also ein Jahresabonnement für jede der Zeitschriften als Preise. Was halten Sie davon?«

»Das wäre großartig. Danke, Mr Stevenson-Cook. Vielen Dank.«

»Keine Ursache, Mrs Moreton. Ich betrachte es als Vorteil für beide Seiten. In mehr als einer Hinsicht.«

»Du musst ihn verlassen«, sagte Harry.

»Das werde ich. Aber noch nicht jetzt.«

»Warum nicht jetzt? Du hast genug von unserem Leben verschwendet, Cassia. Ich kann das nicht länger dulden.«

»Harry, ich habe unser Leben nicht verschwendet!«

»Doch, hast du. Es war alles nur deine Schuld.« Er grinste sie an. »Doch offenbar kann ich dir verzeihen. Der Himmel weiß, wieso. Erklär mir, warum es noch nicht geht.«

Sie lagen im Haus in der Walton Street im Bett. Inzwischen hatten sie verabredet, sich jedes Mal um die Mittagszeit dort zu treffen, wenn sie in London war.

»Mittagessen?«, hatte sich Cassia lächelnd gewundert, als er es vorgeschlagen hatte. »Das ist doch eine ziemliche Zeitvergeudung. Außerdem kriege ich momentan sowieso nichts runter.«

»Doch, Mittagessen. Wir brauchen eine kleine Stärkung. Ich kümmere mich darum. Du bist für mich bereit, wenn ich komme.«

Und das war sie jedes Mal. Erfüllt von fiebernder Ungeduld lag sie nackt im Bett. Er erschien in der Tür, die Arme voller Blumen, Geschenke und Champagner, ließ alles fallen, riss sich die Kleider vom Leibe, gesellte sich zu ihr, presste die Lippen auf ihre und seinen Körper an ihren. Sie sprachen über ihre Gedanken, Hoffnungen und Ängste, lachten gemeinsam und kamen sich näher.

Sie blieben eine Stunde, manchmal auch zwei, wenn es die Zeit gestattete. Sie aßen etwas, das sie oder er eingekauft hatte, Speisen, die zum Ort der Nahrungsaufnahme passten: ein Stück Käse, Erdbeeren oder Eiscreme. Sie hatte frische Kaffeebohnen gekauft und sich eine Kaffeemühle angeschafft. Harry trank Champagner, sie nicht, weil sie fast immer zur Arbeit musste. Also nippte sie an ihrem Kaffee, während sie die Geschenke auspackte.

Er brachte ihr wundervolle Dinge mit. Einige seltene und mit Bedacht ausgewählte Bücher wie zum Beispiel eine antike Geschichte der Medizin, eine Erstausgabe von *Gray's Anatomy*, moderne, kunstvoll illustrierte Bücher über Indien, Ägypten, China und all die anderen Länder, die er mit ihr bereisen wollte. Gedichtbände, aus denen sie ihm vorlas, und die Gesamtausgaben der Werke von Plinius, Sokrates und Virgil, aus denen er ihr Stellen vortrug.

Außerdem schenkte er ihr Schmuck. Eine dreisträngige Perlenkette – »Die du immer tragen musst. Als mir zuerst aufgefallen ist, wie schön du bist, hast du auch Perlen getragen. Auf deinem Ball, erinnerst du dich? Als ich mich so abscheulich aufgeführt habe? Ja natürlich tust du das« –, eine mit Diamanten besetzte Armbanduhr und passende Ohrclips, eine Smaragdkette, drei goldene Armreifen.

Er brachte ihr auch andere Geschenke mit: seidene Negligés, Schals, Morgenmäntel.

»Das sind Sachen für eine Geliebte, Harry«, sagte sie lachend, während sie das neueste Präsent aus der mit Seidenpapier ausgekleideten Schachtel nahm.

»Ganz recht«, erwiderte er. »Denn das bist du im Moment. Und was gibt es Besseres, als meine Geliebte zu sein? Weißt du, was Geliebte eigentlich bedeutet? Ich habe es heute nachgeschlagen.«

»Nein. Was?«

»Eine Frau mit der Macht, Kontrolle auszuüben. Und die hast du, Cassia. Du kontrollierst mich. Das ist eine seltene Begabung. Verschwende sie nicht.«

»Ich habe keine Kontrolle über dich«, antwortete sie ein wenig verärgert. »Die hat keiner.«

»Oh, du irrst dich.« Er nahm ihr die Gegenstände aus der Hand, legte sie beiseite und schob sie sanft in die Kissen, um ihre Brüste zu küssen. »Du kontrollierst mich. Das hast du schon immer getan. Es gab Zeiten, in denen ich versucht habe, dich zu kontrollieren, allerdings vergeblich. Seit dem Moment, als ich dich da stehen sah, in deinem karierten Kleid, den schwarzen Strümpfen und mit offenem Haar, hast du Macht über mich. Seitdem habe ich nichts getan, ohne dabei an dich zu denken, daran, ob du damit zufrieden sein würdest oder nicht. Wenn das keine Kontrolle ist, was dann?«

Sie widersprach nicht, denn es fiel ihr nichts ein. Er war einfach zu klug für sie. Also zog sie ihn nur an sich und küsste ihn. Doch seine Worte, die wundervollen, geschliffenen Worte, mit denen er ihr den Hof machte und sie liebkoste, berührten sie körperlich, ebenso wie seine Zärtlichkeiten, seine Lippen und seine Hände. Und sie erfüllten ihren Kopf, sodass sie sich, wenn sie nicht zusammen waren, an jedes einzelne erinnerte, darüber nachdachte und sich daran erfreute.

»Warum kannst du den Arzt noch nicht verlassen?«, fragte er wieder, griff nach einer Erdbeere und musterte sie.

Sie zögerte. »Es ist gerade alles so kompliziert. Wir müssen uns überlegen, wie wir es am besten anstellen. Edward ist bereits so traurig und unglücklich.«

»Geschieht ihm recht«, entgegnete Harry barsch.

»Harry, das ist sehr hart. Es ist nicht seine Schuld, dass ich ihn nicht liebe. Ich habe ihm so übel mitgespielt.«

»Wirklich? Er hatte dich sieben Jahre lang, eigentlich sogar noch mehr. Du hast ihm drei Kinder geschenkt ...«

»Die ich ihm wegnehmen werde.«

»Natürlich. Er kann wieder heiraten und neue zeugen. Soll er doch diese grässlich klingende Ärztin heiraten.«

»Wenn wir nicht vorsichtig sind, werde ich die Kinder verlieren. Bertie hat er mir ja schon entzogen.«

»Cassia, ich werde die besten Scheidungsanwälte in diesem Land anheuern. Du verlierst deine Kinder nicht, das schwöre ich dir.«

»Das kannst du mir nicht versprechen. Und außerdem habe ich ihn im Stich gelassen, weil ich mich geweigert habe, mit ihm nach Glasgow zu ziehen. Als seine Frau wäre es meine Pflicht gewesen.«

»Nun, in diesem Fall sind wir verschiedener Ansicht. Meiner Meinung nach hat er sich abscheulich benommen. Was kommt als Nächstes? Du hast mich noch nicht überzeugt. Vielleicht rufe ich jetzt sofort meine Anwälte an, noch bevor ich gehe.«

»Oh, Harry, wirklich!« Lächelnd griff sie nach seiner Hand und küsste sie. »Bitte, bitte sei vernünftig. Wir müssen Geduld haben. Und da wäre auch noch Edwina.«

»Ach, die wird nichts dagegen haben, solange sie genügend Geld bekommt«, antwortete er lässig.

»Das ist nicht wahr. Sie hat dich gern.«

»Mehr aber auch nicht.«

»Warum hast du sie dann geheiratet?«

»Weil sie unbedingt wollte. Sie wusste, dass ich sie nicht liebe, und dennoch hat sie nicht gezögert. Und wieso auch? Sie hat mein Geld, meine Häuser, meine gesellschaftliche Stellung und meinen Schwanz gekriegt.«

»Nicht!« Das hatte ihr wehgetan.

»Ach, sei doch nicht so prüde, Cassia. Der gute Arzt hat deine Schönheit bekommen« – er streichelte zärtlich ihre Schenkel, beugte sich vor und küsste sie – »und Edwina mich. Es ist zwecklos, so zu tun, als wäre all das nie geschehen. Als seien wir auf eine seltsame Weise füreinander keusch geblieben. Oder nicht?«

»Ja«, erwiderte sie leise. »Ja, du hast recht.« Sie rückte ein Stück von ihm weg und betrachtete ihn. »Jedenfalls müssen wir auf der Hut sein. Bitte, Harry, hab Geduld. Es gibt so viele Gefahren.«

»Gut, ich verspreche es dir. Aber nur für kurze Zeit, nicht zu lange. Schau, du kontrollierst mich schon wieder. Wie ich gerade gesagt habe.«

Sie musterte ihn eindringlich. Plötzlich stieg Angst in ihr auf, die nicht greifbare Angst, die sie stets beiseitegeschoben hatte. »Und du hast nie versucht, mich auf irgendeine Weise zu kontrollieren?«

»Gütiger Himmel, nein.« Er wandte sich ab und schenkte sich ein Glas Champagner ein. »Ich kenne meine Grenzen.«

Die Nanny hatte es nicht leicht und war in großer Sorge. Ohne Mr Harrington war es schon schlimm genug, doch dass Mrs Harrington ebenfalls fort war, machte die Lage noch dramatischer. Mrs Forbes war ein Albtraum und hatte ständig etwas an ihr und dem restlichen Personal auszusetzen. Und wenn sie nicht nörgelte, beklagte sie sich unablässig über ihr Schicksal: ihr abwesender Ehemann – die Nanny hätte eine beträchtliche Summe darauf verwettet, dass Mr Forbes die Ruhe genoss –, die ungebärdigen Kinder und die Undankbarkeit ihrer Tochter. Außerdem vermisste Stephanie ihre Schwester und ihre Mutter und war schrecklich ungezogen. Nur das Baby war vergnügt.

Außerdem bekleidete sie inzwischen eine eigenartige Autoritätsposition. Nicht nur Susan, sondern auch die restlichen Hausmädchen erwarteten Anweisungen von ihr. Sie waren unterbeschäftigt und litten unter den Veränderungen im Haushalt. Es war schwierig, sie bei Laune zu halten.

»Cassia?«

Sie hatte im Esszimmer gesessen und an Bertie geschrieben. Nur noch eine Woche bis zum Quartalsende. Er war ein beständiger Teil ihres anderen, ihres wirklichen Lebens. Die Stimme am Telefon versetzte ihr einen körperlichen Schock, sodass ihr schwindelig wurde.

»Harry!« Sie unterdrückte das Schuldbewusstsein, das ihr gebot, ihm zu sagen, er dürfe sie nicht zu Hause anrufen, denn jemand hätte sie ja belauschen können. »Wie nett. Wie fühlst du dich?«, antwortete sie stattdessen mit freundlicher, ruhiger Stimme.

»Einsam. Elend. Erfüllt von Lust.«

»Wie geht es Edwina?«

»Weißt du, was ich mit erfüllt von Lust meine?«

»Nein.«

»Du Dummerchen. Dass ich es vor Sehnsucht nach dir kaum noch aushalte. Was machst du gerade?«

»Ich schreibe an Bertie.«

»Tugendhaft wie immer. Ich fliege morgen nach Le Touquet und möchte, dass du mitkommst.«

»Das wäre nett. Bitte richte Edwina aus, dass wir uns für die Einladung bedanken.« Nicht auszudenken, wer alles mithören könnte. »Doch ich fürchte, wir können nicht …«

»Selbstverständlich kannst du. Anderenfalls besuche ich dich und verrate dem Arzt einige der schockierenden Dinge, die du in den letzten Wochen getrieben hast. Es ist unsere letzte Gelegenheit in diesem Jahr. Es soll ein wunderschöner Altweibersommertag werden, und du kommst mit. Ich will dich auf französischem Boden vögeln. Erfinde eine Ausrede. Ich hole dich morgens um sechs in deinem Londoner Haus ab.«

»Ich glaube, das ist unmö…«

Die Leitung war tot.

»Edward, es tut mir so leid. Ich habe morgen eine dringende zusätzliche Sprechstunde. Am Vormittag. Einer der anderen Ärzte ist krank. Ich fürchte, das heißt, dass ich heute Abend schon nach London muss.«

»Gut. Mach dir keine Sorgen um uns.«

Sie fragte sich, weshalb sie es ihm überhaupt erzählt hatte, und ging, um Janet zu warnen.

Als Nächstes begab sie sich ins Postamt und tätigte noch einen Anruf, in dem sie Mrs Jennings, der Sekretärin der Klinik, mitteilte, bei ihr zu Hause sei eine Krise ausgebrochen, weshalb sie die morgige Sprechstunde würde ausfallen lassen müssen.

»Kein Problem, Dr. Tallow. Es sieht ohnehin nach einem ruhigen Tag aus. Hoffentlich lösen sich Ihre Probleme bald.«

»Danke. Dann also bis Donnerstag.«

Sie konnte kaum fassen, wie verantwortungslos und verderbt sie sich verhielt. Janet teilte sie mit, sie werde William von der Schule abholen, und verbrachte dann den restlichen Nachmittag bis zur Essenszeit mit Dingen, die sie am meisten verabscheute, um ihr Gewissen zu beruhigen. Sie stand im Tor, während William im Garten seinen Fußball auf sie abschoss, und las Delia fast eine halbe Stunde lang ihr liebstes Bilderbuch vor. Als die Kinder aßen, räumte sie sämtliche Küchenschubladen auf und trennte geduldig Bindfadenenden von Schaschlikspießchen und alte Geburtstagskerzen von Schuhputzlappen. Dabei beobachtete sie sich erstaunt und dachte, dass sie eine schwerreiche Frau war, die es nicht nötig hatte, sich mit so etwas zu befassen. Allerdings außerdem eine sehr sündige, weshalb diese Beschäftigung nicht annähernd genug Strafe war.

Ada war unterwegs, um Stephanie von der Schule abzuholen und sie zu einer Feier zu bringen.

Die Nanny genoss gerade Ruhe und Frieden, als in der Vorhalle das Telefon läutete. Es war Edwina Moreton.

»Oh, Nanny, ich brauche Ihre Hilfe. Haben Sie einen Moment Zeit? Bevor Mrs Harrington, nun, krank wurde, hat sie Karten für meine Modenschau verkauft. Das hat sie Ihnen sicher erzählt.«

Das hatte Mrs Harrington natürlich nicht, was die Nanny auch erklärte.

»Wie seltsam. Jedenfalls brauche ich einige Informationen. Es ist sehr wichtig. Ich muss wissen, wie viele Karten sie verkauft hat. Sicher hat sie irgendwo eine Liste, vermutlich in ihrem Schreibtisch. Könnten Sie bitte für mich nachschauen und mich zurückrufen? Was? Nein, ich bin bei *Style*, Ihnen ist sicher bekannt, dass ich inzwischen dort arbeite. Könnten Sie sich die Nummer notieren? Sie lautet Regent 444. Haben Sie das? Fragen Sie einfach nach mir. Danke, Nanny.«

Die Nanny ging ins Morgenzimmer und fing an, in Mrs Harringtons Schreibtisch zu kramen. Wie erwartet, war alles ordentlich aufgeräumt. Die Akten trugen die Aufschrift *Schulen*, *Ballettunterricht*, *Tennisstunden* und *Dinnerpartys*. Doch es war nichts zu entdecken, was im Zusammenhang mit einer Modenschau stand. Sie seufzte auf. Mrs Moreton würde sehr ungehalten sein. Vielleicht war die Liste ja anderswo.

Sie ging in Mrs Harringtons Zimmer. In der Ecke stand ein kleiner Sekretär, in dem sich vielleicht etwas finden lassen würde. Aber dieser wurde offenbar als Nähkasten genutzt. Jede Schublade war fein säuberlich mit Garnen, Stoffresten, Nadeln, Stecknadeln und Litzen gefüllt. Kein Stück Papier in Sicht.

Draußen auf dem Treppenabsatz traf sie Susan mit einer Blumenvase.

»Ach hallo, Nanny. Alles in Ordnung?«

»Nun, Mrs Moreton hat mich wegen einer Modenschau angerufen, die sie veranstaltet. Anscheinend ist eine Liste verschwunden, auf der steht, wie viele Karten Mrs Harrington verkauft hat. Im Schreibtisch ist sie nicht, da habe ich schon gesucht. Könnte sie sonst noch irgendwo Papiere aufbewahren?«

»Manchmal benutzt sie den kleinen Schreibtisch mit Rolldeckel im Gästezimmer, wo Mrs Forbes schläft. Sie könnten es dort versuchen. Ich bin sicher, dass Mrs Forbes momentan nicht zu Hause ist.«

»Gute Idee. Danke, Susan. Ich schaue nach.«

Sie klopfte an Adas Tür, um sich zu vergewissern, dass diese wirklich nicht da war, und trat ein. Der kleine Schreibtisch war offen. Ada benutzte ihn eindeutig auch. Offenbar war sie bei Weitem nicht so ordnungsliebend wie ihre Tochter. Überall lagen Papiere und Kuverts herum, aus denen der Inhalt quoll. Rechnungen vom Sanatorium und der Schule der Mädchen und außerdem ein Berg unbeantworteter Post. Die Nanny schob alles beiseite und spähte in die Fächer.

Schon viel besser: Unmengen von Briefen in Mrs Harringtons Handschrift und welche von Freunden, alles in alphabetischer Reihenfolge sortiert. Nichts wies auf eine Modenschau hin, aber es gab ja auch noch die Schubladen. In der obersten befanden sich ein kleines Haushaltsbuch und einige Kontoauszüge und, ja, eine Akte mit der Aufschrift *Modenschau*. Sie holte den Inhalt heraus. Es war alles vorhanden. Eine Liste von Personen, die sie angesprochen hatte, die Namen derer, die eine Karte erworben hatten, mit einem Häkchen versehen. Eine zweite Liste trug die Überschrift *VIPs*, ebenfalls mit Häkchen. Mrs Moreton würde sehr zufrieden sein. Als sie die Schublade vorsichtig schloss, geriet einer von Adas Papierstapeln ins Rutschen und purzelte zu Boden.

»Verdammt«, schimpfte die Nanny und bückte sich danach. Natürlich versuchte sie, die Briefe nicht zu lesen, aber sie war machtlos dagegen. Einige stammten von Mr Forbes, begannen mit »Meine liebste Ada« und schilderten seinen Aufenthalt in New York, ziemlich langweilige Berichte, er schien den Großteil der Zeit allein zu verbringen. Die restlichen Briefe waren hauptsächlich von Mrs Forbes' Freundinnen und lobten sie, weil sie sich solche Mühe gab, im Haus für Ordnung zu sorgen. Na ja, nach Ansicht der Nanny sorgte sie eher für Unordnung. Das war es eigentlich. Nein, da war noch ein Brief. Die Nanny zog ihn unter dem Bein des Schreibtischs hervor.

Sie erkannte den Namen im Briefkopf. Es war der des Architekten, mit dem Mr Harrington zusammengearbeitet hatte. Er hatte einige Male angerufen. Dominic Foster. Warum, um alles in der Welt, schrieb er an Mrs Forbes? Im nächsten Moment bemerkte sie, dass der Brief nicht an Mrs Forbes gerichtet war, sondern an Cecily.

Liebe Mrs Harrington,
ich war sehr verzweifelt, als ich von Benedicts Tod erfuhr. Natürlich bin ich in dieser traurigen Zeit mit meinen Gedanken bei Ihnen.
Ich würde Sie sehr gerne aufsuchen. Mir ist klar, dass Ihnen das vermutlich nicht willkommen ist, aber da gibt es etwas im Zusammenhang mit Benedict und der Zeit vor seinem Tod, über das ich mit Ihnen sprechen möchte. Ich weiß, wie schmerzlich das für Sie sein muss, doch ich glaube, es könnte auf lange Sicht hilfreich für Sie sein. Falls Sie es also über sich bringen, mich zu empfangen, wäre ich Ihnen äußerst dankbar.
Mit freundlichen Grüßen
Dominic Foster

»Der arme Mann«, sagte die Nanny. »So ein reizender Brief.« Sie legte ihn sorgfältig zurück, wobei sie sich fragte, ob Mrs Harrington mit dem Mann gesprochen hatte. Dann ging sie nach unten, um Mrs Moreton mitzuteilen, sie habe das Gesuchte gefunden.

Inzwischen hatte sie beinahe genügend Tabletten beisammen, dachte Cecily: zehn Stück. Um auf Nummer sicher zu gehen, würde sie zwölf nehmen, damit ja keine Möglichkeit bestand, sie wiederzubeleben. Nein, sie sollten es nicht einmal versuchen. Dem Mädchen mit der Überdosis hatten sie den Magen ausgepumpt. Cecily hatte belauscht, wie die Schwestern es schilderten. Es klang abscheulich, sogar noch schlimmer als die Zwangsernährung. Aber wenn sie zur Schlafenszeit die zwölf Tabletten plus ihrer üblichen drei schluckte und bis zum Morgen niemand nach ihr sah, würde es viel zu spät sein. Zwecklos, ihr den Magen auszupumpen, denn bis dahin war sie tot. Tot und in Sicherheit.

Cassia aß mit der Familie zu Abend, zwang Eintopf und Pudding in sich hinein, entlockte einem einsilbigen Edward Einzelheiten seines Tages, hörte zu, wie Fanny ein Gedicht von Edward Lear aufsagte, das sie und Janet heute gelesen hatten. Nachdem sie William zu Bett gebracht und Edward seinen Kaffee serviert hatte, küsste sie alle zum Abschied und sagte, es täte ihr leid, dass sie schon heute Abend fahren müsse. Doch sie müsse morgen früh anfangen, und wegen des dichten Berufsverkehrs würde es unmöglich sein, pünktlich anzukommen. Wenigstens das stimmte, dachte sie.

Nur noch vier Tage, dachte Bertie und versteckte seinen Kopf unter dem Kissen. Nicht dass das noch nötig gewesen wäre, denn inzwischen hatten die Tränen einer erschöpften und matten Schicksalsergebenheit Platz gemacht. Bald würde er über die Ferien nach Hause fahren können. Zu seiner Mutter, zu William, in eine liebevolle Umgebung, zu seinem Vater, zu Geborgenheit, Wärme, zu Tellern, die er nicht leer essen musste, und einem Bett, wo er in Ruhe schlafen konnte. Nach Hause zu Buffy, zu Peggy, in die Freiheit. Nach Hause. Lächelnd schlief er ein.

Mitten in der Nacht wurde er von einem heftigen Juckreiz am Bauch geweckt. Er kratzte sich, schleuderte die Decke weg, weil ihm zu warm war, und schlief wieder ein. Als es läutete, wurde er wieder wach. Er schwitzte, und es juckte ihn am ganzen Körper. Er taumelte ins Bad und kratzte sich weiter. Ihm war schwindelig, als er in den Spiegel sah.

»Windpocken. Ich fürchte, du hast die Windpocken«, verkündete die Krankenschwester mit Nachdruck. »Komm mit auf die Krankenstation. Pech, aber so kannst du nicht nach Hause fahren. Doch mach dir nichts draus. Es hat noch ein paar andere erwischt, du bist also nicht allein. Und jetzt komm. Ein großer Junge weint doch nicht.«

Cassia erwartete Harry auf der Türschwelle. Sie trug eine beige Gabardinejacke, eine Reithose mit hohen braunen Stiefeln, eine cremefarbene Seidenbluse und seine Perlen.

»Du bist wunderschön«, sagte Harry, knallte die Autotür zu, stieg neben ihr ein, ließ den Motor aufheulen und hupte eine vorbeihuschende Katze an. Gott sei Dank war es noch dunkel, dachte sie, lehnte sich in ihrem Sitz zurück und genoss die Fahrt.

Sein Flugzeug parkte auf einem kleinen Flugplatz in Heston an der Bath Road im Westen von London. Als sie darauf zuschlenderte, fiel ihr auf, wie winzig es war. Sie spürte seinen Arm schwer auf ihrer Schulter und fühlte sich plötzlich wie eine Figur in einem Film, die sich beim nächsten Szenenwechsel an einem Strand oder in einem Nachtclub wiederfinden würde.

In der Kabine nahm sie auf dem Passagiersitz Platz und schnallte sich an. Harry setzte sich neben sie, begann, die Instrumente zu testen, und rief dem Mechaniker draußen etwas zu. Dann schaltete er das Triebwerk ein. Das Flugzeug füllte sich mit Lärm und rollte langsam über das Gras. Kurz wurde sie von Angst ergriffen und dachte, wie verantwortungslos sie sich verhielt und nicht nur sich selbst, sondern auch ihre

Familie in Gefahr brachte. Doch als das Flugzeug sich in die Luft erhob, empfand sie nur noch Aufregung und ein Gefühl berauschender Freiheit. Es war wie ein Wunder, einfach so in den blauen Himmel aufzusteigen, während der Boden unter ihr zurückwich und sich Bäume, Häuser und Straßen in Spielzeuge verwandelten. Gebannt betrachtete sie sie und fühlte sich gleichzeitig schwindelig und geborgen.

»Es ist wundervoll.« Sie lächelte Harry an. »Ich fasse es nicht.«

»Ein Traum, oder? Hier oben ist man so frei.«

Als sie ihm sagte, dass sie sich recht langsam zu bewegen schienen, lachte er.

»So langsam nun auch wieder nicht. Es schafft mühelos hundertsechzig Sachen.«

An der Küste angekommen betrachtete sie die winzigen Klippen und Schiffe und das Meer, das noch blauer war als der Himmel. »Ich bin begeistert«, sagte sie seufzend.

Harry griff nach ihrer Hand und küsste sie. »Das freut mich. Anderenfalls hätte ich dir vielleicht den Laufpass geben müssen.«

»Harry, schau nach vorn«, warnte sie, da sie nur den Straßenverkehr und dessen Gefahren kannte. »Wir könnten mit etwas zusammenstoßen.«

»Womit denn?« Er lachte. »Höchstens mit einer verirrten Möwe. Hier oben herrscht kein Betrieb. Wir sind ganz allein. Das macht auch einen großen Teil des Charmes aus.«

Die französische Küste näherte sich mit erstaunlicher Geschwindigkeit. Die langen, geraden Strände der Normandie. Die üppig grünen Wiesen von Nordfrankreich, wo Spielzeugkühe weideten. Sie flogen weiter die Küste entlang und in den strahlenden Tag hinein. »Das da ist Le Touquet«, sagte Harry plötzlich. »Hübsch, oder?«

Es war wirklich sehr hübsch: ein riesiger, idyllischer Strand, gewaltige, nahezu perfekt grüne Golfplätze und hohe Pinien.

»Man nennt es auch Le Touquet Paris Plage«, erklärte Harry. »Es ist nämlich so chic, dass halb Paris hier am Strand liegt. Und halb London auch.«

Sie flogen über eine breite Flussmündung. Die Maschine kippte zur Seite und richtete sich wieder aus. Plötzlich kam das Gras des Flugplatzes ihnen entgegen, und im nächsten Moment waren sie am Boden.

»Willkommen in Frankreich«, sagte er. »Hoffentlich genießt du deinen Aufenthalt.«

»Ganz bestimmt.« Sie lächelte.

Sie wurden von einem Wagen mit englischem Fahrer erwartet. »Guten Morgen, Mr Moreton. Angenehmer Flug?«

»Wunderbar.«

»Wohin, Sir?«

»Ins Links Hotel.«

In der Suite im Links, die offenbar nur für ihn reserviert war, bestellte er Kaffee, Orangensaft und Champagner und ließ eine Wanne einlaufen. »Es fühlt sich an, als ob es schon Abend wäre. Oder der Anfang eines anderen Tages. Zieh diese hübschen Sachen aus und leiste mir Gesellschaft.«

»Schön, dass sie dir gefallen. Sie schienen zum Anlass zu passen.«

»Sehr. Wie Amy Johnson. Obwohl es mir im Moment lieber wäre, wenn sie über einem Stuhl hingen.«

Mit dem Rücken zu ihm, setzte sie sich in die Wanne. Er schlang die Arme um sie, umfasste ihre Brüste und begann, ihre Schultern und ihren Nacken zu küssen. Sie küsste seine Arme und seine Hände.

»Ich liebe dich«, sagte sie.

»Ich dich auch.«

Er hob sie im Wasser ein Stück an und setzte sie auf sich. Sie spürte, wie er in sie eindrang und sie sich fest um ihn schloss.

»Du bist so schön«, stöhnte er und begann, sich langsam und träge zu bewegen. Sie passte sich, anfangs fast zögernd, seinem Rhythmus an und wurde immer heftiger. Rückwärts an ihn gelehnt, breitete sie weit die Arme aus und wandte das Gesicht zur Decke. Inzwischen stieß er heftiger und drängender in sie hinein. Tief in ihr bauten sich, wie im Wasser um sie herum, Kreise auf, die in ihr hochstiegen. Sie spannte die Muskeln an, hielt still und kam dann plötzlich in heißen Wellen der Lust. Als er ebenfalls kam, schrie sie wieder und wieder, dass sie ihn liebte.

»Nun«, sagte er, während er ihr mit der einen Hand ein Glas Orangensaft und mit der anderen eines mit Champagner reichte. »Das erste Ziel des Tages wäre erreicht.«

»Ein Bad zu nehmen?« Sie schmunzelte.

»Nein. Ich sagte doch, dass ich dich auf französischem Boden vögeln wollte.«

»Es war nicht auf dem Boden, sondern im Wasser.«

»Du schockierst mich.« Er leerte sein Champagnerglas und schenkte nach. »Eine kleine Pedantin, die alles wörtlich nimmt. Ich weiß nicht, wie ich es den Rest meines Lebens mit so einer Person aushalten soll.«

Sie zuckte die Achseln. »Wie es dir Spaß macht.«

»Genau das tue ich ja.« Er beugte sich vor und küsste sie. »Ich habe Spaß und finde Befriedigung.«

»Und verschaffst mir welche.«

»Natürlich. Das gehört ja zum Spaß. Du hattest nicht genug davon. Das heißt, im breitesten Sinne, nicht nur sexuell. Ich beabsichtige, dich noch viel öfter zu sehen.«

»Das wäre wirklich sehr nett.«

»Sicher mehr als nur nett. Du musst wirklich deinen Wortschatz erweitern, Cassia. Jetzt wirfst du mir bestimmt gleich vor, ich sei arrogant«, fügte er lachend hinzu. »Ich schlage dir vor, dass du auch dafür einen neuen Begriff findest. Sobald wir wieder in London sind, kaufe ich dir ein Synonymwörterbuch und zwinge dich, pro Tag zehn neue Wörter zu lernen. Schau nicht so verärgert, das war nur ein Scherz. Du bist absolut perfekt. Nun, zumindest beinahe.«

Der Brief von Dominic Foster bereitete der Nanny Magendrücken. Obwohl sie wusste, dass es sie nichts anging, fühlte sie sich verantwortlich, weil sie ihn gelesen hatte. Und falls Mrs Harrington tatsächlich so krank war, wie Mrs Forbes es darstellte, wäre es falsch gewesen, sich nicht zu vergewissern, ob Mr Foster die Möglichkeit gehabt hatte, mit ihr zu sprechen. Tapfer, denn sie wusste sehr wohl, dass sie damit Mrs Forbes' berechtigten Zorn auf sich ziehen würde, schnitt sie das Thema am frühen Morgen des nächsten Tages an.

»Mrs Forbes, könnte ich kurz mit Ihnen reden?«

»Was ist, Nanny?«

»Hoffentlich denken Sie nicht, dass ich mich einmische, und ich entschuldige mich, falls ich damit gegen die Regeln verstoßen habe, aber ich habe gestern etwas gesucht, das Mrs Harrington gehört. Es hat mit Mrs Moretons Modenschau zu tun.«

»Ach ja?« Mrs Forbes' Miene verfinsterte sich. Der Nanny war bekannt, dass sie Edwina Moreton nicht leiden konnte. »Und haben Sie es gefunden?«

»Ja, habe ich. Allerdings musste ich dazu im Schreibtisch im Gästezimmer nachsehen. Hoffentlich stört es Sie nicht. Es war Susans Vorschlag …«

»Nun, das war ziemlich unverschämt von Ihnen. Viele der Briefe dort sind privat. Ich muss mich doch sehr über Sie wundern, Nanny.«

»Verzeihung, Mrs Forbes, aber Mrs Moreton war in großer Eile und …«

»Mrs Moreton ist stets in Eile, eine sehr unangenehme Charaktereigenschaft. Fahren Sie fort.«

»Ich habe die Akte gefunden. Allerdings bin ich dabei auf einen Brief an Mrs Harrington gestoßen. Von Mr Foster.« Ach herrje, da schien sich eine Katastrophe anzubahnen. Mrs Forbes war puterrot angelaufen, und ein harter Blick war in ihre gefährlich funkelnden Augen getreten. »Er klang, als könne er Mrs Harrington vielleicht helfen. Damit es ihr besser geht. Und ich dachte, weil sie so krank ist, könnte doch alles …« Ihre Stimme erstarb.

»Nanny, ich muss Ihnen sagen, dass mich Ihr Verhalten äußerst schockiert. Sie haben sich etwas erlaubt, das einer Person in Ihrer Stellung keinesfalls zusteht. Es war ein Fehler von Ihnen, in meinem Schreibtisch herumzuwühlen, und ein noch größerer Fehler war es, meine private Korrespondenz zu lesen.«

»Es tut mir wirklich sehr leid, Mrs Forbes. Aber …« Die Empörung verlieh ihr neuen Mut. Es war weder Mrs Forbes' Schreibtisch noch ihre private Korrespondenz. Weit gefehlt. »Aber unter den gegebenen Umständen erschien der Brief mir zu wichtig, um ihn zu ignorieren. Hat Mr Foster Mrs Harrington aufgesucht? Denn ich denke …«

»Wie ich bereits sagte, interessiert es mich nicht im Geringsten, was Sie denken, Nanny. Ich bin sehr überrascht und enttäuscht von Ihnen. Sobald meine Tochter sich besser fühlt, werde ich es als meine Pflicht betrachten, sie von dem Schreiben in Kenntnis zu setzen. Doch wenn Sie schon fragen: Ich habe Mr Foster mitgeteilt, es käme nicht infrage, dass er meine Tochter derzeit spricht, denn sie ist zu schwer krank. Natürlich hat er meine Entscheidung sofort akzeptiert. Jetzt sollten Sie besser in die Kinderzimmer gehen und sich auf Ihre Aufgaben beschränken. Und das gilt auch in Zukunft.«

»Ja, Mrs Forbes. Es tut mir leid.«

Mit gerötetem Gesicht und den Tränen nah hastete die Nanny hinaus. In ihren zehn Jahren bei den Harringtons und in den zwanzig, die sie nun schon für die Familie tätig war, hatte noch nie jemand in diesem Ton mit ihr gesprochen. Ja, sie hatte sich zu viel herausgenommen – dessen war sie sich bewusst, und sie hatte sich auch ausführlich dafür entschuldigt –, doch der Ernst der Lage rechtfertigte es ebenso wie ihre tiefe Zuneigung zu Mrs Harrington. Und deshalb hatte sie nicht vor, das Handtuch zu werfen.

Je länger sie an die arme Mrs Harrington dachte, die im Sanatorium lag und sich den Qualen einer Elektroschocktherapie würde unterziehen müssen, desto mehr wuchsen ihr Zorn und ihre Entschlossenheit, etwas zu unternehmen. Aber was? An wen konnte sie sich wenden? Natürlich konnte sie Dominic Foster selbst anrufen, aber der würde sich gewiss nicht gegen Ada Forbes' Entscheidung stellen. Oder vielleicht doch? Womöglich würde sie die Angelegenheit dadurch noch verschlimmern.

Im nächsten Moment fiel ihr Edwina Moreton ein. Sie war eine vernünftige Frau und immerhin mit Mrs Harrington verschwägert. Ihr würde es wichtig sein zu helfen. Ja, das war eine gute Idee. Sie würde Mrs Moreton in der Redaktion anrufen und mit ihr reden, sobald Mrs Forbes zu Ende gefrühstückt hatte und sich zu ihrer täglichen halbstündigen Sitzung auf die Toilette zurückzog.

Doch Mrs Moreton war weder zu Hause noch in der Redaktion. Sie sei den ganzen Tag unterwegs, verkündete die

Sekretärin in der Moderedaktion in blasiertem Ton. Ein Fototermin. »Falls sie zurückkommt, was höchst unwahrscheinlich ist, bitte ich sie, Sie zurückzurufen.«

»Danke.«

Die Nanny seufzte auf. Nun konnte sie nichts anderes tun, als mindestens bis zum Abend zu warten. Kurz überlegte sie, ob sie Mr Moreton anrufen sollte, doch sie fürchtete sich zu sehr vor ihm, um es ernsthaft in Erwägung zu ziehen. Ein Tag mehr oder weniger spielte sicherlich keine Rolle.

Hand in Hand und beinahe wortlos schlenderten Harry und Cassia die breite Promenade von Le Touquet entlang. Es war ein prachtvoller Tag, strahlender Sonnenschein und ein blauer Himmel, und allmählich kam eine Brise auf. Die Luft war berauschend frisch.

»Es ist traumhaft«, sagte sie. »Ich fühle mich …«

»Wie fühlst du dich?«

»So absolut glücklich.«

»Sehr gut«, erwiderte er knapp. »Genau das wollte ich erreichen.«

Später aßen sie in einer der kleinen Gassen des Städtchens zu Mittag. Cassia fror ein wenig, doch das kleine, dämmrige Restaurant, in dem es verführerisch nach Essen roch, war wundervoll gemütlich.

»Ich habe mich in einen schrecklich verdorbenen Menschen verwandelt«, seufzte sie plötzlich, griff über den Tisch hinweg nach seiner Hand und streichelte sie.

»Wirklich? In welcher Hinsicht?«

»Ach, egoistisch, verlogen, verantwortungslos, alles Dinge, die ich aus tiefstem Herzen ablehne.«

»Und was hat diese Veränderung ausgelöst? Hoffentlich schiebst du nicht mir die Schuld in die Schuhe.«

»Nein, natürlich nicht. Das hier ist nur der Ausdruck davon. Der Verderbtheit. Nein, es war das Geld. Ich fürchte, es hat Entsetzliches mit mir angestellt.«

»Unsinn. Das Geld hat nur eines bei dir bewirkt. Es hat dir ein wenig Mut verliehen. Den Mut, du selbst zu sein. Ich freue mich über dein Geld.«

»Das glaube ich dir gern.« Sie betrachtete ihn nachdenklich und war dankbar dafür, dass sie von dem vielen Wein leicht beschwipst war und es sich deshalb gestatten konnte, diesen Überlegungen nachzuhängen. »Willst du damit andeuten, dass ich schon immer verdorben, verlogen und egoistisch war?«

»Ich finde« – er hob ihre Hand an die Lippen und küsste sie –, »dass du weder ganz und gar verdorben noch ganz und gar gut bist, nur interessant. Ausgesprochen interessant. Und diese interessante Frau wurde unterdrückt und behindert. Und nun tritt sie auf wundervolle Weise in Erscheinung. Wie klingt das?«

»Nicht sehr überzeugend.« Sie lachte auf. »Aber ich bin zu betrunken, um mich mit dir zu streiten.«

»Mit mir zu streiten ist nie eine gute Idee, ob betrunken oder nüchtern. Ich gewinne nämlich immer.« Er winkte den Kellner heran und bat um die Rechnung. »Und jetzt musst du mich entschuldigen. Meine geschäftliche Besprechung. Ist das in Ordnung? Bummle doch durch die Läden, sie sind ausgezeichnet. Die besten sind in der Rue de Paris. Wir treffen uns um vier im Hotel. Nimm ein Taxi. Dann können wir noch Tee trinken, bevor wir zurückfliegen.«

»Ich will nicht zurück. Wirklich nicht.«

»Das liegt daran, dass du nicht vernünftig bist und mit mir zusammenleben willst. Ich habe nicht das geringste Mitleid mit dir.« Er küsste sie über den Tisch hinweg. »Auf Wiedersehen. Bis später.«

Cassia verließ das Restaurant und entdeckte die Rue de Paris, wo die Läden wirklich ein Traum waren. Sie kaufte sich einen Seidenpullover und einen weißen Seidenschal für Harry und schlenderte in Richtung Promenade, um noch mehr Meeresluft zu schnuppern und sie in tiefen Zügen einzuatmen, bis sie ein Teil von ihr und von diesem fantastischen Tag wurde.

Sie kehrte auf eine heiße Schokolade in einem Café ein und schlug den Reiseführer auf, den sie aus dem Hotel mitgenommen hatte. Und da las sie ein Kapitel über das Casino, ein ausgezeichnetes Casino (stand da), und konnte der Versuchung nicht widerstehen. Das Casino du Palais, eines von Leonoras früheren Stammlokalen.

Sie verließ das Café und hielt ein Taxi an.

Eigentlich hatte sie nicht beabsichtigt hineinzugehen. Sie hatte es nur ansehen, die Pracht bewundern und sich Leonora, ihre Freunde und Rollo Gresham dort ausmalen wollen. Dennoch trat sie ein, verharrte ein wenig verunsichert in der Vorhalle und schaute sich um.

Ein Mann, offensichtlich der Portier, kam kopfschüttelnd auf sie zu.

»*Madame, je regrette, c'est fermé.*«

»Ach, kein Problem. Sprechen Sie Englisch?«

»Ein bisschen.«

»Vielleicht erinnern Sie sich ja an meine Patin Leonora Beatty. Ich glaube, sie war häufig hier.«

»Ah, Lady Beatty. Eine wunderschöne und reizende Dame. Sehr traurig. Ich war bestürzt, als ich von ihrem Tod erfuhr. Ja, früher war sie mit vielen Leuten hier. Mit Monsieur Gresham und ihren Freunden. Sie war stets nett zu mir und hat sich nach meinem Befinden erkundigt.«

»Sie war nett zu allen Leuten«, erwiderte Cassia ernst. So

offen über Leonora zu sprechen wühlte sie nach diesem emotionsgeladenen Tag auf, und ihr stiegen zu ihrer Überraschung Tränen in die Augen. Sie lächelte den Mann an. »Kommen ihre Freunde noch her, Mr Gresham vielleicht?«

»Einige ihrer Freunde ja, aber nicht Mr Gresham. Wir haben ihn schon seit einer Weile nicht gesehen.«

»Ach wirklich? Was mag wohl der Grund sein?«

»Das kann ich beim besten Willen nicht sagen, Madam.« Plötzlich wirkte er verlegen, so als sei ihm die Sache ein wenig peinlich.

Neugierig hakte sie weiter nach. »Gibt es da ein Problem? Steckt er in Schwierigkeiten?«

»Madame, das müssen Sie die Freunde von Lady Beatty fragen. Möglicherweise können sie Ihnen antworten.«

»Leider kenne ich diese Freunde nicht«, erwiderte Cassia. »Deshalb würde ich mich freuen, wenn Sie mir sagen könnten, was Sie wissen. Ist Mr Gresham krank?«

Ein anderer Mann im Cutaway und offensichtlich in übergeordneter Stellung erschien durch eine Tür in der Vorhalle. Der Portier warf ihm einen erleichterten Blick zu. »*Est-ce qu'il y a un problème, Henri?*«

Der Portier redete in schnellem Französisch auf ihn ein und sah dabei immer wieder Cassia an. Sie verstand die Namen Beatty und Gresham, und ihr wurde plötzlich flau im Magen. Zweifellos der viele Wein zum Mittagessen. Oder die Austern, auf denen Harry bestanden hatte. (»Obwohl du sicher kein Aphrodisiakum nötig hast.«)

Der zweite Mann näherte sich und musterte sie ziemlich kühl. »Guten Tag, Madame. Soweit mir bekannt ist, haben Sie sich nach Monsieur Gresham erkundigt?«

»Ja. Er war ein enger Freund meiner Patin Lady Beatty. Sicher wissen Sie, dass sie verstorben ist.«

»In der Tat. Mein aufrichtiges Beileid.«

»Danke. Von Mr Gresham habe ich seit einer Weile nichts gehört und mich gefragt, ob er noch hierherkommt.«

»Nein, Madame. Auch wir haben Mr Gresham seit einiger Zeit nicht gesehen.« Sie konnte seinen Unterton nicht deuten. Abweisend, ja beinahe feindselig.

»Oh, ich verstehe.« Sie wartete ab, doch er fügte nichts hinzu.

Wieder lächelte er sie kühl an. »Kann ich sonst noch etwas für Sie tun, Madame?«

»Ich hatte gehofft, Mr Gresham kontaktieren zu können. Ich habe ihm an die einzige Adresse geschrieben, die ich von ihm habe, allerdings keine Antwort erhalten. Deshalb dachte ich, dass Sie vielleicht …«

»Mr Greshams Aufenthaltsort ist mir unbekannt, Madame. Leider.« Erneut ein feindseliger Blick. »Ich würde vorschlagen, Sie sprechen mit seinen Freunden.«

»Das ist unmöglich«, erwiderte sie, wohl wissend, dass sie albern klang, was ihr jedoch herzlich gleichgültig war. »Ich kenne seine Freunde nicht.«

»Tja, ich fürchte, da kann ich Ihnen nicht helfen. Wenn Sie mich jetzt entschuldigen würden …« Er wollte sie offenbar loswerden und betrachtete sie als lästige Person, die vielleicht sogar peinlich werden würde.

»Ja natürlich. Ob ich Ihnen meine Karte hinterlassen könnte? Sie könnten sie an einen dieser … Freunde weitergeben. Bitten Sie sie, sich bei mir zu melden.« Sie reichte ihm ihre Visitenkarte.

Er nahm sie, studierte sie verächtlich und drehte sie in der Hand hin und her. »Selbstverständlich, Madame. Falls ich einen von ihnen sehe.«

»Danke.« Die Karte würde gewiss sofort im Papierkorb landen. Er verbeugte sich vor ihr. »Guten Tag, Madame.« Mit diesen Worten verschwand er wieder in seinem Büro.

Cassia bedankte sich beim Portier und wandte sich ab. Sie fühlte sich körperlich und geistig seltsam. Wieder wurde sie von Übelkeit und Schwindel ergriffen, sah sich nach einem Stuhl um, entdeckte einen neben der Tür, taumelte hin, setzte sich und steckte den Kopf zwischen die Knie.

Mit besorgter Miene hastete der Portier auf sie zu. »Was ist los, Madame? Kann ich etwas für Sie tun? Ein Glas Wasser? Ein Taxi?«

»Nein, nein, schon in Ordnung.« Vermutlich hatte sie dem armen Mann schon genug Schwierigkeiten gemacht. Wenn sie seine Dienste noch länger in Anspruch nahm, würde er ihretwegen gefeuert werden. »Nur ein Schwindelanfall. Alles wieder gut.«

»Darf ich Ihnen das Café am Ende der Straße empfehlen? Dort könnten Sie einen Kaffee und vielleicht einen Brandy trinken.«

»Ja, das tue ich. Danke.«

»Und Madame« – er zögerte –, »der Wirt kannte Mr Gresham gut. Möglicherweise kann er Ihnen etwas über ihn erzählen.«

»Oh, danke.« Sie lächelte ihn an. »Vielen Dank.«

Als sie im Café saß und abwechselnd an Eiswasser – warum bekam man in England kein Wasser mit Eiswürfeln? – und starkem Kaffee nippte, fühlte sie sich schon besser. Der Kellner erschien, um zu kassieren. »Ist der Inhaber da? Ich würde gern mit ihm sprechen, falls er Zeit hat«, fragte sie ihn.

»Einen Moment, Madame, ich schaue nach.«

Sie sprachen alle so gut Englisch, dachte sie. Doch das lag wahrscheinlich in ihrem Interesse. Die zahlreichen englischen Touristen gaben hier viel Geld aus. Inzwischen saßen einige elegante Frauen, Einkaufstüten zu ihren Füßen, an einem Ecktisch, tranken Cognac und unterhielten sich lautstark.

»Madame, Sie wollten mich sehen. Ich hoffe, es gab kein Problem.« Der Wirt war ein gedrungener, dicklicher Mann mit schwarzem Haar und dunklen Augen. In seiner Jugend hatte er sicher recht gut ausgesehen. Er lächelte sie an.

Sie erwiderte das Lächeln. »Nein, ganz und gar nicht. Aber der Mann im Casino meinte, Sie wüssten vielleicht etwas über einen Freund von mir. Nun, nicht unbedingt ein Freund. Ein Bekannter, den ich aus den Augen verloren habe.«

»Ja, Madame? Mag sein. Und wie lautet der Name dieses Bekannten?«

»Gresham. Mr Rollo Gresham.«

»Ah, Monsieur Gresham. Wir vermissen ihn. Er war ein sehr … fröhlicher Herr.«

»Das war er wirklich«, antwortete Cassia höflich und versuchte, Rollo Greshams polternde Art mit Fröhlichkeit in Einklang zu bringen. »Also kommt er nicht mehr her?«

»Nein, Madame, nicht mehr.«

»Kennen Sie möglicherweise den Grund?«

Wieder diese Verlegenheit. »Nun, Madame, er, tja, hatte einige Schwierigkeiten. Doch das wissen Sie bestimmt.«

»Nein«, sagte Cassia. Sie bekam unangenehmes Herzklopfen. »Nein, das wusste ich nicht. Was für Schwierigkeiten denn? Waren sie« – o Gott, das durfte sie nicht tun, es war lebensgefährlich – »finanzieller Natur?«

Er zögerte. »Verzeihen Sie, Madame, doch das geht mich eigentlich nichts an.«

»Bitte. Es ist sehr wichtig für mich. Lady Beatty hat ihre letzten Lebensjahre mit ihm verbracht.«

»Ah, Lady Beatty. So eine schöne Dame. So freundlich. Ich habe es wirklich bedauert zu hören, dass sie gestorben ist.«

»Ja danke. Aber sie ist in Paris gestorben, und ich habe es erst erfahren, als es zu spät war. Seitdem versuche ich herauszufinden, was aus Mr Gresham geworden ist. Falls er wirklich in Schwierigkeiten steckt, muss ich es wissen.«

Er musterte sie abschätzend, als wolle er ihre Beweggründe erraten. »Er hatte einige finanzielle Probleme, Madame«, sagte er plötzlich. »Ja, er hatte, wie heißt das, *il manque de l'argent*, o ja, Schulden. Überall. Viele Leute waren im Bilde. Also schadet es nichts, wenn ich es Ihnen erzähle.«

»Aha, ich verstehe. Und waren die Schulden hoch?«

Er lächelte. »Was meinen Sie mit hoch, Madame? Für mich wären es hundert Franc, für Sie vielleicht tausend, für Mr Gresham möglicherweise eine Million.«

»Eine Million? Er hatte eine Million Schulden?«

»*Non, non*, Madame, das habe ich nicht behauptet. Nur dass man, wenn man sehr reich ist, hohe Schulden haben kann. Ich kenne die genaue Summe nicht. Ich weiß nur, dass es ein Problem gab und dass wir ihn nicht mehr hier sehen.«

»Ich verstehe«, wiederholte Cassia. Es fiel ihr schwer, einen annähernd zusammenhängenden Satz herauszubringen. »Und erinnern Sie sich, wann Sie ihn zuletzt gesehen haben?«

»Oh, es ist noch nicht so lange her, Madame. Ein Jahr …« Er hielt inne.

Ein Jahr würde passen, dachte sie. Ein Jahr wäre genau richtig gewesen.

»Nicht länger. Es könnten auch zwei Jahre sein, *ah, le temps est disparu*. In dem Sommer, als Ihr Prinz, inzwischen Ihr König, in Biarritz war. Monsieur Gresham und Lady Beatty sind ihm dort begegnet. Ich weiß noch, dass Monsieur Gresham das uns gegenüber erwähnt hat.«

Ja, dachte Cassia, es wäre typisch für ihn gewesen, sich damit zu brüsten. Aber zwei Jahre? »Und seitdem haben Sie ihn nicht mehr getroffen?«

»Oh, ab und zu, Madame. Aber nicht so häufig wie früher.«

Auch dafür könnte es Erklärungen geben, sagte sich Cassia. Natürlich. Menschen gerieten vorübergehend in Schwierigkeiten und kamen wieder auf die Beine. Sie hatte eine Stimme im Ohr, die sie vor einem Jahr in Benedicts und Cecilys Villa in Frankreich gehört hatte. »Ist das da unten nicht Greshams Haus?«, hatte der Mann gefragt. »Er hat es mittlerweile verkauft«, hatte ein anderer geantwortet. Und das Haus in England, das in *Country Life* abgebildet war, stand ebenfalls zum Verkauf.

»Und Sie haben keine Ahnung, wo er jetzt ist?« Die Furcht ließ ihre Stimme lauter werden.

»Ich glaube, in Nordafrika, Madame. Das ist meine letzte Information.«

»Nordafrika? Du meine Güte, warum?«

»Für einen Mann, der Frankreich liebt, ist das gar nicht so sonderbar«, erwiderte er lächelnd. »Das Essen ist französisch, zumindest das meiste. In allen Städten wird Französisch gesprochen, und viele Franzosen reisen dorthin. Außerdem ist es sehr schön.«

»Aha. Aber Sie haben seine Adresse nicht?«

»Nein, Madame. Es tut mir sehr leid.«

»Könnten Sie seine alten Freunde bitten, sich bei mir zu melden, falls Sie sie sehen? Hier ist meine Karte, es stehen zwei Adressen darauf.«

Er verbeugte sich. »Danke, Madame, ich werde mein Bestes tun.« Allerdings hatte sie wieder den Eindruck, dass die Karte nicht weitergegeben und dass sie Rollo Gresham auf diese Weise nicht finden würde.

Warum wurde so ein Geheimnis daraus gemacht, wo er steckte? Sie seufzte auf. Der Wirt lächelte sie an. »Möchten Madame vielleicht noch einen Kaffee oder einen Brandy? Sie sehen ein wenig blass aus.«

»Ein Kaffee wäre nett, danke. Und vielen Dank für Ihre Hilfe.«

Lange Zeit saß sie da, starrte auf die Straße hinaus und versuchte, der Angelegenheit einen Sinn zu geben oder sich wenigstens davon zu überzeugen, dass das möglich war. Allerdings vergeblich.

Dominic Foster arbeitete gerade an den Plänen für ein neues Gebäude in der City of London, als Harry Moreton ihn am späten Nachmittag anrief. »Dominic, *bonjour*.«

»Du klingst ziemlich vergnügt. Aber die Verbindung ist schauderhaft, ich kann dich kaum verstehen.«

»Tut mir leid, dann schreie ich eben. Hättest du Interesse an einem Auftrag hier drüben? Ich möchte ein Stück die Küste hinauf ein zweites Hotel bauen.«

»Welche Küste? Wo bist du?«

»Le Touquet.«

»Herrje, Harry, kein Wunder, dass ich dich nicht hören kann. Am besten rufst du mich an, wenn du zurück bist. Natürlich lautet die Antwort in Kurzform Ja.«

»Gut. Heute Abend bin ich wieder da. *Au revoir*.«

Seufzend legte Dominic den Hörer auf. Es war lange her, dass er zuletzt vergnügt gewesen war.

»Du bist so still. Was ist los?«, fragte Harry.

»Ach nichts. Ehrlich.« Sie lächelte ihn an. Durch breite, von riesigen Villen gesäumte Straßen fuhren sie mit dem Auto zum Flugplatz. Inzwischen war es bewölkt und sah nach einem

Unwetter aus. Cassias Stimmung hatte sich wegen der Dinge, die sie an diesem Tag erfahren hatte, verändert.

»Cassia, wenn ich eines nicht leiden kann, ist es die Antwort, dass nichts im Argen liegt, obwohl das offenbar nicht stimmt. Insbesondere von einer Frau. Also, was gibt es?«

»Ich will einfach nicht zurück.« Einen weiteren Streit wegen ihrer Befürchtungen hätte sie nicht ertragen, und sie wollte sich ihnen auch nicht stellen.

»O mein Gott.« Er zog den Arm weg, den er um sie gelegt hatte, und rückte ein Stück von ihr ab.

»Was habe ich jetzt schon wieder getan?«

»Du hast mich angelogen.«

»Ich habe dich nicht angelogen. Ich will nicht zurück.«

»Oh doch. Aber das ist nicht das Problem. Jedenfalls nicht jetzt. Könnten wir das Thema bitte aus der Welt schaffen, oder soll ich mich mit meinen Akten beschäftigen? Ich habe nämlich keine Lust, hier zu sitzen und die Wahrheit aus dir herauszukitzeln.«

»Da bin ich sicher, und das ist auch überflüssig. Können wir nicht über das Wetter oder sonst etwas Harmloses reden?«

»Es ist ganz und gar nicht harmlos«, erwiderte er und spähte durchs Fenster hinauf in den Himmel. »Ein Unwetter zieht auf. Es könnte ein ungemütlicher Heimflug werden.«

»Das ist mir egal«, erwiderte sie, und es war ihr Ernst. Ein ungemütlicher Heimflug passte genau zu ihrer Stimmung.

Es war kurz vor fünf. Der Himmel war beeindruckend: sich zusammenballende schwarze Wolken, hier und da unterbrochen von Lichtstrahlen, ein roter und orangefarbener Schimmer und ab und zu ein Fleckchen klares Hellblau.

»Ein wenig stürmisch da oben, Mr Moreton«, meldete der Mechaniker und zog eine Treppe heran, damit Cassia ins Cockpit klettern konnte. »Der Flug wird wahrscheinlich aufregend.«

»Ausgezeichnet.« Harry nahm auf dem Pilotensitz Platz, schnallte sich an und warf Cassia einen Blick zu.

»Alles in Ordnung?«

»Ja natürlich.«

Sie rasten über den Flugplatz, starteten mühelos und schienen durch die tiefere Wolkenschicht in das Chaos hineinzugleiten, das über ihnen tobte. Dort oben war es wie in einer anderen Welt, in einer Landschaft, wie Cassia sie noch nie gesehen hatte. Begeistert klatschte sie in die Hände wie ein kleines Kind: gewaltige Klippen, Ozeane aus Wolken und graue und orangefarbene Wasserfälle, die sich in abwechselnd schwarze und weiße Meere ergossen. Es waren scheinbar unendliche Weiten. Man fühlte sich wie auf einer riesigen Straße, auf der man eher fuhr als flog. Die Route vor ihnen war so klar zu erkennen, als seien die Wolkenbänke Orientierungspunkte. Sie betrachtete Harry, der voll konzentriert die Kontrollhebel bediente, und dachte, dass sie diesen Gesichtsausdruck bei ihm bis jetzt nur im Bett erlebt hatte.

Als etwas gegen die Frontscheibe prasselte, zuckte sie zusammen.

»Hagel«, sagte er knapp.

Im nächsten Moment wurden sie von einem riesigen Lichtblitz eingehüllt, und ein gewaltiger Lärm umfing sie und schien sie zu verschlingen. Plötzlich sackten sie ab und sanken immer tiefer, sodass ihr der Schreck in sämtliche Glieder fuhr. Kurz umfasste Harry ihre Hand. »Alles in Ordnung. Nur ein Gewitter. Keine Angst.«

»Ich habe keine«, antwortete sie. Und als es erneut donnerte und sie weiter absackten, fürchtete sie sich wirklich nicht, sondern war nur aufgeregt und euphorisch und fühlte sich unbeschreiblich lebendig.

Und weiter flogen sie durch die tosenden Wolken, den

Lärm und das blendende Licht. Es war wie Sex, dachte sie, eine endlose Aneinanderreihung von Höhepunkten und Wellentälern, hinein in die Endlosigkeit und einen Wechsel aus grellem Licht, Schatten und einem noch helleren Strahlen. Mehr als einmal hörte sie sich aufschreien wie im Bett, so wild war diese ihr fremde Leidenschaft.

Und wie beim Sex war es irgendwann vorbei, als sie eine ruhigere, klarere und unbewegtere Zone erreichten. Nun konnte sie die Felder unter sich sehen. Die Farbe erschien ihr, nach dem Land, das sie hinter sich gelassen hatten, seltsam und fremd. Das Flugzeug setzte sanft und erstaunlich mühelos auf. Als es stand, blickten Harry und sie, beide ein wenig erschüttert von dem gemeinsamen Erlebnis, einander an. Sie lächelten, und wie vorhin nahm Harry ihre Hand, hob sie an die Lippen und küsste sie.

»O mein Gott, ich liebe dich«, sagte er.

KAPITEL 26

»Wo warst du, zum Teufel?«

»Das weißt du doch. Ich habe es dir gesagt. In Le Touquet.«

»Ich meine, heute Abend. Du hast versprochen, zum Abendessen zurück zu sein. Ich habe über anderthalb Stunden auf dich gewartet, da ich etwas mit dir bereden wollte.«

»Im Büro, um mit Matthew Hardacre zu sprechen. Genügt dir das, oder möchtest du ihn anrufen, um dich zu vergewissern?«

»Mach dich nicht lächerlich.«

»Du führst dich auf wie eine eifersüchtige Ehefrau.«

»Das schlägt dem Fass wohl den Boden aus. Ich finde es nur ärgerlich, deinetwegen das Abendessen zu verschieben, und dann tauchst du nicht auf.«

»Ich muss eine Firma leiten und kann mich nicht immer nach deinen häuslichen Arrangements richten. Ich bedaure. Und worüber wolltest du mit mir reden? Deine Modenschau? Deinen Job? Deine nächste Dinnerparty?«

»Nein«, antwortete Edwina. »Über Cecily.«

»Ach wirklich?«

»Ja. Cecilys Kindermädchen hat heute Abend angerufen. Sie hat versucht, Cassia zu erreichen, doch die war offenbar weder zu Hause noch in der Klinik.«

»Edwina, muss ich mich jetzt nicht nur wegen meines eigenen Aufenthaltsorts rechtfertigen, sondern auch wegen Cassias?«

»Nein, natürlich nicht. Die Sache ist, dass die Nanny sich Sorgen macht. Anscheinend hat sie einen Brief von Dominic Foster an Cecily gefunden, in dem er sie bat, sie aufsuchen zu dürfen, um über Benedict zu sprechen. Ihrer Ansicht nach ist es wichtig und könnte hilfreich für sie sein. Jedenfalls hat die Nanny die grässliche Ada gefragt, ob er bei Cecily gewesen sei, und die hat es verneint.«

»Das ist ja alles schrecklich interessant, Edwina, aber ich bin beschäftigt.«

»Harry, sei nicht so gleichgültig, verdammt.«

Einen Moment lang wirkte er zerknirscht. »Also, was erwartest du von mir?«, fragte er dann.

»Da Cecily so schwer krank ist und sich dieser entsetzlichen Behandlung unterziehen muss, sollten wir meiner Ansicht nach wenigstens herauskriegen, was Dominic ihr mitzuteilen hat. Es könnte ihr helfen.«

»Oh, ich weiß nicht.« Erschöpft strich er sein Haar zurück. Edwina fand, dass er ziemlich müde und geistesabwesend aussah. »Müssen wir uns wirklich einmischen?«

»Die Nanny hält es für wichtig. So sehr, dass die Arme sich deshalb sogar großen Ärger mit Ada eingebrockt hat. Es ist ein Zeichen ihrer Zuneigung zu Cecily, dass sie nicht aufgegeben hat. Und ich verstehe sie.«

Er musterte sie forschend. »Du machst dir ebenfalls Sorgen, oder?«

»Ja. Und wenn du nicht mit Dominic redest, erledige ich das.«

»In Ordnung. Ich muss ihn ohnehin wegen eines neuen Projekts in Le Touquet anrufen. Könntest du Bishop bitten, mir einen Brandy zu bringen? Ich bin in meinem Arbeitszimmer.«

Edwards Stimme am Telefon war kühl und höflich. »Ich habe versucht, dich in der Klinik zu erreichen, aber man hat mir mitgeteilt, du seist heute Nachmittag nicht da.«

»Nein«, antwortete sie rasch. »Ich war in einer anderen. Das habe ich dir doch gesagt. Ein Notfall.«

»Ach, du mit deiner komplizierten Planung. Ich fürchte, ich habe eine unerfreuliche Nachricht. Bertie hat die Windpocken.«

»Oh, nein! Der arme Kleine. In diesem Fall sollten wir ihn nach Hause holen.«

»Ich bin sicher, dass er ausgezeichnet gepflegt wird. Aber er wird in den Ferien nicht nach Hause kommen können.«

»Nicht nach Hause? Aber warum denn nicht, Edward? Es ist keine gefährliche Krankheit. Ich könnte mit dem Auto hinfahren …«

»Cassia, laut Schulregeln muss jeder mit einer ansteckenden Krankheit bis zum Ende der Quarantäne auf der Krankenstation bleiben. Dafür habe ich Verständnis. Aber wir dürfen ihn besuchen.«

»Oh, wie ausgesprochen gnädig.«

»Also habe ich der Oberschwester mitgeteilt, dass du anrufen und alle nötigen Verabredungen treffen würdest.«

»Du möchtest dich nicht darum kümmern?«

»Ich begleite dich, wenn ich kann. Das halte ich für das Beste.«

»Ja gut, Edward. Wahrscheinlich fahre ich morgen hin.«

»Du hast doch morgen sicherlich Sprechstunde.«

»Die kann ich absagen. Kein Problem. Bertie ist wichtiger.«

»Dein Beruf macht mich allmählich wirklich neugierig,

Cassia. Einmal ist die Sprechstunde so dringend, dass du schon am Vorabend losfahren musst, um pünktlich zu sein. Dann ist sie wieder so unbedeutend, dass sie sich kurzfristig absagen lässt.«

Cassia schwieg, denn sie wagte nicht, ausgerechnet in dieser Sache einen Streit vom Zaun zu brechen.

»Ich rufe dich an.«

»Gut. Wie war übrigens dein Tag?«

»Mein Tag? Ach in Ordnung. Ein bisschen anstrengend. Und deiner?«

»So wie immer. Eigentlich recht langweilig.«

»Edward, ich verstehe noch immer nicht, warum... Weißt du, ich würde gerne mit dir reden. Vielleicht auf dem Weg ins Internat?«

»Möglicherweise. Ich kann mir zwar nicht vorstellen, was es zwischen uns zu besprechen gäbe, aber wenn du willst, meinetwegen.«

Cassia rief im Internat an. Die Oberschwester meldete, Bertie fühle sich ziemlich elend, doch Mrs Tallow wisse als Frau eines Arztes sicher, dass Windpocken die am wenigsten gefährliche aller Kinderkrankheiten seien.

»Ich bin übrigens auch Ärztin, Schwester«, entfuhr es ihr, obwohl sie ihre eigene Kleinlichkeit erschreckte.

»Wirklich? Das war mir gar nicht bekannt.« Sie klang eher missbilligend als beeindruckt. »Tja, wie dem auch sei, Ihr Sohn möchte Sie sicher gern sehen. Er ist sehr aufgebracht, weil er über die Ferien nicht nach Hause darf.«

»Ja, darüber würde ich auch gerne mit Ihnen reden. Kann ich morgen kommen?«

»Das würde ausgezeichnet passen, Mrs Tallow. Am Nachmittag vielleicht?«

»Ja gut. Einen schönen Abend noch, Schwester. Bitte...«

Eigentlich hatte sie »Geben Sie Bertie einen Kuss von mir« sagen wollen, verkniff es sich aber, da sie befürchtete, dass man ihn für ein Muttersöhnchen halten würde. »Bitte richten Sie Bertie liebe Grüße aus. Ich bin morgen da.«

Rupert las den Artikel als Erster. Er hatte schlecht geschlafen, sich wegen der Premiere von *Briefe* zermürbt, die in nur einer Woche stattfinden sollte, war früh und mit Magengrimmen aufgewacht und hatte einen Spaziergang zum Embankment unternommen. Nun stand er auf der Albert Bridge. Der schöne Morgen an der Themse, aus der Nebel aufstieg, das dunstige Licht, die schweren Lastkähne auf dem Wasser, die hohen Gebäude, die das Ufer säumten, und die in der Sonne schimmernden Houses of Parliament hatten eine seltsam beruhigende Wirkung auf ihn.

Der Morgen war nicht nur sonnig, sondern auch kalt. Nach einer Weile kaufte er sich an einer Bude einen Becher Tee, entdeckte gleich daneben einen Zeitungskiosk, fragte nach der *Times* und bemerkte auf der Titelseite des *Sketch* eine Schlagzeile, die verkündete, man habe sich alle im West End aufgeführten Stücke, alt und neu, angesehen und einen Theaterführer zusammengestellt.

Also kaufte er auch den *Sketch*. Vielleicht wurde *Briefe* ja erwähnt. Sein Freund hatte ihm versprochen, den Artikel zu platzieren, wenn er konnte. Es war ihm geglückt.

»JUGENDLIEBE IN WEST-END-INSZENIERUNG VEREINT«, las Rupert. Die Schlagzeile prangte über verschwommenen Fotos des fraglichen Pärchens. Sein Entsetzen wuchs, als er den Bericht über Cassias Beteiligung an *Briefe* studierte, der andeutete, ihre Beziehung sei mindestens so leidenschaftlich und ehebrecherisch wie die zwischen Laurence Olivier und Vivien Leigh:

Rupert Cameron, Star der höchst originellen neuen Inszenierung *Briefe*, war bereits der wichtigste Mensch in Cassia Tallows Leben, als sie noch ein leicht zu beeindruckendes fünfzehnjähriges Schulmädchen war. Er war der beste Freund ihres Vaters, und sie sehnte seine Besuche in Leeds, ihrer Heimatstadt, herbei, um ihn auf der Bühne und, noch aufregender, anschließend in seiner Garderobe zu sehen. Wenn er in Leeds auftrat, übernachtete er in ihrem Elternhaus anstelle in von Schauspielern frequentierten Hotels. Er war eine Bereicherung des Familienlebens für ein junges Mädchen, das nachts auf ihn wartete, während der restliche Haushalt schlief, ihn mit heißer Schokolade bewirtete und seinen Schilderungen der abendlichen Vorstellung lauschte. Er war ihr Vertrauter und Mentor, ermutigte sie, Medizin zu studieren, und obwohl sie inzwischen verheiratet und Mutter kleiner Kinder ist, betrachtet sie Mr Cameron als ihren »allerbesten Freund«.

Vor Kurzem hat Mrs Tallow eine beträchtliche Summe Geldes geerbt, die es ihr ermöglicht hat, in *Briefe* zu investieren, das Stück, mit dem Rupert Cameron endlich seine Karriere im West End begründen will, etwas, das ihm bis zu Mrs Tallows Unterstützung verwehrt geblieben ist. Als wichtigste Investorin spielt sie eine bedeutende Rolle in der Produktion, ein ungewöhnliches Stück, das die enge Beziehung zweier Menschen nachzeichnet, die einander trotz Ehen mit anderen viele Jahre lang liebten und die Treue gehalten haben. Es könnte sich um Parallelen zum wahren Leben von Mrs Tallow und Mr Cameron handeln!

Als ich im Theater eintraf, saß Mrs Tallow im leeren Zuschauerraum und beobachtete gebannt den Auftritt ihres »besten Freundes«. Sie weigerte sich sogar, vor dem Ende der Szene mit mir zu sprechen. Anschließend teilte sie mir mit, es sei ihr größter Wunsch, dass das Stück erfolgreich und Mr Cameron ein Star werden würde.

»Es ist eine wundervolle Vorstellung, dass ich dazu beigetragen habe, das zu ermöglichen.«

Mrs Tallow, eine sehr attraktive junge Frau und früher eine umschwärmte Debütantin, lebt heute mit ihrer Familie auf dem Land und unterhält außerdem ein Haus in London, wo sie den Großteil der Woche verbringt. »So kann ich Rupert öfter sehen – und natürlich die Proben«, fügte sie mit einem fröhlichen Lachen hinzu. »Aber selbstverständlich sind wir nur gute Freunde, mehr nicht.«

Briefe hat in einer Woche im Second House am Embankment Premiere. Mrs Tallow wird natürlich am ersten Abend dabei sein, während mit ihrem Mann, der hart in seiner Landarztpraxis arbeitet, nicht zu rechnen ist.

»O mein Gott«, flüsterte Cassia und sah Rupert über den Küchentisch hinweg an. »Das ist ja entsetzlich. Wie, um alles in der Welt, konnte das passieren? Ich habe fast nichts gesagt.«

»Wirklich nicht?« Er war kreidebleich, zitterte und rauchte Kette, was er sonst nie tat. »Bist du sicher?«

»Rupert, du willst doch hoffentlich nicht andeuten, dass es meine Schuld ist.«

»Woher weiß er dann all diesen Mist? Dass wir beide allein im Haus waren, während alle anderen schliefen? Dass du ohne deinen Mann in London lebst? Und wo, zum Teufel, haben die das Foto her?«

»Keine Ahnung. Aus einer alten Ausgabe des *Tatler* wahrscheinlich. Ich war gerade erst achtzehn. Und vermutlich habe ich ihm diese Dinge erzählt. Sie waren doch so unwichtig und sollten lustig sein. Er hat alles verdreht und eine völlig andere Geschichte daraus zusammengebastelt. Wir können die doch verklagen, oder? Ich rufe einen Anwalt an. Man muss etwas dagegen unternehmen.«

»Wir können gar nichts unternehmen, Cassia. Hier steht nichts, was nicht stimmt und was du ihm nicht gesagt hast.«

»Es ist so unfair!« Cassia ging in der Küche auf und ab. »So entsetzlich unfair. Ich wollte nur helfen, und er hat mir versprochen, mich den Artikel vorher lesen zu lassen. Ich werde mich bei seinem Chefredakteur beschweren.«

»Cassia, das versprechen die einem immer. O Gott, ich hätte dich nie mit ihm sprechen lassen dürfen.«

»Mich lassen? Rupert, du hast mich darum gebeten, weil du gedacht hast, es würde hilfreich sein.«

»Ich weiß, ich weiß. Es tut mir leid.« Er raufte sich die Haare. »Was wird Edward denken?«

»Das weiß nur der liebe Gott. Oder was er tun wird. Und was …«

»Was wer?«

Beinahe wäre ihr »Harry« herausgerutscht, doch sie verkniff es sich gerade noch rechtzeitig. »Ach, Janet, das Dorf, die Kinder, alle unsere Freunde. Vielleicht lesen sie es ja nicht.«

»Die werden es lesen. Verlass dich drauf.«

»Cassia?« Es war Harry. »Was ist das für ein toller Artikel im *Sketch*? Mir gefällt die Vorstellung von dir als Theaterinvestorin, die sich geheime Leidenschaft kauft. Mit einem recht betagten Liebhaber, wie ich hinzufügen muss. Dem besten Freund deines Vaters.« Er lachte, und zumindest dafür musste sie dankbar sein.

»Harry, das ist nicht komisch.«

»Nicht? Ich finde es ausgesprochen komisch. Darf ich an

einem sehr öffentlichen Ort mit dir zu Mittag essen, damit deine Verruchtheit auf mich abfärbt?«

»Nein, darfst du nicht«, erwiderte sie gereizt. »Ich werde mich bedeckt halten. Außerdem muss ich heute Nachmittag zu Bertie ins Internat. Er hat die Windpocken.«

»Der arme Kleine. Kann ich mitkommen?«

»Nein, Harry. Sei nicht albern. Ich habe bereits genug Probleme.« Sie bemerkte, dass ihre Stimme zitterte. Sein Tonfall wurde besorgt.

»Du bist wirklich bestürzt, oder? So wichtig ist das doch gar nicht. Insbesondere unter den gegebenen Umständen.«

»Welchen Umständen?«

»Du willst ja wohl kaum deine Ehe retten. Wenn dieser Artikel bei einem Scheidungsprozess verlesen wird, könnte das meiner Ansicht nach recht hilfreich sein.« Er lachte wieder.

»Oh, Harry, bitte nicht.«

»In Ordnung. Apropos Scheidung: Hast du den anderen Artikel in der Zeitung gelesen? Mrs Simpson wurde gestern rechtskräftig geschieden. Vor dem Krongericht in Ipswich. Jetzt werden die Fetzen fliegen. Lies ihn, er wird dich ablenken. Hör zu, lass uns etwas trinken, bevor du fährst. Wir treffen uns um zwölf im Dorchester an der Bar. Nein, widersprich nicht. Du musst dir Mut antrinken, bevor du dem Arzt gegenübertrittst. Ich nehme an, er begleitet dich zu Berties Internat. Bis dann.«

Eine der jüngeren Schwestern im Sanatorium hatte den Artikel gelesen und Cassia Tallows Namen erkannt. Das war doch die Dame, die Mrs Harrington nach ihrer Einlieferung einige Dinge gebracht und seitdem mehrfach angerufen hatte. Aufgeregt las sie ihn ihren Kolleginnen beim Frühstück vor.

»Sie hat so einen sympathischen Eindruck gemacht. Wer

hätte ihr so etwas zugetraut? Sie hat gar nicht so gewirkt. Und dabei ist ihr Mann Arzt. Der Arme.«

»Was spielt denn das für eine Rolle?«

»Ach, ich dachte nur. Dadurch wird es irgendwie noch schlimmer. Und dann war sie auch noch Debütantin. Ihr wisst ja, was das bedeutet. Verwöhnt …«

Sie wurden von der Stationsschwester unterbrochen, die schlechte Laune hatte, weil sie gerade von der Oberschwester wegen der Zustände in der Wäschekammer heruntergeputzt worden war. »Legen Sie die Zeitung weg, Schwester, und schauen Sie nach Mrs Harrington. Ich möchte, dass ihre Bettwäsche gewechselt wird. Für heute Nachmittag haben sich zwei Besucher angekündigt, zwei Herren, Mr Moreton und Mr Foster. Aber Mr Moreton wollte, dass Sie es ihr gegenüber nicht erwähnen, als er vorhin anrief.«

»Ja, Schwester. Nein, Schwester. Natürlich, Schwester.«

Als ob es Sinn gehabt hätte, der armen Mrs Harrington etwas zu sagen. Sie hörte sowieso nicht zu.

Selbstverständlich hatte Cecily den Artikel nicht gelesen, doch sie nahm an diesem Tag ohnehin kaum noch etwas zur Kenntnis. Sie fühlte sich seltsam froh, ja beinahe glücklich. Mittlerweile hatte sie genügend Tabletten beisammen, und heute Abend würde sie sie schlucken. Heute war ihr letzter Tag. Es war beinahe ausgestanden.

Im Dorf Monks Heath wurde über fast nichts anderes geredet. Sämtliche Einwohner, angefangen bei Milly Hascombe, die ihr Geld als Wäscherin verdiente, bis hin zu Mrs Venables, die *Der Koch des Generals* las und dabei – ebenso wie die Nanny in London – vorgab, es nicht zu tun, wurden von Aufregung ergriffen. »Der arme Doktor«, lautete die allgemeine Auffassung, gefolgt von der Anmerkung, dass alles in bester Ordnung gewesen sei, bis Mrs Tallow das viele Geld geerbt hatte.

Dr. Tallow verhielt sich äußerst würdevoll. Nur Maureen wurde Zeugin, wie er eine Tasse zerbrach, indem er sie ungewöhnlich heftig auf dem Schreibtisch abstellte, und eine Ausgabe des *Sketch* in den Papierkorb schleuderte. Es rührte sie an, dass er sich abrupt mit der Hand über die Augen fuhr, als sie ihn fragte, ob er lieber Sprechstunde abhalten oder zu Mr Harrison in die Drift Cottage fahren wolle, denn dieser klagte über heftige Schmerzen in der Brust und Atembeschwerden. Ihrer Ansicht nach war es klug von ihm, dass er sich für Mr Harrison entschied, denn im Wartezimmer wurden gerade mindestens fünf Exemplare des *Sketch* studiert.

»Mich stört nur«, sagte Harry und prostete Cassia zu, »dass Rupert als deine Jugendliebe bezeichnet wird, obwohl das doch ich war. Vielleicht könntest du den *Sketch* bitten, morgen eine Gegendarstellung zu bringen.«

»Harry, bitte, das ist nicht komisch.«

»Ich finde es ausgesprochen komisch. Edwina auch. Sie hat mich aus der Redaktion des *Style* angerufen, um sicherzugehen, dass ich den Artikel auch lese.«

»O Gott!«

»Was wird der Arzt wohl dazu sagen?«

»Keine Ahnung. In letzter Zeit redet er kaum noch mit mir.«

»Nun, ich denke, in dieser Sache wird er gegen seine Regel verstoßen. Ein ziemlicher Schock für einen Ehemann, so etwas beim Frühstücksei zu lesen.«

»Glaubst du das wirklich?«

»Aber natürlich. Der Text schildert mehr oder weniger eine ehebrecherische Affäre. Ironie des Schicksals, dass du eine ehebrecherische Affäre mit jemand anderem hast.«

»Ja«, erwiderte sie matt. »Wahrscheinlich schon.«

»Eine weitere Ironie des Schicksals ist es«, fuhr er fort und lehnte sich mit einem amüsierten Blick zurück, »dass ich vor einigen Wochen recht verärgert war, als Edwina andeutete, du und Rupert hättet ein Verhältnis.«

»Ach ja?«, sagte Cassia. Der Schwindel und die Übelkeit von gestern kehrten zurück. Zu schnell kippte sie den Rest ihres Martinis hinunter und versuchte, Harry anzulächeln.

»Ja. Ich habe mich natürlich bemüht, wie ein vernünftiger Erwachsener zu reagieren und mir zu sagen, dass es doch nur eine Jugendliebe war, wie der *Sketch* es so elegant ausdrückt. Und dann, ein paar Tage später, erwähnte sie, sie habe dich eines Abends zu Hause aufgesucht und Rupert dort angetroffen. Für sie war das ein eindeutiger Beweis, und ich muss zugeben, dass selbst ich ein wenig beunruhigt war. Aber die Dinge haben sich, wie du ja weißt, anders entwickelt, und ich habe ihn ganz vergessen. Bis heute. Der arme alte Cameron. Ich fürchte, er ist und bleibt ein Verlierer. Ist das Stück eigentlich gut? Ich finde, wir sollten zur Premiere gehen. Solidarität zeigen. Ich bitte Edwina, Karten zu besorgen.«

»Ja, es scheint sehr gut zu sein. Das, was ich davon gesehen habe.«

»Ach ja, bei der Probe. Als du … wie hieß es in dem Artikel? Gebannt warst. Schau, ich habe ihn auswendig gelernt. Nun, wenn du gebannt warst, muss es gut sein.«

»Es ist sehr gut«, beteuerte Cassia.

»Du hast dir wegen des Artikels wirklich Sorgen gemacht, stimmt's?«, sagte er plötzlich. »Das solltest du nicht. Niemand achtet auf die Regenbogenpresse.«

»Ich habe den Eindruck, dass alle sehr genau darauf achten, Harry.«

»Ach nicht doch. Ein bisschen billiger Klatsch, und am

nächsten Tag haben sie jemand anderen auf dem Kieker.« Er beugte sich vor und griff nach ihren Händen. »Nichts als dummes Geschwätz, ein schlechter Scherz. Versuch, es so zu betrachten. Unterhaltung für die Massen. Und da nichts dahintersteckt, kann …« Er verstummte schlagartig, saß absolut reglos da und musterte sie eindringlich.

Als sie ihn ansah, bemerkte sie, dass seine Miene sich veränderte. Obwohl es in der Bar des Dorchester warm war und sie einen in einem Anfall von Extravaganz angeschafften Zobelmantel trug, erschauderte sie.

»Da ist doch nichts, oder?«, fragte er nach einer langen Pause. »Du bist nicht etwa in ihn verliebt?«

»Nein, natürlich nicht.« Sie lächelte und schickte ein Stoßgebet zum Himmel, er möge das Thema wechseln. Aber nein.

»Und du hast … hattest keine Affäre mit ihm?«

Sie schwieg.

»In letzter Zeit?«

Weiter Schweigen. Sie saß nur da und blickte ihn an, ohne zu antworten.

»Gütiger Himmel. Es stimmt also doch. Du warst mit ihm im Bett. Edwina hatte recht. Richtig, Cassia? Bitte antworte mir.«

»Ja«, sagte sie leise. »Ja, war ich. Aber es war nicht so, wie du denkst.«

»Ach nein? Wirklich nicht?« Sein Gesichtsausdruck und seine Stimme waren ruhig, sodass sie für einen Moment hoffte, er würde ihr glauben. Doch im nächsten Moment beugte er sich vor, packte sie am Handgelenk, drehte es um und hielt sie fest.

»Dann verrate mir mal, warum es nicht so war, wie ich denke. Das würde mich sehr interessieren. Wächst sein Schwanz nach hinten? Treibt er es im Kopfstand? Oder …«

»Harry, bitte. Bitte!«

»Du bist Abschaum«, verkündete er, stand auf und ließ mit einer heftigen Geste ihr Handgelenk los. »Abschaum. So etwas hätte ich dir nie zugetraut. Kann das dieselbe Frau sein, die letztens darunter gelitten hat, dass ich mit meiner eigenen Ehefrau schlafe?«

Sein Gesicht war bleich und starr, und in seinen funkelnden Augen stand eine so abgrundtiefe Abscheu, dass sie es körperlich spürte.

»Tja«, sagte er schließlich. »Offenbar habe ich mir etwas vorgemacht. Anscheinend ist sogar die Moral meiner Frau auf einem höheren Niveau angesiedelt als deine. Lebe wohl, Cassia. Ich hoffe sehr, dass wir uns niemals wiedersehen. Und jetzt habe ich das große Bedürfnis, dieses Gebäude zu verlassen, solange du dich darin befindest. Wärest du so gut, die Rechnung zu begleichen. Heutzutage werden Huren, soweit mir bekannt ist, gut bezahlt. Aber das weißt du ja wohl am besten.«

KAPITEL 27

Dominic Foster versuchte, sich auf eine Zeichnung zu konzentrieren und sich so von seiner Angst vor dem nachmittäglichen Besuch bei Cecily im Sanatorium abzulenken, als Harry Moreton anrief. Er klang äußerst angespannt.

»Dominic? Hör zu, ich schaffe es heute Nachmittag nicht. Mir ist etwas dazwischengekommen. Ich habe Edwina gebeten, dich zu begleiten, aber sie muss zu irgendeinem dämlichen Lunch. Können wir es nicht verschieben?«

»Nein, lieber nicht. Ich halte es wirklich für sehr wichtig. Ginge es nicht auch später?«

»Nein, ich glaube nicht. Ich kann heute beim besten Willen nicht. Du könntest natürlich auch allein hingehen.«

»Du weißt, dass ich das nicht kann, Harry.«

»Tja, dann muss es eben warten. Tut mir leid.« Er legte auf.

Seufzend wandte Dominic sich wieder seiner Zeichnung zu. Er war zwischen Erleichterung und Enttäuschung hin- und hergerissen. Schon so lange wollte er die Sache hinter sich bringen. Vielleicht sollte er doch allein hingehen. Allerdings lag es im Bereich des Möglichen, dass er mehr Schaden anrichtete, als das Problem zu lösen, wenn er unangekündigt in Cecilys Krankenzimmer erschien. Außerdem veranstaltete Nicola heute Abend eine Dinnerparty. Nein, er würde auf Harry warten. Das war das Vernünftigste. Es bestand sicherlich kein Grund zur Eile.

Cassia fuhr mit Vollgas Richtung Internat. Sie hatte das seltsame Gefühl, auf diese Weise Abstand zu ihrem Elend zu gewinnen, und ihren Sohn zu besuchen, war das Sinnvollste, was sie tun konnte und womit sie niemandem schaden würde.

Selbst durch ihren Beruf tat sie anderen Menschen weh, dachte sie, als sie in halsbrecherischer Geschwindigkeit in einen Kreisverkehr einbog. Er zwang sie, ihre Kinder zu vernachlässigen, und machte ihren Mann wütend. Mein Gott, sie war eine schlechte Frau. Wie hatte Harry sie genannt? Abschaum. Ein eigenartig altmodisches Wort, ihr entgegengeschleudert in einem vor Ekel barschen Ton. Doch es passte. Sie war tatsächlich nichts wert, auch nicht im religiösen Sinne, denn sie hatte sich versündigt.

Der Gedanke an Wörter und ihre Bedeutung erinnerte sie an Harry. Daran, wie sie bei ihren mittäglichen Treffen im Bett gelegen hatten. Wie er ihr Vorträge gehalten, sie angelächelt und sie wegen ihres mangelnden Wortschatzes und ihrer Pedanterie gehänselt hatte.

»O Gott«, rief sie aus, stoppte plötzlich am Straßenrand und begann, bitterlich zu weinen. Bremsen heulten auf, und Reifen quietschten, als das Auto, das ihr zu dicht aufgefahren war, ruckartig ausweichen musste. Als sie den Kopf hob, sah sie benommen und durch einen Tränenschleier, dass der Fahrer ihr mit der Faust drohte. Aber das war ihr egal. Sie freute sich beinahe darüber. Sie hatte es verdient, dass man ihr drohte oder sie sogar mit Steinen bewarf.

Nach einer Weile startete sie den Wagen wieder und fuhr weiter. Es würde Bertie nichts nützen, wenn sie sich verspätete.

Selbstverständlich war sie allein unterwegs. Edward hatte ihr mitgeteilt, er sei viel zu beschäftigt, um sie zu begleiten.

»Ja, ich verstehe. Aber wenn ich nach Hause komme, müssen wir reden.«

»Ach, du kommst nach Hause? Wie gnädig von dir. Mitten in der Arbeitswoche. Soll das bedeuten, dass du nicht zu irgendeiner Probe musst?«

»Edward, das ist doch Unsinn. Dieser Artikel ist ein Witz.«

»Ah so. Ich dachte, ich bin hier die Witzfigur. Zumindest bin ich so hingestellt worden. Ja, ich stimme dir zu. Wir müssen reden. Über eine ganze Menge.«

Kurz bevor sie zu Bertie aufbrach, rief Rupert an. Sie hatte heftig geweint und schluchzte immer noch, als sie an den Apparat ging.

»Nicht, mein Schatz. Ich fühle mich so schrecklich verantwortlich für die ganze Angelegenheit.«

»Schon gut. Es ist alles nur meine Schuld.«

»Hat Edward sich so furchtbar aufgeregt?«

»Ja«, erwiderte sie, denn diese Erklärung erschien ihr einfacher und klang weniger nach … Abschaum.

»Soll ich ihn anrufen und versuchen, die Wogen zu glätten?«

»Nein«, protestierte sie. »Bitte nicht. Das würde alles nur noch schlimmer machen. Pass auf, Rupert, ich muss jetzt zu Bertie ins Internat. Er ist krank und …«

»Oh, Schatz, als ob du nicht schon genug um die Ohren hättest.«

»Es ist nicht so arg, Rupert. Ehrlich. Tschüss.«

Das Elend drohte, ihr die Kehle zuzudrücken.

»Du kriegst Gesellschaft, Tallow«, sagte die Oberschwester lächelnd. »Einer der großen Jungs hat jetzt auch die Windpocken. Komm, Collins, leg dich ins Bett neben Tallow. Ihr könnt einander aufmuntern.«

Aus verkrusteten Augen sah Bertie Collins an, der die Oberschwester tapfer anlächelte. »Danke, Schwester. Mir ist ein wenig übel. Könnte ich bitte eine Schale haben?«

Als die Schwester hinaushastete, betrachtete Collins Bertie.

»Du kleines Stück Scheiße«, zischte er. »Es ist deine Schuld, dass ich jetzt hier bin. Ich habe mich mit deinen dreckigen Bazillen angesteckt. Siehst du den Nachttopf da drüben? Ich mache ihn voll und zwinge dich, ihn auszutrinken, du Arschgesicht. O danke, Schwester, vielen Dank. Keine Sorge. Im Liegen fühle ich mich schon ein bisschen besser. Tallow und ich kommen schon zurecht, oder, Tallow?«

Bertie schwieg. Er lag nur da, starrte Collins an und empfand eine solche Angst, dass er kurz davor war, ins Bett zu pinkeln.

Die Oberschwester zögerte. »Nein, ich bleibe besser eine Weile«, erwiderte sie. »Nur für den Fall, dass dir doch übel wird. Ich muss noch einige Näharbeiten erledigen. Wie geht es dir, Tallow? Deine Mutter ist gleich hier.«

»Ja danke«, antwortete Bertie. Selbst er fand, dass seine Stimme schwach und zittrig klang.

Die Oberschwester fühlte ihm die Stirn. »Du hast noch immer hohes Fieber«, sagte sie nachdenklich. »Es hat dich wirklich schlimm erwischt. Wenn der Arzt kommt, um Collins zu untersuchen, werde ich ihn bitten, noch einmal nach dir zu schauen. Außerdem trinkst du nicht genug«, fügte sie streng nach einem Blick auf den Krug neben Berties Bett hinzu. »Das ist wichtig. Ich hole nur rasch mein Nähzeug.«

»Ich passe schon auf, dass du ein bisschen mehr trinkst«, sagte Collins und lächelte Bertie engelsgleich an. »Mann, ich freue mich darauf, deine Mutter kennenzulernen. Wusstest du, dass in der Zeitung ein Artikel über sie stand? Das Hausmädchen hat ihn mir gezeigt.«

»Was?« Für einen Moment vergaß Bertie sein Elend.

»Darin hieß es, dass sie es mit irgendeinem Typen treibt, der nicht dein Vater ist. Oder so ähnlich.«

»Ich verstehe kein Wort«, sagte Bertie, der wirklich im Dunkeln tappte.

»Du bist ja dümmer, als die Polizei erlaubt. Vögeln, Tallow, Geschlechtsverkehr haben. Das ist die Bedeutung. Du weißt doch, was das ist.«

»Nein«, erwiderte Bertie. »Weiß ich nicht.«

»Ich erkläre es dir später. Nachdem du etwas getrunken hast. Ach hallo, Oberschwester. Sind das viele Socken. Wollen Sie die alle stopfen?«

»Sind Sie glücklich verheiratet?«, fragte Stevenson-Cook Edwina unvermittelt. Sie kamen vom Mittagessen und fuhren zum Style House, um Rupert zu treffen.

»Nun ja. Ich bin nach sechs Jahren noch verheiratet, also ist offenbar alles in Ordnung. Wir passen recht gut zusammen.«

»Haben Sie keine Kinder?«

»Nein, ich kann keine kriegen«, antwortete Edwina knapp. Es erstaunte sie, dass sie ihm so etwas anvertrauen konnte, obwohl sie ihn doch kaum kannte. Es war gefährlich einfach, mit ihm zu reden.

»Wie traurig.«

»Ja, schon. Natürlich wäre es schön gewesen. Allerdings bin ich nicht unbedingt der mütterliche Typ.«

»Nein, diesen Eindruck machen Sie nicht.« Er lächelte sie an. Es war eindeutig als Kompliment gemeint. Sie erwiderte die Geste. »Erzählen Sie mir von Ihrer Freundin Mrs Tallow, der Ärztin. Ich habe heute etwas über sie in der Zeitung gelesen.«

»O ja. Ein abscheuliches Geschmier. Die arme Cassia.«

»Glauben Sie, es stimmt?«

»Oh, das denke ich eigentlich nicht«, sagte Edwina. »Sie ist die Tugend in Person. Immer wohltätig engagiert. Ich kann mir nicht vorstellen, dass sie eine Affäre hat. Gut, sie hat stets schrecklich für Rupert geschwärmt. Sie stehen sich sehr nah und verbringen viel Zeit miteinander. Außerdem übernachtet er häufig in ihrem Haus. Allerdings könnte ich es ihr nicht verübeln. Ihr Mann ist ein Langweiler, wie er im Buche steht.«

»Nun, ich freue mich darauf, sie kennenzulernen. Und natürlich Mr Cameron.«

»Ja, er ist sehr charmant. Sie werden ihn mögen. Aber erwähnen Sie besser den Artikel nicht.«

»Mrs Moreton. Oder darf ich Sie Edwina nennen? Selbstverständlich nur außerhalb des Büros.«

»Bitte, gern.« Sie war überrascht, doch ziemlich erfreut.

»Und Sie nennen mich Francis. Natürlich erwähne ich den Artikel nicht. Ich habe nämlich auch Taktgefühl.«

Er lächelte ihr zu. Ihr fiel auf, dass er ungewöhnlich schöne, blendend weiße und gerade Zähne hatte. Er war überhaupt überdurchschnittlich gut aussehend. Diese wundervollen blauen Augen. Außerdem war er äußerst amüsant und kultiviert. Sie mochte ihn immer mehr.

»Hallo, Bertie.«

Sie war so viel schöner, als er sie in Erinnerung hatte. Als sie sich über ihn beugte, um sein glühendes, juckendes Gesicht zu küssen, waren ihre Lippen kühl. Ihr Haar, das seine Stirn streifte, war so weich und roch wundervoll. Das war mehr, als Bertie ertragen konnte. Ohne sich darum zu kümmern, dass Collins' Blick auf ihm ruhte, brach er in Tränen aus, setzte sich auf und schlang ihr die Arme um den Hals.

»Mummy«, war alles, was er herausbrachte, und er wiederholte es ein ums andere Mal wie ein Mantra. Dabei fühlte er sich nicht glücklich, sondern so, als würde es ihm das Herz brechen.

Cassia hielt ihn fest und vergrub das Gesicht in seinem weichen braunen Haar. Sie spürte, wie abgemagert er war. Früher war er doch sicher kräftiger gewesen. Außerdem hatte er hohes Fieber und klammerte sich an sie wie ein Ertrinkender. Etwas lag hier eindeutig im Argen.

»Soll ich Ihnen einen Tee bringen, Mrs Tallow?«, fragte die Oberschwester, die die Szene mit einem Anflug von Missbilligung beobachtet hatte. »Los, Tallow, sei ein großer Junge und lass deine Mutter Platz nehmen.«

Als Cassia sich setzte, lächelte ihr ein attraktiver Junge im Nachbarbett, der viel älter war als Bertie, zu.

Sie erwiderte das Lächeln. »Hallo.«

»Wie geht es Ihnen, Mrs Tallow? Willst du mich nicht deiner Mutter vorstellen, Tallow?«

»Natürlich«, sagte Bertie und wischte sich die Tränen ab. »Mummy, das ist Collins. Er wird nächstes Jahr wahrscheinlich Mannschaftskapitän.«

»Wie wichtig«, antwortete Cassia.

»Ich habe mich um Tallow gekümmert«, fuhr Collins fort. »Weil er noch neu ist. Habe versucht, ihm ein bisschen zu helfen. Richtig, Tallow?«

»Ja«, sagte Bertie.

»Wie nett von dir.«

»Ach keine Ursache. Das Mindeste, was ich tun konnte. Ein Glück, dass wir zu zweit hier sind. So können wir einander Gesellschaft leisten, oder, Tallow?«

»Richtig.« Berties Stimme war leise und zitterte leicht.

Cassia betrachtete ihren Sohn forschend. Er schien nicht er selbst zu sein. Aber das war nur natürlich, schließlich war er eindeutig schwer krank. Ein schlimmer Fall von Windpocken. Einige der Pusteln in seinem Gesicht waren leicht entzündet, was sie der Oberschwester mitteilte.

Offenbar verstand diese das als Kritik an ihren beruflichen Fähigkeiten. »Das ist mir bewusst, Mrs Tallow, und ich habe sie versorgt.«

»Da bin ich sicher, Oberschwester. Es besteht nur die Gefahr, dass Narben zurückbleiben, und das wäre ein Jammer.« Als sie Bertie aufmunternd zulächelte, starrte er sie nur an und versuchte vergeblich, die Geste zu erwidern. Sie schob sein Haar zurück. Sogar auf der Kopfhaut hatte er Pusteln.

»Armer Kerl. Schau, ich habe dir Obst und ein paar Bücher mitgebracht. Möchtest du Trauben? Was ist mit dir, Collins?«

»Oh, das wäre sehr nett von Ihnen, Mrs Tallow.«

Noch über eine Stunde saß sie an Berties Bett, sprach mit ihm und las ihm vor. Er verhielt sich weiter angespannt und argwöhnisch. Die Augen in seinem von Pusteln übersäten Gesicht waren geweitet. Cassia wurde immer mulmiger.

»Schatz, ich bin gleich zurück. Ich wechsle nur ein Wort mit der Oberschwester.«

Diese war gerade damit beschäftigt, ein unglaubliches Gewirr von Socken zu sortieren. »Was für eine Aufgabe. Ein bisschen wie Pelmanismus.«

»In der Tat.« Die Oberschwester war offenbar noch immer eingeschnappt.

»Schwester, ich würde Bertie gern mit nach Hause nehmen. Er macht einen sehr schlechten Eindruck.«

»Mrs Tallow, ich fürchte, das ist absolut unmöglich.«

»Ich weiß, dass es gegen die Regeln verstößt, aber offen gestanden leuchtet mir der Grund nicht ein. Es sind Ferien, und Sie haben jetzt zusätzliche Arbeit. Was soll es nützen, dass er hierbleibt. Ich hätte ihn gern bei uns zu Hause, und ich bin sicher, dass es ihm guttun wird. Natürlich pflegen Sie ihn ganz wunderbar, doch wenn man krank ist, ist die eigene Familie das beste Heilmittel. Außerdem wirkt er sehr angespannt.«

»Nun, er ist ein sehr überspanntes Kind, Mrs Tallow.«

»Ich weiß. Umso mehr Grund, ihn nach Hause zu holen und dort gesund zu pflegen. Wie Ihnen bekannt ist, sind mein Mann und ich beide Ärzte…«

»Ja, Mrs Tallow, das haben Sie erwähnt.«

»Könnte ich vielleicht mit dem Direktor sprechen? Ich verstehe, dass die Entscheidung nicht bei Ihnen liegt.«

»Wenn Sie unbedingt möchten. Allerdings bin ich überzeugt, dass er meine Meinung teilen wird.«

Und das tat er auch. Höflich, nachdrücklich und ein wenig herablassend teilte er ihr mit, es käme nicht infrage. Andere Eltern seien weniger bereit und in der Lage, ein krankes Kind zu versorgen, weshalb um der Gerechtigkeit willen eine Regel für alle gelten müsse. »Ich bedaure, Mrs Tallow, doch es könnte Ihrem Sohn langfristig das Leben erschweren, wenn man ihm erlaubt, gegen die Regeln zu verstoßen.«

Cassia seufzte auf. Das war das Einzige, was sie nachvollziehen konnte. »Mrs Tallow, wenn Sie mich jetzt entschuldigen würden. Ich bin sehr beschäftigt. Andere Eltern erwarten mich.«

Sie kehrte zurück in die Krankenstation. Bertie war allein. Collins war verschwunden.

»Hallo, Schatz, da bin ich wieder.«

»Mummy.« Er griff mit seiner heißen kleinen Hand nach ihr. »Kann ich mit nach Hause?«

»Schatz…«

»Bitte! Bitte!«

»Tallow.« Die Oberschwester trat ein. »Bedränge deine Mutter nicht. Du kennst die Regeln.«

»Hör zu«, meinte Cassia und hasste sich tief in ihrem Innersten für ihre Schwäche. Doch sie redete sich ein, dass es das Beste für Bertie war, sich anzupassen. »Schau, Schatz, vielleicht wenn du dich erholt hast. Aber Schulregeln müssen eingehalten werden. Wirklich. Sie können für einen kleinen Jungen keine Ausnahmen machen, auch wenn er noch so traurig ist. Oder, Collins?«, sagte sie zu Collins, der gerade zurückkam.

»Nein, natürlich nicht«, erwiderte dieser.

»Ich muss jetzt gehen, Schatz, doch in einem oder zwei Tagen besuche ich dich wieder. Vielleicht sogar morgen.«

»Mummy!« Sein Blick und sein Tonfall waren verzweifelt.

Mühsam bewahrte sie die Ruhe. »Nein, Schatz. Nicht heute. Aber jetzt muss ich nach Hause zu den anderen und selbstverständlich zu Daddy. Es tut mir leid.«

Als sie ihn küssen wollte, spürte sie, wie er sich abwandte und ein Schluchzen unterdrückte. Es tat so entsetzlich weh. Bevor sie schwach werden konnte, richtete sie sich rasch auf, verabschiedete sich noch einmal, winkte Collins fröhlich zu und flüchtete beinahe aus dem Raum.

Bertie sah Collins hilflos an. Er konnte nichts dagegen tun, dass ihm heiße Tränen übers Gesicht strömten. Es war ihm egal. Ihm war überhaupt alles egal.

»Babylein«, sagte Collins leise. »Du armes Muttersöhnchen. Komm her und trink etwas Leckeres, dann fühlst du dich gleich besser. Ich habe den ganzen Nachmittag lang gepinkelt. Nur für dich. Die Schwester ist beim Abendessen. Komm, rein mit deinem Kopf.«

Auf halbem Wege die Treppe hinunter bemerkte Cassia, dass sie ihre Handschuhe vergessen hatte. Zuerst spielte sie mit dem Gedanken, sie zurückzulassen, da sie Bertie nicht noch einmal aufregen und ihm, wenn auch noch so kurz, neue Hoffnungen machen wollte. Doch es war ein kalter Abend und nicht sehr warm im Auto, und das Fahren mit steif gefrorenen Fingern fiel ihr schwer. Widerstrebend stieg sie wieder die Treppe hinauf.

Als sie die Tür öffnete, hörte sie eigenartige Geräusche: ein unterdrücktes Aufstöhnen, ein Plätschern, ein Würgen und einen gequälten Aufschrei. Sie stieß die Tür auf und sah zwei leere Betten und zwei Gestalten in der Zimmerecke. Collins stand vor Bertie und presste dessen Kopf in einen Nachttopf.

»Was um alles in der Welt macht er hier?«, fragte Edward, als sie den in Decken gewickelten Bertie ins Haus trug. »Ich dachte, an seiner Schule gälte die Regel …«

»Nicht mehr seine Schule, Edward«, entgegnete sie. »Er ist abgemeldet. Seit heute Nachmittag. Und widersprich mir nicht. Ich habe dem Direktor, der Oberschwester und Berties Tutor mitgeteilt, dass sie und aller Wahrscheinlichkeit auch einige Eltern hocherfreut sein werden, nicht zum Thema eines weiteren Interviews mit dem *Sketch* zu werden. Übrigens war ich ein wenig bestürzt, ein Exemplar auf seinem Schreibtisch vorzufinden. Bedingung ist eine ausführliche schriftliche Entschuldigung, eine Bestätigung, dass ein Junge namens Collins und seine Helfershelfer der Schule verwiesen werden, und eine vollständige Rückerstattung der Schulgebühren für dieses Quartal. Janet, könnten Sie mir bitte helfen, Bertie nach oben ins Bett zu bringen?«

»Ich fand deinen Freund recht sympathisch«, sagte Rupert. Er und Edwina teilten sich ein Taxi. Er war unterwegs ins Theater, sie wollte nach Hause. »Er hat wirklich Stil. Passend zu seinem Beruf.«

»Das hat er. Ich mag ihn auch. Allerdings würde ich ihn kaum als Freund bezeichnen. Zu sehr auf dem hohen Ross.«

»Ach, Edwina. Es ist offensichtlich, dass er dich anhimmelt. Kennst du seine sexuellen Neigungen?«

»Keine Ahnung. Darüber habe ich noch gar nicht nachgedacht. Vermutlich vom anderen Ufer. Aber ziemlich sexy. Jedenfalls bin ich begeistert, weil er mir bei meiner Modenschau helfen will. Das wird eine Menge bewirken. Ich hoffe nur, dass sie Gnade vor seinen Augen findet. Ansonsten stecke ich in ernsthaften Schwierigkeiten. Ständig vergesse ich, die wichtigsten Dinge zu erledigen. Bevor ich mit meinem Job anfing, klappte alles wie am Schnürchen. Doch inzwischen bin ich so beschäftigt, dass mir einfach die Zeit fehlt. Ich bin dir so dankbar für deine Unterstützung, Rupert. Die Idee mit der roten Szenerie war wunderbar. Und ich dachte, wir könnten am Schluss einige Kinder einsetzen. Das Publikum wird jubeln. Ist das nicht ein toller Einfall? Wir haben Fanny und Stephanie, doch ich muss noch weitere Freunde mit Nachwuchs auftreiben und sie überreden. Du studierst doch die Choreografie mit ihnen ein, oder?«

»Natürlich«, antwortete Rupert und seufzte auf. »Herrje, Edwina, was für ein Durcheinander. Ich meine diesen Artikel im *Sketch*.«

Edwina tätschelte ihm die Hand. »Du Armer. Diese Schmierfinken von der Presse. Aber du musst es positiv sehen. Es ist doch gute Werbung. Der Himmel weiß, was Edward Cassia jetzt für Vorwürfe macht. Er wird es schrecklich ernst nehmen und dich wahrscheinlich zu einem Duell bei Morgengrauen herausfordern.«

»Vielen Dank auch. Was hast du heute noch vor?«

Sie wirkte ein wenig verlegen. »Ich esse mit Francis zu Abend. Wir werden die Modenschau besprechen.«

»Ach ja? Was sagt denn dein Mann dazu?«

»Gar nichts, denke ich. Er ist wegen eines seiner endlosen Projekte für ein paar Tage nach München geflogen. Außerdem hat er eine scheußliche Laune. Keinen Schimmer, was mit ihm los ist.«

»Ich bin sehr müde«, sagte Cecily zu der Schwester, die gekommen war, um sie zu waschen und sie zu fragen, was sie zum Abendessen wünschte. »Ich möchte eigentlich kein Abendessen. Könnte ich meine heiße Milch haben und früh schlafen gehen?«

Die Schwester wandte sich an die Oberschwester, die erwiderte, es sei vermutlich das Beste, dass Mrs Harringtons Besucher nicht erschienen seien. Sie wäre wirklich nicht in der Lage gewesen, sie zu empfangen. Ja, es sei sicher eine gute Idee, wenn sie früh einschlief.

»Bitte bringen Sie ihr um acht ihre heiße Milch, Schwester. Und ihre Tabletten. Aber versuchen Sie, sie zu überreden, in der Zwischenzeit eine Kleinigkeit zu essen. Es wird ihr guttun, und die Tabletten wirken dann besser.«

Nicola Foster fühlte sich schon den ganzen Tag unwohl. Sie neigte zu Migräne, und als sie um fünf Auren sah, die einen schweren Anfall ankündigten, beschloss sie, die Dinnerparty abzusagen. Ihre Freunde reagierten anteilnehmend und verständnisvoll. Ihre abscheulichen Kopfschmerzen waren allgemein bekannt. Zuletzt rief sie ihren Mann an, der gerade sein Büro hatte verlassen wollen.

»Dann bleibe ich noch ein wenig und arbeite«, erwiderte er. »Falls dich das nicht stört.« Ihm gingen ihre Migräneanfälle ziemlich auf die Nerven. Er hatte zwar Mitleid mit ihr, konnte jedoch nichts für sie tun. Sie wollte dann nur in ihrem abgedunkelten Schlafzimmer in Ruhe gelassen werden.

Also arbeitete er bis sechs Uhr weiter, holte sich dann eine Flasche Whiskey aus dem Schrank und schenkte sich ein großes Glas ein. Er und Benedict hatten abends oft an diesem Fenster mit Blick auf die Themse gesessen und hatten irischen Whiskey getrunken, den sie beide am liebsten mochten. Whiskey mit einem »e«, wie Benedict zu sagen pflegte. Sie tranken ihn auf die gleiche Weise – nur mit einem Schuss warmen Wassers – und knabberten dabei Salzmandeln. Außerdem hatten sie eine Vorliebe für weißen Portwein. Benedict hatte Freunde in Oporto, die ihn damit bekannt gemacht hatten.

Benedict hatte überall Freunde gehabt. Alle hatten ihn geliebt. Das lag nicht nur daran, dass er charmant und amüsant gewesen war. Nein, er war aufrichtig gütig und unbeschreiblich großzügig gewesen. O Gott, er vermisste ihn so.

Dominic dachte an Cecily und was sie ertragen hatte. Es war sicher eine Qual für sie. Gut, sie hatte ihre Fehler als Ehefrau, hatte Benedict aber stets tapfer zur Seite gestanden. Benedict hatte sie sehr geliebt. Er fragte sich, ob sie das wohl wusste, und hoffte, dass es sich so verhielt, obwohl er es bezweifelte. Das war eines der Dinge, die er ihr hatte sagen wollen.

Die Vorstellung, dass sie krank und allein im Sanatorium lag, löste plötzlich ein schlechtes Gewissen in ihm aus. Er hätte heute hinfahren müssen.

Es war feige von ihm gewesen, es nicht zu tun. Es hätte doch nichts Schlimmeres passieren können, als dass Cecily ihn beschimpft und hinausgeworfen hätte. Das hätte er schon überstanden. Und vielleicht hätte er die Möglichkeit gehabt, ihr zu helfen.

Er schaute auf die Uhr. Erst halb sieben. Ob er hinfahren sollte? Die Besuchszeiten in diesen Kliniken waren normalerweise zwischen sieben und acht. In einer halben Stunde konnte er es nach Richmond schaffen. Er griff zum Telefon und wählte die Nummer des Sanatoriums.

Als Cassia, die Bertie zu Bett gebracht hatte, nach unten kam, wurde sie von Edward an der Treppe erwartet.

»Er schläft jetzt«, sagte sie. »Der arme, arme kleine Junge.«

»Bitte komm mit«, erwiderte er und marschierte voran ins Wohnzimmer. Sie folgte ihm und schloss die Tür.

»Hast du jetzt den Verstand verloren?«, zischte er.

»Nein, Edward, ich bin endlich zur Vernunft gekommen.«

»Du entführst ein Kind aus dem Internat …«

»Aber Edward.«

»Du hörst dir irgendwelche sicherlich übertriebenen Geschichten über seine schlechten Erfahrungen an, machst dich vor dem Direktor zum Narren …«

»Edward …«

»Und was soll jetzt aus ihm werden? Welche Schule soll er besuchen? Wer nimmt denn ein Kind auf, das mitten im Quartal aus einem ausgezeichneten Internat geholt wurde, weil es Heimweh hat und dort nicht zurechtkommt? Vielleicht könntest du mir diese Frage beantworten?«

»Edward, das ist kein ausgezeichnetes Internat, sondern ein Ort des Grauens. Wie kann es möglich sein, dass ein kleiner Junge fast jede Nacht brutaler Folter unterworfen wird?«

»Brutal. Jetzt gehst du zu weit, Cassia.«

»Soll ich dir schildern, was diese Jungen ihm antun? Sie drücken ihm den Kopf in die Toilettenschüssel und ziehen an der Kette. Sie drohen ihm Schlimmeres an, falls er etwas verrät. Heute hat einer ihn gezwungen, Urin aus einem Nachttopf zu trinken. In der Krankenstation. Und niemand hat ein Auge auf einen kleinen Jungen, der neu an der Schule und der Jüngste dort ist. Keiner achtet darauf, ob es ihm gut geht. Und jetzt behaupte nicht, so etwas sei noch nie passiert, Edward. Dass sie nicht darüber im Bilde hätten seien müssen. Und das soll eine gute Schule sein?«

Er schwieg eine lange Zeit. Dann ging er zum Kamin und starrte in die knisternden Flammen. »Feuer – das spielt bei

Schikanen unter Jungen auch manchmal eine Rolle«, sagte er. »Du kennst ja *Tom Browns Schultage*. O Gott.« Mit verzweifelter Miene sah er sie an. »Was haben wir ihm angetan?«

»Nun«, erwiderte sie und beschloss großzügig, das »wir« zu überhören. »Natürlich wolltest du nur sein Bestes, aber er kann nicht zurück, Edward. Unmöglich. Er ist noch zu klein. Niemand sollte mit sechs allein in einer fremden Umgebung zurechtkommen müssen.«

»Er ist fast sieben.«

»Er ist sechs.«

»Vermutlich hast du recht. Aber ich befürchte, es könnte ihm psychisch schaden, wenn er lernt, vor Schwierigkeiten davonzulaufen.«

»Das sehe ich anders. Meiner Ansicht nach ist es gut für ihn zu wissen, dass wir bereit sind, unsere Fehler zuzugeben.«

»Ob die alte Schule ihn zurücknimmt?«

»Natürlich. Und wenn nicht, gibt es auch noch andere.«

»Ja, ja, wahrscheinlich.«

Er wirkte völlig erschöpft und ließ die mageren Schultern hängen. Neue Falten hatten sich in sein mageres Gesicht eingegraben, und seine Augen saßen tief in ihren Höhlen. Plötzlich bekam sie ein schlechtes Gewissen. Sie trug die Schuld daran, oder zumindest einen Teil davon, und das hatte er nicht verdient. Das Wort »Abschaum« hallte in ihrem Kopf wider.

»Wenn wir uns scheiden ließen, würde ich vermutlich das Sorgerecht für die Kinder erhalten. Hast du dir das schon einmal überlegt?«, fragte er unvermittelt.

Cassias Magen machte einen Satz. Sie schluckte heftig und holte tief Luft. »Edward, warum, um Himmels willen, redest du jetzt von Scheidung?«

»Weil ich darüber nachgedacht habe.«

»Wegen dieses Unsinns in der Zeitung?«

»Ist es Unsinn?«, hakte er drohend nach. »Ist es wirklich Unsinn?«

Wieder ein tiefer Atemzug. Nie etwas zugeben, hatte Harry vor einer Ewigkeit gesagt. Denn man kann es nicht mehr zurücknehmen. »Du weißt, dass es Unsinn ist. Ganz sicher. Das einzig Wahre in diesem Artikel ist, dass ich Rupert schon mein Leben lang kenne. Der Rest sind nur Gerüchte. Die haben alles verdreht, was ich gesagt habe. Das verstehst du doch sicher.«

»O ja«, erwiderte er zu ihrer Überraschung. »Es ist nicht unbedingt angenehm für mich, aber …«

»Ich weiß«, sagte sie leise. »Es war dumm von mir, mit dem Reporter zu reden. Es tut mir so entsetzlich leid, Edward.«

»Tja, was geschehen ist, ist geschehen. Jedenfalls spiele ich schon seit einiger Zeit mit dem Gedanken an zumindest eine Trennung. Das hängt nicht mit Rupert Cameron oder sonst jemandem zusammen. Ich sehe einfach keine Zukunft mehr in unserer Ehe. Du hast keine Zeit für mich, kein Interesse an mir …«

»Das stimmt nicht!«, protestierte sie.

»Natürlich stimmt es.« Inzwischen klang er weniger matt, sondern eher verärgert. »Du bist so mit deinem eigenen Leben beschäftigt, dass du nicht einmal mit einem vorübergehenden Umzug einverstanden warst, damit ich mich weiterqualifizieren und Karriere machen konnte. War das wirklich zu viel verlangt?«

»Nein«, antwortete sie leise. »Nicht, wenn man es so ausdrückt. Und ich würde mich immer noch freuen, wenn du es tätest.«

»Sollte ich das? Kann ich mich darauf verlassen?«

»Ja. Aber du hättest diese Qualifikation überall erwerben

können, Edward. Vielleicht sogar in London. Es war nicht zwingend notwendig, uns alle umzusiedeln, oder? Sei fair. Wir hätten alle hierbleiben können, du hättest zu Hause gewohnt …«

»Und du hättest die Möglichkeit gehabt, weiter nicht zu Hause zu wohnen und jeden Tag in dein schickes kleines Haus in London zu fahren und deinen Interessen nachzugehen. Wie praktisch für dich.«

»Edward, ich …«

»Dieses Gespräch ist zwecklos. Ich muss allein sein. Ich glaube, ich mache einen Spaziergang.«

»Edward, bitte hör mich an. Es ist wichtig.«

Er setzte sich wieder. Seine Miene und überhaupt alles an ihm strahlte Feindseligkeit aus. Da er schwieg, nahm sie an, dass sie das Wort ergreifen sollte.

»Edward, ich weiß, dass ich mich nicht immer richtig verhalten habe, seit … seit ich das Geld geerbt habe.«

»Das ist noch untertrieben.« Zum Glück ahnte er nichts vom Ausmaß ihrer Fehltritte.

»Ja, wahrscheinlich, und es tut mir sehr, sehr leid. Doch ich möchte, dass du die Dinge von meiner Warte aus betrachtest. Möglicherweise ist unsere Ehe vorbei, doch in diesem Fall sollten wir die Dinge vernünftig angehen. Alles andere wäre schlecht für uns und unsere Kinder.«

»Vielleicht solltest du mir deinen Standpunkt erklären«, erwiderte er abweisend.

»Gerne. Das könnte hilfreich sein und dafür sorgen, dass du mir gegenüber nicht so feindselig eingestellt bist. Ich war nie wirklich glücklich. Auch nicht davor.«

»Ach ja? Und glaubst du, ich war glücklich?«

»Ich hatte keine Ahnung, obwohl ich es hätte bemerken müssen. Aber, Edward, ich wollte so gerne berufstätig sein. Es war mein größter Wunsch. Ich hätte eine wunderbare Ärztin werden können, da bin ich sicher. Wahrscheinlich ist es jetzt zu spät. Doch ich habe auf meine Chance verzichtet und bin hierhergekommen, um als deine Frau mit dir zusammenzuleben.«

»Wie überaus gnädig.«

»Hör mir zu. Ich habe meinen Traum aufgegeben, Chirurgin und Geburtshelferin zu werden, und zwar für dich und für unsere Zukunft. Es war zwar nicht leicht, aber ich habe es gern getan. Und außerdem war da noch Bertie. Doch ich hätte hier arbeiten können, in Teilzeit. Ich hätte dir in deiner Praxis helfen können, aber du hast mich nicht gelassen. Der Himmel weiß, warum. Das hat mich so gekränkt. Also habe ich den Haushalt geführt oder es wenigstens versucht, etwas, das ich hasse wie die Pest, obwohl ich etwas hätte tun können, das ich liebe. Nur hast du es nicht erlaubt und mir ständig Steine in den Weg gelegt. Wieso, Edward, wieso?«

Er schwieg.

»Und ich habe meine Freunde so vermisst. Sie haben mir viel bedeutet. Leonora, Cecily, Benedict und …«

»Harry Moreton?«

Sie spürte, dass sie errötete, senkte kurz den Kopf und sah ihm dann in die Augen. »Ja, Harry natürlich. Und Edwina. Sie waren meine Familie, genauso wie Rupert. Du hast mich von ihnen ferngehalten, das musst du zugeben. Dass du dich immer geweigert hast, mich zu begleiten, hat es mir erschwert, mich mit ihnen zu treffen. Und wenn sie herkamen, hast du dich so abweisend verhalten. Ich war einsam, frustriert und gelangweilt, Edward, obwohl ich die Kinder und dich hatte. Und als ich endlich unabhängig war, war ich leider ziemlich taktlos. Ich war ungeduldig, gierig. Als du Maureen eingestellt hast, konnte ich es kaum ertragen. Am liebsten hätte ich euch beide umgebracht, erst sie, dann dich. Es war so ungerecht, so grausam. Zumindest erschien es mir so. Für dich war es sicher anders.«

Immer noch Schweigen.

»Deshalb habe ich das Haus gemietet. Um es dir heimzuzahlen. Und so ging es immer weiter, Edward. Ich habe dir wehgetan, du hast mir wehgetan. Darum hast du Bertie doch ins Internat gesteckt, richtig? Um mir wehzutun. Du wolltest es eigentlich gar nicht, da bin ich sicher. Der Grund war, dass ich dir wehgetan hatte, weil ich nicht mit nach Glasgow wollte. Aber ich möchte immer noch, dass du diese Qualifikation erwirbst, Edward. Ich finde es entsetzlich, dass du auch nicht tust, was du willst. Ich wäre froh, wenn du das in London oder wenigstens hier in der Nähe erledigst, damit du oft nach Hause kommen kannst. Ich unterstütze dich, so gut ich kann. Aber verlange nicht von mir, dass ich die kläglichen Überreste meiner Karriere aufgebe. Bitte.«

Er stand auf. »Ich gehe jetzt spazieren«, verkündete er. »Ich muss allein sein. Ich bedauere, dass ich ein so unfähiger Ehemann war. Tut mir leid, dass du unglücklich gewesen bist.«

»Edward, das habe ich nie behauptet. Du drehst mir die Worte im Mund herum. Bitte, bitte, versuch doch zu verstehen.«

»Oh, ich verstehe sehr wohl. Und es bestärkt mich nur in meinem Selbstbild, das kein schönes ist. Gott im Himmel, Cassia, hältst du mich für so dumm, dass ich all diese Dinge nicht selbst erkenne. Glaubst du, ich bin stolz darauf, dass ich Bertie aufs Internat geschickt habe? Darauf, dass ich dich beneide? Dass ich keinen Zugang zu deinen Freunden finde? Natürlich nicht, aber …« Er verstummte, und sie bemerkte, dass ihm Tränen in den Augen standen.

Reue regte sich in ihr, eine große, offene Wunde. »Oh,

Edward«, sagte sie und trat auf ihn zu, um ihn zu umarmen und zu trösten wie eines ihrer Kinder.

»Nein«, erwiderte er, wich zurück und streckte den Arm aus, als wolle er sie abwehren. »Nicht. Es ist zu spät, Cassia. Zu spät für uns beide. Wir können nicht alles leugnen, was geschehen ist. Es war zu viel, ist zu tief gegangen, und zu vieles hat sich verändert. Es ist zwecklos. Für uns gibt es keine gemeinsame Zukunft mehr.«

Sie stand da, starrte ihn an und spürte, wie sich Schuldgefühle und Trauer schwer und unentrinnbar in ihr breitmachten. Das also war das Ende ihrer Ehe. Sie hörte die Totenglocke läuten.

Er stürmte an ihr vorbei und aus dem Zimmer. Die Haustür fiel knallend ins Schloss.

KAPITEL 28

Die Oberschwester hatte sich in der Vorhalle aufgebaut und musterte Dominic mit strengem Blick. »Es ist ziemlich spät für einen Besuch. Soweit mir bekannt ist, wollten Sie heute Nachmittag kommen.«

»Ja, ich entschuldige mich vielmals. Mr Moreton – Mrs Harringtons Cousin – wollte, wie Sie wissen, mit mir gemeinsam herkommen. Doch er musste überraschend weg, und ich wurde im Büro aufgehalten. Doch ich würde Mrs Harrington trotzdem gern sehen, falls das möglich ist.«

»Nun, da bin ich nicht sicher, Mr Foster. Mrs Harrington ist sehr müde. Sie wird gerade zum Schlafengehen fertig gemacht.«

»Wie geht es ihr?«

»Ich fürchte, nicht gut.«

»Ich glaube, ich könnte ihr wirklich helfen. Ich stand ihrem Mann sehr nahe und weiß ein wenig darüber Bescheid, was er dachte, als er starb. Bitte lassen Sie mich zu ihr.«

Die Schwester zögerte und schaute auf die Uhr. Es war nach halb acht. Mrs Harrington war gebadet worden. Man hatte ihre Bettwäsche gewechselt, und sie war kurz vor dem Einschlafen. Schwester Jenkins hatte gemeldet, sie habe ein wenig in ihrem Abendessen herumgestochert, sei jedoch jetzt ruhig. Ihre Medikamente und ihre warme Milch wurden schon vorbereitet. Ein Besuch könnte sie aufregen. Und ganz gleich, was er dachte, würde er Mrs Harrington womöglich eher aus der Fassung bringen, als sie aufzumuntern. Es erschien ihr unklug.

»Ich bedaure«, sagte sie. »Ich halte es für keine gute Idee. Mrs Harrington ist in labiler Verfassung. An einem anderen Tag vielleicht, und wenn Sie früher kommen könnten.«

»Ja«, erwiderte Dominic gehorsam. »Ja natürlich.« Er wusste nicht, ob er eher Erleichterung oder Besorgnis empfand, und entschied sich für Ersteres. Nun konnte ihm niemand vorwerfen, dass er es nicht versucht und sein Bestes getan hatte. »Könnten Sie ihr die geben?« Er reichte der Schwester den mitgebrachten Strauß weißer Rosen und ging hinaus.

Das Sanatorium befand sich auf dem Richmond Hill, unweit des Tors zum Park.

Inzwischen war es schon recht dunkel. Der Vollmond ging auf, und die hohe Libanon-Zeder gleich hinter dem Tor hob sich vor seinem strahlenden Schein im eiskalten Himmel ab. Ein eindringlich schöner Anblick. Benedict wäre von diesem Baum begeistert gewesen, dachte Dominic. Er liebte Bäume und hatte viel Geld investiert, welche in Devon zu pflanzen.

»Sie stehen für meine Unsterblichkeit«, hatte er einmal zu Dominic gesagt und einen davon zärtlich getätschelt. »Sie werden noch viele Jahrhunderte erleben.«

Dominic hatte sein Auto unter dem Baum geparkt. Er schlenderte darauf zu und fragte sich, ob er sich je würde verzeihen können. Ob Dominic, wo immer er jetzt war, ihm verzeihen würde.

Er schaute hinauf zum Sanatorium, überlegte, welches Zimmer wohl das von Cecily war, und bemerkte, dass an einem Fenster im ersten Stock langsam der Vorhang ein Stück beiseitegezogen wurde. Dann erschien Cecilys Gesicht am Fenster. Sie spähte hinunter. Er erkannte sie genau, denn sie wurde vom Licht über der Eingangstür und vom Mond klar beleuchtet. Sie trug ein weißes Nachthemd, das dunkle Haar fiel ihr offen über die Schultern. Natürlich konnte er ihren Gesichtsausdruck nicht ausmachen, allerdings ihre Körperhaltung. Die hängenden Schultern und die Art, wie sie sich an die Scheibe lehnte, strahlten unbeschreibliches Leid aus. Im nächsten Moment erschien eine Gestalt hinter ihr. Eine Schwester legte den Arm um sie, zog sie vom Fenster weg und schloss die Vorhänge.

An das, was danach geschah, konnte Dominic sich nicht mehr genau erinnern. Er wusste nur noch, dass er zurück zum Sanatorium gehastet war und Sturm geklingelt hatte. Eine Schwester hatte ihm mitgeteilt, es sei zu spät, die Besuchszeit sei vorbei. Sanft, aber bestimmt, hatte er sie beiseitegeschoben. Dann war er die Treppe hinaufgestürmt, hatte auf dem Treppenabsatz innegehalten und überlegt, welches wohl ihr Zimmer war. Kurz hatte er all seinen Mut zusammengenommen, angeklopft und war eingetreten, ohne ihre Antwort abzuwarten. Er hatte nur ihr bleiches, entsetztes und verängstigtes Gesicht vor sich. Sie duckte sich in die Kissen. Alles danach war wie weggeblasen.

»Es war schrecklich«, berichtete Schwester Jenkins den atemlosen Anwesenden im Aufenthaltsraum. »Ich war gerade auf dem Flur und bin ihm natürlich gefolgt. Er ist zum Bett gegangen. Die arme Mrs Harrington hatte solche Angst. Ich dachte schon, dass sie schreien würde, und dann hat sie wirklich zu schreien angefangen. Aber er hat ihr den Mund zugehalten. Ich hätte fast selbst geschrien, denn ich habe befürchtet, er könnte sie vergewaltigen. Doch irgendwie ist es mir gelungen, ruhig zu bleiben. Ich habe mich über mich selbst gewundert. Ich habe geläutet und bin zum Bett und habe versucht, ihn von ihr wegzuzerren. Und da hat er gerufen, der

Tod ihres Mannes sei nur seine Schuld. Sie wurde ganz ruhig, lag nur da und starrte ihn an. Im nächsten Moment hat sie zu weinen angefangen. Nicht diese schrecklichen Schreie, die sie manchmal ausstößt, sondern ganz normales Weinen. Er hat sich auf ihr Bett gesetzt, ihr die Hand gehalten und sie getröstet. Dann kamen die Stationsschwester, die Oberschwester und der Pförtner und haben ihm gesagt, die Polizei sei bereits unterwegs. Und sie sagte in einem sehr seltsamen Tonfall: ›Das ist nicht nötig. Überhaupt nicht.‹ Er ist aufgestanden und hat dabei ihr Tablett umgestoßen. Ich habe ein Handtuch von ihrem Nachttisch genommen, und da habe ich die vielen Tabletten gefunden …«

»Ich dachte, wir könnten später ins Forty Three gehen«, schlug Francis Stevenson-Cook vor. Sie speisten im Savoy und hatten zwischen den Gängen getanzt. Er war ein guter Tänzer, achtete jedoch ein wenig darauf, wie er dabei wirkte, was sie amüsierte. Sie genoss es sogar, und es fiel ihr leicht, sich an seinen Stil anzupassen. Im Abendanzug war er eine beeindruckende Erscheinung. Selbst sein Frack war, wie sie bemerkte, nicht schwarz, sondern tief dunkelgrau. Sie erschauderte bei der Vorstellung, was Harry wohl zu einem solchen Sakrileg sagen würde.

»Ich möchte sehr gern ins Forty Three«, erwiderte sie.

»Dort spielen sie wirklich die beste Musik in der Stadt, findest du nicht? Und natürlich gibt es das beste Kokain, falls du Lust darauf hast.«

»Nein«, erwiderte sie mit Nachdruck. Sie hatte Kokain einige Male versucht, ohne das Wissen von Harry, der Drogen strikt ablehnte, und hatte es als angenehm empfunden. Allerdings würde sie das nicht einem Menschen anvertrauen, der beinahe ein Fremder und überdies noch ihr Chef war.

»Ich auch nicht«, sagte er leichthin. »Ich habe keinen Spaß an derartigen Dingen. Ich behalte lieber die Kontrolle. Immer.«

»Das ist mir schon aufgefallen. Du trinkst auch nicht viel. Aus demselben Grund?«

»Richtig. Natürlich genehmige ich mir gern ein Gläschen. Ich liebe Wein. Aber ein oder vielleicht zwei Gläser sind genug. Und du?«

»Tja.« Sie lachte auf. »Wie du weißt, trinke ich ziemlich viel. Es macht mir Freude.«

»Natürlich. Aber ich meinte, ob du es bevorzugst, zu kontrollieren oder kontrolliert zu werden.«

»Ich bin nicht sicher. Allerdings habe ich einen recht kontrollwütigen Ehemann.«

»Ach ja?«

»Ja, vermutlich befreit es einen von Verantwortung, kontrolliert zu werden.«

»In der Tat. Nur dass es, wie soll ich es ausdrücken, auf eine gewisse Willensschwäche hinweist. Und dir traue ich keine Willensschwäche zu, Edwina.«

»Nein, das trifft auch nicht zu.«

»Das ist ein wundervolles Kleid«, sagte er unvermittelt.

»Danke. Hardy Amies.«

»Bevorzugst du nicht die Pariser Modeschöpfer?«

»Eigentlich nicht. Offen gestanden kenne ich die dortigen Modehäuser nicht. Im Gegensatz zu meiner Mutter. Sie kauft gelegentlich bei Balmain, und mein Kleid zum Debütantinnenball war von Mainbocher. Aber ich finde hier genug, was mir gefällt.«

»Meiner Ansicht nach solltest du in Paris kaufen. Es würde zu deinem Stil passen. Fliegst du im Januar zu den Modenschauen?«

»Etwa für die Zeitschrift? Du liebes bisschen, nein. Dazu

bin ich nicht annähernd wichtig genug. Das solltest du wissen.«

»Meiner Ansicht nach bist du wichtig genug.« Plötzlich griff er nach ihrer Hand, küsste sie und richtete seinen strahlenden Blick auf sie. »Meiner Meinung nach solltest du hinfliegen. Ich informiere Aurora Le Page.«

»Oh, Francis, bitte nicht. Damit handle ich mir eine Menge Ärger ein.«

Er musterte sie nachdenklich. »Nun, möglicherweise. Aber ich möchte, dass du hinfliegst, und ich will dich begleiten. Das würde bestimmt ein Heidenspaß. Wir werden sehen. Sollen wir jetzt den Dessertwagen kommen lassen?«

»Es tut mir entsetzlich leid, aber ich bringe keinen Bissen mehr hinunter.«

»Du brauchst dich nicht zu entschuldigen. Ich auch nicht. Ich muss sorgfältig auf mein Gewicht achten. Noch mehr Kontrolle. Ich habe es mit der Poincaré-Diät versucht, doch ich fand sie schrecklich lästig. Und du?«

»Das habe ich noch nie ausprobiert, allerdings seinen Wahlspruch: Jeden Tag, auf jede Weise ...«

»Das wird ja immer besser! Ich sage den auch jeden Tag auf, im Bett, bevor ich das Licht ausknipse. Leider hat es bisher nicht geklappt. Trinken wir jetzt einen Kaffee und fahren dann ins Forty Three? Du bekommst deshalb hoffentlich keine Probleme mit deinem Mann.«

»O nein«, erwiderte Edwina ausweichend. »Der ist sowieso im Ausland.«

»Gut. Ich mag keine aufgebrachten Ehemänner. Auch wenn ich mir etwas auf meinen sechsten Sinn zum Thema Ehe zugutehalte. Es ist mir nur selten passiert, dass ich mich mit einer wahrhaft glücklich verheirateten Dame amüsiert habe.«

»Ach wirklich? Soll das heißen, dass ich nicht wahrhaft

glücklich bin?« Lachend förderte sie ihr Zigarettenetui zutage und bot ihm eine an.

»Nein danke. Ich rauche nur im Bett. Und ja, ich würde behaupten, dass du nicht wahrhaft glücklich bist. In deiner Ehe, meine ich.«

»Ah.«

Im Forty Three ging es hoch her. Alle waren da. Die Mountbattens mit Charles Chaplin, Max Aitken, Penelope Dudley-Ward, die Sweenys …

»Wusstest du«, raunte Francis ihr ins Ohr, während er sich lächelnd vor der hinreißenden Margaret Sweeny verbeugte, »dass sie mit einundzwanzig schon einundzwanzig Affären gehabt hat?«

»Mehr nicht?«, antwortete Edwina.

Plötzlich veränderte sich die Stimmung im Lokal. Es war kein Geräusch, ja nicht einmal eine Bewegung, sondern nur eine kaum wahrnehmbare Zusammenballung am Eingang.

»Der König«, sagte Francis. »Schau, er hat sich gerade zu den Mountbattens gesellt.«

»Gütiger Himmel. Aber sie ist nicht dabei.«

»Nein. Offenbar hat er Anweisung, sich nicht öffentlich mit ihr blicken zu lassen. Zumindest nicht in der Woche ihrer Scheidung. Allerdings ist mir zu Ohren gekommen, dass die Angelegenheit auf einen Höhepunkt zusteuert. Szenen mit der Queen, Gespräche mit Baldwin und dem Erzbischof.«

»Er glaubt doch nicht ernsthaft, dass er sie heiraten kann?«

»Vermutlich«, erwiderte Francis ernst und beobachtete, wie der König mit Mrs Dudley-Ward die Tanzfläche betrat, »glaubt er, dass er keine andere Wahl hat. Es wird einen schrecklichen Skandal geben. Anscheinend tobt die Duchess of York deswegen vor Wut. Und die Presse wird sich auch nicht mehr lange bändigen lassen. Die amerikanischen Zeitungen berichten über nichts anderes mehr. ›Der König schenkt Wally Schmuck‹ lautete eine der diskreteren Schlagzeilen letzte Woche.«

»Nun, zumindest ist sie sehr elegant, so viel steht fest«, meinte Edwina.

Die Band hatte »Let's Call the Whole Thing Off« angestimmt.

»Komm, Francis.« Edwina erhob sich. »Das ist gerade mein absolutes Lieblingsstück.«

Um zwei verließen sie das Forty Three. Francis brachte Edwina nach Hause, küsste ihr auf der Türschwelle die Hand und stieg sofort wieder ins Auto. Sie winkte, blickte ihm nach, bis sein Wagen das Ende der Straße erreicht hatte, und ging dann nachdenklich ins Haus. Die Sache entwickelte sich sehr interessant. Ganz sicher fühlte er sich nicht sexuell von ihr angezogen, obwohl er Gerüchten zufolge auch Affären mit Frauen hatte und nicht nur gesellschaftlich mit ihnen verkehrte, doch er genoss eindeutig ihre Gesellschaft und zeigte sich mit ihr. Nun, das war bei Männern vom anderen Ufer immer so. Sie fanden sie spannend, auch wenn sie keine Ahnung hatte, warum. Und sie mochte sie auch. Sie stellten keine Forderungen und waren amüsant. Außerdem würde Harry deshalb sicher kein Theater veranstalten. Einfach ein ideales Arrangement.

Beim Aufwachen fühlte Cecily sich tieftraurig. Die Trauer unterschied sich stark von den entsetzlichen Qualen, die sie in den letzten Wochen durchgemacht hatte. Der Wut, der Angst, der Reue und den niederschmetternden Schuldgefühlen. Verglichen damit war es beinahe angenehm. Sie lag im Bett und war zum ersten Mal seit seinem Tod fähig, an Benedict zu denken und sich so an ihn zu erinnern, wie er gewesen war.

Stets sanft und liebevoll, ein guter Vater, ein treuer Freund, ein amüsanter und aufmerksamer Gastgeber und in so vieler Hinsicht ein wunderbarer Ehemann. Es war ein reines Vergnügen, in diesen Gedanken zu schwelgen.

Sie rief sich die glücklichen Momente ins Gedächtnis: den Abend ihrer ersten Begegnung, die Nacht, als er ihr einen Antrag gemacht hatte, ihren Hochzeitstag, den Nachmittag, an dem Fanny geboren und er mit besorgter Miene ins Zimmer gekommen war. Beim Anblick des frohen Ergebnisses dieses Tages, das laut und empört schreiend in seiner mit Rüschen verzierten Wiege lag, hatten seine Augen gestrahlt. Diese Erinnerungen brachten sie zum Lächeln und auch zum Weinen, aber das war kein Grund zur Sorge. Es waren gute, heilende Tränen. Schwester Jenkins, die bei ihr saß, brauchte nicht an ihr Bett zu eilen, sich nach ihrem Befinden zu erkundigen und sich zu erbieten, die Oberschwester oder einen Arzt zu rufen.

Cecily wusste, es war zwecklos zu erklären, dass sie nur wegen der glücklichen Erinnerungen weinte und dass die davor abscheulich und abstoßend gewesen waren. Deshalb lächelte sie trotz ihrer Tränen, tätschelte Schwester Jenkins die Hand, als ob diese Trost nötig gehabt hätte, und beteuerte, alles sei in Ordnung.

An diesem Tag durfte sie keine Besucher empfangen, wofür sie dankbar war. Man erklärte ihr, sie habe einen Schock erlitten, von dem sie sich erholen müsse, und sie erwiderte, dass sie das verstünde. Sie fühle sich sowieso nicht in der Lage, jemanden zu sehen, nicht einmal (insbesondere nicht, obwohl sie das nicht äußerte) ihre Mutter. Doch sie fügte hinzu, sie würde gern bald wieder Besuch bekommen, sobald die Ärzte das für möglich hielten. Am liebsten von allen ihren Kindern, von Mrs Tallow und auch von Harry Moreton.

Sie glaubte nicht, dass sie Dominic Foster wiedersehen

wollte, wenigstens nicht in nächster Zeit. Sein Mut, zu ihr zu kommen und mit hohem persönlichem Risiko ein Geständnis abzulegen, hatte sie sehr beeindruckt und gerührt. Allerdings war sie ihm gegenüber noch immer hauptsächlich feindselig eingestellt, zwar nicht mehr so stark, aber weiterhin. Anders konnte es nicht sein. Sie war noch immer von Eifersucht erfüllt, denn letztlich hatte Benedict wegen Dominics Untreue seinem Leben ein Ende gesetzt, nicht wegen eines ihrer Fehler.

Natürlich hatte seine Beichte sie nicht von sämtlichen Schuldgefühlen befreit. Wie auch? Schließlich hatte sie sich intolerant und mitleidlos verhalten und außerdem nicht verzeihen können. Das würde sie für den Rest ihres Lebens begleiten. Hätte sie anders reagiert, hätte Benedict vielleicht sogar Dominics Zurückweisung und die entsetzliche Zerrissenheit in seinem Leben verkraftet. Doch als sie dagesessen und gelauscht hatte, wie Dominic ihr überstürzt und in drängendem Ton erzählt hatte, Benedict habe sie auf seine Weise immer geliebt, die Ehe trotz aller Probleme aufrechterhalten wollen und selbst bei ihrer letzten Begegnung voller Zuneigung und Dankbarkeit über sie gesprochen, war der Großteil ihrer Reue und ihres Selbsthasses verflogen.

Und ihr kam noch ein zum ersten Mal gesunder und kräftigender Gedanke: Zorn auf Benedict, weil er sie und die Kinder durch seinen Selbstmord so viel Schrecken und Schmerz ausgesetzt hatte. Natürlich war er ein wenig, vielleicht sogar sehr, verrückt gewesen. Die Ärzte hatten von Anfang an beteuert, dass ein Mensch, der bei klarem Verstand war, so etwas nie getan hätte. Aber sie hatte ihnen nicht geglaubt und sich lieber selbst die Schuld an alldem gegeben, voller Überzeugung, dass sie es war, die ihn in den Wahnsinn getrieben hatte. Nun war sie in der Lage, sich damit abzufinden und dennoch wütend zu sein, eine seltsam aufmunternde Mischung.

Rupert hatte eine gewaltige Menge seines Textes vergessen. Die Souffleuse war geduldig, Eleanor beruhigend, und sogar Jasper Hamlyn reagierte taktvoll. »Ich weiß, das ist nur das Lampenfieber, so was passiert ständig. Nächste Woche schaffst du es.« Dennoch förderte es angesichts der vorletzten Probe, der am Montag anstehenden Generalprobe und der Premiere am Mittwoch nicht gerade das Selbstbewusstsein. Er verließ das Theater allein (überzeugt, dass Jasper gerade Eleanor anvertraute, er spiele ernsthaft mit dem Gedanken, das Ganze abzublasen), ging in den nächsten Pub und genehmigte sich drei doppelte Brandys, bevor er in seine Pension zurückkehrte und Cassia anrief. Es kümmerte ihn nicht, dass das unklug war. Er brauchte einfach Rat und Unterstützung, und sie war die Einzige, die ihm das bieten konnte.

Sie kam nicht ans Telefon. Nicht, was er durch ausführliche Betrachtung seiner Uhr feststellte, um halb acht und auch nicht eine halbe Stunde und weitere dreißig Minuten später. Rupert hielt es nicht mehr aus. In seiner Einsamkeit und Panik beschloss er, in die Walton Street zu fahren, um dort auf sie zu warten. Sicher würde sie bald nach Hause kommen. Er ging auf die Straße, hielt ein Taxi an und gab dem Fahrer Mrs Horrocks' Adresse. Mrs Horrocks hatte einen Ersatzschlüssel und ihm diesen auf Cassias Anweisung schon öfter geliehen. Das tat sie auch jetzt und war sehr gerührt, dafür zwei Ehrenkarten für die Premiere von *Briefe* für sich selbst und Mr Horrocks zu erhalten. Darauf folgte die in leicht verwaschener Sprache vorgetragene Einladung, Rupert würde sie danach gerne in seiner Garderobe empfangen, um mit ihm und einigen anderen Gästen ein Glas Champagner zu trinken.

»Besoffen«, stellte Mr Horrocks knapp fest, nachdem sich die Tür hinter ihm geschlossen hatte. Mrs Horrocks rügte ihn wegen seiner Unhöflichkeit und sagte, es sei eine große Ehre, zu einer Premiere eingeladen zu werden. Was solle sie bloß anziehen?

»Glaubst du, er besorgt es ihr?«, fragte Mr Horrocks und schenkte sich ein Glas Bier ein.

Mrs Horrocks schimpfte, er solle sich den Mund mit Seife auswaschen. Mrs Tallow sei eine wunderschöne verheiratete Dame und habe eine reizende Familie.

»Ich habe nie das Gegenteil behauptet. Er besorgt es ihr, denk an meine Worte«, erwiderte Mr Horrocks und widmete sich der ziemlich langwierigen Prozedur, seine Pfeife anzuzünden. »Was glaubst du, macht er bei ihr im Haus? Seinen Text lernen?«

Mrs Horrocks, die diesen Verdacht auch hin und wieder hegte, ihn jedoch für sich behielt, entgegnete, er solle sich schämen, und fing an, sich über den Inhalt ihres Kleiderschranks zu beklagen, der nichts hergab, was sie ins Theater anziehen könne.

Rupert betrat das Haus – Cassia würde sicher gleich da sein – und versuchte sich auf das mitgebrachte Manuskript zu konzentrieren und sich den Text einzuprägen. Das erwies sich als absolut fruchtlos. Sobald er einen der Briefe auswendig gelernt hatte, entglitt ihm der nächste. Um halb zehn war er verzweifelt. Um sich ein wenig zu beruhigen, suchte er eine Flasche von Cassias ausgezeichnetem Burgunder heraus und trank drei große Gläser davon. Allmählich fühlte er sich ziemlich merkwürdig und hatte das Bedürfnis, sich hinzulegen. Also machte er es sich auf dem Sofa bequem, den Blick auf das Radio gerichtet, das er auf ein wunderbares Symphoniekonzert eingestellt hatte. Gerne hätte er ein Nickerchen gehalten, doch jedes Mal, wenn er es versuchte, fing das Zimmer an, sich auf diabolische Weise zu drehen. Es erinnerte ihn an das Fahrgeschäft auf dem Jahrmarkt in Brighton, auf das er Bertie und William zu ihrer Begeisterung im letzten Jahr mitgenommen hatte. Sie alle waren damals so glücklich gewesen.

Die Erinnerung an dieses Glück, das davonzuwirbeln drohte (so wie Cassias Wohnzimmer), ließ Rupert plötzlich in Tränen ausbrechen. Dass der letzte Brief, den er auswendig gelernt und noch im Gedächtnis hatte, ausgerechnet der war, den seine Figur an Eleanors geschrieben hatte, als sie an der Front von ihrer Hochzeit erfuhr (unter der irrigen Annahme, dass er vor achtzehn Monaten gefallen war), machte die Sache nicht besser.

Ich kann mir nicht vorstellen, auch nur eine Stunde, geschweige denn einen Tag oder, Gott steh mir bei, den ganzen Krieg lang weiterzuleben, ohne an Dich oder daran zu denken, dass Deine Liebe mich aufrechterhält. Ich lag im Lazarett zum Teil unter großen Schmerzen im Bett und habe es nur überstanden, weil ich an Dich und die glücklichen Erinnerungen dachte, die inzwischen vor Abnutzung fadenscheinig sein müssten. Sie waren der Stoff, aus dem unsere bescheidene Liebesgeschichte gewebt war. Bescheiden! Was ist bescheiden, mein Liebling? So mürbe, dass man ihn zerreißen und wieder in die einzelnen Fäden verwandeln kann, die er vor unserem Kennenlernen war. Sicherlich nicht. Sicherlich enthielten diese Fäden Kraft und Stahl. Sicher …

Endlich schlief Rupert ein. Er träumte nicht von dem Stück, nicht von der Premiere, ja nicht einmal von Cassia, sondern von Eleanor Studely und ihrer klangvollen Stimme.

Cassia war an diesem Tag nicht zur Arbeit gegangen. Sie hatte in der Klinik angerufen und dieselbe häusliche Krise vorgeschützt wie am Montag. Diesmal konnte sie diese ziemlich wahrheitsgemäß schildern und versprach, stattdessen am Freitag zu kommen. Wenn die mich feuern, weil ich in so einer

Sache gelogen habe, geschieht es mir ganz recht, dachte sie bedrückt, als sie den Hörer auflegte.

Sie konnte förmlich hören, wie die nette Schwester Hampton am anderen Ende der Leitung mitfühlend die Stirn runzelte. Sie war schockiert, von Berties schrecklichen Erlebnissen zu hören, und versicherte Cassia, sie brauche erst wiederzukommen, wenn dieser wieder ausreichend genesen war, um allein gelassen werden zu können. Also in ungefähr zehn Minuten, sagte sich Cassia, als sie dem kreischenden Gelächter aus Berties Zimmer lauschte. Dazu ständiges Gepolter, weil William seinem Bruder seine neuesten gymnastischen Fähigkeiten vorführte, und Delias schrille Rufe »Jetzt ich, jetzt ich«. Solche alltäglichen und glücklichen Geräusche.

Diese Fröhlichkeit war ansteckend und vertrieb, zumindest für den Moment, die Panik, die Besitz von ihr ergriffen hatte. Sie war stärker als Trauer, Reue, Selbsthass und sogar das herzzerreißende Elend, das sie bestimmte, seit Harry sie im Dorchester sitzen gelassen und sie dauernd seine Stimme im Ohr gehabt hatte, wie er sie eine Hure nannte.

Für den Rest dieses Lebens würde sie diesen Augenblick nicht vergessen, ja es nicht einmal versuchen. Er war die Geißel, mit der sie sich Tag und Nacht selbst bestrafte. Ihr gesamtes Verhalten, nicht nur der leichtfertige, beinahe fatale Zwischenfall mit Rupert und ihr egoistischer Ehebruch mit Harry, sondern auch – was vielleicht das Schlimmste war – die gnadenlose Dickköpfigkeit, mit der sie, wie sie nun mit schrecklicher Klarheit sah, ihre Ehe zerstört hatte. Sie verabscheute sich dafür. Für ihre Grausamkeit und Selbstsucht. Sie hatte den sanftmütigen, gütigen und liebevollen Mann weggestoßen, den sie, wenn auch aus den falschen Gründen, geheiratet hatte, und ihn mitleidlos behandelt. Das war die Ursache ihrer Panik. Nicht, dass ihre Ehe vorbei, dass Edward abgrundtief verletzt und dass Harry, ihre Chance auf Glück, für immer verloren waren. Nein, sie war es gewesen, die all das absichtlich und bewusst herbeigeführt hatte. Und nun würde sie für den Rest ihrer Tage damit leben müssen.

Sie ging nach oben in Berties Zimmer. Fanny saß am Fußende des Bettes, Bertie lag in den Kissen. Beiden liefen die Tränen übers Gesicht, allerdings nicht vor Trauer, sondern vor Lachen. William war kopfüber auf den Boden gestürzt. Seine Gliedmaßen waren wild mit denen von Delia und Buffy verschlungen, der Bertie nach oben gefolgt war, als Cassia ihn am Vorabend in sein Zimmer getragen hatte. Seitdem war er ihm nicht von der Seite gewichen, abgesehen von gelegentlichen Zwangspausen, wenn William ihn in den Garten geführt hatte. Buffy hatte Berties Abwesenheit gar nicht gefallen; er mochte keine Veränderungen. Und das zu Recht, dachte Cassia, während sie geistesabwesend seinen alten, leicht schütteren Schädel tätschelte. Veränderungen waren etwas Gefährliches.

»Hallo, Mummy.« Bertie gelang es kurz, mit dem Lachen aufzuhören. »Kann ich noch etwas Toast haben?«

»Natürlich kannst du. Offenbar geht es dir besser.«

»Viel besser. Es juckt kaum noch, und mir ist auch nicht mehr heiß. Ich habe nur schrecklichen Hunger.«

»Hunger«, wiederholte William und trampelte mit den Füßen auf den Boden. »Für mich bitte auch Toast.«

»Hunger«, schloss sich Delia an. »Toast, Toast.«

»In Ordnung. Bin gleich zurück.«

»Zurück«, jubelte William kichernd.

Schmunzelnd ging Cassia nach unten. Fanny folgte ihr und sagte, sie werde ein wenig im Wohnzimmer lesen.

»Gute Idee, Schatz. Sie machen wirklich viel Krach, richtig?«

»Sie sind eben noch klein«, erwiderte Fanny mit der Weisheit ihrer elfeinhalb Jahre.

Es war erstaunlich, dachte Cassia, wie schnell Kinder sich erholten. Einen Tag waren sie sterbenskrank, am nächsten schon wieder kerngesund. Oder sogar eine Stunde später.

Sie brachte den Toast nach oben. Inzwischen war Bertie stiller und bat sie, sich aufs Bett zu setzen. Als sie es tat, griff er nach ihrer Hand. »Muss ich wirklich nie mehr in dieses Internat? Nie, nie wieder?«

»Nie wieder«, bestätigte Cassia. Sie breitete die Arme aus, und er schmiegte sich an sie.

»Es war schrecklich«, sagte er nur.

»Ich weiß. Es tut mir leid.«

»Es war nicht deine Schuld. Oder die von Daddy«, fügte er mit Nachdruck hinzu. »Er hat gedacht, es würde mir gefallen. Ich auch.«

Wie nachsichtig Kinder waren, dachte sie und stützte den Kopf auf seinen. Sie verziehen so rasch. Auf dem Weg zum Erwachsenwerden, etwa um die Pubertät herum, ging viel von dieser Großzügigkeit verloren. »Ich weiß, Schatz. Wir haben einen Fehler gemacht.«

»Ja, aber das ist nicht so schlimm. Jedenfalls bin ich jetzt wieder zu Hause.« Sie verstummten und beobachteten, wie Delia ihren Toast an Buffy verfütterte. Geistesabwesend dachte sie, sie sollte ihn daran hindern, ihre kleinen Finger abzulecken, weil es unhygienisch war.

»Mummy?«

»Ja, Bertie?«

»Was bedeutet eigentlich vögeln?«

»Was?«, fragte sie teils schockiert, teils amüsiert.

»Vögeln. Was ist das? Denn Collins hat gesagt, dass in der Zeitung steht, du würdest einen Typen vögeln, der nicht Daddy ist.«

Cassia betrachtete ihn und William, der sie auffordernd anblickte, und betete um einen Geistesblitz, der leider ausblieb. »Nun«, erwiderte sie schließlich. »Wenn es der Artikel war, an den ich jetzt denke, war er völliger Unsinn. Darin ging es darum, dass ich Rupert Geld für sein neues Stück geliehen habe, und darum, wie gut wir befreundet sind, was natürlich stimmt. Aber der Reporter hat es ein bisschen übertrieben und glaubt offenbar, dass ich seine Freundin bin.«

»Was, du und Rupert?«

»Ja.«

»Also bedeutet vögeln, dass man die Freundin von jemandem ist?«

»So ungefähr.«

»Das ist ja der totale Schwachsinn«, protestierte William. »Du kannst gar nicht die Freundin von jemandem sein, weil du mit Daddy verheiratet bist.«

»Ja selbstverständlich. Ich habe ja gesagt, dass es albern ist.«

Schweigen entstand. »Bei zwei Jungen im Internat waren die Eltern geschieden«, sagte Bertie schließlich. »Wahrscheinlich kann man mit jemand anderem vögeln, wenn man geschieden ist.«

»Nun ja, vermutlich schon. Übrigens ist vögeln kein schönes Wort, Bertie. Ich würde es nicht benutzen.«

»Okay«, antwortete er vergnügt. »Außerdem bist du ja nicht geschieden, oder?«

»Nein, natürlich nicht.«

»Das fände ich ganz schlimm«, erwiderte er und kuschelte wieder den Kopf an sie. »Der Junge, er hieß Davidson, war in meinem Schlafsaal. Dauernd hat er geweint, weil seine Mutter sich von seinem Vater getrennt hat und sich scheiden lassen wollte. Lieber gehe ich zurück ins Internat, als dass du und Daddy euch scheiden lasst, wirklich.«

»Red keinen Mist«, entgegnete William und schlug mit

einem Kissen nach ihm. »Die lassen sich doch nicht scheiden. Hey, Mummy, willst du sehen, wie Delia ein Rad schlägt?« Als er Delia an ihren pummeligen Beinchen hochhob, kreischte sie vor Vergnügen.

»Ja«, sagte Cassia leise. »Sehr gerne.«

Am nächsten Tag beschloss sie, nicht nach London zur Arbeit zu fahren. Sie sagte sich und allen anderen, Bertie kränkele noch, weshalb sie bei ihm bleiben wolle. Doch der wahre Grund war, dass sie den Eindruck hatte, ihr Leben entglitte ihr in rasender Geschwindigkeit. Die eigenen vier Wände nicht zu verlassen vermittelte ihr das vermutlich trügerische Gefühl, diesen Prozess noch ein wenig aufhalten zu können.

KAPITEL 29

Über den Esstisch hinweg sah Harry Edwina finster an. »Ich gehe nicht zu dieser dämlichen Vorstellung und damit basta. Bitte erwähne es nicht mehr. Nimm doch deinen neuen Freund mit, der hat sicher Spaß daran. Und jetzt fahre ich ins Büro. Keine Ahnung, wann ich zurück bin.«

Edwina blickte ihm fragend nach. Seit Tagen schon war er übler Laune. Nicht dass das ungewöhnlich gewesen wäre. Sie überlegte, ob seine Anspielung auf Francis ein Hinweis war. Vielleicht störte es ihn doch. Nach seiner Rückkehr aus München hatte sie ihm von dem Abendessen und dem Besuch im Forty Three erzählt, einfach nur, weil er immer wütend wurde, wenn er etwas auf eigene Faust herausfand. Es hatte ihn völlig kaltgelassen, und er hatte nur achselzuckend weiter die Zeitung gelesen. Überhaupt interessierte ihn schon seit Wochen nicht mehr, was sie sagte oder tat. So war seine schlechte Laune in gewisser Weise eine Rückkehr zur Normalität.

Nun, wenn er nicht zu Ruperts Premiere wollte, sie würde jedenfalls hingehen. Eigentlich graute ihr davor, aber sie hatte es Rupert versprochen, und außerdem musste sie ihn wegen der Modenschau auf ihrer Seite wissen. Allerdings hatte sie nicht den Eindruck, dass es die bedeutendste Inszenierung der Saison werden würde. Der Kartenvorverkauf war sehr schleppend angelaufen.

Sie überlegte, ob sie Francis mitnehmen oder ihn wenigstens fragen sollte, ob er Lust dazu hatte. Eine gute Idee von Harry. Cassia würde sicher dort sein, Edward bestimmt nicht. Ruperts Mutter würde kommen. Sie war schon ganz aufgeregt wegen des Debüts ihres Sohnes im West End. Eine zähe alte Dame, sie musste mindestens achtzig sein.

Edwina hatte am Wochenende mit Rupert telefoniert. Er hatte ziemlich verzweifelt geklungen und gesagt, die Inszenierung würde eine Katastrophe werden. Doch das war wahrscheinlich nur die Empfindlichkeit eines Künstlers. Seit sie bei *Style* arbeitete, hatte sie so etwas häufig erlebt, und zu ihrer Überraschung konnte sie es absolut nachvollziehen. Wenn man sich damit abmühte, eine Höchstleistung zu vollbringen, führte das zu einer gewaltigen Anspannung, die sich irgendwann Bahn brach. Dennoch konnte Rupert recht haben. Womöglich war das Stück wirklich schauderhaft, weshalb es keine gute Idee war, Francis darauf anzusprechen.

Allerdings brachte dieser das Thema selbst aufs Tapet. Er rief sie wegen der Modenschau an und erkundigte sich dann, wann Ruperts Premiere stattfinden würde.

»Morgen«, erwiderte sie. »Er hat entsetzliches Lampenfieber.«

»Dabei hat er sich einen guten Tag ausgesucht. In London wird es von Leuten wimmeln. Die Marschierer aus Jarrow treffen ein, die armen, verzweifelten Menschen. Außerdem halten die Kommunisten eine Demonstration ab, und das Parlament eröffnet. Der erste Auftritt des neuen Königs. Oh, und laut Wetterbericht soll es kräftig regnen. Ist Ruperts Premiere ausverkauft?«

»Nur, wenn alle Marschierer aus Jarrow beschließen, Schutz vor dem Regen zu suchen. Offenbar läuft der Vorverkauf schlecht. Ich habe wirklich keine Ahnung, ob das Stück gut ist.«

»Der arme Bursche. Wir sollten ihn unterstützen, findest du nicht? Solidarität zeigen. Insbesondere deshalb, weil er so ausgezeichnete Arbeit für uns leistet. Könntest du mir ein paar Karten besorgen? Ich bringe einige Freunde mit.«

Cassia wollte Fanny und Stephanie mit zur Aufführung nehmen. Edward hatte sich natürlich geweigert, sie zu begleiten. Rupert hatte gemeint, sie könnten anschließend zusammen essen gehen. »Und ich trinke dann entweder Champagner oder ein Gläschen Gift.«

»Vielleicht schließe ich mich dir bei Letzterem an«, erwiderte Cassia.

Am Montagmorgen traf ein Brief mit einer französischen Briefmarke bei ihr ein. Er war von Monsieur Jean Berrez, dem Wirt des Cafés in Le Touquet. Er war einem von Rollo Greshams alten Freunden begegnet und hatte eine Adresse für sie. Gresham lebte in Marrakesch, und zwar im französischen Viertel der Stadt, auch als Ville Nouvelle bekannt, unweit des Jardin Marjorelle. »Offenbar fühlt sich Monsieur Gresham nicht sonderlich wohl, weshalb er sich bestimmt freuen würde, von Ihnen zu hören.«

Sofort schrieb sie an Rollo Gresham. All ihre Sorgen und Ängste hatten nicht die vertreiben können, die ihr als die dringendste erschien. Dann ging sie los, um den Brief abzuschicken. Unterwegs traf sie Mrs Venables und wünschte ihr lächelnd einen guten Morgen, erntete dafür jedoch nur ein kühles Nicken. Der Artikel, dachte sie seufzend. Reaktionen wie diese hatte sie in den letzten Tagen häufig erlebt.

Als der Novembermorgen graute, regnete es in Strömen, wie Francis angekündigt hatte. Der Regen schlug allen aufs Gemüt. Rupert lag, von Todesangst erfüllt, im Bett und lauschte, wie die Tropfen gegen das Fenster prasselten. Cassia, die mit Fanny nach London fuhr, musste einen Umweg zu ihrem Haus nehmen, da große Bereiche Londons wegen der staatlichen Prozession zum Parlamentsgebäude gesperrt waren. Harry Moreton stand mit finsterer Miene am Fenster seines Büros, starrte hinaus und rief der leidgeprüften Margot Murray Anweisungen zu. Die treuen Untertanen Seiner Majestät warteten stundenlang geduldig, um die Prozession zu sehen und dem König Glück für seine erste Parlamentssitzung zu wünschen. Und die erschöpften Männer, die über einen Monat lang von Jarrow hierhermarschiert waren, hatten sich diesen Tag ausgesucht, um dem Parlament ihre Petition zu überreichen, in der es hieß, man solle »die dringliche Notwendigkeit erkennen, in der Stadt Arbeitsplätze zu schaffen«.

Es trug nicht dazu bei, die allgemeine Stimmung zu heben, dass der König die Prozession absagte und mit dem Auto zum Parlament fuhr, was die Umwege überflüssig und das treue Ausharren absolut zwecklos machte. Allerdings konnten die Männer aus Jarrow nach ihrer Kundgebung die Ankunft des Königs in Westminster von einem guten Aussichtspunkt aus beobachten (von wo aus sie ihm in der gelösten Stimmung, die während des gesamten Marsches geherrscht hatte, begeistert zujubelten).

Cassia, die Fanny am Eaton Place bei der Nanny abgesetzt hatte und Zeugin des rührenden Wiedersehens mit ihrem Bruder, ihrer Schwester und sogar dem Personal geworden war, kam zu spät zu ihrer Sprechstunde. Leider musste sie feststellen, dass Schwester Hamptons Geduld mit ihr und ihrer Unzuverlässigkeit allmählich nachließ, wenn nicht gar zu Ende war.

»Es tut mir sehr leid«, entschuldigte sie sich. »Es ist nur, dass …«

»Ganz gleich, was auch der Grund sein mag, Dr. Tallow.

Gut, dass Sie hier sind. Obwohl es wegen des Regens wahrscheinlich ein ruhiger Tag wird. Fangen wir an? Da drinnen sitzt ein Mädchen mit fünf Kindern unter sechs Jahren, die sie alle mitgebracht hat und die jetzt ein Tohuwabohu veranstalten. Je früher sie an die Reihe kommt, desto besser.«

Als Cassia den Kopf ins Wartezimmer steckte und die fünffache Mutter, eindeutig mehrere Jahre jünger als sie selbst, ins Behandlungszimmer bat, fragte sie sich, wie sie es gelegentlich tat, ob ihr Beruf die Mühe wert war. Dann jedoch betrachtete sie das fahle Gesicht der jungen Frau und ihre mageren Hände, die das jüngste, in einen fadenscheinigen Schal gewickelte Kind hielten, und lauschte, als sie mit müder, ängstlicher Stimme erklärte, eine erneute Schwangerschaft werde sie um den Verstand bringen, und wusste, dass sich der Aufwand lohnte.

Um Viertel nach sieben war das Theater Second House nicht gerade voll besetzt. Cassia und Ruperts Mutter, eine furchterregende alte Dame, die sich gegen ihren Arzt und ihr Pflegeheim in Brighton durchgesetzt hatte, um dabei sein zu können, Fanny und Stephanie und Eleanor Studelys Tochter, ein recht ernstes kleines Mädchen, das die dunkle Schönheit seiner Mutter besaß und Portia hieß, sie saßen allein in der ersten Reihe. Eher verärgert als besorgt blickte Mrs Cameron sich ständig um und meinte zu Portia, die das Gleiche tat: »Keine Angst, zu Premieren kommen die Leute immer zu spät.«

»Schade, dass Onkel Edward nicht hier ist«, flüsterte Fanny Cassia zu. »Das wäre nett gewesen. Und Janet hätte es sicher auch gefallen.«

»Ja, wirklich schade«, erwiderte Cassia, die es bedauerte, Janet nicht eingeladen zu haben.

Auf eine abscheuliche Weise genoss sie beinahe diesen Abend und die Schrecken, die er bereithielt. Er lenkte sie von ihren eigenen Schwierigkeiten ab und ließ diese ein wenig in die Ferne rücken. Wieder ein Beweis für ihren abgrundtiefen Egoismus, dachte sie im nächsten Moment und schämte sich sehr.

Die Horrocks', die um halb sieben erschienen waren, um sich bloß nicht zu verspäten, saßen eine Reihe hinter ihnen, zusammen mit sechs Personen, offenbar Freunde von Eleanor. Einige Leute, vermutlich Kollegen von Rupert, hatten im ersten Rang Platz genommen. Zwei Paare, die Cassia als die anderen Finanziers erkannte, gesellten sich zu ihnen in die erste Reihe. Ein paar ziemlich durchnässte Menschen, die Mrs Cameron mit lautem Flüstern als Künstlertypen bezeichnete, setzten sich in die mittleren Reihen. Jasper Hamlin und James Piggott, Letzterer ziemlich grün im Gesicht, kamen mit einigen Freunden den Seitengang entlang, plauderten und lachten laut und tapfer. Jasper trat auf Cassia zu, küsste ihr die Hand und verkündete, heute werde Theatergeschichte geschrieben, bevor er seine Gäste zu ihren Plätzen führte. Zwei Männer, eindeutig Journalisten, der eine mit einer Kamera, erschienen und beschwerten sich über ihre Plätze, worauf Jasper Hamlyn sie in die zweite Reihe neben die Horrocks' setzte.

Und das war es dann auch schon.

Cassia sah auf die Uhr. Es war bereits zwanzig vor acht. Gleich würde sich der Vorhang heben müssen. Mehr Zuschauer würden es nicht werden. Ihr wurde flau. Sie spürte, wie sich eine kleine, zitternde Hand in ihre schob. Es war die von Portia. Als sie sie tröstend drückte, war ihre eigene schweißnass. Es war einfach nicht fair. Sicher stand der arme Rupert hinter der Bühne Höllenqualen aus. Und wo, um alles in der Welt, steckte Edwina? Dabei hatte Rupert doch so viel für sie und ihre verdammte Modenschau getan.

Und dann, als gerade die Lichter gelöscht wurden, entstand draußen Radau, und mindestens zwei Dutzend Menschen kamen herein. Ihnen voran marschierten Edwina und ein exotisch wirkender Mann, der einen scharlachrot gefütterten Umhang trug und einen Stock mit silbernem Knauf bei sich hatte. Sie alle sahen aus, als wollten sie zu einer Party. Die Männer waren mit Dinnerjacketts bekleidet, die Frauen mit langen Gewändern. Auf seltsame und sehr willkommene Weise schienen sie dem schäbigen kleinen Theater Glanz zu verleihen und es mit einem Knistern zu erfüllen.

»In dieser Dunkelheit finden wir unsere Plätze nie«, flüsterte der exotische Mann so laut, dass man es im ganzen Theater hören konnte. »Wir setzen uns einfach irgendwohin.«

Als sich die wenigen Personen in kleine Gruppen aufteilten, wirkte es, als sei der Großteil der Plätze besetzt. Cassia bemerkte, dass Mrs Camerons strenge Miene lockerer wurde, und sie hatte einen Kloß in der Kehle. Fest entschlossen, sich voll und ganz auf das Stück zu konzentrieren, drehte sie sich um. Wie es sich herausstellte, war das nicht weiter schwer.

Rupert und Eleanor saßen auf Stühlen zu beiden Seiten der Bühne. Die Kulisse war ein schlichtes Wohnzimmer im viktorianischen Stil und geschmackvoll mit wenigen Möbelstücken – einer Etagere, einem Stuhl und einem niedrigen Tisch – ausgestattet, die als Raumteiler dienten. Von dem Moment an, als sich der Vorhang hob, bis zu dem Augenblick, als er sich anderthalb Stunden später wieder senkte (es gab keine Pause), war es totenstill im Theater. Niemand scharrte mit den Füßen, hustete oder knisterte mit Bonbonpapier. Die Geschichte, so einfach, so rührend und streckenweise so humorvoll, schlug die etwa fünfzig Zuschauer in ihren Bann und ließ sie nicht mehr los. Das Publikum lächelte, seufzte, weinte und hielt den Atem an. Und als Ruperts sonore Stimme die letzte Zeile erklingen ließ – »Meine ganze Liebe, bis in alle Ewigkeit« – und der Vorhang sich senkte, herrschte lange Zeit

Stille, bis Applaus ausbrach, so laut, wie man es nie bei einem so wenige Köpfe zählenden Publikum erwartet hätte.

Auf der Empore trampelten Ruperts Freunde mit den Füßen. Mit vor Freude strahlendem Gesichtchen schaute Portia zu ihnen hinauf und stimmte ein. Die übrigen Kinder folgten ihrem Beispiel. Einer der Journalisten rief »Bravo«, und Francis Stevenson-Cook, der sich offenbar nicht lumpen lassen wollte, erhob sich und klatschte noch lauter. Andere taten es ihm nach, bis das ganze Publikum stand. Cassia sah zu, wie Rupert Eleanors Hand hielt und sich ein ums andere Mal verbeugte. Mit Tränen in den Augen blickte er ins Scheinwerferlicht. Man rief nach dem Autor und dem Produzenten. Wie aus dem Nichts tauchten Blumen für Eleanor auf. Insgesamt mussten sie neunmal vor den Vorhang treten. Beim letzten Mal schaute Rupert in die erste Reihe und warf Cassia, seiner Mutter und den Kindern eine Kusshand zu.

»O mein Gott.« Mrs Cameron wischte sich die Tränen ab. »Es war wundervoll. Wenn mein Mann das noch hätte erleben können.«

Da Mr Cameron bereits in Ruperts früher Kindheit verstorben war, war das selbst für Theatermaßstäbe ein wenig dramatisch. Doch Cassia lächelte sie an und erwiderte, das sei in der Tat traurig, doch sie freue sich, dass Mrs Cameron das Stück gesehen habe.

»Als ob ich mir das hätte entgehen lassen«, antwortete sie mit einem leichten Schnauben. »Nun, er hat lange genug gebraucht, aber jetzt hat er es endlich geschafft. Und das hat er nur Ihnen zu verdanken, meine Liebe. Und jetzt alles mitkommen. Wir müssen hinter die Bühne.«

»Fantastisch, oder?« Auf dem Weg zum Bühneneingang hakte Edwina Cassia unter. »Was für ein Triumph. Cassia, das ist Francis Stevenson-Cook. Meine beängstigend kluge Freundin Cassia Tallow. Man könnte sagen, dass sie diesen Abend möglich gemacht hat«, fügte sie lässig hinzu und verschwand im Meer der Menschen, die Rupert gratulierten.

»Ach, die berühmte Ärztin!«, sagte Stevenson-Cook. »Ich bin erfreut, Sie endlich kennenzulernen. Ich habe Ihr Foto in der Zeitung gesehen und von Ihrer höchst erfolgreichen Karriere gehört ...«

»Du liebes bisschen«, sagte Cassia halb verärgert, halb amüsiert. »Erfolg hatte ich keinen, und das Foto ist uralt.«

»Doch Sie sind noch immer so schön wie früher, wenn ich mir die Bemerkung erlauben darf.«

Edwinas Bekannter war sehr attraktiv, allerdings sicher homosexuell, dachte sie.

Wie ihr klar wurde, hatte er die verspäteten Zuschauer mitgebracht, die nun im Gang herumwimmelten und jeden in Reichweite küssten.

»Es war sehr nett, dass Sie alle gekommen sind«, sagte sie. »Vielen, vielen Dank. Rupert wird wirklich dankbar sein.«

»Kein Grund zum Dank, es war uns ein Vergnügen. Das Stück ist ausgezeichnet. Außerdem muss man einander unterstützen. Und jetzt verraten Sie mir, wie Sie diesen Abend möglich gemacht haben.«

»Ach, ich habe nichts Großartiges getan. Nur ein wenig Geld hineingesteckt.«

»Ja natürlich. Ich erinnere mich an den Artikel.« Sie bemerkte, wie er sie musterte und nach Zeichen für ehebrecherische Neigungen suchte. »Ist Ihr Mann auch hier?«, fragte er nach einer Weile lässig.

»O nein. Er ist wie immer beruflich eingespannt.«

»Ich verstehe. Ein Jammer, dass er einen solchen Erfolg verpasst hat.«

»Stimmt«, antwortete Cassia. In dem Versuch, einem Gespräch zu entrinnen, das sich offenbar zu einem Verhör entwickelte, fügte sie hinzu: »Jetzt müssen Sie mich aber entschuldigen. Ich habe drei kleine Mädchen hier, die beaufsichtigt werden müssen.«

»Ich liebe Kinder und würde sie gern kennenlernen«, erwiderte er zu ihrer Überraschung.

»Wie schön. Ich treibe sie zusammen und bringe sie her.«

Sie schafften es nie in ein Restaurant. Nach einer Weile verabschiedeten sich Stevenson-Cooks Freunde, weil sie zu einer todlangweiligen Party mussten. Er und Edwina blieben natürlich. Alle machten es sich auf der Bühne gemütlich, mehr Champagner wurde gebracht, und aus dem Nichts erschien ein Picknickkorb: Kanapees, winzige Würstchen und Sandwiches mit Räucherlachs. »Francis' Idee«, sagte Edwina zu Cassia. »Er hatte ihn im Auto und fand, dass wir ihn brauchen könnten.«

»Er ist sehr sympathisch«, meinte Cassia. »Und so überaus großzügig.«

»Ja, er ist wirklich ein Schatz, nicht wahr? So amüsant und überaus nett.«

Cassia zögerte. »Harry ist also nicht da?«

»Nein, er schmollt wie immer. Hat sich rundheraus geweigert zu kommen, obwohl er mich gebeten hatte, die Karten zu besorgen. Ohne Francis wäre ich heute Abend aufgeschmissen gewesen. Keine Herrenbegleitung, so wie bei dir. Aber bei dir spielt das ja keine Rolle«, fügte sie hinzu.

»Nein, vermutlich nicht«, erwiderte Cassia und fragte sich nach dem Grund: Zu langweilig? Zu unattraktiv?

»Wer sind diese seltsamen Leute dort bei der alten Mrs Cameron? Ist sie nicht großartig?«

»Oh, das sind die Horrocks'«, erklärte Cassia lachend. »Sie

macht in London bei mir sauber. Keine Ahnung, warum sie hier sind. Wahrscheinlich hat Rupert sie eingeladen.«

»Wie reizend von ihm. Allerdings wirken sie ein bisschen verloren. Ich gehe und rede mit ihnen, um ihnen die Befangenheit zu nehmen.«

»Hältst du das für eine gute Idee?«

»Aber ja. Ich habe einen Draht zur Arbeiterschicht. Das habe ich von Mummy gelernt.«

Mr Horrocks, der sich schon vor Verlassen des Hauses einige Biere und danach mehrere Gläser Champagner genehmigt hatte, fand sich in einem ziemlich verwirrenden Gespräch mit Edwina wieder.

»Ich hatte den Eindruck, dass Sie sich nicht ganz wohl in Ihrer Haut fühlen«, sagte Edwina mit einem reizenden Lächeln. »Doch das brauchen Sie nicht. Es ist wundervoll, dass Sie hier sind und dass Menschen wie Sie Freude am Theater haben. Sind Sie oft in dieser Gegend?«

»Nein, aber Mrs Horrocks natürlich schon, sie kümmert sich ja um Mrs Tallows Haus.«

»Ja, ich weiß. Sicher tut sie das gern. Mrs Tallow ist sehr sympathisch. Ich kenne sie, seit wir Debütantinnen waren.«

»Wirklich? Nun, sie scheint wirklich nett zu sein. Und Mr Cameron ist ein sehr charmanter Gentleman.«

»Oh, Sie haben ihn kennengelernt. Noch ein Schlückchen Champagner? Er ist ein wenig zu warm, aber das stört Sie sicher nicht.«

»Nein.« Mr Horrocks leerte sein Champagnerglas und hielt es Edwina ein wenig schief hin, damit sie nachfüllen konnte. Dann zwinkerte er ihr zu und leerte sein Glas erneut. »Mrs Horrocks ist Mr Cameron schon häufig begegnet. Er ist immer in ihrem Haus und übernachtet auch oft dort.«

»Ach.« Edwina platzte fast vor Neugier. »Sind Sie sicher?«

»Natürlich bin ich sicher«, erwiderte Mr Horrocks leicht empört. »Erst letztens, am Freitagabend, glaube ich, war er bei uns und hat um den Schlüssel gebeten. Am nächsten Morgen hat er ihn zurückgebracht. Er sah zum Fürchten aus.« Grinsend hielt er inne und zwinkerte wieder. »Diese Schauspieler sind doch alle gleich. Doch das liegt ihnen eben im Blut. Künstlerische Freiheit, sagt Mrs Horrocks. Richtig, Bets?«

Mrs Horrocks versetzte ihm einen kräftigen Rippenstoß. »Zeit, dass wir nach Hause gehen, Alan. Du hattest viel zu viel von diesem Zeug. Komm, wir bedanken uns bei Mr Cameron.«

Edwina blickte ihnen nach, als sie sich durch den Raum schlängelten. Dann musterte sie Cassia nachdenklich. Wie interessant. Die tugendhafte Cassia. Also hatte in dem Artikel nicht nur Unsinn gestanden. Die Menschen waren eben undurchschaubar. Sie konnte es kaum erwarten, Francis davon zu erzählen.

Die Feier dauerte bis nach eins. Cassia beobachtete die beinahe surreale Szene, die sich auf der Bühne entwickelt hatte, und fühlte sich, als wirke sie selbst in einem Theaterstück mit. Fanny und Stephanie waren offenbar unermüdlich und spielten mit Jasper Hamlyn und seinen Freunden Blindekuh. Rupert hatte Eleanor den Arm um die Schulter gelegt und hielt eine Champagnerflasche in jeder Hand. Mrs Cameron schlief tief und fest in einem der viktorianischen Sessel. Francis debattierte angeregt mit James Piggott, und Edwina tanzte mit Portia Charleston, vom Pförtner gekonnt auf der Mundharmonika begleitet.

»Kommt!«, rief Cassia, klatschte in die Hände und winkte die Kinder zu sich. »Es ist wirklich schon spät.«

Es wurde heftig protestiert. Edwina meinte, sie solle nicht so spießig sein, und schlug vor, dass sie und Rupert mit ihr und Francis ins Embassy gingen.

»Nein, besser nicht«, erwiderte Cassia. »Ich bin für die beiden verantwortlich. Und was machen wir mit deiner Mutter, Rupert? Sie wollte nach der Vorstellung doch zu einer Freundin ins Victoria.«

»Ach, sie kann mit in mein Hotel kommen. Ich bringe sie ins Bett, und dann würde ich gerne ins Embassy gehen. Eleanor, warum kommst du nicht mit?«

Eleanor, die eindeutig große Lust dazu hatte, lehnte ab. Was solle aus Portia werden? Cassia antwortete, das sei in Ordnung, sie könne bei ihr bleiben. »Ein kleines Mädchen mehr oder weniger macht keinen Unterschied.«

»Ja, aber wo übernachte ich? Ich kann heute Nacht unmöglich den weiten Weg nach Croydon fahren.«

»Bei uns«, sagte Edwina. »Kein Problem. Wir hätten dich gern dabei. Abgemacht? Also los. Francis, bist du bereit?«

Cassia fuhr mit den Kindern allein in die Walton Street. Obwohl sie sich an diesem Abend so über Ruperts Erfolg gefreut hatte, fühlte sie sich plötzlich niedergeschlagen.

Am nächsten Tag besuchte sie Cecily. Dass es Cecily besser ging und dass diese sie sehen wollte, hatte sie tief berührt. Sie beschloss, Fanny und Stephanie nicht mitzunehmen, und fuhr sie zum Eaton Place zu ihrem Kindermädchen. Die beiden waren noch immer aufgeregt, weil sie am Vorabend bei einem so glanzvollen Ereignis wie der Feier auf der Bühne dabei gewesen waren. Rupert hatte angerufen und gemeldet, drei weitere Journalisten von verschiedenen Zeitungen hätten für den Abend Karten bestellt. Der Samstagabend sei bereits ausverkauft. »Also kriegst du deine Investition zurück, mein Schatz, vermutlich zehnfach.«

Cassia erwiderte müde, das interessiere sie jetzt am wenigsten, doch sie freue sich sehr für ihn. Beim bloßen Gedanken an noch mehr Geld wurde ihr übel.

Als Cassia im Sanatorium eintraf, saß Cecily in einem Sessel am Fenster. Sie drehte sich um, lächelte Cassia an und hielt ihr die Hand hin. »Es ist so wunderbar, dich zu sehen«, sagte sie nur.

»Danke, ebenfalls«, sagte Cassia, erschrocken über den Anblick, der sich ihr bot. Cecily hatte mindestens zwölf Kilo abgenommen, ihre cremefarbene Haut war bleich und trocken wie Pergament, und ihre dunklen Augen lagen tief in den Höhlen. Jedoch funkelten sie weder überdreht wie auf der Beerdigung noch starrten sie stumpf vor sich hin wie an dem Morgen ihres Nervenzusammenbruchs.

Cecily, die ihre Gedanken offenbar gelesen hatte, lächelte. »Ich sehe zum Fürchten aus, stimmt's? Aber du hättest mich vor einer Woche erleben sollen. Verglichen damit bin ich jetzt dick. Dick und rosig.« Sie lachte auf. »Ich hätte nie geglaubt, dass ich einmal versuchen würde zuzunehmen.«

»Cecily, ich bin so froh, dass es dir besser geht.«

»Ich fühle mich wirklich besser«, erwiderte Cecily leicht überrascht. »Es ist wunderbar. Ich wollte sterben, weißt du? Bis vorgestern. Nun bin ich nur noch traurig und voller Reue, nicht mehr so panisch und verzweifelt.«

»Was hat zu dieser Besserung geführt? Waren es die Medikamente, die Behandlung oder einfach nur die Zeit?«

»Nein, das hat alles nichts genützt. Nein. Dominic Foster war bei mir.«

»Dominic Foster!« Cassia bemühte sich, sich ihr Erstaunen nicht anmerken zu lassen. »Aber, Cecily, ich dachte, dass er …«

Cecily lächelte. »Ich weiß, was du gedacht hast. Doch er hat mir etwas mitgeteilt, das alles verändert hat. Das war sehr mutig von ihm. Er kam her und hat darauf bestanden, dass ich ihn empfange. Er hat mir vieles erzählt, besonders eine Sache, und da wurde mir klar, dass es nicht allein meine Schuld war.

Auch nicht allein seine, obwohl er das gedacht hat. Wir haben beide dazu beigetragen. Vor allem habe ich verstanden, dass Benedict den schrecklichen Konflikt nicht mehr ertragen konnte. Mit mir, mit uns allen, mit seinen Neigungen und hauptsächlich damit, was die Gesellschaft mit ihm und seinesgleichen macht. Ich hätte nie geglaubt, dass ich meine Meinung einmal ändern würde, Cassia, aber inzwischen teile ich deine Ansicht, was die Gesetze zum Thema … Homosexualität angeht.« Es fiel ihr schwer, das Wort auszusprechen. »Es ist entsetzlich, dass sie Menschen in den Untergrund treiben und sie Erpressern ausliefern. Erinnere dich nur an diesen widerlichen Norman Duvant und was er Benedict hätte antun können.«

»Ja.«

»Wobei ich in dieser Angelegenheit noch immer ein komisches Gefühl habe und es im Gegensatz zu dir als Krankheit betrachte. Aber vielleicht hast du recht. Ich werde mich anstrengen.«

Cassia beugte sich vor und küsste sie. »Du brauchst dich nicht anzustrengen.«

»Nein, doch verstehst du nicht? Es gehört zum Heilungsprozess. Es ist schwierig zu erklären.« Wieder lächelte sie. »Jedenfalls danke ich dir sehr für alles, insbesondere dafür, dass du so lange auf Fanny aufgepasst hast. Das war bestimmt schwierig.«

»Überhaupt nicht«, erwiderte Cassia wahrheitsgemäß. »Sie ist ein liebes Kind. Wir hatten sie gern bei uns, und sie hat nicht die geringsten Probleme gemacht.« Sie zögerte. »Ich glaube, sie ist jetzt bereit, dich zu besuchen und mit dir zu reden. Meiner Ansicht nach ist es ein bisschen wie mit dir und Dominic. Ihr ist klar, dass sie vielleicht etwas falsch verstanden hat, aber sie braucht Hilfe dabei herauszufinden, wie und warum. Außerdem vermisst sie dich. Entsetzlich.«

»Ja, ich will sie auch sehen. Stephanie und der kleine Laurence waren schon hier, das war einfach. Mit Fanny erschien es mir schwieriger. Sie hat sich sogar geweigert, mit mir zu reden.«

»Ich weiß, aber ich denke, das ist jetzt vorbei. Sie wird sich freuen, bei dir zu sein. Außerdem hat sie dir eine Menge zu erzählen, was sicher hilfreich ist. Oh, und Bertie ist wieder zu Hause, warte nur, bis ich dir schildere, was dem armen kleinen Jungen passiert ist. Fanny ist in Gedanken nur noch bei Edwinas Modenschau. Das hat sie sehr aufgemuntert und ihr eine Beschäftigung gegeben, weil sie ja nicht in der Schule war. Sie werden darin mitwirken, Fanny, Stephanie und die kleine Portia. Das ist die Tochter von Eleanor Studely…«

»Nicht so schnell, Cassia. Wer ist Eleanor Studely?«

»Oh, Ruperts Partnerin auf der Bühne. Eine sehr nette, wunderschöne Witwe.«

»Meinst du, er könnte sich in sie verlieben?«, erkundigte sich Cecily voller Hoffnung.

»Nein, keine Chance, er hat eine Schwäche für junge Filmsternchen.«

»Er hat eine Schwäche für dich, Schatz.«

»Nein, hat er nicht«, entgegnete Cassia nachdrücklich. Zu nachdrücklich. Cecily musterte sie zweifelnd. »Jedenfalls nicht so. Natürlich nicht. Nun zurück zu Fanny. Ich finde, sie sollte wieder zur Schule gehen. Sie fühlt sich viel besser.«

»Wann ist denn die Modenschau?«

»Ziemlich bald. In drei Wochen, am Samstag, den 28. Edwina hat einen sehr ungewöhnlichen Mann aufgetrieben, der ihr dabei hilft. Nun, er ist ihr Chef. Ich bin nicht sicher, ob er…« Sie verstummte, denn Cecily war sicher noch nicht in der Lage zu erörtern, ob Edwinas neuer Begleiter homosexuell war. »…in sie verliebt ist.«

»In sie verliebt? Cassia, was redest du da? Was ist mit Harry? Sie hat ihn doch nicht etwa verlassen?«

Cassia blickte aus dem Fenster und spürte, dass sie errötete. Es war mehr als leichtsinnig von ihr gewesen, ihrem Wunschdenken Ausdruck zu verleihen. »Natürlich nicht«, antwortete sie. »Du kennst ja Edwina mit ihrem Hang zu Übertreibungen und Gerede.«

»Ja klar. Ich sehe schon, ich habe jede Menge Gerüchte verpasst. Übrigens war es so reizend von Edward, mir Blumen zu schicken. Bitte richte ihm aus, dass ich ihm schreibe, sobald es mir besser geht.«

»Edward hat dir Blumen geschickt?«

»Ja. Wusstest du das nicht? Oje, hoffentlich bist du jetzt nicht verärgert. Es waren sogar zwei Sträuße, einer kurz nach der Beerdigung und einer, als ich krank war. Außerdem einen lieben Brief.«

»Ja, er hat es erwähnt«, sagte Cassia. Sie hätte nicht überraschter sein können, wenn Cecily ihr erzählt hätte, Edward sei im Abendkleid und in hochhackigen Schuhen hier erschienen, eine Vorstellung, die sie zum Kichern brachte.

Ein wenig nervös blickte Edwina Harry über den Esstisch hinweg an. Seine Laune hatte sich eindeutig nicht gebessert. Er aß wortlos und ziemlich schnell und studierte dabei einige Papiere. Unter gewöhnlichen Umständen hätte sie das nicht gestört. Sie hätte sich einfach eine Zeitschrift geholt, doch sie musste ihn um etwas bitten, mit dem er vielleicht nicht einverstanden sein würde. Schließlich räusperte sie sich. »Harry, ich unterbreche nur ungern deine Lektüre«, begann sie in bemüht beiläufigem Ton. »Aber hättest du kurz Zeit, mit mir zu sprechen?«

»Ja?« Seine Miene war noch immer finster und abweisend.

»Wir wollen nächste Woche Fotos von dicken Strümpfen und Wanderschuhen machen.«

»Wir?«

»Die Zeitschrift. Und wir hatten die Idee, Autos als Hintergrund zu benutzen.«

Er runzelte die Stirn. »Du willst Strümpfe auf Autos drapieren? Das klingt ein bisschen bizarr.«

»Nein, natürlich nicht. Die Mannequins werden sie tragen. Sie sollen nur dabei auf dem Trittbrett stehen, einsteigen und so weiter.«

»Ah ja. Das könnte interessant werden. War das alles?«

»Nein, Harry. Sei doch nicht so vernagelt. Ich wollte darauf hinaus, ob wir ein paar von deinen Autos benutzen könnten. Die hübscheren. Den Hispano zum Beispiel, der ist wunderschön. Und den Delage. Vielleicht den Bugatti …«

»O nein, nicht den Bugatti. Aber die anderen schon, wenn du möchtest. Unter der Bedingung, dass Manning dabei ist. Ich will nicht, dass sonst jemand die Wagen fährt. Insbesondere nicht du.«

»Selbstverständlich.« Es erstaunte sie, dass er so schnell einverstanden gewesen war. »Das ist sehr nett von dir.«

Er zuckte die Achseln. »Keine Ursache.«

»Trotzdem danke.« Da sie fand, dass sie aus Dankbarkeit ein wenig Interesse an ihm zeigen sollte, fragte sie: »Was sind das für Papiere, die du da liest?«

»Ach Geschäftsberichte. Todlangweilig. Kaffee?«

»Bitte. Das Theaterstück gestern ist gut angekommen.«

»Ach ja? Und wo warst du danach? Doch sicher nicht bis nach drei im Theater. Außer das Stück hatte Überlänge.«

»Oh, im Embassy. Mit einigen Freunden. Rupert Cameron und seiner Bühnenpartnerin. Zufällig habe ich letzte Nacht ein wundervolles Gerücht aufgeschnappt.«

»Wirklich? Muss ich es mir anhören?«

»Ja, musst du. Es geht um Cassia.«

Schweigend nippte er an seinem Kaffee.

»Du kennst doch den Zeitungsartikel über sie und Rupert.«

»Ich erinnere mich vage.«

»Nun, offenbar ist er wahr. Ihre Putzfrau war gestern auch da, frag mich nicht, warum. Vermutlich, weil Cassia so eine schreckliche Sozialistin ist. Jedenfalls sagte ihr Mann …«

»Cassias Mann?« Sein Blick wurde plötzlich aufmerksam.

»Nein, der war nicht da. Natürlich nicht. Der Mann von der Putzfrau. Er sagte, dass Rupert ständig bei Cassia übernachtet. Erst am letzten Freitag. Der alte Knabe hat ihm den Schlüssel gegeben. Ist das nicht sonderbar. Na, du kennst ja den Spruch. Wo Rauch ist, ist auch Feuer.«

»In der Tat.«

Am nächsten Morgen versuchte Cassia, sich auf die Berichte zu konzentrieren, die sie für den Verband für Familienplanung schreiben musste, als Edwina eintraf. Bei ihrem Anblick wurde sie, wie stets seit ihrer ersten Nacht mit Harry, von Angst und Schuldgefühlen ergriffen. Allerdings machte Edwina einen freundlichen und vergnügten Eindruck.

»Darf ich reinkommen? Ich möchte dich etwas fragen.«

»Ja natürlich. Warum bist du nicht in der Arbeit?«

»Bin ich ja in gewisser Weise. Ich wollte dich bitten, mir nächste Woche dein Auto zu leihen.«

»Mein Auto? Wieso?«

»Für ein Foto. Dieses leuchtende Gelb ist so hübsch. Wir benutzen bereits zwei von Harrys Autos, die sind beide blau. Ich dachte, das wäre eine wunderbare Ergänzung. Wäre das für dich in Ordnung? Selbstverständlich passe ich gut darauf auf.

Ich lasse es sogar von Manning abholen und fahren. Er achtet auch auf die von Harry.«

»Na klar, wenn du möchtest.«

»Danke. Am Mittwoch. Dann bist du doch in der Stadt, oder? Ich leihe dir dafür meins, falls du es brauchst.«

»Oh, ich glaube, das wird nicht nötig sein. Am Abend findet doch eine Probe für die Modenschau statt, oder?«

»Ja, im Studio im *Style* House. Ein Geschenk des Himmels. Francis ist wirklich ein Engel.«

»Er ist sehr sympathisch«, erwiderte Cassia ausweichend.

»Findest du auch? Ich bete ihn an. Er ist humorvoll und immer gut gelaunt, zumindest meistens. Ganz im Gegenteil zu meinem lieben Mann. Der benimmt sich momentan einfach, nun, ich glaube, abscheulich ist das einzige Wort dafür. Patzig, spricht nicht einmal bei Tisch. Ich bin mit meinem Latein am Ende, Cassia. Manchmal frage ich mich, warum wir überhaupt noch verheiratet sind. Insbesondere jetzt …«

»Wieso jetzt?«, hakte Cassia nach. Zu schnell, wie sie befürchtete, aber Edwina hatte es nicht bemerkt.

»Nun, er weiß über die Kinder Bescheid.«

»Welche Kinder?«

»Die, die ich nicht kriegen kann.«

»Oh, ich verstehe.« Cassia bemühte sich, beiläufig und höflich interessiert zu klingen. »Wann hast du das erfahren?«

»Offen gestanden schon vor einer Ewigkeit. Aber ich habe es Harry erst nach der Operation erzählt. Deine Miss Gerard hat mir auch den Grund erklärt. Sie ist wirklich sehr nett, Cassia. Offenbar blockierte Eileiter.«

»Blockierte Eileiter. Oh, Edwina, was für ein Pech. Warum, um alles in der Welt, hast du blockierte Eileiter?«

»Ach, du weißt schon.« Etwas an ihrem Gesichtsausdruck zwang Cassia weiterzufragen.

»Nein, weiß ich nicht.«

»Ach, ich sage es dir einfach. Schließlich sind wir alte Freundinnen. Und du darfst es sowieso niemandem verraten. Ärztliche Schweigepflicht und so.«

»Nein, natürlich nicht.« Cassia hielt es für unnötig, Edwina über die Feinheiten der ärztlichen Schweigepflicht aufzuklären.

»Ich hatte eine Abtreibung«, sagte Edwina beiläufig. »Nun, eigentlich waren es zwei, doch bei der ersten war ich erst sechzehn. Damals hat alles geklappt. Aber die zweite war kurz vor meiner Hochzeit.«

»Kurz davor?«, wiederholte Cassia. »Soll das heißen, das Baby war von Harry?« Ihr war klar, wie gefährlich es war, Edwina so unter Druck zu setzen, aber sie konnte einfach nicht anders. Es war eines der interessantesten Gespräche ihres Lebens.

»Nein, das wäre in Ordnung gewesen. Natürlich. Nein, Harry war in New York, und eines Abends war ich mit Roddy Buchanan beim Essen. Sicher erinnerst du dich an ihn, ein sehr amüsanter Typ. Ich habe schon immer für ihn geschwärmt und mir fast die Augen ausgeheult, als er Yolande geheiratet hat. Nun, jedenfalls war er todunglücklich. Er sagte, er habe einen schweren Fehler gemacht. Er hätte sie nie heiraten dürfen. Inzwischen treibe sie sich mit irgendeinem indischen Prinzen herum und sei nach Paris geflogen. Tja, wir haben uns schrecklich betrunken, eines führte zum anderen, und ein paar Wochen später habe ich bemerkt, dass es mich erwischt hatte. Ich war absolut verzweifelt, das würde doch jedem so ergehen. Ein einziger winziger Fehler. Ich habe mich so auf die Hochzeit mit Harry gefreut. Also gab es keinen anderen Ausweg. Ich musste es loswerden. Harry hätte es sofort gewusst, und ich konnte unmöglich … Nun, wie dem auch sei, ich hatte eine Abtreibung. Der Arzt war wirklich kompetent, und die

Sache fand in einer teuren Klinik statt, nicht bei einer Engelmacherin oder so. Trotzdem habe ich irgendeine Infektion gekriegt. Wochenlang war mir elend. Die Flitterwochen waren die Hölle, das kann ich dir sagen. Ich musste Harry vorschwindeln, ich hätte die Grippe und schlimme Menstruationsbeschwerden. Jedenfalls war das der Grund. So einfach ist das.«

»So einfach«, wiederholte Cassia.

»Ergibt das für dich Sinn? Als Ursache für blockierte Eileiter, meine ich?«

»O ja«, erwiderte Cassia. »Ich fürchte schon. Ich sehe so etwas häufig. Es muss eine ziemlich schwere Infektion gewesen sein.« Sie fühlte sich wie benommen, so als sei ihre ganze Welt aus den Fugen geraten.

»Ja, war es. Entsetzlich schmerzhaft. Zum Glück wurde es bis zur Hochzeit ein wenig besser. Aber danach habe ich ständig gekränkelt.«

»Also glaubt Harry einfach nur, dass du unfruchtbar bist.« Sie schlug einen sachlichen, besorgten Ton an. »Doch er kennt den Grund nicht.«

»Nein. Ich habe schon befürchtet, er würde mich deshalb ins Kreuzverhör nehmen. Ich meine, nach der Operation. Doch das hat er nie getan. Er scheint sich damit abgefunden zu haben. Natürlich ist es ein Jammer, allerdings macht es ihm mehr zu schaffen als mir. Gut, ich fühle mich ein wenig wie eine Versagerin, aber ich hätte eine lausige Mutter abgegeben, findest du nicht? Jedenfalls hat unsere Ehe dadurch eine Menge an Sinn verloren. Insbesondere für Harry. Wir waren nie bis über beide Ohren ineinander verliebt, sondern mochten uns einfach. Wir haben zusammengepasst und uns recht gut verstanden. Inzwischen ist nicht einmal mehr das vorhanden. Andererseits, oh, ich weiß nicht, ob ich Lust auf eine Scheidung habe. Du?«

»Ich habe noch nie darüber nachgedacht«, antwortete Cassia mit schwacher Stimme.

»Das hast du doch sicher. Insbesondere jetzt wegen der Sache mit Rupert.«

»Edwina, das war alles nur aufgebauschter Unsinn.«

»Ach ja? Soweit ich es feststellen kann, nicht ganz. Komm schon, war da etwas?«

»Tja«, sagte Cassia hilflos. »Es ist nicht alles erlogen, aber …«

»Oh, Schätzchen.« Edwina lächelte sie an. »Mir brauchst du nichts vorzumachen. Vor allem nicht nach dem, was ich dir gerade anvertraut habe. Natürlich erzähle ich nichts weiter. Es ist einzig und allein deine Sache.« Sie tätschelte Cassia den Arm. »Jetzt muss ich aber los. Noch mal vielen Dank für das Auto. Das ist wirklich lieb von dir. Bis bald.«

Noch lange Zeit nachdem das Klappern von Edwinas hohen Absätzen auf der Straße verklungen war und sie ihren leuchtend roten Mantel und Hut nicht mehr sehen konnte, stand Cassia am Fenster und starrte hinaus. Sie war völlig erschöpft. Vermutlich fühlte man sich so, wenn man sich lange Zeit mühsam auf dem Rücken eines wilden Pferdes gehalten hatte und dann doch auf dem steinharten Boden landete. Im Moment schien ihr ganzes Leben einem wilden Pferd zu ähneln, und sie wusste nicht, wie lange sie noch im Sattel würde bleiben können.

Nur eines hatte sich zumindest verändert: Ihr schlechtes Gewissen gegenüber Edwina wegen ihrer Affäre mit Harry hatte sich in Luft aufgelöst.

KAPITEL 30

Unsere Leben hängen an so winzigen Fäden, dachte Cassia, während sie quer durch London nach Brixton fuhr. Der graue Novemberdunst ging bereits in dunklen, undurchdringlichen Nebel über. Vor sechzig Jahren hatte ihre Großmutter Leonoras Mutter bei einer Teeparty kennengelernt. Ohne diese Teeparty wäre Leonora nicht ihre Patin geworden, sie wäre Harry nie begegnet, sie hätte vermutlich nicht am St. Christopher's studieren können, deshalb Edward nicht getroffen und ganz sicher das Geld nicht geerbt. Der ganze Gedankengang war beängstigend. Während sie ihn mit all seinen Wendungen nachvollzog – wo würde sie heute wohnen, wen hätte sie geheiratet, wer Bertie wohl wäre –, fuhr sie etwas zu schnell und wäre beinahe mit einem von einem Pferd gezogenen Milchwagen zusammengestoßen, der im Nebel kaum sichtbar war. Sie trat auf die Bremse und saß keuchend und mit klopfendem Herzen da. Wenn sie die Klinik lebend erreichen wollte, würde sie besser aufpassen müssen.

In diesem Moment verband ein weiterer winziger Faden ein anderes Leben mit ihrem und löste eine Kette komplizierter Ereignisse aus. Barbara Perkins war eine zweiundzwanzigjährige Mutter von drei Kindern und hatte ihren Besuch in der Familienplanungsklinik einige Zeit vor sich hergeschoben, und zwar hauptsächlich deshalb, weil ihr Mann dagegen war. Nun hatte sie ihren Jüngsten dabei ertappt, wie er mit der Küchenschere fröhlich den neuen Pullover zerfetzte, den ihre Schwiegermutter für ihn gestrickt hatte. Das war der Tropfen, der das Fass zum Überlaufen brachte, denn diesem Vorfall waren noch einige vorangegangen. So hatte die Älteste ihr kostbares Frühstücksei an die Katze verfüttert, während der Mittlere etwas ausbrütete, das für Barbaras ungeübtes Auge verdächtig nach Mumps aussah. Hinzu kam, dass Barbara befürchtete, wieder schwanger zu sein, und drei Wochen in Angst und Schrecken verbrachte, bis zu ihrer großen Erleichterung endlich ihre Periode einsetzte. Zum Glück traf ihre Mutter ein, die die Kinder hüten konnte, sodass Barbara beschloss, ein Besuch in der Klinik sei wichtiger als ihre Furcht vor der Reaktion ihres Mannes.

Außerdem hatte sie gehört, es gebe eine neue und sehr nette Ärztin in der Klinik. Ihre Freundin Joanne hatte gesagt, man könne gut mit ihr reden und brauche sich überhaupt nicht zu genieren. Also würde es vielleicht nicht so schlimm werden.

Den ganzen Tag lang war ihr schon elend, was wahrscheinlich zu ihrer allgemeinen Verzweiflung beitrug. Diesmal war ihre Periode sehr schmerzhaft gewesen, und die Schmerzen wollten einfach nicht vergehen. Sie konnte sich keinen Grund dafür vorstellen und fühlte sich seltsam zittrig und schwach.

Bei ihrer Ankunft in der Klinik war sie so nervös, dass sie ihre Schmerzen vergaß. Eine junge, elegant gekleidete Frau folgte ihr und kramte dabei hektisch in ihrer Handtasche. Barbara war sehr überrascht, die mütterlich wirkende Krankenschwester im Wartezimmer sagen zu hören, nein, Dr. Tallow, sie habe den Schlüssel zum Lagerraum nirgendwo gesehen. Tja, eine fähige Ärztin war das sicher nicht. Sie war ja kaum älter als sie selbst. Beinahe wäre sie unter einem Vorwand wieder verschwunden, hätte sie in diesem Moment nicht wieder eine heftige Schmerzwelle durchschossen, sodass sie sich auf den Schreibtisch der netten Krankenschwester stützen musste. Sie versuchte, tief durchzuatmen, wie man es ihr in der Geburtsvorbereitung beigebracht hatte.

»Fühlen Sie sich nicht wohl?« Die Ärztin machte ein besorgtes Gesicht.

»Doch«, erwiderte Barbara. »Alles in Ordnung, nur eine kleine Magenverstimmung.«

»Hier«, sagte die Ärztin und förderte aus ihrer Handtasche eine Tablette zutage. »Kauen Sie die da, die sind gut. Ich bemühe mich, Sie nicht zu lange warten zu lassen. Heute dürfte wegen des Nebels nicht zu viel los sein.«

Sie schien wirklich sehr nett zu sein, dachte Barbara, obwohl die Magentablette ebenso wenig nützte wie das tiefe Durchatmen während der Wehen. Sie setzte sich und las in einer Zeitschrift eine Anzeige für den Aga-Gasherd, der Mann und Frau gleichermaßen glücklich machen würde. Den Mann, weil er wenig Gas verbrauchte und leckere Mahlzeiten zaubern würde, und die Frau, weil er die Köchin stets bei Laune hielt.

»So ein Schwachsinn«, sagte Barbara laut, worauf ihre Sitznachbarin sie mit hochgezogenen Augenbrauen ansah. »Verzeihung«, sagte sie verlegen und blätterte zu einem Artikel um, in dem es hieß, Frauen seien nicht notwendigerweise das schwache Geschlecht, auch wenn sie keine Sicherungen austauschen und keine Zugfahrpläne lesen könnten. Das amüsierte sie und lenkte sie für eine Weile ab. Doch dann nahmen Schmerzen und Schwächegefühl wieder zu, und als sie endlich ins Sprechzimmer gerufen wurde, ging es ihr so schlecht, dass sie schon befürchtete, sie könne in Ohnmacht fallen oder sich übergeben müssen.

»So«, begann Cassia, »setzen Sie sich, Mrs Perkins. Ich brauche nur ein paar Informationen: Adresse, Alter. Ich nehme an, Sie sind verheiratet.«

»Da können Sie Gift drauf nehmen«, antwortete Barbara.

Als Cassia amüsiert aufblickte, bemerkte sie, dass die Frau kreidebleich war und sich auf die Lippe biss. »Ist alles in Ordnung?«

»Ich glaube schon. Nur die Schmerzen hören nicht auf.«

»Wo tut es denn weh? Zeigen Sie es mir.«

Barbara wies auf ihren Unterleib.

»Ist es sehr schlimm?«

»Ja, ziemlich. Heute Morgen auch.«

»Kommen Sie, legen Sie sich hin. Gut so. Könnten Sie Ihr Höschen ein Stück herunterziehen, damit ich Ihnen den Bauch abtasten kann.« Sanft befühlte sie Barbaras Bauch, der eindeutig sehr schmerzempfindlich war. Auf der rechten Seite im Bereich des Eierstocks befand sich eine leichte, kaum wahrzunehmende Schwellung. Als Cassia daraufdrückte, zuckte Barbara zusammen. »Entschuldigen Sie. Tut das sehr weh?«

»Ja, sehr. Und mir ist ein wenig übel.«

Sie hatte eine Blinddarmnarbe, also konnte es nicht daran liegen. Eine Zyste vielleicht?

»Wann haben die Schmerzen angefangen?«

»Oh, vor etwa zwei Wochen. Immer wieder einmal, nicht durchgehend.«

»Hatten Sie vor Kurzem Ihre Periode?«

»Ja, Doktor. Vor ungefähr zwei Wochen.« Eine drohende Fehlgeburt kam auch nicht infrage.

»Haben Sie stark geblutet?«

»Nein, nicht sehr stark. Allerdings war ich erleichtert. Ich habe nämlich befürchtet …« Sie zögerte.

»Ja?«

»Dass ich wieder schwanger sein könnte. Wir hatten nämlich, na, Sie wissen schon …«

»Geschlechtsverkehr?«, sprang Cassia für sie in die Bresche.

»Ja. Zum falschen Zeitpunkt. Und er mag, nun … die Dinger nicht.«

»Typisch.« Cassia seufzte auf. »Hier bei uns sind Sie jedenfalls richtig. Meiner Ansicht nach haben Sie etwas, das man eine Eierstockzyste nennt. Das ist nichts Ernstes, kann aber starke Schmerzen verursachen. Ich würde Sie gern ins Krankenhaus überweisen. Vielleicht müssen Sie sich einem kleinen Eingriff unterziehen. Machen Sie kein so erschrockenes Gesicht. Eine enge Freundin von mir hatte letztens auch so eine Operation, und eine Woche später war sie wieder in der Arbeit. Jetzt kümmern wir uns erst mal um das andere Problem, und dann schreibe ich Ihnen eine Überweisung fürs Krankenhaus.«

Vorsichtig passte sie der jungen Frau ein Diaphragma an. Die starken Schmerzen gefielen ihr gar nicht. »So, und jetzt ziehen Sie sich an und setzen sich wieder an den Schreibtisch. Ich glaube …«

Ein lautes Poltern ertönte. Barbara Perkins war beim Aufstehen in Ohnmacht gefallen. Cassia rief nach Schwester Hampton, half Barbara auf einen Stuhl und steckte ihr den Kopf zwischen die Knie.

Barbara Perkins schrie auf. »Tut mir leid«, stieß sie mit klappernden Zähnen hervor, richtete sich langsam auf und legte den Kopf in den Nacken. »Ich habe so entsetzliche Schmerzen.«

Cassia musterte sie. Sie schwitzte, und ihr Gesicht war aschfahl. »Barbara, sind Sie sicher, dass Sie vor Kurzem Ihre Periode hatten?«

»Ja natürlich bin ich sicher. Noch nie im Leben war ich so erleichtert.«

»Und wann hatten Sie ungeschützten Geschlechtsverkehr?«

»Ich weiß nicht, vor etwa sieben oder acht Wochen. Mein Gott, ich halte das nicht mehr aus.«

Cassia überlegte rasch. »Entschuldigen Sie mich einen Moment. Die Schwester kümmert sich um Sie.«

Sie ging in den Vorraum, rief im St. Christopher's an und bat, mit Mr Scarsdale verbunden zu werden. Verflixt, wenn er ausgerechnet jetzt ein Baby entband, würde sie einen Schreianfall kriegen. Zu ihrem Glück hielt er nur eine Sprechstunde ab, was er ihr in äußerst ungeduldigem Ton mitteilte.

»Mr Scarsdale, entschuldigen Sie vielmals, aber ich brauche Ihre Hilfe. Ich bin es, Dr. Tallow.«

»Ja, darüber hat man mich informiert.«

»Tut mir leid. Ich bin gerade in meiner Sprechstunde in Brixton und habe hier eine junge Frau, von der ich sicher bin, dass sie an einer Eileiterschwangerschaft leidet. Was? Starke Unterleibsschmerzen, Schmerzempfindlichkeit, heftiges Schwitzen, der Puls ist leicht beschleunigt, Temperatur ein wenig erhöht, knapp achtunddreißig. Blutdruck ist im Moment okay. O Gott, einen Moment bitte. Ja, Schwester Hampton? Verzeihung, Mr Scarsdale, offenbar hat sie gerade zu bluten angefangen. Nein, nicht viel. Nein, der Blinddarm ist es nicht, der ist draußen. Natürlich. Würden Sie? Ich wäre Ihnen so dankbar. Danke. Ich rufe von hier aus einen Krankenwagen an. Könnten Sie bei unserer Ankunft in der Notaufnahme sein? Das wäre wundervoll und würde Zeit sparen. Vielen Dank. Wahrscheinlich in etwa zwanzig Minuten. Obwohl, bei diesem Nebel …«

Sie alarmierte den Krankenwagen und kehrte ins Behandlungszimmer zurück. Schwester Hampton hatte Barbara Perkins auf die Untersuchungsliege gelegt, hielt ihr die Hand und tupfte ihr das schweißnasse Gesicht ab.

»Ich glaube, Sie haben etwas, das man als Eileiterschwangerschaft bezeichnet, Barbara«, sagte Cassia. »Das heißt, dass sich das Baby nicht in der Gebärmutter, sondern in einem

Ihrer Eileiter eingenistet hat. Leider kann es dort unmöglich überleben.«

»Dem Himmel sei Dank«, erwiderte Barbara und sah Cassia mit einem Anflug von Galgenhumor in den Augen an.

»Nun ja«, antwortete Cassia lächelnd. »Mag sein. Doch es könnte gefährlich werden, wenn wir Sie nicht sofort in ein Krankenhaus bringen. Ich habe den Krankenwagen schon angerufen, und ich begleite Sie ins St. Christopher's Hospital. Es ist nicht das nächste, aber es ist sehr gut, und ich kenne die Leute in der gynäkologischen Abteilung, weil ich dort ausgebildet worden bin. Halten Sie durch. In etwa einer Stunde haben Sie hoffentlich das Schlimmste ausgestanden.«

»Ich gebe mir Mühe. O Gott, das ist wie die Wehen, nur übler. Gerade habe ich einen Artikel darüber gelesen, dass wir nicht das schwächere Geschlecht sind. Verdammt, das sind wir wirklich nicht.«

Als das Telefon läutete, ging Schwester Hampton an den Apparat. »Ich fürchte, wir haben ein Problem«, meldete sie. »Das war St. Christopher's. Wegen des Nebels kommen die Krankenwagen nicht voran. Offenbar ist es keine gute Idee, Mrs Perkins dorthin zu schaffen.«

»Wo ist dann das nächste? Thomas's, denke ich. Dahin ist es nicht so weit. Oder, Moment, da gibt es noch Queen Alexandra's, warum ist mir das nicht gleich eingefallen? Wir könnten sie selbst hinbringen, das klappt wahrscheinlich schneller als mit einem Krankenwagen. Barbara, glauben Sie, Sie könnten nach draußen zu meinem Auto gehen, wenn Sie sich auf uns stützen?«

»Ich kann es versuchen.«

Cassia betrachtete sie noch einmal. Sie war noch bleicher geworden. »Ich schaue mir noch einmal Ihren Bauch an, falls Sie nichts dagegen haben. Und ich messe Ihren Blutdruck.«

Der Blutdruck war abgesackt. Als sie vorsichtig Barbaras Bauch abtastete, war dieser steinhart geworden. Ein Hinweis auf innere Blutungen in der Bauchhöhle. Das konnte nichts anderes als eine Eileiterschwangerschaft sein. Und wenn ein Gefäß geplatzt war, war das lebensbedrohlich. Das war der Stand der Dinge. Lächelnd tätschelte sie Barbara die Hand.

»Das wird schon wieder. Kommen Sie, wir bringen Sie in mein Auto. Das Krankenhaus ist ganz in der Nähe.«

Der Nebel wurde immer dichter, auch wenn er noch nicht so weit gediehen war, dass man darin die Orientierung verlor. Allerdings kroch der Verkehr dahin. Sie legten Barbara auf den Rücksitz. Schwester Hampton kauerte sich neben sie auf den Boden. Die Blutungen waren nicht sehr stark, doch Barbara klapperte mit den Zähnen.

»Puls?«, fragte Cassia knapp.

»Ziemlich stabil«, erwiderte Schwester Hampton in aufmunterndem Ton. »Der Blutdruck ist ein wenig gesunken. Kein Grund zur Sorge.«

Eigentlich war es kein weiter Weg von der Klinik zum Queen Alexandra Hospital. Nur anderthalb Kilometer die Brixton Road hinauf, dann zweimal links abbiegen und dann zurück in die Clapham Road. Eine einfache Strecke, die unter gewöhnlichen Umständen höchstens zehn oder fünfzehn Minuten in Anspruch genommen hätte. Nur dass das hier keine gewöhnlichen Umstände waren. Nach einem Blick auf den Stau vor ihr beschloss Cassia, eine andere Route zu nehmen. Sie kannte sich recht gut in dieser Gegend aus; so musste es einfach schneller gehen. Also bog sie immer wieder links und rechts ab und steuerte auf die Kennington Road zu. Mein Gott, hoffentlich würde sie sich nicht verfahren. Es war erstaunlich, wie rasch man sich im Nebel verirrte. Sie hätte schwören können, dass sie schon vor einem halben Kilometer an der Schule King George's Infants vorbeigekommen war, und plötzlich erhob sie sich vor ihr. Und sicher gab es gleich die nächste Möglichkeit zum Linksabbiegen, doch die war wie vom Erdboden verschluckt. Nein, da war sie. Gott sei Dank. Zum Glück kamen sie voran. Die Straßen waren buchstäblich leer und seltsam still. Der Nebel verlangsamte alles und dämpfte die Geräusche.

»Es dauert nicht mehr lang«, sagte sie fröhlich in den Rückspiegel. »Höchstens zwei oder drei Minuten. Wie geht es der Patientin?«

Die Patientin schwieg.

»Der Puls ist ein wenig unregelmäßig«, antwortete Schwester Hampton mit unterdrückter Panik in der Stimme.

Cassia schaute über die Schulter. »Blutdruck?«

»Neunzig zu sechzig.«

»Blutungen?«

»Unverändert.«

Inzwischen bestand kein Zweifel mehr. Innere Blutungen. Die einzige Erklärung für einen so schnellen Blutdruckabfall.

Jemand rief etwas. Einen Sekundenbruchteil zu spät wandte sie ihre Aufmerksamkeit wieder der Straße zu. Vor ihr im Nebel erhoben sich riesige gelbe Lichter. Ein großer Lastwagen, der genau wie sie mitten auf der Straße fuhr, steuerte gnadenlos auf sie zu. Das grässliche Geräusch von quietschenden Bremsen, berstendem Glas und knirschendem Metall ertönte. Dann herrschte Stille.

»O mein Gott.« Sie stieg aus.

»Verblödetes Frauenzimmer«, brüllte der Fahrer. »Mitten auf der Straße herumzukurven.«

»Genau wie Sie«, entgegnete Cassia, überrascht über ihre eigene Ruhe. »Es tut mir sehr leid, aber ich habe eine Frau auf dem Rücksitz, die sterben wird, wenn wir nicht …«

»Mir ist es egal, ob Sie die dämliche Königin von Saba im Auto haben. Was unternehmen Sie wegen meinem Laster?« Erstaunlicherweise war der Lastwagen um einiges schlimmer zugerichtet als der Jaguar. Er hing schief am Straßenrand, die Motorhaube war völlig eingedrückt, die Vorderräder waren eingeknickt, und er ruhte mehr oder weniger auf den Kotflügeln, als läge er auf den Knien.

»O Gott, das tut mir so leid.«

»Für Ihre Entschuldigung kann ich mir nichts kaufen.« Er zitterte vor Schreck und Empörung.

»Dr. Tallow«, rief Schwester Hampton. »Ich bin ein wenig besorgt.« Das war das Codewort für äußerst kritisch.

Cassia ging zum Auto. Barbara Perkins schien bewusstlos zu sein.

»Sie hat sich gerade übergeben und steht unter schwerem Schock. Der Blutdruck ist weiter abgesackt. Und ihr Bauch wird immer härter.«

Cassia hatte schon jahrelang nicht mehr mit einem Notfall zu tun gehabt. Das letzte Mal war eine Steißgeburt gewesen, mit einem blau angelaufenen, allerdings nicht toten Baby. Dennoch waren die absolute Konzentration auf den Augenblick, das Ausblenden von allem anderen, das Beiseiteschieben von Gefühlen und das genaue Wissen, wie sie vorgehen musste, schlagartig wieder da.

»Schwester Hampton, laufen Sie ins Krankenhaus. Das sind zu Fuß nicht mehr als fünf Minuten. Teilen Sie den Leuten dort mit, dass sie sofort operiert werden muss. Geben Sie Blutdruck und Puls an, und sagen Sie, es lägen innere Blutungen vor. Sie sollen eine Trage mitbringen. Ich bleibe bei ihr. Sie gehen dort entlang, biegen bei der nächsten Gelegenheit links ab, dann haben Sie es direkt vor sich. Und Sie« – wendete sie sich an den Mann – »setzen sich einfach in Ihren Laster und seien Sie still, wenn Sie sich nicht nützlich machen und die Leute in den Häusern um Handtücher und Kissen bitten wollen. Ich kaufe Ihnen einen neuen Lastwagen, meinetwegen auch zwei. Aber Sie hören jetzt auf, mich anzuschreien und eine üble Situation noch zu verschlimmern.«

Ob es an dem Zauberwort »Doktor«, ihrem Tonfall oder am Anblick von Barbara Perkins lag, die offenbar dem Tode nah war, jedenfalls trottete der Mann gehorsam zur nächsten Haustür. So war er wenigstens beschäftigt, dachte Cassia, und würde ihr nicht mehr die Ohren volljammern. Als sie Barbara den Puls fühlen wollte, konnte sie lange Zeit keinen ertasten. Als sie es schließlich doch tat, war er schwach, flatternd und sehr schnell. Sie maß noch einmal ihren Blutdruck: siebzig zu fünfzig. Plötzlich schlug Barbara die Augen auf und sah sie an. Cassia zwang sich zu einem Lächeln.

»Alles wird gut«, sagte sie, und da sie sonst nichts mehr tun konnte, beschloss sie, es mit einem Gebet zu versuchen.

Das Gebet wirkte. Knapp zehn Minuten nach Schwester Hamptons Aufbruch hörte und sah sie das Wunder: eine Trage auf Rollen, geschoben von zwei Pflegern, einen Arzt und eine Schwester, gefolgt von Schwester Hampton, die zwar schwer atmete, aber für ihre stämmige Gestalt erstaunlich flink auf den Füßen war.

»Schnell«, stieß Cassia in einem eigenartigen Stakkatoton hervor. »Hier in meinem Auto. Sie ist in sehr schlechtem Zustand und braucht sofort Blutplasma. Notoperation. Eileiterschwangerschaft. Geplatzt, da bin ich sicher. Puls sinkt. Blutdruck siebzig zu fünfzig, stark verhärtete Bauchdecke …«

»In Ordnung«, erwiderte der Arzt. »Alles in Ordnung. Wir haben den OP schon vorbereitet. Wenn wir sie jetzt aus dem Auto heben könnten … Wir haben Plasma bei uns, falls wir eine Vene finden. Verzeihen Sie bitte«, sagte er überraschend höflich zu dem Lastwagenfahrer. Dieser hielt nach Cassias Schätzung mindestens ein Dutzend Handtücher und ebenso viele Kissen in den Armen und beobachtete mit einer Mischung aus Faszination und Grauen, wie Barbara Perkins aus dem Auto auf die Trage gehoben wurde.

»Sie kommen am besten mit«, sagte Cassia zu ihm. »Sobald meine Patientin wohlbehalten im Krankenhaus ist, schreibe ich Ihnen einen Scheck für Ihren Lastwagen aus. Und die Handtücher bringen Sie mit. Vielleicht brauchen wir sie noch.«

An jenem Nachmittag wurde in diesem ganz besonderen Netz ein weiterer Faden gewoben. Arthur Manning, Harry Moretons Chauffeur, hatte einen äußerst langen und auch langweiligen Vormittag hinter sich. Er hatte eine Ewigkeit auf seinen Arbeitgeber gewartet, dessen Sitzung um anderthalb Stunden überzogen worden war. Der Nachmittag verlief auch nicht besser, weil er wegen des Verkehrschaos im Nebel daran scheiterte, vom Reform Club in die Curzon Street zu fahren, und sich für seine Bemühungen auch noch vom Rücksitz aus hatte anschreien lassen müssen. Um sich vor dem Abend, der noch anstrengender zu werden drohte, aufzumuntern, beschloss er sich mit einem Stück Schweinepastete und einer Tasse Tee zu stärken. Also ging er in der Mount Street hinunter in die Küche, wo die Köchin gerade ein Nickerchen hielt. Auf dem Herd dampfte der Kessel, und ein großes Stück Pastete stand auf dem Tisch. Er hatte es schon zur Hälfte verspeist, als Nancy, das Küchenmädchen, hereinkam und sagte, sie würde vom Verzehr der Pastete abraten. Die Köchin habe gesagt, sie sei verdorben, weshalb sie sie dem Nachbarshund geben wolle. Manning erwiderte gut gelaunt, sie schmecke ihm prima und sei viel zu schade für einen Hund. Dann aß er genüsslich weiter.

Cassia trank gerade im Wartezimmer eine Tasse Kaffee, als eine winzige Ärztin mit ziemlich strenger Miene erschien. Sie trug ein dickes Tweedkostüm unter ihrem weißen Kittel.

»Dr. Tallow? Ich bin Monica Gerard, die leitende gynäkologische Chirurgin hier.«

Natürlich, es war Miss Gerards Krankenhaus. Das hatte Cassia ganz vergessen.

»Wird sie wieder gesund?«

»Ja. Anfangs war ihr Zustand sehr kritisch, und sie hat viel Blut gebraucht. Aber jetzt stabilisiert sich die Sache. Eileiterschwangerschaft, wie Sie gesagt haben. Ein Durchbruch. Wir mussten den Eileiter durchtrennen. Das haben Sie gut gemacht. Nicht leicht festzustellen. Und dass Sie es bei diesem Nebel hierhergeschafft haben …«

»Ja, das war ein Problem. Sie sollten mal mein Auto sehen.«

»Oje. Aber da hatten Sie mehr Glück als viele Krankenwagen. Wie ich gehört habe, ist Ihr Mädchen zu Fuß gekommen.«

Dass die würdige Schwester Hampton als Mädchen bezeichnet wurde, brachte Cassia zum Schmunzeln. »Ja, sie war mir eine große Hilfe.«

»Woher kommt mir Ihr Name nur so bekannt vor?«

»Ich habe Sie einer Freundin empfohlen. Edwina Moreton.«

»Ach ja.« Die strenge Miene wurde weicher. »Fühlt sich Mrs Moreton wieder besser?«

»Ja«, erwiderte Cassia rasch.

»Gut. Und wo arbeiten Sie?«

»Ach keine große Sache. Nur in einigen Familienplanungskliniken und in der neuen Nachsorgestation im St. Christopher's. Ich habe dort studiert.«

»Ach wirklich? Warum haben Sie dann keine richtige Stelle?«

»Nun, ich habe geheiratet und …«

»Sie Dummerchen.« Monica Gerard lächelte beinahe. »Haben Sie es je bereut? Es ist schrecklich, eine so ausgezeichnete Ausbildung nicht zu nutzen.«

»Ich weiß«, sagte Cassia zerknirscht. »Das wurde mir unmissverständlich mitgeteilt. Von Mr Amstruther. Kennen Sie ihn?«

»Ja, in der Tat. Ein alter Freund. Also war er Ihr Lehrer?«

»Ja. Ich wollte gynäkologische Chirurgin werden, aber …«

»Hmmm. Und jetzt passen Sie den ganzen Tag Frauen Diaphragmas an. Du liebes bisschen.« Miss Gerard schaute auf die Uhr. »Ich muss los. Ein Kaiserschnitt, Zwillinge, einer davon Steißlage. Hören Sie, wir sollten uns ausführlicher unterhalten. Rufen Sie mein Büro an, und vereinbaren Sie einen Termin.«

Offenbar kam sie gar nicht auf die Idee, dass Cassia sich vielleicht gar nicht mit ihr unterhalten wollte. Aber warum sollte sie auch?

Gerade dachte Edwina, was für ein Glückspilz sie war, weil der Nebel sich rechtzeitig für ihren Fototermin mit den Autos im Hyde Park gelichtet hatte, als Bishop hereinkam. Harry, dessen Laune sich beim Frühstück stets daran ablesen ließ, wie viel er aß (schlecht bedeutete mehr), butterte gerade seine dritte Scheibe Toast.

Bishop räusperte sich. »Es tut mir sehr leid, Mr Moreton, aber Mr Manning kann Sie heute nicht fahren. Er ist indisponiert.«

»Mein Gott«, erwiderte Harry. »Wie ärgerlich. Dann werde ich wohl ein Taxi nehmen müssen. Wären Sie so gut, mir eines zu rufen, Bishop? In etwa fünfzehn Minuten?«

»Gewiss, Sir.«

»Harry«, sagte Edwina, »du könntest auch an mich denken. Ich habe heute den Fototermin mit den Autos. Wie soll ich das ohne Manning hinkriegen?«

»Keine Ahnung. Dann verschiebe es eben.«

»Das kann ich nicht. Du begreifst einfach nicht. Die Mannequins und der Fotograf sind schon gebucht und …«

»Edwina, für die Organisation deiner Zeitschrift bin ich nun wirklich nicht verantwortlich. So faszinierend sie auch sein mag, habe ich jetzt leider nicht die Zeit, mir Einzelheiten anzuhören. Bitte entschuldige mich.«

»Harry, nein. Gut, dann fahre ich sie eben selbst einzeln hin und mit dem Taxi zurück. Oder vielleicht …«

»Edwina, hast du den Verstand verloren? Glaubst du wirklich, dass ich dir erlaube, mit diesen Autos durch die Straßen von London zu fahren?«

»Was soll ich sonst tun? Ich brauche sie und habe keine andere Wahl. Ansonsten werde ich noch gefeuert.«

»Grundgütiger.« Harry stand auf. »Ich fürchte, du musst mich jetzt entschuldigen.«

»Harry, bitte! Es ist so wichtig. Bis zu deinem Büro ist es doch gar nicht weit. Könntest du wenigstens eins hinfahren, den Hispano, und dir danach ein Taxi nehmen? Den Delage kannst du mir doch anvertrauen.«

»O Gott.« Seufzend sah er auf die Uhr. »Ja, meinetwegen, Edwina. Ich fahre den Hispano. Aber du lässt die Finger davon. Bishop, Sie sind doch ein recht guter Fahrer. Können Sie mir mit Mrs Moreton im Delage folgen? Zum Hyde Park. Hoffentlich hat sich Manning später erholt und kann die Autos abholen.«

»Gewiss, Sir. Mit Vergnügen, Sir.«

Cassia wachte spät auf und rief im Queen Alexandra an, um sich nach Barbara Perkins zu erkundigen. Sie sei auf dem Weg der Besserung, hieß es, würde jedoch frühestens in zwei Wochen entlassen werden. Cassia erinnerte sich an das fleischige gerötete Gesicht von Mr Perkins, der sie auf der Türschwelle finster angesehen hatte. Offenbar betrachtete er Barbaras lebensbedrohliche Erkrankung nur als lästiges Ärgernis, während ihre Mutter jammerte, man könne nicht von ihr verlangen, dass sie einfach alles stehen und liegen ließe, um die Kinder zu versorgen. Cassia empfand Mitleid für die Perkins-Kinder und erinnerte sich an ihre eigenen. Delia war am Vortag quengelig gewesen, worauf Janet mit einem fröhlichen Lächeln angemerkt hatte, sie habe sich vermutlich bei Bertie mit den Windpocken angesteckt. Also rief sie in Monks Ridge an.

»Ja«, verkündete Janet in einem Tonfall, als sei der Weihnachtsmann in diesem Jahr früher erschienen. »Ja, sie hat Pusteln. Und ist ein bisschen weinerlich. Aber keine Sorge, Mrs Tallow. Wir schaffen das hier schon. Sie brauchen nicht zurückzukommen.«

»Nun, wenn Sie wirklich sicher sind. Und wie ist es Bertie in der Schule ergangen?« Am Montag hatte Bertie wieder in seiner alten Schule angefangen. Obwohl der erste Tag gut verlaufen war, machte sie sich Sorgen, die anderen Jungen könnten ihn als Muttersöhnchen hänseln.

»Großartig. Als ob er nie weg gewesen wäre. Er ist auch schon wieder in der Fußballmannschaft. Ich habe ein paar seiner Freunde nach dem Training hierher zum Tee eingeladen, weil ich dachte, dass ihn das sicher freuen würde.«

»Oh, Janet, eine wundervolle Idee.« Weshalb war ihr das nicht selbst eingefallen? »Danke. Dann also bis morgen.«

»Ja, Mrs Tallow. Und machen Sie sich keine Gedanken

wegen Delia. Die ist bald wieder auf dem Damm. Wir malen viel, um sie abzulenken.«

»Danke. Und Dr. Tallow? Geht es ihm gut?«

»Bestens, Mrs Tallow. Sicher erinnern Sie sich, dass er morgen eine Sitzung am College of Physicians in London hat. Irgendetwas mit den Vorschlägen für den neuen Gesundheitsdienst.«

»O ja.« Natürlich hatte sie es vergessen. »Dann richten Sie ihm bitte aus, dass wir uns morgen Abend sehen.«

Als Cassia den Hörer auflegte, fühlte sie sich unfähig und niedergeschlagen, und wieder stieg Panik in ihr auf. Manchmal fragte sie sich, ob es jemand bemerken würde, wenn sie einfach nicht mehr nach Hause zurückkehrte. Vielleicht wäre es ja sogar besser für alle. Inzwischen vergaß sie alles bis auf ihre eigenen Probleme. Und, o Gott, ihr war schon wieder etwas entfallen. Edwinas Fototermin. Nun, das Auto konnte sie jetzt ganz sicher nicht mehr gebrauchen. Aber sie musste ihr wenigstens Bescheid geben.

Sie wählte die Nummer. Florence, Edwinas Hausmädchen, war am Apparat. Nein, Mrs Moreton sei schon fort, Mr Moreton auch und Bishop ebenfalls. Sie brächten zwei der Autos irgendwohin. In den Hyde Park, glaube sie. Ja, ganz sicher in den Hyde Park in die Nähe des Serpentine, habe Mrs Moreton gesagt.

»Danke«, erwiderte Cassia. Offenbar blieb ihr nichts anderes übrig, als selbst hinzufahren.

Erstaunlicherweise fuhr das Auto noch. Allerdings sah es zum Fürchten aus. Wie ein Kind mit blutiger Nase. Die hübschen Scheinwerfer waren zerschmettert, der Kühler war zerbeult, und die Stoßstange in zwei Hälften zerbrochen. Doch es war das Beste, damit zum Hyde Park zu fahren, damit Edwina sich selbst von seinem Zustand überzeugen konnte. Sonst würde sie sich stundenlang mit ihr herumstreiten. Weil es eiskalt war, zog sie Zobelmantel und Handschuhe an und ging zum Auto.

»Hör zu, Edwina, ich muss jetzt los«, verkündete Harry. »Beweg auf gar keinen Fall die Autos und lass außer Bishop niemanden ran. In Ordnung?«

»In Ordnung«, antwortete Edwina gereizt. An diesem Vormittag wollte nichts richtig klappen. Justin hatte schlechte Laune, die Mannequins verspäteten sich, und einer der beiden Borzois, die sie für diesen Tag gemietet hatte, war gerade aus seiner Leine geschlüpft und tollte nun fröhlich im Serpentine.

»O mein Gott, schau dir Cassias Auto an. Was, um alles in der Welt, hat sie bloß damit angestellt? Es ist doch zum Verzweifeln.«

»Sieht aus, als hätte man es im Krieg als Krankenwagen benutzt. Das hat uns gerade noch gefehlt, Schatz«, sagte Justin.

»Es tut mir so leid, Edwina.« Cassia hastete auf sie zu. »Ach hallo, Harry, ich wusste nicht, dass du hier sein würdest.«

»Ich auch nicht«, entgegnete er knapp. »Und ich möchte nichts wie weg. Ich wollte gerade aufbrechen und ... verdammt, hau ab, du verdammtes, dreckiges Mistvieh.« Der Borzoi war des Serpentine und dessen Freuden überdrüssig und hatte beschlossen, sich auf die Suche nach seiner Ausbilderin und den kleinen Keksen zu machen, die sie als Belohnung für gutes Benehmen stets bei sich trug. Unterwegs bemerkte der Hund Harry. Alle Hunde liebten Harry, ebenso wie Katzen, und ließen sich nicht im Geringsten davon abschrecken, dass er beide Spezies verabscheute. Nun sprang der Borzoi, sein zuvor noch leuchtend weißes, makellos gebürstetes Fell schlammig und verfilzt, an ihm hoch, um ihm das Gesicht abzulecken, und hinterließ dabei Spuren auf seinem Kamelhaarmantel.

Vergeblich versuchte Cassia, ein Lachen zu unterdrücken, bis Harrys zorniger Blick sie traf. »Oh, tut mir leid. Wirklich. Ich weiß, das ist nicht komisch.«

Er schwieg.

»Was ist denn um Gottes willen mit deinem Auto passiert?«, fragte Edwina. »Wie konntest du nur so dumm sein?«

»Ich hatte gestern einen Zusammenstoß mit einem Lastwagen. Ich hatte eine Frau im Auto. Sie war schwer krank und ist in der Klinik zusammengebrochen. Wir mussten sie ins Krankenhaus bringen, und wegen des Nebels war kein Krankenwagen zu kriegen …«

»Also doch ein Kriegskrankenwagen!«, rief Justin aus und klatschte in die Hände. Die Geschichte schien ihn aufzuheitern. »Wie göttlich. Vielleicht sollten wir den Wagen benutzen, Edwina. Als witziges Detail.«

»Auf gar keinen Fall«, entgegnete Edwina erbost. »Eine Schande ist das. Und schau dir den Innenraum an. Widerlich. Ich muss schon bitten, Cassia.«

»Tja, tut mir leid.« Jetzt war Cassia doch empört. »Es war keine Absicht, und ich habe es bis heute Vormittag vergessen …«

»Vergessen? Meinen Fototermin? Cassia, wie konntest du?«

»Edwina, du bist ein Ungeheuer. Du könntest auch einmal einen Gedanken an mich verschwenden. Und an meine Patientin. Da du so besorgt bist, möchte ich dir mitteilen, dass sie die Notoperation überlebt hat. Übrigens durchgeführt von Miss Gerard. Allerdings wäre sie beinahe gestorben und wäre ohne meinen Kriegskrankenwagen nicht durchgekommen. Ich bedauere sehr, dir Umstände bereitet zu haben.«

»Ach, sei nicht gleich eingeschnappt«, sagte Edwina. »Natürlich bin ich froh, dass die arme Frau nicht gestorben ist. Es ist jetzt nur recht schwierig für mich.«

»Für mich war es auch schwierig. Außerdem habe ich dieses Auto geliebt. Schau es dir nur an.« Sie seufzte auf und tätschelte zärtlich die Motorhaube des Jaguars.

»Was spielt das denn für eine Rolle«, sagte Harry Moreton plötzlich. Sein Tonfall war so feindselig, dass sogar Justin ihn anstarrte. »Du kannst dir ja jederzeit ein neues kaufen, stimmt's? Oder gleich ein Dutzend, wenn du möchtest. Edwina, wir sehen uns später.« Er machte auf dem Absatz kehrt und marschierte davon.

An die Feindseligkeit hatte Cassia sich inzwischen gewöhnt. Nein, es war sein vor Verbitterung verzerrtes Gesicht, als er gesagt hatte, sie könne sich ein Dutzend Autos kaufen, wenn sie wolle. Es war eine Verbitterung, die gegen sie persönlich gerichtet war und in ihr eine Erkenntnis reifen ließ. Sie entstammte nicht seinem Verstand oder einer Beobachtung, sondern kam aus seinem Herzen, seinem Gefühl. Sie war erschrocken, ja sogar schockiert. Und beschloss, dass sie die Dinge nicht länger auf sich beruhen lassen konnte.

KAPITEL 31

»Cecily, du siehst wundervoll aus. Oder, Justin?«

»Wunderschön.« Justin küsste Cecily die Hand.

»Unsinn«, widersprach Cecily. »Ich sehe zum Fürchten aus. Aber wenigstens bin ich jetzt schlank. Zumindest momentan. Ich fresse nämlich wie ein Schwein.«

»Cecily«, tadelte Justin. »Du könntest niemals zum Fürchten aussehen. Nicht mit diesen Augen. Richtig, Edwina?«

»Wirklich nicht. Also, Cecily, wann kommst du hier raus?«

»Ich habe Fanny versprochen, bei deiner Modenschau dabei zu sein. Also vermutlich in einer Woche. Offen gestanden habe ich ein bisschen Angst davor.«

»Angst?«, rief Edwina aus. »Wovor, um alles in der Welt?«

»Ich kann es schon nachvollziehen«, sagte Justin lächelnd. »Du hast hier lange Zeit in Geborgenheit gelebt.«

»Ja.« Erstaunt über sein Verständnis, starrte sie ihn an. »Ja, das stimmt, aber …«

»Es wird alles klappen wie am Schnürchen. Wir passen auf dich auf, richtig, Edwina?«

»O ja.« Edwina klang weniger begeistert als er.

»Es wäre fantastisch, wenn du am Samstag kommen und den großen Moment deiner niedlichen Töchter miterleben würdest«, sagte Justin.

»Ja, ich weiß«, sagte Cecily. Seit Ewigkeiten redete Fanny

über nichts anderes mehr als über die letzte Probe für die Modenschau, bis sie irgendwann nur noch mit halbem Ohr zugehört hatte und sich sogar mangelndes Interesse hatte vorwerfen lassen müssen.

Die Modenschau war eine ausgezeichnete Brücke, die die Kluft zwischen ihr und Fanny überspannte und dafür sorgte, dass sie einander allmählich wieder näherkamen. Ihre kleine, geliebte Tochter war beinahe wieder sie selbst, auch wenn sie noch ein wenig mager und zugegebenermaßen noch ein bisschen argwöhnisch ihr gegenüber war. Cecily wusste, dass sie den Mut finden musste, zu der Modenschau zu gehen, um diese Kluft endgültig zu schließen.

Sie bemerkte, dass Edwina weitersprach, natürlich auch über die Modenschau. Sie schien die Zeit und Kraft einer Menge Leute zu beanspruchen. Hoffentlich würde sie die viele Mühe wert sein.

»Jedenfalls ist am Sonntag die Generalprobe«, sagte Edwina. »Diesmal mit sämtlichen Kleidern, falls Leon de Rosay mit den Kleidchen für die Brautjungfern fertig wird. Alle Mädchen werden da sein. Die Profis verlangen nichts für die Probe, reizend von ihnen, meinst du nicht? Cecily, hast du etwas?«

»Nein, alles in Ordnung«, erwiderte Cecily und wischte sich mit einem ziemlich winzigen Taschentuch die Augen ab. »Tut mir leid, aber der Name Leon de Rosay hat mich an einen, nun, recht unschönen Abend erinnert, mehr nicht.«

»Du Arme.« Justin förderte ein riesiges Taschentuch aus seiner Sakkotasche zutage. »Hier, es ist sauber, Ehrenwort. Das Schlimmste an dem, was du durchgemacht hast, ist, dass jedes Ereignis, jeder Ort, jedes Musikstück, ja einfach alles, eine Erinnerung für dich ist. Alles tut weh, das Leben ist ein Minenfeld.«

»Also«, sagte Edwina und musterte die beiden leicht amüsiert, »am besten lasse ich euch jetzt allein. Ich muss noch eine Menge erledigen. Cecily, wenn du Hilfe brauchst, zum Beispiel beim Nachhausekommen, kann ich dir jederzeit Manning schicken.«

»Vielen Dank.« Cecily kicherte. Sie war noch so durcheinander, dass ein Lachen erschreckend mühelos auf Tränen folgte.

»Was ist denn daran so komisch?« Edwina beugte sich vor, um sie zu küssen. »Jedenfalls ist es schön, dass du nicht mehr im Bett liegst. Aber du brauchst neue Kleider. Es ist wirklich nicht schmeichelhaft, dass sie dich so umschlottern, obwohl du sicher wieder hineinwächst. Also tschüss. Möchtest du wirklich allein hierbleiben, Justin?«

»Ja, wirklich. Bis morgen, Schatz.«

Nachdem Edwina fort war, sahen sie einander an und begannen zu lachen.

»Sie ist eine wahre Landplage«, sagte er. »Ihrer Ansicht nach kreist nicht nur die Welt, sondern das ganze Universum um sie. Aber man muss sie einfach gernhaben, der Himmel weiß, warum. Soll ich Tee und Plätzchen bestellen? Wir müssen dich ein bisschen aufpäppeln.«

»Ja bitte! Doch ich muss bald aufhören, so viel zu essen. Sonst habe ich im Nu wieder den Umfang eines Kissens.«

»Unsinn. Du hast zuvor hinreißend ausgesehen. Ich habe diese Bohnenstangen wirklich satt. Ich bin sicher, dein Mann wollte nicht, dass du so wirst.«

»Ach, keine Ahnung. Ich weiß nicht, was er wollte. Zumindest von mir.« Sie brach erneut in Tränen aus.

Sanft tupfte Justin ihr die Augen mit dem Taschentuch ab. »Da ist wohl erneut ein Minenfeld explodiert«, stellte er fest. »Es ist wichtig, dass du über ihn redest und dich richtig an ihn erinnerst. Als meine Frau mich verlassen hat …«

»Deine Frau?« Vor Überraschung fiel ihr die Kinnlade herunter. Hastig schloss sie den Mund.

»Ja, sie hat mir wegen eines ziemlich unsympathischen Italieners den Laufpass gegeben, und ich war lange Zeit unglücklich. Doch schließlich habe ich gelernt, dass ich an die schönen Zeiten denken muss. Ansonsten wären all die Jahre vergeudet gewesen. Das musst du auch tun. Es ist …« Die Tür öffnete sich, und eine lächelnde Lernschwester kam mit einem voll beladenen Tablett herein. »Du liebe Güte, was haben wir denn da? Warmer Teekuchen, wie lecker. Und Sahne! Los, Cecily, das verschlingen wir jetzt alles.«

Nachdem er fort war, saß sie da, betrachtete die Zeder und überlegte, was er wohl für eine Ehe geführt haben mochte. Vermutlich war seine Frau aus den gleichen Gründen gegangen, aus denen sie sich beinahe von Benedict getrennt hätte. Seltsam, dass sie seine Gesellschaft so genoss. Er hatte eine beruhigende und tröstende Wirkung auf sie. Eigenartig und sehr angenehm.

Cassia saß im Wartezimmer von Miss Gerards Praxis in der Harley Street und las einen Artikel in der *Times*, in dem es um den Besuch des Königs in den gebeutelten Regionen von South Wales ging. Er war in der Arbeitsbehörde in Merthyr gewesen, wo Unmengen hoffnungsloser Männer auf eine Stelle warteten, und hatte mit vielen von ihnen persönlich gesprochen. Außerdem hatte er darauf bestanden, die Stahlwerke in Dowlays zu besichtigen, wo ihn Hunderte von Arbeitslosen empfingen, sich erhoben und ein altes walisisches Volkslied sangen. Der Reporter schrieb, der König sei sehr gerührt gewesen und habe von einem Politiker gefordert, Arbeitsplätze für diese Menschen zu schaffen. Laut der *Times* besaß der König großes Mitgefühl und habe Worte gesprochen, die ihm einen Platz in den Geschichtsbüchern sichern würden.

Cassia erinnerte sich an den Abend in Südfrankreich, der inzwischen eine Ewigkeit her zu sein schien. Sie hatte in der milden, duftenden Dunkelheit gesessen und gelauscht, als Harry den König, seine Anteilnahme und seine überragende Fähigkeit, sich dem Normalbürger anzunähern, verteidigt hatte. Es war eine ungewöhnlich starke und schmerzhafte Erinnerung. Als die Sekretärin ihr mitteilte, Miss Gerard sei jetzt frei, fühlte sie sich verwirrt und bedrückt.

Miss Gerards forsche Stimme holte sie in die Gegenwart zurück. »Dr. Tallow, schön, Sie zu sehen. Ihre junge Patientin erholt sich sehr gut. Und als ich ihr erklärt habe, sie würde mit an Sicherheit grenzender Wahrscheinlichkeit keine weiteren Kinder mehr bekommen können, wäre sie beinahe aus dem Bett gesprungen und mir um den Hals gefallen. Ich empfehle eine Durchtrennung des zweiten Eileiters, nur um auf Nummer sicher zu gehen.«

»Sehr gut«, erwiderte Cassia. »Ich besuche sie, sobald ich Zeit habe.«

»Tun Sie das. Sie hat Sie über den grünen Klee gelobt. Horace Amstruther auch, als ich mit ihm gesprochen habe. Zwei ausgezeichnete Empfehlungen, würde ich sagen.«

»Nun, beide ein wenig von Voreingenommenheit geprägt.«

»Mein liebes Mädchen«, sagte Monica Gerard. »Falls Sie glauben, dass es einfach ist, Horace Amstruther für Sie einzunehmen, schätzen Sie ihn völlig falsch ein, das versichere ich Ihnen. Ich habe noch nie einen Mann erlebt, der schlimmere Vorurteile gegen Frauen hat. Auch gegen Männer, sollten sie das Pech haben, seinen hohen Ansprüchen in der kleinsten Kleinigkeit nicht zu genügen. Also, gut gemacht. Und jetzt habe ich einen Vorschlag für Sie.«

Cassias Herz machte einen Satz. Ein Vorschlag! Von Monica Gerard, einer der angesehensten Gynäkologinnen im Land, ja vielleicht sogar auf der Welt. Das hätte sie nicht gedacht, als sie ziemlich nervös angerufen hatte. Sie hatte höchstens auf einige Ratschläge und möglicherweise ein kleines Lob gehofft.

»Ich vergrößere meine Abteilung im Alexandra. Die Rückendeckung des Verwaltungsrats habe ich, auch wenn nur der Himmel weiß, welchen Einfluss diese Sache mit dem Nationalen Gesundheitsdienst darauf haben wird. Nicht dass ich dagegen wäre. Nein, ich befürworte es sogar. Aber ich schweife ab. Ich stelle eine neue Mannschaft zusammen und suche junge begabte Leute, Chirurgen, vorzugsweise Frauen. Ich habe ein gutes Bauchgefühl dafür, mit wem ich zusammenarbeiten will, und Sie gehören dazu. Ich würde mich freuen, wenn Sie mit an Bord kämen.«

Cassia starrte Monica Gerard an. Sie spürte, wie sie errötete und wie ihr Tränen in die Augen stiegen. Hastig blinzelte sie sie weg, überzeugt, dass in diesen durchdringend dreinblickenden dunklen Augen schon seit Jahrzehnten keine Tränen mehr gestanden hatten. Vielleicht welche der Erschöpfung. Sie fühlte sich, als sei jemand hereingekommen, habe ihr den Mond auf den Schoß geworfen und gesagt, sie dürfe ihn behalten. Im gleichen Moment wurde sie von Gelassenheit und Selbstbewusstsein ergriffen. So, als sei sie ihr Leben lang auf diesen Augenblick zugesteuert und er habe geduldig auf sie gewartet, fast als habe sie ein Anrecht darauf. Sie vergaß Harry, Edward, ja sogar die Kinder. Sie empfand nur noch die verbissene Entschlossenheit und Zielstrebigkeit, wiedererlangt vor einer Woche, als sie Barbara Perkins gerettet hatte. Allerdings spiegelte ihre Antwort diese Gefühle nicht wider.

»Aber ich habe nie als Assistenzärztin gearbeitet.«

»Dessen bin ich mir bewusst«, erwiderte Monica Gerard. »Ziemlich dumm von Ihnen, doch was geschehen ist, ist geschehen. Oder besser nicht geschehen. Das können Sie hier nachholen. Wenn Sie es mit Ihrer häuslichen Situation vereinbaren können, sehe ich nichts, was dagegenspräche. Und dann könnten Sie gleich zur Oberärztin aufsteigen. In Ordnung?«

»Ich … nun …«

»Ach, jetzt stellen Sie sich nicht so an«, sagte Miss Gerard mit einem Anflug von Ungeduld in der Stimme. »Das mit den Kindern können Sie doch regeln. Laut Horace Amstruther haben Sie keine finanziellen Schwierigkeiten. Natürlich müssten Sie im Krankenhaus wohnen, aber Sie könnten ziemlich regelmäßig nach Hause fahren. Eine gute Nanny, ein Haus in London …«

Inzwischen überschlugen sich ihre Gedanken. Die Kinder, Edward, Janet, sie alle umzusiedeln und ihr Leben auf den Kopf zu stellen. Welche Möglichkeiten und Alternativen hatte sie? »Tja, aber …«

»Gut«, erwiderte Miss Gerard forsch und hielt ihr die Hand hin. »Wunderbar. Sie könnten nach Weihnachten anfangen. So haben Sie genug Zeit. Ich fürchte, ich muss Sie jetzt bitten zu gehen. Ich erwarte eine grässlich anspruchsvolle Patientin. Siebter Monat, prima gravida, soweit ich feststellen kann, ein großes Baby, schmales Becken, lehnt einen Kaiserschnitt bis jetzt ab, Todesangst vor der Narkose, besteht auf einer natürlichen Geburt und diesen Unsinn, obwohl sie beim ersten Zwacken sicher um Betäubung betteln wird. Ich kenne solche Frauen. Ich kann Ihnen gar nicht sagen, wie sehr mir vor ihrem Wochenbett graut. Vielleicht sollten Sie mich begleiten. Na, bis dahin sind Sie vermutlich sowieso schon im Alexandra. Wir werden sehen.« Sie stand auf und hielt Cassia die Hand hin. »Ich freue mich schon. Melden Sie sich, und geben Sie mir Bescheid, wenn Sie alles geregelt haben.«

Als Cassia auf die Harley Street hinaustrat, war sie nicht sicher, ob sie im Himmel oder in der Hölle war.

»Gedankt sei Gott für den Mythos der Generalprobe«, sagte Rupert seufzend und sank in einen Sessel in Francis Stevenson-Cooks ziemlich prunkvollem Büro eine Etage unter dem Fotostudio. Er hatte es den Mitwirkenden für den Abend zur Verfügung gestellt. Nun diente es als provisorische Garderobe. Überall standen Weinflaschen, Gläser und Thermosflaschen mit Kaffee und Tee herum. Es war schon nach zehn, und das letzte Mannequin hatte sich verabschiedet. Francis und Edwina waren mit einigen der Amateurinnen in den KitKat Club gegangen, um ihre Nerven zu beruhigen, wie man so schön sagte.

»Ist das mit den Generalproben wirklich ein Mythos?«, fragte Cassia.

»Oh, Schatz, ich fürchte schon. Ich war bei einigen fantastischen Generalproben, aus denen fantastische Aufführungen wurden, und bei schauderhaften Proben, deren Ergebnis auch schauderhaft war. Das Gegenteil trifft ziemlich selten zu, aber es beruhigt die Leute.«

»Es war wirklich grässlich«, stimmte Cassia zu. »Ständig ist Venetia Hardwicke über ihre Schleppe gestolpert. Und das andere Mädchen, die Freundin von Edwina, die mit den langen Haaren, ist immer wieder zum falschen Zeitpunkt aufgetreten. Ich habe danach einige der Profis belauscht, sie haben sich ziemlich abfällig geäußert. Obwohl die Braut auch keine Glanzleistung abgeliefert hat. Ich hätte nicht gedacht, dass es so schwierig ist, sich ein paarmal mit den niedlichen Kindern, die um sie herumgetanzt sind, im Kreis zu drehen.«

»Ach, vergiss es. Es wundert mich, dass Evelyn Brunel sie nicht geohrfeigt hat. Was bin ich erleichtert, dass sie nun für das Ballett verantwortlich ist. Und jetzt, Cassia, betrinken wir uns.«

»Besser nicht. Beim letzten Mal hat es deswegen ordentlich Ärger gegeben.«

»Oh, Schatz, das tut mir so entsetzlich leid.«

»Nun, Rupert, schließlich hast du mich nicht vergewaltigt.« Cassia seufzte auf. »Lass uns bitte nicht darüber reden. Im Moment habe ich viel größere Probleme.«

»Erzähl.« Rupert beugte sich vor und wischte die Träne weg, die ihr übers Gesicht rann. In letzter Zeit hatte sich ihr Verhältnis entspannt, hauptsächlich, wie ihm bewusst war, deshalb, weil sein Selbstbewusstsein zugenommen hatte. Er grübelte nicht mehr darüber nach, dass er in jeglicher Hinsicht scheitern könnte. Nicht einmal bei Frauen.

»Nein, das würde nichts nützen.«

»Also gut. Dann reden wir eben über mich. So ein angenehmes Thema. Das Stück ist jetzt bis März ausverkauft. Ist das nicht wundervoll?«

»Das ist es, Rupert. Und es hat mir wirklich Spaß gemacht, daran beteiligt zu sein. Es war sehr aufregend.«

»Offenbar hast du einen Riecher für ein gutes Stück. Du solltest auch in andere Inszenierungen investieren. Diese hier wird dich sicherlich reich machen.«

»Ach, sprich nicht von Reichtum.« Cassias Tonfall war gereizt. »Ich komme damit einfach nicht zurecht.«

Er musterte sie forschend. »Du hast aufgehört, das Geld auszugeben, richtig? Seit Ewigkeiten keine neuen Autos, Kleider oder Häuser? Warum? Bist du wunschlos glücklich?«

»Nein, ganz und gar nicht. Ich habe mir ernsthaft überlegt, mir ein Flugzeug anzuschaffen. Ich war mit … jemandem …

beim Fliegen, und es war toll. Außerdem plane ich, den Jungen Ponys zu schenken. Es ist nur, dass …« Sie lächelte ihn zittrig und zögernd an. Er kannte dieses Lächeln gut. Ihm folgten meist Beichten von großer Bedeutung. Dieses Mal war keine Ausnahme. »Ich habe aufgehört, es auszugeben, weil ich glaube, dass ich es vielleicht zurückerstatten muss.«

Rupert starrte sie an, als spräche sie plötzlich Kisuaheli. Zur Beruhigung trank er einen großen Schluck Wein.

»Zurückerstatten?«, wiederholte er schließlich. »Cassia, Schatz, wem, um alles in der Welt?«

»Ich bin nicht sicher. Aber wenn es von dem Menschen stammt, den ich im Verdacht habe, behalte ich es nicht. Keinen Penny.«

»Und wer könnte dieser Jemand sein?«, fragte er in bemüht humorvollem Ton. »Die Bank von England?«

»Nein. Harry Moreton.«

Es wurde totenstill im Raum. Rupert schwieg eine lange Zeit und zwang sich schließlich zu einem Lächeln. »Nun, ich glaube nicht, dass er es braucht.«

»Natürlich nicht«, zischte sie, ohne auf seinen Versuch zu achten, das Thema mit Humor anzugehen. »Aber er wird es kriegen. Wenn es von ihm ist, will ich es nicht.«

»Cassia«, sagte er sanft. »Ich bin ein einfacher Mensch. Man muss mir die Dinge ausführlich erklären. Könntest du mir bitte verraten, warum Harry Moreton dir plötzlich eine halbe Million Pfund gibt und so tut, als käme sie von Leonora?«

»Er will seine Mitmenschen kontrollieren«, antwortete sie leise. »Und er wollte, dass meine Ehe scheitert. Vermutlich dachte er, das auf diese Weise erreichen zu können.«

»Aber wieso denn, um Himmels willen?« Allmählich hatte Rupert das Gefühl, in emotionalem Treibsand festzustecken, ja in atemberaubender Geschwindigkeit darin zu versinken.

»Tja, er hat es geschafft. Falls er es war. Das Geld hat meine Ehe ruiniert. Sie ist vorbei, Rupert. Unwiederbringlich.«

»Hier.« Er reichte ihr sein Taschentuch und legte den Arm um sie. »Wein, wenn du möchtest, aber dann hörst du mir zu. Du darfst dir nicht mehr die Schuld an allem geben. Deine Ehe ist gescheitert, weil du und Edward einfach nicht zusammenpasst, nicht weil du plötzlich reich geworden bist.«

»Rupert, ohne das Geld wäre ich noch bei Edward. Absolut glücklich. Gut, nicht absolut«, fügte sie beim Anblick seiner Miene hinzu. »Aber zufrieden, und ich glaube, Harry wusste, dass das passieren würde.«

»Ich verstehe noch immer nicht, warum Harry so etwas tun sollte. Ich weiß, dass ihr beide euch nie grün wart, doch das erscheint mir ein wenig extrem.«

Cassia war zunehmend unwohl bei diesem Gespräch zumute. »Es ist nicht wirklich Feindschaft«, sagte sie schließlich. »Eher das Gegenteil. Das Einzige, was ich dir nie erzählt habe.«

Niemals wäre er auf diesen Gedanken gekommen. Das tat am meisten weh. Obwohl er geglaubt hatte, sie so gut zu kennen, hatte sie ihm diese so wichtige Sache verheimlicht. Nicht einmal ihm hatte sie sich anvertraut.

»Nun«, sagte er schließlich in bemüht beiläufigem Ton, »ich muss zugeben, dass ich mich von deinen Beteuerungen, wie sehr du Harry verabscheust, nie ganz habe täuschen lassen. Du hast ein bisschen zu dick aufgetragen. Ich hatte da so einen Verdacht. Der alte Junge ist ein Glückspilz, mehr fällt mir dazu nicht ein.« Vermutlich war das die schwierigste Rede, die er je gehalten hatte, und noch dazu völlig unvorbereitet. Aber offenbar mit Erfolg, denn er bemerkte, dass ihre Anspannung wich. Plötzlich lächelte sie.

»Tja, als Glückspilz würde ich ihn nicht bezeichnen. Nicht mehr. Wir haben gestritten.«

»Schatz, du streitest dich schon dein Leben lang mit Leuten herum. Ich kann mich nicht erinnern, dass es je anders gewesen wäre.«

»Nein, diesmal ist es anders. Endgültig. Wir wollen nicht darüber reden.«

Sie verschwieg ihm noch immer etwas. Er beschloss, es auf sich beruhen zu lassen, zwang sich zu einem Lächeln und sagte, weiterhin in beiläufigem Ton: »Tut mir leid, Schatz, aber dein Handlungsablauf überzeugt mich nicht. Das reinste Melodrama, wenn du mich fragst. Fang bloß nicht an, Theaterstücke zu schreiben. Nicht einmal ich würde in so etwas mitwirken. Falls Harry dich hätte manipulieren wollen, hätte er das einfacher haben können. Und überdies billiger. Glaubst du wirklich, selbst er ist reich genug, um eine solche Summe zu verschleudern? Und meinst du, Leonora hätte bei einem derartigen Täuschungsmanöver mitgemacht? Selbstverständlich nicht. Wirklich, Schatz, deine Fantasie ist nicht nur mit dir durchgegangen, sie galoppiert dir davon.«

»Ich weiß, wie absurd es klingt, aber du irrst dich, was Leonora betrifft. Sie war mit meiner Ehe ziemlich unglücklich, und außerdem stiftete sie gerne Unfrieden, sosehr ich sie auch geliebt habe. Ich sehe keinen Weg, wie das Geld hätte von ihr stammen können. Alle Beweise, die ich gesammelt habe, deuten darauf hin, dass sie und Rollo in finanziellen Schwierigkeiten steckten.«

»Aber, Schatz, Leonora steckte immer in finanziellen Schwierigkeiten. Es hätte auch nichts genützt, wenn sie Midas geheiratet hätte. Was sind das übrigens für Beweise?«

»Ach, verschiedene. Von den Pfandscheinen habe ich dir ja schon erzählt. Außerdem hat Miss Monkton, sicher erinnerst du dich an sie, Leonora in Paris in sehr bescheidenen Verhältnissen angetroffen. Ganz allein und krank. Ich bin sicher, dass Harry sie aus dieser Situation gerettet hat, nicht Rollo.«

»Hast du ihn gefragt?«

»Ja. Er hat es geleugnet. Natürlich. Doch er ist so hinterlistig und verschlagen.«

»Nun, du solltest dich an einfache Burschen wie mich halten.« Der Schmerz steigerte sich, und der viele Wein machte es noch schlimmer. Ihm wurde ziemlich flau. Als sie ihn ansah, wirkte sie besorgt.

»Rupert, meine Gefühle für Harry haben rein gar nichts mit dem zu tun, was ich für dich empfinde. Ich liebe dich über alles, du bist mein bester …«

»Freund«, ergänzte er. Er versuchte nicht länger, seine Verbitterung und die Trauer wegen der Zurückweisung zu verbergen. »Wahrscheinlich waren wir nie etwas anderes. Nach der Nacht letztens dachte ich …«

»Oh, Rupert, Liebling! Wie oft haben wir uns gesagt, dass uns in dieser Nacht der Teufel geritten hat? Es war ein wundervoller, beglückender Wahnsinn, der nie hätte geschehen dürfen. Beinahe hätte er alles zwischen uns zerstört.«

Und da er sie so liebte und ahnte, dass das hier der Wendepunkt war, um sie entweder für immer zu verlieren oder sie als liebevolle Freundin zurückzugewinnen, gelang es ihm, wieder zu lächeln und Wärme und Zärtlichkeit in seine Stimme zu legen. »Ja natürlich. Und es stimmt. Ich bereue es genauso wie du, so schön es auch gewesen sein mag. Ich fand es entsetzlich, dass es zu Spannungen zwischen uns geführt hat.«

»Nicht nur zwischen uns.«

»Zwischen dir und Edward?«

»Nein, interessanterweise schien es ihn nicht weiter zu stören.«

»Was ist der Grund für diesen Streit? Diesen endgültigen

Streit zwischen dir und Harry? War es das, was du mir vorhin verheimlichen wolltest?«

»Ja, war es. Er hat mich als Hure bezeichnet.«

»Soll das heißen, du hast es ihm gesagt?«

»Nicht direkt, aber er ist geschickt darin, Menschen die Wahrheit zu entlocken.«

»Herrje, Cassia«, erwiderte er teils amüsiert, teils erschrocken. »Deine Ehrlichkeit wird dir noch mal das Genick brechen.«

»Hat sie schon.« Sie lächelte bemüht. Er spürte, dass an ihrer Schilderung etwas nicht aufging. Bei einer Szene in einem Theaterstück hätte er angemerkt, dass sie nicht ganz logisch sei und umgeschrieben werden müsse. Allerdings bekam er den Fehler nicht zu fassen.

»Das tut mir schrecklich leid. Ich wollte ganz sicher nicht zwischen dir und der Liebe deines Lebens stehen.« Plötzlich konnte er es nicht länger ertragen. »Schau, ich bin todmüde und du auch. Wollen wir den Abend beenden?«

»Ja, entschuldige. Danke, dass du mir zugehört hast, Rupert. Wie immer fühle ich mich jetzt viel besser.«

Sie gingen hinaus auf die Straße, hielten zwei Taxis an und küssten einander zum Abschied. Rupert kehrte zurück in sein kleines, einsames Zimmer, lag lange Zeit wach und dachte, dass er zum ersten Mal Mitgefühl mit Edward Tallow hatte. Außerdem war er entsetzlich eifersüchtig auf Harry Moreton. Nur Edward war klug genug gewesen, die Tatsache und die dahinterliegenden Gründe zu erkennen. Er, Rupert, hingegen war ja so ein blinder Idiot.

»Ich sollte jetzt wirklich nach Hause fahren«, sagte Edwina. »Es ist fast Mitternacht.«

»Ach, bleiben Sie doch noch«, protestierte der Mann neben

ihr, der St. John Vincent hieß. »Unserem kleinen Beisammensein wird etwas fehlen, wenn Sie gehen. Außerdem wollte ich Sie zu einer Party einladen.«

»Wie reizend von Ihnen. Aber ich muss morgen arbeiten, richtig, Francis?«

»In der Tat. Und ich ebenfalls.« Beinahe väterlich lächelte er sie an. »Hinzu kommt, dass wir beide heute auch gearbeitet und uns im Gegensatz zu Ihnen nicht dem Müßiggang hingegeben haben.«

»Sie wirken nicht überarbeitet und ganz und gar nicht müde«, wandte St. John Vincent leicht wegwerfend ein.

»Dann täuscht unser Äußeres«, entgegnete Francis. »Ich kann Ihnen versichern, dass ich für meinen Teil ziemlich erledigt bin.«

»Sie brauchen einen kleinen Aufmunterungsdrink«, widersprach Vincent. »Kommen Sie, nur für ein Stündchen oder so. Bei Janine findet eine ihrer Zusammenkünfte statt. Myrtle, Schatz, überrede Francis und dieses göttergleiche Geschöpf, uns zu Janine zu begleiten.«

Edwina fand Myrtle grässlich unsympathisch. Sie war behängt wie ein Pfingstochse und trug ein mit unzähligen Pailletten besticktes Gewand und einen mit Perlen besetzten Turban. Außerdem war sie zu stark geschminkt. Ihre Augen waren mit Kajal umrandet, und ihr Lippenstift war beinahe schwarz. Sie rauchte Kette mit einer überlangen Zigarettenspitze. Zu Francis schien sie ein besitzergreifendes Verhältnis zu pflegen und streichelte ständig sein Gesicht. Den Großteil des Abends hatten sie die Tanzfläche in Beschlag genommen und einige auf Außenwirkung bedachte Tangos getanzt. Nun sah sie Edwina an. »St. John, wenn sie nach Hause möchte, lass sie doch. Man sollte niemanden vom Pfad der Tugend abbringen, stimmt's, Francis?«

»Ich dachte, du wüsstest gar nicht, was Tugend ist, Myrtle«, erwiderte dieser.

»Da hast du recht. Sie ist halt schrecklich langweilig«, antwortete Myrtle.

Edwina blickte ihr in die schwarz umrandeten Augen und grinste keck. »Nun, das hoffe ich doch nicht. Also schön, ich komme mich. Was ist mit dir, Francis?«

Er zögerte und musterte sie eine Weile unschlüssig. Dann jedoch schien er eine Entscheidung gefällt zu haben. »Meinetwegen. Aber nur für ein Stündchen.«

Es war Montagabend, und sie saßen schon seit einiger Zeit in einem Nachtclub namens Jack's, den Edwina zuvor nicht gekannt hatte. Francis hatte sie im Büro angerufen, weil er einige Details der Modenschau erörtern wollte, und ein gemeinsames Abendessen vorgeschlagen. Da Harry mit Freunden im White City war, sah sie keinen Grund abzulehnen. Sie hatten einen äußerst angenehmen Abend im Daphne's in der Sloane Street verbracht, und danach hatte Francis gemeint, sie könnten noch ein bisschen weiterziehen. »Nicht für lange. Es sind ein paar Leute dort, die dich amüsieren könnten.«

Er behielt recht. Die Leute waren wirklich amüsant. Zwei Männer, beide eindeutig homosexuell, und drei Frauen. Zwei von ihnen waren recht vulgär, aber komisch. Und dann war da noch die exotische Myrtle. Edwina hatte viel Champagner getrunken, mit allen drei Männern getanzt und einige ziemlich schmutzige Witze erzählt, die mit großer Begeisterung aufgenommen wurden. So etwas, dachte sie, leicht erschrocken über sich selbst, würde sie sonst nie in der Öffentlichkeit tun. Mit Menschen aus ihrem engsten Umfeld vielleicht. Harry und ihre Mutter hatten eine Schwäche für schmutzige Witze. Aber doch nicht in Gegenwart von Wildfremden.

Sie überlegte, ob sie sich auch in anderer Hinsicht verwandelte, und kam zu dem Schluss, dass sich das so verhielt. Jedenfalls fühlte sie sich verändert, freier, nicht nur in ihren Handlungen, sondern auch in ihren Gedanken. Sie war schon immer liberal und vorurteilsfrei gewesen, allerdings stets als Reaktion auf äußere Einflüsse. Inzwischen ertappte sie sich dabei, dass sie bewusst nach neuen Ideen und neuen Einstellungen suchte, und empfand beinahe Ungeduld, weil sie keine Zeit verschwenden und sich keine Gelegenheit entgehen lassen wollte. Sie fühlte sich, als stünde sie kurz vor einer wichtigen Entdeckung über sich selbst. Die Person, die sie noch vor wenigen Monaten gewesen war und die sich nur mit der Haushaltsführung und ihrem gesellschaftlichen Leben befasst hatte, betrachtete sie mittlerweile mit einem Hauch von Verachtung.

Nun stellte sie fest, dass sie viel mehr Lust hatte, diese neuen, interessanten Bekannten zu begleiten, als in ihr langweiliges Haus und Bett zurückzukehren. Sie lächelte St. John Vincent an. »Also los, gehen wir.«

Janine wohnte in Chelsea in einem ausgesprochen hübschen Haus am Cheyne Walk. Da Francis' Auto nicht genug Platz für sechs Personen bot, saß sie auf St. John Vincents Schoß und spürte plötzlich, dass seine Hand langsam und sehr selbstbewusst über ihren Schenkel glitt. Ob sie sich, was seine sexuellen Neigungen anging, geirrt hatte?

Eine zierliche, magere Frau, die eine weite Seidenhose und einen langen silbernen Pullover trug, öffnete ihnen die Tür. »Meine Schätzchen, wie reizend, euch zu sehen.« Sie küsste alle und musterte dann Edwina. »St. John, wer ist denn diese nette neue Freundin?«

»Das ist Edwina. Eine Freundin von Francis.«

»Francis, du förderst immer wieder schöne Menschen zutage. Arbeiten Sie bei einer seiner Zeitschriften? Ganz bestimmt, Sie sehen nämlich so aus.«

»Wie sehe ich denn aus?«, fragte Edwina lachend.

»Ach, das ist schwer zu erklären. Vielleicht, als ob Sie etwas zu sagen hätten. Was sicher auch zutrifft. Jedenfalls willkommen.« Sie griff nach Edwinas Hand. »Das Wichtigste ist, dass Francis niemals Langweiler mitbringt. Kommen Sie, und lernen Sie ein paar Leute kennen.«

Das Haus war wirklich wundervoll eingerichtet, dachte Edwina. Sehr modern. Insbesondere das Wohnzimmer war ein Traum: weiße Wände, weiße Vorhänge, weiße Teppiche, weiße Sofas, Spiegel in verchromten Rahmen, Wandleuchten aus Chrom und einige ausgezeichnete moderne Gemälde. Edwina erkannte einige der Künstler, derzeit voll im Trend und sündhaft teuer: Otto Dix, Paul Klee – Harry besaß einige ihrer Werke – und ein gewaltiges Bild von Alberto Sarinio, dem Surrealisten, der beeindruckende Tierköpfe auf menschliche Körper montierte.

Es befanden sich etwa zwei Dutzend Personen im Raum, alle äußerst elegant, die Männer im Abendanzug, die Frauen in Abendkleidern oder in einem der derzeit modischen Palazzo-Pyjamas. Jemand spielte ausgezeichnet Klavier. Einige Gäste tanzten. Leicht erschrocken, aber auch erfreut, bemerkte Edwina, dass zwei der Paare Frauen waren.

Janine nahm ihre Hand. »Besorgen wir Ihnen erst einmal etwas zu trinken. Cocktail? Champagner? Falls Sie etwas Stärkeres möchten, fragen Sie St. John, er zeigt es Ihnen. Und jetzt schauen wir mal, wen wir Ihnen vorstellen. Ach, das ist Marcia, Marcia Bryanstone, und das ist ihr Bruder Ivor. Nun, wie Sie sehen, ist er mehr als ihr Bruder, er ist ihr Zwilling. Ivor, Schatz, holst du noch ein paar Zigaretten? Türkische, wenn du welche findest.«

Edwina bemerkte auf den ersten Blick, dass es sich um Zwillinge handelte, denn die Ähnlichkeit war unverkennbar. Zwei hochgewachsene, blonde, ziemlich androgyne Geschöpfe, die ihr Haar in einem identischen, ein wenig längeren Pagenkopf trugen. Sie hatten gerade Nasen und strahlende blaugrüne Augen. Ivor schien wie Marcia Wimperntusche zu benutzen. Wie vernünftig, dachte Edwina plötzlich, wenn man so erstaunliche Augen hatte und es einem so gut stand. Er war, wenn das überhaupt im Bereich des Möglichen lag, der attraktivere von den beiden und mit einem schwarzen Samtsakko und einer breiten, locker gebundenen Krawatte bekleidet, die genau zu seinen Augen passte. Marcias Kleid, lang und recht eng, hatte dieselbe Farbe. Die Art, wie sich ihre Brustwarzen deutlich unter dem Crêpestoff abzeichneten, verriet, dass sie darunter nichts anhatte.

Janine legte Marcia den Arm um die Schulter. »Marcia, das ist Edwina. Francis hat sie mitgebracht. Edwina … Verzeihung, ich habe Ihren Nachnamen nicht verstanden.«

»Moreton«, antwortete Edwina. Plötzlich erschien es ihr seltsam, Harrys Namen auszusprechen. Es fühlte sich nicht mehr an, als ob es ihrer wäre. Aus Gründen, die sie nicht erklären konnte, war es, als habe sie beim Betreten dieses Raums ihr altes Ich abgestreift.

»Marcia malt«, verkündete Janine. »Hauptsächlich schauderhaft anstößige Akte. Passen Sie auf, sonst überredet sie Sie noch, für sie Modell zu stehen.«

»Ich bin noch nie gemalt worden«, sagte Edwina und fügte hinzu: »Ich hätte sicher Spaß daran.«

»Nun, das wäre Ihre Chance. Aber ich warne Sie, die Bilder eignen sich nicht fürs Wohnzimmer.«

Marcia betrachtete Edwina einen Moment und lächelte sie an. Es war ein strahlendes, seltsam verführerisches Lächeln. »Komm und setz dich. Ich will alles über dich wissen.«

»Du bist so wunderschön.«

Edwina erschauderte wohlig. Die Zunge in ihrem Mund war so sanft und erkundete alles. Die Finger, die ihre Brustwarzen berührten, waren erstaunlich geschickt. Begierde breitete sich in ihr aus. Sie schloss die Augen und zwang sich, sich auf nichts als auf den Moment und seine Freuden zu konzentrieren. Inzwischen befanden sie sich in einem anderen Zimmer im Obergeschoss, ein dunkles Zimmer voller Menschen und dröhnender Musik. Sie konnte sich nicht recht erinnern, wie sie hierhergekommen war. Nur an ein langes, interessantes Gespräch, das sie in ihren Bann gezogen hatte. Dann an einen langsamen, sinnlichen Tanz mit Ivor, wohl wissend, dass Marcia jede ihrer Bewegungen beobachtete, was ihr gefiel, sie sogar erregte. Schließlich hatte Marcia sich zu ihnen gesellt und mitgetanzt. Und zu guter Letzt hatte Marcia sie an der Hand genommen und sie weg von ihrem Bruder und aus dem weißen Raum geführt.

Die Musik hatte Besitz von ihr ergriffen. Ihr Rhythmus wurde zu ihrem eigenen. Das war mehr als Tanzen, noch kein Sex, aber eine seltsame Mischung aus beidem. Glatt, fließend, faszinierend. Langsam strich sie mit der Hand den Körper hinunter, der sich an sie presste, hielt am Bauch inne, tastete nach dem Venushügel darunter und umfasste die schmalen Hüften und den schlanken Po. Er war hoch angesetzt und fest. Sie stand da und berührte und knetete ihn. Heiße Lust durchflutete sie, und ihr Atem ging schnell und stoßweise. Und dann ertönte wieder die Stimme: »Mein Gott, du bist so schön.«

Es war eigenartig, diese übermächtige sexuelle Begierde zu empfinden und mitten im Ansturm der Gefühle eine Frauenstimme zu hören.

Als sie sich später auf die Suche nach Francis machte, saß er ein Stück abseits und plauderte mit Janine. Im ersten Moment befürchtete Edwina, dass er es als Entgleisung einstufen würde. Dass er es nicht gewusst hatte. Dass er schockiert sein würde, obwohl er sie hierher mitgebracht hatte. Doch er lächelte nur fast unmerklich, warf ihr eine Kusshand zu und setzte sein Gespräch fort. Offenbar störte es ihn nicht, was sie hier trieb.

Marcia hatte sich verabschiedet. Sie müsse früh an einem Bild arbeiten, aber sie würden sich wiedersehen. Inzwischen tanzte sie mit Ivor. Sie empfand seine Ähnlichkeit mit Marcia als verwirrend und erotisch. Die gleichen sinnlichen, vollen Lippen küssten sie, die gleichen amüsiert funkelnden Augen betrachteten sie, und seine Hände berührten sie ebenso geschickt.

Später gesellte sich St. John zu ihnen, tanzte mit ihnen und liebkoste sie beide. Ein Chaos aus Lust, Geräuschen, Berührungen und Geschmack ergriff Besitz von ihr. Sie wollte sie beide und hätte sie beide haben können. Liebe, Wärme und ein übermächtiges Glücksgefühl. Sexuelle Begierde, eine sinnliche Erregung, die ihren Verstand erfüllte. Obwohl sie sich betrunken und wie unter Drogeneinfluss fühlte, wusste sie, dass beides nicht zutraf.

Neben ihr tanzten zwei Frauen, küssten und streichelten sich. Irgendwo im Dämmerlicht bemerkte sie ein weiteres Paar, einen Mann und eine Frau, wie seltsam, dachte sie, die in das andere Zimmer gingen. Das, wo sie und Marcia gelegen und ihre weichen, duftenden, nachgiebigen Körper erkundet, sich stöhnend gewälzt und vor Lust geschrien hatten, genau wissend, wonach die andere sich sehnte und wo sich die Freuden verbargen.

Sie hatte keine Ahnung, wo sie war oder wo sie hätte sein sollen. Kaum wäre sie in der Lage gewesen, ihren eigenen Namen zu nennen. Nur, dass sie nun eine neue warme, lebendige Energie besaß. Sie fühlte sich stark, sicher, unangreifbar.

Als sie irgendwann später mit Janine tanzte, redete und lachte, fiel ihr Blick auf die Uhr. Es war fast fünf. Die Nacht hatte sich in einem berauschenden Durcheinander aufgelöst. Wieder schaute sie sich nach Francis um. Er war fort. Angst überkam sie.

Janine erkannte ihre Besorgnis und lächelte. »Zerbrich dir nicht den Kopf über Francis. Er bleibt selten lang. Er kommt und geht wieder. Er gehört eben gern dazu. Wir sind eine fröhliche kleine Truppe.«

»Aha«, erwiderte Edwina.

Als sie um halb sieben zu Hause eintraf, zog sie an der Türschwelle die Schuhe aus, hastete die Treppe hinauf und hoffte, niemandem zu begegnen. Voll bekleidet fiel sie ins Bett, ließ ihre Gefühle und Erlebnisse der Nacht Revue passieren und fragte sich, wie sie es so lange ohne diese Freuden ausgehalten hatte.

KAPITEL 32

Cassias Hand, die den Telefonhörer hielt, war schweißnass, und ihr Herz klopfte so heftig, dass die Person am anderen Ende der Leitung es gewiss hören konnte. Das Zimmer schien sich verdunkelt zu haben, und sie spürte ein Stechen tief in ihrer Brust. Sie fragte sich schon, ob sie im Begriff war, einen Herzinfarkt zu erleiden, und hoffte es beinahe. Damit würde sie sich viele Schwierigkeiten und jede Menge Leid ersparen.

»Ja? Miss Gerards Sekretärin am Apparat.«

»Könnte ich bitte Miss Gerard sprechen? Ich bin Cassia Tallow.«

»Nein, Mrs Tallow, ich fürchte nicht. Heute Vormittag operiert sie.« Offenbar hielt die Sekretärin Cassia für minderbemittelt, weil sie das nicht wusste.

»Oh, ich verstehe.« Beruhigende Erleichterung breitete sich in ihr aus. Das Zimmer wurde wieder heller. Die Hinrichtung war aufgeschoben.

»Heute Nachmittag ist sie zurück. Kann ich ihr etwas ausrichten?«

»Nein. Ich melde mich wieder.«

Also nur eine Gnadenfrist von wenigen Stunden. Nur noch wenige Stunden, bis Miss Gerard sie als inkompetent, unzuverlässig und nicht ernst zu nehmend abstempeln würde. Bis sie auf das würde verzichten müssen, was sie sich so gewünscht hatte, dass es fast schmerzte wie körperlicher Hunger. Bis sie sich endlich der Tatsache würde stellen müssen, dass ihr der berufliche Erfolg verwehrt bleiben würde. Sie war zu einem Leben aus faulen Kompromissen verdammt.

Von allen Folgen, die das haben würde, graute ihr am meisten vor Miss Gerards Reaktion. Sie glaubte, dass sie nicht nur sie enttäuschen würde, die Erwartungen in sie gesetzt hatte und bereit gewesen war, ihr diese Stelle anzubieten. Nein, sie ließ auch all die Frauen im Stich, die vor ihr versucht hatten, sich in der Arbeitswelt durchzusetzen. Die gekämpft hatten, um mehr sein zu können als Ehefrauen und Mütter, die ihren Männern den Rücken freihielten. Obwohl sie sich wie eine Versagerin fühlte, hatte sie Angst davor, dass man es ihr auf den Kopf zusagte.

Kurz fragte sie sich, was ihre Mutter, auf ihre sanfte Art eine engagierte Verfechterin der Frauenrechte, ihr wohl geraten hätte. Wäre sie stolz oder enttäuscht gewesen, weil ihre Tochter ihrer Familie gegenüber einer möglicherweise großen Karriere den Vorzug gab. Einer Karriere, die Hunderten, ja Tausenden von weniger begünstigten Frauen und auch der nächsten Generation Mut gemacht hätte? Was würde die kleine Delia, wenn sie in einigen Jahren ihre eigene Zukunft plante, von einer Mutter halten, die ihren Beruf an den Nagel gehängt hatte? Würde sie sie verachten oder gar verhöhnen, weil sie ihre Talente und ihre Ausbildung, ihre Chancen nicht nützte? Oder würde sie dankbar sein, weil sie ihr die Geborgenheit und damit das nötige Selbstbewusstsein vermittelt hatte, um ihren eigenen Weg zu gehen?

Eigentlich gab es keine andere Entscheidung, das war Cassia klar. Sie hatte drei kleine Kinder, von denen eines bereits ein schweres Trauma erlitten hatte. Sie alle würden den

Schmerz ertragen müssen, den es mit sich brachte, dass die Ehe ihrer Eltern endete. Denn das stand zweifelsfrei fest. Es war die einzige Möglichkeit. Sie und Edward hatten einander nichts mehr zu sagen. Bis auf eine distanzierte Zuneigung war kein Gefühl mehr übrig. Die gemeinsamen Zukunftspläne ihrer Jugend waren durch die vergiftende Mischung aus beruflichem Neid und Unzufriedenheit zerstört worden. Sie – und auch Leonoras Geld – hatte den Prozess beschleunigt, aber nicht mehr als das, das verstand sie inzwischen auch. In den kommenden Jahren, wenn die Kinder größer wurden, hätten Bitterkeit und Zorn nur zugenommen. Ebenso wie Edwards Gefühl der Unterlegenheit und sein Bedürfnis, die Oberhand zu gewinnen. Sie mussten sich trennen. Er und auch sie würden auf diese Weise stärker und glücklicher werden.

Die Kinder allerdings würden mit Verwirrung, Trauer und einem Loyalitätskonflikt reagieren. Sie würden absolute Geborgenheit und ständige Aufmerksamkeit brauchen, damit sie sich wieder erholten. Keine Mutter, die nur einmal in der Woche erschöpft und um ihre eigenen Probleme kreisend nach Hause kam. Nein, es gab keinen Ausweg. Sie hatte keine andere Wahl. Nur dass Monica Gerard das ganz anders sehen würde. Ihre persönliche und berufliche Verachtung würde nur schwer zu ertragen sein.

Es war Mittwoch. Bis zu ihrer Sprechstunde musste sie noch einige Stunden totschlagen. Sie ging sich eine Zeitung kaufen und fing an zu lesen. Die Position des Königs wurde ausführlich erörtert. Nicht, was seine Beziehung zu Mrs Simpson betraf, über die die Presse noch mit bemerkenswerter Diskretion schwieg, sondern sein Verhältnis zum Parlament und dem ganzen Land. Was einige als den schlichten Wunsch deuteten, seinen weniger begünstigten Untertanen zu helfen, betrachteten andere als bewussten Bruch mit seinen Ministern, den Männern, die möglicherweise zwischen ihm und seinem privaten Glück standen. Und wie würde der König sich letztlich entscheiden?, fragte sich Cassia. Würde er sein privates Glück oder seine berufliche Pflicht wählen? Dass sie und ihr König beide mit moralischen Konflikten haderten, heiterte sie ein wenig auf.

Später fuhr sie Cecily besuchen. Als Cassia durch das Tor des Sanatoriums rollte, traf sie sie im Park an. Sie war zwar noch ein bisschen mager und wackelig auf den Beinen, wirkte jedoch schon viel gesünder und fröhlicher. Ihr Gesicht war rosig von der morgendlichen Kälte. Als Cassia parkte, kam sie auf sie zu.

»Du meine Güte, Cassia, was hast du mit deinem wunderschönen Auto gemacht?«

Cassia erklärte es. »Aber ich kann es nicht reparieren lassen. Dazu brauche ich es zu sehr, und zumindest fährt es noch.«

»Das ist doch albern«, entgegnete Cecily. »Du kannst dir mein Auto ausleihen. Fahr einfach heute Vormittag hin und hol es dir. Ich rufe Preston an. Oder, noch besser, ich bitte ihn, es zu dir nach Hause zu bringen. Und jetzt komm, wir trinken einen Kaffee. Ich habe moralische Unterstützung nötig. Ich packe gerade für meine Entlassung. Einerseits kann ich es kaum abwarten, andererseits graut mir davor.«

»Die Kinder freuen sich so auf dich«, sagte Cassia und half Cecily, die wenigen mitgebrachten Kleider zu falten. Inzwischen wirkten sie viel zu groß für ihre neue schlanke Figur.

»Ich weiß. Ich habe ein schrecklich schlechtes Gewissen, weil die armen Kleinen so viel durchgemacht haben. Und weil sie noch viel werden durchmachen müssen. Aber ich bin fest entschlossen, ihnen eine gute Mutter zu sein.«

»Du warst immer eine gute Mutter.« Cassia lächelte.

»Mag sein. Doch sie waren in letzter Zeit viel allein.

Außerdem ist mir klar, dass die Kombination aus dem Kindermädchen und meiner Mutter nicht ideal ist. Stephanie ist furchtbar verwöhnt. Und Laurence … der führt sich unmöglich auf. Komisch«, fügte sie nach einer Pause hinzu, »dass die Kinder das Wichtigste werden, ganz gleich, was man einmal gewollt oder nicht gewollt hat.«

»Ja.« Cassia hatte keine Lust, an diesem Morgen eine Diskussion über den Mutterinstinkt zu führen. Ihre eigenen Grübeleien vom Vormittag hatten sie schon genug ausgelaugt. »Cecily, kann ich dich etwas fragen?« Sie war über sich selbst erstaunt, denn sie hatte nicht gedacht, dass sie dieser Punkt noch immer so beschäftigte.

»Ja natürlich.«

Sie wunderte sich, dass Cecily so erstaunt, ja sogar verlegen wirkte und ein erleichtertes Gesicht machte, als sie »Es geht um Leonora« hinzufügte.

Cecily bestätigte, sie habe von Benedict gehört, Leonora habe vorübergehend in finanziellen Schwierigkeiten gesteckt und es ihnen allen verheimlicht. Harry habe ihm davon erzählt. »Er ist sofort zu ihr nach Paris geflogen.«

»Harry«, hakte Cassia nach. »Bist du sicher, dass er es von Harry hatte?«

»Ja selbstverständlich. Ich weiß noch, wie er es mir erzählt hat. Benedict, meine ich.«

»Und woher wusste es Harry?«

»Keine Ahnung. Vielleicht hat er sie einfach besucht.«

»Erinnerst du dich, wann das war?«

»Nach Weihnachten. Ganz bestimmt. Als Benedict zurückkam, hatten wir scheußliches Wetter. Eine grässliche Überfahrt, und du weißt ja, wie unwohl er sich an Bord eines Schiffes gefühlt hat. Außerdem war auf der *Golden Arrow* die Heizung ausgefallen. Er sagte, es sei eiskalt gewesen. Also vermutlich Anfang Frühjahr. Ja richtig, im Frühjahr vor ihrem Tod.«

»Und wo hat sie damals gewohnt, als Benedict bei ihr war? In der Bruchbude, in der Miss Monkton sie angetroffen hat?«

»Miss Monkton? Oh, von der weiß ich nichts. Sie lebte offenbar in einer sehr hübschen Wohnung, einer mit einer *porte cochère*, die um einen reizenden Innenhof herum gebaut sind.«

»Und Gresham war zurück?«

»Keine Ahnung, ob er wirklich zurück war, aber er hatte sich eindeutig darum gekümmert, dass sie finanziell besser versorgt war, eine anständige Pflege bekam und so. Inzwischen ging es ihr wirklich gut. Ehrlich, Schatz. Meiner Ansicht nach hatte sie nicht lange mit finanziellen Schwierigkeiten zu kämpfen. Du musst dich deshalb nicht zermürben.«

»Doch«, erwiderte Cassia trotzig. »Ich habe wegen der ganzen Angelegenheit ein schlechtes Gewissen. Ich wusste nicht, wie krank sie war. Ich habe sie nicht mehr wiedergesehen. Wenn ich nur im Bilde gewesen wäre, hätte ich sie vor ihrem Tod noch einmal besucht. Warum habt ihr mich bloß nicht eingeweiht?«

»Am Schluss ging alles ganz schnell. So ist es manchmal bei Krebs, das weißt du ja sicher. Und du warst auf dem Land. Mit drei kleinen Kindern. Ich glaube, wir haben es vor uns hergeschoben, weil wir dich nicht aufregen wollten.«

»Nun, jetzt rege ich mich auf. Ich fühle mich elend. Und bei ihren finanziellen Schwierigkeiten hätte ich ihr irgendwie helfen können. Außerdem bin ich nicht ganz überzeugt, dass alles so schnell ging.«

»Oh, ich bin sicher, dass es so war, Cassia. Du kanntest Leonora ja. So verantwortungslos, unfähig, mit Geld umzugehen und für sich selbst zu sorgen. So ernst kann es nicht gewesen sein, sonst hätte sie dir keine solche Summe vererben können.«

»Ja, das behaupten alle«, erwiderte Cassia knapp und gereizt.

»Benedict war eindeutig im Begriff, die Geduld mit ihr zu verlieren. Er war verärgert und hat sich Sorgen um sie gemacht. Hinzu kommt, dass er sich schuldig fühlte, weil er sie nicht besser im Auge behalten hat. Aber er hat ihr oft geschrieben.«

»Wohin? In die Avenue Foch?«

»Vermutlich. Er hat nichts von ihrem Umzug gewusst.«

»Und du hast sie in den letzten Monaten nicht besucht?«

Cecily errötete. »Nein, habe ich nicht, und ich schäme mich deswegen. Mein Verhältnis zu Leonora war immer schwierig. Ich war eifersüchtig auf sie, weil sie Benedict so nahestand. Außerdem wusste sie von seinem … Problem und warum er mich geheiratet hat. Das war für mich schwer auszuhalten. Ja, ich hätte hinfahren sollen, doch ich habe es vor mir hergeschoben. Es gab immer einen Vorwand, die Kinder und so weiter. Und wie ich schon sagte, kam ihr Tod ziemlich plötzlich. Selbst Benedict war hier in London. Er hat sich große Vorwürfe gemacht.«

»Nachzuvollziehen. Und Benedict hat dir nicht mehr erzählt?«

»Nein. Ich glaube, da gab es nicht mehr zu erzählen, wirklich nicht. Sie hatte sich Ärger eingehandelt, und Benedict hat davon erfahren und wie immer versucht, ihr aus dem Schlamassel herauszuhelfen. Er hatte eine unbeschreibliche Geduld mit ihr.« Ihre Stimme klang beinahe hart.

Cassia musterte sie forschend. Eigentlich wunderte sie sich nicht. Cecily und Leonora waren einander immer spinnefeind gewesen.

Nachdenklich fuhr sie nach Hause, wo Cecilys kleiner

Daimler sie schon erwartete. Zwar hatte ihr Gespräch mit Rupert ihre sorgenvollen Gedanken ein wenig beruhigt und in andere Bahnen gelenkt. Inzwischen erschien ihr ihre so sorgfältig zurechtgelegte Theorie, was Harry anging, selbst ein wenig an den Haaren herbeigezogen. Doch sie war noch lange nicht zufrieden.

Sie beschloss, nach Paris zu fliegen und selbst Nachforschungen anzustellen.

Wenn Harry tobte, ging es häufig sehr lautstark zu, dachte Edwina. Sie hatte ihn von ihrem Zimmer aus gehört, wo sie saß und las. Die quietschenden Reifen, als er vor dem Haus stoppte. Die zuknallende Autotür. Wie er beim Eintreten nach Bishop rief. Das durchs ganze Haus hallende Krachen, als die Tür seines Arbeitszimmers zuschlug. Sie achtete nicht darauf. Seit ihrer Hochzeit bildeten diese Wutanfälle das Hintergrundgeräusch ihres Lebens. In gewisser Weise genoss sie sie beinahe. Zumindest früher einmal. Sie brachten Drama und ein wenig Licht und Schatten in ihr Dasein. Das, rückblickend betrachtet, ziemlich eintönig gewesen war.

Sie las weiter. Die amerikanische *Vogue*. Sie war glamouröser und weniger weichgespült als die englische Ausgabe, was ihr gefiel. Außerdem waren einige außergewöhnliche, beinahe surreale Fotos von Man Ray darin abgedruckt. Sie überlegte, Francis zu bitten, ihn zu beauftragen. Natürlich würde er nicht billig sein, aber wenn er ihnen einen Vorteil gegenüber der *Vogue* verschaffte …

So sehr schwelgte sie in ihren Gedanken, dass sie nur am Rande wahrnahm, wie die Tür des Arbeitszimmers dröhnend ins Schloss fiel. Dann polternde Schritte auf der Treppe, die auf ihr Zimmer zusteuerten, dessen Tür gewaltsam aufgerissen wurde. Harrys Stimme teilte ihr mit, er wolle mit ihr reden.

Übertrieben geduldig legte sie die Zeitschrift weg. »Ja, Harry?«

»Edwina, du wirst diesen schwachsinnigen Job aufgeben. Sofort.«

»Mach dich nicht lächerlich, Harry. Warum sollte ich?«

»Weil ich es so will.«

»Tja, tut mir leid, Harry. *Ich* will es aber nicht. Ich habe Freude an meinem Job, ich liebe ihn.«

»Ja, das kann ich mir denken. Was vermutlich auch für deine Beziehung mit diesem … Subjekt Stevenson-Cook und einigen anderen zwielichtigen Gestalten gilt.«

»Ich habe keine Beziehung mit Francis Stevenson-Cook, wie du es ausdrückst.«

»O doch. Jeden Abend isst du mit ihm. Du wurdest mit ihm in Nachtclubs gesehen. Du hättest wenigstens den Anstand besitzen können, ein bisschen diskreter zu sein. Und behaupte jetzt nicht, er sei homosexuell, denn ich kenne mindestens zwei Frauen, die Affären mit ihm hatten, persönlich. Ob du mit ihm im Bett warst, interessiert mich nicht, doch ich lasse mir nicht in aller Öffentlichkeit Hörner aufsetzen. Ich gestatte nicht, dass die Londoner Gerüchteküche meine Frau mit einer solchen Person in Verbindung bringt.«

»Einer solchen Person«, wiederholte sie. »Harry, du klingst wie Edward Tallow. Ich muss mich schon sehr wundern.«

»Zumindest hat Edward Tallow gewisse moralische Grundsätze, was man von dir nicht behaupten kann.«

Edwina spürte, wie sie errötete. Tief in ihr breitete sich eiskalte Furcht aus.

»Ich weiß, wo du letzte Nacht warst«, fuhr er fort. »Ich habe gehört, was du dort getrieben hast. Mit Marcia Bryanstone und ihrem Zwillingsbruder. Edwina, wie konntest du nur?«

»Ganz einfach.« Wie immer, wenn sie sich in die Ecke gedrängt fühlte, verlieh ihr das neuen Mut. »Ich mochte die beiden. Sie waren interessant und amüsant.«

»Zweifellos. Und außerdem pervers und dekadent. Ihre Bilder sind reine Pornografie, und er schläft mit jedem Homosexuellen und Bisexuellen in London. Die beiden sind kokainsüchtig. Und *das* sind die Leute, die Stevenson-Cook zu seinen Freunden zählt. Ich dulde es nicht, Edwina, und das ist mein letztes Wort.«

Sie lehnte sich in ihrem Sessel zurück und betrachtete ihn. »Und wie willst du das verhindern?«

Er trat auf sie zu, stützte sich auf die Armlehnen ihres Sessels und näherte sein Gesicht bedrohlich dem ihren. Sie konnte die Wut, die in ihm brodelte, buchstäblich spüren und riechen. »Ich habe viel mit dir durchgemacht«, entgegnete er. »Deine Gleichgültigkeit, dein mangelndes Interesse an allem, was ich tue, dass du durch eigene Schuld unfruchtbar geworden bist …«

»Wer hat dir das erzählt?«, fragte sie, zu erschrocken, um Vorsicht walten zu lassen.

»Niemand. Ich bin selbst dahintergekommen. Es stimmt also!«

Edwina wurde von heftigem Zorn ergriffen. »Das war ein mieser Trick, um mich in die Falle zu locken.«

»Offenbar mit gutem Grund. Und hier stehe ich nun. Du verweigerst mir mein Recht auf Kinder und meistens auch die Erfüllung deiner ehelichen Pflichten, obwohl mir, der Himmel weiß, eh die Lust darauf vergangen ist. Und nun muss ich mich auch noch mit äußerst unangenehmen Gerüchten herumschlagen. Das gefällt mir nicht, Edwina, und ich lasse es nicht zu. Entweder hört das auf, oder du wirst dich als schuldige Partei in einem sehr hässlichen Scheidungsprozess wiederfinden. Die Entscheidung liegt bei dir. Ich jedenfalls beabsichtige nicht, mir das länger mit anzusehen.«

Nachdem er fort war, saß Edwina da und zermarterte sich das Hirn, was sie nun tun sollte. Sie fragte sich, wer ihm von der Nacht bei Janine Sobel berichtet haben könnte. Sicher jemand aus der Kunstszene, wo Klatsch sich noch schneller verbreitete als in ihren Kreisen. Es war eine kleine, verschworene Welt, wo Harry jeden kannte. Außerdem konnte sie sich nicht vorstellen, dass Marcia sich die Mühe machen würde, diskret zu sein. Ivor noch weniger. Es war ein Fehler gewesen, sich so zu verhalten. Und auch einer von Francis, sie überhaupt dorthin mitzunehmen. Sie überlegte, ob er dabei vielleicht Hintergedanken verfolgt hatte. Sie traute ihm ebenso wenig über den Weg wie den anderen. Aber sie fand diese Leute einfach sympathisch und wollte, nun, nicht gerade dazugehören, aber von ihnen gemocht werden.

Die Nacht bei Janine Sobel hatte Edwinas Leben völlig auf den Kopf gestellt. Es hatte mit der Stelle bei *Style* angefangen, wo sie sich in die Grundsätze, die Standards und die unbeschreibliche Leidenschaft verliebt hatte, mit der dort gearbeitet wurde. In den Stunden dort hatte sie eine neue Einstellung zum Leben gewonnen und auch zu sich selbst. Die Frau, für die sie sich gehalten hatte, gab es nicht mehr. Eine interessantere, stärkere, klügere und kühnere Frau hatte ihren Platz eingenommen. Jene Nacht hatte sie von den Fesseln ihres alten Lebens befreit und ihr klargemacht, dass diese albern und überflüssig waren. Sie war durch eine Reihe von Türen geschritten und hatte sich in einer schillernden neuen Landschaft wiedergefunden. Sie konnte und wollte nicht zurück.

In ihren Kreisen war Diskretion die höchste aller Tugenden. Dank ihrer konnte man nach Belieben außereheliche Affären unterhalten und seine Leidenschaften pflegen. Männer schauten weg, wenn ihre Frau sich einen Liebhaber nahm.

Frauen lächelten die Geliebte ihres Mannes reizend an. Das war eine pragmatische Herangehensweise, die einiges für sich hatte. Haushalte und Vermögen wurden geschont, die Kinder geschützt, und häufig überlebte eine sachliche Zuneigung, auch wenn es nicht die große Liebe war. Die Ehe galt als Unternehmen, das mit Bedacht und erfolgreich geführt werden musste. Und ein gewisser Grad an Heuchelei gehörte unweigerlich dazu.

Vielleicht lag es daran, dass Edwina und Harry einander nie geliebt hatten. Daran, dass sie aus Gründen geheiratet hatten, die man bestenfalls als zweifelhaft bezeichnen konnte. Daran, dass sie einander nie mehr als freundschaftliche Toleranz entgegengebracht hatten. Oder auch daran, dass Edwina schon von Geburt an abenteuerlicher und unverblümter war, als es die gesellschaftlichen Normen ihrer Generation gestatteten. Jedenfalls stellte sie plötzlich fest, dass ihr diese Konventionen auf die Nerven fielen.

Harry liebte sie nicht. Er hatte kein wahres Interesse an ihr und glänzte meistens durch Abwesenheit. Deshalb sah sie allen Grund, sich einen Ausgleich dafür zu verschaffen. Sie hatte keine Lust, ihn und ihre zunehmend unbefriedigende Beziehung zu retten. Wenn sie sich abends ohne ihn mit ihren Freunden treffen und sich amüsieren wollte, hatte sie auch das Recht dazu.

All das sagte sie am nächsten Tag zu Francis Stevenson-Cook beim Mittagessen in seinem Büro – sie wagte nicht, sich mit ihm in der Öffentlichkeit blicken zu lassen, weil sie zu große Angst vor Harry hatte. Er lauschte aufmerksam und füllte lächelnd ihr Glas nach.

»Ich hatte recht«, erwiderte er äußerst zufrieden mit sich. »Ich habe dich genau richtig eingeschätzt.«

Manipulativer Mistkerl, dachte sie, gleichzeitig amüsiert

und verärgert. Sie gab sich in Sachen Francis keinen Illusionen hin. Er nahm Menschen, spielte eine Weile mit ihnen und legte sie wieder weg, wenn er ihrer überdrüssig wurde. Das war ihr letztens bei Janine klar geworden, als sie gesehen hatte, wie er die Szene seltsam distanziert und belustigt beobachtet hatte. Es wurde gefährlich, wenn man sich dessen nicht bewusst war. Doch sie war es, das wusste er, und deshalb konnte ihr nichts geschehen.

Am selben Nachmittag wurde eine andere Frau in London mit einem neuen Aspekt ihres Ehedramas konfrontiert. Mrs Wallis Simpson, die mit Esmond Harmsworth, dem Sohn des Herausgebers der *Daily Mail*, zu Mittag aß, wurde die Frage gestellt, ob sie je die Möglichkeit einer morganatischen Ehe in Erwägung gezogen hätte. Dank dieses Arrangements, erklärte Mr Harmsworth, könne sie den König heiraten, jedoch nicht seinen Titel übernehmen. Kinder hätten kein Recht auf die Thronfolge. Das sei doch eine Lösung? Könne sie es dem König vorschlagen?

»Gütiger Himmel«, sagte Edward.

Cassia blickte ihn quer durch die Küche an. Er las einen Brief und war erbleicht. Die Hand mit dem Brief zitterte. »Was ist? Ist etwas passiert?«

»Nein«, erwiderte er gedehnt. »Nein, überhaupt nichts. Nur ein kleiner Schock.«

»Darf ich sehen?«

»Ja natürlich.« Er reichte ihr den Brief. Seit sie sich darauf geeinigt hatten, sich zu trennen, gingen sie freundlicher miteinander um und konnten wieder reden. Zorn, Abneigung, ja sogar Neid schienen verflogen. Es war nur eine große Trauer, ein Bedauern zurückgeblieben.

»Oh, Edward.« Tränen traten ihr in die Augen, als sie die Worte las: »Fühlen wir uns nun in der Lage, Ihnen ab dem nächsten Jahr eine Stelle als Oberarzt anzubieten, unter der Voraussetzung, dass Sie Ihr Aufbaudiplom ablegen.« Der Name des Krankenhauses lautete St. Mark's in Clapham, ein gutes Lehrkrankenhaus. »Edward, ich freue mich so. Du wirst doch annehmen, oder?«

Sie umarmte ihn. Zum ersten Mal seit Monaten wich er nicht zurück, sondern erwiderte die Umarmung, ging grinsend wie ein kleiner Junge mit dem Brief in sein Arbeitszimmer und schloss die Tür.

Nicht einmal die Qualen, die sie wegen Miss Gerards Angebot ausstand, konnten die Tatsache trüben, wie glücklich sie für ihn war.

Später kam er zu ihr. »Ich finde, wir sollten reden, oder?« Sie führten ein langes Gespräch, in dem sie sich einigten, sich zu trennen. Sie seien nicht mehr im Entferntesten fähig, einander glücklich zu machen. Zumindest er könne die Unausgewogenheit in ihrer Beziehung nicht länger ertragen und wisse, dass sie ihn nicht liebe. Allerdings hoffe er, dass sie Freunde bleiben könnten.

»Ich freue mich wirklich so für dich«, sagte sie und küsste ihn sanft auf die Wange. »Nichts könnte mich mehr freuen.«

»Ich weiß. Das merke ich dir an. Danke.«

Er würde im Krankenhaus wohnen müssen, daran führte kein Weg vorbei. So würde die Veränderung für die Kinder leichter werden und helfen, seine Abwesenheit zu erklären. Sie kamen überein, die Praxis zu verkaufen. Die Familie würde nach London ziehen, wo Cassia ein größeres Haus kaufen würde.

»Wir müssen es ihnen trotzdem sagen«, meinte er. »Wir können nicht Theater spielen. Herrje.« Er seufzte tief auf.

»Das ist alles so traurig.« Er fuhr sich mit der Hand über die Augen. »Entschuldige. Ich bin ein bisschen emotional.«

»Ich auch.« Als sie ihn ansah, hatte sie plötzlich nicht den Edward mit eingefallenem, bleichem Gesicht, tiefen Falten und bedrücktem Blick vor sich, sondern den, den sie am ersten Tag in der Notaufnahme kennengelernt hatte. Jung, voller Hoffnung und glücklich. Das braune Haar fiel ihm ins Gesicht, als er sich über ihren Knöchel beugte, ihn mit äußerster Vorsicht bandagierte, sich auf die Fersen kauerte und ihr sein schüchternes, reizendes Lächeln schenkte. Cassia brach in Tränen aus und weinte eine lange Zeit.

Als Peggy erschien und ankündigte, das Mittagessen sei fertig, saß Edward, den Arm um Cassia gelegt, da.

»Sie machen einen viel glücklicheren Eindruck«, sagte Peggy später zu Mrs Briggs. »Vielleicht sind sie ja zur Vernunft gekommen.«

Am Donnerstagnachmittag wartete Cecily auf den Wagen, der sie nach Hause bringen sollte. Ihr war flau. Die Vorstellung, sich von den Ärzten und Schwestern verabschieden zu müssen, die sie so lange versorgt hatten, flößte ihr eine Todesangst ein. Beinahe wünschte sie sich, wieder krank zu werden und ihre Entlassung damit hinauszuzögern. Sie sah ein Taxi durch das Tor rollen. Ein Besucher für einen vom Glück gesegneten Patienten, der noch ein wenig bleiben durfte. Doch zu ihrem Erstaunen stieg Justin Everard aus dem Auto.

»Ich dachte, du brauchst Gesellschaft.« Er kam auf sie zu und küsste sie. »Gesellschaft, die dir Mut macht. Komm, gib mir deine Reisetasche. Oh, da ist ja dein wunderschönes Auto. Nie werde ich die Fahrt nach Devon vergessen, als deine kleine Tochter sich über Edwinas Tasche erbrochen hat. Wirklich niedlich.«

»Ich fand es nicht sehr niedlich«, erwiderte Cecily lachend.

Auf der Heimfahrt hielt Justin die ganze Zeit ihre Hand und erzählte ihr von komischen Begebenheiten bei Fototerminen, der Modenschau, Edwinas grässlichen Launen und den sogar noch grässlicheren Launen von Madame Brunel, sodass Cecily ganz ihre Nervosität vergaß.

Die Kinder und das Kindermädchen erwarteten sie auf der Vortreppe. Sie schwenkten ein großes weißes Transparent, auf dem die Aufschrift *Willkommen zu Hause* prangte. Mrs Forbes stand bitterlich weinend hinter ihnen. Als Cecily, die Arme um die beiden Mädchen gelegt, in die Vorhalle trat, fiel ihr zuerst der Blumenduft auf. Lachend vor Freude schaute sie sich um: Vasen voller Rosen, Lilien und Freesien standen auf sämtlichen verfügbaren Oberflächen, scharlachrote Azaleen füllten die Etageren, und über den Türen prangten grüne Ranken.

»Traumhaft, einfach traumhaft«, sagte sie.

»Das hat zum Großteil Justin gemacht«, verkündete Fanny.

»Wirklich?«

»Nun, ich und ein paar Arbeitssklaven«, antwortete er bescheiden. »Edwina hat auch geholfen.«

»Du bist so lieb zu mir. Ich kann mir gar nicht vorstellen, warum.«

»Ich habe dich sehr gern. Ich finde dich wundervoll.«

Später rief sie Edwina an, um sich zu bedanken.

»Ach, eigentlich hat Justin alles allein erledigt. Er betet dich an.«

»Ziemlich seltsam, oder? Obwohl er doch …«

»Cecily«, erwiderte Edwina belustigt, »du redest dummes Zeug.«

»Nein.« Vor Erschöpfung und aufgewühlten Gefühlen brach

sie beinahe in Tränen aus. »Ich mag ihn auch sehr. Aber ich glaube nicht, dass ich es noch einmal aushalten würde …«

»Cecily, falls du glauben solltest, dass er vom anderen Ufer ist, das ist er nicht. Ich dachte, das hättest du längst begriffen. Er spielt nur Theater, weil die Leute es in seinem Beruf von ihm erwarten. In Wirklichkeit ist er einer der schlimmsten Schürzenjäger Londons.«

»Oh, ich verstehe.«

»Ich überlege, ob ich mich scheiden lassen soll«, verkündete Edwina. »Ich dachte, ich erzähle es dir besser.«

»Oh, sei nicht lächerlich. Wieso denn, um Himmels willen?«

»Mummy, das ist nicht lächerlich. Wir machen einander nur unglücklich.«

Sylvia Fox-Ashley starrte sie an, förderte eine Zigarette aus ihrem Etui zutage und entzündete sie. »So einen Unsinn habe ich ja noch nie gehört. Oder hat einer von euch beiden eine Affäre?«

»Nicht unbedingt. Das heißt, er könnte eine haben, aber das glaube ich nicht. Und ich habe ganz bestimmt keine.«

»Edwina, meiner Ansicht nach hast du den Verstand verloren. Du willst auf das viele Geld verzichten, nur weil du unglücklich bist? Ohne Geld wirst du um einiges unglücklicher sein, das versichere ich dir.«

»Das denke ich nicht. Außerdem wäre ich nicht völlig mittellos. Harry mag schreckliche Fehler haben, aber er ist ausgesprochen großzügig. Und er wird nicht wie ein Geizhals dastehen wollen. Das ist für ihn eine Todsünde.«

»Glaube mir, Schatz, kein Mann ist großzügig, wenn es um Scheidung geht. Harry ist doch so charmant und faszinierend. Was wird wohl dein Vater dazu sagen? Er hat ihn sehr gern.

Womit willst du eigentlich deinen Tag verbringen, wenn du keinen Haushalt mehr leiten musst?«

»Mummy, du verstehst einfach nicht. Ich verlasse Harry, weil ich mein eigenes Leben führen und meinen Beruf ausüben will. Er will es mir verbieten und …«

»Ganz zu Recht. Eine Frau in deiner Position sollte nicht arbeiten. Ich habe dich von Anfang an gewarnt. Jetzt denkst du, dass es aufregend sein wird, allein zu leben, doch das wird es nicht. Es wird sehr einsam. Alleinstehende Frauen werden nicht zu Dinnerpartys eingeladen, weil man sie mit gutem Grund als Bedrohung empfindet. Und was ist, wenn du genug von deinem Job hast, was sicher bald passieren wird? Ich kann dir gar nicht sagen, wie schockiert ich bin, Edwina. Ich begreife es beim besten Willen nicht. Wenn du ein bisschen vernünftig bist, gehst du jetzt nach Hause, entschuldigst dich bei ihm und sagst ihm, dass du dich natürlich nicht scheiden lassen möchtest. Und dann lässt du es dir an den Bettpfosten gefesselt von hinten besorgen, falls er das will.«

Edwina lachte laut auf. »Mummy, es hat nichts mit Sex zu tun.«

»Wenn es in einer Ehe kriselt, geht es immer um Sex. Schlag dir diese verrückte Idee aus dem Kopf. Du wirst es für den Rest deines Lebens bereuen.«

»Vielleicht hast du ja recht«, erwiderte Edwina nachdenklich.

»Was ist los, Rupert?«, fragte Eleanor Studely. Wie so oft tranken sie nach der Vorstellung ein Glas Wein. Er hatte kaum ein Wort von sich gegeben.

»Ach nichts. Bin nur ein bisschen niedergeschlagen.« Ein bisschen niedergeschlagen, dachte er. Was für ein idiotischer, unpassender Ausdruck. Seit seinem Gespräch mit Cassia fühlte er sich so absolut deprimiert, dass ihm jede Handlung körperlich schwerfiel. Die heutige Vorstellung war miserabel gewesen, das wusste er. Anders als sonst hatte die Arbeit die Macht verloren, ihm zu helfen, sich über sich selbst zu erheben. Er hatte sich durch die Vorstellung quälen müssen, anstatt einfach hindurchzuschweben.

»Erzähl schon«, forderte sie ihn auf. »Geteiltes Leid ist halbes Leid.«

»Ach, ich benehme mich albern. Ein närrischer alter Mann. Ich werde wie immer darüber hinwegkommen. Nur dass es diesmal etwas Besonderes war.«

»Oh, ich verstehe.« Sie klang amüsiert. »Die wahre Liebe etwa?«

»Eleanor. Ich möchte ja nicht unhöflich sein, aber wenn du mein Leid komisch findest, sollten wir dieses Gespräch besser beenden.«

»Mach dich nicht lächerlich, Rupert. Natürlich finde ich es nicht lustig. Ich kenne dich nur schon so lange, nicht intim selbstverständlich, und habe oft erlebt, wie du von einer Liebesgeschichte zur nächsten flatterst.«

»Ich fürchte, dieser Fall liegt anders«, entgegnete Rupert kühl. Er wusste, dass er sich abweisend verhielt, war jedoch machtlos dagegen. Die unschönste aller Eigenschaften, nämlich Selbstmitleid, verzerrte sein Urteilsvermögen und sorgte dafür, dass er sich unmöglich aufführte. »Vielleicht hast du ja vergessen, wie es ist, abgewiesen zu werden, Eleanor. Von jemandem, der dir wirklich etwas bedeutet.«

Er erschrak über sich selbst, sobald er die Worte ausgesprochen hatte. Als er Eleanor ansah, bemerkte er, dass sie rot angelaufen war. Ihre Augen funkelten gefährlich, und die Hand, mit der sie ihr Weinglas abstellte, zitterte.

Sie stand auf. »Ich gehe jetzt nach Hause. Ich bin sehr müde. Gute Nacht.«

»Eleanor, es tut mir so leid. Verzeih mir. Mein Gott, ich weiß nicht, was in mich gefahren ist.«

»Ganz gleich, was es auch war, ich möchte lieber nichts mehr davon hören.« Sie öffnete die Tür der Garderobe. »Gute Nacht, Rupert.«

Diese Frau hatte miterlebt, wie ihr geliebter Mann an Tuberkulose starb. Sie war gezwungen gewesen, sechs verzweifelte Monate lang die dreiköpfige Familie zu ernähren. In den drei Jahren danach hatte sie ohne Unterstützung von Angehörigen ihre Tochter großgezogen. Und bemerkenswerterweise war sie dabei zuversichtlich, großzügig und ruhig geblieben. Sie hatte den Mut besessen, sich an diesem skurrilen, risikobehafteten Theaterprojekt zu beteiligen. Ihre Fröhlichkeit und ihr Durchhaltevermögen hatten sie viele dunkle Stunden überstehen lassen. Und er hatte es ihr mit schlechter Laune und einer beleidigenden Bemerkung gedankt. Nur aus verletztem Stolz heraus. Das war ihm klar gewesen, sobald die Worte heraus waren. Man sollte ihn dafür erschießen. Ach, das war noch eine viel zu milde Strafe. Hängen und Vierteilen wären angemessener.

»Mummy«, sagte Bertie. »Dürfen wir am Samstag kommen und euch zuschauen? Bitte?«

»Bertie, es würde dir überhaupt nicht gefallen«, erwiderte Cassia mit Nachdruck. »Viele, viele Damen, die in albernen Kleidern auf und ab gehen.«

»Du gehst doch auch auf und ab, oder?«

»Nur zweimal.«

»Wir wollen dich aber trotzdem sehen, stimmt's, William?«

»Natürlich wollen wir.«

»Das kommt gar nicht infrage«, antwortete Edward streng. »Nach fünf Minuten würdet ihr vor Langeweile zu quengeln anfangen, und jemand müsste sich um euch kümmern.«

»*Du* könntest dich um uns kümmern«, wandte Bertie ein. »Du kommst doch mit, oder?«

»Nein«, erwiderte Edward. »Ich fürchte, ich kann nicht.«

Die beiden Jungen starrten ihn an. »Willst du Mummy denn nicht auf der Bühne sehen?«, sagte Bertie schließlich. »Und Tante Edwina und die anderen? Und wie Fanny und Stephanie tanzen?«

»Ja, und Rupert macht auch mit«, protestierte William. »Du hast uns nicht erlaubt, uns sein Theaterstück anzuschauen. Also darfst du uns nicht das auch noch verbieten!«

»Könnte Janet sie vielleicht begleiten?«, fragte Edward. Nach seinem Gesichtsausdruck zu urteilen, war er der Verzweiflung nah.

»Nun«, sagte Cassia nachdenklich, »das ist eine ausgezeichnete Idee. Janet hätte sicher Spaß an der Modenschau. Und wenn Peggy und Mrs Briggs auf Delia aufpassen, hätten wir eine Lösung. Janet, hätten Sie Lust dazu?«

»Ich wäre begeistert«, sagte Janet mit vor Freude geröteten Wangen. »Vielen Dank, Mrs Tallow.«

»Gut«, verkündete Edward. »Dann wäre das geregelt. Und jetzt entschuldigt mich, ich bin beschäftigt.«

Als er das Zimmer verließ, folgte ihm Cassia. »Edward, es ist an der Zeit, dass wir es ihnen sagen. Der Augenblick wäre günstig.«

»Es gibt nie einen günstigen Augenblick.«

»Na schön, dann kann es auch dieser sein.«

Später hatte sie keine Ahnung, woher diese plötzliche, von Panik beflügelte Überzeugung kam, der Mut, sich der Angelegenheit zu stellen. Doch er gab nach und stimmte zu, und es gelang ihnen, die Aussprache zu überstehen. Sie setzten sich auf das Sofa neben dem Kamin. Cassia hatte den Arm um Bertie gelegt, Edward seinen um William. Zuerst erzählten sie ihnen, Edward habe eine spannende neue Stelle, die erforderte, dass er zwei oder drei Jahre lang auf Dauer in einem Krankenhaus würde wohnen müssen. Und danach eröffneten sie ihnen, sie und Edward würden nicht mehr zusammenleben.

»Wisst ihr, wir machen einander einfach nicht mehr glücklich«, erläuterte Cassia und wischte Bertie die lautlosen Tränen weg, die ihm übers Gesicht rannen.

»Mögt ihr euch nicht mehr?«

»Doch, natürlich. Sehr. Aber wir sind uns in so vielen Dingen nicht einig und streiten dann. Das habt ihr ja gehört. Wenn wir nicht mehr dauernd zusammenleben, können wir aufhören zu streiten und Freunde sein.«

»Wenn wir streiten, schimpfst du uns, wir sollen nicht so albern sein. Warum hört ihr nicht einfach auf, albern zu sein?«, merkte William an.

»Das ist schwer zu erklären.« Cassia seufzte auf. »Wenn man erwachsen ist, ist das anders. Man muss mit jemandem zusammenleben, mit dem man nicht streitet.«

»Also wohnt ihr mit anderen Leuten zusammen?«, erkundigte sich William ängstlich.

»Nein«, erwiderte Edward. »Natürlich nicht. Nun, ich schon, aber nur mit den anderen Ärzten im Krankenhaus. Und ich werde euch oft besuchen. An den Wochenenden, an denen ich nicht arbeiten muss.«

»Wir kaufen uns ein neues großes Haus in London, und ...«, sagte Cassia.

»In London? Warum nicht hier?«

»In London sind wir näher bei Daddy und meiner Arbeit. Ich werde nicht mehr drei Tage pro Woche weg sein.«

»Nein«, protestierte William. »Mir gefällt es hier. Und was ist mit Buffy?«

»Buffy kommt auch mit. Wir werden einen großen Garten haben.«

»Nein, ich mag es hier.« Sein Gesichtchen verzerrte sich, die Panik stand ihm ins Gesicht geschrieben. »Das ist unser Haus, ich will nicht umziehen.«

»Nein«, beteuerte Bertie. »Ich ziehe auch nicht um. Niemals, ganz gleich, was ihr sagt. Außerdem hast du uns Ponys versprochen. In London können wir keine Ponys haben.«

»Also gut«, antwortete sie, wohl wissend, dass sie sich das Leben damit noch erschwerte, weil sie die Kinder unbedingt beruhigen wollte. »Wir müssen nicht nach London ziehen. Wir bleiben hier, wenn ihr das wollt und wenn euch das glücklicher macht. Und ihr kriegt eure Ponys.«

Beide schwiegen. Bertie lutschte am Daumen und betrachtete seine Eltern furchtsam. »Und hörst du auf, nach London zu fahren, in die Arbeit?«

Sie zögerte. »Wenn du möchtest, ja.«

»Also wird es sein wie jetzt, nur andersherum? Du bist die ganze Zeit hier und Daddy nicht?«

»So ungefähr. Aber, Bertie, du musst verstehen ...«

»Und ihr vögelt mit niemand anderem? Ihr alle beide nicht?«

»Bertie!«, tadelte Edward. Er war ziemlich rot im Gesicht.

»Schon gut, Edward. Diese reizende Vokabel hat er im Internat aufgeschnappt. Ich habe ihm erklärt, es bedeutet, die Freundin oder der Freund von jemandem zu sein.«

»Oh, aha. Nein, Bertie, ganz sicher nicht.«

Als Bertie sie beide ansah, erkannte sie einen völlig neuen Ausdruck. Sie versuchte, ihn zu deuten, und ihr wurde erschrocken klar, dass es sich um Hinterlist handelte. »Also seid ihr wirklich noch Freunde?«

Sie betrachteten einander.

»Ja«, bestätigte Cassia. »Wir sind noch Freunde. Sehr gute Freunde.«

»Wollt ihr es beweisen?«

»Ja«, antwortete Edward.

»Dann kommst du am Samstag auch zu dieser Schau, um Mummy zu sehen. Sonst glaube ich dir nicht.«

»Ja, in Ordnung«, stimmte Edward schließlich zu.

»Wir können Janet jetzt schlecht wieder absagen. Gut, dann fahren wir eben alle zusammen«, verkündete Cassia.

»Fein.« Bertie lächelte seinen Vater verunsichert an.

Cassia fand, dass er sehr erschüttert wirkte, es aber besser verkraftete, als sie gehofft hatte. Alle beide. Sie war nicht so dumm anzunehmen, dass es damit ausgestanden war. Es würde noch viele Tränen und Trauer geben. Außerdem war die kleine List, die Bertie soeben angewendet hatte, bestimmt erst der Anfang. In dieser Stunde, im Wohnzimmer und am lodernden Kaminfeuer, waren ihren Kindern die Geborgenheit und ein gewisser Grad an Unschuld verloren gegangen. Aber wenn sie beide ihre Versprechen hielten, würden sie darüber hinwegkommen. Sie würden es überstehen. Als sie zitternd dasaß und noch immer Edwards Hand hielt, fiel ihr plötzlich ein, was sie nun tun konnte, und das spendete ihr ein wenig Trost.

KAPITEL 33

In der Nacht des 27. November schlief Cecily nicht viel. Die meiste Zeit las sie, und als sie endlich doch einschlief, hatte sie unruhige Träume, in denen Fanny vom Laufsteg fiel und ihr teures Kleid, ja die gesamte Modenschau verdarb. Als sie in der leicht zittrigen Ruhe, die auf einen Albtraum folgt, dalag, sagte sie sich, wie lächerlich es war, sich wegen so etwas zu zermürben. Gleichzeitig wurde ihr klar, wie sehr ihr vor der Tortur graute, die vor ihr lag.

Auch Rupert hatte miserabel geschlafen. Eigentlich hatte er kaum ein Auge zugetan, so sehr schämte er sich. Jedes Mal, wenn er die Augen schloss, hatte er Eleanors Gesicht vor sich, erst gerötet vor Zorn, dann bleich und eingefallen vor Schmerz. Ihm fiel nichts ein, um ihr Verhältnis wieder zu kitten. Sicher würden eine Entschuldigung und ein Blumenstrauß hilfreich sein, doch das genügte nicht. Ein Abendessen vielleicht? Ein volles Schuldeingeständnis? Dass er sich ihr zu Füßen warf und sie um Gnade anflehte? Zu guter Letzt kam er jedoch zu dem Schluss, dass er sein Verhalten nur so annähernd erklären konnte, indem er Eleanor gestand, wie sehr er litt und gedemütigt worden war. Das Elend, das ihn zu dieser Bemerkung getrieben hatte. Und es musste schnell geschehen, er durfte es nicht vor sich herschieben. Eleanor war so schwer gekränkt worden, dass es keine Minute länger als nötig warten konnte.

Als er, mit einem großen Blumenstrauß bewaffnet, im Taxi zu ihrem kleinen Haus in Balham fuhr, dachte er nicht zum ersten Mal daran, was für ein Jammer es war, dass Eleanor in keinerlei Hinsicht dem Frauentyp entsprach, der ihn anzog. Nichts hätte praktischer und passender sein können, als sich in seine Bühnenpartnerin zu verlieben. Darüber hinaus in eine Bühnenpartnerin, die schön und intelligent war und seine Interessen und Vorlieben teilte. Doch das Leben war nun einmal weder praktisch noch passend. Anderenfalls hätte er weniger Zeit mit verkicherten jungen Blondinen verbracht, die nicht mehr von ihm wollten als ein gutes Abendessen, ein paar Blumensträuße, ein wenig Schmuck und hin und wieder ein sexuelles Abenteuer, das sie vermutlich bestenfalls als mäßig empfanden. Vielleicht wäre er inzwischen sogar verheiratet gewesen und hätte das gehabt, wonach er sich im Laufe der Jahre zunehmend sehnte: ein richtiges Zuhause und eine eigene Familie.

Er schilderte Eleanor seine Sehnsucht, als sie dasaßen und den ausgezeichneten Kaffee tranken, den sie in der Küche ihres reizenden Häuschens gekocht hatte. Zuvor hatte er sich stammelnd bei ihr entschuldigt, was sie mit einer Nachsicht und Großzügigkeit angenommen hatte, die er, wie er wusste, nicht verdiente.

»Ich weiß«, erwiderte sie, »dass ich trotz allem großes Glück gehabt habe. Portia verleiht meinem Leben eine Beständigkeit und Bedeutung, die mir ansonsten fehlen würde. Außerdem habe ich Walter sehr geliebt und habe deshalb viele schöne Erinnerungen, die es mir erleichtern. In den letzten Monaten waren wir auf seltsame Weise sehr glücklich. Wir haben über alles geredet und sämtliche Missverständnisse ausgeräumt … Rupert, was ist los? Hast du etwas?«

Das Wort »Missverständnis« war der Auslöser. Plötzlich verstand Rupert, was an Cassias Erklärung wegen Harrys Zorn und ihrer kurzen Liaison nicht gestimmt hatte. Harry hatte etwas falsch verstanden. Nicht, *was* geschehen war, sondern *wann*. Er sprang auf und schob seinen Stuhl zurück.

»Eleanor, es tut mir so leid, aber du musst mich entschuldigen. Gerade ist mir klar geworden, dass ich einen dummen Fehler gemacht habe. Nicht nur ich, sondern Cassia ebenfalls. Bitte verzeih mir, ich muss dringend jemanden aufsuchen. Danke für deine Großzügigkeit. Wir sehen uns bei der Modenschau. Bis dann, es tut mir wirklich sehr leid …«

Nachdem er fort war, brachte Eleanor die Kaffeetassen in die Küche und starrte in den grauen Novembertag hinaus. Sie fühlte sich viel besser. Ruperts Selbstgeißelung hatte sie zu schätzen gewusst, obwohl ihr natürlich nicht entgangen war, dass er eine ausgezeichnete Vorstellung eines sich selbst geißelnden Mannes abgeliefert hatte. Allerdings konnte nichts ihren tief sitzenden Schmerz lindern: den Schmerz der unerwiderten Liebe. Lange hatte sie dagegen angekämpft, wohl wissend, dass es hoffnungslos war, denn sie erkannte Ruperts strahlenden Charme als die Gefahr, die er auch darstellte. Doch jetzt hatte sie endlich den Kampf aufgegeben und gestand es sich ein. Und es tat weh. So entsetzlich weh.

Harry Moreton stand am Fenster seines Arbeitszimmers, blickte hinunter auf die Straße und überlegte bedrückt, ob er mit seinem Flugzeug nach Frankreich fliegen oder nach Wiltshire fahren und dort ausharren sollte, bis diese blödsinnige Modenschau vorbei war. Im nächsten Moment sah er, dass draußen ein Taxi hielt und Rupert Cameron ausstieg. Da Rupert der letzte Mensch auf der Welt war, den er sprechen oder in dessen Nähe er sich auch nur aufhalten wollte, weil sein Anblick heftige Gefühle – Wut, Eifersucht und Abscheu waren nur drei davon – wachrief, wies er Bishop an, er wolle unter keinen Umständen gestört werden, und knallte die Tür seines Arbeitszimmers mit Nachdruck zu. Rupert, der nach oben geschaut hatte (ziemlich nervös, denn ihm graute ausgesprochen vor der anstehenden Aufgabe), hatte ihn allerdings gesehen und ließ sich von Bishops Ankündigung, Mr Moreton sei nicht zu sprechen, weder abschrecken noch täuschen. Nein, er stand in der Vorhalle und protestierte so laut, dass sogar Edwina in ihrem Wohnzimmer es hörte.

Edwinas Nerven waren zum Zerreißen angespannt. Ein Streit zwischen ihrem Butler und einem Gast verschlimmerte die Sache noch, und nachdem sie es eine gute halbe Minute ertragen hatte, eilte sie nach unten und teilte Bishop mit, natürlich sei Mr Moreton zu sprechen. Er solle Mr Cameron sofort zu dessen Arbeitszimmer führen.

»Es ist entsetzlich. Ich bin beschäftigt und habe so viel um die Ohren, Rupert. Er ist da drin, auch wenn ich mir nicht vorstellen kann, wieso du oder sonst jemand ihn sehen wollen sollte. Könnte ich jetzt ein bisschen Ruhe und Frieden haben?«

Harry blickte von seinem Schreibtisch auf, wo er vorgab, voll auf seine Arbeit konzentriert zu sein. Mit finsterer Miene hob er den Kopf, als die Tür aufging und Rupert, gefolgt von einem nervösen und zerknirschten Bishop, hereinkam.

»Bedaure, Cameron«, sagte er. »Ich habe viel zu tun und dir außerdem nichts zu sagen.«

»Das brauchst du auch nicht«, erwiderte Rupert. »Aber ich wäre dir sehr dankbar, wenn du zuhören würdest.«

Kurz darauf saß Edwina an ihrem Schreibtisch und ging zum wohl tausendsten Mal ihre Listen durch, als Harry eintrat.

Sie fand, dass er recht merkwürdig aussah, so als wisse er

nicht ganz, wo er sich befand. Allerdings lächelte er sie, wenn auch ein wenig geistesabwesend, an. »Möchtest du immer noch, dass ich heute Abend zu dieser Veranstaltung komme?«, fragte er.

Da seine letzten Worte zu diesem Thema »Glaube bloß nicht, dass ich zu deiner Scheißmodenschau komme. Denn ich versichere dir, dass ich lieber mehrere Hundert Jahre in der Hölle verrotten würde« gelautet hatten, war sie einigermaßen überrascht.

»Wie du möchtest«, erwiderte sie kühl. »Allerdings würden sich unsere Freunde, die alle Karten gekauft haben, bestimmt freuen, dich zu sehen.«

»Gut«, antwortete er. »Ich werde da sein. Jetzt muss ich weg. Bis später.« Er ging hinaus und schloss die Tür sehr leise hinter sich. Edwina starrte auf die Tür und grübelte darüber nach, was wohl geschehen sein mochte.

Um elf hatte Cassia einen Termin in Leon de Rosays Atelier, um ein letztes Mal ihre Kleider anzuprobieren. Weil sie im letzten Monat abgenommen hatte, mussten sie enger gemacht werden. Eigentlich hatte sie früh aufstehen wollen, aber sie war erst nach vier eingeschlafen. Bis dahin hatte sie wach gelegen und sich den Kopf über die Kinder zerbrochen. Nachdem sie ihnen die Wahrheit eröffnet hatten, zweifelte sie daran, dass es die richtige Entscheidung gewesen war. Vielleicht hätten Edward und sie abwarten sollen, bis sie es mit der Zeit selbst bemerkten. Da er in London sein würde, wäre das so leicht gewesen. Allerdings hatte sie es als Kind gehasst, getäuscht zu werden, und der betreffenden Person nie wieder getraut.

Bertie war fast sieben, also kein leichtgläubiges Baby mehr. Er hatte im Internat erfahren, was eine Scheidung bedeutete, und würde wegen der Abwesenheit seines Vaters und seiner seltenen Besuche unangenehme Fragen stellen. Immer wieder hatte sie seine Stimme im Ohr: »Bevor ihr euch scheiden lasst, gehe ich lieber zurück ins Internat.« Ihr wurde flau. Was waren sie nur für Eltern gewesen zuzulassen, dass er so etwas erleben musste? Etwas, vor dem ihm mehr graute als vor Heimweh, Schikanen und Angst? Doch schließlich hatte Edward auf der Trennung bestanden. Er hatte gesagt, er könne sich nicht vorstellen, den Rest seines Lebens in einer Ehe zu verbringen, in der er sich nicht wertgeschätzt fühlte. Da konnte sie ihm nicht widersprechen.

Und dennoch, dachte sie und schaute wieder auf die Uhr – noch immer erst halb drei –, würde Edward sich wertgeschätzt fühlen und bei ihr und in dieser Ehe bleiben wollen, wenn sie nicht so über die Stränge geschlagen und ihn besser behandelt hätte.

Sie fragte sich, ob sie sich wohl auch deswegen das Hirn zermartern würde, wenn der Streit mit Harry nicht gewesen wäre. Wenn ihre Affäre noch andauern würde.

Wie sie befürchtete, eher nicht. Harry, ihre Gefühle für ihn, ihre Liebe, das Wissen, dass er sie auch liebte, hatten sie blind gemacht, ihr den Verstand vernebelt und jegliche Vernunft und Tugend ausgelöscht. Die wenigen Wochen waren ein Höhepunkt gewesen, von dem sie sich nie wieder erholen würde. Sie würde nie mehr die Alte sein.

Für den Rest ihres Lebens würde sie jedes Ereignis, jedes Gefühl daran messen und es damit vergleichen. Zwecklos, es abzustreiten. Es gab kein Entrinnen. Der Verlust schmerzte immer noch, er tat so entsetzlich weh. Er begleitete sie überallhin. Ständig rechnete sie damit, dass er nachließ oder gar abstumpfte, doch er war jeden Tag so bohrend wie am Tag zuvor. Sie konnte bestenfalls behaupten, dass sie sich daran gewöhnte.

Endlich hatte sie Miss Gerard angerufen; die Ängste der Kinder hatten es ihr ein wenig erleichtert. Dennoch hatte es geschmerzt, die Worte auszusprechen: »Ich bedaure, aber ich kann Ihr Angebot nicht annehmen.« Danach die Begründung, unverständlich für eine kinderlose Frau. Darauf ein langes, entnervtes Schweigen, ein Seufzer, ein knappes »Aha« und nach einer Pause: »Nun, dann gibt es offenbar nichts mehr zu sagen. Hoffentlich werden Sie es nicht zu sehr bereuen. Auf Wiedersehen, Mrs Tallow.«

Sie hatte aufgelegt und lange geweint, ebenso wegen Monica Gerards Missbilligung wie auch wegen der vergeudeten Chance. Es war einer der schwersten Schritte, die sie je unternommen hatte. Doch nachdem sie es hinter sich hatte, hatte sie sich besser gefühlt, erleichtert. Zumindest von einem Teil ihrer Schuldgefühle hatte sie sich freigekauft. Außerdem hatte sie jetzt ihre neue Idee, einen neuen Plan, eine Art Trost. Wenn sie Edward nur überzeugen konnte. Während sie darüber nachdachte, wie das zu bewerkstelligen sei, schlief sie endlich ein.

Zu ihrem Schrecken wachte sie bei hellem Tageslicht auf. Zehn Uhr. Sie schüttelte den Wecker und schleuderte ihn durchs Zimmer. Entweder hatte sie ihn überhört oder ihn nicht richtig gestellt. Vermutlich Letzteres. Sie war beim Zubettgehen recht geistesabwesend gewesen. Bevor sie aufbrach, musste sie noch zu Hause anrufen, um sich zu vergewissern, dass alles in Ordnung war, dass Janet und Edward höflich miteinander sprachen und dass Peggy Delia richtig versorgte.

Sie fühlte sich noch immer benommen und schlaftrunken, weshalb es ihr schwerfiel, sich zu beeilen. Ein Blick in den Spiegel zeigte ihr ein bleiches Gesicht und eingesunkene Augen mit dunklen Ringen darunter. Wohl kaum das Gesicht eines Mannequins. Wenn sie so aussah, würde sie Edwina nicht sonderlich nutzen. Mein Gott, wie ihr vor dieser Modenschau graute. Ein Jammer, dass sie sich nicht drücken konnte, aber das war unmöglich. Außer einem Herzinfarkt gab es keine Ausflucht.

Sie dachte an Amstruthers ziemlich schlechten Witz, das erste Symptom einer Herzerkrankung sei häufig der plötzliche Tod, und dann sei es üblicherweise zu spät. Mein Gott, was würde er nur sagen, weil sie schon wieder ein Angebot abgelehnt hatte? Bestimmt würde er es erfahren, denn er und Miss Gerard waren ja befreundet. Er würde sie sicher auf eine pechschwarze Liste setzen.

Sie zog das Kleid vom Vortag an. Da es die Nacht auf einem Stuhl verbracht hatte, war es stark zerknittert. Die Zeit reichte nicht mehr, um sich um ihr Gesicht zu kümmern. Vielleicht konnte sie sich ja bei Leon de Rosay schminken. Sie hatte sogar Wimperntuscheschmiere unter den Augen, weil sie sich am Abend nicht richtig abgeschminkt hatte. Als sie sich auf den Finger spuckte und sie wegzuwischen versuchte, wurde es nur noch schlimmer. Hastig kämmte sie sich das Haar, schlüpfte in ihre Schuhe und stellte fest, dass einer ihrer Strümpfe eine Laufmasche hatte. Aber was spielte das noch für eine Rolle? Wer würde sie schon anschauen, wie ihre Großmutter gesagt hätte?

Sie griff nach Handtasche und Schlüsseln und hastete zur Tür hinaus und die Treppe hinunter zum Auto. Es war makellos, glänzend und so schön wie eh und je aus der Werkstatt zurückgekehrt. Wenn sie nur genauso etwas für ihr eigenes Äußeres tun könnte, dachte sie, als sie im Rückspiegel einen Blick auf sich erhaschte. Mein Gott, sie sah zum Fürchten aus.

Sie startete den Motor und brauste mit quietschenden Reifen die Walton Street entlang. Aus dem Augenwinkel bemerkte sie, dass sich von hinten ein riesiger Wagen näherte. Als sie am

Ende der Walton Street abbremste, um in die Draycott Avenue abzubiegen, wurde sie angehupt, und zwar laut. Bestimmt irgendein Idiot, der sich ärgerte, weil eine Frau am Steuer eines solchen Autos saß. Das passierte ihr ziemlich häufig. Selbstbewusst und ohne in den Rückspiegel zu schauen, bog sie ab und raste die Draycott Avenue hinunter. Das Auto folgte ihr, immer noch hupend. Sie versuchte, es zu ignorieren und sich auf den Weg zu konzentrieren. Was war die beste Route? Leon de Rosays Atelier befand sich in der Tite Street am Ende der King's Road. Also in der Flood Street links abbiegen …

»Ach, jetzt sei schon still«, schimpfte sie in den Rückspiegel. Das Auto war ein schwarzer Bentley, dessen Besitzer offenbar glaubte, dass die Straße ihm gehörte. Viel zu schnell bog sie nach rechts in die King's Road ein. Das Auto war weiterhin hinter ihr und hörte nicht auf zu hupen. Was hatte dieser Mensch für ein Problem? Gott sei Dank befand sich vor ihr eine Ampel, die gerade umsprang. Mit ein bisschen Glück würde sie es gerade noch schaffen und ihn abhängen. Dann war sie praktisch bei Leon. Sie trat aufs Gas und schoss über die Kreuzung. Die Ampel sprang um. Sehr gut.

»O Gott«, murmelte sie, als der Bentley noch immer hinter ihr war. So sehr hatte sie ihn beobachtet, dass sie nicht bemerkte, was vor ihr war, und ruckartig einem geparkten Auto ausweichen musste. Noch ein Hupen. War der Mann verrückt? Es war ein großes Auto, schwarz mit Chromleisten, so ähnlich wie Harrys Bentley. Eine protzige Kiste, ein arroganter Fahrer. Ein erneutes Hupen. Plötzlich beschleunigte der Bentley, überholte und bremste vor ihr scharf ab. Beinahe wäre sie mit ihm kollidiert.

Eine Weile saß sie schwer atmend da und zitterte am ganzen Leib. Dann stieg sie auf wackeligen Beinen aus und ging auf den Bentley zu. Auf der King's Road wurde kräftig gehupt,

Leute riefen. Ein entgegenkommendes Fahrzeug wäre beinahe mit dem Bentley zusammengestoßen. Das Auto hinter ihr war beim Versuch, ihr auszuweichen, über die Straße geschleudert und gegen einen Laternenpfahl geprallt. Der Fahrer musste den Verstand verloren haben.

»Spinnen Sie?«, schrie Cassia, als sich die Tür öffnete und eine hochgewachsene Gestalt ausstieg.

»Ja, wahrscheinlich«, erwiderte Harry. »Mein Gott, du siehst entsetzlich aus, Cassia. Was hast du denn gemacht? Und warum trägst du meine Perlen nicht?«

Am selben Tag hielt sich Mrs Simpson mit dem König im Fort Belvedere auf und genoss kurz das Auge des Sturms, den sie heraufbeschworen hatten. Erst vor wenigen Tagen hatte der König seine Mutter und seine Brüder davon in Kenntnis gesetzt, dass er bereit sei, sich »still zurückzuziehen«, wenn sich für ihn kein Weg finden ließe, die Frau zu heiraten, die er so über alles liebte.

Unterdessen tobten in den Häusern der königlichen Minister und der Pressezaren hitzige Debatten darüber, wie ratsam oder überhaupt möglich eine von Mrs Simpson und somit auch vom König bevorzugte morganatische Ehe sei, die inzwischen offiziell erörtert wurde. Die Minister lehnten so etwas rundheraus ab, ebenso wie Baldwin, dem allerdings viel daran lag, das Thema zumindest ausgewogen zu behandeln. Mit den Kolonien fänden, wie er dem Kabinett mitteilte, in dieser Angelegenheit dringende Beratungen statt. Es wurde viel über ein Arrangement gesprochen, zu dem gehören könnte, dass die Pressezaren die Hochzeit unterstützten. Die Presse war noch immer zu Stillschweigen verdonnert.

»Ach, Cassia, da bist du ja. Du hättest auch früher kommen können. Ich hätte jemanden gebraucht, der mir bei der Sitzordnung hilft.«

Cassia blickte Edwina quer durch den Ballsaal des Dorchester an. Im Raum herrschte Chaos. Männer standen auf Leitern und montierten Scheinwerfer, weitere Männer befestigten lose Kabel, und andere breiteten noch immer den roten Filz auf dem gewaltigen Laufsteg aus, der sich über zwei Drittel der Breite des Saals erstreckte. Einige Mannequins schlenderten in Morgenmänteln umher, ein paar Kinder saßen erstaunlich brav in einer Ecke. Ein junger, sichtlich aufgebrachter Mann mit braunem Haar beugte sich über seine Kamera und schrie die Mannequins an. Eine beleibte Frau legte letzte Hand an ein unbeschreiblich kunstvolles Blumenarrangement, und ein Pianist spielte Musik, die offenbar beruhigend wirken sollte, dieses Ziel jedoch völlig verfehlte. Die Ehefrau ihres Liebhabers sah sie über das Durcheinander hinweg finster an. All diese Dinge holten sie in die Gegenwart zurück.

Bis zu diesem Moment hatte sie das Gefühl gehabt, neben sich zu stehen. Sie hatte sich am heutigen Tag in einem solchen Strudel heftiger Emotionen verloren, dass sie völlig erschöpft war. Ausgelaugt, ausgesaugt und nur in der Lage, mehr oder weniger zu funktionieren. Vor einer halben Stunde hatte sie es geschafft, die Kleider bei Leon de Rosay abzuholen, sich bei ihm zu bedanken und ihm zu versichern, dass sie nun wunderbar passten. Hatte er, als er jedes Kleid an ihr aufmerksam musterte, erkannt und ihr angemerkt, was in den Stunden zwischen dem morgendlichen Termin und dem Abend mit ihr geschehen war? In den Stunden, in denen seine Näherinnen fieberhaft aufgetrennt und geändert hatten. Den Stunden, die sie mit Harry in ihrem Bett in der Walton Street verbracht hatte?

Konnte er feststellen, dass der Körper, an dem er nun seine Kreationen betrachtete, sich lüstern aufgebäumt, gewunden und vibriert hatte, und zwar nicht nur einmal, sondern wieder und wieder, während der Morgen in den Nachmittag und dieser in den Abend überging? Hörte er ihr an, dass die ruhige, höfliche Stimme, die beteuerte, die Kleider säßen nun optimal, in wilder Begierde aufgeschrien hatte? Dass die Ohren, an denen er die von ihm entworfenen Ohrringe befestigte, Worte gehört hatten, so voller Begierde, dass sich ihr Körper bei der bloßen Erinnerung vor Freude zusammenzog.

Die beeindruckendsten Worte von allen – wenn man in Betracht zog, dass sie von Harry kamen – lauteten: »Es tut mir leid«, und zwar nicht nur einmal, sondern öfter.

»Es tut mir leid«, hatte er gesagt, als sie dastand und ihn wütend und noch immer erschüttert von der Verfolgungsjagd und dem Beinahe-Unfall zornig anstarrte. »Ich wollte dich nur einholen und auf mich aufmerksam machen.«

»Dabei hättest du beinahe mich, dich und noch ein paar andere Leute umgebracht. Wirklich, Harry, du bist ein Vollidiot. Am besten redest du mit dem Mann in dem Riley. Ich glaube, gleich haut er dir eine runter.«

»Es tut mir leid«, wandte er sich an den Fahrer des Riley, dessen Motorhaube sich förmlich um den Laternenmast gewickelt hatte. »Das war entsetzlich leichtsinnig von mir. Sie müssen mir gestatten, Ihnen den Schaden zu ersetzen. Hier ist meine Karte.«

»Es tut mir leid«, sagte er zu ihr, als sie – Cassia noch immer mit finsterer Miene – im Bentley saßen. »Es tut mir leid, dass ich gesagt habe, du sähst zum Fürchten aus. Aber es stimmt. Hast du in diesem Kleid geschlafen?«

»Nein«, erwiderte sie.

»Es macht aber den Eindruck.« Er streckte die Hand nach

ihrem Gesicht aus und strich mit dem Finger erst unter dem einen, dann unter dem anderen Auge entlang. »Und was ist das?«

»Nur verschmierte Wimperntusche. Ich war gestern Abend zu müde, um mich richtig abzuschminken.«

»Und Strümpfe mit Laufmaschen.« Er fuhr die gewundene Linie mit dem Daumen vom Knie bis zum Knöchel nach. »Cassia, Cassia.«

»Tja, ich bedaure, dass du schockiert bist«, erwiderte sie gereizt, während sie sich bemühte, nicht wahrzunehmen, dass die Bewegungen seines Daumens auf ihrem Bein Vibrationen an anderen geheimen Stellen ihres Körpers auslösten, die sofort darauf ansprangen.

»Nicht schockiert, nur überrascht. Es tut mir leid, Cassia. Ich bereue, dass ich dich falsch eingeschätzt und voreilige Schlüsse gezogen habe. Was, nun, Cameron betrifft.«

Und als sie dasaß und ihn, erstaunt über diese unerwartete Entschuldigung, anstarrte, fügte er, offenbar mit großer Mühe, hinzu: »Ich neige dazu, ein wenig aufbrausend zu sein. Manchmal.«

Angesichts dieser gewaltigen Untertreibung musste sie sich ein Schmunzeln verkneifen, doch er sollte erfahren, dass sie seine Offenheit zu schätzen wusste. »Du hattest auch ein wenig Grund dazu, die Situation falsch zu verstehen. Ich darf dich nicht in dem Glauben lassen, dass da nichts war.«

»Das ist mir klar. Selbstverständlich. Und ich werde nicht so tun, als sei es mir gleichgültig. Wirklich nicht. Aber ich kann damit leben. Es ist mir nicht so wichtig, als dass ich aufhören könnte, dich zu lieben.«

Bis zu diesem Moment hatte sie nicht geahnt, wohin dieses Gespräch führen würde. Sie hatte angenommen, er wolle einfach nur reden und ihren Konflikt und überflüssige Feindseligkeiten aus der Welt schaffen. Nun wurde sie von einem unglaublichen Glücksgefühl ergriffen. Sie wagte nicht, sich zu rühren oder etwas zu erwidern, voller Furcht, diesen scheinbar so zerbrechlichen Waffenstillstand zu stören.

»Cameron ist in Ordnung.« Er lehnte sich im Fahrersitz zurück und blickte nachdenklich aus dem Fenster. »Sehr sogar. Nett von ihm, bei mir vorbeizuschauen, weißt du? Nein, natürlich nicht. Er war heute Morgen bei mir, um alles zu erklären.«

»Oh, ich verstehe.«

»Es war sicher nicht leicht für ihn. Mein Gott, ich hätte es nicht gekonnt. Abgesehen von allem anderen wäre ich mir wie ein Narr vorgekommen.«

»Und was hat er dir erzählt?«, fragte sie nervös.

Er musterte sie mit einem leichten Schmunzeln. »Ach, was für eine hübsche Situation. Ich habe die Gelegenheit, gleichzeitig Richter und Geschworener zu sein. Mir deine Aussage anzuhören und sie mit seiner zu vergleichen. Soll ich das tun, Cassia? Schilderst du mir deine Version der Dinge? Könnte sie sich von seiner unterscheiden?«

»Du bist ein Mistkerl.« Wut stieg in ihr auf. »Ein absoluter Mistkerl. Ich berichte dir, was passiert ist, Harry Moreton, und zwar nicht, um dein verdammtes Wohlwollen zu gewinnen, sondern weil ich möchte, dass du es weißt. Sollte es von seiner Sicht der Angelegenheit abweichen, ist das nicht meine Schuld. Und wenn du mich schuldig oder noch schuldiger sprechen willst, ist das deine Sache. Eines Nachts vor vielen Monaten haben Rupert und ich uns in meinem Haus in London betrunken. Ich war aus einer Reihe von Gründen aufgewühlt – meine Ehe, mein miserables Verhalten gegenüber Edward und weil Bertie ins Internat musste. Rupert war einsam und unglücklich wegen seines Lebens und seines mangelnden Erfolgs. Wir kennen und mögen uns, seit ich denken kann. Tja, den Rest der Geschichte kennst du ja. Es war ein einmaliger Vorfall, lange bevor du und ich …« Sie wollte die Autotür öffnen. »Ich glaube, mir gefällt nicht, wie dieses Gespräch sich entwickelt, Harry. Bitte entschuldige mich, ich habe viel zu tun.«

»Sei nicht albern.« Er schloss die Tür wieder. »Das habe ich nicht ernst gemeint. Offenbar liegt mir viel mehr daran, dein verdammtes Wohlwollen zu gewinnen, wie du es so elegant ausgedrückt hast, Cassia, als umgekehrt. Ich bin eifersüchtig auf den Mistkerl, Cassia, dagegen kann ich nichts tun. Aber ich kann damit leben. Ich habe doch gesagt, dass es mir leidtut. Was, zum Teufel, willst du denn noch?«

Lächelnd sah sie ihn an. Auf einmal erschien ihr alles so einfach, und sie war überglücklich. Es war die Art von Glück, die einen von innen heraus strahlen ließ und das die Menschen, die zufällig einen Blick ins Auto warfen, sicher bemerken und sich davon gewärmt fühlen würden.

»Dich. Ich will dich, und zwar so schnell wie möglich.«

Der Abend verschwamm Edwina vor Augen. Wie durch Zauberhand war in dem chaotischen Raum Ordnung eingekehrt, so als habe jemand einen Film im Schnelldurchlauf vorgespult. In der Mitte erhob sich makellos der Laufsteg. Die vergoldeten Stühle waren darum herum aufgestellt. Die großen Blumenarrangements standen zu beiden Seiten des Eingangs, zu dem die Mannequins hereinkommen würden. Der Lärm verebbte. Der Pianist spielte Stücke von Gershwin, Cole Porter und Irving Berlin. Die Mannequins trafen nacheinander ein. Die Amateurinnen plauderten aufgeregt, während die Profis gelassen die große Garderobe betraten. Jede hatte ihre Kleider auf einem Ständer, einen Plan, nach dem sie auftreten sollte, und einen eigenen Schminktisch. Die Friseurin huschte rasch und geschickt zwischen ihnen herum. Den Kindern, die zu einer letzten Probe früher einbestellt worden waren, hatte man eine andere Garderobe zugeteilt. Nun ließen sie sich von ihr inspizieren. Sie hatten sich von gewöhnlichen kleinen Mädchen in eine Horde mit Rüschen und Schleifen geschmückte Brautjungfern verwandelt. Das leitende Mannequin, das die Braut darstellen sollte, musterte sie mit finsterer Miene und sagte, sie könne sich schon denken, wer die beste Presse kriegen würde.

Allmählich füllten sich die vergoldeten Stühle. Als Edwina durch eine Lücke im Vorhang spähte, entdeckte sie zahlreiche Freunde. Cecily erschien allein und wirkte schrecklich nervös. Doch dann kamen immer mehr Menschen auf sie zu, um sie zu begrüßen, bis sie von einer Traube umringt war. Francis traf mit Aurora Le Page und Drusilla Wyndham ein, Edward Tallow mit zwei kleinen Jungen und einer ausgesprochen hübschen, dunkelhaarigen jungen Frau, der Nanny, wie Cassia ihr erklärte. Die Whittakers nahmen ihre Plätze ein; interessanterweise machte Lady Whittaker einen recht angespannten Eindruck. Ihre eigenen Eltern waren da; ihre Mutter sah in ihrem schwarzen Paillettenkleid sehr elegant aus. Leon de Rosay setzte sich in eine der hinteren Reihen, nachdem er alle in der Garderobe in den Wahnsinn getrieben hatte. Justin tauchte aus der Kulisse auf und richtete neben Leon seine Kamera auf einem Stativ ein. Und dann begann die Zeit plötzlich zu rasen. Sie hielt ihre Einführungsansprache, hieß alle willkommen, und es ging los. Die ersten Mannequins glitten professionell über den Laufsteg, selbst Venetia Hardwicke, von der sie geschworen hätte, dass sie zwei linke Füße hatte, und plötzlich …

»Ich bitte um Ruhe«, verkündete Francis Stevenson-Cook. »Ruhe für Mr Rupert Cameron. Er wird aus der morgigen Zeitung vorlesen, die ich mir dank meiner unübertroffenen

Kontakte in der Fleet Street habe verschaffen können. Es steht alles drin.«

Rupert erhob sich lächelnd, schwenkte eine Ausgabe des *Daily Sketch* und begann in übertrieben dramatischem Ton zu lesen.

»Modenschau für wohltätige Zwecke ein großer Erfolg. Gestern Abend versammelte sich die Elite der Londoner Gesellschaft, der Welt der Mode und aus Theaterkreisen im neuen Ballsaal des Grosvenor House Hotels, wo Mrs Edwina Moreton, Moderedakteurin bei *Style*, eine Modenschau zur Unterstützung des St. Christopher's Hospital veranstaltete.« Tosender Applaus.

Edwina war erleichtert, dass weder Aurora Le Page noch Drusilla Wyndham zu der Party eingeladen waren, die Francis in einem großen privaten Speiseraum im Dorchester geplant hatte.

»Da die Plätze restlos ausverkauft waren, waren Hotelgäste, die keine Karten besaßen, bereit, die anderthalbstündige Modenschau im Stehen zu verfolgen. Viele von Mrs Moretons Freundinnen, auch Mrs Cassia Tallow, Ärztin am St. Christopher's Hospital« – lauter Jubel und Pfiffe –, »führten die Kleider von Londons besten Modeschöpfern gemeinsam mit einer beträchtlichen Anzahl professioneller Mannequins vor.

Das Finale der Veranstaltung bildete eine Hochzeitsszene mit Kinderballett, gemeinsam choreografiert von Madame Evelyn Brunel von der bekannten Brunel Academy und Mr Rupert Cameron, Schauspieler und Hauptdarsteller in dem neuen Erfolgsstück *Briefe*.« Ohrenbetäubender Beifall. »Eine der reizenden Brautjungfern war die zehnjährige Portia Studely, Tochter von Mr Camerons Bühnenpartnerin Eleanor Studely.

Der Abend brachte über tausend Pfund für das Krankenhaus ein. Mr Stevenson-Cook, Herausgeber von *Style Publications*, überreichte Lady Mary Whittaker vom Krankenhausausschuss den Scheck, bedankte sich für Mrs Moretons harte Arbeit« – es wurde »Gut gemacht, Edwina« gerufen – »und fügte hinzu, er sei stolz, dass *Style* an der Modenschau beteiligt gewesen sei.«

KAPITEL 34

»Cecily.« Cassias Stimme am Telefon klang seltsam aufgeregt. »Sprichst du Französisch?«

Cecily schüttelte den Kopf, um das benommene Gefühl loszuwerden, und setzte sich mühsam auf. »Ja.«

»Gut. Ich habe nämlich eine Bitte an dich. Du hast doch einmal gesagt, du wüsstest nicht, wie du mir danken solltest, weil ich dich zu Norman Duvant begleitet habe. Jetzt habe ich einen Vorschlag.«

Drei Tage später lag Cassia in der Doppelkabine der *Golden Arrow*, die durch die dunklen Gewässer im Norden von Frankreich fuhr. Während Cecily in der Koje gegenüber lag und unerwarteterweise schnarchte, empfand Cassia eine seltsame Mischung aus Aufregung und Angst. Cecily war fasziniert und begeistert gewesen von dem Vorschlag und hatte absolute Diskretion geschworen. Sie verstand, warum Cassia diese Reise unternehmen wollte, dargestellt als Wissbegier, was Leonoras letzte Lebensmonate betraf, nicht als das verzweifelte Bedürfnis, die Hintergründe zu begreifen. Cassia hatte den Frankreichaufenthalt als Geschenk an Cecily und als Gelegenheit bezeichnet, die so dringend benötigten neuen Kleider zu kaufen. Dennoch war sie in den Tagen nach der Modenschau mehrmals in Versuchung geraten, die Reise abzusagen. Ihre Kinder waren quengelig geworden, ihr Mann war strikt dagegen und ihr Liebhaber empört. Doch sie hatte sich ihnen allen gestellt, erklärt, es seien ja nur zwei Tage, sie habe es versprochen, Cecily habe sie eigens darum gebeten, weil sie so schwere Zeiten hinter sich habe, außerdem sei alles gebucht und geplant. Am Wochenende würden sie zurück sein.

Ihre Befürchtungen wegen des Geldes legten sich einfach nicht. Ihre quälenden, verzerrten Schatten ragten in jeden Bereich ihres Lebens, und sie würde keine Ruhe finden, bis sie nicht bestenfalls beseitigt oder schlimmstenfalls dingfest gemacht waren. Mehr als alles auf der Welt wünschte sie sich zu erfahren, dass sie sich albern, ja sogar neurotisch aufführte und dass die anderen ihr die Wahrheit gesagt hatten: Leonora sei als reiche Frau gestorben; ihre Finanzkrise sei nur vorübergehender Natur gewesen und leicht zu erklären. Doch bis sie dafür keine absolut zufriedenstellenden Beweise hatte, ließ es sie nicht mehr los. Sie fühlte sich wie eine Betrügerin, die in einer Traumwelt lebte und ein flüchtiges Glück genoss, auf das sie nicht nur kein Recht hatte, nein, das sie nicht einmal wollte. Sie wollte es wirklich nicht.

Sie übernachteten im Ritz.

»Das nehme ich auf meine Kappe«, sagte Cassia mit Nachdruck. »Das ist das Mindeste, was ich tun kann. Wir wollen schließlich ein bisschen Spaß haben.« Tatsächlich fragte Cassia sich – als sie ihre Sachen auspackten und dabei durch das Fenster ihrer Suite den Place Vendôme in all seiner Pracht bewunderten, als sie in der Bar saßen, Bellinis bestellten, an ihren Drinks nippten und den idyllischen Bereich dahinter, halb Wintergarten, halb Garten, betrachteten und die überladene Speisekarte fürs Mittagessen studierten –, warum sie sich, seit sie zu Reichtum gekommen war, nicht mehr gegönnt hatte. In den etwa achtzehn Monaten hatte sie sich nur sehr wenig Luxus geleistet: ein paar Kleider, ihr Auto und ein wirklich recht bescheidenes Haus waren der Gipfel der Extravaganz gewesen. Eigentlich absurd, sich so einzuschränken, obwohl sie sich von ihrem Vermögen Villen, Jachten, Rennpferde und kistenweise Schmuck hätte kaufen können.

Natürlich hatte sie Edward zuliebe taktvoll sein müssen, eine Anforderung, die sie, wie sie mit einem Anflug von Trauer erkannte, mehr schlecht als recht erfüllt hatte. Die hohe Summe hatte sie überwältigt, und sie war weder in der Lage noch willens gewesen, sie für Gegenstände und Habseligkeiten einzutauschen. Und da war noch etwas, das anfangs keine Rolle gespielt hatte, es jedoch zunehmend tat. Das Gefühl, dass das Geld ihr nicht wirklich gehörte und dass sie kein Recht darauf hatte.

Vielleicht würde die Reise etwas daran ändern, aber sie befürchtete doch sehr, dass das nicht der Fall sein würde.

Nach einem Mittagessen, bestehend aus Lammnüsschen, so zart, dass sie buchstäblich im Mund zergingen, und einem Champagnersorbet, das tatsächlich wie der beste Veuve Clicquot brut schmeckte, schlenderten sie hinaus in die erleuchteten Straßen des vorweihnachtlichen Paris.

Cecily, die Paris gut kannte, da sie vor ihrer ersten Londoner Ballsaison sechs Monate hier verbracht hatte, fungierte als Fremdenführerin. Der Spaziergang war wie ein Fest der Mode. Ohne weiter auf die prunkvollen Gebäude zu achten, die unbeschreiblich anmutigen Fassaden und die charmanten Boulevards, gingen sie die Rue Faubourg St. Honoré hinunter, zurück zur Rue Cambon, die Rue Royale entlang und über den Place de la Concorde auf die Champs-Élysées und von dort aus in die Avenue George Cinq. Dabei kamen sie an den Ateliers von Lanvin, Chanel, Givenchy und Laroche vorbei, an gewaltigen glitzernden Kaufhäusern und winzigen Boutiquen. Sie kauften Kleider, Parfüm und Hüte für sich selbst und

Geschenke für alle anderen und legten etwa jede Stunde eine Rast ein, um einen Zitronentee oder eine heiße Schokolade zu trinken, auf der sich *crème chantilly* türmte. Als sie Hunger bekamen, stärkten sie sich mit köstlichem Gebäck, Obstküchlein und Schokoladen-Éclairs.

Um sieben fuhren sie schließlich mit dem Taxi zurück ins Hotel, wo sie erschöpft ein heißes Bad nahmen. Nach einigen Cocktails aßen sie im prächtigen, im Jugendstil ausgestatteten Speisesaal des Maxim, taten sich, wohlig müde, an Hummer Thermidor gütlich und beobachteten das elegante Paris in Aktion: Grüppchen von menschenunmöglich schlanken Frauen in engen schwarzen Kleidern und mit winzigen Hüten oder extravaganten Dekorationen im Haar und unverschämt attraktive Männer, die aus sämtlichen Poren Sex verströmten. Alle unterhielten sich lauter, als es in einem Londoner Restaurant schicklich gewesen wäre, und begrüßten ständig mit Küssen und Freudenschreien Freunde an anderen Tischen.

»In Paris«, sagte Cecily nachdenklich, »sind die Leute viel selbstbewusster als in London. Sie zerbrechen sich nicht ständig den Kopf darüber, was die anderen von ihnen halten. Ach, ich habe ja solchen Spaß! Es war eine wunderbare Idee.«

»Bist du nicht müde?«, erkundigte Cassia sich besorgt.

Cecily verneinte, sie habe sich schon seit Langem nicht mehr so wach gefühlt. »Jetzt genug vom Spaß. Reden wir über morgen. Was unternehmen wir?«

»Zuerst möchte ich in dieses Auteuil-Viertel. Kennst du es?«

»Ein wenig. Das ist in der Nähe von Passy. Nicht unbedingt ein Slum, aber auch nicht sonderlich schick. Da hat Leonora gewohnt? Wie entsetzlich.«

»Ja, und anschließend ist sie nach Passy gezogen. Später würde ich mir gerne noch ihre dortige Wohnung ansehen.

Vielleicht finden wir ja jemanden, der uns ein bisschen mehr erzählen kann. Wer sie besucht hat und so. Bestellen wir noch Crêpes Suzette?«

»Aber nur dieses eine Mal. Ich möchte so gerne schlank bleiben, Cassia, es ist wunderbar. Obwohl Justin sagt…« Ihre Stimme erstarb. Verlegen sah sie Cassia an und errötete. »Er scheint mich zu verstehen. Das ist seltsam, weil wir so verschiedene Leben führen.«

»Für mich klingt es, als sei er in dich verliebt.« Cassia lächelte ehrlich erfreut. »Wie schön.«

»Ach, das glaube ich nicht. Und jetzt lass uns Crêpes bestellen. Sie sehen so lecker aus.«

Cecily hätte die Gelegenheit nutzen können, sich nach ihrer kriselnden Ehe zu erkundigen, dachte Cassia. Aber das war nicht Cecilys Art. In all den leidvollen Jahren hatte sie gelernt, in diesen Dingen taktvoll zu sein. Taktvoll und absolut diskret.

Am nächsten Morgen fuhren sie mit der Metro nach Porte d'Auteuil. Als Cassia die Metrostation verließ, war sie ein wenig nervös, denn sie hatte damit gerechnet, sich in einem Slum, einer Art Pariser Whitechapel, wiederzufinden. Doch zu ihrer Erleichterung war das Viertel zwar nicht gerade schön und auch ziemlich laut, aber absolut seriös. Der größte Unterschied waren die Farben. Während das Paris, das sie kannte, von verschiedenen Schattierungen von Weiß und Gold geprägt war, war es in Auteuil trübe und gnadenlos grau. An jeder Ecke erhoben sich neue Wohnblocks.

Sie stand auf der Straße, betrachtete die Tristesse und malte sich aus, wie Leonora mutterseelenallein, krank und voller Furcht hier eingetroffen war. Ein himmelweiter Unterschied zu der prachtvollen, von Bäumen gesäumten Avenue Foch mit ihren beeindruckenden Gebäuden aus dem achtzehnten Jahrhundert, hinter kunstvollen schmiedeeisernen Geländern, umgeben von üppigem Grün. Ihr wurde übel.

»Hier entlang«, sagte Cecily, nachdem sie den Stadtplan studiert hatte. »Wir wollen in die Rue Molitor. Schau, das ist die Hauptstraße da unten, und das müssen die Wohnungen sein. Du lieber Himmel! Arme Leonora.«

Der Wohnblock, in dem Leonora einige Monate lang gelebt hatte, war ein im modernen, funktionellen Stil erbauter, riesiger rechteckiger Betonklotz. An jedem Ende prangte eine Plakette mit der Aufschrift *1934*. Das zwölfstöckige Gebäude erstreckte sich einen ganzen Häuserblock entlang. Die Fenster waren klein. Alle dreißig Meter führte eine fest verschlossene Tür unmittelbar auf die Straße.

»Sie hat in Nummer hundertzehn gewohnt«, sagte Cassia. »Das muss ungefähr auf halber Höhe sein. Wie, um alles in der Welt, kommen wir da rein? Es gibt weder einen zentralen Eingang noch einen Portier.«

»Wir bleiben einfach stehen«, erwiderte Cecily. »Früher oder später kommt sicher jemand raus. Dann gehen wir hinein.«

Nicht zum ersten Mal seit ihrer Ankunft in Paris sah Cassia sie bewundernd an.

Sie mussten fast eine halbe Stunde lang warten. Es war eiskalt, und die hohen Gebäude warfen ihre Schatten auf die schmale Straße. Schließlich erschien ein alter Mann, der mit seiner Baskenmütze, dem blauen Arbeitsanzug und der an der Unterlippe klebenden Zigarette aussah wie die Karikatur eines Franzosen. Er blickte sie finster an und wollte die Tür hinter sich zuziehen. Doch Cecily lächelte ihn reizend an und streckte rasch den Arm aus.

»Bonjour, monsieur. Comment allez-vous? Nous visitons notre grand-mère au cinquième étage.«

Der alte Mann musterte sie zweifelnd, nahm die Zigarette aus dem Mund und spuckte auf den Gehweg. Aber er ließ sie durch.

Von innen war das Gebäude noch weniger einladend als von außen. Lange, kalte, betonierte Flure und Stufen mit einem Eisengeländer, die zu einem zentralen Treppenhaus führten. Alles war zwar sauber, jedoch unbeschreiblich hässlich. Die Wohnung befand sich im vierten Stock, ein ziemlich langer Aufstieg.

»Stell dir vor, deine Einkäufe hier hinaufzuschleppen«, merkte Cecily an. »Und damals war sie schon krank. Kein Lift. Wie entsetzlich.«

Als sie an die Tür von Wohnung 110 klopften, meldete sich niemand. Auch nicht bei den Wohnungen daneben und gegenüber. Die Stille wirkte bedrohlich, nur der Widerhall ihres Klopfens war zu hören.

Eine alte Frau kam langsam die Treppe hinauf. Sie keuchte und trug einen sehr schweren Einkaufskorb. Cecily ging ihr entgegen und streckte die Hand nach dem Korb aus. »*Puis-je vous aider, Madame?*«, fragte sie. Die Frau beäugte sie argwöhnisch, brummelte etwas und gab ihr dann den Korb. »*Quel appartement est-ce que vous habitez?*«

»*Numero cent sept.*« Sie ging den Flur entlang. »*Là-bas.*« Sie sprach sehr schnell und hatte einen kehligen Akzent. Cassia dankte Gott wieder einmal für Cecilys Anwesenheit und folgte gehorsam.

Nummer 107 war ein gutes Stück Flur von Nummer 110 entfernt. Dort angekommen stellte Cecily den Korb ab, während die Frau nach ihrem Schlüssel kramte. »*Madame, est-ce que vous connaissiez la femme qui habitait cet appartement-là? Numero cent dix. Une femme anglaise?*«

»*Non*«, entgegnete die alte Frau im Brustton der Überzeugung. »*Non, je ne l'ai jamais connue.*« Sie wandte sich ab und betrat ihre Wohnung. Cecily stellte eine kleinen, elegant beschuhten Fuß in die abblätternde Tür.

»*Vous en êtes sûre? Lady Beatty? Ou peut-être vous la connaissiez comme Madame Gresham?*«

»*Non, Mademoiselle. Pas du tout. Non.*« Mit einem letzten finsteren Blick knallte sie die Tür zu.

»Sie muss sie gekannt haben«, protestierte Cassia. »Oder wenigstens etwas über sie gewusst. Cecily, sag ihr, wer wir sind und dass Leonora tot ist. Wir wollen herausfinden, wer sich während ihrer Zeit hier um sie gekümmert hat, um uns zu bedanken. Oder sogar, um denjenigen zu belohnen. Hier, schreib der alten Frau einen Zettel und schieb ihn unter der Tür durch. Schreib genau, was ich gesagt habe. Ich wette, das klappt.«

Es funktionierte wirklich. Fünf Minuten später saßen sie in der Wohnung der alten Frau und tranken große Tassen sehr bitteren Kaffees, eingeschenkt aus einer Blechkanne.

Die Wohnung war ausgesprochen spartanisch eingerichtet. Ein verhältnismäßig großes Zimmer, von dem eine Küche und ein Bad abgingen. Es war dunkel. Die kleinen Wohnzimmerfenster zeigten direkt auf den hohen Wohnblock dahinter. Außerdem war es kalt. Wieder und wieder versuchte Cassia, sich vorzustellen, dass Leonora hier gelebt hatte. Leonora mit ihrem anspruchsvollen Geschmack, ihrer Liebe zum Luxus, ihrer Eleganz. Was sie durchgemacht hatte und welche verzweifelte Lage sie hierhergeführt haben mochte. Aber vergeblich.

Es war recht anstrengend, dazusitzen und Cecily zu bitten, Fragen zu stellen. Wichtige Fragen, ohne sicher zu sein, ob es die richtigen waren und ob sie die Antwort auch verstand. Doch allmählich nahm eine Geschichte Gestalt an. Leonora war kurz nach Weihnachten eingezogen und nur wenige Wochen geblieben. Also stimmte zumindest dieser Teil. Sie war kränklich gewesen. Ein Arzt war zwei oder drei Mal gekommen. Dann nicht mehr.

Ein junger Mann, der nebenan wohnte, hatte sich mit ihr angefreundet und manchmal Einkäufe für sie erledigt. Die alte Frau hatte ihr hin und wieder Suppe gebracht. Eine englische Dame hatte sie besucht. Miss Monkton, wie Cassia vermutete. Kurz darauf war ein Freund gekommen und hatte sie fortgebracht. Seitdem hatten sie sie nicht mehr gesehen. Allerdings hatte sie ihr und dem jungen Mann geschrieben, um sich zu bedanken.

»Frag sie, ob es ein männlicher oder weiblicher Freund war?« Plötzlich fühlte sich Cassia flau und zittrig.

Das führte zu einer scheinbar endlosen Debatte. Sie saß da, biss sich auf die Lippe, zwang sich, nicht zu unterbrechen, und versuchte vergeblich, den schnellen, kehligen Redefluss zu verstehen. Sie achtete auf vertraute Worte, Worte, die sie nicht hören wollte, und den Namen, dessen Klang sie kaum ertragen würde.

»Es war eine Frau. Eine junge Frau. Eine Französin, das dachte sie wenigstens, denn sie sprach fließend Französisch.«

Cassia wurde von Erleichterung durchströmt. Gleich wurde ihr wärmer, und der bittere Kaffee schmeckte plötzlich süß.

Offenbar war die junge Frau hochgewachsen, blond und sehr schlank gewesen. Hübsche Beine. Gut angezogen. Eindeutig wohlhabend. Kichernd formte die alte Frau beide Hände zu Tassen. Cecily schmunzelte.

»Anscheinend hatte sie einen recht großen Busen.« Also kein kräftiger, dunkelhaariger Engländer.

»Aber ihren Namen kennt sie nicht?«

»Nein.«

»Cecily, frag sie, warum sie anfangs nicht mit uns reden wollte.«

Die Miene der alten Frau wurde argwöhnisch, und sie stieß einen Wortschwall hervor.

»Offenbar hatte Leonora Angst, gefunden zu werden. Niemand sollte erfahren, dass sie hier wohnt. Madame nimmt an, dass sie Schulden hatte. Zuletzt konnte sie nicht einmal mehr den Arzt bezahlen. Deshalb hat sie ihn auch nicht mehr gerufen.«

»Weiß sie, was ihr gefehlt hat?«

Erneut ein langes Gespräch. Dazu Gesten. Eine Hand auf den Unterleib, dann auf die Brust. »Sie geht von einer Frauenkrankheit aus. Ziemlich schlimm. Vielleicht noch etwas anderes, doch sie ist nicht sicher.«

»O Gott. Arme Leonora. Kennt sie den Namen des Arztes?«

»Der Arzt hieß Bertillon. Er hat seine Praxis in der Rue Chanez. Das ist gleich die Straße runter.«

»Und wann hat die junge Frau Leonora abgeholt?« Vor Ostern, ein genaueres Datum ließ sich nicht ermitteln.

Cassia erhob sich. »Wir müssen gehen, Cecily. Wir dürfen sie nicht länger belästigen. Bald verliert sie die Geduld mit uns. Frag sie, was sie gern zum Dank von uns hätte, weil sie sich um Leonora gekümmert hat. Essen, Wein, Geld, egal was.«

Die alte Frau schüttelte mit abfälliger Miene den Kopf. »Sie will nichts. Leonora sei ihre Freundin gewesen, und sie habe es gern getan.« Die alte Frau ergriff wieder das Wort. Cecily lauschte und lachte dann auf. »Aber gegen eine Flasche Benedictine hätte sie nichts einzuwenden.«

Dr. Bertillon war ein charmanter, recht attraktiver junger Mann mit dunklen Augen und ebensolchen Locken. Er sprach sogar stockend Englisch. Allerdings konnte er ihnen nicht behilflich sein, denn der Dr. Bertillon, der Leonora behandelt hatte, war sein Vater, der gerade Verwandte in Tours besuchte.

»Danke, Dr. Bertillon«, sagte Cassia. »Könnte ich Ihren

Vater vielleicht anrufen, wenn er nächste Woche zurückkommt?«

»Natürlich, Madame. Er wird sicher gern mit Ihnen sprechen.«

Wie alle beteuert hatten, war die Wohnung in Passy wunderschön und genauso, wie sie ihr beschrieben worden war. Cassia fragte sich, was sie daran störte. Sie befand sich in der obersten Etage eines reizenden Hauses aus dem achtzehnten Jahrhundert hoch über den Trocadéro-Gärten. Man betrat es durch eine *porte cochère*. Außerdem verfügte es über einen traumhaften Innenhof, der selbst im kalten Dezemberlicht etwas Sommerliches hatte. Die Frau des Portiers, die sie empfangen hatte wie alte Freundinnen, zeigte ihnen die Nachbarwohnung, da die von Leonora offenbar belegt war, damit sie die Aussicht auf den Innenhof hinten und den Jardin du Luxembourg vorn bewundern konnten. Der Eiffelturm beherrschte das Panorama, ja die gesamte Umgebung. Er sah aus, als habe ihn der Riese Gulliver in Liliput abgesetzt, eine abstrus übergroße Ergänzung einer Spielzeugwelt aus winzigen Autos, Booten, Häusern und Parks.

Die Portiersfrau sagte etwas auf Französisch zu Cecily. »Offenbar ist Leonora nach ihrem Einzug gern in den Trocadéro-Gärten spazieren gegangen. Als sie später nicht mehr nach unten konnte, musste sie sich auf den Balkon beschränken und hat den ganzen Frühling und Sommer vor ihrem Tod dort gelegen.«

»Weiß Madame, wer sie besucht hat?«

Wieder ein französischer Wortschwall. »Einige Herren und eine sehr nette, freundliche englische Dame.«

»Und wer hat sie hergebracht?«

Cecily wandte sich an die Frau. »Eine Französin, recht jung.

Siehst du, es scheint alles wahr zu sein. Cassia, lass uns zum Mittagessen gehen. Ich verhungere.«

»Ja natürlich«, erwiderte Cassia. »Aber vorher möchte ich wissen, ob noch jemand hier wohnt, der Leonora kannte. Mit wem könnte ich sprechen?«

Es gab wirklich jemanden: eine Dame im Stockwerk darunter, eine Madame Christophe. Sie hatten sich ziemlich gut angefreundet. Allerdings war sie unterwegs und würde erst am Abend zurück sein. »Außerdem spricht sie Englisch. Cassia, können wir jetzt endlich etwas essen? Ich falle gleich um.«

Sie gingen ins La Closerie des Lilas in Montparnasse, ein Restaurant, in dem Leonora mit Cassia bei einem ihrer Besuche gewesen war und das ihr sehr gut gefallen hatte.

Cecily war begeistert. »Eine glänzende Idee. Hier verkehrt die ganze Schickeria. Überhaupt ist die gesamte Gegend eine Partymeile. Wirklich ein wundervoller Einfall.«

Da die Closerie voll besetzt war, mussten sie auf einen Tisch warten. Sie saßen in der mit Mahagoni und Messing ausgestatteten schummrigen Bar und beobachteten, wie die berühmten Schriftsteller von Paris kamen und gingen, einander begrüßten und lange Gespräche führten. Manche lasen oder schrieben sogar an den Tischen. Nur widerwillig wechselten sie nach einer Weile in den konventioneller eingerichteten Restaurantbereich.

Nach dem Essen forderte Cassia Cecily auf, sich im Hotel ein wenig auszuruhen. Sie begleitete sie zu einem Taxi und machte sich dann auf den Weg den Boulevard Montparnasse hinauf. Sie hatte nämlich noch einen anderen Grund, in diese Gegend zu kommen. Leonora lag auf dem Friedhof von Montparnasse begraben. Als sie, teils amüsiert, teils beeindruckt von den kunstvoll gestalteten Grabsteinen und Statuen, die ordentlich angelegten Kieswege entlangschlenderte, fragte sie sich, warum man Leonora ausgerechnet hier beigesetzt hatte. Schließlich gab es in Passy auch einen Friedhof. Weshalb sie also hierherbringen? Der Friedhof schien sich über viele Kilometer zu erstrecken, ein Wald aus Kreuzen, Marmorengeln und gewaltigen Grabmälern. Sie erkannte einige berühmte Namen: Baudelaire, Maupassant, Saint-Saëns. Beim Anblick einer Skulptur eines Paares im Bett auf einem Grab und einer Nachbildung von Rodins *Kuss* auf einem anderen musste sie schmunzeln.

Endlich entdeckte sie Leonoras Grab. In das schlichte weiße Marmorkreuz waren nur ihr Name und die Daten ihrer Geburt und ihres Todes eingemeißelt: Juni 1886 – Mai 1935. Also war sie beinahe fünfzig gewesen. Es überraschte sie seltsamerweise. Obwohl sie es eigentlich gewusst hatte, hatte sie sie stets viel jünger in Erinnerung gehabt.

Vor dem Kreuz lagen einige welke Blumen. Sie fragte sich, von wem sie wohl stammten, und hätte sich gerne bedankt. Cassia legte den unterwegs gekauften Strauß kleiner weißer Rosen daneben. Die anderen Blumen ließ sie liegen, weil sie sich sonst eigenartig undankbar gefühlt hätte.

Es war eiskalt. Sie stand da, zog den Mantelkragen um den Hals zusammen und stellte sich vor, wie Leonora im hart gefrorenen Boden lag. In der Kälte, die sie so gehasst hatte. Cassia versuchte sich zu erinnern, wie sie bei ihrem Kennenlernen gewesen war, bevor sich die Schatten über sie herabgesenkt hatten. Wunderschön, charmant, vergöttert von ihrem Mann und geliebt von ihren Freunden – und dennoch dazu verdammt, eine einsame, traurige Exilantin zu werden. Schließlich kehrte sie langsamen Schrittes zur Metro zurück und dachte dabei, wie passend doch der Ausdruck »schweren Herzens« war. Der bisherige Tag schien sie buchstäblich zu erdrücken.

Madame Christophe bot Cassia Gebäck und Kaffee an und war mehr als bereit, über Leonora zu sprechen. Sie war hübsch, mollig und trug eine Menge Schmuck. Kurz nach ihrem Einzug in diese Wohnung war sie Witwe geworden, eines der Dinge, die sie mit Leonora verbunden hatte. Sie waren beide einsam gewesen und hatten in der Vergangenheit gelebt.

»Sie war ja so tapfer. Trotz ihrer starken Schmerzen hat sie sich nie beklagt. Nur darüber, dass sie ihr gutes Aussehen verloren hatte. Sie wollte keine Freunde von früher sehen und meinte, sie würden sie sicher hässlich finden. Darunter schien sie sehr zu leiden.«

»Ich wünschte, ich hätte sie besucht und gewusst, wie krank sie war. Sie muss sehr böse auf mich gewesen sein.«

»O nein, Madame.« Sie verzog erschrocken das Gesicht. »Sie hatte eine sehr hohe Meinung von Ihnen und hat Sie so geliebt. Stundenlang hat sie über Sie und Ihre *maman* geredet. Darüber, wie viel Spaß sie mit Ihnen hatte, als Sie Debütantin waren. Und sie war so stolz auf Ihren Erfolg als Ärztin.«

»Ach, war sie das?« Cassia hörte, wie verbittert sie klang. »Ich fürchte, da gab es wenig Grund zum Stolz.«

»Das fand sie nicht. Sie hat Sie angebetet.« Sie lächelte. »Sie und Ihr Cousin, Mr Moreton. Er hat Sie auch sehr bewundert. Meiner Ansicht nach hätte Lady Beatty sich gewünscht, dass Sie beide geheiratet hätten. In den letzten Wochen war er häufig hier.«

»Wirklich?«

»*Mais oui!* Er war so gut zu ihr, so sanft, so *tendre*. Und als sie starb, saß er sechsunddreißig Stunden lang an ihrem Bett und ließ sie höchstens ein paar Minuten allein, bis sie *sauve* war. Sie hatte große Angst vor dem Tod, davor, in die kalte Erde zu müssen. Für sie war es schrecklich, dass der Friedhof von Passy ganz in der Nähe ist. Er ist gleich da unten, hinter den Parks. ›Bald werde ich da unten liegen, und es gibt kein Entrinnen‹, pflegte sie zu sagen. Am Ende hat sie Monsieur Moreton das Versprechen abgenommen, sie anderswo beizusetzen, denn hier könne sie nur lebendig sein, nicht reglos und kalt.«

Deswegen also war sie in Montparnasse begraben, dachte Cassia. Madame Christophe tupfte sich die Augen ab und lächelte Cassia zittrig an. »Er war so gut zu ihr. Als sie noch kräftig genug war, das Haus zu verlassen, ging sie gern die Treppe hinunter in den Park. Er begleitete sie ganz geduldig und langsam. Später dann trug er sie in seinen Armen die Treppe hinauf. Entschuldigen Sie, ich will Sie nicht traurig machen.«

»Schon gut. Ich möchte es gerne hören.« Sie malte sich aus, wie der arrogante und ungeduldige Harry durch den Park schlenderte, die kranke Leonora die Treppe hinauftrug und in den langen Stunden bei ihr saß, als der Tod unausweichlich wurde. Ihr wurde klar, wie sehr er sie geliebt haben musste, ja welche Liebesfähigkeit er besaß. Wie seltsam, da er selbst so wenig Liebe erfahren hatte. Er war ein außergewöhnlicher Mensch mit vielen Gesichtern.

»Madame Christophe, wer war denn sonst noch hier? Ist Ihnen eine junge Frau begegnet, eine Französin? Hochgewachsen, blond? Sie hat Leonora hierhergebracht.«

»Nein, so eine Person habe ich nie getroffen. Allerdings hatte sie am Anfang recht viel Besuch. Außerdem kannte ich Lady Beatty damals noch nicht so gut.«

»Was ist mit ihrem Bruder, Mr Harrington. Sind Sie dem begegnet?«

»Ja, ein charmanter Mann. Er war nicht so häufig hier wie Monsieur Moreton, aber auch ziemlich oft.«

»Und kennen Sie Mr Gresham?«

Eine lange, quälende Pause. »Ja«, erwiderte sie endlich. »Ein dicker Mann, richtig? Sehr dick und, wie sagt man, fröhlich?«

»Ja, so ungefähr. Also haben Sie ihn gesehen?«

»Ja. Jedoch nur einmal. Nur im *vestibule*, zusammen mit einem anderen Herrn, einem Engländer. Ein Geschäftsfreund, wenn ich es richtig verstanden habe.«

»Ah.« Cassia fragte sich, wer dieser Mann wohl gewesen war. Vermutlich ein Anwalt, womöglich sogar Mr Brewster. Nein, der kannte Gresham nicht. Nun, es war nicht so wichtig. »Mich wundert, dass Sie ihm nicht öfter begegnet sind. Ich dachte, er wäre öfter hier gewesen.«

»Vielleicht irre ich mich ja, Madame. Die Zeit ist *compliqué*. Unser Gedächtnis treibt seine Spielchen damit. Jedenfalls war er nicht so freundlich zu mir wie die anderen beiden Herren. Absolut höflich, *bien-sûr*, aber ...« Sie zuckte die Achseln.

»Ich verstehe. Doch er war nicht bei Leonora, als sie starb?«

»Nein, niemand war bei ihr bis auf ihre Ärzte und Monsieur Moreton natürlich. Ich weiß das, weil ich hineingegangen bin, um mich zu verabschieden.«

»Und hat sie gut über Mr Gresham gesprochen?«

»O ja, Madame. Sie hat ihn stets gelobt. Er habe immer auf sie geachtet und sie gut versorgt. Ich glaube, sie war sehr traurig darüber, dass sie beschlossen hatten, sich zu trennen. *Mais c'est la vie, n'est-ce pas*?«

»Ja«, erwiderte Cassia geistesabwesend. »*C'est la vie.*«

Cassia fuhr mit dem Taxi zurück ins Ritz. Sie fühlte sich müde und seltsam mutlos. An diesem Tag hatte sie nicht den geringsten Hinweis darauf erhalten, dass die Dinge anders lagen, als man sie ihr geschildert hatte. Vielleicht war es an der Zeit, ihre Befürchtungen endgültig zu vergessen. In ihren letzten Lebenswochen war Leonora offenbar mit einer hohen Geldsumme bedacht worden. Davor hatte sie einige Monate lang eine vorübergehende Krise durchgemacht. Anscheinend hatte sie viel mehr ausgegeben, als der Treuhandfonds abwarf, es jedoch aus Stolz verschwiegen. Es klang nur logisch, dass Bc nedict ihre Verschwendungssucht als zunehmend anstrengend empfunden hatte. Und wenn Rollo im Ausland lebte und sie mit einer hohen Summe ausgestattet hatte, deren Zinsen ihr einen gewissen Luxus ermöglichten, war er sicher nicht bereit gewesen, ihrer Bitte um mehr zu entsprechen. Vielleicht hatte sie Miss Monkton ja erzählt, dass Rollo in finanziellen Schwierigkeiten steckte, damit sie ihn nicht behelligte, denn das hätte sie sicherlich getan. Und dann hatte die junge Französin, wer immer sie auch sein mochte, die Aufgabe übernommen, die Dinge zu regeln, sie in die neue Wohnung umzusiedeln und Harry zu verständigen. Es hörte sich völlig vernünftig an.

Nicht zum ersten Mal fragte sie sich, ob Rollo Gresham sie je kontaktieren würde. Sie hatte ihm einen sehr freundlichen Brief geschrieben, sich nach seinem Befinden erkundigt und ihr Bedauern darüber ausgedrückt, dass sie nicht in der Lage gewesen sei, Leonora in ihren letzten Lebenswochen zu besuchen. Sie hatte ihm mitgeteilt, sie freue sich darauf, von ihm zu hören oder sich mit ihm zu treffen, falls er nach London käme. Zu ihrer Überraschung hatte sie keine Antwort erhalten. Vielleicht war er ja aus Marrakesch weggezogen und wohnte jetzt anderswo. Ganz gleich, was auch der Grund sein mochte, war es ziemlich frustrierend, denn er hätte ihr sicher wichtige Informationen geben können. Sie betrachtete den Zettel, den sie von der Frau des Portiers hatte. Es stand der Name von Leonoras letztem Arzt darauf. Sie würde ihn anrufen, um sich zu vergewissern. Aber was wollte sie überhaupt in Erfahrung bringen, was konnte sie ihn fragen?

»Du steigerst dich in etwas hinein«, sagte sie laut zu sich und wandte ihre Gedanken dem Abend und dem Thema zu, was sie und Cecily unternehmen könnten.

»Ich möchte die Scheidung so rasch wie möglich in die Wege leiten«, verkündete Harry. »Das dürfte dir doch auch gelegen kommen, schätze ich.« Sein Tonfall war so gelassen und beiläufig, als wolle er sie zum Tee einladen. Dabei lächelte er sie beinahe wohlwollend an.

Ein wenig verunsichert erwiderte Edwina das Lächeln. In der vergangenen Woche hatte sich seine Stimmung so plötzlich und grundlegend verändert, dass sie die Welt nicht mehr verstand. Seine Wut und Feindseligkeit ihr gegenüber waren wie weggeblasen. Er verhielt sich entspannt und gut gelaunt, allerdings auch distanziert. Möglicherweise hatte er ja doch eine Geliebte. Das ganze Theater wegen Kindern, ihrem Umgang mit Francis Stevenson-Cook, ja wegen ihres Fehltritts bei Janine Sobel konnte auch nur eine geschickte Tarnung gewesen sein. Der Gedanke an eine Scheidung löste Angst in ihr aus. Sie hatte nie ernsthaft darüber nachgedacht. Eine Ehe zu beenden, die für sie an Reiz verloren hatte, war eine Sache. Eine völlig andere war es, sich als ahnungslose, betrogene Ehefrau zum Gespött zu machen.

»Ich nehme gerne die Schuld auf mich«, fuhr er fort. »Also werde ich mit Geoffrey Partington sprechen, ja?«

»Nun …«

»Natürlich werde ich mich nicht um Geld streiten. Ich habe nicht das Bedürfnis, meine Frau in finanzielle Nöte zu stürzen. Auch vulgäre Szenen vor Gericht können wir uns ersparen. Ich möchte, dass du ein hübsches kleines Haus und einen Unterhalt bekommst, den du sicherlich nicht unzureichend finden wirst.«

»Harry.« Sie hatte die Stimme ihrer Mutter im Ohr. »Gewiss ist dir klar, dass wir die Bedingungen gründlich erörtern müssen.«

Er musterte sie und dachte offenbar über ihre Worte nach. Kurz wirkte er alarmiert.

»Weißt du, ich habe mich noch nicht endgültig entschieden«, fügte sie hinzu. »Ich meine wegen deines Ultimatums, dass ich meinen Job aufgeben soll.«

Selbstverständlich hatte sie das, doch sie würde es ihm nicht auf einem silbernen Tablett servieren. Große Ankündigungen und Gesten waren einfach. Doch eine Ehe zu beenden, die ihr, ganz gleich, wie sie es auch betrachtete, in Bezug auf Reichtum und Status beträchtliche Vorteile bot, erschien ihr plötzlich als bedrohlich. Falls es wirklich zum Schlimmsten kam, wollte sie wohlhabender daraus hervorgehen, als sie es vor ihrer Hochzeit gewesen war. Und wenn er wirklich eine andere hatte, was ihr inzwischen recht wahrscheinlich vorkam, war es gewiss leichter, sich einen ordentlichen Batzen Geld zu sichern. Sich bei einer Party danebenzubenehmen galt wohl kaum als Scheidungsgrund. Der Prozess würde zu ihren Gunsten ausgehen, und eine Geliebte, diese finstere, habgierige Person, hatte nur selten eine große Mitgift im Gepäck. Ja, Harry war steinreich – sie hatte nie genau gewusst, wie viel Vermögen er besaß, auch wenn sich seine Geldanlagen bereits im Millionenbereich bewegten –, aber sie wollte einen hohen Anteil dieses Vermögens haben. Wenn er es so eilig hatte, sich aus dieser Ehe zu befreien, konnte sie eine Menge Kapital daraus schlagen. Kapital war das Schlüsselwort, dachte sie.

»Tja«, erwiderte er, nun wieder mit ausdruckslosem Blick. »Dann entscheide dich bald, Edwina. Wie ich dir bereits erklärt habe, empfinde ich die derzeitige Situation als ziemlich unbefriedigend.«

»Das tut mir leid für dich, Harry«, sagte Edwina. »Aber ich fürchte, ich muss dich bitten, sie noch ein Weilchen zu ertragen. Du möchtest doch sicher nicht, dass ich unsere Ehe leichtfertig beende.«

Edwina stolzierte hinaus, schloss die Tür nachdrücklich hinter sich und lehnte sich dagegen. Ihr war ein wenig übel. Sie ging in ihr Arbeitszimmer und setzte sich an den Schreibtisch. Ob da wirklich eine andere Frau war? Wer mochte sie sein? Nun, diese Frau ahnte zumindest nicht, was für eine ernst zu nehmende Rivalin sie hatte.

»Und wie war es in Paris?«, fragte Justin Everard. »Ich habe dich sehr vermisst.«

Am Tag nach ihrer Rückkehr hatte er unangemeldet vor ihrer Tür gestanden. Er habe in einem Studio in Chelsea gearbeitet. Habe sie vielleicht eine Tasse Tee für einen armen Künstler?

»Es war wundervoll. Wir haben uns prima amüsiert. Ich habe dir etwas mitgebracht, das dir bestimmt gefällt.« Es war eine antike Kamera, die sie in einer der kleinen Seitenstraßen der Rue de Rivoli entdeckt hatte, aus Holz mit Messingbeschlägen, sündhaft teuer und ein Schmuckstück.

Justin war überwältigt. Immer wieder drehte er sie hin und her und streichelte sie wie ein geliebtes Haustier. »Ich bin begeistert. Ein Traum. Du bist ja so großzügig.«

»Ich wollte mich nur bedanken«, erwiderte sie. »Für alles.«

»Das tust du schon allein dadurch, dass es dich gibt. Du hast jede Menge spannende Gerüchte verpasst. Hast du den *News Chronicle* gelesen?«

»Nein, nur die *Times*, der ich kaum folgen konnte, und den *Telegraph*, der in dieser Angelegenheit eine klare Haltung einnimmt. Darin stand, der König müsse seine Pflicht erfüllen und sich von Mrs Simpson trennen.«

»Ganz recht. Eine grässliche Frau. Der *Chronicle* hat einen interessanten Artikel gebracht, in dem es heißt, er solle sie heiraten dürfen, aber sie könne nicht Königin werden. Hast du schon mal so einen Unsinn gehört?«

»Ach, ich weiß nicht. Mir tut er leid. Offenbar liebt er sie.«

»Cecily, mein Schatz, du bist ja so eine Romantikerin. Deswegen vergöttere ich dich. Doch er kann nicht beides haben. Abgesehen davon ist es unmöglich, dass eine geschiedene Frau das Oberhaupt der Kirche heiratet. Das werden die Menschen niemals billigen. Denk an meine Worte.«

»Vermutlich nicht. Allerdings ist er sehr beliebt, das Volk bewundert ihn.«

»Nur, weil er so schneidig und gut aussehend ist und anscheinend auf der Seite der Bergarbeiter steht. Wenn er etwas täte, das gegen die strengen Moralvorstellungen unseres Landes verstieße, würde sich das im Handumdrehen ändern. Die Engländer wollen geordnete Verhältnisse. Hör zu, eigentlich bin ich aus zwei Gründen hier. Erstens, weil ich dich vermisst habe, und zweitens, weil ich dich zum Abendessen einladen wollte.«

»Was, heute?«

»Schau nicht so erschrocken. Heute Abend, morgen Abend, übermorgen Abend. Wann immer es dir passt. Ich stehe zu deiner Verfügung und möchte nur, dass du mitkommst.«

»Nun, ich weiß nicht.« Cecily war wirklich erschrocken wegen seiner Einladung. Ihn im Sanatorium zu empfangen oder mit ihm bei der Modenschau zu lachen und zu plaudern, das war in Ordnung. Damit kam sie zurecht. Aber ein Abendessen? Ein Abendessen war eine Aussage, es schwang etwas Sexuelles darin mit.

»Schon gut.« Er lachte auf. Seltsamerweise konnte er ihre Gedanken lesen. »Was hältst du dann von einem Mittagessen? Würde dich das weniger ängstigen?«

Cecily wurde von Zuneigung und Dankbarkeit ergriffen. Seine Fähigkeit, ihre Befürchtungen zu erkennen und ihre Gefühle zu deuten und darüber hinaus auch noch Verständnis dafür zu haben, erstaunte sie immer wieder. Benedict war nicht annähernd so aufmerksam gewesen. Vermutlich hatten ihn seine eigenen Ängste und Sorgen zu sehr beschäftigt. Justin war trotz seines exzentrischen Auftretens, das sie amüsierte, seit Edwina es ihr erklärt hatte, bewundernswert ehrlich. Nach zwölf Jahren der Anspannung und Heimlichtuerei empfand Cecily seine Gesellschaft, als träte sie in den Sonnenschein hinaus. Er war so unterhaltsam, hatte stets ein Gerücht oder einen Scherz auf Lager und schien alles, was sie sagte, spannend und interessant zu finden. Das allein war eine neue Erfahrung für sie.

Außerdem musste sie zugeben, dass er auf eine leicht dekadente Art mit seinem dichten braunen Haar und den seelenvoll dreinblickenden dunklen Augen recht gut aussah. Edwina hatte ihr erzählt, er sei bei den Frauen sehr beliebt. Alle Mannequins vergötterten ihn und zeigten sich gern mit ihm. Sie konnte sich nicht vorstellen, was er an ihr attraktiv fand. Vielleicht war sie nur einmal etwas anderes. Oder er hatte Mitleid mit ihr. Wenn er sich erst überzeugt hatte, dass es ihr wirklich besser ging, würde er aus ihrem Leben verschwinden. Doch bis dahin wollte sie es einfach genießen. Er wärmte ihr das Herz und munterte sie auf.

»Nein«, erwiderte sie. »Kein Mittagessen. Ich würde gern mit dir zu Abend essen. Danke.«

»Ausgezeichnet. Morgen? Der Freitagabend eignet sich immer am besten. Ich suche ein ruhiges Lokal aus. Auf Wiedersehen, Schatz.«

Es konnte nicht nur Mitleid sein, dachte Cecily. Er hatte keinen Grund, sie zum Essen einzuladen, ihr zu sagen, dass er sie anbetete, und sie Schatz zu nennen. Er hätte es auch bei einem Kurzbesuch bewenden lassen können. Sie grinste ihr Spiegelbild leicht dümmlich an und grübelte darüber nach, was sie anziehen sollte.

»Vermutlich«, sagte Harry und strich mit dem Finger langsam über Cassias Bauch, berührte zärtlich ihr Schamhaar und wanderte wieder nach oben, »vermutlich sollten wir uns überlegen, es bald öffentlich zu machen. Ansonsten fängt die Gerüchteküche an zu brodeln.«

Er hatte ihr ein Telegramm ins Ritz geschickt: DU MUSST SO SCHNELL WIE MÖGLICH IN DIE WALTON STREET STOP DRINGENDE ANGELEGENHEIT BEDARF DEINER AUFMERKSAMKEIT STOP BESTÄTIGE ANKUNFTSZEIT AM FREITAG. MORETON.

Sie hatte zurücktelegrafiert: TREFFEN UNMÖGLICH, worauf er innerhalb einer Stunde geantwortet hatte: ICH WIEDERHOLE, WALTON STREET TREFFEN DRINGEND STOP ALTERNATIVER TREFFPUNKT MONKS RIDGE STOP VIELLEICHT MIT DR. TALLOW. MORETON.

Wie er vorausgeahnt hatte, hatte sie nachgegeben: WALTON STREET MITTAGS STOP SEHR VERÄRGERT WEGEN BEDINGUNGEN.

Sie und Cecily hatten sich mit Bedauern voneinander verabschiedet, denn sie waren sich in den beiden Tagen sehr nahegekommen. Wieder einmal war sie beeindruckt gewesen von Cecilys unverbrüchlicher Treue, ihrer Großzügigkeit und davon, dass sie sie nicht mit Fragen bedrängt hatte, obwohl sie sicher einiges beschäftigte. Eines Tages, wenn sie die Antworten kannte, würde sie ihr alles erzählen. Bis dahin konnte sie sicher sein, dass ihr Vertrauen nicht missbraucht werden würde.

Bei ihrer Ankunft in London waren alle wegen des Königs und Mrs Simpson in heller Aufregung. Da die Nachrichtensperre endlich aufgehoben worden war, sprachen die Leute über nichts anderes mehr. Wenn man im Bus, an einer Ladentheke oder in der U-Bahn seine Mitmenschen belauschte, war es das vorherrschende Thema: Würde er sie heiraten? Sollte es ihm erlaubt sein, sie zu heiraten? Wer war sie? Warum war eine Affäre mit einer geschiedenen Frau so aus dem Ruder gelaufen? Was dachte wohl die Königin? Wie viel Einfluss hatte die Regierung auf ihn? In den zweieinhalb Tagen ihrer Abwesenheit hatte sich das Land in einen Taumel hineingesteigert. Der Großteil der Normalbürger hatte nichts davon gewusst. Nun war die Nachricht eingeschlagen wie eine Bombe und hatte die meisten Menschen überrascht. Cassia merkte das gegenüber Harry an, der in gespieltem Entsetzen die Hände hochriss.

»Bitte nicht. Das Thema verursacht mir ernsthaften *ennui*. Ich nehme an, du weißt, was *ennui* bedeutet, weil du gerade aus Frankreich kommst.« Er erwartete sie nackt im Bett. Neben ihm stand eine eisgekühlte Flasche Champagner und vor dem Kamin ein gigantischer Strauß Rosen.

»Beeil dich«, sagte er, während sie dastand, halb lachend, halb weiterhin verärgert wegen seiner fordernden Telegramme und seiner Annahme, dass sie ihm sofort zur Verfügung stehen würde. »Ich will, dass du in dreißig Sekunden splitterfasernackt neben mir liegst. Wir haben schon genug Zeit unseres Lebens vergeudet.« Sein Standardspruch.

»Harry, wir können es auf keinen Fall den Leuten erzählen.«

Erschrocken fuhr sie hoch. »Was eigentlich?«

»Dass ich dich liebe. Dass du mich liebst. Dass wir … Was sollen wir tun, Cassia? Heiraten? In Sünde leben?«

»Keins von beidem. Jedenfalls nicht in näherer Zukunft.«

»Warum nicht, um Himmels willen? Wir haben schon so viel Zeit in unseren desaströsen Ehen verschwendet. Wenn das so weitergeht, sind wir im Greisenalter, bis wir in der Öffentlichkeit Händchen halten dürfen.« Sein Tonfall war zwar lässig, sein Blick jedoch nachdenklich.

Sie nahm seine Hand und küsste sie. »Harry, ich liebe dich. Ich liebe dich mehr, als ich es je für möglich gehalten hätte. Aber wir können momentan nichts unternehmen. Ich muss an die Kinder denken.«

»Die Kinder! Ich habe geglaubt, Edward und du hättet euch getrennt. Ich beabsichtige, umgehend die Scheidung einzureichen. Weshalb kannst du das nicht auch tun?«

»Wirklich?« Seine Geschwindigkeit erschreckte sie.

»Ja natürlich. Ich sehe nicht den geringsten Sinn darin zu warten. Obwohl Edwina plötzlich ziemlich verdächtig anschmiegsam ist. Zweifellos hat sie ihre reizenden Äuglein auf mein Bankkonto gerichtet. Aber ich war einverstanden, die Schuld auf mich zu nehmen, wie es sich für einen Gentleman gehört.«

»Hast du meinen Namen genannt?«

»Nein, natürlich nicht. Das wäre eines Gentlemans nicht würdig. Den einer kleinen Schlampe in einem Hotel in Brighton vielleicht. Wie der arme Mr Simpson. Übrigens hat sie fluchtartig das Land verlassen.«

»Ich dachte, das Thema langweilt dich. Ja, Edward und ich haben vereinbart, uns zu trennen. Aber von einer Scheidung war noch nicht die Rede. Die Kinder müssen sich erst an die Situation gewöhnen. Sie werden dagegen sein, dass er einen Nachfolger bekommt, sie lieben ihn.«

»Sie werden mich vergöttern«, antwortete er lässig. »Das tun Kinder immer.«

»Harry, du bist wirklich unfassbar arrogant. Es sind die Kinder eines anderen Mannes! Sie werden eifersüchtig und verängstigt sein und dich ablehnen. Es würde sehr schwierig für sie werden. Weißt du, was Bertie zu mir gesagt hat, als ich ihn aus diesem schrecklichen Internat gerettet habe? Er würde lieber dorthin zurückgehen, als dass Edward und ich uns scheiden ließen. In seinem Schlafsaal habe ein Junge gelegen, dessen Eltern geschieden gewesen seien, und er habe jede Nacht geweint.«

»Der arme Kleine.«

»Siehst du? Du musst das verstehen.«

»Oh, das tue ich«, erwiderte er plötzlich einsichtig, womit er sie immer wieder überraschte. »Natürlich rechne ich mit allen möglichen Schwierigkeiten. Aber die Kinder mögen mich bereits. Das muss doch helfen.«

»*Jetzt* mögen sie dich. Wenn sie es erfahren, nicht mehr, ganz sicher nicht.«

»Also gut. Dann starten wir eben mit drei schwierigen, störrischen Kindern in die Ehe. Für mich ist das ein geringer Preis. Noch weitere Einwände?«

»Na ja«, sagte sie zögernd. »Das könnte sein. Ich kann es dir noch nicht erzählen. Es ist ein wenig kompliziert. Vielleicht wird ja auch nichts daraus.«

»Und wenn doch. Würde es dich und mich betreffen?«

»Nein, nur mich.«

»Nun, dann betrifft es mich ebenfalls. Alles, was mit dir zu tun hat, betrifft auch mich, Cassia. Das war schon immer so. Sicher ist dir das klar. Du scheinst die Natur der Liebe nicht sehr gut zu verstehen.« Er lächelte sie ziemlich besorgt an. »Jetzt muss ich weg. Wann darf ich dich wiedersehen? Vor Weihnachten oder irgendwann im nächsten Sommer?«

»Harry, bitte sei nicht bockig.«

»Ich fürchte, wenn ich bockig bin, nur weil ich mit dir zusammen sein will, weil ich dich liebe, dann wird sich daran gewiss nichts ändern.« Er betrachtete sie lächelnd. »Was genau hast du in Paris gemacht?«

»Das habe ich doch schon gesagt. Hauptsächlich eingekauft. Cecily hat mich gebeten, sie zu begleiten, und ich dachte, das ist das Mindeste, was ich tun kann. Übrigens habe ich dir etwas mitgebracht. Es ist ein …«

»Cassia, ich hoffe, das ist alles, was du dort getrieben hast.«

»Natürlich.«

»Gut«, erwiderte er lässig. »Dann kannst du mir mein Geschenk geben.«

An diesem Freitagnachmittag hatte Edward Tallow einen Termin mit jemandem vom Vorstand des St. Mark's Hospital. Ihm graute bereits ein wenig vor seinem neuen Leben. Er war kein abenteuerlustiger Mensch, und außerdem wusste er, dass er einige persönliche Krisen würde durchmachen müssen. Die Trennung von seiner Familie würde zu seinen Schwierigkeiten beitragen. Auch was die vor ihm liegenden Anstrengungen anging, gab er sich keinen Illusionen hin. Er war kein großer Denker. Obwohl er ein recht fähiger Chirurg war, hielt er sich nicht für einen herausragenden Diagnostiker.

Dennoch war sein Bedürfnis, es zu schaffen, größer als seine Angst. Nicht im Traum hätte er daran gedacht, jetzt einen Rückzieher zu machen. Er würde Chirurg werden, vielleicht kein genialer, aber immerhin. Und das würde gewiss eine größere Herausforderung bedeuten als eine Landarztpraxis. Allerdings würde er diese Praxis vermissen, war ihm während der morgendlichen Sprechstunde durch den Kopf geschossen. Es würde traurig sein, sie hinter sich zu lassen. Ein anderer Arzt würde seine Patienten behandeln, einer, der weder ihre Krankengeschichte noch ihre persönlichen Verhältnisse kannte.

Ein Jammer, dass die schwangeren Frauen, die er nun betreute, von einem anderen entbunden werden und fremde Hände den Palliativpatienten letzten Beistand leisten würden.

Maureen sah dem Abschied mit Freuden entgegen. Sie sehnte sich nach einer neuen Aufgabe, am besten in einer Stadt, idealerweise in einem Arbeiterviertel, in einer wirklich armen Gegend, hatte sie mit vor Tatendrang leuchtenden Augen gesagt. Also würde sein Werk hier nicht fortgesetzt werden. Seine Patienten würden nicht mehr seine sein. Sie würden sich an den neuen Arzt gewöhnen müssen und umgekehrt. Möglicherweise würden einige mit diesem Arzt sogar zufriedener sein. Andere würden zweifellos murren. Doch er würde sie auf jeden Fall verlieren und keinen Einfluss mehr auf ihre Gesundheit und damit letztlich auf ihr Leben haben.

Auch die Vorstellung, dass die Praxis würde umziehen müssen, machte ihm zu schaffen. Nachdem sie immer in Monks Ridge gewesen war, würde sie nun ins Dorf übersiedeln. Weg vom Haus. Schließlich konnte er von Cassia nicht verlangen, dass sie die Gegenwart eines Fremden und die tägliche Prozession von Patienten durch ihre Haustür ertrug. Also Schluss mit der familiären Atmosphäre, die viele als so beruhigend empfanden.

Allerdings würde er wichtigere Dinge tun, die der Heilung viel förderlicher waren. Krebsgeschwüre und kranke Organe entfernen, verletzte Gliedmaßen wiederherstellen. Sein Leben würde so aufregend sein, wie es das in Monks Heath nie sein könnte. Und er hoffte, dass sein erschüttertes Selbstbewusstsein und sein zerstörter Lebensmut dadurch irgendwann genesen würden. Obwohl sein gesunder Menschenverstand ihm sagte, dass das Zusammenleben mit Cassia ihnen beiden nur schadete, wusste er, dass sein Herz eine lange Zeit brauchen würde, bis es wieder heil war.

Die Besprechung mit dem Vorstand verlief erfreulich. Er wurde dem OP-Team vorgestellt und führte eine lange Unterhaltung mit den drei Chefärzten, die vor sechs Monaten flüchtig mit ihm gesprochen und ihn abgelehnt hatten.

»Gut, dass es geklappt hat«, sagte einer von ihnen und schüttelte ihm kräftig die Hand. »Ich persönlich hätte Sie schon damals eingestellt, aber wir haben eine junge Frau genommen. Natürlich hat sie gekündigt, sie will heiraten. Herrje, Frauen auszubilden ist reine Geldverschwendung. Wie ist Ihre Haltung dazu? Natürlich rein persönlich.«

Edward erwiderte, dass Frauen seiner Ansicht nach ausgezeichnete Ärzte abgaben, jedoch unvermeidlich dazu neigten, ihr Privatleben über ihre Karriere zu stellen. Das sei ein Jammer, aber …

»Selbstverständlich ist es ein Jammer, ebenso wie Herzkrankheiten und Krebs, doch so ist nun mal das Leben. Nein, ich hoffe, wenn dieser Nationale Gesundheitsdienst eingeführt wird, werden Frauen, die Kranke versorgen wollen, wieder eine Schwesterntracht anziehen. Ich finde es nahezu verbrecherisch, sie zu Ärztinnen auszubilden. Was ist mit Ihrer Frau, Tallow? Kommt sie mit Ihnen nach London?«

Zum Glück blieb Edward die Antwort auf diese Frage erspart, denn in diesem Augenblick erschien die Oberschwester, die ihn unbedingt kennenlernen wollte. Danach konnte er es kaum erwarten, sich ins stille, friedliche Monks Heath zu flüchten.

Er rief zu Hause an, um zu fragen, ob Cassia ihn abholen könne. Maureen hatte an diesem Nachmittag sein Auto, da sie einige recht weit entfernte Krankenbesuche erledigen musste. Janet sagte, Cassia sei mit dem Hund spazieren und wolle dann jemanden im Dorf aufsuchen. Doch ihr Auto stünde in der Einfahrt, weshalb auch sie ihn abholen könne, falls er das wünsche. Edward erwiderte, das sei sehr freundlich, worauf sie meinte, keine Ursache, sie habe noch genug Zeit bis zum Abendessen der Kinder. Außerdem seien sie mit dem Basteln von Weihnachtsschmuck beschäftigt.

Es bestand kein Zweifel daran, dass Janet ein Talent zur Hausfrau hatte, dachte Edward. Sie schuf eine gemütliche Atmosphäre und beseitigte gleichzeitig das Durcheinander, eine äußerst angenehme Eigenschaft. Es war eine Begabung wie jede andere. Doch sosehr er Cassia auch geliebt hatte, wusste er auch, dass sie diese Begabung nicht besaß. In Monks Ridge hatte es zu ihrer Zeit eindeutig an Ordnung und Sauberkeit gefehlt. Außerdem hatte sie kein Händchen fürs Personal gehabt: viel zu viel Nachsicht und zu wenig Kritik. Er musste zugeben, dass die Dinge um einiges reibungsloser liefen, wenn Janet während Cassias Abwesenheit das Regiment führte.

KAPITEL 35

Das kann nicht sein, dachte Cassia. Ich kann unmöglich nackt in einem Büro auf dem Fußboden liegen. Das ist völlig unmöglich. Im nächsten Moment startete Harry einen Angriff auf alle ihre Sinne, der sie vergessen ließ, was möglich oder nicht möglich war. Jegliche Vernunft verflog, ebenso wie das Gefühl dafür, wo sie war oder wo sie hätte sein sollen.

Sie befanden sich in seinem Büro, und es war schon nach Mitternacht. Trotz ihrer Bedenken und ihrer Angst, dass sie beobachtet werden könnten, was eine Lawine an Gerüchten lostreten würde, hatte sie sich von ihm überreden lassen, mit ihm zum Essen zu gehen. Einfach, weil sie solche Lust dazu hatte.

»Aber nicht hier, Harry, denn ich habe Eleanor Studely ein Bett für die Nacht angeboten. Irgendwo, wo es ruhig und diskret ist. Auf keinen Fall im West End.«

»Diskretion ist nicht meine Stärke«, erwiderte er. »Doch ich versuche mein Bestes.«

Eine halbe Stunde später rief er sie zurück. »Komm zu mir ins Büro. Um acht. Mir schwebt ein sehr nettes Restaurant vor. Es ist absolut diskret, du brauchst dir keine Sorgen zu machen.«

Als sie nervös eintraf, öffnete er ihr selbst die Tür. Es war kein Portier in Sicht.

»Ich habe ihm heute Abend freigegeben.« Harry nahm ihre Hand. »Der Arme sah ziemlich müde aus. Immerhin haben wir bald Weihnachten. Komm mit rauf.«

»Harry!« Allmählich hatte sie einen Verdacht. »Harry, was hast du …«

»Sei still und wart's ab.«

Sie folgte ihm in den ersten Stock und den Flur entlang in sein Büro, wo sie laut auflachte. Denn auf dem Boden war, komplett mit einem Tischtuch, einem Weidenkorb und einigen Flaschen Wein, ein Picknick aufgebaut.

»Das habe ich alles selbst gemacht«, verkündete er stolz. »Ich habe bei Fortnum's angerufen und die Sachen bestellt. Und hier« – er holte einen Sektkübel und Champagner aus einem Schrank – »ist der Champagner, der bei keinem Picknick fehlen darf. Danach gibt es leckeres Gebäck. Ach, Cassia, hör auf, den Kopf zu schütteln. Du solltest mir zu meiner Originalität und meinen hausfraulichen Qualitäten gratulieren. Und jetzt zieh Mantel und Schuhe aus und setz dich auf die Decke. Gut. Bald wirst du auch noch dein Kleid und deine Strümpfe und so weiter ausziehen. Ich habe alles genau geplant. Eine Art *déjeuner sur l'herbe*, nur nicht im Freien. Champagner?«

Lächelnd setzte sie sich auf die Decke und nahm das Glas entgegen.

»Du bist wunderschön«, sagte er plötzlich ernst. »Es gefällt mir, dass du so schön bist.«

»Harry, ich bin nicht schön. Eigentlich sehe ich ganz durchschnittlich aus.«

»O nein«, widersprach er, setzte sich neben sie und küsste sie. »An dir ist nichts durchschnittlich, Cassia. Überhaupt nichts. Vor allem nicht an deinem Aussehen. Ich erinnere mich an unsere erste Begegnung als Kinder. Es war so ärgerlich, dass du größer warst als ich, denn ich wollte gern auf dich herunterschauen.«

»Tja, jetzt tust du es. Du schaust auf alle herunter.«

»Stimmt, in mehr als einer Hinsicht. Findest du mich arrogant, Cassia?«

»Sehr.«

»Offenbar magst du arrogante Männer. Der Arzt ist auf seine Weise auch arrogant. Bist du jetzt bereit, über dein atemberaubendes Geheimnis zu sprechen?«

»Nein, bin ich nicht.«

»Ich will alles geregelt haben.« Er küsste sie wieder. »Und zwar so schnell es geht.«

»Harry, ich habe dir doch erklärt, warum das nicht möglich ist. Wir müssen warten.«

»Tja«, erwiderte er und begann, ihr Kleid aufzuknöpfen. »Ich habe sieben Jahre auf dich gewartet. Also kann ich auch noch ein wenig länger warten.«

Er beugte sich vor und fing an, langsam, bedächtig, zärtlich und sehr entschlossen ihren Hals zu küssen. Lust flammte in Cassia auf. Ihre Sinne eilten voraus in Richtung Begierde. Es kostete sie gewaltige Mühe, sich einen Rest von Vernunft zu bewahren. »Harry, nicht hier, nicht jetzt. Jemand könnte …«

»Sei nicht so prüde, Cassia. Da kommt durch, dass du aus der Provinz bist. Niemand könnte irgendetwas. Und natürlich hier und jetzt. Wir machen uns diesen kleinen Raum zur Welt. John Donne, wie du hoffentlich weißt. ›Der gute Morgen‹. Hör zu: ›Ich frag mich nur, was taten du und ich, bis wir uns liebten.‹ Was haben wir getan, Cassia? Wie haben wir unsere Tage, wie die Zeit verbracht?«

Inzwischen war ihr Kleid halb abgestreift. Seine Hände liebkosten ihre Schultern und wanderten zu ihren Brüsten. Seine Daumen tasteten nach der Lücke dazwischen.

»Ich weiß nicht«, erwiderte sie und lächelte seine Daumen an. Das Vergnügen, das sie ihr bereiten konnten. »Ich weiß es wirklich nicht.«

»Ich habe gewartet«, antwortete er mit plötzlich ernster Miene. »Das habe ich getan. Natürlich habe ich dich immer geliebt. Immer. Allerdings war es ein wenig schwierig, nichts deshalb zu unternehmen. Den Großteil der Zeit. Wir haben eine Menge nachzuholen.«

»Ja, ich weiß.«

Als sie das Gebäude verließen, war es zwei Uhr. Sie war erschöpft und tief befriedigt. Beim Anziehen hatte sie ihren Körper, seine geraden Linien und seine schlanke Straffheit betrachtet und sich darüber gewundert, wie er nur in einen solchen Tumult ausbrechen und in so viele Splitter eines beinahe bohrenden Schmerzes zerspringen konnte. Wie konnte ihr Körper seine alltäglichen Pflichten einfach hinter sich lassen und sich so völlig unberechenbar verhalten? Und dann verschmolzen alle seine Teile miteinander und wurden in einem absoluten Gipfel der Lust eins. Zu guter Letzt war er schließlich wieder der Alte, etwas, das stehen und gehen und das man mit Kleidern behängen konnte. Etwas, das sie im Griff hatte.

Als Harry die Eingangstür schloss, lächelte sie ihn an. Er musterte sie eindringlich, beugte sich vor, küsste sie sanft und legte ihr den Arm um die Schulter. Sie wandte den Kopf und küsste seine Hand. Und so gingen sie zu der Straße, wo sie ihr Auto geparkt hatte.

Justin Everard kam gerade von einer langen, anstrengenden Sitzung in der Dunkelkammer, wo er an einem hochauflösenden Druckverfahren gefeilt hatte, sah die beiden, und ihm wurde klar, dass er nicht im Mindesten überrascht war.

»Edward, kann ich mit dir reden? Heute Abend nach der Sprechstunde vielleicht?«

Er blickte Cassia sichtlich erstaunt an. »In Ordnung«, antwortete er. »Aber es könnte recht spät werden. Und falls jemand anruft, muss ich vielleicht wieder weg. Maureen ist bei einem Vorstellungsgespräch.«

Er wirkt müde und erschöpft, dachte sie. Das war natürlich nicht weiter verwunderlich, doch er war in letzter Zeit viel besserer Dinge. Die Schuldgefühle, die in ihr aufstiegen, grenzten fast an Panik. Mein Gott, was hatte sie ihm angetan, wie hatte sie ihrer aller Leben auf den Kopf gestellt?

»Du solltest eine Pause einlegen«, sagte sie in dem Versuch, sich auf die Gegenwart und das Machbare zu konzentrieren. »Ein kurzer Urlaub, bevor du dein neues Leben beginnst. Wenn du schon von Anfang an angestrengt bist, wirst du es schwer haben.«

»Ja«, erwiderte er seufzend. »Das sagt Janet auch.«

»Janet?« Es hätte sie nicht mehr erstaunt, wenn er seine Lage mit Sylvia Fox-Ashley erörtert hätte.

»Ja«, entgegnete er knapp und wich ihrem Blick aus. »Sie hat es offenbar auch bemerkt. Und dann noch die Leute, die wegen der Praxis hier waren. Nun, sie war sehr verständnisvoll und anteilnehmend.«

»Edward, ich dachte, du könntest Janet nicht ausstehen.«

»Da hast du mich wie immer falsch verstanden. Mir gefiel die Sache mit dem Kindermädchen nicht, weil es meiner Ansicht nach deine Aufgabe gewesen wäre, dich um sie zu kümmern. Ich fand Janet stets sehr freundlich, und sie geht ausgezeichnet mit den Kindern um. Wie ich hinzufügen muss, hat sie den Haushalt während deiner häufigen Abwesenheiten voll im Griff.«

»Oh«, erwiderte Cassia, plötzlich verärgert. »Na, das freut mich aber. Also, überleg dir doch das mit dem Urlaub.«

»Nun, das hängt davon ab, ob ich jemanden auftreiben kann. Bis jetzt war ich noch mit keinem Bewerber zufrieden.«

Sie ging und bat Peggy, zum Abendessen Pastete mit Kartoffelpüree und Würstchen zu machen, Edwards Leibspeise. Sie wollte, dass er bei ihrem Gespräch möglichst gute Laune hatte.

Später am Nachmittag rief Harry an. »Ich habe auf dem Boden in meinem Büro deine Goldkette gefunden. Wie mag die wohl dorthin geraten sein?«

»Keine Ahnung.« Plötzlich brachte die Erinnerung an die Momente der Freude das Zimmer zum Strahlen.

»Vermutlich möchtest du sie zurück. Ich muss für ein paar Tage nach Paris. Ich lasse sie bei Miss Murray. Du kannst sie bei ihr abholen, wenn du willst.«

»Vielen Dank und gute Reise. Ich meine, *bon voyage*.«

Bei diesen Worten musste sie an Dr. Bertillon denken. Am nächsten Tag würde er zurück sein. Dann würde sie ihn anrufen. Vielleicht aber auch nicht. Es erschien ihr ziemlich sinnlos.

Am Nachmittag herrschte in der Fleet Street helle Aufregung. Die Zeitungen hatten eine Presseerklärung von Mrs Simpson erhalten, die derzeit in Cannes weilte. Darin hieß es, sie sei bereit, »sich aus der Situation zurückzuziehen, die sich unglücklich und unhaltbar entwickelt habe, falls sich das Problem dadurch lösen ließe«. Die Zweideutigkeit dieser Äußerung, die darauf hinwies, dass es sich nicht mehr um eine persönliche, sondern um eine politische Entscheidung handelte, fachte die Gerüchte im »Lager« des Königs an, an dessen Spitze Winston Churchill stand. Unterdessen munkelte die Beaverbrook-Ruthmere-Presse über eine dem König gegenüber feindselig eingestellte Regierung, und zwar aus böswilligeren Gründen als nur seiner Liebschaft, und es war von einem Staatsstreich aus königlichen Kreisen die Rede.

Mrs Simpson, die auf die Beliebtheit des Königs setzte, schlug vor, dieser solle doch das Land ins Vertrauen ziehen, und zwar mit einer Radioansprache nach dem Beispiel von Präsident Roosevelts Kamingesprächen. Das Volk solle entscheiden, was zu tun sei. Dass Baldwin das verhinderte, gab dem Gerede über Staatsstreiche und verfeindete Lager nur weitere Nahrung.

Die Geschichte nahm immer weitreichendere Dimensionen an. Reporter warteten vor dem Tor von Fort Belvedere, man zapfte sämtliche Kontakte an, und die Berichte gingen hart an die Grenzen dessen, was einem unter Schock stehenden Land noch zuzumuten war. Vor dem Buckingham Palace, in der Downing Street und vor dem St. James's Palace versammelten sich Menschenmengen. Doch der König hatte seinen Bruder, den Herzog von York, ins Fort Belvedere beordert, um ihm seine Entscheidung mitzuteilen.

Nach dem Abendessen – Edward hatte Peggy und auch Janet, die einen leckeren Apfelkuchen beigesteuert hatte, ausführlich gelobt – gingen sie ins Wohnzimmer. Cassia fühlte sich seltsam nervös. »Kaffee, Edward?«

»Nein danke. Du weißt doch, dass ich inzwischen nach dem Abendessen keinen Kaffee mehr trinke. Ich schlafe ohnehin schon miserabel genug.«

»Wirklich, Edward? Das tut mir leid.« Noch mehr schlechtes Gewissen. Es war ihr gar nicht aufgefallen, dass er den Kaffee aufgegeben hatte. Und dass er unruhig schlief, konnte sie wegen ihrer Trennung ja nicht feststellen.

»Nun, ich muss mir über vieles Gedanken machen. Was ich tue, wird nicht leicht sein.« Die Worte »ohne dich« schwebten in der Luft. Sie versuchte, nicht darauf zu achten.

»Nein«, erwiderte sie. »Aber ich weiß, es wird dir gefallen, Edward. Und du wirst hervorragende Arbeit leisten.« Sie klang gönnerhaft und hasste sich dafür.

»Und natürlich bin ich besorgt wegen der Kinder. Wie du vermutlich auch. Außerdem wäre da noch die Praxis.«

Cassia holte tief Luft. »Edward, genau darüber wollte ich mit dir reden.«

»Die sind wundervoll, Justin.« Cecily lächelte ihn an. »Danke. Das von Fanny ist besonders hübsch.«

»Sie ist sehr fotogen. So wie du.«

»Ich bin nicht fotogen, Justin. Sei nicht albern.«

»Liebste Cecily, du bist ausgesprochen fotogen. Die Kamera mag dich, wie es so schön heißt. Schau, das bist du bei der Modenschau. Reizend.«

Sie musste zugeben, dass sie viel besser aussah als erwartet. Sie plauderte gerade mit Edward, lachte und wirkte wieder jung und sorglos. Ihre Augen leuchteten. Edward hingegen machte einen angestrengten und verlegenen Eindruck.

»Der arme Edward. Er hasst gesellschaftliche Anlässe.«

»Das wundert mich nicht. Er ist ein Langweiler.«

»Sei nicht gemein, Justin. Er ist eben schüchtern und zurückhaltend.«

»Nun, schüchtern sind wir alle. Ich zum Beispiel.«

»Du? So einen Unsinn habe ich ja noch nie gehört.«

»Warum?« Er verzog gekränkt das Gesicht.

»Du bist das genaue Gegenteil von schüchtern. Du bist so selbstbewusst, stehst gern im Mittelpunkt …«

»Du irrst dich. Ich bin häufig schrecklich nervös. Insbesondere, wenn ich ein wichtiges Foto machen muss. Aber ich habe gelernt, es zu verbergen. Deshalb benehme ich mich so auffällig; das ist alles nur Tarnung. Schau nicht so, es stimmt.

Wenn die Leute es bemerken würden, wäre das mein Ende. Deshalb liebe ich dich, mein Schatz«, fügte er ernst hinzu. »Bei dir fühle ich mich geborgen und muss nicht Theater spielen.«

»Oh.« Sie war ziemlich verwirrt. Einerseits tief gerührt, andererseits nicht sicher, ob sie es glauben sollte.

»Nein, schüchtern zu sein ist eine Sache«, beharrte Justin. »Sich keine Mühe zu geben eine andere. Edward Tallow strengt sich überhaupt nicht an. Er hatte das hübsche Kindermädchen bei sich und außerdem die beiden niedlichen kleinen Jungen, die ihn eindeutig anhimmeln. Also war er nicht allein. Tut mir leid, Cecily, ich halte nicht viel von ihm. Vielleicht bin ich ja eifersüchtig. Ich weiß, du hast ihn sehr gern.«

»Sei nicht albern. Ja, ich habe ihn gern, aber, nun, nicht auf diese Weise.«

»Auf welche Weise? Auf die Weise, wie du mich gernhast? Und wie genau würdest du das definieren?«

»Mach dich nicht über mich lustig, Justin.«

»Ich mache mich nicht über dich lustig. Du sollst nur wissen, dass ich dich sehr, sehr gernhabe. Was du sicher bereits bemerkt hast. Beruht diese Zuneigung denn so gar nicht auf Gegenseitigkeit? Denn in diesem Fall müsste ich mich in den Fluss stürzen. Oh, entschuldige, Schatz, das war taktlos.«

»Schon gut.« Cecily lachte auf. Nichts als dieser Moment hätte ihr besser klarmachen können, wie gut sie Benedicts Tod verwunden hatte. Sie beugte sich vor und küsste Justin auf die Wange. »Ich habe dich sehr gern. Natürlich. Doch du irrst dich, was Edward angeht. Meiner Ansicht nach hat er es zurzeit sehr schwer. Cassia ist seit einer Weile so schick und selbstbewusst und …«

»Und meinen Beobachtungen zufolge ein wenig ungezogen«, fügte Justin hinzu. »Aber wer könnte ihr das verübeln?«

»Wovon redest du, Justin? Was meinst du mit ungezogen?«

Als er sie spitzbübisch und verschwörerisch angrinste, fühlte sie sich an ihre Kinder erinnert. »Justin, raus mit der Sprache.«

»Drücken wir es einmal so aus: Wenn du letzte Nacht, oder besser um zwei Uhr morgens, in der South Audley Street gewesen wärst, hättest du sie und Harry Moreton aus einem Gebäude kommen sehen. Wie sie sich geküsst und umarmt haben. Offenbar hatten sie sich gerade prächtig amüsiert.«

»Cassia und Harry!« Vor Überraschung verschlug es Cecily den Atem. »Gütiger Himmel! Bist du sicher?«

»Absolut. Es war ja nicht viel los auf der Straße. Und dann ist sie in ihr schickes, inzwischen wunderbar repariertes Auto gestiegen und losgefahren. Nach einem weiteren, ziemlich langen Kuss.«

»Gütiger Himmel.« Cecily war aufgestanden. Doch plötzlich fühlten sich ihre Beine an wie Gelee, sodass sie aufs Sofa plumpste.

»Fehlt dir etwas?« Justins Miene war besorgt. »Tut mir leid, ich hätte es dir nicht erzählen sollen. Es war sicher ein Schock. Ständig vergesse ich, wie tugendhaft du bist.«

Cecily hörte nur mit halbem Ohr hin, ihre Gedanken überschlugen sich. War Edwina im Bilde? Der arme Edward tappte gewiss im Dunklen. Natürlich war Edwina schon immer recht ungebärdig gewesen, dieser neue Job und alles andere, aber sie hatte nie irgendwelche Gerüchte über sie aufgeschnappt. Und ausgerechnet Harry. Sie hätte gedacht, dass Cassia die unwahrscheinlichste Kandidatin für seine Aufmerksamkeiten war. Sie war so unabhängig und völlig anders als die Frauen in seinen Kreisen. Außerdem hatte sie stets beteuert, sie könne Harry nicht ausstehen. Früher hatte es ständig Streit zwischen ihnen gegeben.

»Entschuldige, Justin. Das war wirklich ein Schock.«

»Schatz, am besten legst du dich hin«, erwiderte er ängstlich. »Ich bin ein gedankenloser Rüpel. Ich dachte, es würde dich nicht weiter stören, sondern dich amüsieren. Komm, ich bringe dich in dein Zimmer. Wo ist es?«

Cecily reichte ihm die Hand und gestattete ihm, sie nach oben und zu ihrem Bett zu begleiten. Zärtlich küsste er sie auf die Stirn. »Soll ich dein Mädchen rufen?«

»Ja bitte.« Sie fühlte sich dumm und wenig weltgewandt, weil sie so reagierte. Vielleicht war sie ja emotional doch noch nicht so stabil, wie sie gedacht hatte. Es war nur, dass es sich um Cassia handelte. Cassia, die sie alle so bewundert und zu der sie wegen ihrer unabhängigen Ansichten und ihrer Klugheit aufgeschaut hatten. Außerdem hatten sie sie für äußerst tugendhaft gehalten. Plötzlich wurde sie zornig und kam sich ausgenützt vor. Sie hatte so viel für Cassia getan, war mit ihr nach Paris gefahren und hatte ihr versprochen, ihre Geheimnisse zu hüten. Und die ganze Zeit über hatte sie ihr eine so schwerwiegende, gefährliche Sache verschwiegen. Das war nicht fair. Sie überlegte, was sie tun sollte. Edward und Edwina reinen Wein einschenken? Auf gar keinen Fall, das wäre grausam gewesen.

Mit wem konnte sie darüber sprechen? Vielleicht war es ja nur ein Irrtum, und die beiden hatten einfach herumgealbert. Justin kannte die zwei nicht sehr gut. Wer wusste Bescheid, wen konnte sie fragen? Rupert, schoss es ihr durch den Kopf. Rupert würde im Bilde sein. Er wusste alles über Cassia, er war ihr bester Freund und ihr engster Vertrauter. Und wenn sie ihm nichts gesagt hatte, stimmte es sicherlich nicht.

Sie winkte Justin, der in der Tür stand und ihr Kusshände zuwarf, schwächlich zu und griff zum Telefon.

Ziemlich ungeduldig wartete Maureen Johnson darauf, dass Dr. Tallow seine Sprechstunde beendete. Sie musste weg, denn sie hatte an diesem Nachmittag ein zweites Vorstellungsgespräch für eine Stelle als Juniorpartnerin in einer Praxis in Euston und war schon spät dran. Anfangs hatte sie Dr. Tallow für seinen Langmut bewundert und dafür, wie viel Zeit er jedem Patienten widmete. Inzwischen jedoch empfand sie es als ärgerlich. Überhaupt fiel er ihr wegen seiner Neigung, sich ständig zu rechtfertigen und alles zu ausführlich zu erklären, zunehmend auf die Nerven. Eigentlich war es das Beste, dass sich ihre Wege aufgrund der Ereignisse trennen würden.

»Ah, Maureen!« Er lächelte sie an. »Zeit für einen Kaffee? Ich kann Peggy bitten …«

»Nein, lieber nicht, Dr. Tallow. Wie ich Ihnen schon gesagt habe, geht mein Zug nach London in einer halben Stunde. Gleich kommt das Taxi.«

»Natürlich. Verzeihen Sie. Ich werde mich kurz fassen. Ich wollte nur etwas mit Ihnen erörtern.«

»Ja, Dr. Tallow.«

»Meine Frau hat mir vorgeschlagen, nun, es eher verlangt, dass sie diese Praxis übernimmt, wenn ich meine neue Stelle im St. Mark's in Clapham antrete. Mich würde Ihre Meinung interessieren.«

»Tja …« Maureen zögerte. Sie wunderte sich über zwei Dinge. Erstens darüber, dass er so etwas überhaupt in Erwägung zog, und zweitens, dass er wissen wollte, was sie davon hielt. Sie hegte eine tiefe Abneigung gegen Cassia. Vom ersten Tag an hatte sie sie als arrogant, gönnerhaft und egoistisch empfunden, und seitdem war nichts geschehen, was ihre Einstellung geändert hätte. Sie hatte beobachtet, wie Dr. Tallow immer niedergeschlagener und einsamer wurde, und ihn sehr bemitleidet. Nun freute sie sich für ihn, weil er nach London ziehen und einen für ihn befriedigenderen Neuanfang wagen würde.

»Sie sind nicht sicher?«, fragte er und musterte sie forschend. »Wie spannend, denn mir geht es genauso. Könnten Sie mir vielleicht Ihre Gründe erklären?«

»Nun …«

»Dann erkläre ich Ihnen meine. Es geht nicht um medizinische Belange, sondern um Vertrauen. Ich weiß, dass die Patienten mir und auch Ihnen vertrauen. Sie kennen uns als Ärzte, als angesehene, erfolgreiche Ärzte. Wenn sie sich mit einem Problem an uns wenden, glauben sie, dass wir es lösen können. Mrs Tallow kennen sie nur als meine Frau. Die Tatsache, dass sie selbst studierte Ärztin ist …«

»Ja, mehr aber auch nicht«, erwiderte Maureen ruhig.

»Verzeihung?«

»Sie ist qualifiziert und hat ihren Abschluss gemacht. Mit ausgezeichneten Noten. Allerdings hat sie, abgesehen von ihren Kliniken in London, keine Erfahrung. Sicher ist das eine große Herausforderung, aber …«

»Eine recht begrenzte. Also finden Sie, dass sie eine Weile als Assistentin oder zumindest als Juniorpartnerin tätig sein sollte, oder?«

»Im Idealfall, ja. Gewiss wäre es recht schwierig für sie, ohne praktische Erfahrung hier eine Praxis zu leiten. Doch wo soll sie die sammeln? Das wäre vermutlich schwierig zu organisieren. Vor allem, wo sie doch hier sein muss.«

»Ja, das wäre in der Tat schwierig. Aber sie würde einige Monate lang an meiner Seite arbeiten. Außerdem ist sie mit dem Dorf, den Patienten und ihren Lebensgeschichten gut vertraut. Sie kennt die meisten Kinder hier schon ihr Leben lang. Und natürlich auch umgekehrt.«

»Richtig«, antwortete Maureen. »Doch wie Sie bereits geäußert haben, nicht als Ärztin. Und genau so müssten sie sie betrachten, wenn sie ihr vertrauen sollen. Ich sehe keine Möglichkeit, wie sie dieses Vertrauen aufbauen könnten. Herrje, jetzt fühle ich mich wie eine Verräterin.«

Er blickte sie an und lächelte erschöpft. »Es tut mir leid. Ich hätte Sie nicht darauf ansprechen sollen. Sicher ist es sehr schwierig für Sie. Aber mit Ihnen zu reden, hat mir bei meiner Entscheidung geholfen. Sie sind eine ausgezeichnete Gesprächspartnerin, Maureen. Ich habe schon öfter festgestellt, dass Sie gut zuhören. Sehr wichtig für eine Ärztin. Danke. Und jetzt müssen Sie aber los, um Ihren Zug zu erwischen. Ist das schon Ihr Taxi?«

»Ich denke, ja.«

»Dann wünsche ich Ihnen heute Nachmittag viel Glück.«

»Danke.«

Wenn sie es nicht so eilig gehabt hätte, hätte sie Bertie, der wegen einer Erkältung nicht in der Schule war, sicher bemerkt. Er stand nämlich schon seit einer Weile auf dem Flur, band sich demonstrativ die Schnürsenkel und belauschte durch die einen Spalt weit offen stehende Bürotür aufmerksam das Gespräch.

»Ach, Mrs Tallow, guten Tag.« Margot Murray lächelte gnädig. »Mr Moreton hat gesagt, dass Sie kommen würden.«

»Ja, ich habe es irgendwie geschafft, hier meine Halskette zu verlieren. Wie dumm von mir …« Ihre Stimme erstarb. Sie war durcheinander und verlegen und außerdem sicher, dass Miss Murray genau wusste, was sich zwischen ihr und Harry abspielte.

»Ja, hier ist sie. In meinem Schreibtisch in einem Umschlag. Da haben wir sie schon. Sicher werden Sie feststellen, dass alles in Ordnung ist. Vergewissern Sie sich.«

Sie klang, als würde Cassia sie verdächtigen, einige der Kettenglieder gestohlen oder sie durch welche minderer Qualität ersetzt zu haben, wie die arme Leonora es getan hatte.

»Das ist nicht nötig«, erwiderte sie rasch. »Vielen Dank, Miss Murray.«

»Keine Ursache. Ich habe noch etwas für Sie, einen Brief von Mr Moreton. Wenn Sie einen Moment warten könnten, hole ich ihn aus der Akte. Oh, entschuldigen Sie, Mrs Tallow, es tut mir schrecklich leid.«

Das Telefon klingelte. Cassia lächelte ihr zu und griff nach einer Ausgabe der *Times*, die auf dem Couchtisch lag, um zu zeigen, dass sie die Verzögerung nicht störte. Sie fing an, die Gesellschaftsseite zu lesen, als fände sie sie absolut faszinierend, und dachte dabei weiter an Leonora und das Schicksal ihres Schmucks.

Sie bemerkte, dass Miss Murray Französisch sprach, und zwar absolut fließend, besser noch als Cecily. Fließendes Französisch … Cecily, Leonora, ihre Reise nach Paris. Die alte Dame in Auteuil und ihre Beschreibung der Frau, die Leonora weggebracht hatte. Im nächsten Moment fiel ihr auf, dass Miss Murray schlank, hochgewachsen und blond war und schöne Beine und einen ziemlich großen Busen hatte. Die alte Frau hatte gestikuliert, um ihn zu beschreiben.

»Mrs Tallow, haben Sie etwas? Sie sind ein bisschen blass um die Nase.«

Cassia lächelte zittrig. »Alles bestens, danke. Mir ist nur ein wenig schwindelig.«

»Setzen Sie sich«, sagte Miss Murray höflich. »Ich bringe Ihnen ein Glas Wasser. Es ist ziemlich warm hier drin.«

Sie kehrte mit dem Wasser zurück, sorgte dafür, dass Cassia es langsam trank, und beobachtete sie mit strenger Miene. Sie würde eine wunderbare Oberschwester abgeben, dachte Cassia.

»Danke, Miss Murray, jetzt muss ich aber gehen. Um zwei

habe ich Dienst im St. Christopher's Hospital. Ich habe dort eine Sprechstunde.« Herrje, warum erzählte sie Miss Murray das alles? Die Frau musste sie ja für komplett verrückt halten.

»Nun, wenn Sie sich wirklich wieder wohl genug fühlen. Ich bewundere Ihre Einstellung. Pünktlichkeit ist meiner Ansicht nach ja so wichtig.«

Wieder eine Erinnerung, eine andere Stimme: Die Zeit ist *compliqué*, unser Gedächtnis treibt Spielchen damit ... In dieser ganzen Angelegenheit ging es um Zeit. Darum, was wann geschehen war.

Margot Murray sprach wieder mit ihr und reichte ihr etwas. »Da ist der Brief von Mr Moreton, Mrs Tallow.«

»Danke.«

Im Lift riss sie den Brief auf. Es war ein großer Bogen Papier, auf dem in Harrys geschwungener Handschrift nur *Ich liebe dich* stand. Aus irgendeinem Grund fiel ihr das Lesen schwer. Beim Aussteigen erkannte sie, warum: Sie weinte.

Als Cecily anrief, verspeiste Rupert gerade sein Mittagessen, bevor er zur Matinee im Theater erscheinen musste. Sie klang höchst bestürzt.

»Rupert, kann ich mit dir reden?«

»Natürlich, mein Schatz. Jetzt am Telefon? Ich mache dir einen Vorschlag. In einer halben Stunde muss ich im Theater sein. Möchtest du kommen und in meiner Garderobe mit mir sprechen, während ich mich fertig mache. Das ist reine Routine. Du brauchst also nicht zu glauben, dass ich dir nicht zuhöre.«

»Wenn dir das passt. Ja danke. Ich rufe mir ein Taxi und treffe dich dort.«

Was mochte wohl dahinterstecken?, fragte sich Rupert. Er konnte sich keinen einzigen Bereich in Cecilys Leben vorstellen, in dem sie keine besseren Berater gehabt hätte als ihn. Vielleicht wollte die niedliche, kleine Fanny ja zur Bühne. Eindeutig nichts, worin man sie ermutigen sollte. Er aß sein Omelett auf – eine leichte Mahlzeit war unabdingbar, wenn der Auftritt klappen sollte – und ging hinaus, um ein Taxi anzuhalten.

Zum Glück schaute er gerade in den Spiegel und trug Grundierung auf, als Cecily sich endlich stockend nach Cassia und Harry erkundigte. Dennoch huschte sein Blick zu ihr hinüber, und er wusste, dass sie es bemerkt hatte. Er lächelte betont gelassen.

»Schatz, was für ein interessantes Gerücht. Falls es eines ist. Ich wünschte, ich könnte dir sagen, dass es Unsinn ist, aber das kann ich nicht. Da müsste ich zuerst ein bisschen Detektiv spielen.«

»Ich dachte«, entgegnete Cecily leicht kühl – sie weiß es, sie merkt es mir an, dachte er –, »dass du sie einfach fragen könntest. Ich habe geglaubt, ihr vertraut einander alles an. Außerdem hast du vor ein paar Wochen selbst genug unter Gerüchten zu leiden gehabt. Also würde ich annehmen, dass dir viel daran gelegen ist, solche Dinge aus der Welt zu schaffen. Wenn sie nicht stimmen. Sie stimmen, oder?«, fügte sie plötzlich hinzu. »Das spüre ich, und ich sehe dir an, dass du es weißt. Ich muss mich wirklich über dich wundern, Rupert.«

»Cecily, was sollte ich dagegen unternehmen?«, erwiderte er, als ihm klar wurde, dass es zwecklos war, ihr etwas vorspielen zu wollen. »Es Edwina sagen? Oder Edward? Natürlich nicht. Das ist die Aufgabe der beiden, nicht meine. Es ist ihre Affäre. Ich kann nur für Cassia da sein, falls sie mich braucht.«

»Damit du für sie lügst, meinst du.«

»Nein, das meine ich nicht. Das würde Cassia auch nie von mir verlangen. Sie ist sehr direkt.«

»Ach ja?«

Rupert betrachtete sie. Ihr Gesicht war gerötet, und sie war eindeutig aufgebracht. »Cecily«, meinte er sanft. »Geh nicht zu hart mit ihr ins Gericht. Sie war sehr unglücklich. Für lange Zeit.«

»Wirklich?«, entgegnete Cecily. »Nun, das war ich auch. Für lange Zeit. Genau genommen während des Großteils meiner Ehe. Allerdings habe ich keine Affären mit den Ehemännern anderer Frauen angefangen, um mich besser zu fühlen.«

Rupert seufzte. »Natürlich nicht. Doch jeder von uns löst seine Probleme anders.«

»Nun, meiner Ansicht nach ist es keine gute Problemlösung, seine Mitmenschen unglücklich zu machen. Du würdest zu ihr halten, Rupert, du vergötterst sie. Für dich ist sie frei von Fehl und Tadel. Ich finde, sie verhält sich unmöglich. Der arme, liebe Edward, der keiner Fliege etwas zuleide tun kann …«

»Cecily, es ist sehr gefährlich, ein Urteil über die Ehen anderer Leute zu fällen. Weder du noch sonst jemand weiß, was in Cassias Ehe nicht funktioniert hat. Man kann einem Menschen nicht in den Kopf schauen. Damit möchte ich sie nicht entschuldigen.«

»Das tust du aber«, entgegnete Cecily. »Und ich höre mir das nicht länger an. Es ist abscheulich, wie du sie in Schutz nimmst. Das hat sie nicht verdient. Ich gehe jetzt nach Hause. Oh, keine Sorge, Rupert, ich werde kein Sterbenswörtchen verraten. Allerdings wird es mir in Zukunft schwerfallen, nett zu Cassia zu sein. Und auch zu Harry, wo wir schon dabei sind.« Türenknallend verließ sie die Garderobe.

Rupert saß da und starrte auf die Tür. »Oje«, sagte er. »Oje, oje.«

Cassia saß in ihrem kleinen Wohnzimmer in der Walton Street und musste sich beherrschen, um nicht laut loszuschreien, während die Telefonistin sie immer wieder aufforderte, am Apparat zu bleiben, bis sie sie mit der Nummer in Paris verbunden hatte. Sie war nicht sicher, warum sie sich so aufregte. Möglicherweise hatte Harry ihr nicht die ganze Wahrheit gesagt, als er behauptet hatte, er habe Leonora nicht aus der Wohnung in Auteuil gerettet. Doch das musste nicht heißen, dass alles erlogen war. Leonora hatte in finanziellen Schwierigkeiten gesteckt, und niemand anders als Harry hatte sie freigekauft, und dann …

Sie blendete den Rest des Szenarios aus und zwang sich, sich zu konzentrieren. Am anderen Ende der Leitung erklangen eine Reihe von Piepsern, ein Klicken und ein Knirschen. »Ich verbinde Sie jetzt«, verkündete die Telefonistin.

Eine Stimme teilte ihr auf Französisch mit, hier sei die Praxis von Dr. Bertillon. Sie bat, mit ihm sprechen zu können.

»*Le Dr. Georges Bertillon? Ou le Dr. Pierre?*«

»*Le … le père?*«, fragte Cassia voller Hoffnung.

»*Dr. Pierre. Un moment, Madame.*«

Wieder Warten und weiteres Klicken. »*Ici Pierre Bertillon. Bonjour.*«

»*Bonjour*«, erwiderte Cassia. »Sprechen Sie Englisch?«

»Ein wenig, Madame.«

»Meine Freundin und ich waren letzte Woche bei Ihrem Sohn. Zwei Engländerinnen.«

»Ah, zwei schöne Engländerinnen. Mein Sohn hat mir erzählt, wie *charmantes* Sie waren, Madame.«

»Vielen Dank. Hat er Ihnen auch gesagt, worum es ging?«

»Nur ein bisschen. Lady Beatty, *n'est-ce pas?*«

»Ja. Die Sache ist, dass ich nicht wusste, wie krank sie war und in welchen Schwierigkeiten sie vor ihrem Tod steckte.

Ansonsten wäre ich gekommen und hätte ihr geholfen. Ich habe ja so ein schlechtes Gewissen. Jedenfalls …«

»Verzeihen Sie, Madame, aber Sie müssen sprechen *plus lentement*. Mein Englisch ist nicht gut.«

»Tut mir leid. Eigentlich interessieren mich zwei Dinge. Erstens hoffe ich, dass keine Arztrechnungen mehr offen sind, denn …«

»Nein, Madame, natürlich nicht.«

»Ich weiß, dass sie Sie nach einer Weile gebeten hat, nicht mehr zu kommen, weil sie Sie nicht bezahlen konnte.«

»Ja, Madame. Ich habe sie trotzdem hin und wieder aufgesucht, weil ich mir Sorgen um sie machte. Inzwischen hatte ich sie ins Herz geschlossen.«

»Das war sehr freundlich von Ihnen. Danke.« Irgendetwas stimmte da nicht. Was war es?

»Aber der Gentleman hat mich bezahlt. *Immédiatement*.«

»Oh, da bin ich froh. Und nach ihrem Umzug nach Passy haben Sie sie nicht mehr behandelt?«

»Nein, Madame. Der Gentleman hat einen anderen Arzt gefunden. Einen, der mehr in Mode war.« Er lachte auf. »Das stört mich nicht, Madame. Außerdem ist es sowieso besser, einen Arzt zu haben, der in der Nähe wohnt, *bien-sûr*.«

»Ja. Nun, Sie waren zuvor ja ganz in ihrer Nähe.«

»In den letzten Wochen ja, sehr in der Nähe.«

Noch eine Unstimmigkeit. Was denn nur? Wahrscheinlich nur ein sprachliches Missverständnis.

»Und der neue Arzt war ein Fachmann für ihre Krankheit.«

»Ein Krebsspezialist?«

Eine lange Pause. »Ja, Madame, natürlich.« Er klang ein wenig verlegen.

»Also hat sie Ihrer Meinung nach nicht sehr gelitten?«

»Ich hoffe nicht, Madame. Ich habe mein Bestes getan.«

»Ja. Ich bedanke mich für alles bei Ihnen. Es muss sehr schwierig für sie gewesen sein, in dieser schrecklichen Wohnung allcin zurcchtzukommcn.«

»Oh, so schlimm ist es nicht in der Rue Molitor, Madame. Die andere Wohnung … tja, die war gar nicht gut.« Seine Stimme hörte sich an, als käme sie aus weiter Ferne.

»Die andere Wohnung?«

»Ja, Madame. In der Rue Cauchon.«

»Verzeihung, sie hat in noch einer anderen Wohnung gelebt? In Auteuil?«

»Ja, Madame. Wussten Sie das nicht?«

»Nein. Wann war das?«

»Während des gesamten Vorjahrs. Es waren entsetzliche Zustände. Ich war erschrocken, sie dort anzutreffen. Zum Glück war ich in der Lage, ihr die Wohnung in der Rue Molitor zu beschaffen. Einer meiner Patienten war gestorben …«

»O mein Gott.« Mehr als diesen abgedroschenen Satz brachte sie nicht heraus, so tief saß der Schock.

»*Pardon, Madame*?«

Der Mann musste sie ja für völlig verrückt halten. Sie zwang sich, in die Wirklichkeit zurückzukehren. »Tut mir leid. Ich dachte, sie habe nur wenige Monate lang Schwierigkeiten gehabt. Das dachten wir alle.« (Oder, Harry, oder?)

»O nein, Madame. Leider nicht. Sie kam … lassen Sie mich überlegen … Ende 1933 zum ersten Mal zu mir.«

»O Gott. Das bedeutet ja …« Nun ergab alles Sinn. Der seltsame Ausspruch, sie sei ihm ans Herz gewachsen. Seine Anspielungen auf die letzten Wochen. Nur der Rest blieb weiterhin unverständlich.

»Dr. Bertillon, hat ein Mr Gresham Ihre Rechnungen bezahlt?«

Eine ausgedehnte Pause. »Nein, Madame. Dieser Name ist mir völlig unbekannt. Ein Monsieur Moreton hat alles bezahlt. Ich habe die Quittungen hier.«

Am Vormittag hatte Edwina Cecily drei Nachrichten hinterlassen, jedoch stets die Antwort erhalten, sie sei nicht zu Hause. Als sie zum vierten Mal anrief und man ihr sagte, sie sei zwar zurück, aber beschäftigt, riss ihr der Geduldsfaden.

»Bitte stellen Sie mich durch, Adams. Es dauert nicht lang. Ich möchte sie nur fragen, ob ich für meine Zeitschrift ein Foto in ihrem Wohnzimmer machen darf. Deshalb muss ich bald mit ihr sprechen, bevor sie den Weihnachtsbaum aufstellt. Oder steht er etwa schon?«

»Nein, Madam. Schließlich haben wir erst den sechsten Dezember.« Sein Tonfall war leicht tadelnd.

Edwina seufzte auf. »Das ist mir bekannt, Adams. Doch mein Foto ist für die Märzausgabe, weshalb der Baum unter gar keinen Umständen aufgebaut werden darf, bevor ich es im Kasten habe. Ich wollte das nur klarstellen. Sie könnte es für heute Nachmittag geplant haben.«

»Das glaube ich nicht, Madam, aber ich werde mich gleich erkundigen. Und Mrs Harrington suchen, damit sie mit Ihnen sprechen kann.«

»Danke«, erwiderte Edwina. »Richten Sie ihr bitte aus, dass es dringend ist. Falls sie sehr beschäftigt ist, sagen Sie ihr, es wird nicht lange dauern.« Das traf ganz sicher nicht zu, dachte sie. Cecily wusste nicht, was das Wort beschäftigt bedeutete, was vermutlich die Hälfte ihres Problems war. Dass es sich bei ihr selbst vor einem halben Jahr noch genauso verhalten hatte, daran dachte Edwina nicht.

Cecily meldete sich. »Edwina?«

»Ja. Was, um alles in der Welt, hast du denn getrieben,

Cecily? Den ganzen Vormittag versuche ich schon, dich zu erreichen.«

»Entschuldige, ich war unterwegs.« Sie klang seltsam, fand Edwina. Angespannt.

»Oh, ich verstehe. Pass auf. Ich brauche dein Wohnzimmer für ein Foto. Oder besser deinen Kamin. Ich möchte ein paar Dinge darauf ausstellen. Unter diesem traumhaften Spiegel. Du hast doch sicher nichts dagegen.«

»Oh, Edwina, lieber nicht.«

»Warum nicht, um Himmels willen? Justin macht das Foto, ich dachte, das würde dich freuen. Stell nur bloß noch nicht den Weihnachtsbaum auf, auf dem Foto soll es März sein.«

»Nun, ich freue mich ganz und gar nicht«, erwiderte Cecily. »Außerdem bin ich es leid, mein Haus als Fotokulisse benutzen zu lassen. Warum nimmst du nicht dein eigenes. Und in meinem Haus stelle ich den Weihnachtsbaum auf, wann ich will.«

Diese brüske Art passte so gar nicht zu ihr, was Edwina erschreckte. »Cecily, ist alles in Ordnung?«

»Ja. Nein. Oh, ich weiß nicht.«

Mein Gott, vielleicht stand sie wieder vor einem Nervenzusammenbruch, dachte Edwina. Wie entsetzlich, wenn sie die Schuld daran trug. Schon Kleinigkeiten konnten so etwas auslösen. »Pass auf«, sagte sie. »Zerbrich dir den Kopf nicht wegen des Fotos. Es spielt wirklich keine Rolle. Ich bitte jemand anderen. Aber … bist du sicher, dass dir nichts fehlt?«

»Oh, Edwina, es tut mir leid«, erwiderte Cecily. Plötzlich klang sie ziemlich zerknirscht. »Ich wollte nicht patzig sein. Vor allem nicht dir gegenüber. Ich bin nur ein wenig durcheinander.« Sie begann, laut zu schluchzen.

»Es ist nicht schlimm, wenn du patzig zu mir bist«, antwortete Edwina, die sie unbedingt ablenken und aufmuntern wollte. »Daran bin ich gewöhnt. Vergiss nicht, dass ich mit dem unhöflichsten Mann Londons verheiratet bin, der mir noch den letzten Nerv raubt. Insbesondere zurzeit. Soll ich dir erzählen, was er …«

Sie hatte Cecily von Harrys Ultimatum und seinem Beharren darauf berichten wollen, dass sie ihren Job aufgab, um sie davon abzuhalten, über ihre eigenen Probleme nachzugrübeln.

»Oh, Edwina«, sagte Cecily. »Also weißt du es? Das habe ich schon vermutet. Es tut mir ja so leid.«

»Was soll ich wissen? Cecily, wovon um Himmels willen redest du?«

Mr Brewster labte sich wie immer um vier Uhr an einer Tasse Tee und zwei Vollkornkeksen, als seine Sekretärin ihm mitteilte, Mrs Tallow sei am Telefon. »Sie klingt ziemlich aufgelöst, Mr Brewster.«

Mr Brewster stellte die Kekse beiseite, weil er wusste, dass er Magenbeschwerden bekommen würde, wenn er sie zu schnell aß, und nahm den Anruf sofort an. Mrs Tallow klang tatsächlich ziemlich aufgelöst, und er brauchte einige Minuten, um herauszufinden, was genau sie von ihm wollte. Nachdem er es in Erfahrung gebracht hatte, wusste er nicht sofort, was er antworten sollte, und fragte, ob er sie zurückrufen könne. Doch das war offenbar unmöglich, weil sie arbeiten musste, und sie sagte, sie werde sich in einer Stunde wieder melden.

»Ist das genug Zeit für Sie, Mr Brewster?« Mr Brewster erwiderte, er hoffe es, und machte sich ans Werk.

Als eine noch aufgeregtere Mrs Tallow anderthalb Stunden später anrief, konnte er sie davon in Kenntnis setzen, dass das Dokument, mit dem Rollo Gresham den Maple Trust eingerichtet und Leonora dazu ermächtigt hatte, Cassia das Geld zu hinterlassen, am 3. Mai 1935 datiert worden war. »Das von mir erstellte Testament, in dem sie von ihrer Vollmacht Gebrauch gemacht hatte, wurde zwei Wochen später unterzeichnet.«

Er erklärte Mrs Tallow, ihm sei nicht bewusst gewesen, dass das Datum auf dem ersten Dokument im juristischen Sinne von Bedeutung sei, und versuchte, sie davon zu überzeugen, dass sie sich überhaupt keine Sorgen zu machen brauche. Doch er bemerkte, dass er gescheitert war.

Als er endlich um kurz vor sechs den Hörer auflegte, stellte er fest, dass er seine Kekse noch gar nicht angerührt hatte.

Janet Fraser versuchte gerade, William dazu zu bringen, das Rührei zu essen, das sie für ihn zum Tee gemacht hatte, als in der Küche das Telefon läutete. Sie nahm den Anruf selbst entgegen. Peggy fühlte sich nicht wohl, Maureen war unterwegs, um ein Baby zu entbinden, und Dr. Tallow besuchte den alten Joe Carter, der auf einer Eispfütze ausgerutscht war und sich den Knöchel gebrochen hatte. Eigentlich war das nicht weiter ernst, doch laut seiner Tochter verhielt er sich eigenartig. Janet vermutete, dass der Anruf von einem weiteren Opfer der Grippewelle kam, die eine unangenehme Schneise durch das Dorf schlug. Was für ein Jammer, dass Dr. Tallow nicht in Ruhe würde zu Abend essen können, denn er war sehr erschöpft. Deshalb war es eine freudige Überraschung, Mrs Tallow am Apparat zu haben. Sie hörte sich ziemlich gehetzt an.

»Janet, entschuldigen Sie die Störung. Sicher halten Sie mich jetzt für verrückt, aber oben in meinem Zimmer in der untersten Kommodenschublade liegt eine alte Ausgabe von *Country Life*. Könnten Sie die bitte holen und mir das Erscheinungsdatum nennen? Danke.«

Janet fand die Zeitschrift und nahm sie mit nach unten.

»Hier habe ich sie, Mrs Tallow. Das Datum ist, lassen Sie

mich mal schauen, ja, der 30. April 1935. War das alles? Gut. Nein, hier läuft es wunderbar, alle sind zufrieden. William hat sein Solo für das Weihnachtskonzert nächste Woche geübt, es klingt sehr schön. Berties Erkältung hat sich stark gebessert. Nein, alles im Griff, keine Sorge. Wir sehen Sie morgen, richtig? Ja, ausgezeichnet. Einen angenehmen Abend, Mrs Tallow.«

Gerade legte sie den Hörer auf, als Dr. Tallow hereinkam. Er war sehr blass. Bei ihrem Anblick zwang er sich zu einem Lächeln.

»Hallo, Janet.«

»Hallo, Dr. Tallow. Ist alles in Ordnung?«

»Was? O ja. Nun, eher nicht. Der arme alte Joe ist gestorben. Herzversagen. In meinen Armen.«

Janet fand, dass er völlig verzweifelt wirkte, und war besorgt um ihn. »Das tut mir schrecklich leid«, erwiderte sie. »Wie entsetzlich. Setzen Sie sich, ich bringe Ihnen eine Tasse Tee.«

»Das wäre wirklich nett. Danke. Dumm von mir, dass es mich so erschüttert. Ich habe ihn durch so viele Krankheiten begleitet. Lungenentzündung, Atembeschwerden, Arthritis. Und dann stirbt er an einem gebrochenen Knöchel. Der Tod eines Patienten nimmt mich immer sehr mit. Verzeihung.«

»Dr. Tallow, Sie brauchen sich nicht zu entschuldigen. Ich kann gut nachvollziehen, wie traurig das ist. Aber wenigstens waren Sie rechtzeitig da. Sie sind nicht zu spät gekommen. Sie haben ihm den Tod erleichtert, was für seine Familie sicher ein Trost war. Ich hole jetzt den Tee.«

Als sie mit dem Tee zurückkehrte, saß er, den Kopf in die Hände gestützt, da und hörte sie nicht hereinkommen. Sie hatte solches Mitleid mit ihm, dass sie ihm den Arm um die Schultern legte, ohne darüber nachzudenken, ob sich ein solches Verhalten schickte. »Zermürben Sie sich nicht deswegen,

Dr. Tallow«, sagte sie. »Seine Zeit war gekommen, wie man in meinem Dorf sagt.«

Gleichzeitig erschrocken und dankbar richtete er sich auf. Sie bemerkte, dass er Tränen in den Augen hatte. Mit einem zittrigen Lächeln tätschelte er ihr verlegen die Hand.

»Ja, eine beruhigende Vorstellung. Das traf wirklich zu. Außerdem sollten wir Ärzte uns von so etwas nicht anfechten lassen. Nur dass ich so viel mit ihm durchgestanden habe. O Gott, Sie müssen mich ja für einen kompletten Idioten halten.«

»Selbstverständlich nicht, Dr. Tallow. Auf gar keinen Fall. Ich finde es wirklich wundervoll, dass Ihnen so viel an anderen Menschen liegt. Und jetzt trinken Sie Ihren Tee, und sagen Sie mir, wann Sie Ihr Abendessen möchten. Da Peggy nicht da ist, habe ich einen Auflauf gemacht. Also sind wir zeitlich ungebunden.«

»Wie schön«, antwortete er, nahm die Teetasse und lächelte wieder. »Wie sind wir je ohne Sie zurechtgekommen, Janet? Das meine ich ernst.«

Sie wusste genau, was er meinte, und war gerührt. Ein großes Zugeständnis von einem so stolzen Mann.

Cecily ging in ihrem Wohnzimmer auf und ab und war nicht in der Lage, sich auf ihr Buch zu konzentrieren. *Northanger Abbey* von Jane Austen, einer Autorin, die sie unter der Aufsicht ihrer Gouvernante gemieden und nun zu ihrer Freude wiederentdeckt hatte. Das Kindermädchen badete Laurence, während die Mädchen ihr Abendessen verspeisten. Sie fühlte sich ausgesprochen seltsam. Ihre anfängliche Bestürzung wegen der Affäre von Cassia und Harry legte sich allmählich und wich einem um einiges unangenehmeren Gefühl, das sie, sosehr sie es auch zu leugnen versuchte, als Neid erkannte. Sie hatte kaum sexuelle Freuden erfahren. Ja, sie wusste, dass es sie gab, und hatte davon gelesen, doch nie mehr als einen winzigen Anflug davon erlebt. Obwohl sie sich so danach verzehrte. Da sie sich jetzt von ihrem Unglück und der Reue wegen Benedict erholte, verspürte sie die Sehnsüchte ihres Körpers mehr denn je zuvor. Verzweifelt wünschte sie sich dieses Glücksgefühl mit Justin herbei.

Sie fand Justin äußerst attraktiv und war überrascht, ja sogar ein wenig schockiert, weil sie so oft an ihn dachte. Nicht nur an ihn als Gesprächspartner, an seinen Charme und an seine außergewöhnlich sanfte und rücksichtsvolle Art. Nein, auch an seinen hochgewachsenen, schlanken Körper, seine schönen Hände, sein attraktives Gesicht, seine strahlenden Augen und seinen ausdrucksvollen Mund. Wenn er sie manchmal kurz und zärtlich auf die Lippen küsste – weiter waren ihre sexuellen Begegnungen noch nicht gediehen –, hatte sie sich gewünscht, sein Mund möge weiterwandern und seine Zunge sie erkunden. Sie hatte sogar mit dem Gedanken gespielt, die Initiative zu ergreifen, doch Schüchternheit, Anstand und die Überzeugung, dass sie für ihn nicht viel mehr war als eine geliebte Freundin, hatten sie daran gehindert.

Da ihr das Thema Untreue heute Abend einfach nicht aus dem Kopf wollte und die Luft sexuell aufgeladen knisterte, sehnte sie sich nach Justin. Nicht nur nach seinen Küssen, sondern danach, dass er weiterging. Dass seine Hände ihren Körper berührten, seine Lippen sie überall und nicht nur ihren Mund liebkosten, dass er …

Diese Erkenntnis sorgte dafür, dass sie ihr Buch hinwarf und die Treppe hinauf zu den Kinderzimmern hastete, fest entschlossen, ihre Gedanken, ja ihr ganzes Ich nur dem Wohlergehen ihrer Kinder zu widmen. Sie waren nun ihre Zukunft und alles, was sie interessieren durfte. Immerhin war sie Witwe und eine gescheiterte Ehefrau und hatte nicht das Recht, mehr vom Leben zu erwarten, als dass sie glücklich waren.

»Du bist so hübsch, Mummy.« Stephanie kam ins Bad und lächelte sie an. »Mit jedem Tag wirst du hübscher. Das hat Justin gestern auch gesagt. Schade, dass ich keinen Freund wie Justin habe.«

»Er ist nicht mein Freund«, protestierte Cecily und brach zu ihrem Entsetzen in Tränen aus.

Rupert Cameron verspeiste die zweite leichte Mahlzeit des Tages, bevor er zur Abendvorstellung ins Theater aufbrach, als Cassia anrief. Sie klang beinahe hysterisch.

»Rupert, ich muss dich sehen. Ich muss mit dir reden.«

»Cassia, Schatz. Hat Cecily dir zugesetzt?«

»Cecily? Warum um alles in der Welt sollte Cecily mir zusetzen?«

»Ach, nicht so wichtig«, erwiderte er rasch. »Was ist los, was hast du? Geht es um die Übernahme der Praxis? Was hat Edward gesagt? Hoffentlich hat er nicht abgelehnt.«

»Nein, nein, überhaupt nicht. Der Vorschlag schien ihm zu gefallen.« Das hatte sie ganz vergessen, und es erschien ihr auch überhaupt nicht mehr wichtig zu sein. »Oh, Rupert, am Telefon kann ich nicht darüber reden. Darf ich vorbeikommen? Meine Sprechstunde ist zu Ende.«

»Komm ins Theater. Ich fahre sofort hin.« Wenn er heute Abend seinen Text nicht vergaß, war es ein Wunder, dachte er.

Sie sah zum Fürchten aus: bleich, angespannt und mit eingesunkenen Augen. Außerdem hatte sie offenbar geweint.

»Schatz, setz dich und trink etwas. Ich habe einen absolut scheußlichen Sherry da.«

»Ich will nichts trinken, Rupert. Du sollst mir einfach nur zuhören.«

»Ich höre.«

»Sicher erinnerst du dich an meinen Verdacht, dass Harry etwas mit meinem Geld zu tun hat. Jetzt weiß ich es ganz sicher. Leonora war in den anderthalb Jahren vor ihrem Tod bettelarm, nicht nur ein paar Monate lang. Sag jetzt nicht, es habe an ihrer Verschwendungssucht gelegen. Als ich in Paris war, habe ich mir die schreckliche Wohnung angeschaut, in der sie gelebt hat. Nun, offenbar war das noch nichts, verglichen mit ihrer vorherigen. Und es war auch keine Freundin, die sie da rausgeholt hat, sondern Margot Murray, Harrys Sekretärin.«

»Ich verstehe nicht ganz …«

»Außerdem hat Harry alle ihre Arztrechnungen bezahlt, nicht Rollo.«

»Schatz, das sind doch alles keine Beweise. Sie konnten Rollo eben nicht schnell genug finden. Glaubst du nicht auch?«

»Nein, das glaube ich nicht. Rupert, bitte denk doch mal nach.«

Angsttränen rannen ihr über die Wangen. Er hielt ihr ein Taschentuch hin. »Versuch dich zu beruhigen, Schatz. Ich komme da nicht ganz mit.«

»Entschuldige.« Sie putzte sich die Nase und holte tief Luft. »Das heißt, dass sie die ganze Zeit über kein Geld hatte. Falls Harry sie gerettet hat, war sie mittellos. So muss es einfach gewesen sein. Also gab es keinen Treuhandfonds, keine Zinsen …«

»Cassia …«

»Nein, ich weiß, dass es keine gab. Das habe ich heute auch erfahren. Der Treuhandfonds wurde nur zwei Monate vor ihrem Tod gegründet, zwei Wochen bevor sie mir das Geld vererbt oder vermacht oder was auch immer hat. Es ist alles so kompliziert, dass ich es selbst nicht richtig verstehe.«

»Aber wie konnte Gresham das tun, wenn er kein Geld hatte? Ich finde immer noch, dass das keinen Sinn ergibt.«

»Mir ist klar, dass es keinen Sinn ergibt! Doch im selben Monat wurden Rollos Haus und sein Anwesen hier zum Verkauf angeboten. Das hatte er also noch. Außerdem hat er diesen Sommer sein Haus in Cannes verkauft. Das weiß ich auch. Es war eine Verzweiflungstat, nicht das Verhalten eines Mannes, der so reich ist, dass er seiner Geliebten einen Monat vor ihrem Tod eine halbe Million Pfund überschreiben kann. Meiner Ansicht nach gehörte das Geld gar nicht ihm, Rupert. Sondern Harry.«

»Cassia, das ist lächerlich, das habe ich dir schon einmal erklärt. Verrückt, absolut verrückt. Stoff für ein Melodrama, Schatz. Wirklich, du hast zu viele Romane gelesen.«

»Ich lese keine Romane. Und selbst Richard wusste, dass sie nicht so viel Geld besessen haben kann. Als ich es ihm erzählt habe, wirkte er völlig schockiert. Er hätte gewusst …«

»Cassia, du musst dich beruhigen. Versuch, klar zu denken. Du bist ja vollkommen panisch.«

Es klopfte an die Tür. »Zwanzig Minuten, Mr Cameron.«

»O Gott, ich muss mich vorbereiten. Bleib nur, Cassia, du störst mich nicht.«

Sie betrachtete ihn. »Bist du weiterhin überzeugt, dass das Geld nicht von Harry stammt?«

»Ja. Meiner Ansicht nach ist es unmöglich.«

»Und wie erklärst du dir dann alles? Woher kam plötzlich das viele Geld? Warum sollte Rollo Gresham es einfach herausrücken und seinen gesamten Besitz verkaufen?«

»Keine Ahnung. Das verstehe ich auch nicht. Doch es muss einen vernünftigen Grund dafür geben. Den gibt es immer. Vielleicht wollte er England eben verlassen und anderswo leben. Wo war das noch mal, Marrakesch?«

»Ja. Aber wieso, wenn er in solchen finanziellen Schwierigkeiten steckte und alle darüber im Bilde waren? Ich habe dir ja gesagt, dass er in Le Touquet Schulden hatte, und ich wette, das war nicht das erste Mal. Weshalb hätte er Leonora Geld geben sollen, als sie im Sterben lag? Das ist doch alles vollkommen verrückt.«

»Möglicherweise wusste er nicht, wie schwer krank sie war, und dachte, sie würde noch lange leben. Ich hatte immer den Eindruck, dass es ein Schock für alle war, nicht nur für dich. Kannst du Harry nicht selbst fragen?«

»Nein. Nun, das habe ich schon getan, zumindest zum Teil. Und er hat mich angelogen. Das ist es ja, was mich weiterhin argwöhnisch macht. Und er würde natürlich nicht aufhören zu lügen.«

»Tja, vielleicht solltest du Gresham aufsuchen«, erwiderte Rupert vergnügt. »Er wird dir schon den Kopf zurechtrücken. Schau nicht so, mein Schatz, das war nur ein Scherz. Warum beschäftigst du dich eigentlich plötzlich mit den Daten auf all diesen Dokumenten? Wieso kam das nicht schon früher aufs Tapet?«

»Ist es eben nicht. Ich bin nicht auf den Gedanken gekommen, dass es eine Rolle spielt. Nicht einmal Mr Brewster, der Anwalt, hat sich damit beschäftigt. Er hat die Unterlagen zwar gesehen, allerdings nicht auf das Datum geachtet. Wir haben alle angenommen, Leonora habe das Geld besessen, seit Rollo sie verlassen hat. Es liegt an etwas, das eine Nachbarin von Leonora in Paris gesagt hat. Sie meinte, die Zeit sei kompliziert und unsere Erinnerungen trieben Spielchen damit. So bin ich auf den Gedanken gekommen, dass es hier um Zeit geht. Nicht so sehr darum, *was* geschehen ist, sondern *wann*. Wann Leonora aus der Avenue Foch ausgezogen ist, wann sie gerettet wurde, wann Gresham seine Häuser verkauft hat.

Alles hängt miteinander zusammen, und in dem Netz klaffen riesige Löcher. Oh, Rupert, ich finde das alles so entsetzlich. Falls Harry dahintersteckt …« Sie hatte Tränen in den Augen und sah aus wie ein verängstigtes kleines Kind.

Wieder ein Klopfen. »Zehn Minuten, Mr Cameron.«

»Schatz, es tut mir leid, aber ich muss mich jetzt konzentrieren. Kannst du hier warten? Es dauert nur anderthalb Stunden. Danach könnten wir zum Essen gehen. Ich habe nämlich auch etwas mit dir zu besprechen.«

»Ja gut«, erwiderte Cassia. »Prima Idee. Ich gehe für eine Weile nach Hause und komme dann wieder. Danke, Rupert.«

Doch als sie den Raum verließ, merkte er ihr an, dass sie geistesabwesend war und ihm nur mit halbem Ohr zuhörte. Vielleicht war heute nicht der richtige Abend, um sie zu warnen, dass Cecily über sie und Harry Bescheid wusste. Das konnte warten. Cecily hatte versprochen zu schweigen. Jedenfalls würde all das während der nächsten anderthalb Stunden in den Hintergrund treten müssen. Die Bühne war jetzt seine Wirklichkeit.

Einen knappen Kilometer entfernt, in der Mount Street, hatte Edwina vergeblich versucht, Harry in Paris zu erreichen. In ihrer Wut und Empörung beschloss sie, stattdessen mit Cassia zu sprechen. Da sich in der Walton Street niemand meldete, rief sie in Monks Ridge an.

Edward war am Apparat. Er klang müde.

»Oh, Edward, hier ist Edwina Moreton. Ich würde gerne mit Cassia reden.«

»Guten Abend, Edwina. Ich fürchte, sie ist nicht da. Sie ist in London.«

»Nein, ist sie nicht. Ich habe es versucht. Deshalb dachte ich, dass sie hier ist.«

»Tut mir leid, Edwina, ist sie nicht. Sie ist weg. Wie so oft.«

Plötzlich fragte sich Edwina, ob er Bescheid wusste. Kurz sah sie die Welt mit seinen Augen und erkannte in einem seltenen Geistesblitz, wie frustrierend es für ihn sein musste, mit Cassia verheiratet zu sein. Cassia mit all ihrem Geld. Cassia, die frei wie ein Vogel in London lebte und sich hinter ihrem Beruf versteckte. Ihrem Beruf! Der Mann war offenbar ziemlich naiv, dachte Edwina. Im nächsten Moment wurde ihr klar, dass auch sie naiv gewesen war, all diesen Unsinn zu schlucken.

»Weißt du, wo Cassia ist? Kommt sie heute Abend nach Hause?«, hakte sie nach.

»Nein«, antwortete Edward, der sich inzwischen nicht nur müde, sondern auch gereizt anhörte. »Tut sie nicht. Sie hat gerade angerufen und gesagt, sie käme erst am Wochenende wieder. Irgendeine Krise im Krankenhaus.«

»Ach ja?«

Harry wollte auch erst am Wochenende zurück sein. Also konnte es durchaus sein, dass die zwei sich irgendwo zusammen aufhielten. Eigentlich war das sogar sehr wahrscheinlich. Edwina fühlte sich wie eine Närrin und kochte vor Wut.

»Edward«, begann sie. »Edward, ich habe mich gefragt, ob dir schon etwas aufgefallen ist …«

KAPITEL 36

Cassia war wie vom Erdboden verschluckt. Niemand konnte sie finden. Nicht ihr Mann, der sofort in der Walton Street anrief (nachdem er Edwina den Hörer hingeknallt hatte) und die Prozedur bis Mitternacht stündlich wiederholte, bis er vor Erschöpfung einschlief, und es um sechs Uhr morgens weiter versuchte. Nicht Rupert, der sich Sorgen machte, weil sie nach der Vorstellung nicht zurückgekehrt war. Zuerst rief er in der Walton Street, dann in Monks Ridge an, wo sich ein äußerst aufgeregter Edward meldete. Nicht Harry Moreton, der während der Nacht fast so häufig aus Paris anrief wie ihr Mann. Nicht Schwester Hampton, die sie bitten wollte, am Donnerstag früher als sonst mit der Sprechstunde zu beginnen, weil es am Dienstag hoch hergegangen war. Nicht der Direktor, der ihre Zustimmung zu der Presseerklärung in Sachen Forschungsstipendium für die medizinischen Fachzeitschriften brauchte und einen erbosten Edward am Apparat hatte. Und auch nicht Edwina Moreton, die zu dem Schluss gekommen war, dass sie sich erst besser fühlen würde, wenn sie Cassia so bald wie möglich zur Rede stellte.

Alle diese Menschen, oder zumindest die meisten, fingen irgendwann an, einander anzurufen. Und als der Vormittag des 10. Dezembers, eines Donnerstags, verstrich, stellte sich heraus, dass es Rupert war, der Cassia zuletzt gesehen hatte.

Rupert meinte, er wisse auch nicht, wo sie stecke, und sagte ihnen allen die schlichte Wahrheit: Sie habe ihn am Vorabend im Theater aufgesucht und versprochen wiederzukommen, damit sie zusammen zum Essen gehen könnten. Allerdings sei sie nicht erschienen und, soweit er feststellen könne, auch nicht zu Hause gewesen. Doch mit der Zeit wuchs seine Besorgnis so, dass er ihr Gespräch nach einem Hinweis darauf durchforstete, wo sie abgeblieben sein könnte.

Beim fünften Anruf an diesem Tag – er kam von Harry Moreton – hatte er sich an eine Bemerkung erinnert, die er, halb im Scherz, gemacht hatte, kurz bevor sie gegangen war. »Nein, eigentlich war es wirklich nur ein Witz«, sagte er zu Harry. »Ich habe ihr vorgeschlagen, zu Rollo Gresham nach Marrakesch zu fahren. Natürlich kann ich mir nicht vorstellen, dass sie so etwas wirklich tun würde. Wie könnte sie auch? Aber ich hielt es für wichtig, das zu erwähnen.«

»Gütiger Himmel«, erwiderte Harry. »Das wird sie doch nicht etwa versuchen. So dumm und leichtsinnig kann sie einfach nicht sein.«

»Sie war völlig aufgelöst«, antwortete Rupert zögernd. »Und mehr als bereit, sich leichtsinnig zu verhalten. Und unbeschreiblich dumm.«

»Weshalb war sie aufgelöst? Los, Cameron, raus mit der Sprache.«

Rupert erklärte es ihm.

In diesem Moment schritt Cassia über eine nasse Rasenfläche am Croydon Aerodrome auf ein Flugzeug der Air France zu. Wie seltsam, dachte sie, dass eine Reise an einen exotischen Ort wie Marrakesch an einem so nüchternen wie Croydon beginnen sollte. Doch in gewisser Weise ließ es die Wahnsinnstat vernünftiger erscheinen.

Sie konnte es noch immer kaum fassen, dass sie so leichtfertig oder mutig war, sich in dieses Abenteuer zu stürzen. Doch die Ereignisse hatten sie gnadenlos dazu getrieben, und zu guter Letzt war es für sie der einzig gangbare Weg gewesen. Nachdem sie sich von Rupert verabschiedet hatte, war sie in die Walton Street gefahren, hatte sich einen ziemlich starken Tee gemacht und überlegt, was sie nun tun sollte. Sein Vorschlag, sich auf die Suche nach Rollo zu machen, war ihr absurd und beinahe gefährlich vorgekommen. Andererseits auch seltsam logisch. Niemand sonst würde ihr verraten, was geschehen war, oder ihr die Vorfälle erklären. Während sie dasaß, läutete das Telefon. Das Ritz in Paris teilte ihr mit, man habe ein Paar vergessene Handschuhe gefunden. Man würde sie ihr nachschicken, falls sie in naher Zukunft keine weitere Reise nach Paris plane.

Cassia bat, ihr die Handschuhe zu schicken. Und als sie darüber nachdachte, wie einfach es war, an einem so weit entfernten Ort anzurufen, wurde ihr klar, dass sie genauso gut mit Rollo Gresham in Marrakesch telefonieren konnte.

Eine aufgeregte Stunde später und mit der Hilfe einer sehr freundlichen Telefonistin hörte sie, wie, vermutlich in seinem Haus, das Telefon läutete.

Ein Mann kam an den Apparat, ein Dienstbote, wie sie annahm. »Bei Monsieur Rollo«, meldete er sich. Die Verbindung war miserabel. Die Leitung knisterte, und immer wieder ertönte ein schrilles Summen. Sie glaubte, irgendwo ein Kind weinen zu hören.

Sie bat, mit Mr Rollo sprechen zu können.

»Einen Moment. Wer ist da bitte?«, erwiderte der Mann.

»Ich rufe aus England an«, antwortete sie langsam und deutlich. »Ich bin eine Verwandte von Lady Beatty, einer guten Freundin von Monsieur Rollo. Könnte ich bitte mit ihm sprechen? Ist er da?«

»Eine Minute, bitte. Ich schaue.«

Erneut eine lange Wartezeit. Diesmal schrie ein Kind wie am Spieß, worauf eine zornige Frauenstimme ertönte. Vielleicht hatte Gresham ja geheiratet oder lebte mit einer Frau zusammen und hatte Kinder. Mein Gott, sie wusste so wenig über ihn. Die Vorstellung, über diese Entfernung hinweg ein kompliziertes und emotionales Gespräch führen zu können, war absurd.

»Den Namen bitte, Madame«, forderte die Männerstimme sie auf.

»Tallow. Mrs Cassia Tallow.«

»Warten Sie noch etwas.«

Wieder verging einige Zeit, und sie befürchtete schon, die Verbindung könnte unterbrochen werden. Endlich kehrte der Mann zurück. »Monsieur Rollo ist nicht da«, sagte er hastig, zu hastig. »Krank.«

»Nicht da oder krank? Was denn jetzt?«

»Tut mir leid. Nicht da. Krank. Auf Wiederhören.« Die Leitung war tot.

Brodelnd vor Wut saß Cassia da und starrte auf das Telefon. Sie wusste, dass Gresham zu Hause war und sich verleugnen ließ, und konnte sich bildlich vorstellen, wie er den Dienstboten angewiesen hatte vorzuschützen, dass er krank oder nicht zu Hause sei, um sie abzuwimmeln. Und das, obwohl er ihr die Antworten geben konnte, die sie brauchte. In diesem Moment beschloss sie, Ruperts Rat in die Tat umzusetzen.

An diesem Morgen endete die kurze Regierungszeit von Edward III. damit, dass die Thronverzichtserklärung von den drei Brüdern des Königs unterzeichnet und bezeugt wurde. Das Gleiche geschah mit der Nachricht des Königs ans Unterhaus, und man veranlasste, die Verlautbarungen im gesamten Empire zu verteilen.

Queen Mary sprach vermutlich für Millionen, als sie feststellte: »All das für so etwas aufzugeben.«

Der neue Exkönig, frei von den Fesseln der Regierung, verkündete, er werde am folgenden Abend eine Radioansprache halten, wie er es bereits früher in dieser Angelegenheit habe tun wollen.

Das Flugzeug war sehr laut, viel lauter als das kleine von Harry, und schien nur langsam voranzukommen, erwies sich jedoch als erstaunlich schnell. Am Mittag waren sie am Flughafen Le Bourget in Paris, wo sie und eine Handvoll weiterer Passagiere in ein völlig anderes Flugzeug umstiegen. Eine Dewoitine, wie der Steward ihr stolz mitteilte, als habe er die Maschine mit eigenen Händen gebaut. Sie verfügte nur über acht zurückklappbare Sitze, jeder mit einem kleinen Tisch. Sie würden nach Toulouse fliegen, dort die Nacht verbringen und am nächsten Tag gegen Mittag Casablanca erreichen.

»Von dort aus können Sie einen Zug oder ein Auto nehmen. Es sind nur etwa hundertfünfzig Kilometer«, hatte der nette junge Mann bei Thomas Cook gesagt, der sich ausgezeichnet in ihre Abenteuerlust eingefühlt hatte. Dabei hatte er sich schon darauf gefreut, seiner Freundin von der schönen jungen Frau im Zobelmantel zu erzählen, die zur Öffnungszeit vor der Filiale in Knightsbridge gewartet und gefragt hatte, wie sie so schnell es menschenmöglich war nach Marrakesch kommen könne. Und ja, sie habe ihren Pass bei sich.

»Falls Sie ein Hotel brauchen, gehen Sie am besten ins Mamounia«, hatte er hinzugefügt. »Es ist wunderschön und luxuriös und wird häufig als das eleganteste Hotel der Welt bezeichnet. Winston Churchill übernachtet häufig dort. Die Gärten gehörten früher dem Königshaus. Wenn Sie möchten, kann ich telegrafieren.«

Cassia bejahte.

Bei ihrer Ankunft in Toulouse war sie völlig erschöpft. Der Triebwerkslärm, das ständige Ruckeln und die Erkenntnis, auf welchen nicht mehr rückgängig zu machenden Wahnsinn sie sich eingelassen hatte, waren einfach zu viel. Gemeinsam mit den anderen Passagieren, die in unerträglich fröhlichen Gruppen zu reisen schienen, taumelte sie die Treppe hinab und in einen Bus. Durch die Dunkelheit wurde sie zu einem Hotel gebracht, dessen Standard und Lage sie nicht interessierten, solange es dort nur ein Bett gab, unter dem der Boden sich nicht bewegte. Das Hotel entpuppte sich als bescheiden luxuriös, das Abendessen war mehr als zufriedenstellend und das Bett bequem. Sie schickte ein Telegramm an Edward, um ihm mitzuteilen, dass sie wohlauf war, ging zu Bett und schlief traumlos.

Um fünf wachte sie bei Finsternis auf und fühlte sich sehr allein und voller Angst. Fast war sie versucht, wieder nach Hause zu fliegen. Nur der Gedanke, wie sehr sie sich in diesem Fall hassen und verachten würde und dass es sich um ihre einzige Chance handelte, der Wahrheit auf den Grund zu kommen, hinderte sie daran. Außerdem war ihr klar, dass sie dann einige Leute absolut grundlos in Angst und Schrecken versetzt hätte.

In London wachte der Exkönig an diesem Morgen früh auf, überarbeitete seine Rede und verabredete sich zum Mittagessen mit Winston Churchill, um ihm den Entwurf zu zeigen und sich von ihm zu verabschieden. Während noch über seinen zukünftigen Rang und seine Titel debattiert wurde, traf er Vorbereitungen, um sich mit Mrs Simpson im Haus des Barons Eugene de Rothschild in Wien zu treffen.

Justin Everard lag an jenem dunklen Wintermorgen im Bett und grübelte über seine Zukunft und darüber nach, welche Rolle Cecily Harrington darin spielen würde. Am Vortag hatte ihn ihre Reaktion auf Cassias und Harrys Affäre ziemlich überrascht und erschreckt. Sie machte ihm aus zwei Gründen zu schaffen. Erstens, weil Cecily nun durch seine Schuld unglücklich war, und zweitens, weil es sich um ein weiteres Indiz für die gewaltige kulturelle Kluft handelte, die sich zwischen ihnen auftat.

Er liebte Cecily aufrichtig und fand sie körperlich und was ihre Gefühlswelt anging ausgesprochen attraktiv. Er genoss ihre Gesellschaft und die warme, fürsorgliche Atmosphäre, die sie umgab. Außerdem hatte er festgestellt, dass sie sich intellektuell von ihren häufig oberflächlichen Altersgenossinnen unterschied. Sie war intelligent, reflektiert und sehr belesen. Ihre Interessen überschnitten sich oft, insbesondere was die Kunst betraf. Und er hatte erfreut festgestellt, dass ihr Vertrauen in ihre eigenen geistigen Fähigkeiten trotz ihres noch labilen Gemütszustands zunahm.

Dennoch bereiteten ihm die Ereignisse des Vortags Sorgen. Hatte eine Beziehung zwischen ihnen wirklich eine Chance? Zwischen zwei Menschen, von denen für den einen ein sexuelles Verhältnis zweier mit anderen Personen verheirateter Leute eine amüsante Zerstreuung war (auch wenn er es für sich persönlich vermutlich nicht gebilligt hätte), während der andere es als schockierend und katastrophal empfand? Zwischen zwei Menschen, von denen sich der eine in einer Welt der sexuellen Freiheit, wenn nicht gar Anarchie bewegte und der Homosexualität als schlichte Tatsache und möglicherweise glücklichen biologischen Zufall sah, während dem anderen davor graute und der es beim eigenen Ehemann als Krankheit betrachtet hatte, derer man sich schämen musste?

Zwei Menschen, von denen der eine aus, milde ausgedrückt, bescheidenen gesellschaftlichen Verhältnissen stammte und der seinen Beruf nicht nur zum Vergnügen, sondern aus purer Notwendigkeit ausübte, während der andere aus gehobenen Kreisen stammte und über einen Reichtum verfügte, von dem die meisten nur träumen konnten.

Konnten Gefühle, Sex, ja selbst die glühendste Liebe all diese Hürden überwinden? Oder würden sich nach der ersten Verliebtheit Abneigung, Unglück, Unzufriedenheit und Enttäuschung einstellen?

Justin starrte in die Dunkelheit und fand keinen Trost in den Antworten, die ihm dazu einfielen.

»Könnten wir heute zusammen zu Mittag essen?«, fragte Edwina.

Aus dem daraus folgenden Schweigen schloss sie, dass sie eine Grenze überschritten und gegen ein ungeschriebenes Gesetz verstoßen hatte. Sie hätte nicht die Initiative ergreifen dürfen. Francis Stevenson-Cook mochte ihre Gesellschaft genießen, sie in mancherlei Hinsicht attraktiv finden, sie zum Mittagessen, zum Abendessen, in Nachtclubs und zu Partys einladen, ihre Ehe mit Füßen treten, sie seinen Freunden vorstellen, und zwar solchen, die sie zu den verschiedensten sexuellen Ausschweifungen verführten, aber er war und blieb ihr Arbeitgeber. Und diese Tatsache hatte sie auf eigene Gefahr missachtet. Das erschien ihr sogar nur fair. So sah eben ihr, wenn auch privilegierter, Platz in seiner Hierarchie aus, und sie war gut beraten, das nicht zu vergessen, wenn sich an der derzeitigen Situation nichts ändern sollte.

»Tut mir leid«, sagte sie rasch. »Verzeih mir. Vermutlich bist du beschäftigt. Ich wollte nur mit dir reden. Es tut mir wirklich sehr leid, Francis.«

Ihre Entschuldigung – noch nie war sie so zu Kreuze gekrochen, dachte Edwina, wenn der nur wüsste – sorgte dafür, dass sich seine Stimmung sofort besserte, denn schließlich hatte er ein Recht darauf. »Schon in Ordnung. Ich habe heute nur viel um die Ohren, weil ich alles für die amerikanische Delegation vorbereiten muss, die in einer Woche eintrifft. Ich war ein wenig überrascht. Du klingst so bedrückt. Was hältst du von Cocktails später in meinem Büro? Dann haben wir genug Zeit.«

»Ja, das wäre wunderbar, danke. Ich warte auf deinen Anruf.«

Sie lebte derzeit in einem seltsamen, fremden Land, sagte sie sich, und musste sich erst noch zurechtfinden.

Als sie später an ihrem Schminktisch saß, rief Harry an.

»Du bist einfach das Letzte«, sagte sie knapp.

»Wirklich?« Sie fand, dass er ziemlich vergnügt klang.

»Ja. Du und Cassia.«

»Ich verstehe. Und du und die Sobel-Clique und die Bryanstone-Zwillinge, das ist natürlich etwas völlig anderes.«

»Selbstverständlich. Cassia ist meine Freundin. Das dachte ich wenigstens.«

»Tja, jetzt sind wir zumindest quitt, Edwina. Ich rufe nur an, um dir zu sagen, dass ich für ein paar Tage nicht nach Hause komme.«

»Gut. Mein Anwalt wird dich erwarten. Richte Cassia Grüße aus. Sie kann dich gern behalten.«

»Sie ist nicht bei …«, setzte er an, doch sie hatte schon den Hörer hingeknallt.

»Wo ist denn Mummy?«, fragte Bertie.

Janet musterte ihn nachdenklich. Zum ersten Mal schien ihn die Situation traurig zu machen. Sicher erschien ihm die ständige Abwesenheit seiner Mutter endlos, was auch zutraf, dachte sie bedrückt. Sie hatte gehofft, dass Cassia versuchen würde, für eine Weile öfter zu Hause zu sein und sich vielleicht bis Weihnachten freizunehmen, denn die Kinder wirkten wegen der Trennung ihrer Eltern bedrückt. Kinder sollten an Weihnachten nicht unglücklich sein.

»Sie muss arbeiten«, erwiderte sie. »Es ist sehr wichtig. Sie kann kranke Menschen ebenso wenig im Stich lassen wie dein Vater. Deine Eltern sind beide Ärzte. Oft hängt das Leben ihrer Patienten von ihnen ab.«

»Sie braucht keine Ärztin zu sein«, protestierte Bertie. »Sie soll wieder nur Mutter sein, so wie früher. Dann müsste sie sich nicht mehr um ihre dämlichen Patienten kümmern.«

Er stand vom Küchentisch auf, wo er gezeichnet hatte, und verließ mit schleppenden Schritten den Raum. Dabei ließ er die mageren Schultern hängen. Janet blickte ihm seufzend nach.

Das Erste, was Cassia an Marokko auffiel, war der Geruch. Fremdartig und kräftig mischte er sich mit der Hitze. Als sie Jahre später jemandem, der oft in Marokko gewesen war, von jenen wenigen, abenteuerlichen Tagen erzählte, erwiderte dieser: »Ach ja! Holzfeuer, Kameldung und Weihrauch. Wundervoll!« Selbst dann war sie nicht sicher, ob sie es wirklich wundervoll fand, auch wenn sie diese Elemente aus dem Gedächtnis einordnen konnte.

Neben dem Geruch flößten ihr das Gedränge, die braunen, grinsenden Gesichter, die Leute, die ihr Stoffbahnen, Schmuck und Figürchen zum Kauf anboten, eine Panik ein, die fast an Klaustrophobie grenzte. Was für eine Erleichterung, als ihr Fahrer, den sie in Casablanca angeheuert hatte, Ordnung schuf, indem er die Menschenmassen verächtlich verscheuchte, als seien sie kaum besser als die mageren, räudigen Hunde, die überall herumliefen. Er verfrachtete Cassia ins Auto und schloss die Tür. Für einen Moment war sie in Sicherheit.

Er chauffierte sie die hundertfünfzig Kilometer lange, unangenehm holperige, mit rotem Sand bedeckte Straße entlang. Durch ausgedörrte Ebenen, die ihr wie Wüsten erschienen, und durch verstreute, heruntergekommene Dörfer, wo sie die im Staub spielenden Kinder anstarrten und die in der grellen Sonne angebundenen klapperigen Esel missmutig beobachteten.

Das Auto war zwar groß und bequem, doch die Hitze war erstickend. Ihr war ziemlich übel, und außerdem redete der Fahrer wie ein Wasserfall, obwohl sie kaum ein Wort verstand. Er hatte damit angefangen, als sie Casablanca verließen, und verstummte bis zu ihrer Ankunft in Marrakesch nicht. Sie bemerkte die hohen Stadtmauern, erbaut aus dem roten Lehm der Ebenen und die prachtvolle Silhouette aus Kuppeln, Türmen und Minaretten. Dahinter hoben sich die schneebedeckten Gipfel des Atlasgebirges vom blauen Himmel ab. Sie wirkten so verlockend nah, kühl und beruhigend und verliehen dem glühend heißen Gewirr aus Straßen, die ihr wie die Hölle erschienen, einen Anstrich von Sauberkeit und Gesundheit. Überall wimmelte es von halb verhungerten Tieren. Esel waren mit Lasten beladen, die dreimal so hoch waren wie sie. Ihre Knochen zeichneten sich so spitz unter der Haut ab, dass man es kaum mit ansehen konnte. In den Rinnsteinen krochen halb tote Katzen und Hunde.

Voller Angst vor dem Treiben da draußen kauerte sich Cassia in eine Ecke des Wagens. Ihre Mission war fast vergessen. Verzweifelt sehnte sie sich nach einem Stück wiedererkennbarer Zivilisation. Gleichzeitig verachtete sie sich wegen ihrer Schwäche und westlichen Arroganz.

Endlich bog das Auto in das Tor des Mamounia ein. Sie lächelte erfreut und fühlte sich sofort wieder wie sie selbst, so üppig grün war hier alles. Palmen, bunt blühende Sträucher und Gras. Eine Oase der Ruhe und des Friedens. Und nach dem vielen roten Schlamm und Staub so wundervoll fruchtbar.

Das Hotel selbst war hell rosafarben. Auf dem großen, geschwungenen Vorhof parkten einige ziemlich große und teuer wirkende Autos. Ihr Fahrer griff nach ihrem einzigen kläglichen Koffer – ein Diener räumte gerade etwa ein Dutzend zusammenpassender Gepäckstücke, darunter auch Hutschachteln, aus dem Kofferraum eines weißen Rolls-Royce – und begleitete sie ins Hotel, wo es kühl und still war. Sie konnte kaum fassen, dass sie sich im selben Land befand. Geschweige denn in derselben Stadt.

Man führte sie in ihr Zimmer – das Bett war breit, der Balkon hatte Blick auf den Garten, und es standen ein Obstkorb und riesige Blumenvasen bereit – und ließ sie allein. Sie war so erschöpft und voller Angst, dass sie sich eher wie in einem Krankenhaus oder in einem Sanatorium fühlte, wo sie sich von einer schweren Krankheit erholen sollte. Das hier waren sicher keine Hotelangestellten, sondern Pfleger, die sie wieder gesund machen sollten.

Zum Abendessen nach unten zu gehen war eindeutig unmöglich. Sie hatte nur die zerknitterten Kleider, die sie seit ihrer Abreise aus London trug, und ein schlichtes schwarzes Jerseykleid, das sich ganz und gar nicht für den prunkvollen Speisesaal mit seinen schwarzen Marmorsäulen, den gewaltigen Fenstern und dem kunstvollen Mosaikfußboden eignete. Also nahm sie ein Bad und bestellte beim Zimmerservice Räucherlachs, Salat und Obst. Als sie ihre Mahlzeit im Bett verspeiste, fühlte sie sich leicht dekadent und auf wundersame Weise aufgeheitert.

Sie versuchte, in England anzurufen, doch die Leitungen waren alle besetzt. Also saß sie da und betrachtete das riesige Gebirge, dessen schneebedeckte Gipfel einen Kontrast zu den Palmen bildeten.

Irgendwann musste sie eingeschlafen sein. Als sie erwachte, war es bereits dunkel, und sie fror jämmerlich, weil sie alle Fenster und die Balkontüren offen gelassen hatte. Ihr fiel ein, dass der junge Mann bei Thomas Cook sie gewarnt hatte, Marokko werde oft als ein kaltes Land mit einer heißen Sonne bezeichnet. Deshalb bestellte sie Tee beim Zimmerservice, schloss sämtliche Fenster und Türen, breitete zusätzliche Decken über das Bett, zog den Pullover, den sie bei ihrer Abreise aus England getragen hatte, und ein Paar Socken an und legte sich hin. Allmählich wurde ihr wärmer. Ein wenig ängstlich, aber auch ziemlich aufgeregt, was der nächste Tag wohl bringen würde, schlief sie wieder ein.

Andere englische Gäste im Hotel versuchten recht erfolglos, ihre Radios auf BBC einzustellen, um sich die historisch bedeutendste Radioansprache aller Zeiten anzuhören. Der englische Exkönig, inzwischen Seine Königliche Hoheit Prinz Edward genannt, sprach in Windsor Castle zu seinem Volk. Er gab bekannt, er habe seine letzten Pflichten als König und Kaiser erledigt und schwöre dem neuen König, seinem Bruder, dem Herzog von York, die Treue.

Ganz England hörte die Sendung. Das Land stand praktisch still, als sich die Familien um ihre Radios versammelten. Einige waren bestürzt, manche überrascht und alle, ganz gleich, welche Haltung sie zu der Angelegenheit einnahmen, tief gerührt.

In Monks Ridge saß Edward Tallow, die Arme um seine zwei kleinen Jungen gelegt, auf dem Sofa. Janet hatte ihm gegenüber in Cassias Sessel Platz genommen und wirkte seltsam bedrückt. Peggy stand in der Tür und weinte bittere Tränen, als der König verkündete, er könne ohne die Hilfe und Unterstützung der Frau, die er liebte, die schwere Verantwortung nicht tragen.

In London saß Cecily Harrington, ebenfalls mit ihren Kindern, im Wohnzimmer und dachte, dass der König diese Frau wirklich verzweifelt geliebt haben musste. Sie hoffte, dass seine Mutter und seine Familie ihn wirklich so getröstet hatten, wie er behauptete. Seine Worte – »der unvergleichliche Segen, den mein Bruder und so viele von Ihnen genießen und der mir verwehrt geblieben ist: ein glückliches Zuhause mit Frau und Kindern« – lösten tiefes Mitgefühl in ihr aus.

Rupert Cameron, dem dieser Segen ebenfalls verwehrt geblieben war, lauschte der Ansprache in seiner Garderobe. Er war niedergeschlagen, denn er hatte sich stets auf die Seite des Königs gestellt und sein Recht verteidigt, seinem Herzen zu folgen.

Leise öffnete sich die Tür, und Eleanor kam herein. Sie hatte Tränen in den Augen und war offenbar bestürzt. Sie und Rupert musterten einander, und in diesem Moment der aufgewühlten Gefühle fragte er sich, warum ihre Schönheit und ihre sanfte Art ihn nie angerührt hatten. Er stand auf und nahm sie in die Arme, um sie zu trösten – rein freundschaftlich natürlich.

Justin Everard hörte Radio, während er in seiner Dunkelkammer arbeitete. Er hätte nicht gedacht, dass ihn der König und dessen Entscheidung sehr kümmern würden. Dennoch stellte er fest, dass ihn der emotionale Augenblick nicht gleichgültig ließ. Besonders ans Herz ging ihm die Anspielung auf »die größte Güte«, mit der der Exkönig von allen Schichten behandelt worden sei, ganz gleich, wo er im Empire übernachtet habe oder gereist sei, und seine tiefe Dankbarkeit dafür.

Edwina Moreton hörte die Ansprache zusammen mit Francis Stevenson-Cook in dessen Wohnung in der Mount Street. Selbst sie spürte einen Kloß in der Kehle, als die nun klare, kräftige Stimme dem neuen König »und seinem Volk von ganzem Herzen Glück und Wohlstand« wünschte. »Gott segne Sie alle. Gott schütze den König.«

Francis schenkte ihnen beiden ein Glas Champagner ein, hob seines und wiederholte die letzten Worte.

Doch Harry Moreton, der durch die Dunkelheit über Südeuropa hinwegflog, hörte nichts von alldem.

KAPITEL 37

Absurderweise zermarterte Cassia sich das Hirn darüber, was sie zu ihrem Besuch bei Rollo Gresham anziehen sollte. Sie hatte nichts bei sich, was sich für die Situation und, noch wichtiger, für das Klima geeignet hätte. Es war nicht unerträglich heiß, eher so wie an einem angenehmen englischen Sommertag, allerdings auch schwül, weshalb weder ein Tweedkostüm noch ein schwarzes Jerseykleid sonderlich bequem sein würde. Sie beschloss, dass das Kleid die bessere Alternative war, denn immerhin stand es ihr. Danach bestellte sie Frühstück, und weil sie wusste, dass sie es nicht länger vor sich herschieben konnte, ging sie zum Empfang und bat, ihr ein Taxi zu rufen.

Justin arbeitete nicht oft am Samstag. Jedoch war im Style House derzeit die Panik ausgebrochen. Alle, die dort, in Vollzeit oder freiberuflich, beschäftigt waren, standen unter großer Anspannung. Die Amerikaner, die das Schwesterunternehmen in New York betrieben und in finanziellen und stilistischen Fragen das Sagen hatten, wurden Anfang Januar zu ihrem jährlichen Besuch erwartet, weshalb alles tipptopp sein musste. Die Zeitschriften wurden stets erst in letzter Minute fertig, denn der Zeitdruck führte zu besseren, kreativeren Ergebnissen. Doch die Amerikaner würden Demonstrationsexemplare, sich in Arbeit befindliche Projekte, Fotos und vollendete Layouts sehen wollen. Und das bedeutete eine Sechs- oder Siebentagewoche.

Deshalb ging es im Style House an diesem Samstag zu wie an einem Wochentag. Justin wollte gerade losfahren, um Edwina Moretons Wohnzimmer zu fotografieren, als das Telefon läutete und seine Assistentin meldete, es sei für ihn.

Seine Sekretärin Suzanne, die den Großteil ihrer Zeit damit verbrachte, Mannequins zu buchen und Fototermine zu vereinbaren, war deshalb mit dem spannendsten und pikantesten Klatsch von London vertraut. Nun sah sie Justin mit einem wissenden Lächeln an. »Es ist deine wohlhabende Freundin«, verkündete sie, die Hand über der Sprechmuschel. »Halt sie dir warm, Justin, dann kannst du in einem oder zwei Monaten deinen Beruf an den Nagel hängen.«

Mit einem finsteren Blick nahm Justin den Hörer entgegen.

»Hallo?«, meldete er sich zögernd.

»Justin, hallo. Ich bin es, Cecily. Wie geht es dir?«

»Gut.«

»Es ist sicher kein Spaß, samstags zu arbeiten. Du tust mir leid.«

»Ach, schon in Ordnung. Nur dass wir hier alle gewaltig unter Druck stehen. Wir sind viel zu spät dran. Ich wollte gerade loshetzen, um Fotos für Edwina zu machen. Deshalb habe ich nicht viel Zeit.« Er klang ungeduldiger, als er sich eigentlich fühlte. Zum Teil, weil er sich über Suzannes Bemerkung geärgert hatte, zum Teil, weil er in Gedanken schon bei dem anstrengenden Vormittag war, der ihm drohte. Er sollte ein Wohnzimmer fotografieren, das seiner Ansicht nach überhaupt nicht passte, denn er hätte sich etwas Prunkvolleres, beinahe Barockes gewünscht. Eher so ähnlich wie Cecilys Wohnzimmer. Doch das von Edwina entsprach in seiner Ausstattung und mit den aggressiv modernen Bildern ihres Mannes dem derzeitigen Trend.

»Oh, ich verstehe. Ursprünglich sollte es bei mir zu Hause stattfinden, aber ich fürchte, ich habe abgelehnt.«

Hatte sie das wirklich getan? Verdammt. Sehr interessant. Wieder ein Hinweis darauf, wie sehr sie sich voneinander unterschieden. Das Thema, über das er in letzter Zeit so oft nachgegrübelt hatte. Cecily würde nicht wünschen, dass ihr Wohnzimmer fotografiert wurde. Sie würde sich damit nicht wohlfühlen und es als vulgär, kommerziell und als ein Eindringen in ihre Privatsphäre betrachten, während es für ihn ein ganz normaler Bestandteil seines beruflichen Alltags war.

»Justin, wenn du die Fotos lieber bei mir machen würdest…«

»Nein, nein«, entgegnete er knapp. »Es ist jetzt schon alles verabredet, da spielt das wirklich keine Rolle.«

»Oh.« Sie hörte sich ein wenig gekränkt an, hatte sich jedoch rasch wieder gefasst. »Eigentlich rufe ich an, weil ich dich zum Abendessen einladen wollte. Bei mir zu Hause. Nichts Formelles, nur ich und die Mädchen. Ein kleines Dankeschön, nun, für alles.«

»Oh.« Justin zögerte. Nichts hätte ihm mehr Freude bereitet als ein Abendessen bei Cecily. Eine köstliche Mahlzeit, zweifellos ein ausgezeichneter Wein, eine behagliche, familiäre Stimmung, die Mädchen, die er hänseln und auf den Arm nehmen konnte, und anschließend Gesellschaftsspiele an dem großen Kamin im Wohnzimmer. Eine willkommene Abwechslung nach einem anstrengenden Tag mit einer äußerst gereizten Edwina. Doch plötzlich erinnerte er sich an sein Selbstgespräch vor zwei Nächten und die Schlussfolgerungen, zu denen er dabei gelangt war. Hier handelte es sich um einen deutlichen Wendepunkt. Falls er und Cecily, wie er beinahe schon entschieden hatte, nicht zusammenpassten, war es das Beste, wenn er sich so bald wie möglich von ihr zurückzog, so weh es auch tun mochte.

Er holte im Geiste Luft. »Tut mir leid, Cecily. Ich bin heute Abend beschäftigt. Arbeit in der Dunkelkammer.«

»Oh, ich verstehe. Morgen vielleicht?«

Mein Gott, das würde schwierig werden. »Nein, ich fürchte, morgen auch nicht. Es ist Sonntag, ich muss meine Mama besuchen. Entschuldige. Möglicherweise nächste Woche, das wäre nett.«

»Ja, in Ordnung. Möglicherweise nächste Woche. Auf Wiedersehen, Justin.«

»Auf Wiedersehen, Cecily.« Er hoffte, dass sie nicht hören konnte, wie schwer es ihm fiel.

Rollo Gresham wohnte in einem Teil von Marrakesch, der Ville Nouvelle hieß. Das Viertel, das unter der französischen Kolonialherrschaft erbaut worden war, ging von der Avenue d'el-Jadida ab und befand sich unweit der Marjorelle-Gärten. Cassia hatte von einem hilfsbereiten Hotelportier von den Gärten erfahren, während sie auf ihr Taxi wartete. Er hatte ihr empfohlen, sie zu besichtigen, denn sie seien wunderschön und in den Zwanzigerjahren von dem französischen Maler Jacques Marjorelle angelegt worden, der auch an der Gestaltung des Mamounia beteiligt gewesen sei.

Sobald sie das ruhige und friedliche Hotelgelände verlassen hatte und sich dem schrecklichen Gedanken an Rollo Gresham und dem ungeschönten Marrakesch stellen musste, wurde sie von heftiger Übelkeit ergriffen. Das Schaukeln des Taxis und die durchdringenden Gerüche der Stadt lösten Brechreiz in ihr aus. Sie bat den Fahrer anzuhalten, beugte sich aus der Tür und übergab sich mehrmals. Zum Glück wurden sie nicht mehr von

Menschenmengen bedrängt, denn sie hatten Ville Nouvelle bereits erreicht. Die Straße war breit, von Bäumen gesäumt und beinahe menschenleer. Der Fahrer erwies sich als überraschend hilfsbereit. Er stieg aus, stützte ihr den Kopf, reichte ihr ein nur leicht angeschmuddeltes Taschentuch und erbot sich, ihr Wasser zu holen.

»Nein, es ist alles in Ordnung. Tut mir leid. Gleich geht es mir wieder gut. Wo sind wir?«

»Dahinten sind die Marjorelle-Gärten«, antwortete der Fahrer und wies in eine kleine Seitenstraße. »Sie führt zur Avenue d'el-Jadida. Ganz, ganz nah.«

»Ja, ich verstehe. Danke. Ich glaube, ich gehe den Rest zu Fuß. Ich brauche frische Luft. Fahren Sie nur.« Sie gab ihm den Fahrpreis und ein doppelt so hohes Trinkgeld.

Er betrachtete sie. Sein Gesicht mit den tiefen Falten wirkte noch immer besorgt. »Ich warte auf Sie.«

»Nein, nicht. Alles ist bestens. Es könnte Stunden dauern. Bitte, ich schaffe das schon. Vielen Dank für alles. Sie waren sehr nett zu mir.«

Es war brütend heiß in ihrem Jerseykleid, und die Sonne brannte auf ihren ungeschützten Kopf herunter. Ein wenig wackelig überquerte sie die Straße und hoffte, dass ihr nicht wieder übel werden würde. Dann steuerte sie auf die Avenue d'el-Jadida zu.

Als Harry Moreton über die Landebahn des Flughafens von Casablanca rollte, befand er sich in einem solchen Zustand der Erschöpfung und Überdrehtheit, dass er beinahe glaubte, an Halluzinationen zu leiden. Er hätte keinen Kilometer weiterfliegen können, selbst wenn er von einem Flugplatz in Marrakesch gewusst hätte, was nicht der Fall war. Auf Beinen, die ihn kaum noch trugen, stieg er aus seinem Flugzeug und ging mit seinen Papieren zum Tower. Eine Stunde später schlief er in einem erstaunlich bequemen Zug.

»Was, um Himmels willen, ist bloß los mit dir, Justin?«, schimpfte Edwina. »Die ganze Sache hätte eine oder höchstens zwei Stunden dauern sollen. Jetzt ist es fast Mittagszeit, und wir sind noch immer beim Aufbauen.«

»Ach, sei doch still. Ich habe es so verdammt satt, dass Redakteurinnen mir predigen, etwas solle nur eine oder zwei Stunden dauern. Wenn die Beleuchtung falsch wäre oder diese elenden Töpfe nicht richtig wirken würden, wärst du die Erste, die sich beschwert. Es ist sehr schwierig in diesem Zimmer. Du weißt ganz genau, dass ich einen dunkleren und weniger modernen Raum wollte.«

»Tja, mit achtundvierzig Stunden Vorlauf war das ein wenig schwierig zu bewerkstelligen. Bedauerlicherweise hatte ich nicht die Zeit, mein Wohnzimmer für dich umzugestalten. Es tut mir ja so leid. Wenn deine Freundin ein bisschen hilfsbereiter gewesen wäre …«

»Falls du Cecily meinst, sie ist nicht meine Freundin. Weit gefehlt. So etwas Absurdes habe ich noch nie gehört.«

»Wirklich? Nun, dann kann ich dir nur raten, sie nicht länger an der Nase herumzuführen und ihr Hoffnungen zu machen. Sie wird sich schrecklich in dich vergucken, und das ist nicht fair. Außerdem fällt alles auf mich zurück, wenn sie es ernst mit dir meint und du ihr einen Korb gibst. Immerhin habe ich euch einander vorgestellt.«

»Das wäre eine echte Katastrophe. Ich möchte dein perfekt durchorganisiertes Leben auf keinen Fall durcheinanderbringen, Edwina. Wie dem auch sei … Edwina, hast du etwas?«

»Alles bestens.« Edwina fuhr sich mit der Hand ungeduldig über die Augen, nahm das Zigarettenetui aus ihrer Handtasche und betätigte das Feuerzeug. Ihre Hand zitterte. »Möchtest du eine?«

»Nein danke. Ich verabscheue diese Dinger. Bist du sicher, dass dir nichts fehlt, Edwina?«

»Schon gut.« Edwina seufzte auf. »Es ist nur, dass mein Leben bei Weitem nicht perfekt durchorganisiert ist, wie du es ausgedrückt hast. Es ist ein Trümmerhaufen, und ich habe keine Ahnung, was ich dagegen unternehmen soll.«

»Nun, damit bist du nicht allein. Ich mache dir einen Vorschlag: Lass uns heute zusammen zu Abend essen. Dann können wir einander Unmengen schlechter Ratschläge geben und …«

»Prima Idee. Aber hättest du etwas dagegen, hier zu essen? Ich möchte lieber nicht ausgehen. Ich bitte die Köchin, uns etwas Wundervolles zu zaubern. Könnten wir jetzt weitermachen? Ansonsten fange ich an zu schreien. Und zwar sehr laut.«

Cassia hatte keine Ahnung, ob Rollo Greshams Haus das eines reichen Mannes war. So verwirrt war sie von der Reise und von diesem völlig fremden Ort, dass es ihr unmöglich war, etwas zu bewerten. Doch auf sie wirkte es recht bescheiden Es hatte in etwa die Größe einer frei stehenden Villa in einer englischen Vorstadt, ein sehr hübsches Haus und ein Stück von der Straße zurückversetzt. Keine schmale Gasse, sondern eine ziemlich breite Straße, die von Johannisbrotbäumen gesäumt war. Das weiß verputzte Haus war im Art-déco-Stil erbaut, mit geschwungenen Linien und einem flachen Dach. Der idyllische Vorgarten strotzte von Blumen. Ein Mann wässerte die Sträucher mit einem langen Schlauch. Als sie eintrat, verzog er seinen zahnlosen Mund zu dem breiten Lächeln, an das sie sich allmählich gewöhnte. Zögernd erwiderte sie die Geste.

»Sie möchten zu Monsieur Rollo?«

»Äh, ja.«

»Ich rufe Mehdi. Sie warten.«

Sie stellte sich in den Schatten der bogenförmigen Veranda. Wieder wurde ihr übel.

Mehdi erschien, offenbar ein vorgesetzter Dienstbote und mit weißer Tunika und Hose besser gekleidet als der zahnlose Mann. »Sie möchten Monsieur Rollo sprechen?«

»Ja bitte.«

»Ihr Name?«

»Mrs Tallow. Mrs Cassia Tallow.«

»Warten Sie bitte.«

Drei Kinder kamen aus dem Haus, zwei Jungen und ein Mädchen. Erst musterten sie Cassia schüchtern, dann lächelte der kleinere Junge ein strahlendes, wunderschönes Lächeln. Er war überhaupt ein schönes Kind: ziemlich hellhäutig mit dunklem, schimmerndem Haar. Er war nur ein wenig größer als Bertie, aber offenbar älter. Das Mädchen wirkte jünger, vermutlich erst sieben, und klammerte sich an seine Hand. Sie sah aus, als hätte sie eben noch geweint.

Mehdi kehrte zurück, scheuchte sie weg wie Hunde und sagte etwas Unverständliches. Der ältere Junge antwortete und nickte, und dann liefen sie alle davon. Mehdi betrachtete Cassia. »Sind Sie allein?«

»Ja«, erwiderte sie, überrascht über seine Frage. »Natürlich bin ich allein. Wie Sie sehen können.«

»Warten Sie weiter.« Er ging ins Haus und kam nach ein paar Minuten zurück.

»Monsieur Rollo sagt …«

Er wird mich nicht hereinlassen, dachte Cassia. Ich kann Gresham nicht sprechen. Jetzt bin ich so weit gereist und werde trotzdem nichts erfahren.

»Sind zwei Stunden in Ordnung?«

»Was?«

»Kommen Sie in zwei Stunden wieder, ja? Um drei.«

»O ja, gerne. Vielen Dank.«

Mehdi verbeugte sich, der Gärtner ebenfalls, und sie trat auf die Straße hinaus.

Ja, teilte man Harry im Mamounia mit. Mrs Tallow sei hier abgestiegen, allerdings kurz nach dem Frühstück ausgegangen. Sie habe gemeint, sie wisse nicht, ob sie zum Mittagessen zurück sein werde. Wolle Mr Moreton zu Mittag essen oder lieber auf Mrs Tallow warten?

Harry ging in die Bar, bestellte einen großen Whiskey und schickte ein Stoßgebet zum Himmel, Mrs Tallow möge tatsächlich zurückkommen. Dann überlegte er, was er unternehmen sollte, falls sie es nicht tat.

Cassia beschloss, während der verbleibenden zwei Stunden wieder ins Hotel zu fahren. Doch im nächsten Moment wurde ihr klar, dass sie den Weg nicht kannte. Hier gab es keine schwarzen Taxis oder etwas Ähnliches, und sie konnte auf keinen Fall zu Fuß gehen, nicht in dieser Hitze. Falls sie nicht ohnmächtig wurde oder sich wieder übergeben musste, würde sie sich bestimmt verirren und unterwegs vermutlich überfallen oder belästigt werden. Aber sie konnte auch nicht zwei Stunden lang hier herumstehen. Das war unerträglich. Vielleicht wartete das Taxi ja noch. Der Fahrer hatte darauf bestanden, noch ein paar Minuten zu bleiben. So lange war sie ja nicht fort gewesen.

Der Taxifahrer hatte tatsächlich gewartet, weil er sich Sorgen um sie machte. Sie war so jung, und offenbar fühlte sie sich nicht wohl. Außerdem gefiel es ihm nicht, wenn Frauen allein in Marokko herumreisten. Es war gefährlich.

Er kannte das Haus wie so viele in der Stadt und wusste, dass es von einem Engländer bewohnt wurde. Er wusste auch, dass der Engländer krank war und woran er litt, ja sogar welcher Arzt ihn behandelte.

Von der Ecke aus beobachtete er, wie sie durch das Tor trat, und rollte langsam ein Stück vorwärts, als sie verschwand. Er sah sie mit dem Gärtner sprechen und in der Tür auf den Hausdiener warten. Dann kamen die Kinder heraus: arabische Kinder, hübsche Kinder, zweifellos für den Engländer hergebracht.

Er schaute auf die Uhr. Fast Viertel vor eins. Ihm fiel ein, dass er um eins wieder am Hotel sein musste, ein wichtiger Auftrag. Einige amerikanische Damen wollten zum Markt in Asni. Er konnte es sich nicht leisten, den obersten Portier des Mamounia zu verärgern. Sein Lebensunterhalt und der seiner ziemlich großen Familie hingen von ihm ab. Außerdem war es eine weite Fahrt. Er legte den Gang ein, wendete mit quietschenden Reifen auf der heißen Straße und machte sich auf den Weg zum anderen Ende der Stadt.

Als Cassia aus dem Tor trat, sah sie ihn um die Ecke biegen. Im ersten Moment wurde sie wieder von Panik ergriffen, doch dann erinnerte sie sich erleichtert an die Marjorelle-Gärten. Dort konnte sie hingehen und sich eine Weile setzen.

Sie kehrte um, bezahlte das Eintrittsgeld und schlenderte in die Gärten. Sofort fühlte sie sich völlig verändert. Ihr war überhaupt nicht mehr übel, sondern ihr schwindelte von der Pracht ringsherum. Die Gärten waren eine Sensation. Üppig grün und voller Palmen, Bambus, Kapuzinerkressen, Bougainvilleen, Pergolen, Seerosenteichen und leuchtend bunten Pfaden in Rosa, Gelb und Grün. Die Luft war frisch und erfüllt von Wasserplätschern und Vogelgesang. Doch das Ungewöhnlichste waren die Farben der Gartenmauern und des Hauptgebäudes: ein erstaunlich strahlendes, durchdringendes, ins Malvenfarbene changierende Blau, wie sie es noch nie zuvor gesehen hatte und wohl nie wieder sehen würde.

Sie setzte sich auf eine Bank an einem der Teiche. Inzwischen ging es ihr besser. Dieser Ort wirkte gleichzeitig beruhigend und anregend auf sie. So musste es im Garten Eden sein. Hierherzukommen und ihre Gedanken für das anstehende Gespräch zu ordnen war die Fahrt wert gewesen. Viel besser, als ins Hotel zurückzukehren.

Als sich die Mittagszeit beim besten Willen nicht mehr hinauszögern ließ, überlegte Harry, was er tun sollte. Vermutlich war Cassia bei Gresham – woher sie die Adresse hatte, wusste nur der Himmel. Nicht zum ersten Mal seit Anfang dieses Himmelfahrtskommandos empfand er eine tiefe Bewunderung für sie. Ihm fiel nur eine andere Frau ein, die allein zu einer solchen Reise aufgebrochen wäre, und das war Edwina. Offenbar fühlte er sich von starken Frauen angezogen, dachte Harry, was er amüsant, ja sogar ironisch fand. Dann wandte er sich wieder seinem Dilemma zu.

Es war zwecklos, in Greshams Haus eindringen zu wollen. Man würde ihn hinauswerfen oder vielleicht sogar erschießen, wenn er auch nur einen Fuß in den Garten setzte. Er konnte auch draußen warten, in der Hoffnung, dass Cassia noch nicht dort war oder dass sie ihn zumindest nicht eigenhändig erschießen würde, wenn sie herauskam. Nach einigen Minuten entschied er, dass Letzteres die einzige Möglichkeit war.

Er ließ ein Taxi rufen und schaute auf die Uhr: fünfundzwanzig nach zwei. In einer knappen halben Stunde konnte er da sein. Inzwischen bereute er es, dass er nicht sofort hingefahren war, anstatt Zeit in der Bar zu vergeuden. Wenn er sie verpasste und sie zuerst bei Gresham eintraf, konnte eine sehr unschöne Situation daraus entstehen.

Cassia beschloss, die schützenden Gärten zu verlassen und zur Avenue d'el-Jadida zurückzukehren. Es war zehn vor drei, und sie wollte nicht zu spät kommen. Vielleicht war Rollo Gresham ja ein Pünktlichkeitsfanatiker. Er konnte auch ausgehen oder ihre Verspätung als Vorwand nutzen, sie nicht zu empfangen. Inzwischen fühlte sie sich viel besser und glaubte, sich und die Ereignisse im Griff zu haben. Sie stand auf, strich ihr zunehmend derangiertes, viel zu warmes Kleid glatt und machte sich auf den Weg zum Haus. Sie würde fünf Minuten zu früh kommen, aber das spielte keine Rolle. Schließlich konnte sie auf der Straße vor seinem Tor warten, wo niemand sie belästigen würde.

»*Yallah*«, sagte Harry und sprang ins Taxi.

Der Fahrer ließ sich von diesem marokkanischen Ausruf nicht beeindrucken. »Ja, Boss«, antwortete er und steuerte in seinem üblichen gemächlichen Tempo auf Ville Nouvelle zu. Sein Auto war noch neu, und er würde für niemanden eine Beule riskieren.

Die Straßen waren erstaunlich frei. Nach Harrys Berechnung würden sie in einer knappen Viertelstunde da sein, wenn dieser Idiot nur ein wenig Gas gegeben hätte. Er kramte einige Geldscheine heraus, schwenkte sie und schob sie dem Mann über die Schulter. »*Vite, plus vite.*«

Der Fahrer zuckte die Achseln und erhöhte die Geschwindigkeit fast unmerklich, ein Hinweis darauf, dass er auch bereit sein würde, noch schneller zu fahren.

»Verdammt«, schimpfte Harry und förderte weitere Geldscheine zutage. Der Mann wandte sich halb zu ihm um, um ihren Wert abzuschätzen. Und da geschah es.

Ein Esel, der die Ausstattung eines ganzen Hauses auf dem Rücken zu tragen schien und außerdem einen kleinen

Karren hinter sich herzog, geriet plötzlich auf der Straße ins Rutschen. Seine Beinchen gaben unter ihm nach, sodass er bäuchlings auf dem Boden lag. Sein Besitzer schlug und schrie nutzlos auf ihn ein. Ein entgegenkommendes Auto bremste scharf ab und stieß mit einem Pferdewagen zusammen. Dessen Ladung bestand aus einigen Dutzend Hühnern, die die Flucht ergriffen und fröhlich gackernd über die Straße liefen. Nur sechzig Sekunden später war die gesamte Straße unpassierbar und erinnerte an einen Bauernhof nach einem Wirbelsturm.

Harrys Taxi scherte aus, um der größten Gruppe von Hühnern auszuweichen, und kollidierte mit einem großen, klapprigen Lieferwagen, der aus der anderen Richtung kam. Harry, der sich vorgebeugt hatte, um den Fahrer anzuschreien, wurde nach vorn geschleudert und schlug sich den Kopf kräftig am Armaturenbrett an. Bevor er das Bewusstsein verlor, sah er nur noch, dass ein großes Huhn zum offenen Fahrerfenster hereinkletterte.

»Janet«, sagte Bertie. »Janet, glauben Sie, dass Mummy am Montagabend zurück ist? Wegen meines Weihnachtskonzerts und um Williams Solo zu hören? Das wird sie doch, oder? Ein Patient kann einfach nicht wichtiger sein.«

Janet lächelte ihn strahlend an. »Ja natürlich wird sie das. Da bin ich absolut sicher. Das wird sie nicht verpassen. Nicht für alle Patienten der Welt.«

»Hoffentlich«, erwiderte Bertie.

Später, als er draußen spielte, ging sie zu Edward, der mit finsterer Miene über einigen Papieren auf seinem Schreibtisch brütete.

»Dr. Tallow, entschuldigen Sie die Störung, aber Bertie macht sich große Sorgen, dass Mrs Tallow nicht am Montagabend zurück sein könnte. Wegen des Weihnachtskonzerts. Es ist den beiden sehr wichtig. Ich habe mich gefragt, wann sie wieder da ist. Was soll ich ihnen antworten?«

»Das weiß nur der Himmel«, erwiderte Edward und seufzte. »Sie ist im Ausland, in irgendeiner gottverlassenen Stadt in Nordafrika, ist das zu fassen? Angeblich will sie morgen abreisen, aber wer kann schon sagen, ob sie es wirklich tut?«

Janet nahm die Nachricht auf ihre übliche Art auf, nämlich so, als hätte Edward ihr mitgeteilt, Cassia sei in Cheltenham oder in Leamington Spa. »Nun, wenn sie das gesagt hat, ist es auch so«, meinte sie gut gelaunt und fügte hinzu: »Nordafrika, wie interessant. Mein Vater hat in den Zwanzigern einige Jahre in Algier gelebt. Sehr nettes Völkchen. Delia und ich machen jetzt einen Spaziergang. Bis später, Dr. Tallow.«

Edward blickte ihnen durchs Fenster nach, als sie, Buffy an der Leine, die Straße entlangschlenderten. Delia plapperte fröhlich vor sich hin. Er dachte, dass Janet wahrscheinlich auch in einer Hölle à la Hieronymus Bosch für Ruhe und Ordnung gesorgt hätte.

Rollo Gresham war eindeutig schwer krank, sagte sich Cassia und musterte ihn eingehend. Er war blass und litt offenbar unter Atemnot. Außerdem war er stark abgemagert und nur noch ein Schatten des auf derbe Weise attraktiven Mannes, an den sie sich erinnerte. Er ließ sie auf eine Terrasse hinter dem Haus führen und bestellte Tee. Seine Begrüßung fiel höflich und erfreut aus. Er küsste ihr die Hand, und sie fragte sich, warum er ihre Briefe nicht beantwortet hatte.

Er saß in einem hochlehnigen Rattansessel und hatte die Füße auf einen Schemel gelegt. Seine Knöchel waren angeschwollen. Sicher eine Herzkrankheit. Er trug eine weite, helle Hose und Sandalen, und als er sein Hosenbein hochzog, um nach einer Fliege an seinem Knöchel zu schlagen, bemerkte sie einen Verband an seinem Bein.

»Also, wie findest du Marrakesch?«, erkundigte er sich.

»Oh … sehr interessant.«

»Man muss sich daran gewöhnen. Wenn man sich besser auskennt, ist es ziemlich faszinierend. Warst du schon auf dem Platz, dem Djemaa el-Fna?« Er sprach es arabisch aus.

Sie hatte keine Ahnung, was er meinte, und schüttelte den Kopf. »Bis jetzt habe ich nur die Gärten gesehen. Die hier in der Nähe.«

»Nun, du musst dir den Platz unbedingt anschauen. Es ist wie eine Zeitreise, Hunderte, womöglich Tausende von Jahren zurück. Schlangenbeschwörer, Feuerschlucker, tanzende Derwische. Wirklich wunderbar. Geh morgen hin.«

»Morgen reise ich nach England zurück«, erwiderte Cassia.

»Eine Stippvisite also.«

»Ja.«

Schweigen entstand. »Wie lange wohnst du schon hier?«, fragte sie schließlich.

»Ach, immer wieder einmal, seit einigen Jahren«, antwortete er zögernd. »Es tut mir gut.«

»Ja«, sagte sie höflich. »Es scheint hübsch hier zu sein.« Sie dachte an das Haus in England mit seinen Nebengebäuden, Stallungen und Parks, das in *Country Life* angeboten worden war, und versuchte, sich auszumalen, wie er die Veränderung empfand.

»Natürlich«, fuhr er fort, »ist es nicht ganz das, was ich all die Jahre gewöhnt war. Mein Anwesen in England. Aber man muss sich anpassen. Wie du vermutlich auch. Ich habe es gelernt. In England habe ich mir überlegt, in die Politik zu gehen«, fügte er unvermittelt hinzu.

Das war so absurd, dass sie Mühe hatte, sich ein Schmunzeln zu verkneifen. »Das wusste ich gar nicht. Wie ... interessant.«

»Ja, ich hatte den Eindruck, dass ich Talent dafür habe. Ich habe schon immer gern in der Öffentlichkeit gesprochen. Aber dieser Weg ist mir jetzt endgültig verbaut.«

»Ja, wahrscheinlich. Es tut mir leid, dass du dich nicht wohlfühlst«, merkte sie nach einer kurzen Pause an.

»Oh, mir geht es blendend. Nur eine vorübergehende Unpässlichkeit.« Er wies auf sein Bein. »Und natürlich werden wir mit zunehmendem Alter nicht kräftiger. Ich habe nicht mehr so viel Energie wie früher. Außerdem ist das Klima, gelinde ausgedrückt, nicht optimal.«

»Ja, das kann ich mir vorstellen. Kümmert man sich gut um dich?«

»Was soll das heißen?« Seine Miene wurde plötzlich argwöhnisch. »Falls du die Dienstboten meinst, die taugen nicht viel. Die wachsen hier auf den Bäumen, jeder hat welche, das hat nichts zu bedeuten. Ganz anders als das Personal in England. Wenn ich mich an meinen Haushalt dort erinnere. Tja, das kann man eben nicht miteinander vergleichen.«

Sein unvermittelter Stimmungsumschwung erstaunte sie. »Eigentlich habe ich von medizinischer Versorgung gesprochen. Sind die Ärzte gut?«

»Nicht schlecht. Nicht so gut wie englische Ärzte, aber dafür billig.«

»Aha.«

»Warum bist du hier, zum Teufel?«, fragte er aus heiterem Himmel. »Was? Sag mir, warum du hier bist.«

»Nun, ich wollte ...«

»Was wolltest du? Noch mehr? Hoffentlich glaubst du nicht, dass du noch mehr aus mir herausholen kannst.« Er lehnte sich zurück. Eine seltsame Verbitterung malte sich auf seinem

Gesicht ab. »Denn ich habe nichts. Wie du sehen kannst, ist alles weg.«

»Ich habe keine Ahnung, wovon du sprichst. Selbstverständlich will ich nicht mehr. Von irgendetwas.«

»Was treibst du dann hier, verdammt?« Er stellte seine Tasse ab und beugte sich mit drohender Miene vor. »Willst du mich kontrollieren und dich vergewissern, dass es wirklich aus und vorbei mit mir ist? Ist das der Grund?«

»Nein, natürlich nicht.« War das normale Wut und berechtigte Feindseligkeit? Oder handelte es sich um eine Art Verfolgungswahn oder Demenz? Gleichzeitig neugierig und nervös, betrachtete sie ihn.

»Hat Moreton dich geschickt? Hat er dich gebeten, herzukommen und es noch einmal zu versuchen? Hat er? Ich wette, dass das stimmt. Sicher steckt er dahinter.«

»Nein, Rollo, das hat er nicht. Er weiß gar nicht, dass ich hier bin. Und ich verstehe nicht, wovon du sprichst. Bitte beruhige dich.«

Das schien ihn zu entspannen. Er lehnte sich zurück, griff nach einer Zigarette und zündete sie an. Seine Hand zitterte leicht. Er schlug nach einer weiteren Fliege, die seinen Kopf umschwirrte. Sie bemerkte, dass sein Haar sehr schütter geworden war. Früher war es dicht und gewellt gewesen. Haare wie ein Partylöwe, hatte Edwina einmal gesagt.

Sie lächelte ihn verlegen an. »Die Kinder sind sehr niedlich«, sagte sie in dem Versuch, ein unverfängliches Thema zu finden.

»Welche Kinder?« Sein Blick war wieder zornig. Also doch nicht so unverfänglich.

»Die Kinder, die ich heute Vormittag hier gesehen habe. Es waren drei. Sind es die Kinder der Dienstboten?«

»Ja, richtig.« Offenbar war er froh, dass sie ihm eine Erklärung geliefert hatte. »Ja, die Kinder der Dienstboten. Sie kosten mich keinen Penny.«

»Nein, selbstverständlich nicht.« Schon wieder Geld und dieses seltsame Bedürfnis, sie mit seiner Mittellosigkeit zu beeindrucken.

»Also«, sagte er schließlich, »was führt dich also hierher?«

Plötzlich klang seine Stimme schleppend und erschöpft. Als er in die Hände klatschte, erschien der Diener Mehdi. Rollo wechselte ein paar Worte in schnellem Französisch mit ihm, worauf Mehdi verschwand und mit einem Getränketablett zurückkam: Brandy, Whisky, Soda, Gläser.

»Darf ich dir einen Drink anbieten?«

»Nein danke.«

»Ach komm schon«, erwiderte er ungeduldig. »Meistens muss ich allein trinken. Wenigstens diesen Gefallen könntest du mir tun. Los, Cassia, trink etwas.«

Cassia hatte einmal einen schwer geisteskranken Patienten untersucht und die Stimmungsschwankungen, die ständigen Wechsel zwischen Klarheit und Verwirrung und den Zwang, sich alldem anzupassen, als höchst verstörend empfunden. Nun spürte sie, wie diese Verstörung wieder in ihr aufstieg. Sie musste vorsichtig sein. »Also gut. Danke. Ich nehme einen Brandy.«

»Eine weise Entscheidung. Ich trinke das Gleiche. Soda? Nein, das verdirbt einen guten Brandy. Pur schmeckt er besser.«

Er schenkte zwei große Brandys ein und hob sein Glas. Sie stellte fest, dass seine Hand zitterte, und fragte sich, ob er zusätzlich zu seinen übrigen Krankheiten auch noch an Parkinson litt. Er war eindeutig ein schwer kranker Mann. »Auf dich. Du warst immer hübsch«, fügte er unvermittelt hinzu. »Jetzt bist du schön. Sie wäre stolz auf dich gewesen.«

»Danke. Sprichst du von Leonora?«

»Ja, ich spreche von Leonora. Vielleicht sollten wir auf sie trinken. Ein bisschen spät, aber … auf Leonora.«

»Auf Leonora.« Sie trank gehorsam.

»Du hast mir noch nicht verraten, warum du hier bist.«

»Ich wollte dich sehen.«

»Ich fühle mich geschmeichelt. Es ist eine sehr weite Reise. Wie bist du hergekommen?«

»Geflogen. Mit der Air France nach Casablanca.«

»Wie abenteuerlustig. Und Moreton ist nicht bei dir? Er hat dich nicht geschickt?«

»Nein, wirklich nicht.«

»Wollen wir es hoffen. Also, sag mir, was du willst.«

Sie beschloss, zumindest in Teilen ehrlich zu sein. Schlimmer konnte die Sache dadurch nicht werden. »Ich bin hier, um ein Geheimnis aufzuklären. Ich kann die Wahrheit von niemandem sonst erfahren.«

»Ein Geheimnis?«

»Ja. Über Leonoras Lebensumstände, als sie starb.«

»Als Leonora starb, hatte sie sehr viel Geld, was du ja weißt.«

»Ja, und das hat sie dann mir vermacht.«

»Natürlich. Alles ordentlich geregelt. Erst hatte sie es und danach du.«

»Ja, das ist richtig.«

»Nicht wirklich. Ganz und gar nicht richtig.« Seine Miene wurde wieder drohend.

»Es tut mir leid, ich …«

»Ach, nicht weiter wichtig. Pass auf, ich habe allmählich genug. Frag mich, was du wissen willst, und dann muss ich dich bitten zu gehen.«

Seine Haltung wechselte zu feindselig.

Cassia holte tief Luft. »Ich möchte wissen, woher das Geld stammte, das Leonora mir hinterlassen hat.«

»Warum interessiert dich das?«

»Weil ich befürchte, dass es nicht von ihr gewesen sein kann.«

»Ach komm schon.« Er lächelte und wirkte beinahe amüsiert. »Natürlich war es ihr Geld. Du hast die Dokumente doch gesehen.«

»Ja, aber …«

»Aber was? Ich finde es recht spannend, deine Deutung der Ereignisse zu hören.«

»Ich habe herausgefunden, dass sie ein oder anderthalb Jahre vor ihrem Tod in recht ärmlichen Verhältnissen gelebt hat. Sie hatte finanzielle Schwierigkeiten und war krank. Wie konnte sie plötzlich so reich werden?«

»Ja, das ist ein Geheimnis, nicht wahr?« Sein Lächeln war hässlich geworden. »Ich verstehe, dass dich das neugierig macht. Tja, woher, glaubst du, dass es stammen könnte?«

»Ich habe keine Ahnung. Von dir wohl kaum …«

»Ach ja? Und wieso nicht?«

»Ich dachte, du hättest nicht so viel Geld. Zu diesem Zeitpunkt.«

»Aha. Und woher weißt du das?«

»Ich habe einige Gerüchte aufgeschnappt.«

»Oh, hast du das. Herrje, da hast du aber mächtig Detektiv gespielt, Cassia. Schade, dass du den Brandy nicht trinkst. Ist er dir nicht gut genug? Schon viel besser. Und jetzt erzähl mir, wo du diese Gerüchte aufgeschnappt hast. In London? Redet man dort über mich? Mit wem hast du gesprochen, und wen hast du aufgespürt? Wer mag dir wohl bei deiner Suche geholfen haben?«

»Niemand«, entgegnete Cassia mit Nachdruck. »Es war eine Zufallsbegegnung mit Miss Monkton. Sie schien zu wissen …«

»Miss Monkton!« Lächelnd lehnte er sich zurück. »Die arme, alte, verschrumpelte, frustrierte Monkton mit ihren dünnen Haaren und dem Mundgeruch. Wie hat Leonora sie an der Nase herumgeführt! Leonora und ich.« Sein Lächeln verflog, und seine Miene verdüsterte sich wieder. »Woher, zum Teufel, wusste sie, welches Geld ich habe oder nicht habe? Hat sie mir auch nachspioniert?«

»Rollo, niemand hat dir nachspioniert. Sie hat Leonora in einer ziemlich heruntergekommenen Wohnung angetroffen, und Leonora hat es ihr gesagt.«

»Was hat sie ihr gesagt?« Seine Stimme war plötzlich sehr laut. »Was hat sie ihr gesagt, was?« Er packte Cassia am Handgelenk. Sein Gesicht war ganz nah an ihrem. Sein Atem roch übel.

Sie zwang sich, ihn anzulächeln und sich nicht abzuwenden. »Nur, dass du viel von deinem Geld verloren hast«, erwiderte sie ruhig.

»Und sonst nichts?«

»Nein, sonst nichts. Ehrlich.«

Scheinbar beruhigt lehnte er sich zurück. »Oh, ich verstehe. Nur das. Tja, da hatte sie ganz recht. Eine hohe Summe. Darüber hinaus hat Leonora mir geholfen, sie zu verlieren. Fürs Geldverlieren hatte Leonora ein Händchen. Mir war gar nicht klar, um wie viel es sich handelte.«

»Und deshalb will mir nicht in den Kopf, wie Leonora mir so viel Geld hat vermachen können. Ich begreife nicht, woher es stammt.«

»Aber du hast einen Verdacht, richtig?« Sein Blick war argwöhnisch, seine Augen glitzerten. »Ich merke dir an, dass du etwas vermutest. Möchtest du mir nicht davon erzählen?«

»Nein.« Seltsamerweise bekam sie es mit der Angst zu tun, ohne es sich erklären zu können. »Nein, ich habe keinen Verdacht. Deshalb bin ich ja hier. Ich dachte, du wüsstest es vielleicht.«

»Hast du das Dokument gesehen?« Er ließ ihr Handgelenk los. »Das Testament?«

»Ja, aber …«

»Nun, dann weißt du es. Das Geld kam von mir.«

»Wirklich?«

»Nun, wenn nicht von mir, von wem dann?«, fragte er ungeduldig. »Von wem sonst hätte es kommen können?«

Sie schwieg.

»Los, Cassia, wer hätte in deiner offenbar kranken Fantasie Leonora eine halbe Million Pfund geben können, wenn ich es nicht war? Wer, wer, wer?« Er näherte sein Gesicht bedrohlich dem ihren, und sein Atem ging schwer. Sie fühlte sich bedrängt. Eine Todesangst bemächtigte sich ihrer. »Cassia, woher, glaubst du, kam dieses Geld?« Als er die Hand hob, befürchtete sie schon, er würde sie schlagen.

Sie beschloss, ihm reinen Wein einzuschenken. Schlimmer konnte es nicht mehr werden. »Ich dachte, vielleicht von Harry Moreton.«

»Harry Moreton! Gütiger Himmel. Das wird ja immer besser.«

Er ließ sie los, lehnte sich zurück und fing zu lachen an. So lange lachte er, dass sie begann, sich Sorgen zu machen. Es war ein hysterisches Gelächter, nicht mehr aufzuhalten. Wahnwitzig. Sein Gesicht rötete sich. Schließlich verwandelte sich das Lachen in ein abscheuliches Husten und Würgen und in Ringen nach Atem. Cassia betrachtete ihn erschrocken, stand auf, beugte seinen Oberkörper nach vorn und klopfte ihm kräftig auf den Rücken. Langsam ließ das Husten nach. Sie goss ihm ein Glas Wasser ein und hielt es ihm an die Lippen.

»Danke«, sagte er nach einer Weile, richtete sich auf und

wischte sich die Tränen aus den Augen. »Was für eine wunderbare Ärztin du bist. Ich weiß noch, dass viel über dich und dein Medizinstudium geredet wurde.«

»Wirklich?«

»Ja. Leonora war sehr stolz auf dich. Und traurig, weil du deine Karriere nicht weiterverfolgt hast.«

»Ja? Das wundert mich. Ich hatte immer den Eindruck, es verwirrte sie ein wenig, dass ich unbedingt arbeiten wollte.«

»O nein. Es hat sie traurig gemacht. Lass uns zu deiner merkwürdigen Theorie zurückkehren. Nein, meine liebe Cassia, das Geld kam nicht von Harry Moreton, sondern bedauerlicherweise von mir. Deshalb wohne ich ja in dieser stinkenden, von Fliegen verseuchten Bruchbude, weit weg von zu Hause und von meinen Freunden. Darum kann ich nicht nach Hause kommen und habe keine Heimat mehr. Aus diesem Grund werde ich hier sterben. Weil das Geld von mir war. Nicht von Harry Moreton, Cassia, obwohl …«

Er hielt inne und musterte sie so hasserfüllt, dass sie erschauderte. Als er es bemerkte, lächelte er. »Du hast doch nicht etwa Angst? Oh doch. Gut. Mir gefällt die Vorstellung, dass du Angst hast. Ich hatte hier draußen auch oft Angst.«

»Das tut mir leid. Aber ich verstehe immer noch nicht …«

»Ach verschwinde einfach und lass mich in Ruhe. Wenn du mehr erfahren willst, frag doch deinen Freund Harry Moreton. Er kann dir alles schildern. Auch wenn er versprochen hat, mit niemandem darüber zu reden. Das haben sie beide.«

»Beide?«

»Ja, die zwei. Sie steckten unter einer Decke. Ein sehr passender Ausdruck angesichts der Umstände, findest du nicht?«

»Ich weiß nicht.«

»Ich habe mir oft so meine Gedanken über die beiden gemacht, du nicht?«

»Was für Gedanken?«

»Komm schon. So naiv kannst du doch nicht sein. Ob sie ein Paar waren. Was meinst du? Es ergibt irgendwie Sinn. Was hältst du davon, Cassia? Ich war nie ganz sicher.«

Sie stand auf. Wieder wurde sie von Panik ergriffen. Obwohl sie die Vorstellung schockierte, grübelte sie darüber nach. War das tatsächlich möglich? Nicht in ihren kühnsten Träumen hätte sie sich so etwas ausgemalt. Es war einfach zu abstoßend.

»Ich habe wirklich keine Ahnung«, erwiderte sie schließlich.

»Oh, ich schon. Mir erscheint es nicht aus der Luft gegriffen. Eigentlich eher ziemlich logisch. Überleg mal. Er hat sie vergöttert. Zu sehr, als dass es nur verwandtschaftlich gewesen sein könnte.«

Sie dachte daran, wie Harry sich während ihrer letzten Tage um Leonora gekümmert hatte. Er hatte ihre Arztrechnungen bezahlt, sie in ihre Wohnung und hinaus in die Trocadéro-Gärten getragen, hatte bei ihr gesessen, als sie starb. Ihr wurde übel. Dann jedoch fasste sie sich wieder. Sie hätte es gespürt, sicher hätte sie es gespürt.

»Bestimmt irrst du dich«, sagte sie. »Und jetzt muss ich gehen. Entschuldige, dass ich dir so viel deiner Zeit gestohlen habe.«

»Nein, setz dich wieder, Cassia, du hast noch nicht ausgetrunken.«

»Ich möchte nichts mehr. Danke. Mir ist heute schon den ganzen Tag nicht gut.«

»Wirklich? Es tut mir leid, das zu hören. Vermutlich die Hitze und das fremde Essen. Da muss man vorsichtig sein. Möchtest du dich kurz hinlegen? Soll ich meinen Arzt bitten, dich zu untersuchen? Ich rufe Mehdi …« Plötzlich war er so charmant wie früher, beinahe der Rollo, an den sie sich erinnerte. Doch während er klar wurde, hatte sie das Gefühl, im Wahnsinn zu versinken.

»Nein, besser nicht. Ich fahre lieber ins Hotel.«

»Wartet ein Taxi auf dich? Hier bekommst du nämlich keins, sie fahren nicht einfach vorbei.«

»Nein, könntest du mir eines rufen?«

»Ja natürlich. Aber ich würde mich freuen, wenn du noch eine Weile bleibst. Bis du dich erholt hast. Bitte iss mit mir zu Abend.«

»Nein, Rollo, ich …«

»Jetzt komm schon. Diesen kleinen Gefallen bist du mir schuldig. Immerhin hast du viel von mir erfahren. Oder? Ich habe inzwischen nur noch wenig Grund zur Freude.«

Er ging zur Tür und rief. Als Mehdi erschien, sprach Rollo auf Arabisch mit ihm. Mehdi verbeugte sich und verschwand, worauf Rollo die Tür schloss, sich dagegenlehnte und ihr den Weg versperrte.

»Ein ausgezeichneter Einfall von mir«, sagte er. »Wir können einen sehr angenehmen Abend miteinander verbringen. Ich entschuldige mich für mein schlechtes Benehmen von vorhin. Lass uns noch etwas trinken. Mehr Brandy? Cassia, setz dich und versuch, dich zu entspannen. Ich möchte wirklich, dass du dich amüsierst.«

KAPITEL 38

Nur ungern hatte Cecily Venetia Hardwickes kurzfristige Einladung zum Abendessen angenommen, und zwar aus zwei Gründen. Der erste lautete, dass sie sich noch immer über Justins Zurückweisung ihrer eigenen Einladung ärgerte, und der zweite, dass sie eigentlich nicht in der Stimmung für eine Dinnerparty war. Doch Venetia blieb so lange beharrlich, dass sie sich unhöflich vorgekommen wäre, wenn sie auf ihrer Ablehnung beharrt hätte.

Zu guter Letzt entpuppte sich der Abend als sehr angenehm. Eine schlichte Mahlzeit, wie Venetia versprochen hatte, in dem eleganten Haus der Hardwickes in Keats Grove, Hampstead. Alle waren so nett und liebenswürdig zu ihr und schienen sich aufrichtig über ihre Anwesenheit zu freuen. Außerdem musste sie zugeben, dass es schön war, mit anderen Menschen zusammen zu sein als mit ihrer Familie, was allmählich ein wenig einengend wurde. Sie stellte zu ihrer freudigen Überraschung fest, dass ihr das Plaudern leichtfiel, insbesondere mit Paul Hardwicke, den sie schon immer gemocht hatte. Er war sehr charmant, und sie genoss seine scherzhaften Flirtversuche. Als der Abend endete, war sie so guter Laune, dass sie in Sachen Justin wieder zuversichtlicher wurde und sich einreden konnte, dass er wirklich sehr beschäftigt war. Immerhin hatte er ja ein Treffen in der nächsten Woche vorgeschlagen. Sie konnte einfach nicht glauben, dass er ihr die ganze Zeit etwas vorgemacht hatte.

Als sie sich kurz nach halb elf von den Hardwickes verabschiedete, war sie in Hochstimmung und außerdem ziemlich beschwipst. Bei ihrer Ankunft hatte sie vor lauter Nervosität recht viel von Pauls ausgezeichnetem Champagner getrunken und war dann mühelos zu dem köstlichen weißen Burgunder gewechselt, den es zum Essen gab.

Preston erwartete sie mit dem Wagen. Nachdem er sich erkundigt hatte, ob sie einen schönen Abend gehabt hatte, wurde er staatstragend und hielt ihr einen ausführlichen Vortrag über die Abdankung und darüber, dass er dem König so etwas nie zugetraut hätte. Wie hatte er auf so schamlose Weise sein Vergnügen über die Pflicht stellen können? Während das Auto nach Süden fuhr, wurde sie ein wenig schläfrig und schreckte hoch, weil Preston laut hupte.

»Verzeihung, Madam«, sagte er. »Zwei junge Gentlemen, die es sich in den Kopf gesetzt hatten, mitten auf der Straße zu gehen. Wir sind bald da, Madam.«

»Schon gut, Preston. Wo sind wir?«

»Gleich am Lowndes Square, Madam«, erwiderte Preston.

Als sie vor dem Haus der Moretons aus dem Fenster spähte, sah sie, dass sich die Tür öffnete und Justin herauskam. Er drehte sich um und küsste Edwina, die ihm zur Tür gefolgt war.

Hätte Cecily nicht so einen schönen Abend gehabt und nicht so viel getrunken, hätte sie sich wohl anders verhalten. Allerdings führten Empörung und mangelnde Schüchternheit dazu, dass sie Preston bat zu stoppen und ausstieg.

Fasziniert und wie erstarrt beobachteten Justin und Edwina, wie sie über den Gehweg marschierte und sie anblickte.

»Ich hoffe, ihr zwei hattet einen netten Abend«, sagte sie.

»Ich wusste ja gar nicht, dass du eine Dunkelkammer im Haus hast, Edwina. Falls du das nächste Mal die Gesellschaft einer anderen vorziehst, Justin, wäre ich dir dankbar, wenn du ehrlich sein könntest. Ich bin weder verblödet noch so seelisch gebrochen, dass ich die Wahrheit nicht aushalten würde. Außerdem kann ich mir nicht vorstellen, wieso du gedacht hast, dass es mich so kränken könnte. Du bildest dir wohl viel auf dich ein. Gute Nacht.« Mit diesen Worten machte sie kehrt und stolzierte zurück zum Auto.

Preston, der ziemlich nervös danebenstand, hielt ihr die Tür auf. Offenbar in der Absicht, seine Arbeitgeberin mit einer großen Geste zu unterstützen, schloss er sie mit Nachdruck und brauste mit quietschenden Reifen davon.

»Mein Gott.« Justin blickte ihnen nach. »Ich wusste gar nicht, dass sie so viel Stil hat.«

Als Harry Moreton in seinem Zimmer im Mamounia erwachte, stellte er fest, dass ein Hotelangestellter und eine Krankenschwester in Tracht ihn besorgt musterten. Er schaute auf die Uhr. Es war halb zehn. Ruckartig setzte er sich auf und schwang die Beine über die Bettkante, worauf ihm ein stechender Schmerz durch den Kopf schoss und ihm übel wurde.

Streng schob ihn die Schwester zurück in die Kissen. »Liegen Sie bitte still«, sagte sie. »Ich muss den Arzt rufen.«

»Den Arzt! Verdammt, ich bin nicht krank.«

»Sie haben eine Gehirnerschütterung, und ich habe Anweisung, den Arzt zu holen, sobald Sie aufwachen. Er war bereits einige Male hier.« Sie ging zum Haustelefon und führte mit der Telefonistin ein Gespräch in schnellem Französisch.

»Gehirnerschütterung!« Harry blickte sie finster an. »Ich habe doch keine Gehirnerschütterung. Ich bin nur kurz eingeschlafen. Ich bin aus England hierhergeflogen und bin hundemüde. Und jetzt muss ich los.«

»Monsieur Moreton, es tut mir leid, Sie haben eine Gehirnerschütterung. Sie haben einen kräftigen Schlag auf den Kopf erhalten. Sie waren zwar nicht lange bewusstlos, dämmern jedoch schon seit einigen Stunden vor sich hin.«

»Das ist ja Unsinn. Ich habe nur ein wenig geschlafen. Ich erinnere mich noch an einen Kurpfuscher im Krankenhaus, der mich unbedingt röntgen wollte, offenbar ohne Ergebnis. Ich bedaure, aber ich muss jetzt wirklich gehen.«

»Monsieur Moreton, bitte! Bleiben Sie ruhig. Der Arzt kommt sofort.«

»Ich kann nicht auf irgendeinen Arzt warten, weil ich etwas Dringendes erledigen muss. Bitte lassen Sie mich weg.«

Die Schwester wich hilflos zurück. Vorsichtig schlüpfte Harry in Schuhe und Sakko – und hastete ins Bad. Als er wieder herauskam, fühlte er sich ausgesprochen zittrig und wie ein Idiot. Der Arzt war gerade eingetreten.

»Scheußliche Kopfschmerzen«, bemerkte Harry im Plauderton. »Aber es ist schon viel besser.«

»Ausgezeichnet«, erwiderte der Arzt. »Bitte legen Sie sich wieder hin.«

»Ich kann nicht«, protestierte Harry und hörte selbst, wie verzweifelt er klang. »Ich kann wirklich nicht. Ich werde erwartet. Jetzt sofort.«

»Monsieur Moreton, Ihr Gesundheitszustand gestattet es nicht, dass Sie irgendwo hinfahren. Wenn Sie mir erklären, was das Problem ist, versuche ich, Ihnen zu helfen. Aber Sie dürfen dieses Zimmer nicht verlassen. Falls Sie es doch tun, lehne ich jegliche Verantwortung ab. Sie haben eine schwere Gehirnerschütterung und sollten sich vierundzwanzig Stunden lang nicht rühren.«

»Seien Sie nicht absurd. Während ich mich hier nicht rühre, wird meine …« Er zögerte. »Eine Frau schwebt in ernster Lebensgefahr«, sprach er mit Nachdruck weiter. »Hilft mir jetzt jemand hier raus?«

Cassia brach in Tränen aus. Obwohl sie wusste, dass es keinen Sinn hatte und die Sache nur verschlimmern würde, war sie machtlos dagegen. Aber sie war jetzt lange genug tapfer gewesen.

Seit sie denken konnte, hatte sie sich nicht mehr so allein gefühlt. Selbst in ihren dunkelsten Stunden wie beim Tod ihrer Mutter, als sie Harry fortgeschickt oder als sie beschlossen hatte, ihren Beruf aufzugeben, war immer jemand da gewesen. Auch wenn es der falsche Mensch war, der sie nicht richtig verstand. Jetzt war da niemand. Keine Menschenseele.

Es war albern, sich so aufzuregen, sagte sie sich. Sie hatte sich nur verirrt. Verirrt in einem fremden und scheinbar gefährlichen Land, dessen Sprache sie nicht beherrschte, wo sie niemanden kannte und wo sie weder nach dem Weg fragen noch herausfinden konnte, wo sie war. Außerdem war sie gezwungen gewesen, ihre Handtasche bei Rollo Gresham zurückzulassen, und hatte deshalb kein Geld.

Sie holte tief Luft, unterdrückte Tränen und Panik und überlegte, was sie tun sollte. Sie marschierte jetzt schon seit mindestens zwei Stunden, und zwar offenbar in die völlig falsche Richtung. Die Straße, auf der sie sich befand, führte anscheinend aus der Stadt heraus, nicht hinein. Inzwischen war es kalt, und sie war absolut erschöpft. Noch schlimmer war es, dass sie beim Anblick eines Autos oder eines Fußgängers jedes Mal in Todesangst geriet und sich in einem Torbogen, einem Hauseingang oder sogar hinter einem Baum oder Busch versteckte.

Einmal hatte sie gehofft, wenigstens die Route zum Bahnhof entdeckt zu haben, denn sie hatte ganz in der Nähe einen Zug anfahren hören. Allerdings war sie danach wieder falsch abgebogen, denn das Geräusch ertönte kein zweites Mal.

Die Vororte von Ville Nouvelle hatte sie längst hinter sich. Inzwischen hatte sie eine Art Niemandsland erreicht, wo es immer weniger Häuser, Menschen und – zum Glück – streunende Hunde und Katzen gab. Ob sie einfach kehrtmachen und in die entgegengesetzte Richtung gehen sollte? Doch das hatte sie bereits einige Male getan, und zwar ohne Ergebnis. Die Straßen schienen nicht gerade zu verlaufen, beschrieben verwirrende Kurven und führten einen immer wieder zum Ausgangspunkt zurück. So war wenigstens ihr Eindruck in Dunkelheit und Kälte.

Verglichen damit war die Flucht ein Kinderspiel gewesen. Bewundernswert ruhig und gelassen hatte sie dagesessen, mit Rollo Gresham getrunken und zugesehen, wie er ständig sein Glas nachfüllte, während sie nur vorsichtig an ihrem nippte. Rasch wurde er verwirrt. Er redete über alte Zeiten, wobei Prahlerei sich mit Verfolgungswahn abwechselte. Er sprach von seinen wichtigen gesellschaftlichen Verbindungen in die höchsten Kreise. Nichts als Unsinn, wie sie wusste, denn er hatte schon immer als zwielichtige Gestalt gegolten. Er habe sogar zum Ritter geschlagen werden sollen. Sie lauschte, gab höfliche Antworten und drängte entschlossen die Panik zurück. Schließlich bat sie ihn, die Toilette benutzen zu dürfen. Er wies Mehdi an, ihr den Weg zu zeigen. Als sie ihm folgte, prägte sie sich die Lage der Haustür ein.

Sie ging auf die Toilette, betätigte die Spülung und drehte die Wasserhähne auf, um alle glauben zu machen, dass sie sich die Hände wusch. Ohne das Wasser abzustellen, schlich sie sich hinaus. Draußen war niemand. Gemessenen Schrittes schlenderte sie den Flur entlang, lächelte jemandem – vermutlich dem Koch, denn er trug Speisen von einem Raum in den anderen – höflich zu und spazierte einfach zur Haustür hinaus.

Obwohl es bereits dämmerte, war der Gärtner noch an der Arbeit. Eine gefährliche Situation. Doch sie lächelte ihn fröhlich an und ging ganz ruhig zum Tor und hinaus auf die Straße. Und dann rannte sie los. Sie rannte und rannte, bis sie völlig erschöpft war, immer weiter und weiter. Ständig befürchtete sie, hinter sich Rufe und rasche Schritte zu hören, aber nichts geschah.

Einige Leute verließen gerade die Marjorelle-Gärten. Sie versteckte sich zwischen ihnen, doch sie stiegen alle in eine Flotte von Taxis, und sie war wieder allein und schutzlos.

Osman Jamal war sehr müde. Er hatte einen langen Tag hinter sich. Außerdem waren die Amerikanerinnen, die er am Nachmittag nach Asni gefahren hatte, unhöflich und knauserig gewesen. Nun fuhr er ein Paar ins Mamounia, nachdem er eine Ewigkeit auf die beiden und ihren Fremdenführer vor der Medina gewartet hatte, wo sie im Restaurant Yacut gespeist hatten, derzeit bei Touristen äußerst beliebt. Eigentlich wollte er nur noch ins Bett, und so sah sein Plan für den Abend auch aus. Doch nachdem er sich von dem Paar verabschiedet, sich überschwänglich für das recht bescheidene Trinkgeld bedankt hatte und zu seinem Taxi zurückkehrte, erzählte ihm einer der Portiers, die englische Dame, die er am Morgen nach Ville Nouvelle gefahren habe, sei noch nicht wieder aufgetaucht. Außerdem sei ein englischer Herr eingetroffen und in großer Sorge um sie.

Als Jamal nachfragte, wie es möglich sei, dass der englische Herr nicht nach ihr suchte, erhielt er die Antwort, er sei auf ärztliche Anweisung an sein Zimmer gefesselt, da er am Nachmittag in einen Autounfall verwickelt gewesen sei. Jemand vom Hotel sei zu der von dem Engländer angegebenen Adresse geschickt worden, habe sie jedoch nicht angetroffen. Inzwischen sei ein kleiner Suchtrupp unterwegs, und man überlege sogar, die Polizei hinzuzuziehen.

Jamal rechnete mit dem Schlimmsten. Er hatte die Engländerin sehr gemocht. Sie war charmant, großzügig und ungewöhnlich höflich zu ihm gewesen. Deshalb hielt er es für seine Pflicht, selbst nach ihr zu suchen, sonst würde er die ganze Nacht kein Auge zutun. Zumindest wusste er im Gegensatz zu den meisten im Suchtrupp, wie sie aussah.

Er verließ den Vorplatz des Mamounia und machte sich auf den Weg zur Avenue d'el-Jadida.

Harry Moreton hatte bei Rollo Gresham angerufen, mit einem Diener gesprochen und erfahren, die Besucherin sei schon vor einigen Stunden aufgebrochen. Monsieur Rollo sei indisponiert, und man habe den Arzt geholt, der ihm ein Beruhigungsmittel verabreicht habe. Er dürfe auf keinen Fall gestört werden. Die Dame habe sich wohlauf und bei bester Gesundheit verabschiedet, allerdings ihre Handtasche vergessen. Monsieur Harry könne sie gerne abholen. Ansonsten würde sie am nächsten Morgen ins Hotel gebracht werden. Aus irgendeinem Grund überzeugte Harry vor allem das, dass der Mann die Wahrheit sagte. Doch es schaffte Cassia auch nicht herbei.

Einige Male hatte er versucht aufzustehen. Sein Plan war, ein Auto zu mieten, die Straßen abzufahren und Ausschau nach ihr zu halten. Aber jedes Mal hatten ihn starker Brechreiz und Schmerzen überwältigt. Und so lag er von Sorgen gequält im Bett und versuchte, sich nicht auszumalen, wie sie in einer finsteren Seitengasse vergewaltigt oder zusammengeschlagen wurde. Außerdem redete er sich ein, dass der vom Hotel losgeschickte Suchtrupp tat, was menschenmöglich war.

Inzwischen ging Cassia wie ferngesteuert in die Richtung, von der sie nur hoffen konnte, dass es die richtige war, also weg von der Dunkelheit am Stadtrand. Vor Erschöpfung taumelte sie ein wenig, und sie zitterte heftig in der Kälte, als sie plötzlich Schritte hinter sich hörte. Anfangs sagte sie sich, dass es nichts zu bedeuten hatte. Sicherlich nur ein anderer nächtlicher Spaziergänger. Aber als sie schneller wurde, folgten die Schritte ihrem Beispiel. Sie wurde langsamer, mit demselben Ergebnis. Ansonsten war die breite Straße, die nirgendwo ein Versteck bot, menschenleer. Es war fast Mitternacht. Sie spürte, dass Angst ihr in der Kehle aufstieg wie bittere Galle, und vor Panik krampfte es ihr die Eingeweide zusammen.

Sie atmete tief durch, schloss kurz die Augen und steuerte dann mit festen Schritten auf einige Straßenlaternen zu. Die ebenso regelmäßigen Schritte hinter ihr näherten sich.

Nach einigen Minuten hielt sie es nicht mehr aus. Als sie sich umschaute, sah sie in etwa dreißig Meter Entfernung einen Mann in weißer Dschellaba und mit Turban. Sie rannte los. Anfangs ging er ruhig weiter. Sie wähnte sich schon in Sicherheit und sagte sich, dass er nur nach Hause ging, als er wieder schneller wurde. Als sie ihr Tempo steigerte, tat er es auch. Inzwischen hörte sie seinen Atem und seine Stimme, die unverständliche Worte ausstieß.

Sie drehte sich zu ihm um. »Bitte lassen Sie mich in Ruhe«, sagte sie sinnloserweise auf Englisch, worauf er grinste. Wie viele Marokkaner hatte er kaum noch einen Zahn im Mund. Der inzwischen vertraute Geruch nach Gewürzen und starken Zigaretten stieg ihr in die Nase. Sie zuckte zusammen, wandte den Kopf ab und lief wieder los.

In seinen weichen Schuhen folgte er ihr mühelos und leichtfüßig. Mit ihren hochhackigen englischen Pumps hatte sie da keine Chance. Als sie sich bückte, um sie auszuziehen, spürte sie eine Hand auf ihrem Rücken unterhalb der Taille. Mit einem Aufschrei holte sie mit den Schuhen nach ihm aus, traf ihn im Gesicht und rannte weiter.

Kurz darauf hatte er sie eingeholt, packte sie an den Handgelenken, beschimpfte sie und grinste dabei. Es gab keine Straßenlaternen, doch das Licht des Vollmonds fing sich in den weißen Mauern entlang der Straße. Seine Augen unter dem Turban glitzerten. Da er tiefe Furchen im Gesicht hatte, war sein Alter schwer zu schätzen. Doch er war nicht alt, und er war eindeutig stark.

Cassia tat das Einzige, was ihr übrig blieb, die uralte Methode von Frauen, sich gegen körperliche Bedrohung zu wehren. Sie zog das Knie hoch und rammte es ihm zwischen die Beine. Weil sie so groß war, hatte ihr Stoß eine beträchtliche Wucht. Der Mann schrie vor Schmerz auf, krümmte sich und ließ sie los. Wieder rannte sie, schneller, als sie es je für möglich gehalten hätte. Doch als sie sich erneut umblickte, bemerkte sie einen zweiten Mann, der ihren Angreifer sogar überholte. Jetzt waren sie zu zweit. Wie sollte sie das überstehen? Warum war sie nur in diese entsetzliche Stadt gekommen, wo man sie vergewaltigen, foltern, verstümmeln und ermorden würde?

Sie drehte sich zu dem anderen Mann, hob die Hände, um ihn abzuwehren, und kauerte sich schluchzend und wimmernd vor Angst auf die Fersen. Im nächsten Moment hörte sie eine vertraute, sanfte und wundervoll gütige Stimme. »Madame hätten mich warten lassen sollen«, sagte die Stimme. »Kommen Sie mit, kommen Sie mit. Madame sind in Sicherheit.«

Jamal hatte Decken, eine Wasserflasche und eine Thermosflasche mit Tee im Auto. Nachdem er Cassia liebevoll eingewickelt hatte, fuhr er rasch ins Mamounia. Zu ihrem Erstaunen befanden sie sich nur etwa anderthalb Kilometer von Greshams Haus entfernt. Offenbar war sie in immer größeren Kreisen durch die Straßen und Gassen geirrt. Also hatte ihre Methode, immer wieder umzukehren, in gewisser Hinsicht doch geklappt. Als sie Jamal fragte, wo der Bahnhof sei, deutete er hinter sich. Vermutlich war sie irgendwann ganz in der Nähe gewesen.

»Wie haben Sie mich gefunden?«, erkundigte sie sich.

Jamal zuckte die Achseln. »Ich wollte Sie finden«, erwiderte er, als ob das alles erklärt hätte. »Ich wäre immer weitergefahren. Viele Leute machen sich Sorgen.«

In diesem Moment veränderte sich ihr gesamtes Bild von Marokko.

Als sie in den Hof des Hotels einbogen, wurden sie von einem Empfangskomitee erwartet. Sie saß benommen und noch immer zitternd da, vermutlich eine Mischung aus Schock und Kälte, blickte auf und sah nicht nur die üblichen zwei Portiers, die die Tür flankierten, sondern den Geschäftsführer. Ihm folgten seltsamerweise eine Krankenschwester in einer ziemlich altmodischen Tracht und eine hochgewachsene Gestalt auf wackeligen Beinen.

»Wie konntest du nur so abgrundtief dumm sein?«, fragte Harry Moretons Stimme. Sie blickte ihn an und fand es nicht im Mindesten eigenartig, dass er hier war. Es erschien ihr nicht erstaunlicher als alles andere, was in den letzten Tagen geschehen war. In diesem Moment entschied sich alles für sie. Der Grund ihrer Reise konzentrierte sich auf ihn. Was er getan oder nicht getan hatte, war das Allerwichtigste geworden. Und so kümmerte sie sich nicht um die Menschen, die sie umringten. Die Angestellten, die Krankenschwester in Tracht und die neugierigen Gäste. »Harry, waren du und Leonora ein Paar?«, sagte sie.

Sie bekam seine Antwort nicht zu hören, weil er, den Kopf in ihren Armen, stöhnend auf der Treppe zusammenbrach.

»Hat Gresham das behauptet?«, erkundigte er sich viel später, nachdem sie ihn, abgelenkt von ihrem eigenen Schock, ins Bett verfrachtet hatte. Der Schwester, die Harry auf Anweisung des Arztes sicherheitshalber ein Beruhigungsmittel verabreicht hatte, hatte sie versprochen, sie würde persönlich dafür sorgen, dass er liegen blieb. Inzwischen hatte sie einige Tassen starken Tee getrunken und ein großes Clubsandwich und eine Schale voller köstlich knuspriger, salziger Pommes verschlungen. Sie war aufgeräumter Stimmung und mit sich zufrieden.

»Er hat es angedeutet.«

»Und was hast du davon gehalten?« Finster blickte er aus den Kissen zu ihr auf.

»Ich weiß nicht. Es erschien mir möglich. Plötzlich. Ich hatte zuvor nie darüber nachgedacht.«

»Zumindest dafür kann ich Gott danken. Nein, natürlich war ich nicht ihr Liebhaber. So einen Dreck kann nur er erfinden. Ich bin entsetzt, dass du es überhaupt in Betracht gezogen hast. Als was für einen Menschen stufst du mich ein, dass du mir so etwas zutraust?«

»Das kann ich nicht sagen«, antwortete sie erschöpft. »Genau das ist ja das Problem. Ich verstehe dich nicht. Du verschweigst mir etwas.«

»Was verschweige ich dir?«

»Das weißt du genau. Du verschweigst mir die Sache mit dem Geld. Ständig weichst du meinen Fragen aus, legst falsche Spuren, erzählst mir Halbwahrheiten …«

»Ach ja? Und deshalb bin ich auch zu allen anderen Schandtaten in der Lage. Inzest oder wenigstens nahe dran …«

»Harry, bitte nicht.«

»Ich ertrage das nicht. Ich dachte, du liebst mich.«

»Ich liebe dich. Deshalb war es mir auch so wichtig. Harry, bitte versuch, die Dinge aus meiner Warte zu sehen.«

»Bis jetzt dachte ich immer, dass zur Liebe Vertrauen gehört.«

»Natürlich. Das will ich dir ja gerade klarmachen.«

»Okay, gib mir eine Chance. Könntest du mir ein Beispiel für die falschen Spuren und die Fragen nennen, denen ich ausweiche, wie du es ausdrückst?«

»In Ordnung. Du hast mir gesagt, du hättest Leonora nicht aus dieser entsetzlichen Wohnung geholt.«

Er starrte sie an. »Das habe ich nicht.«

»Nein, aber deine Sekretärin Margot Murray. Richtig, Harry? Sag mir die Wahrheit. Erklär mir nur einmal, was wirklich geschehen ist.«

»Okay, sie war es. Du hast mich nicht gefragt, wer sie gerettet hat, sondern nur, ob ich es war. Ich war es nicht.«

»Doch du hast sie dazu angewiesen. Du hast sie geschickt.«

»Dieses Gespräch ist absurd.« Gereizt wandte er sich ab und schloss kurz die Augen.

Offenbar fing das Beruhigungsmittel an zu wirken.

»Ganz deiner Ansicht.« Sie war so wütend, dass sie ihn am liebsten geschlagen hätte. Wie so oft überlegte sie, ob dieser Zwang, seine Mitmenschen zu manipulieren und Spielchen mit ihnen zu treiben, das Ergebnis seiner seltsamen Kindheit ohne Erziehung, Vorbilder und auch nur die geringste moralische Anleitung war. Vermutlich. Falls ja, würde sich nichts daran ändern. Wenn sie nicht lernte, damit zu leben, würde sie einen Schlussstrich ziehen müssen. Sie seufzte auf. Es war nicht der richtige Zeitpunkt für eine derart folgenschwere Entscheidung.

»Was willst du wirklich?«, sagte er unvermittelt.

»Wie oft soll ich mich noch wiederholen? Die Wahrheit. Jemand muss mir verraten, woher das Geld stammt.«

»Ach das.« Erneut schloss er die Augen und sah sie dann eindringlich an. »Und hast du die Wahrheit erfahren? Von Gresham?«

»Nein, nun, nicht die ganze. Er hat so viel Unsinn geredet. Meiner Meinung nach stimmt bei ihm etwas nicht im Oberstübchen.«

»Cassia, der Mann ist völlig verrückt.«

»Nein, nicht völlig«, erwiderte sie langsam. »Und ich will es immer noch wissen. Harry, ist alles in Ordnung? Du siehst zum Fürchten aus.«

»Nein, überhaupt nichts ist in Ordnung. Ich habe höllische Kopfschmerzen, und ich glaube, ich muss mich gleich wieder übergeben. Außerdem ist diese Inquisition nicht gerade hilfreich.«

»Harry, ich würde es wohl kaum als Inquisition bezeichnen.«

»Mir kommt es aber so vor.« Eine Pause entstand. »Gut, machen wir weiter. Erzähl mir doch, was du willst. Mist, Cassia, hilfst du mir bitte ins Bad?«

Fünf Minuten später lag er wieder im Bett und schlief tief und fest. Sie betrachtete ihn seufzend. In den nächsten Stunden würde sie sicher nicht viel aus ihm herauskriegen.

Am Sonntagmorgen wachte Cecily früh auf. Sie fühlte sich elend. Ihr Kopf schmerzte, und ihr war übel. Doch das Schlimmste war, dass sie sich so entsetzlich blamiert hatte. Wie hatte sie nur auf der Straße eine Szene machen und

Edwina und Justin anschreien können? Es war ja so peinlich. Was dachten die beiden jetzt wohl von ihr? Insbesondere Justin? Edwinas Meinung interessierte sie weniger. Wenn sie nur daran dachte, dass sie Edwina bemitleidet hatte und wegen der Untreue ihres Mannes besorgt gewesen war. Was für ein Witz. Tja, jetzt hatte sie es vermasselt, zumindest was Justin betraf. Nie wieder würde er sie bewundern oder respektieren. Nicht dass das noch eine Rolle spielte. Er hatte offenbar eine Affäre mit Edwina. Und dabei hatte sie die ganze Zeit geglaubt, dass er sie mochte, sie attraktiv fand, ja womöglich sogar in sie verliebt war. Natürlich passten er und Edwina viel besser zusammen, schließlich arbeiteten sie beide in dieser verrückten Welt, die sie nicht verstand und auch nicht verstehen wollte. Sicher hatten sie an diesem Abend genau darüber geredet: dass sie keine Ahnung hatte und zu langweilig und spießbürgerlich war. Sie hatten über ihre Engstirnigkeit gelacht …

»O Gott«, sagte Cecily und schleuderte die Bettdecke beiseite. Sie würde jetzt ein Bad nehmen und mit den Mädchen in die Kirche gehen. Anschließend würden sie bei ihren Eltern zu Mittag essen. Ihre Mutter hatte am Telefon sehr tadelnd geklungen und sich beschwert, nach allem, was sie für Cecily getan und während ihrer Krankheit für sie geopfert hatte, werde sie nun vergessen und abgeschoben. Ja, ihr stand ein ausgesprochen öder Pflichttag bevor. Je eher sie sich wieder in eine tugendhafte Witwe verwandelte, desto besser.

Auch Justin fühlte sich beim Aufwachen ziemlich elend. Der Gedanke daran, wie sehr er Cecily gekränkt und gedemütigt hatte, tat entsetzlich weh. Sie bedeutete ihm so viel. Während ihrer Krankheit hatte er sein Möglichstes getan, um sie zu trösten und ihr labiles Selbstbewusstsein geduldig und liebevoll wiederaufzubauen. Und all das war in einem einzigen unbedachten Moment zerstört worden. Wie hatte er nur so dumm sein können? Nicht dass damit zu rechnen gewesen war, dass sie spätnachts am Lowndes Square erscheinen würde. Allerdings hatte er ihre Einladung mit recht wenig Feingefühl abgelehnt und sie damit eindeutig gegen ihn aufgebracht. Sicher würde sie jetzt kein Wort mehr mit ihm wechseln und ihn niemals wiedersehen wollen. Seine Chancen, ihre Beziehung zu kitten, standen etwa so hoch wie – nun, irgendwann einmal die Titelseite von *Style* gestalten zu dürfen, ein Wunsch, den er inzwischen schon so lange hegte, dass er manchmal glaubte, damit geboren zu sein. Aber er konnte sich wenigstens entschuldigen.

Justin war auf keinen Fall ein Feigling. Er würde sich ins Zeug legen. Er würde sie aufsuchen und ihr Blumen bringen. Wenn sie sich weigerte, ihn zu empfangen, würde er sie für sie hinterlassen. Und falls sie doch einverstanden war, ihn zu sehen, und ihn beschimpfte, hatte er es verdient. Vielleicht erhielt er sogar eine Gelegenheit, es ihr zu erklären. Das einzige Problem war, wo er an einem Sonntag Blumen auftreiben sollte. Alle Läden waren geschlossen, es war hoffnungslos. Im Dezember konnte er auch nirgendwo welche pflücken. Und zu Hause hatte er nur noch einen verwelkten Rosenstrauß, den er von einem Fototermin mitgenommen hatte.

Was konnte er ihr sonst mitbringen? Welches Geschenk war auch nur im Entferntesten geeignet? Champagner vielleicht? Er hatte noch eine Flasche ausgezeichneten Champagner, einen Veuve Clicquot, den Francis Stevenson-Cook ihm kürzlich geschickt hatte, um sich für einen unglaublich kurzfristig angesetzten Fototermin zu bedanken: Abendkleider auf der Bühne des Royal-Opera-Hauses vor dem Bühnenbild von *La Bohème*. Natürlich würde sie den Champagner nicht gebührend zu würdigen wissen, denn ihr Weinkeller, oder besser der von Benedict, war voll von diesem Zeug. Doch es war besser als nichts und ganz sicher besser als ein Strauß halb toter Rosen.

Über eine Stunde verbrachte er mit dem Verfassen einer zweizeiligen Nachricht, die die Flasche begleiten sollte, und beschloss, sofort aufzubrechen, bevor der Mut ihn verließ.

Gerade wollte er gehen, als das Telefon läutete. Es war Aurora Le Page.

»Justin, Schatz, entschuldigen Sie, dass ich Sie an einem Sonntag störe, aber ich dachte, es interessiert Sie vielleicht. Ich war soeben bei Francis, und wir sind uns beide einig, dass eines der Fotos aus der Oper das ideale Titelbild abgeben würde. Hallo? Justin, sind Sie noch dran?«

»O ja«, erwiderte Justin. »Ich bin noch dran, liebe Miss Le Page, und es interessiert mich sehr. Ich freue mich und kann es noch gar nicht fassen. Vielen, vielen Dank. Außerdem betrachte ich es als wundervolles Omen. Fantastisch.«

»Wundervolles was?«, hakte Aurora Le Page nach, aber er hatte schon aufgelegt. Sie hängte ebenfalls ein und schüttelte den Kopf. Diese Fotografen wurden doch immer verrückter.

Cecily stand in ihrem Schlafzimmer und mühte sich damit ab, einen Rock zu schließen, dessen Haken der Aufgabe nicht unbedingt gewachsen waren. Der erst vor wenigen Wochen gekaufte Rock war ihr ein wenig zu eng. Auch alle übrigen neuen Sachen saßen recht stramm. Bald würde sie wieder ihre alten Kleider anziehen müssen und aussehen wie eine dicke Matrone. Im Unterrock stand sie vor dem bodenlangen Spiegel und musterte sich. Es gab keinen Zweifel, die alte Cecily kehrte zurück. Die Cecily mit den vollen Brüsten, den breiten Hüften und den Dellen an den Oberschenkeln. Ihre kurze Zeit als elegantes, schlankes Geschöpf war für immer vorbei.

Es war ja so unfair. Sie aß doch nicht viel und rührte nie Süßigkeiten und nur selten Kuchen an. Edwina konnte verschlingen, was sie wollte, und blieb doch rank und schlank. Kein Wunder, dass Justin sie bevorzugte, dachte sie bedrückt. Justin, der seine Tage mit wunderschönen flachbrüstigen und schmalhüftigen Mannequins verbrachte. Sicher entsprachen sie sehr viel mehr seinem Frauentyp.

Wieder zerrte sie an den Haken. Einer verbog, und in dem Stoff daneben entstand ein kleines Loch. Den Tränen nah riss sie sich den Rock vom Leib und schleuderte ihn durchs Zimmer. Der Anblick machte sie unbeschreiblich traurig. Da lag er nun, nutzlos, kaum getragen, erst vor einem Monat gekauft.

Nur am Rande nahm sie wahr, dass unten auf der Straße ein Taxi vorfuhr und dass es an der Tür läutete. Plötzlich hörte sie Fannys Stimme und ihr Lachen. »Einen Moment bitte.« Ihre Schritte polterten die Treppe hinauf und auf ihr Zimmer zu. Die Tür öffnete sich. »Mama, was machst du denn da?«, fragte Fanny. »Du siehst so komisch aus.«

Cecily brach in lautes Schluchzen aus. Dann bemerkte sie, dass Fanny sie entsetzt anstarrte und mit weit aufgerissenen Augen zurückwich. Einen Sekundenbruchteil zu spät wurde ihr der Grund klar: Sie glaubte, dass sie wieder einen Nervenzusammenbruch erlitt. Sie hastete Fanny nach, die panisch die Treppe hinunterstürmte. »Komm schnell. Komm zu Mamas Zimmer!«, rief das Mädchen. Erschrocken darüber, was sie Fanny angetan hatte, nicht nur jetzt, sondern auch in den vergangenen Monaten, blieb sie stehen und kehrte, noch heftiger weinend, in ihr Zimmer zurück. Und so traf Justin sie an: mit gerötetem Gesicht, verschwollenen Augen, tränennassen Wangen und zerzaustem Haar. Der Rock lag noch immer in der Ecke.

Justin verharrte reglos auf der Schwelle. Sein Blick wanderte über sie, erst besorgt, dann zärtlich. Doch dann veränderte sich der Ausdruck in seinen Augen. Sie bemerkte etwas, das ihr bis jetzt kaum vertraut war und das sie dennoch als etwas wundervoll Willkommenes erkannte: Begierde.

Er wandte sich an Fanny, die keuchend und aschfahl hinter ihm stand. »Fanny, es geht ihr gut, keine Angst. Absolut gut, richtig, Cecily?«

»Ja«, erwiderte sie. »Ja natürlich. Ich habe mir nur mit einer Nadel kräftig in den Finger gestochen. Das hat ziemlich wehgetan.« Fannys Miene entspannte sich, und sie lächelte erleichtert.

»Bestimmt hätte sie jetzt gern eine Tasse Tee und ein paar Kekse. Glaubst du, du kannst die Köchin darum bitten?«, fragte Justin.

Als Fanny verschwunden war, leichten Schrittes die Treppe hinuntersprang und ihrer Schwester glücklich zurief, dass alles in Ordnung sei, trat Justin in Cecilys Zimmer und schloss die Tür hinter sich. Seine Augen strahlten, als er vor ihr stand und sie anstarrte, als habe er sie noch nie zuvor gesehen. Dann umfasste er ihr Gesicht mit den Händen und begann sie zu küssen, wirklich und wahrhaftig auf den Mund zu küssen, wieder und wieder, sodass ihr gesamter Körper von einem warmen, süßen und angenehmen Lustgefühl durchflutet wurde. Ganz langsam ließ er die Hände ihre Kehle hinunter und über ihre Brüste gleiten, streichelte und liebkoste sie, neigte den Kopf und küsste sie ebenfalls.

»Du bist wunderschön«, sagte er schließlich, richtete sich auf und lächelte sie an. »Wunderwunderschön. Ich liebe dich.«

»Ich weiß nicht, ob sich dieser Ort für ein Verhör eignet«, stellte Harry Moreton fest. »Es ist viel zu idyllisch hier.«

Sie saßen unter einem der gestreiften Sonnenschirme auf

der Terrasse hinter dem Hotel und tranken Kaffee, der sogar für seinen Geschmack stark genug war. Die Sonne stieg empor, die Bougainvilleen rings um den Swimmingpool leuchteten, und die geometrischen Formen der Palmen hoben sich von den schneebedeckten Gipfeln ab.

»Meiner Ansicht nach eignet er sich ausgezeichnet«, erwiderte Cassia. »Warum sollte er nicht idyllisch sein? Außerdem weiß ich, was in dir vorgeht: Du glaubst, du könntest es immer wieder vor dir herschieben. Das lasse ich nicht zu, Harry, und damit basta.«

Seufzend lehnte er den Kopf zurück. Cassia musterte ihn forschend. Er war recht blass und hatte eine dicke Beule auf der Stirn. Vielleicht hatte er ja recht und fühlte sich noch nicht wohl genug.

»Ich finde, du solltest diesen Kaffee nicht trinken«, fuhr sie fort. »Das ist nicht gut nach einer Gehirnerschütterung.«

»Ach mein Gott, hör auf, mich zu bemuttern. Der Kaffee ist köstlich, und ich trinke, was ich will.«

»Selbstverständlich«, erwiderte sie und kam zu dem Schluss, dass sein Gesundheitszustand nichts zu wünschen übrig ließ. »Und jetzt erzähl mir bitte alles, Harry. Sonst fliege ich zurück nach London, und du siehst mich nie mehr wieder.«

»Gut, aber zuerst hätte ich gern noch etwas von diesem leckeren Orangensaft. Danke. Und vielleicht ein wenig Obst …«

»Harry, bitte, ich muss in wenigen Stunden mein Flugzeug erwischen.«

»Na schön«, sagte er und seufzte. Endlich schien er sich zu einem Geständnis aufzuraffen. »Ich erzähle es dir. Wo soll ich beginnen?«

»Am Anfang. Das scheint mir das Vernünftigste zu sein.«

»In Ordnung. Kurz nach Miss Monktons Besuch hat sich

Leonora im Frühling endlich mit mir in Verbindung gesetzt. Ich glaube, sie war zu krank und erschöpft, um weiterzukämpfen.«

»Also warst du das ganze Jahr nach ihrem Auszug aus der Avenue Foch nicht bei ihr?«

»Ein oder zwei Mal. Ich war damals sehr beschäftigt und viel auf Reisen. Ich hatte keine Ahnung, dass sie krank war. Und wenn ich in Paris war, hat sie darauf bestanden, sich in Restaurants mit mir zu treffen. Du weißt ja, was für eine ausgezeichnete Schauspielerin sie war. Immer fröhlich, voller Anekdoten aus ihrem Leben, wie glänzend sie sich amüsierte. Ich habe bemerkt, dass sie abgemagert und blass war, und mich nach ihrem Befinden erkundigt. Sie antwortete, natürlich, ich dürfe nicht vergessen, dass sie nicht mehr so jung sei wie früher. Frauen würden ab einem gewissen Alter eben weniger … robust. Ich glaube, so hat sie es ausgedrückt. Übertriebene Besorgnis fand sie ärgerlich, das kennst du ja. Einmal habe ich sie kurz in London gesehen. Im Spätherbst. Sie wohnte im Basil Street Hotel, und es schien ihr gut zu gehen.«

»Das muss gewesen sein, als sie herkam, um den Rest ihres Schmucks zu versetzen.«

»Ja, vermutlich. Jedenfalls war ich gerade in Amerika, als sie mich endlich um Hilfe bat. Margot hat mir telegrafiert. Ich habe sie nach Paris geschickt und sie angewiesen, alles zu regeln und eine Wohnung für Leonora zu suchen. Auf dem Rückweg war ich bei ihr. Es war ziemlich schlimm. Sie hatte so viel durchgemacht. Ich habe mich sehr geschämt.«

»Ich auch. Aber was war geschehen, Harry?«

»Nun …« Er betrachtete sie. »Es ist keine hübsche Geschichte, Cassia.«

»Herrje, ich bin Ärztin, Harry.«

Er zögerte und seufzte auf. »Sie hatte Syphilis.«

»Syphilis? O mein Gott.«

»Ja, offenbar schon seit drei oder vier Jahren. Es ist eine seltsame Krankheit. Wie du sicher weißt, verläuft sie in Schüben. Den ersten und zweiten hatte sie schon hinter sich, und die Sache hat eine ganze Weile geruht. Aber dann wurde es ziemlich übel. Sie litt unter Fieberattacken und schrecklichen Gelenkschmerzen, und das Gewebe fing an, sich aufzulösen.«

»Oh, Harry. Also doch kein Krebs?«

»Doch, den hatte sie auch. Die arme Leonora. Gebärmutterkrebs, der ziemlich schnell gestreut hat.«

»O mein Gott.« Cassia senkte den Kopf und kämpfte mit den Tränen. Wie entsetzlich, was Leonora so geduldig ertragen hatte.

Harry griff nach ihrer Hand. »Alles in Ordnung?«

»Ja.« Plötzlich war sie zornig und bekam ein schlechtes Gewissen. »Warum auch nicht? Mit mir war immer alles in Ordnung, mit uns allen, und die ganze Zeit über hat die arme Leonora so gelitten.«

»Ja, ich weiß. Jedenfalls hat sie sich bei Gresham angesteckt, der wusste, dass er es schon seit Jahren hatte, und es ihr verschwiegen hat.«

»O Gott.«

»Ja, ein reizender Zeitgenosse.«

Als sie sich an sein Verhalten am Tag davor erinnerte, ergab alles plötzlich Sinn. Die Demenz, eine besondere Form der Syphilis, der Größenwahn, das Zittern, das sie als Parkinson gedeutet hatte, die Hautgeschwüre, die Anzeichen von Herzversagen.

»Jedenfalls hat sie es herausgefunden, als bei ihr die ersten Symptome auftraten. Sie hat ihn zur Rede gestellt, und er hat es ihr gestanden. Er hat es sich hier geholt. Es ist hierzulande weit verbreitet, wie du dir sicher denken kannst.«

»Aber warum ist er überhaupt hergekommen? Das verstehe ich nicht.«

»Er ist pädophil«, erwiderte Harry nach kurzem Zögern. »Er mag kleine Kinder, Cassia. Hier ist so etwas leicht zu haben.«

»Oh, Harry, das ertrage ich nicht.« Sie dachte an die Kinder, die sie am Vortag gesehen hatte, so klein und so hübsch. Und sie wurden ins Haus gebracht, um …

Sie versuchte, sich auf die Berge und Palmen zu konzentrieren, während ihr Verstand dieses Grauen verarbeitete. Sie verschwammen ihr vor den Augen und schienen zu schwanken. Eine Fliege landete auf ihrem Teller und machte sich über die Krümel ihres Croissants her. Sie beobachtete, wie das Insekt sein Krankheiten übertragendes Werk fortsetzte, und dachte, dass es diese ganze hässliche, abstoßende Geschichte symbolisierte. »Sprich weiter«, sagte sie.

»Damals hat er es ihr gebeichtet, als sie ihn wegen der Syphilis zur Rede gestellt hat. Natürlich nicht das mit den Kindern. Er hat ihr vorgeflunkert, er habe eben Pech gehabt. In diesen Dingen war er sehr gut. Selbstverständlich war sie schockiert, glaubte jedoch, keine andere Wahl zu haben, als zu bleiben. Sie hatte kein Geld und konnte nirgendwohin. Außerdem hatte sie ihn auf ihre eigene Art gern.«

»Ja, ich glaube, das hatte sie.«

»Das mit den Kindern kam erst nach einer Weile ans Licht, als sie versehentlich einen Brief von einem hiesigen Freund öffnete und herausfand, was gespielt wurde. Sie teilte ihm mit, sie werde gehen, worauf er erwiderte, in diesem Fall würde sie keinen Penny von ihm kriegen. Er verlor ohnehin Unsummen, und sie half ihm dabei. Finanziell betrachtet, war sie eine gewaltige Belastung. Ich denke, anfangs war ihm das noch nicht klar.«

»Ich verstehe.«

»Jedenfalls verließ sie ihn, zog aus, verkaufte den Schmuck, den sie noch hatte, kam eine Weile gut zurecht und lebte in einer hübschen Wohnung. Doch irgendwann hatte sie das Geld durchgebracht, die Krankheit brach wieder aus, dazu traten Krebssymptome auf. Den Rest kennst du ja.«

»Nein, Harry, den kenne ich nicht. Und warum um alles in der Welt hat sie es uns verschwiegen?«

»Überleg mal, Cassia. Versetz dich in ihre Lage. Sie war von zu Hause weggelaufen und hatte sich von ihrem Mann getrennt, um mit jemandem zusammenzuleben, den niemand mochte und der sich überdies als Sexualverbrecher entpuppte. Einen Moment hat sie behütet in Millionärskreisen gelebt, und im nächsten wohnte sie in einem Drecksloch und litt an einer sexuell übertragbaren Krankheit. Du musst doch zugeben, dass sie eine gewaltige Dummheit gemacht hat.«

Sie schwieg.

»Jedenfalls habe ich sie aufgesucht, sobald ich zurück war, und endlich hat sie sich mir anvertraut. In jener ersten Woche hätte ich Gresham am liebsten umgebracht. Wie sich herausgestellt hat, hat er so mehr gelitten. Hoffe ich wenigstens.«

»Was hast du getan?« Eine feuchtkalte Furcht breitete sich in ihrem Magen aus.

»Ich habe ihn aufgespürt und nach Paris gelockt. Dann habe ich ihm mitgeteilt, ich wisse über seine perversen Neigungen Bescheid. Und was er Leonora angetan hat. Ich würde dafür sorgen, dass ganz England, ja die ganze Welt davon erführe. Er hatte Todesangst, denn das hätte eine öffentliche Demütigung und Gefängnis bedeutet, wenn ich schnell genug gehandelt hätte. Aber Leonora wollte das nicht. Die Bloßstellung. Und ich fürchte, er bedeutete ihr noch immer etwas.«

»Das kann nicht sein.«

»Doch. Sie glaubte, er habe sie vor einem elenden Dasein in England gerettet und ihr einige schöne Jahre geschenkt. Erstaunlicherweise war sie ihm in gewisser Weise dankbar. Frauen sind wirklich unbeschreiblich dumme Geschöpfe.«

»Oh, Harry, mach jetzt keine Witze.«

»Das war kein Witz, sondern mein voller Ernst. Leider.«

»Und was passierte dann?«

»Ich brauchte eigentlich nichts zu unternehmen. Er kam angekrochen und sagte, er werde alles tun, um Leonora zu entschädigen. Ihr Geld geben und ihr wieder einen angemessenen Lebensstil ermöglichen. Er sei zwar nicht mehr sehr flüssig, doch er werde sein Haus in England verkaufen und ihr den Erlös übertragen. Sein Haus in Frankreich auch. Sein Vater habe ihn zwar enterbt – ein grässlicher alter Mann, aber der Apfel fällt ja nicht weit vom Stamm –, doch es sei noch recht viel Geld vorhanden, an das er herankommen könne, wenn es nötig sei. Ich saß nur da, hörte zu und beobachtete, wie er schwitzte und zitterte. Und da wurde mir klar, dass ihm das mehr wehtun würde als alles andere.«

»Nicht so sehr wie die Schande, wenn die Menschen davon erfahren hätten.«

»Mag sein, doch das hätte Leonora geschadet.«

»Während sie noch lebte. Danach nicht mehr.«

»Cassia! Natürlich hätte es das. Die Vorstellung, dass die Leute, selbst nach ihrem Tod, über sie lachen, über sie schockiert sein und ihren Namen in den Schmutz ziehen könnten, hat ihr eine schreckliche Angst eingeflößt. Ich musste ihr versprechen, es niemandem zu sagen, und daran habe ich mich auch gehalten. Ich habe es keiner Menschenseele erzählt, außer Benedict natürlich. Er musste es erfahren. Nicht Edwina, nicht Richard. Mir erschien es wichtig. Vielleicht war es ja falsch von mir, und ich hätte für seine Festnahme sorgen sollen.«

»Das hättest du. So hättest du wenigstens ein paar Kinder gerettet«, erwiderte sie ernst.

»Ich weiß, und es quält mich. Natürlich hat er geschworen, dass es nie wieder vorkommen würde. Und ich habe ihm gedroht, ich würde ihn anderenfalls ins Gefängnis bringen. Aber wie konnte ich sicher sein? Im Innersten meines Herzens wusste ich, dass es diese Sicherheit nicht gibt. Doch ich halte meine Versprechen, Cassia. Grundsätzlich.«

»Harry, ich habe gestern vor dem Haus Kinder gesehen.«

»Mein Gott, wirklich?«

»Ja. Man muss etwas unternehmen, Harry. Die Vorstellung, dass er immer so weitermacht, ist unerträglich.«

»Das dürfte schwierig werden. Hier betrachtet man die Dinge nämlich völlig anders. Der Pascha selbst lässt seinen Gästen Kinder als Geschenk bringen, falls sie das wünschen. Ebenso wie Haschisch, Opium und Diamanten. Ein Menschenleben ist nicht viel wert.«

»Kein Grund, es nicht zu versuchen. Sprich weiter.«

»Also habe ich zugestimmt. Doch ich wollte das Geld, und zwar alles. Für Leonora. Und ich würde die Sache nicht vergessen. Ich habe ihn gezwungen, die Häuser zu verkaufen und mich auf dem Laufenden zu halten. Ich habe ihm ordentlich Druck gemacht.« Mit selbstzufriedener Miene lehnte er sich zurück.

»Ich verstehe«, wiederholte sie. »Aber Leonora lag im Sterben. Das musst du doch gewusst haben.«

»Sie war todkrank. Aber niemand ahnte, wie schnell es gehen würde. Am Schluss war es sehr rasch vorbei. Zum Teil lag es an der Syphilis, die ihr Herz geschwächt hat. Doch darauf kam es mir nicht an. Ich wollte ihm das Geld wegnehmen. Er hatte verdient, es zu verlieren und in dem gleichen Elend zu enden, in das er sie gestürzt hatte.«

»Und dann? Was ist geschehen? Ich meine, mit dem Geld. Und mit mir.« Das letzte Wort flüsterte sie.

»Dir.« Er lächelte. »Nun, das war der schöne Teil. Für sie. Eines Abends saß sie da und hat bitterlich geweint. Sie hatte große Angst vor dem Tod. Ich habe versucht, sie zu trösten. Sie fragte, was sie mit all dem Geld anfangen solle. Nun nütze es ihr nichts mehr. Sie habe es gar nicht gewollt und begreife den Grund nicht. Ich habe geantwortet, sie könne doch etwas Sinnvolles damit tun. Wir mussten nicht lange überlegen.«

»Ihr habt an mich gedacht.«

»Ja.« Wieder lächelte er selbstzufrieden. »Wir haben an dich gedacht. Daran, wie es dir weiterhelfen und dich retten würde. Sollen wir noch Kaffee bestellen? Er ist wirklich ausgezeichnet hier.«

»Harry, verdammt! Meiner Ansicht nach ist dieses Thema wichtiger als Kaffee. Was soll das heißen, mich retten?«

»Aus deiner grässlichen, langweiligen Ehe, deinem vergeudeten Leben und deinen zerstörten beruflichen Hoffnungen.«

»Ah, verstehe. Erzähl bitte weiter.«

Er musterte sie ein wenig verunsichert. »Sie hat dich so geliebt. Und sie wusste, dass ich dich liebe. Ich habe ihr immer alles anvertraut. Ihr war auch klar, warum ich Edwina geheiratet habe. Sie war im Bilde.«

»Also stammte das Geld doch von Leonora? Oder möchtest du mir das weismachen?«

»Cassia, was ist los mit dir? Natürlich war es von ihr. Sie wollte es dir unbedingt geben. Für sie war es ein Weg, alles in Ordnung zu bringen.«

»Für sie.«

»Für dich doch auch?«

»Ich bin nicht sicher, ob es das wirklich getan hat.«

»Was, um Himmels willen, soll das heißen? Es hat alles bewirkt, was wir uns für dich erhofft haben. Du hast dein Leben zurück. Du hast die Möglichkeit, deine Karriere weiterzuverfolgen. Ich habe dich wieder.«

»Genau. Du hast mich wieder. Und auch alles andere, was du wolltest und was du dachtest, das richtig für mich ist. Du und Leonora.«

»Was meinst du damit?«

»Harry, ich habe keine Ahnung, wie du die Sache siehst, aber für mich ist es ein abstoßendes Beispiel für ein Spielchen. Ein Spielchen mit meinem Leben. Die Vorstellung, wie ihr zwei in Paris gesessen und euch gesagt habt, das wird klappen, das ist gut für sie, das wird ihre Ehe und ihre Familie ruinieren …«

»Du redest dummes Zeug.« Er knallte sein Glas hin.

»Tatsächlich?«

»Ja. Es war eine Erbschaft. Viele Leute erben Geld von Verwandten, ohne etwas von Spielchen daherzuplappern.«

»Nur dass es keine gewöhnliche Erbschaft ist, oder, Harry? Erstens ist dieses Geld widerlich. Der Gedanke, woher es stammt, ekelt mich an. Und zweitens wurde es auf eine leicht zweifelhafte Methode erworben.«

»Was, zum Teufel, meinst du mit zweifelhaft?«

»Ich fürchte, was du getan hast, hat für mich den Beigeschmack von Erpressung.«

»Cassia, du bist wirklich verrückt geworden. Erpressung! Dieser Mann hat zu Leonoras Tod beigetragen, sie im Stich gelassen und seine abscheulichen Machenschaften weiterbetrieben. Buchstäblich mit Tränen in den Augen hat er mich angefleht zu schweigen.«

»Genau. Er hat dein Schweigen gekauft.«

»Das hat er nicht. Ich habe geschwiegen, weil ich es Leonora versprochen hatte.«

»Das ist Auslegungssache.«

»Jetzt drehst du völlig durch.« Er lehnte sich zurück und starrte sie entgeistert an. »Als Nächstes erzählst du mir wohl, er habe eine solche Behandlung nicht verdient. Du würdest ihm die dreckige Stirn abwischen und ihm sein Geld zurückgeben.«

»Die Stirn wische ich ihm nicht ab, doch das Geld gebe ich vermutlich weg. Nein, nicht ihm. Er soll nichts bekommen und gehört ins Gefängnis, aber …«

»Aber was? Ich habe dir doch alles gesagt.«

»Harry, ich will das Geld nicht. Beim bloßen Gedanken daran wird mir übel.«

Er blickte sie so absolut verdattert an, dass sie beinahe gelacht hätte.

»Du verstehst es einfach nicht, richtig?«

»Dann erkläre ich es dir noch einmal. Du hast mit Leonora dagesessen, mit einer gewaltigen, ja obszönen Menge Spielgeld. Ihr habt euch überlegt, was ihr damit machen sollt. Und dann habt ihr euch gedacht, lass es uns doch Cassia geben, weil sie unglücklich ist. Sie hat ihr Leben verpfuscht, und wir können es wieder in Ordnung bringen. Wir wissen, was das Beste für sie ist und was passieren wird. Sie wird ihren Mann verlassen, ihren Beruf wiederaufnehmen, nach London ziehen und vielleicht sogar eine Affäre mit Harry Moreton anfangen …«

»Mein Gott, Cassia, was soll das? Jetzt hast du wirklich den Verstand verloren.«

»Nein. Bist du in deiner Arroganz je auf die Idee gekommen, dass ich durchaus in der Lage bin, mein Leben selbst zu regeln? Nein, natürlich nicht, weil du mich eigentlich gar nicht kennst. Du hörst mir nie richtig zu und denkst überhaupt nicht an mein Leben. Nur daran, was ich deiner Ansicht nach tun und wie ich sein sollte. Harry, wenn ich wirklich etwas hätte verändern oder in meinen Beruf hätte zurückkehren wollen, hätte ich es auch ohne deine Einmischung geschafft.«

»Nein, hättest du nicht.« Inzwischen schrie er so laut, dass die Gäste auf ihren Liegestühlen und unter ihren Sonnenschirmen sich nach ihnen umdrehten. »Dazu warst du zu dumm und standest zu sehr unter der Fuchtel dieses jämmerlichen Idioten, mit dem du verheiratet bist.«

»Harry, bitte sprich nicht so über Edward.«

»Ach, jetzt bist du plötzlich loyal? Ich kann mich nicht an viel Loyalität erinnern, als du in meinem Bett gelegen und mir gesagt hast, dass du mich liebst. Als du für mehrere Tage am Stück nach London gezogen bist. Als du …«

»Halt den Mund. Halt einfach den Mund.«

»Das werde ich nicht tun. Was hast du von Leonora und mir erwartet? Schau, Cassia, hier hast du ein bisschen Spielgeld, wenn du möchtest? Hätten wir das sagen sollen?«

»Da hast du es. Gerade hast du zugegeben, dass ihr beide mir das Geld zugeschanzt habt. Ihr habt es gemeinsam geplant. Das macht es ja so hinterhältig. Ihr habt kaltblütig erörtert, wie das Geld mich und mein Leben verändern könnte, und fandet es eine gute Idee.«

»Was hätten wir deiner Ansicht nach denn tun sollen?«, fragte er, ein wenig ruhiger und in dem Versuch, sie zu verstehen.

»Ich bin nicht sicher. Doch die ganze Heimlichtuerei und die seltsamen Halbwahrheiten beweisen, dass du deshalb ein schlechtes Gewissen hattest und wusstest, dass ich damit nicht glücklich werden würde.«

»Das ist eine miese Unterstellung. Da gab es keine Heimlichtuerei. Alles wurde völlig legal geregelt. Ich hielt es für besser und sicherer, das Geld für Leonora in einem Treuhandfonds anzulegen. Ich hatte keine Ahnung, wie lange sie noch leben und wann sie sterben würde. Nur weil du dich unbedingt in die Sache hineinsteigern musstest …«

»Ja, und ich hatte recht. Entschuldige, ich nehme dir kein Wort ab, auch wenn du es selbst glaubst, was ich stark bezweifle. Du und Leonora, ihr habt mich zu einer Schachfigur in eurem perversen Spiel gemacht, und das gefällt mir nicht. Mein Gott, wenn ich mich nur an das Riesentheater erinnere, das du wegen meines einen kleinen Fehltritts mit Rupert veranstaltet hast. Das war wirklich jämmerlich. Nun, ich spiele dein Spiel nicht länger mit. Ich fliege jetzt nach Hause und versuche, die Angelegenheiten dort zu ordnen. Außerdem wäre ich dir äußerst dankbar, wenn du mich von jetzt an aus deinem Leben streichen würdest, so wie ich dich aus meinem.« Sie stand auf. »Lebe wohl, Harry.«

Er blickte sie an und lächelte sie merkwürdig an. »Ich würde mich nicht darauf verlassen, dass der Arzt dich zurücknimmt oder dich überhaupt in sein Haus lässt.«

Sie starrte ihn an. »Was soll das? Meine Ehe mag vorbei sein, aber ich muss an meine Kinder denken. Hinzu kommt …« Sie wurde davon unterbrochen, dass ihr jemand leicht auf die Schulter tippte.

»Madame Tallow, Ihr Wagen ist da, um Sie nach Casablanca zu bringen. Ihre Handtasche liegt an der Rezeption. Jamal hat sie heute Morgen für Sie abgeholt. Wenn Sie also bereit sind, Madame.«

»Ja«, erwiderte Cassia. »Mehr als bereit. Für mich gibt es hier nichts mehr zu tun.«

Sie kehrte Harry den Rücken zu und marschierte ins Hotel.

KAPITEL 39

Cecily lag in dem großen wabbeligen und ein wenig klumpigen Bett in Justins Haus in Clapham und fragte sich, wie etwas körperlich so Unbequemes einem solche Lustgefühle bereiten konnte. Sie war zu ihm gefahren, gleich nachdem sie die Mädchen zur Schule geschickt hatte. Das war jetzt einige Stunden her. Als sie auf die Uhr schaute, wurde ihr erschrocken klar, dass sie bald zum Tee nach Hause kommen würden.

»Ich muss gleich los.« Als sie Justin das zerzauste Haar aus den Augen schob, hielt er ihre Hand fest und küsste sie. »Kommst du wieder?«

»Heute nicht. Aber möchtest du bei uns zu Abend essen?«

»Nein, mein Schatz. Ich verbessere mich: Ich würde gerne, doch ich muss wirklich arbeiten. Und nicht bei Edwina. Mach nicht so ein Gesicht. Morgen vielleicht?«

»Morgen Abend. Die Mädchen werden begeistert sein. Es ist schön zu erleben, wie ihr euch gegenseitig anhimmelt.«

»Hoffentlich nicht so sehr wie wir beide.«

»Möglicherweise nicht.«

»Ich liebe dich«, sagte er. »Sehr sogar. Du bist einfach … überwältigend.«

»Sag so was nicht.« Sie erschauderte. »Es klingt nach Übergewicht.«

»Cecily.« Er beugte sich über sie und küsste nacheinander ihre Brüste. »Du musst aufhören, dich mit deinem Gewicht verrückt zu machen. Du bist wirklich wunderschön und traumhaft sinnlich. Ich bewundere deinen Körper. Er ist weich und üppig, und ich ertrinke vor Lust darin.«

»Du redest Unsinn.« Sie lachte.

Gekränkt verzog er das Gesicht. »Nein, jedes Wort ist wahr.«

Er legte sich auf den Rücken und blickte ihr eindringlich in die Augen. In Cecily stieg die körperliche Erinnerung auf. Als sie näher an ihn heranrutschte, regte sich die gerade erst befriedigte Begierde unglaublicherweise von Neuem.

Er legte ihr die Hand auf den Bauch und begann, ihn unbeschreiblich sanft zu liebkosen. Sein Daumen streifte ihr Schamhaar. Stöhnend streckte Cecily die Hand aus. Er nahm sie, küsste sie und führte sie an seinen inzwischen wieder steifen Penis. Sie lächelte ein wenig verlegen. Bis heute war Sex für sie etwas Verstohlenes gewesen, etwas, das man rasch hinter sich brachte. Sie hatte keine Erfahrung darin, hinzuschauen und dabei zu lächeln, zu reden und zu genießen.

Justin, der das bemerkte, lachte auf. »Liebling, mach nicht so ein Gesicht. Gefällt dir nicht, was du siehst?«

»Doch«, erwiderte sie schüchtern, »natürlich. Sehr sogar. Aber …«

»Ich wollte dich nicht hänseln. Komm her.« Im nächsten Moment war er wieder in ihr, bewegte sich und versetzte sie langsam und zärtlich in die traumhafte neue Welt, die sie erst heute entdeckt hatte. Eine Welt aus Licht und Schatten, Lärm und Stille. Von funkelndem Schaum gekrönte Wogen erhoben sich, und sie stürzte in Wellentäler der Lust, bis alles wieder ruhig und friedlich war.

»Das war wundervoll«, sagte sie danach. »So wundervoll.«

»Nein, du warst wundervoll. Ich fasse es nicht, wie wundervoll du bist. In jeglicher Hinsicht. Ich glaube noch kaum, dass ich dich gefunden habe.«

»Ich auch nicht.« Sie schwieg und lächelte, weil alles noch so unvorstellbar war. Sie, eine unglückliche, unbefriedigte Frau, hatte sich in ein frohes, entspanntes Geschöpf verwandelt, das unter seinem Liebhaber lag und vor Lust aufschrie. Und noch wichtiger war, dass sie sich wertgeschätzt und begehrenswert fühlte, als der absolute Mittelpunkt im Leben eines anderen. Vielleicht würde es nicht von Dauer sein, das konnte es nicht, dachte sie, aber für den Moment würde sie das meiste daraus machen und lernen, glücklich zu sein.

»Ich lasse dich nie mehr gehen«, sagte er, als habe er ihre Gedanken gelesen.

»Sei nicht albern«, antwortete sie ernst. »Unsere Leben sind so verschieden, wir sind so verschieden. Wie könnten wir …«

»Schsch.« Er legte ihr den Finger auf die Lippen. »Sag so etwas nicht. Natürlich sind wir verschieden, das macht es ja so schön. Trotz unserer Verschiedenheiten sind wir genau, was der andere braucht.«

»In manchen Punkten«, erwiderte sie zweifelnd, »aber …«

»Aber was? Es gibt kein Aber. Cecily, ich brauche dich. Bei dir fühle ich mich geborgen. Das ist das Allerwichtigste, sogar noch wichtiger als Liebe. Und wie fühlst du dich bei mir?«

»Geborgen.«

»Siehst du, es klappt doch.«

Sie widersprach nicht mehr. Dennoch glaubte sie, dass er sich irrte. Doch für die absehbare Zukunft kümmerte sie das nicht. Und was die unabsehbare Zukunft betraf – die würde sich schon klären.

Am folgenden Tag um die Mittagszeit traf Cassia in Croydon ein. Sie war ein wenig überrascht und sehr erleichtert, weil ihr Auto noch auf dem Parkplatz stand. Die Zeit wurde knapp. Das Konzert fand um vier statt. Wenn sie eine Autopanne hatte, würde sie zu spät kommen. Bertie, der so stolz war, weil William ein Solo singen würde, würde ihr das nie verzeihen.

Vor lauter Erschöpfung konnte sie kaum denken, geschweige denn fühlen. Das Einzige, was sie bewusst wahrnahm, war das Wetter, das ihr wundervoll erschien: kalt, grau und windig. Das an sich war schon eine große Erleichterung. Die Ereignisse der letzten vier Tage wirbelten wild in ihrem Kopf durcheinander, und es war ihr unmöglich, sie zu deuten oder zu ordnen. Sie war nicht glücklich und nicht unglücklich, nicht friedlich gestimmt und nicht zornig. Für Gefühle fehlte ihr schlichtweg die Kraft. Irgendwann würden sie zurückkehren, und das ganz sicher in Form eines schrecklichen Schmerzes, so als ob man aus der Narkose aufwachte. Doch für den Moment spürte sie nichts davon.

»Schaut, schaut!«, rief William, der seit der Mittagszeit am Fenster verharrte. »Es ist Mummy, sie ist hier, sie ist hier!« Bertie, der oben in seinem Zimmer gelesen und so getan hatte, als interessiere ihn das Konzert nicht mehr – seine Mutter würde eh nicht kommen –, warf sein Buch beiseite. Begleitet von Freudenschreien rutschte er das Treppengeländer hinunter und in ihre Arme, wo bereits William saß.

Edward, der in seinem Arbeitszimmer die Buchführung erledigte, hatte das Auto und den Radau zwar gehört, weigerte sich aber, herauszukommen und Cassia zu begrüßen.

Janet steckte den Kopf zur Tür herein. »Mrs Tallow ist zurück«, meldete sie lächelnd. »Also kann sie Sie zum Konzert begleiten. Ist das nicht eine gute Nachricht?«

»Wahrscheinlich. Ja, ja natürlich. Aber Sie kommen doch auch mit, oder?«

»Dr. Tallow, ich kann nicht. Wer soll sich um Delia kümmern?«

»Das kann Peggy erledigen«, entgegnete er mit Nachdruck. »Sie haben diesen Haushalt in den letzten Tagen am Laufen gehalten, und ich möchte, dass Sie mitkommen.« Er beugte sich wieder über seine Bücher.

Kurz darauf öffnete sich die Tür. Cassia stand da, die Arme um die Jungen gelegt.

»Hallo, Edward.«

»Hallo«, erwiderte er knapp.

»Mummy war in Afrika!« Berties Augen strahlten so vor Stolz, als habe Cassia den ganzen Kontinent allein entdeckt. »Mit dem Flugzeug. War das nicht klug von ihr?«

»Oh, sehr klug.« Edward stand auf und marschierte an ihnen vorbei, ohne Cassia eines Blickes zu würdigen.

Bertie sah die beiden erschrocken an, und Furcht malte sich ab auf seinem kleinen Gesicht. Doch rasch hatte er sich wieder gefasst. Er nahm Cassia an der Hand und zog sie ins Wohnzimmer. »Du musst mir alles erzählen«, sagte er. »Wie groß war das Flugzeug? Waren die Leute alle schwarz? Welche Sprache sprechen sie? Konntest du sie verstehen?«

Janet trat ein. »Willkommen zu Hause, Mrs Tallow. Wir freuen uns so, Sie zu sehen, und auch noch gerade rechtzeitig. Dr. Tallow hat mich gebeten, ebenfalls zum Konzert zu kommen und Delia bei Peggy zu lassen. Sind Sie einverstanden?«

»Ja natürlich«, antwortete Cassia. Sie war zu erschöpft, um sich darüber zu wundern, dass Edward Janet irgendwo dabeihaben wollte.

William sang wunderschön die Strophen von »Oh, Come All Ye Faithful«. Seine glockenreine Stimme erhob sich in die Dunkelheit bis hinauf in die höchsten Winkel der Kirche. Cassia saß zwischen Edward und Janet und beobachtete ihn eindringlich, obwohl sie alles nur noch verschwommen sah. Seine Miene war konzentriert, sein Blick fest auf den Organisten gerichtet, und sie dachte, wie äußerst passend der Ausdruck »Kloß im Hals« war. Im Chorgestühl stand Bertie bei den größeren Jungen. Er war ebenso ernst und konzentriert, schaute jedoch immer wieder rasch zu ihr hinüber, als müsse er sich vergewissern, dass sie sich nicht plötzlich in Luft aufgelöst hatte. Jedes Mal lächelte sie ihm aufmunternd zu und suchte nach Anzeichen für das Leid, das sie ihm zugefügt hatte. Natürlich fand sie nichts.

Und so saß sie da und ließ diese so typisch englische Szene auf sich wirken. In der kalten, von Kerzen erleuchteten Kirche stand der gewaltige Weihnachtsbaum rechts neben dem Chorgestühl. Links davon war die Krippe aufgebaut. Die Orgel spielte Weihnachtslieder, die ihr so vertraut waren wie ihr eigener Name. Sie war umringt von lächelnden Müttern, Vätern mit beherrschten Mienen und ungewöhnlich sauberen, ordentlich angezogenen jüngeren Geschwistern. Ein himmelweiter Unterschied zu dem, was sie erst gestern hinter sich gelassen hatte – die Hitze, die Gerüche, der Staub, die dunklen Gesichter, die flatternden Gewänder und ihre eigene Angst. Sie konnte es noch immer nicht ganz glauben.

Das Solo und das Konzert endeten. Die Kirche leerte sich langsam, als die Leute aus den Sitzreihen strömten, ihre Kinder suchten, einander lächelnd grüßten und meinten, es sei kaum vorzustellen, dass es schon wieder Weihnachten sei. Edward stolzierte hinaus, ohne nach links und rechts zu schauen. Doch Cassia ließ sich mehr Zeit, plauderte und nahm die Komplimente für William entgegen. Ja, sie würden gerne an Weihnachten auf einen Drink vorbeikommen. Nein, sie habe noch nicht alle Weihnachtseinkäufe erledigt. Dann trat sie in die Dunkelheit und Kälte hinaus, wo Bertie und William bei Edward und Janet standen, ungeduldig auf und nieder sprangen und ihr Abendessen forderten. Und so fuhren sie alle nach Hause.

Nach dem Essen – eine angespannte Angelegenheit, nur aufgelockert durch Janets fröhliche, zuversichtliche Art – trollten sich die Kinder unter Protest ins Bett.

»Könnte ich mit dir reden?«, wandte Cassia sich an Edward.

»Worüber?« Seine Miene war so zornig, dass sie es mit der Angst zu tun bekam.

»Die Zukunft.«

»Ach das.«

»Ja. Was wir tun werden. Ob du dich schon wegen der Praxis entschieden hast …«

»Oh, das ist ganz einfach. Natürlich bekommst du sie nicht. Ich würde dir die Praxis genauso wenig übergeben wie Bertie.«

»Was? Edward, anfangs warst du doch recht aufgeschlossen für diese Idee. Ich verstehe das nicht. Entschuldige, dass ich weg war. Aber es war sehr wichtig. Ich musste hinfliegen.«

»Vermutlich, um dich mit Moreton zu treffen. Ich glaube, ich verzichte auf eine Erklärung.«

Sie hatte das Gefühl, sehr schnell in einen tiefen Strudel zu stürzen. »Du weißt Bescheid?«, stieß sie hervor.

»Ja, Cassia, ich weiß Bescheid. Übrigens hat seine Frau es mir mitgeteilt. Ein hübscher Zufall, oder?«

Warum hatte Harry sie nicht gewarnt, dass alle im Bilde waren? Mein Gott, wie sie diesen Mann hasste. »Edward, ich möchte es dir gerne erklären.«

»Pass auf.« Sein Gesicht war bleich und so sehr vor Zorn und einem schrecklichen Schmerz verzerrt, dass sie es kaum ertragen konnte. »Ich will es wirklich nicht hören. Von jetzt an ist es mir gleichgültig, was du treibst, Cassia. Es interessiert mich nicht mehr. Du hast gelogen, uns alle belogen. Du hast deine Kinder vernachlässigt. Du hast mich abgrundtief gedemütigt. Mein größter Wunsch wäre, dich nie wiederzusehen. Leider ist das nicht möglich, zumindest noch nicht. Wir müssen an die Kinder denken. Aber bitte beleidige mich nicht, indem du vorgibst, alles erklären zu können. Für mich ist die Sache offensichtlich. Seit Monaten teilst du das Bett mit ihm. Vielleicht sogar schon seit Jahren oder während unserer gesamten Ehe. Und dabei versteckst du dich hinter deiner widerlichen Tugendhaftigkeit. Das finde ich ekelhaft. Abstoßend.«

»Edward …«

»Halt den Mund.« Einen Moment lang dachte sie schon, er würde sie schlagen. »Ich will kein Wort mehr von dir hören. Er hat dich schon immer angezogen, das wusste ich. Bereits als Schulmädchen warst du in ihn verliebt und ganz sicher, nachdem du mich kennengelernt hast. Ich würde behaupten, das war alles Teil deines Plans.«

»Ich hatte keinen Plan.« Sie hörte, wie sie selbst die Stimme erhob und dass diese vor Zorn zitterte. »Ich hatte überhaupt keinen Plan. Jahrelang hatte ich keinen Kontakt zu Harry, all die Zeit, die wir verheiratet waren …«

»Wie gnädig!«

»Sei still!«, rief sie, denn allmählich riss ihr der Geduldsfaden. »Sei still. Ich erfinde keine Ausflüchte, sondern möchte dir nur klarmachen, wie sehr du dich irrst. Ich habe erst mit Harry Moreton geschlafen, als …«

»Wann genau? Das interessiert mich aber brennend.«

»Erst seit ein paar Monaten«, erwiderte sie leise. »Als ich wusste, dass unsere Ehe vorbei ist.«

»Oh, wie moralisch. Bitte verzeih mir, dass ich dich falsch eingeschätzt habe.«

»Aber du schätzt mich falsch ein!«, schrie sie. »Das tust du wirklich. Ich habe mir in unserer Ehe so lange Mühe gegeben. Ich wollte gut sein …« Inzwischen standen sie einander dicht gegenüber. Es wirkte wie eine Schlachtformation zweiter gegnerischer Armeen.

»Ach mein Gott«, sagte er. »Bitte verschon mich mit deinen Rechtfertigungen, Cassia. Natürlich ist es außergewöhnlich selten und edel, wenn eine Frau ihrem Mann treu ist und gut sein will, wie du es ausdrückst. Nur nicht in diesen widerwärtigen Kreisen, in denen deine Freunde wie Harry Moreton sich bewegen. Es tut mir wirklich leid, dass es dich solche Mühe gekostet hat. Ich war nämlich so naiv zu glauben, dass unsere Ehe glücklich war und dass du dich gar nicht so anstrengen musstest. Offenbar ein Fehler meinerseits. Ich war wohl in jeglicher Hinsicht ein Versager.«

»Edward, fang bitte nicht wieder damit an.«

»Ich brauche nicht damit anzufangen, weil es schon immer so war. Ich hätte mich nie auf dich einlassen, geschweige denn dich heiraten sollen, Cassia. Für mich war es vom ersten Tag an eine Katastrophe. Ich hoffe, das ist dir klar.«

»Und für mich«, schrie sie verzweifelt. »Für mich auch. Du spielst gern den Beleidigten, Edward, den armen, unterdrückten Ehemann. Aber das stimmt nicht. All die Jahre hast du mich unterdrückt. Du hast mich nicht in die Nähe der Praxis gelassen, sondern mich absichtlich ausgeschlossen. Hin und wieder durfte ich Glukose mit Wasser vermischen oder ein Knie verbinden. Doch du wolltest im Mittelpunkt stehen. Als der große, allmächtige Arzt. Du hattest Angst, ich könnte dich aus dem Rampenlicht drängen und mit dir auf Augenhöhe sein. Nicht überlegen, nur auf Augenhöhe. Wundert es dich wirklich, dass ich da meine eigenen Wege gegangen bin, mit meinen eigenen Freunden, meinen eigenen …«

»Deinem eigenen Liebhaber, in deinem eigenen Bett, in deinem eigenen Haus in London. Du bist nicht viel besser als eine Hure, Cassia, eine …«

»Hört auf! Hört auf! Hört auf!« Berties Gesicht war aschfahl, und er hatte hektische Flecken auf den Wangen. Mit schreckgeweiteten Augen sah er sie an. »Das ist schrecklich. Ich hasse euch beide. Ihr habt versprochen, Freunde zu bleiben und euch nicht scheiden zu lassen. Warum habt ihr gelogen?«

»Bertie, Bertie, mein Schatz.« Als Cassia ihn in die Arme nehmen wollte, um ihn zu trösten, stieß er sie weg. Seine schmale Brust bebte.

»Lass das. Nicht. Was Daddy sagt, ist wahr. Dauernd bist du weg und lässt uns hier. William hat letzte Nacht geweint, weil er gedacht hat, du würdest das Konzert verpassen.«

»Bertie.« Verzweifelt ließ sie die Arme sinken.

»Bertie, komm her.« Edward streckte seinerseits die Arme aus, aber Bertie ging wie eine Furie auf ihn los. »Nein, dich hasse ich auch. Du bist auch schrecklich, weil du Mummy nicht erlaubst, dir zu helfen. Warum darf sie sich nicht um die Praxis kümmern, warum nicht? Nur weil Maureen gesagt hat, dass sie das nicht kann?«

»Was?«, empörte sich Cassia. Das drängte selbst ihre Sorge um Bertie in den Hintergrund. »Was war das eben mit der Praxis?«

»Nichts«, entgegnete Edward. »Nicht jetzt, verdammt.«

Sie nickte und versuchte es noch einmal bei Bertie. »Bertie, Schatz, wir setzen uns aufs Sofa und reden darüber.«

»Nein, ich will nicht. Da gibt es nichts zu reden.« Der Mut hatte ihn verlassen. Plötzlich verunsichert stand er zwischen ihnen und schaute auf den Boden.

Als Edward ihm die Hand auf die Schulter legen wollte, stieß er sie zornig weg.

»Bertie«, erklang eine sanfte Stimme von der Tür her. Es war Janet. »Bertie, möchtest du mit mir nach oben kommen?«

»Nein«, antwortete Bertie schmollend, steuerte jedoch nach kurzem Zögern langsam auf die Tür zu.

Janet blickte die beiden an, während sie ihn hinausschob. Ihr Lächeln war ziemlich zittrig. »Tut mir leid, ich dachte, er sei in seinem Zimmer. Wenn er ein Weilchen bei mir bleibt, beruhigt er sich schon wieder.«

Schweigend betrachteten Cassia und Edward einander über die breite Kluft hinweg, die einmal ihre Ehe gewesen war. Dann drehte sie sich um, ging in das Zimmer, das inzwischen ihres war, legte sich voll bekleidet aufs Bett und weinte, bis sie keine Tränen mehr hatte.

»Cassia! Cassia, wach auf, um Himmels willen.« Es war Edward. Mühsam setzte sie sich auf. Draußen war es noch dunkel. »Bertie ist weg.«

»Was soll das heißen? Wohin denn?«

»Keine Ahnung. Genau das ist ja das Problem. Er ist davongelaufen.«

»Davongelaufen? Oh, Edward, nein, das kann nicht sein. Wann, wie ...«

»Ich weiß nicht. Als ich zu Bett gegangen bin, schlief er. Ich habe nach ihm geschaut.«

»Ich auch. In der Nacht, als ich zur Toilette musste. Ich habe befürchtet, dass er noch weint.«

»Wann war das?«

»So gegen halb vier.«

»Wie spät ist es jetzt?«

»Kurz nach sechs.«

In den folgenden Tagen sollten sie diese Einzelheiten ein ums andere Mal wiederholen.

Janet hatte Berties Verschwinden bemerkt. Sie war um halb sechs aufgestanden, weil Delia geweint hatte, hatte sie beruhigt und selbst nach Bertie gesehen. Da sein Bett leer gewesen war, hatte sie angenommen, dass er sich unten eine heiße Milch machte, was er inzwischen durfte. Doch dort war er nicht, er war nirgendwo im Haus. Nach ein paar Minuten hatte sie Edward geweckt – Edward, dachte Cassia, und es versetzte ihr einen Stich ins Herz. Warum Edward und nicht mich? Gelte ich wirklich nicht mehr als Elternteil? – und ihm berichtet, was geschehen war.

Zu dritt suchten sie Haus und Garten ab. Edward setzte sich ins Auto, fuhr durch sämtliche Straßen im Dorf und kehrte mit finsterer Miene zurück.

»Weit kann er nicht gekommen sein«, sagte Cassia immer wieder. »Nicht in der Dunkelheit. Es fahren keine Busse, und er wird doch sicherlich nicht …« Ihre Stimme erstarb, denn sie wagte nicht, den Satz zu beenden.

»Er ist bestimmt nicht bei jemandem mitgefahren«, sagte Edward. »O mein Gott.«

»Edward, ich habe ihm immer gepredigt, nicht zu Leuten ins Auto zu steigen, die er nicht kennt.«

»Ich weiß.« Allerdings waren verzweifelte und verstörte Kinder zu allem fähig.

»O Gott«, sagte sie seufzend.

»Am besten verständigen wir die Polizei.«

»Sollten wir nicht zuerst bei seinen Freunden nachfragen, um uns zu vergewissern, dass er nicht dort ist? Und bei Peggy und Mrs Briggs?« Natürlich hätte ihnen jeder Bescheid gegeben, wenn Bertie unangemeldet und mitten in der Nacht bei ihnen aufgetaucht wäre. Aber es war ein letzter Strohhalm, an den sie sich klammern konnte.

»Dr. Tallow, Mrs Tallow, meiner Ansicht nach sollten wir

die Polizei rufen«, sagte Janet. »Je schneller sie informiert ist, desto früher kann sie zu suchen anfangen.« Auch sie war bleich und sichtlich erschüttert.

»Ja natürlich«, erwiderte Cassia. »Das tun wir. Janet, setzen Sie sich. Sie sehen ja zum Fürchten aus.«

»Ich mache mir solche Vorwürfe«, antwortete sie. »Ich hätte ihn hören müssen. Ich begreife das nicht.«

»Janet«, sagte Edward mit Nachdruck, »Sie sind die Letzte, die sich schuldig fühlen sollte. Ohne Sie wäre er wahrscheinlich schon früher weggelaufen.«

Cassia blickte ihn an, und kurz flammte Zorn in ihr auf, weil sie glaubte, er würde mit dem Finger auf sie zeigen. Doch dann sah sie, dass er dazu gar nicht in der Lage war. »Ja«, sagte sie rasch. »Das stimmt. Sie brauchen kein schlechtes Gewissen zu haben, Janet. Überhaupt nicht. Komm, Edward, es ist das Beste, wenn du anrufst.«

Es war ein schreckliches Telefonat, denn die Angelegenheit wurde dadurch noch realer und offiziell. Bertie war kein kleiner Junge mehr, der davongelaufen war, sondern ein vermisstes, womöglich entführtes Kind.

Vorsichtig legte Edward den Telefonhörer auf. »Sie kommen sofort, um uns zu befragen.« Mit schleppenden Schritten ging er in sein Arbeitszimmer und schloss die Tür. Cassia blickte ihm hilflos nach.

Die Polizei in Form eines Constables erschien gegen acht. Inzwischen war William wach. Er war wegen des Dramas ziemlich erschüttert, aber auch aufgeregt und bewunderte Berties Mut.

»Dir hat er nichts erzählt, oder, William?«, fragte Cassia verzweifelt. »Kein Sterbenswörtchen?«

»Nein, ich habe ihn nur weinen gehört, als ich ins Bett gegangen bin. Er wollte mir nicht verraten, was los ist.«

Police Constable Allen war beleibt, sich seiner Wichtigkeit bewusst, streng, aber freundlich. Er stellte Fragen bezüglich Berties Aussehen, um eine genaue Personenbeschreibung zu erstellen, so genau, dass Cassia am liebsten losgeschrien hätte. Mithilfe eines Ausschlussverfahrens wurde festgelegt, dass er mit einer grauen kurzen Hose, einem braunen Pulli, braunen Schuhen und seinem Schulregenmantel bekleidet war.

Es war ein Trost, dass seine Sporttasche noch vorhanden war, ein Hinweis darauf, dass er nur einen langen Spaziergang unternahm und nicht für immer fortbleiben wollte. Andererseits war seine Spardose leer. »Aber er hatte nur noch Threepence«, erklärte William. »Mit dem Rest hat er Weihnachtsgeschenke gekauft.« Ein Satz, der so unbeschreiblich wehtat.

Sie suchten das ganze Haus und sogar unwahrscheinliche Örtlichkeiten wie den Gartenschuppen ab und schauten in ihren Briefkasten, ob da vielleicht ein Brief lag, allerdings vergeblich.

»Halten Sie das für ein gutes Zeichen?«, wandte sich Cassia an PC Allen. »Das heißt doch, dass er nicht vorhat fortzubleiben.«

PC Allen hob seine buschigen Augenbrauen in Richtung Decke und schüttelte den Kopf. »Ich weiß es wirklich nicht, Madam. Bei Kindern ist alles möglich.«

Cassia stand am Fenster und nahm all ihren Mut zusammen, um die entsetzliche, kaum auszusprechende Frage zu stellen. »PC Allen, es hat doch in dieser Gegend in letzter Zeit keine Schwierigkeiten gegeben, oder? Mit Kindern, meine ich. Sie wissen schon …« Sie brach ab, weil ihr die Stimme versagte. Ständig hatte sie Harry Moretons Worte im Ohr: »Er ist pädophil.« Sie hatte die Kinder vor Augen, die aus Rollo Greshams Haus kamen, und grübelte darüber nach, wie viele dieser Leute es im sicheren, grünen ländlichen England gab, nicht nur in weit entfernten heißen, staubigen, von Fliegen verpesteten Städten.

Er musterte sie schweigend, als überlege er, was er ihr antworten solle. »Nun, Madam, nicht soweit mir bekannt ist. Allerdings können wir natürlich nichts beschwören und müssen immer auf der Hut sein, weil diese Leute sehr gerissen sind. Und jetzt muss ich von Ihnen wissen, ob es zu Hause irgendwelche Auseinandersetzungen gegeben hat, die den Jungen verstört haben könnten.«

»Ja«, erwiderte Edward nach einer kurzen Pause. »Ich fürchte, meine Frau und ich haben uns gestern Abend gestritten.«

»Ich verstehe, Sir. Und der Junge ist Zeuge geworden und hat alles mitgehört?«

»Leider ja.«

»Und er hat aufgebracht gewirkt?«

»Ja, unglücklicherweise.«

»Gut, das könnte erklären, warum er weggelaufen ist. So etwas geschieht öfter. Andererseits kommen die Kinder in diesen Fällen meist wieder, sobald sie Gelegenheit hatten, sich ein bisschen zu beruhigen. Also zermürben Sie sich nicht mit Vorwürfen. Kinder sind ziemlich robust. So, ich glaube, das wäre für den Moment alles. Hätten Sie vielleicht ein Foto, das wir in den anderen Revieren in der Gegend herumzeigen könnten?«

»Ja«, meinte Cassia. »Ich habe eines. Warten Sie.«

Sie hastete hinauf ins Gästezimmer. Neben dem Bett stand ein Foto von Bertie. Sie hatte es rahmen lassen, als er ins Internat gegangen war. Aufgenommen worden war es im letzten Sommer, als Sir Richard sie besucht und sie von Miss Monktons Reise nach Paris zu Leonora erfahren hatte. Bertie stand lachend und den Kricketschläger in der Hand da. Das Haar fiel ihm ins Gesicht. Mit angespannten mageren Beinen und

Armen wartete er auf den Ball. Damals war alles mit ihm in Ordnung gewesen, dachte sie. Vor all diesen schrecklichen Erlebnissen, vor dem Internat und vor Collins. Einfach ein normaler glücklicher kleiner Junge mit einer normalen glücklichen Familie.

Wenn sie nur die Uhr, nein besser den Kalender, hätte zurückdrehen können. Wie anders hätte sie sich verhalten und wie anders hätten sich die Dinge entwickelt. Bertie würde am Frühstückstisch sitzen, seinen Toast essen und ein Durcheinander veranstalten. Und sie würde ihn schimpfen, weil er für die Butter nicht das Buttermesser, sondern sein eigenes benutzte. Wie hatte sie sich um Dinge wie Krümel in der Butter kümmern können?

Der Briefträger sah PC Allen gehen. »Stimmt etwas nicht, Mrs Tallow?«

»Nein, ganz und gar nicht. Bertie wird vermisst. Er ist weggelaufen.«

»Wann war das denn?«

»Oh, sehr früh heute Morgen.« Sie brach in Tränen aus.

»Ach, Sie sollten sich keine Sorgen machen.« Verlegen tätschelte er ihr die Schulter. »Jungs sind eben so. Ständig laufen sie weg. Ich bin auch oft weggelaufen und habe meine Mum fast um den Verstand gebracht. Sobald er Hunger kriegt, kommt er sicher nach Hause. Ich wette mit Ihnen um fünf Pence, dass er heute Abend um sechs wieder da ist.«

Doch es wurde erst sechs, dann sieben, dann acht. Der Briefträger hatte seine fünf Pence verloren.

Bertie steuerte auf das Tor von St. John's zu. Das Tor, durch das seine Mutter ihn zuletzt zu seiner großen Erleichterung gefahren hatte. In der Schule brannte Licht. Wahrscheinlich saßen alle beim Abendessen. Er war nicht ganz sicher, was er hier wollte, und es kam ihm plötzlich ein wenig albern vor. Er hatte nur das Gefühl gehabt, die neue Situation würde ihm erträglicher erscheinen, wenn er sich genau vor Augen hielt, wie unglücklich und verzweifelt er hier gewesen war. Er wusste noch, wie er, zum ersten Mal seit Wochen warm und geborgen, auf den Knien seiner Mutter gesessen hatte, als sie ihn nach Hause brachte. Und dass er zu ihr gesagt hatte, er würde lieber hierher zurückkehren, als dass sie und sein Vater sich scheiden ließen. Sein Plan war, ein wenig umherzugehen, an die schreckliche Zeit zu denken, dann zu Hause anzurufen, zu sagen, wo er war, und sich abholen zu lassen.

Inzwischen war er völlig durchgefroren. Ein eisiger Wind wehte, und er trug nur eine kurze Hose. Dumm von ihm, aber er hatte die Kälte beim Anziehen ganz vergessen. Wo konnte er für eine Weile Schutz suchen, während er sich überlegte, was er tun sollte? Vielleicht in der Kapelle, ja, das war eine Idee. Er würde eine Weile dort sitzen und danach möglicherweise einfach nach Hause gehen. Eine Erinnerung an das Elend hier hatte er nicht nötig. Er erkannte bereits, dass es viel schlimmer war als der Streit seiner Eltern.

Bertie schlüpfte zur Tür hinein – drinnen war es beinahe warm – und sank auf eine der Sitzbänke. Er war ja so müde, denn er war den ganzen Tag zu Fuß gegangen. Bis auf die Busfahrt, für die er seine letzten Threepence ausgegeben hatte. Er wollte sich nur ein wenig setzen und sich ausruhen. Bertie legte sich auf die Seite und zog die Beine hoch auf den Sitz. Nur für ein paar Minuten, ein paar Minuten.

Inzwischen hatten sie jeden angerufen, den sie in der Gegend kannten. Jeden, den Mrs Briggs und Peggy kannten. Sämtliche Eltern aller Kinder in der Schule. Dann fingen sie an, London abzutelefonieren.

Rupert war eine Möglichkeit, Bertie vergötterte ihn. Natürlich auch Cecily. Bertie und Fanny waren gute Freunde. »Vielleicht hat Fanny ja sogar von ihm gehört«, meinte Cassia, aber nein. Sie riefen sogar Edwina an, denn Bertie hatte sie bei Laurence' Taufe sehr gemocht und sie als hübsch bezeichnet. Alles vergeblich. Bertie war wie vom Erdboden verschluckt.

Keine Panik, sagte sich Bertie, als sich der Schlüssel im Schloss der Kapellentür drehte und der Hausmeister sein Klopfen und Rufen nicht hörte. Am nächsten Tag würde er zur Morgenandacht wieder aufschließen, und dann konnte er fliehen. Es war kalt, und er fühlte sich sehr einsam, aber das machte nichts. Er konnte sich mit den Gewändern der Chorknaben zudecken, um sich zu wärmen und die Nacht irgendwie zu überstehen.

In der Sakristei, wo die Gewänder aufbewahrt wurden, gab es einen Wasserhahn, sodass er auch nicht verdursten musste. Ja, bis zum Morgen konnte ihm nichts geschehen. Und dann konnte er bitten, seine Eltern anrufen zu dürfen. Alles würde gut werden. Natürlich würde es das.

Viel später, nach dem Abendessen, bei dem der Direktor die Jungen zu ihrem Gesang beim Abschlussgottesdienst beglückwünscht hatte, ging er zum Häuschen des Hausmeisters, um sich zu vergewissern, dass dieser die Kapelle und die übrigen Nebengebäude abgeschlossen hatte.

»Wir sind erst nach Weihnachten zurück, Worthington. Wollte nur nachsehen, ob alles ordentlich gesichert ist. Schließlich wollen wir nicht, dass sich zwielichtige Gestalten hier herumtreiben.«

Worthington beteuerte, er habe sorgfältig abgeschlossen. »Ich habe auch darauf geachtet, dass die Katze nicht drin ist,

Sir. Wir wollen ja nicht, dass sie über Weihnachten verhungert.«

»Nein, natürlich nicht«, erwiderte der Direktor.

Am Dienstagvormittag hatte die Polizei begonnen, ernsthaft nach Bertie zu suchen. Am ersten Tag hatten sie nur Bahnhofsvorstehern, Wachleuten und Busfahrern sein Foto gezeigt und waren recht zuversichtlich gewesen. Am zweiten Tag jedoch steigerte sich ihre Besorgnis sichtlich, und sie durchkämmten die Wälder, Scheunen und das Flussufer. Als sie davon sprachen, Taucher in den Baggersee zu schicken, schaffte es Cassia gerade noch rechtzeitig auf die Toilette. Als sie, grün im Gesicht und zitternd, wieder herauskam, stand Edward im Flur und machte zum ersten Mal seit ihrer Rückkehr aus Marokko ein beinahe freundliches Gesicht.

»Alles in Ordnung?«, fragte er.

»Ja. Nein. Oh, ich weiß nicht. Es ist alles so schrecklich, Edward, und nur ich allein bin schuld daran.«

»Nein«, entgegnete er streng. »Wir haben beide Grund, uns Vorwürfe zu machen. Komm und setz dich. Du siehst völlig erschöpft aus.«

Erstaunt folgte sie ihm in die Küche und ließ sich von ihm einen Tee kochen.

Am Dienstagmittag waren Berties Fäuste vom Hämmern gegen die massive Tür der Kapelle wund, und er war heiser vom Schreien. Außerdem hatte er großen Hunger.

Als er aufgewacht war, war es noch dunkel gewesen. Zitternd vor Angst hatte er darauf gewartet, dass es hell wurde. Sein einziger Begleiter und Trost war seine Armbanduhr mit Leuchtzeigern und einem angenehm beruhigenden Ticken. Edward hatte sie ihm geschenkt, als er aufs Internat geschickt worden war. Er las die Zeit ab, fünf Uhr, und rechnete nach, wie lange es noch bis zur Morgenandacht war und er endlich befreit werden würde. Es kostete ihn gewaltige Mühe, nicht laut loszuschreien. Später fragte er sich, ob Schreien vielleicht etwas genützt und ob jemand ihn in der Stille und Dunkelheit gehört hätte.

Als es hell wurde, beruhigte er sich ein wenig und sagte sich, dass es nur noch ein paar Stunden dauern konnte, bis die anderen kamen. Später, viel später, hörte er, wie eine endlose Reihe von Autos eintraf und wieder abfuhr. Danach herrschte den ganzen Tag ein schreckliches und beängstigendes Schweigen.

Cassia saß den ganzen Tag am Telefon und schlief nur hin und wieder eine Weile. Nachts war sie, von einer quälenden Unruhe geplagt, im Haus umhergegangen und hatte das Gefühl, Bertie zu verraten, wenn sie sich auch nur einen Moment setzte und es bequem hatte. Auch Edward fand keinen Frieden und fuhr alle zwei oder drei Stunden mit dem Auto einen immer größeren Radius ab, um Bertie zu suchen. »Wahrscheinlich ist es sinnlos, aber ich muss einfach etwas tun«, sagte er.

Am späten Dienstagabend wurde Cassia, durchgefroren und steif gelegen, vom Telefon aus einem unruhigen Schlaf geweckt. Sie riss den Hörer von der Gabel. Es war Harry.

»Cassia?«

»Ja, hallo, Harry.«

»Entschuldige, habe ich dich geweckt?«

»Nein, wie spät ist es?«

»Elf. Ich bin gerade aus Marokko zurückgekommen. Habt ihr Bertie schon gefunden?«

»Nein.«

»Wie entsetzlich. Kann ich etwas tun?«

»Ihn finden.« Sie brach in Tränen aus und legte den Hörer auf. Sie konnte ihn nicht mehr hassen. Ebenso wenig wie Edward. Ihr Elend und ihre Angst hielten alle ihre Gefühle im Klammergriff.

Inzwischen war Bertie so durchgefroren, dass er kaum noch klar denken konnte. Er gab sich große Mühe, warm zu bleiben, weil er wusste, wie wichtig das war. Scott, der Entdecker der Antarktis, über den er vor Kurzem gelesen hatte, betonte, dass man nicht zu sehr auskühlen durfte, weil man sonst einschlief. Also stapfte er den ganzen Morgen in regelmäßigen Abständen in der Kapelle hin und her und schlug sich mit den Händen auf die Seiten, fest entschlossen, den Mut nicht zu verlieren und nicht zu erfrieren. Doch als es wieder dunkel wurde, wurde er von Verzweiflung ergriffen. Er kroch in seine Sitzreihe und deckte sich mit den Chorgewändern zu. Vor lauter Hunger hatte er schreckliche Schmerzen, und er betete lange und innig, jemand möge ihn bald finden.

Mittlerweile war ihm klar, dass bis nach Weihnachten womöglich niemand kommen und dass er bis dahin tot sein würde, aber er strengte sich an, nicht daran zu denken. Das durfte er einfach nicht, denn dann würde er aufgeben. Er wusste, dass man nur von Wasser eine lange Zeit überleben konnte. Ganz gleich, wie hungrig man auch war, starb man nicht, wenn man Wasser hatte. Andererseits befürchtete er, dass die Kälte ihm den Garaus machen würde.

Beten erschien ihm als die beste Lösung. Gott hörte jemandem in einer Kirche sicher aufmerksamer zu als anderswo. Allerdings kannte er nicht viele Gebete, weshalb er wieder und wieder das Vaterunser aufsagte. Dazwischen rief er immer wieder verzweifelt: »Bitte, bitte, lieber Gott, mach, dass mich bald jemand findet.« Schließlich schlief er ein. Aber er hatte vergessen, seine Uhr aufzuziehen, und als er aufwachte, hatte er keine Ahnung, wie spät es war. Er brach in Tränen aus, denn er fühlte sich so allein.

Am Mittwochmorgen sendete die Polizei eine Suchmeldung im Radio und bat um Hinweise auf den Verbleib eines kleinen Jungen namens Bertram Tallow, genannt Bertie: einen Meter dreißig groß, braunes Haar, braune Augen, zuletzt zu Hause gesehen …

Als Cassia die Beschreibung des kleinen Jungen namens Bertie hörte, der ihr Sohn war, hatte sie das Gefühl, den Verstand zu verlieren.

Inzwischen war sie überzeugt, dass er tot war. Sie sah seinen kalten, leblosen Körper in einem Straßengraben oder in einer Scheune vor sich. Allerdings erschien ihr der Tod als die bessere Alternative, verglichen mit einer Entführung oder sexuellem – wie lautete noch einmal der offizielle Ausdruck? –, sexuellem Missbrauch. Immer wieder entstanden in ihrem Kopf Schreckensbilder, wie der kleine, vertrauensselige Bertie angelockt und entsetzlichen Qualen unterworfen wurde, von denen er sich nie erholen würde, selbst wenn er gerettet wurde.

William war an diesem Vormittag bedrückt und ließ sich einfach nicht trösten. Er weinte stundenlang und flehte sie an, ihm zu sagen, wo Bertie war und was ihm zugestoßen sein mochte. Delia, die sich von der traurigen Stimmung im Haus anstecken ließ, weinte ebenfalls eine Ewigkeit. Das zerrte so sehr an Cassias Nerven, dass ihr schließlich der Geduldsfaden riss und sie Delia einen kräftigen Klaps aufs Bein versetzte. Sie betrachtete den geröteten Abdruck, das Symbol, dass sie nicht nur Delia, sondern auch Bertie eine schlechte Mutter war, und fing selbst zu weinen an.

Janet kam herein, hob Delia hoch, beschwichtigte sie und

erbot sich, noch eine Kanne Tee zu kochen, von dem sie sich inzwischen ernährten. »Machen Sie sich keine Gedanken um Delia, Mrs Tallow. Ihr geht es gut. Allerdings scheinen Sie kurz vor einem Zusammenbruch zu stehen. Warum legen Sie sich nicht ein Stündchen hin? Falls es Neuigkeiten gibt, wecke ich Sie sofort.«

Zunächst weigerte sich Cassia, tat es aber dann doch. Sie schlief ein, und als sie wieder aufwachte, läutete das Telefon. Es war die Polizei. Jemand hatte ein Kind, auf das Berties Beschreibung passte, in Birmingham gesichtet.

»Birmingham? Aber wie und warum? O mein Gott…« Der Polizist war einfühlsam. »Nehmen Sie es nicht zu ernst, Madam. So etwas passiert nach einem Aufruf im Radio ständig. Es ist ein zweischneidiges Schwert, weshalb wir damit gerne eine Weile warten. Dauernd rufen Leute an, und natürlich muss man jedem Hinweis nachgehen. Neun von zehn mal handelt es sich um eine völlig andere Person. Aber wir werden die Polizei von Birmingham informieren.«

Es geschah noch drei Mal. Bertie war in Oxfordshire gesehen worden, wie er im Lastwagen eines Farmers mitfuhr; beim Betreten eines Buswartehäuschens in Glasgow; und in St. Ives beim Herumtollen am Strand.

»Er kann es nicht sein«, sagte Cassia. »Die Leute haben Visionen und sehen einen Geist…« Im nächsten Moment hielt sie inne. Vielleicht war Bertie ja wirklich tot und inzwischen ein Geist.

Aus irgendeinem Grund raubten gerade diese Anrufe Edward den Lebensmut. Als Cassia am Vormittag in sein Büro kam, traf sie ihn weinend am Schreibtisch an. Da sie keine Kraft hatte, ihn zu trösten, ging sie leise wieder hinaus und schloss die Tür.

Etwa nach einer Stunde erschien er mit bleichem, tränennassem Gesicht. »Möchtest du einen Spaziergang machen? Ich brauche frische Luft«, fragte er.

»Edward, wir können nicht beide gleichzeitig aus dem Haus«, entgegnete sie streng.

Janet erhob sich. »Ganz Ihrer Ansicht, aber möchten Sie, dass ich Sie begleite, Dr. Tallow? Ich könnte frische Luft auch gut gebrauchen.«

»Ja«, erwiderte er. »Das wäre sehr freundlich. Vielen Dank.«

Als Cassia den beiden nachblickte, empfand sie zum ersten Mal seit Montagmorgen etwas, das nichts mit Bertie zu tun hatte. Sie war nicht sicher, doch es fühlte sich an wie Hoffnung. Den Grund konnte sie sich nicht erklären.

Mittlerweile hatte Bertie es mehr oder weniger aufgegeben, sich zu wärmen. Er hatte solchen Hunger, dass es einfacher war, liegen zu bleiben. Wenn er sich nicht bewegte, spürte er die Kälte nicht so, und ein recht angenehmes Gefühl ergriff Besitz von ihm. Es war ein wenig, als träumte er. Er hatte zwar noch ein paarmal gebetet, aber allmählich hoffte er auch nicht mehr auf Gott.

Maureen hatte sämtliche Sprechstunden übernommen. Sie war sichtlich bestürzt und froh, helfen zu können. Cassia schaute ihr nach, als sie an jenem Tag nach einer ziemlich hastigen Mahlzeit loseilte, um ein Kleinkind zu behandeln, dessen Mutter am Telefon hysterisch gemeldet hatte, es habe Bleiche getrunken. Sie fragte sich, warum sie ihr immer so unsympathisch gewesen war.

»Ist mit dem Baby alles in Ordnung?«, erkundigte sie sich zögernd, als Maureen zurückkehrte.

»O ja. Es war keine Bleiche, sondern Gin. Nur ein winziger Schluck. Vermutlich dachte sie, ich würde nicht kommen, wenn sie das am Telefon erwähnt. Die Leute sind schon komisch.«

»Ja, stimmt. Außerdem ist diese Frau berüchtigt. Ein Albtraum. Dauernd lässt sie Sachen herumliegen, wo die Kinder herankönnen. Letztens waren es Aspirintabletten. Dem armen Kleinen musste der Magen ausgepumpt werden. Was haben Sie ihm gegeben, viel Milch?«

»Ja.« Sie betrachtete Cassia furchtsam. »Das mit Bertie tut mir so leid, Mrs Tallow. Das habe ich Ihnen noch gar nicht gesagt. Noch immer keine Neuigkeiten?«

»Nein, nichts.«

»Es muss schrecklich für Sie sein.«

»Ja, ist es.«

»Mrs Tallow …«

»Ja, Maureen?«

»Ich habe etwas auf dem Herzen. Etwas, das mir ein schlechtes Gewissen bereitet. Ich werde mit Dr. Tallow darüber reden, aber Sie müssen es auch wissen. Dr. Tallow hat mich gefragt, ob Sie meiner Ansicht nach die Praxis übernehmen sollten, wenn er ans Krankenhaus geht. Er wollte eine Zweitmeinung, eine Entscheidungshilfe. Das ist natürlich sehr wichtig.«

»Das ist mir klar«, entgegnete Cassia kühl. »Und?«

»Nun, ich fürchte, ich habe geantwortet, ich hielte es für keine gute Idee.«

»Ja, das habe ich bereits von Bertie erfahren. Warum, Maureen?«

»Ich war gehässig. Und das tut mir sehr, sehr leid. Ich denke, Sie würden es wunderbar machen. Das werde ich Dr. Tallow auch sagen.«

»Danke, aber zerbrechen Sie sich nicht den Kopf darüber. Ich habe momentan andere Sorgen.«

»Ich bin froh, dass Sie so nachsichtig sind.«

Als es wieder dunkel wurde, hatte Bertie keine Hoffnung mehr und gab es auf. Sogar auf das Wasser verzichtete er. Er fühlte sich nicht mehr so hungrig und durstig, und der Weg in die Sakristei erschien ihm zu lang und anstrengend. Da war es besser, still liegen zu bleiben und vor sich hin zu träumen. Zum Schreien war er nicht mehr kräftig genug, und er konnte auch nicht an die Tür schlagen, denn die Schnittwunden und Blutergüsse an seinen Händen taten ziemlich weh. Außerdem war es ohnehin zwecklos. Niemand würde ihn hören. Er würde hier sterben.

Zusammengerollt lag er in seiner Sitzreihe und dachte an seine Mutter, die er so liebte. Sie war so warm, liebevoll und lustig. Er erinnerte sich daran, wie er auf ihren Knien gesessen oder sich auf ihrem Schoß zusammengerollt hatte, obwohl er dafür eigentlich schon viel zu groß war. Aber manchmal tat er es eben doch. Wenn er mit ihr redete und ihr etwas erzählte, hörte sie ihm stets aufmerksam zu und tat seine Sorgen nie als albern oder seine Geschichten als langweilig ab. Auch wenn sie wegen ihrer Arbeit viel unterwegs war, war es immer schön, wenn sie zurückkam. Vielleicht würde er sie niemals wiedersehen. Und zuletzt war er so gemein zu ihr gewesen. Er hatte ihr gesagt, dass er sie hasste und dass sie schrecklich war.

Auch das mit seinem Vater hatte er nicht so gemeint. Er liebte sie beide und wünschte sich mehr als alles auf der Welt, sie wiederzusehen. Es war sehr traurig, dass sie nicht mehr zusammen sein konnten, aber wenn es nicht möglich war und er sich nur noch getrennt mit ihnen treffen konnte, würde er ihnen eben einzeln sagen, wie sehr er sie liebte, und sich bei ihnen entschuldigen. Auch sie hatten einander entsetzlich beschimpft, doch immerhin konnten sie sich ebenfalls entschuldigen, alles klären und wieder von vorn anfangen. Wenn man erst einmal tot war, ging das nicht mehr.

Am Nachmittag war Bertie angeblich noch dreimal gesichtet worden. Gegen vier hörte das Telefon auf zu läuten. Der Gedanke an eine weitere qualvolle Nacht mit ihren Schreckensbildern erfüllte Cassia mit Grauen. Es war eiskalt, und Schneeregen hatte eingesetzt. Ein Kind konnte da draußen unmöglich überleben, dachte sie. Keine dritte Nacht. Ein Kind, das nur die kurze Hose seiner Schuluniform und einen Regenmantel trug. Sie saß da, starrte in die aufziehende Dunkelheit hinaus, lauschte dem heulenden Wind und versuchte zu verdrängen, was Bertie gerade durchmachte. Wie Edward zuvor stützte sie den Kopf auf die Arme und brach in Tränen aus. Ihr Schluchzen wurde immer heftiger, bis sie nicht mehr aufhören konnte. Es war totenstill im Haus. Edward machte einen Krankenbesuch bei einer verzweifelten Frau, deren Mann einen Herzinfarkt erlitten hatte. Er hatte ihr mitgeteilt, er müsse hinfahren, und sie hatte ihm zugestimmt.

Trotz ihres Weinens nahm sie im Hintergrund wahr, dass das Telefon beharrlich läutete. Niemand ging ran. Wo waren denn alle? Was machten sie? Schließlich stemmte sie sich auf wackeligen Beinen hoch und schleppte sich an den Apparat, voller Furcht, es könnte sich wieder um einen Fehlalarm, eine weitere falsche Sichtung handeln. Sie hob ab, brachte jedoch keinen Ton heraus, sondern schluchzte nur in den Hörer.

»Cassia? Cassia, ich bin es, Harry. Pass auf, ich habe eine Idee. Wo ist das Internat, auf dem Bertie war?«

Obwohl sie wusste, dass es absurd, ja sogar unmöglich war, war es zumindest ein Plan, etwas, das sie unternehmen konnte. Mit zitternden Händen wählte sie erst die Nummer der Schule, dann die des Direktors. Niemand meldete sich. Nun, es waren Ferien, natürlich war kein Mensch da. Also konnte er ebenfalls nicht dort sein. Oder?

Oder vielleicht doch.

Die fünfzig Kilometer bei Dunkelheit und Schneeregen erschienen ihr endlos. Unterwegs begegnete sie nur sechs Autos, da alle Menschen so vernünftig waren, zu Hause zu bleiben. Als sie weiterfuhr, ging der Schneeregen in Schnee über. Die Straße wurde glatt und gefährlich. Sie erinnerte sich an den warmen, sonnigen Septembertag, an dem sie Bertie hierhergebracht hatten. Daran, wie sie sich immer wieder zur Rückbank umgedreht hatte, wo er angestrengt und höflich lächelnd saß. Diese Fahrt war wie im Flug vergangen.

Das Internat lag am Stadtrand von Arundel, sodass sie die Stadt durchqueren musste. Zweimal bog sie falsch ab, weil sie in der Dunkelheit Wegweiser verpasste. Beim zweiten Mal musste sie Passanten nach dem Weg fragen und lauschte ihren Beschreibungen. Doch sie hätten genauso gut Chinesisch sprechen können, so wenig verstand sie. Und so fuhr sie einfach weiter in die falsche Richtung.

Sie hatte keine Ahnung, warum sie diese recht abwegige Idee so besessen verfolgte, denn ihr gesunder Menschenverstand sagte ihr, dass es ganz sicher vergebliche Liebesmüh war. Aber es lag ein Funke Logik darin, der ihr Hoffnung gab. Außerdem war alles besser, als neben dem Telefon zu warten.

Endlich fand sie die Schule: Sie kam am Tor einer Farm vorbei, das sich ihrer Erinnerung nach auf der anderen Straßenseite befunden hatte. Sie wendete mitten auf der Straße, geriet ins Rutschen und prallte mit dem rechten Vorderreifen gegen ein Holzscheit. Fluchend stieg sie aus und befürchtete schon eine Reifenpanne. Doch bis auf ein paar dicke Beulen in der Felge war der Reifen unbeschädigt.

Und dann erkannte sie zu ihrer Freude vor sich die Lichter des Hausmeisterhäuschens. Sie trat auf die Bremse, schlitterte über den vereisten Boden, sprang aus dem Auto und rannte laut rufend auf die Tür zu.

»Tja, ich habe keinen Jungen gesehen«, erwiderte Mr Worthington leicht verärgert, so als handle es sich um eine geschmacklose Angelegenheit. »Nicht, seit alle nach Hause gefahren sind.«

»Und wann war das?«

»Oh, gestern Morgen, kurz vor der Mittagszeit. Seitdem ist es sehr still hier.«

»Ja, das kann ich mir denken. Können wir trotzdem nachschauen und die Schule durchsuchen?«

»Ich weiß nicht«, antwortete Mr Worthington. »Dazu brauche ich die Erlaubnis des Direktors und …«

»Mr Worthington, mein kleiner Junge wird seit drei Tagen vermisst. Inzwischen ist alles einen Versuch wert. Könnten wir bitte hinüber in die Schule gehen?«

Bertie hatte gesehen, wie die Scheinwerfer eines Autos kurz durch die dunkle Kapelle strichen. Er hatte geschlafen und war kurz zuvor aufgewacht. Benommen vor Kälte lag er da und überlegte, ob er wieder schreien sollte, wie jedes Mal, wenn ein Auto vorbeikam. Doch er beschloss, dass sich die Mühe nicht lohnte. Es war so anstrengend, seine Hände taten weh, und sie hörten ihn sowieso nicht. Er zog sich die Chorgewänder über den Kopf und versuchte weiterzuschlafen.

Der Direktor war bei einer Cocktailparty gewesen und gar nicht erfreut, bei seiner Rückkehr Cassia anzutreffen, denn für ihn stand sie für Schwierigkeiten und einen Streit wegen der Fehler seiner Schule. Er teilte ihr mit, er habe aus dem Radio von Berties Verschwinden erfahren, und tat das mit einer gewissen Selbstzufriedenheit, als bestätige das seine Überzeugung, dass Bertie schon immer unartig gewesen war und dass das Problem bei ihm, nicht bei der Schule lag.

Es sei unmöglich, verkündete er, dass Bertie sich irgendwo auf dem Schulgelände aufhielte. Die Putzfrauen hätten ihn entdeckt, denn nach Ferienbeginn sei die Schule gründlich gereinigt worden.

»Es ist mir egal, wie sauber es dort ist. Ich will alles durchsuchen. Jetzt.«

Als er sie betrachtete, sah er ein, dass er sich geschlagen geben musste. Sie durchkämmten Klassenzimmer, Schlafsäle und Toiletten. Kein Bertie.

»Nun, ich habe es Ihnen doch gesagt«, stellte er fest. »Hier kann er nicht sein.«

»Was ist mit Nebengebäuden?«

»Nur der Kricketpavillon.«

»Dann schauen wir eben dort nach.«

»Mrs Tallow …«

»Los.«

Der Kricketpavillon war menschenleer. Ebenso die Toilettenanlage bei den Sportplätzen, wo Bertie so viel durchgemacht hatte.

»Sehen Sie, Mrs Tallow, er ist wirklich nicht hier.«

»Gut, danke fürs Suchen.«

»Ich begleite Sie zu Ihrem Wagen.«

Sie hatte den Verdacht, dass er das nicht aus Höflichkeit tat. Er wollte sich nur vergewissern, dass sie das Gelände auch wirklich verließ. Wortlos gingen sie zum Auto.

»Nun«, sagte er und hielt ihr die Hand hin. »Hoffentlich finden Sie ihn. Das werden Sie ganz bestimmt. Wahrscheinlich ist er nur ungezogen.«

Bis zu diesem Moment hatte sie vergessen, wie sehr sie den Mann verabscheute, besaß aber nicht die Kraft, sich mit ihm herumzustreiten. »Das hoffe ich auch«, erwiderte sie, stieg ein und startete den Motor.

»Frohe Weihnachten, Mrs Tallow.« Er zögerte, hatte jedoch offenbar das Bedürfnis, noch etwas hinzuzufügen. »Wir haben Bertie beim Weihnachtsgottesdienst vermisst. Er hat eine wunderschöne Stimme.«

Sprachlos lächelte sie ihn an, wendete und steuerte auf das Tor zu. Bertie hörte, wie das Auto wieder abfuhr, und verkroch sich tiefer unter den Chorgewändern. Er hatte recht damit gehabt, es nicht zu versuchen. Es wäre sowieso niemand gekommen.

Einen halben Kilometer weiter die Straße hinunter hatte Cassia plötzlich wieder die Stimme des Direktors im Ohr, und die Bedeutung seiner Worte sickerte zu ihr durch. Der Weihnachtsgottesdienst! Der Weihnachtsgottesdienst in der Kapelle! Sie alle hatten die Kapelle ganz vergessen, die ein wenig zurückversetzt auf halber Höhe der Auffahrt stand. War es die Mühe wert, dort nachzusehen? Vermutlich nicht. Außerdem hieß das noch mehr Streit und würde dazu führen, dass sie ihre erschöpften Kräfte am hartnäckigen Widerstand anderer würde messen müssen.

Sie erschrak über sich selbst. Wie konnte sie Bertie im Stich lassen, solange es noch einen Funken Hoffnung gab? Sie trat auf die Bremse, wendete und fuhr zurück.

»Das kann nicht sein«, protestierte Mr Worthington.

»Warum nicht?«

»Weil ich nach Schulschluss abgeschlossen habe. Am Abend davor«, sagte er, als ob das eine logische Erklärung gewesen wäre.

»Ich fürchte, das ist für mich keine triftige Begründung«, erwiderte Cassia. »Kommen Sie, Mr Worthington, gehen wir.«

»Ich muss um Erlaubnis fragen«, widersprach er mit einem finsteren Blick. »Schon wieder. Außerdem ist es spät. Morgen wäre es einfacher.«

»Und heute wäre es weniger riskant. Bertie könnte da drin verhungern. Möchten Sie seinen Tod auf dem Gewissen haben?« Sie hatte Mühe, die schrecklichen Worte auszusprechen.

Mr Worthington musterte sie und griff nach seinem Schlüsselbund.

Gerade wollte Janet William dazu überreden, sein Abendessen zu sich zu nehmen, als sie das Telefon hörte. Da sie die ständigen Fehlalarme und die Menschen, die sich erkundigten, ob Bertie schon gefunden sei, nicht mehr ertragen konnte, war sie versucht, es läuten zu lassen. Doch dann holte sie tief Luft, ging in die Vorhalle und hob ab.

Edward, der von seinem Patienten zurückgekehrt war, durchquerte mit schleppenden Schritten die Vorhalle und sah Janet am Telefon stehen. Leise legte sie den Hörer auf. Tränen liefen ihr übers Gesicht.

»Er ist tot, richtig?«, fragte er. »Bertie ist tot.«

»Nein, ist er nicht. Er lebt. Mrs Tallow hat ihn aufgespürt. Es geht ihm gut.«

»O mein Gott«, sagte Edward, und weil es ihm als die natürlichste Sache der Welt erschien, trat er auf sie zu und nahm sie in die Arme. »Schsch«, flüsterte er. »Nicht weinen. Alles ist in Ordnung. Alles wird gut.«

William war aus der Küche gekommen. Er hatte alles belauscht. Nun betrachtete er sie, wie sie zusammen dastanden. »Wo ist Bertie? Wo ist Mummy?«, fragte er und starrte sie neugierig an. »Und warum vögelt ihr?«

Edwina arbeitete an ihrem Schreibtisch, als das Telefon läutete. Sie ging hinunter in Harrys Arbeitszimmer. »Es ist Cassia. Sie möchte mit dir sprechen«, meldete sie mit ungewöhnlich zittriger Stimme.

»Ich habe einfach immer wieder alles, was ich über Bertie wusste, Revue passieren lassen«, hörte sie Harry sagen. »Es erschien mir möglich. Ich höre dir ja zu, Cassia«, fügte er hinzu. »Und ich glaube …« Eine Pause entstand. »Ich liebe dich auch«, flüsterte er. Edwina schloss die Tür.

EPILOG

12. Mai 1937

Als am 12. Mai 1937 der Morgen graute, ging es am Trafalgar Square längst nicht so würdevoll zu wie sonst. An all den hohen, beeindruckenden Gebäuden wehten stolze Flaggen, und man hatte Girlanden befestigt, wo immer es möglich war. Außerdem drängten sich an den Rändern Menschen in Schlafsäcken. Einige waren schon wach, andere hatten gar nicht geschlafen. Sie tranken Tee aus Thermoskannen und schwenkten britische Fahnen. Die lebhafteren unter ihnen sangen sogar bereits. Sie hatten sich an diesem Morgen einen Logenplatz, den besten im ganzen Land, gesichert, und zwar mit Blick durch den mit besonders prunkvollen Flaggen geschmückten Admiralty Arch genau auf die Mall. So würden sie nicht nur die Krönungsprozession sehen können, wenn diese die Whitehall entlangkam, sondern auch anschließend die Möglichkeit haben, sich zum Palast zu begeben, sobald die königliche Familie zurückkehrte und auf den Balkon trat.

Peggy und Mrs Briggs befanden sich unter den Massen. Sie waren schon am Vorabend angereist, da sich die gesamte Familie in London aufhielt. Nur Maureen Johnson war zurückgeblieben und kümmerte sich um die Praxis. Der Krönung stand sie ziemlich spöttisch gegenüber, wie Peggy zu

Mrs Briggs sagte. Sie habe zu Mrs Tallow, oder besser Dr. Tallow, sie könne sich einfach nicht merken, sie so zu nennen, gesagt, das alles interessiere sie nicht im Geringsten, weshalb sie nichts dagegen habe, den Dienst zu übernehmen.

»Die Frau hat keinen Funken Humor«, fügte sie hinzu, worauf Mrs Briggs erwiderte, sie teile die Ansicht, doch sie werde ja nicht mehr lange da sein. Es sei sehr nett von ihr gewesen, ihre neue Stellung abzulehnen, um die neue Ärztin in den ersten sechs Monaten zu unterstützen.

»Ich kann mir noch immer schwer vorstellen, dass sie jetzt die Ärztin ist, geschweige denn die neue. Aber so ist es nun einmal. Jedenfalls schlägt sie sich sehr wacker, und alle sind zufrieden mit ihr. Ich hätte nicht gedacht, dass sie Dr. Johnson weiter im Haus haben will, doch die beiden scheinen sich recht gut zu verstehen.«

Edward Tallow, der die ganze Nacht wegen einiger Notfälle auf den Beinen gewesen war, was in einem ziemlich dramatischen Luftröhrenschnitt gegipfelt hatte, beschloss, zu Bett zu gehen und die Krönung zu verschlafen. Wie Maureen interessierte er sich nicht für die beteiligten Personen, denn er verband sie mit einem langen und sehr schmerzhaften Kapitel seines eigenen Lebens. Doch um neun läutete das Telefon in seinem kleinen Zimmer, und er wurde gebeten, so bald wie möglich eine Miss Fraser anzurufen.

Edward seufzte, allerdings recht glücklich, und begab sich zum nächsten Telefon, obwohl Privatgespräche dort eigentlich nicht gestattet waren. Aber aufgrund des gelungenen Luftröhrenschnitts fand er, dass er es sich verdient hatte. Er rief Janet Fraser an, die ihm fröhlich und vergnügt mitteilte, ihre neuen Arbeitgeber, eine sehr nette Familie in Boltons, hätten ihr den Tag freigegeben. Sie würde zu gerne einen Blick auf die Prozession werfen. Habe Edward wie angekündigt nach seiner Zweiundsiebzigstundenschicht in der Notaufnahme heute Zeit?

Edward bejahte, fügte jedoch hinzu, er sei sehr müde und interessiere sich nicht für die Prozession. Janet erwiderte, das täte ihr leid, doch sie könne diese Ausflüchte nicht hinnehmen. Falls Edward wolle, dass ihre Beziehung gedieh, wie er in den letzten Monaten häufig angedeutet habe, müsse er versuchen, die Dinge ein wenig positiver zu sehen. Als er empört schwieg, ergänzte sie lachend, das sei nur ein Scherz gewesen. Sie wolle ihn gerne sehen, doch wenn er zu müde sei, müsse sie sich eine andere Begleitung suchen.

»Dann komme ich eben und schaue mir diesen Mummenschanz an«, antwortete Edward rasch, worauf Janet sagte, sie wolle ihn nicht die ganze Zeit wiederholen hören, wie grässlich er das alles fände. Wie ihr Vater ihr beigebracht habe und wie sie es auch ihren Zöglingen erkläre, sei es eine Frage der inneren Einstellung, ob man Spaß an etwas habe.

»Gut, dann habe ich eben Spaß an diesem Mummenschanz«, sagte Edward. »Aber darf ich vorher noch zwei Stunden schlafen?«

»Solange es nur zwei Stunden sind. Soll ich kommen und dich wecken? Inzwischen finde ich dein scheußliches kleines Zimmer.«

Edward erwiderte, er würde sich sehr darüber freuen.

Cecily und die Mädchen wollten sich die Prozession von einem Balkon in der Whitehall aus anschauen, der zum Büro eines ehemaligen Kollegen von Benedict gehörte. Da Cecily sich an diesem Morgen nicht ganz wohlfühlte, freute sie sich weniger auf das Ereignis als erwartet. Die Mädchen hingegen waren begeistert und konnten es kaum erwarten, die kleinen Prinzessinnen in der Kutsche zu sehen.

»Es wird wie das Ende der Pantomime, stimmt's?«, fragte Stephanie. »Als wir damals nach Brighton gefahren sind, wo Rupert als Buttons aufgetreten ist.«

»Schade, dass Justin nicht mitkommen kann«, meinte Fanny. »Mit ihm macht alles so viel mehr Spaß.«

»Ja, richtig«, stimmte Stephanie zu. »Ich wünschte, du würdest ihn heiraten, Mummy. Dann hätten wir immer Spaß. Warum tust du es nicht. Wir könnten Brautjungfern sein, wir waren noch nie Brautjungfern ...«

»Ich heirate doch nicht irgendjemanden, damit ihr beide Brautjungfern werden könnt«, erwiderte Cecily streng.

»Du musst ja nicht irgendjemanden heiraten, sondern Justin. Wieso nicht? Ich weiß, dass er dich heiraten will.«

»Woher denn?«

»Weil er dich ständig küsst und dich Schatz nennt.«

»Zu einer Ehe gehört mehr als das«, entgegnete Cecily ein wenig spitz.

Im Style House, wo wegen des landesweiten Feiertags Ruhe und Frieden herrschte, richtete Justin in seinem Atelier gerade alles für ein ziemlich schwieriges Foto her, als Cecily anrief. Er wunderte sich, weil er gedacht hatte, sie befände sich bereits auf ihrem Balkon.

»Hallo, C. Warum hilfst du dem König und der Königin nicht dabei, gekrönt zu werden?«

»Es ist noch zu früh, um loszufahren.«

»Tut mir leid, dass ich nicht kommen kann.«

»Schon gut. Entschuldige, dass ich deswegen so verärgert war. Das war albern von mir. Natürlich ist es eine ausgezeichnete Gelegenheit für dich.«

»Ist es. Und danach kann ich den Abend mit dir ruhigen Gewissens genießen.«

»Ja. Justin?«

»Ja, Cecily.«

»Fanny und Stephanie haben mir gerade erzählt, sie wollten Brautjungfern sein. Bei einer Hochzeit. Und das möglichst bald.«

»Ach wirklich?«, sagte er ein wenig geistesabwesend. »Wessen Hochzeit denn?«

»Unserer.«

Eine lange Pause entstand. »Aber, Cecily, du hast doch gesagt …«

»Ich weiß, was ich gesagt habe. Vielleicht habe ich mich ja geirrt. Und zwei Jahre erscheinen mir plötzlich sehr lang. Außerdem habe ich das Gefühl, dass ich bald aus allen meinen Kleidern platzen werde.«

»Was? Liebling, du fängst doch nicht wieder mit deiner Fettphobie an? Ich dachte, das hätten wir endgültig hinter uns.«

»Nun«, antwortete Cecily, »es gibt verschiedene Sorten von Fett. Und ich muss dir noch etwas erzählen, Justin. Heute Morgen war mir übel. Und gestern auch.«

»Armer Liebling, das tut mir so leid. Was, glaubst du … Oh, Cecily. O mein Gott. O gütiger Himmel. Leg dich sofort hin und warte auf mich. Ich nehme mir ein Taxi und komme sofort zu dir.«

»Das wirst du nicht tun«, protestierte Cecily. »Du musst deine Fotos beenden. Ansonsten muss ich denken, dass sie nur eine Ausrede waren, um dich vor der Krönung zu drücken. Mir geht es wirklich ausgezeichnet. Ich habe Erfahrung in diesen Dingen. Eine Hochzeit im Juni wäre doch nett, oder?«

»Himmlisch, absolut himmlisch.«

Edwina Moreton beobachtete die Prozession von einem anderen Aussichtspunkt aus, nämlich einem Büro am Trafalgar Square, zusammen mit Francis Stevenson-Cook und einigen anderen engen Freunden. Später am Abend würde sie eine Dinnerparty in ihrem äußerst eleganten neuen Haus im Cheyne Walk geben. Viele von Londons Reichen und Schönen würden da sein, alle in der Hoffnung, dass sie, ihre Kleider oder ihre Häuser in der sensationellen neuen Kolumne Erwähnung finden würden. »Stadtgespräch« lautete der Titel von Edwinas letzter Kreation für *Style*, eine faszinierende Mischung aus Klatsch und Mode, sozusagen ein Mikrokosmos der Zeitschrift selbst, wie sie es Francis Stevenson-Cook erklärt hatte, als sie es ihm vorschlug. Durch diese Kolumne war sie rasch berühmt geworden, wurde fotografiert und zitiert und stand überall hoch im Kurs. Das war nicht nur unvermeidlich, sondern genau das gewünschte Ergebnis, denn so wurde sie ständig mit Material versorgt. So erfolgreich war die Kolumne, dass man plante, sie auch in der amerikanischen Ausgabe von *Style* zu bringen. Edwina hatte bereits eine Einladung nach New York, um sich dort mit der Gesellschaftsredakteurin zu treffen.

»Edwina, Schatz, du siehst hinreißend aus.« Es war eine alte Freundin aus Debütantinnentagen, die durch den Raum auf sie zueilte. »Wie schön, dich zu sehen. Seit du so grässlich berühmt bist, kriegt man dich gar nicht mehr zu Gesicht. Ist dein traumhafter Mann auch hier?«

»Er ist eigentlich nicht mehr mein Mann«, antwortete Edwina vergnügt. »Wir lassen uns scheiden, sobald es irgend möglich ist.«

»Oh, Schatz, es tut mir so leid …«

»Nein, nein, das muss es nicht. Es ist die friedlichste Scheidung aller Zeiten. Wir sind noch gut befreundet und gehen mindestens alle zwei Wochen zusammen Mittag essen. Es ist wirklich die beste Lösung. Inzwischen ist er viel netter zu mir.«

»Oh, wunderbar«, erwiderte die Frau leicht verunsichert.

»Das freut mich sehr. Ich habe mir schon oft überlegt, ob James und ich uns besser verstehen würden, wenn wir nicht verheiratet wären. Vielleicht sollte ich mir dich zum Beispiel nehmen.«

»Ja, gute Idee«, meinte Edwina ausweichend. »Aber ich muss dich warnen. Du benötigst einen verdammt guten Anwalt, um genau das zu kriegen, was du willst. Sogar Harry hat sich wegen des Hauses ein wenig geziert. Es ist ziemlich groß, doch ich habe ihm erklärt, dass ich ein angemessenes Zuhause haben muss, wenn ich die Sache nicht bereuen soll. Ich meine, es musste für uns beide die richtige Lösung sein. Und jetzt entschuldige mich einen Moment, ich werde da drüben gebraucht…«

In einer großen viktorianischen Villa namens Maple House am Stadtrand von Dorking lauschten etwa zwölf junge Frauen der ausführlichen Beschreibung der Krönungsprozession im Radio und stießen mit Sherry, den der Tallow Trust zur Feier des Tages zur Verfügung gestellt hatte, auf den König, die Königin und die kleinen Prinzessinnen an. Die ungefähr dreißig Kinder, die im Haus lebten, spielten, beaufsichtigt von dreien der fünf zu diesem Anlass eingestellten Mädchen, im Garten, während ihre Mütter ihre vom Trust sogenannte Ruhepause genossen.

Später sollte im Garten eine Party stattfinden. Die Tische waren bereits gedeckt, zwischen den Bäumen hingen rote, weiße und blaue Girlanden, und aus jedem Fenster wehte der Union Jack. Die älteren Kinder bliesen rote und blaue Ballons auf, die die Kleineren entschlossen zum Platzen brachten. Zwei der Mütter, die keine Lust mehr hatten, den Radioberichten zu lauschen, schleppten das große Grammofon zur Terrassentür heraus, damit es bei der Party auch Musik gab.

Alle waren in Aufregung, denn die Lokalzeitung interviewte gerade Mr und Mrs Douglas, die das Haus für den Trust leiteten. Der Artikel hatte viel Aufmerksamkeit erregt, denn Maple House sollte noch eine Reihe ähnlicher Einrichtungen folgen.

Der offizielle Zweck der Stiftung mit dem Namen »Ruhepause« war, erschöpften jungen Frauen eine Auszeit zu bieten, die von ihren Kindern überfordert, deren Körper von zu vielen Geburten ausgelaugt und deren Seelen vom Nachwuchs und anspruchsvollen Ehemännern ermüdet waren. Die Frauen, die normalerweise vom Verband für Familienplanung von Ruhepause erfuhren, konnten für sich und ihre Kinder eine oder manchmal zwei Wochen Aufenthalt beantragen. Ein Ausschuss, eingesetzt von Dr. Cassia Tallow, beurteilte jeden Fall. Obwohl das Projekt erst seit einigen Wochen lief, war die Warteliste bereits lang. Trotz der Unkenrufe mancher Menschen, insbesondere von Mrs Ada Forbes – die sich dennoch unermüdlich als Vorsitzende des Komitees für das Maple House einsetzte –, hatten bis jetzt nur zwei der etwa hundert jungen Frauen die Situation ausgenützt und mehr beansprucht als Mahlzeiten, Unterkunft, Gesellschaft und vernünftige Ratschläge. Die meisten kehrten erholt nach Hause zurück. Doch einige hatten, zur großen Freude aller Beteiligten, insbesondere Dr. Tallow, beschlossen, ihr Leben von Grund auf umzukrempeln, und verfolgten nun ehrgeizige Ziele wie Fernkurse oder erkundigten sich nach Ausbildungsmöglichkeiten zur Stenotypistin oder sogar zur Krankenschwester, wenn die Kinder ein wenig älter seien.

Nachdem der Reporter sein Interview beendet und einige Fotos geknipst hatte, wurde er zur Gartenparty eingeladen. Aber er lehnte ab, weil er an diesem Nachmittag noch über einige Straßenfeste berichten müsse. Doch als er sich bei Mr und Mrs Douglas für das Interview bedankte, fügte er hinzu, er sei freudig überrascht wegen der fröhlichen und entspannten Atmosphäre in Maple House.

»Ach, die Leute rechnen immer mit einer Mischung aus Armenhaus und Arbeitslager«, erwiderte Mrs Douglas schmunzelnd. »Daran sind wir schon gewöhnt.« Mit diesen Worten ging sie hinaus in den Garten und stimmte patriotische Lieder an, allen voran »Rule, Britannia«, denn es war genau der richtige Tag dafür.

Rupert Cameron bekam von der Prozession nichts mit, da er sich in einer Probe befand. Jasper Hamlyn und James Piggott hatten nämlich beschlossen, *Briefe* zu aktualisieren, um das Krönungsfieber auszunutzen. Deshalb hatte Piggott zwei weitere Briefe geschrieben, und Hamlyn bestand darauf, dass sie in die Vorstellung des heutigen Abends aufgenommen werden mussten. Eigentlich klang das nicht weiter kompliziert. Aber wie Rupert sich beschwerte, bedeutete das weitere Änderungen im Stück und das Verschieben von Schlusssätzen, was sich dann doch als ziemlich aufwendig entpuppte.

»Rupert, mein Schatz, sei doch nicht bockig«, sagte Jasper Hamlyn.

Rupert war nur selten bockig. Allerdings war er nach acht Monaten, in denen er siebenmal pro Woche in *Briefe* aufgetreten war, erschöpft. Außerdem empfand er die Zusammenarbeit mit Eleanor, seitdem er sie am Abend der Abdankung in die Arme genommen hatte, als zunehmend anstrengend. Unerwiderte Liebe war eine schreckliche Sache. Aber mit ihr auf der Bühne zu sitzen, Worte der Leidenschaft und des Bedauerns auszusprechen, ihre Antworten zu hören und dann zuzusehen, wie sie, so offensichtlich ungerührt, nach Hause und zurück in ihr eigenes Leben hastete, war eine allabendliche Folter.

Er hatte diesen Moment völligen Wahnsinns so bereut. Anschließend war es ihr eindeutig peinlich gewesen. Sie hatte sich losgemacht, gesagt, sie müsse nach Hause, und sogar sein Angebot abgelehnt, sie zur Bahn zu begleiten. Am nächsten Tag hatte sie sorgsam darauf geachtet, ihm zu vermitteln, dass sie von jetzt an wieder nur noch Freunde sein sollten. Er wusste, dass er nicht ihr Männertyp war. Sie bevorzugte ernsthafte, gebildete Menschen, keine albernen und leichtfertigen, die zu oberflächlichem Geplauder neigten. Ihr Mann war Professor für Botanik gewesen und hatte nicht das Geringste mit dem Theater zu tun gehabt. Oft hatte sie Rupert erklärt, wie sehr sie Klugheit, einen scharfen Verstand und Erfindergeist bewunderte. Rupert fiel nichts ein, was er in seinem ganzen Leben erfunden gehabt hätte.

Gewiss hielt sie ihn für einen schrecklichen Narren, weil er jungen Mädchen nachstellte und sich ständig auf unpassende Liebesgeschichten einließ. Er hatte es sogar einmal nach jener Nacht getan, um sich von dieser neuen zärtlichen Sehnsucht nach Eleanor zu befreien. Es hatte noch katastrophaler geendet als sonst. Natürlich hatte sie davon erfahren und ihn deswegen gehänselt.

Da sie noch nicht zur Probe erschienen war, musste er sich mit Jasper Hamlyn, der ihre Rolle las, durch den ersten Brief kämpfen. Und als sie endlich aufgeregt eintraf, da sie die ganze Prozession ungeplant von einer Ecke des Parliament Square aus hatte beobachten können, war er ausgesprochen verärgert.

»Ich bin einfach nur zu Fuß gegangen. Und da habe ich zufällig eine winzige Lücke in der Menschenmenge entdeckt und mich durchgedrängelt. Es war wundervoll. Ich war ganz ergriffen von Patriotismus.«

»Wirklich?«, entgegnete Rupert ungläubig. »Ich dachte, dass vor allem du die Sache als hysterischen Unsinn betrachtest.«

»Das tue ich auch«, antwortete sie und musterte ihn ernst. »Aber die wundervolle Kutsche, die beiden mit ihren Kronen, die kleinen Prinzessinnen und die tapfere, würdevolle alte Königin zu sehen hat in mir plötzlich das Gefühl ausgelöst, wie wichtig es ist. Ein historischer Moment. Insbesondere so nah an den Houses of Parliament. Tut mir leid, Rupert.«

»Das freut mich für dich«, erwiderte Rupert streng, obwohl er sich überhaupt nicht freute. »Doch vielleicht könnten wir jetzt mit dem wahren Leben weitermachen. Wir haben eine Menge durchzuarbeiten und nur wenig Zeit.«

»Ja natürlich«, antwortete Eleanor kühl und zog ihren Mantel aus. »Und später, in der Mittagspause, habe ich Neuigkeiten für euch.«

Sie heiratet, dachte Rupert. Sie hat einen elenden Intellektuellen mit Erfindergeist kennengelernt. Ihm wurde schrecklich flau.

»Am besten erzählst du es uns jetzt«, forderte er sie auf, weil er es schnellstmöglich hinter sich bringen wollte. Ihn ärgerte, dass man ihm seine Gereiztheit anhörte. »Und dann arbeiten wir endlich weiter. Worum geht es?«

Ein wenig nervös betrachtete sie die Anwesenden und holte tief Luft. »Ich steige aus dem Stück aus«, verkündete sie, plötzlich nicht mehr so in Hochstimmung. »Sobald ihr Ersatz gefunden habt. Natürlich bleibe ich so lange ich kann. Eigentlich gefällt mir die Idee nicht sehr, aber ich habe ein Angebot, in Hollywood einen Film zu drehen, und mein Agent sagt, dass ich annehmen muss.«

Eine lange Pause entstand. »Was für einen Film?«, fragten Jasper und Rupert im Chor und in demselben ungläubigen und empörten Tonfall.

»Es ist eine Version von einer Geschichte von Somerset Maugham. ›Der Brief.‹ Ich soll die Hauptrolle spielen. Mehr kann ich euch noch nicht verraten. Doch sie sind bereit, die Reise für Portia und mich zu bezahlen. Das wird sicher ein Erlebnis für sie.«

»Schatz, das ist ja wundervoll«, sagte Jasper und küsste sie. »Keine Ahnung, wie wir ohne dich klarkommen sollen, aber natürlich musst du es tun. Wie aufregend. Was für ein Glück für dich.«

»Danke«, erwiderte sie lächelnd. »Es ist so aufregend. Portia ist außer sich vor Freude und plant schon, Fred Astaire aufzuspüren und ihm ihre Dienste anzubieten.«

Rupert lächelte ebenfalls, eine oscarreife Darbietung. »Fantastisch, Schatz. Ich bin schrecklich stolz auf dich.«

Sie gaben es auf, proben zu wollen, und gingen in den Pub, wo es Jasper gelang, eine Flasche miserablen Champagner zu besorgen. Sie stießen auf sie und ihren Erfolg an, und natürlich mit den übrigen Gästen auf Ihre Majestäten. Anschließend kehrten sie zurück ins Theater, nur für einen kurzen Durchlauf, wie Jasper sagte. »Danach müsst ihr improvisieren. O Gott, Rupert, wie sollen wir es nur ohne sie schaffen?« Rupert, noch immer oscarreif, erwiderte, das könne er sich nicht vorstellen. Doch es sei so aufregend, man könne es ihr keine Minute neiden. Um halb vier zog sie sich in ihre Garderobe zurück, um sich ein Aspirin zu holen. »Ich habe Kopfschmerzen. Zu viel Champagner, wie dumm von mir.« Sie blieb ziemlich lange weg.

Als sie zurückkam, war sie blass und verhaspelte sich dreimal bei derselben Zeile. Rupert, dessen oscarreife Fähigkeiten allmählich nachließen, herrschte sie an, sie solle nicht vergessen, dass sie noch kein Hollywoodstar sei. Im Theater sei es leider unmöglich, Szenen zu wiederholen. Kurz starrte sie ihn an, dann stürmte sie von der Bühne.

»Du Mistkerl«, zischte Jasper. »Du absoluter Mistkerl. Geh sofort und entschuldige dich.«

Rupert begab sich zu Eleanors Garderobe und klopfte an. Keine Reaktion. Er klopfte wieder und wieder. »Eleanor, es tut mir entsetzlich leid. Wie konnte ich etwas so Schreckliches sagen? Bitte verzeih mir.«

Noch immer keine Antwort. Er rüttelte an der Tür, doch es war abgeschlossen. Ungeduldig und inzwischen besorgt ging er hinunter in die Pförtnerloge und nahm den Generalschlüssel für die Garderoben vom Haken.

Dennoch war es schwierig, die Tür zu öffnen, weil innen der Schlüssel steckte. Doch schließlich klappte es. Vorsichtig schob er die Tür auf und rechnete fast mit einem Schwall von Beschimpfungen. Sie saß still vor ihrem Schminkspiegel. Tränen liefen ihr übers Gesicht. Dieses Verhalten erschien Rupert ziemlich übertrieben, denn so schlimm war seine Bemerkung nun auch wieder nicht gewesen. Aber da er ein Leben lang mit Frauen zusammengearbeitet, sich in sie verliebt und sie gut kennengelernt hatte, wusste er, dass sie sich in Gefühlsdingen nur selten von Logik leiten ließen.

»Es tut mir so leid«, wiederholte er. »Ich hätte das nicht sagen dürfen. Man sollte mich an die Wand stellen …«

Was nun geschah, kam für ihn völlig überraschend. Ein Tiegel mit Abschminkcreme flog durch die Luft und traf ihn an der Schläfe. »Red nicht so ein Zeug«, brüllte sie. »Dass man dich erschießen oder aufhängen sollte. Ich kann es nicht mehr hören.«

Er schrie vor Schmerz auf, setzte sich und hielt sich die Stelle am Kopf, wo der Cremetiegel gelandet war. Sie fühlte sich feucht an, und er spürte, wie ihm etwas Warmes übers Gesicht rann. »Blut«, stammelte er und starrte benommen auf seine gerötete Hand. »Du hast mich verletzt.«

»Prima«, entgegnete sie. »Ausgezeichnet. Hoffentlich tut es dir genauso weh, wie du mir wehgetan hast.« Im nächsten

Moment wurde sie sich der Tragweite ihrer Worte bewusst, und sie schlug die Hand vor den Mund. »Entschuldige, Rupert, es tut mir so leid.« Sie fing an, ziemlich erfolglos mit Watte an seiner Wunde herumzutupfen.

»Wenn du mir wirklich wehtun willst, mach nur weiter. So wird es nämlich schlimmer.«

»Gut. Ich meine, o Gott, ich weiß auch nicht, was in mich gefahren ist.«

»Warum bist du so wütend auf mich?«, fragte er. »Das passt gar nicht zu dir.«

»Richtig. Es passt nicht zu Eleanor, der lieben, sanften, geduldigen Eleanor, die nie Schwierigkeiten macht, sich nie beklagt und sich brav all deine dämlichen Sorgen anhört. Nun, ich habe genug von diesem Mist. Monatelang geht das schon so. Ich halte das nicht mehr aus.«

»Was für ein Mist? Ich verstehe das nicht. Ich habe mich für dich gefreut. Das, was ich vorhin gesagt habe, tut mir leid. Ich war müde und hatte Kopfschmerzen und …«

»Freust du dich wirklich, dass ich nach Amerika gehe. Ganz, ganz ehrlich?«

»Ja«, erwiderte er zögernd und wieder in oscarreifer Form. »Ja selbstverständlich. Ich bin überglücklich.«

Sie setzte sich und brach erneut in Tränen aus.

Und da fiel bei Rupert endlich der Groschen.

»Dich«, begann er lange Zeit später – nachdem er sie immer wieder geküsst und ihr gesagt hatte, wie sehr er sie liebte, was sie erwiderte. Nachdem er ihr gestattet hatte, seine Wunde zu reinigen und ihm aus medizinischen Gründen ein Glas Brandy einzuflößen. Nachdem er ihr mitgeteilt hatte, sie werde unter gar keinen Umständen allein nach Hollywood gehen. Falls sie es wünsche, würde er sie begleiten. *Briefe* hin oder her. Nachdem sie ihm erzählt hatte, wie sehr ihr davor graute, denn sie war einmal in Hollywood gewesen und hatte die Stadt verabscheut. Sie wolle einfach in London bleiben, vielleicht sogar die Schauspielerei an den Nagel hängen – »dich, Eleanor Studely, sollte man an die Wand stellen. Warum hast du mir das nicht schon früher erzählt? Eine emanzipierte Frau wie du.«

»Und wie fandest du die Prozession?«, erkundigte sich Harry Moreton. Sie aßen im Connaught zu Abend. Der Speisesaal wirkte wegen der vielen aus Übersee zur Krönung angereisten Würdenträger ungewöhnlich kosmopolitisch.

Cassia hatte sich mit den Kindern und Tessa, dem neuen Kindermädchen, die Prozession angesehen und sie anschließend in die Walton Street gebracht, wo sie nun in der Küche saßen und Fish and Chips (aus Zeitungspapier, wie sie es sich gewünscht hatten) verspeisten. Der Abend war recht angespannt verlaufen. Harry war in seltsamer Stimmung, verlegen, ja beinahe trotzig, und dann wieder aufgesetzt fröhlich.

»Wundervoll. Der König verkörperte Tugend und Zuverlässigkeit, die Königin war traumhaft schön, und die kleinen Prinzessinnen waren reizend.«

»Ein Glückspilz, dieser König.« Harry sah sie finster an.

»Was soll das heißen?«

»Dass er es geschafft hat, eine Frau zu finden, deren einziger Ehrgeiz es ist, sich um ihn und ihn allein und um seine Kinder zu kümmern, nicht um Hunderte von kranken und deprimierenden Menschen. Hast du deine Praxis noch immer nicht satt, Cassia?«

»Nein, Harry. Ich bin überglücklich. Ich bedaure, dass bei deinem Plan der Schuss nach hinten losgegangen ist. Aber ich fühle mich wirklich wohl.«

»Was, um alles in der Welt, meinst du damit?«

»Dass ich meine eigene Arztpraxis dir und Leonora zu verdanken habe und es absolut wundervoll finde.«

»Tja, für dich mag es wundervoll sein. Für mich ist es die Hölle. Ich sehe dich nur etwa einmal, höchstens zweimal pro Woche, und selbst dann besteht die Möglichkeit, dass du losläufst, um ein Baby zu entbinden oder sonst etwas zu tun. Kommst du wenigstens heute Nacht mit mir nach Hause?«

»Harry, ich kann nicht. Ich muss wegen der Vormittagssprechstunde sehr früh in Monks Ridge sein. Tut mir leid.«

»Mir auch. Also möchtest du nicht mit mir nach Hause kommen und mit mir schlafen?« Er hatte leicht die Stimme erhoben. Die Leute am Nachbartisch schauten neugierig hin.

»Doch«, sagte sie rasch. »Ja natürlich will ich. Aber wie ich dir schon erklärt habe, muss ich nach Hause.«

»Wir könnten am frühen Morgen losfahren. Ich weiß wirklich nicht, wie lange ich das noch aushalte.«

»Harry, es tut mir sehr leid. Aber mir fällt auch keine Lösung ein.«

»Das behauptest du immer. Mir erscheint die Lösung sehr offensichtlich. Wenn ich an all die Jahre denke, die du vergeudet hast. Jahre, die wir hätten zusammen sein können. Cassia, bitte, bitte heirate mich. Bald. Zieh zu mir. Bitte.«

»Wohin soll ich ziehen?«

»Natürlich in mein Haus. Wohin sonst?«

»Harry, wie oft soll ich noch wiederholen, dass das nicht geht. Es tut mir leid. Ich kann die Praxis nicht aufgeben, und die Kinder will ich auf keinen Fall nach London verpflanzen.«

»Nun …« Er zögerte. »Was ist, wenn ich nach Sussex ziehe und Pendler werde? Gott steh mir bei. Ein solches Opfer würde dich doch überzeugen, oder?« Als er ihr Schweigen bemerkte, bohrte er gnadenlos weiter. »Das würde klappen, richtig? Du könntest weiter all diese grässlichen Leute versorgen.

Den Kindern würde es gefallen. Bertie und William könnten Ponys bekommen. Bertie will unbedingt reiten, wir haben letztens darüber geredet. Ich habe versprochen, ihm das Springen beizubringen und ihn mit auf die Jagd zu nehmen. Du weißt, dass er und ich gute Freunde sind. Er ist mir immer noch dankbar dafür, dass ich eine Vermutung hatte, wo er stecken könnte, als er weggelaufen ist.«

»Ja, das weiß ich.«

»Also?«

Sie antwortete nicht. Er beobachtete sie. Sie spürte seinen Blick auf sich. Es war eine verlockende Vorstellung, dass er in Sussex wohnen würde. Vielleicht war das ja ein Ausweg. Und sie wollte ihn so gerne heiraten und mit ihm zusammen sein. Allerdings ängstigte sie etwas immer noch, und sie wusste, was es war …

»Was ist los?«, fragte er. »Ich begreife einfach nicht, warum du nicht nachgibst, Cassia. Was soll ich sonst noch tun. Ich … Ja, was gibt es?«

Der Kellner stand neben ihnen. »Kaffee, Mr Moreton, Sir? Brandy? Likör?«

»Ja, Kaffee. Und einen Brandy. Cassia?«

Als sie den Kopf schüttelte, trollte sich der Kellner.

»Wie wäre das? Ich kann dir gar nicht sagen, welche Angst mir diese Lösung macht. Aber ich würde es tun. Für dich.«

Sie schwieg.

»Herrgott. Also gut, was hältst du davon? Ich stecke Geld in deine verdammte Wohltätigkeitsorganisation. Wenn du willst, kannst du in jeder Stadt ein Armenhaus eröffnen …«

»Nenn sie nicht Armenhäuser. Und red nicht so abfällig darüber, Harry. Es ist mir sehr wichtig, das Geld aus meinem Treuhandfonds für einen wirklich guten Zweck einzusetzen, das weißt du.«

»Entschuldige. Aber das Angebot beeindruckt dich doch sicher.«

»Nein, tut es nicht.« Ihre Stimmung wurde vor Verzweiflung lauter. »Genau das ist ja der Punkt. Der Treuhandfonds gehört mir, nicht dir, du begreifst es einfach nicht.«

»Ich gebe mir doch Mühe, verdammt.« Eine Pause entstand. Er lehnte sich zurück und betrachtete sie ernst. »Du machst mich sehr unglücklich«, sagte er. So sah er auch aus und außerdem müde.

Los, Cassia, erzähl ihm, du würdest alles auf den Kopf stellen, die Praxis oder zumindest einen Teil davon aufgeben und ihn heiraten. Aber sie konnte es nicht. Sie hatte sogar schon den Mund geöffnet, um es ihm zu sagen. Doch dann hatte sie ihn wieder auf der Terrasse des Mamounia vor sich, wo er ihr mit einem selbstgefälligen Lächeln mitgeteilt hatte, er und Leonora hätten alles geplant. Wieder stiegen Wut und Abscheu in ihr hoch. Wortlos saß sie da und starrte auf die Tischplatte. Es war unmöglich, ihm das zu erklären. Wenn sie es sich nüchtern überlegte, dass er mit ihrem Leben gespielt hatte, war sie noch immer zornig auf ihn. Und trotz all seiner Worte und Versprechungen konnte sie nicht ganz glauben, dass er sich verändert hatte.

»Du kannst nicht glauben, dass ich mich verändert habe, richtig?«, fragte er.

»Nein, Harry, das kann ich nicht. Es tut mir leid.«

»Auch nicht, dass ich versuchen könnte, mich zu ändern?«

Wortlos starrte sie ihn an.

Er seufzte auf. »Ich weiß nicht, ob es eine Zukunft für uns gibt«, meinte er plötzlich. »Ich kann nicht ewig warten, Cassia. Darauf, dass dir auf dem steinigen Weg nach Damaskus die Erleuchtung kommt. Ich bin ehrlich überzeugt davon, dass ich alles getan habe, was mir möglich war.«

Aus heiterem Himmel wurde sie von Panik ergriffen, doch sie schwieg weiter. Sie konnte nicht sprechen. Sie wagte es nicht.

»Nimm mal an«, begann er unvermittelt. »Nimm mal an … Ja? Was ist denn?«

Der Kellner war zurückgekehrt. Er wirkte nervös. »Mr Moreton, ich bedaure, aber …«

»Ja, was gibt es, mein Gott? Steht das Lokal in Flammen?«

»Mr Moreton, aufgrund der gewaltigen Nachfrage heute Abend … die vielen Amerikaner, Sie wissen schon, haben wir nur …« Endlich gelang es ihm, die letzten Worte hervorzustoßen. »Ist uns heute Abend Ihre bevorzugte Kaffeesorte ausgegangen. Es tut mir sehr leid, Mr Moreton.«

Harry betrachtete ihn mit abgrundtief ungläubiger Miene. Herrje, dachte Cassia. Jetzt wird er eine Szene machen. Eine der berüchtigten Moreton-Szenen, die fast jedes Restaurant in London schon einmal miterlebt hatte. Sie lächelte den Kellner aufmunternd an und bemerkte, dass der Restaurantchef sich im Hintergrund herumdrückte, eindeutig über die Situation im Bilde und bereit, nötigenfalls einzuschreiten. Und dann hörte sie die Worte, mit denen sie niemals gerechnet hätte.

»Der Kaffee ist mir egal«, antwortete Harry Moreton. »Dann bringen Sie mir meinetwegen Instantkaffee. Ich versuche hier, ein wichtiges Gespräch zu führen, und möchte nicht wegen eines verdammten Kaffees gestört werden.«

»Ja, Mr Moreton. Verzeihung, Mr Moreton. Danke.« Der Kellner hastete davon.

Eine Weile musterte Cassia Harry wortlos. Er erwiderte finster ihren Blick. Schließlich lächelte sie ihn an. Sein Lächeln fiel ziemlich verunsichert aus.

»Was habe ich denn gesagt?«, fragte er.

»Etwas sehr Wichtiges«, erwiderte sie. »Sehr, sehr wichtig.«

Dann beugte sie sich über den Tisch, umfasste sein Gesicht mit beiden Händen und küsste ihn auf den Mund.

»Ich glaube, ich könnte vielleicht auch in Teilzeit arbeiten«, verkündete sie. »Und ein Haus in Sussex wäre wunderbar. Und jetzt gehen wir nach Hause und ins Bett. Einverstanden?«

DANKSAGUNG

Es hat mir große Freude bereitet, *Die Zeit der Erbin* zu schreiben. Allerdings bin ich mir bewusst, dass ich (wie immer) vielen Menschen für ihre Hilfe, für ihre Informationen und inspirierenden Anregungen Dank schulde, die sie mir (ebenfalls wie immer) großzügig zur Verfügung gestellt haben. Ohne sie hätte dieses Buch niemals entstehen können:

Peter Townsend, Felicity Green, Adrienne Spanier, Pierre Barillet, Ursula Lloyd, Noni und Roger Holland, Sir Peter Bristow, Dr. Oliver Scott, Sue Stapely, John Lovatt, Peggy Doughty. Stehende Ovationen für Gwendolyn Sparkes, Athena Grosse und Angela Fox, die die Zwanziger und Dreißiger mit ihrem glamourösen Klatsch so wundervoll haben wiederauferstehen lassen. Außerdem für Dr. Joan Waters für die einzigartigen und ungewöhnlichen Einblicke in das Leben eines Medizinstudenten und jungen Arztes in jener Zeit. Und auch John Granger vom Brooklands Museum für sein enzyklopädisches Wissen und seine unermüdliche Begeisterungsfähigkeit. Einige Bücher haben mir sehr weitergeholfen, insbesondere *Edward III: The Road to Abdication* von Frances Donaldson und *Elizabeth's Britain* von Philip Ziegler.

Zu Hause danke ich von ganzem Herzen Carol Osborne, die ein häufig grauenhaftes Chaos standhaft in eine ruhige und gemütliche Ordnung verwandelt hat.

Wie immer hatte ich in Orion einen wundervollen Verlag. Vor allem danke ich der herausragenden Lektorin Rosie Cheetham für viele Inspirationen und für die vielleicht wichtigsten Eigenschaften in ihrem Beruf: die Fähigkeit, Anerkennung auszudrücken, und eine solche Selbstbeherrschung, dass das gefürchtete Wort »Deadline« niemals ausgesprochen wird. Ich danke Susan Lamb für ihre zuverlässige emotionale und praktische Unterstützung, Claire Hegarty für eine wieder einmal ausgezeichnete Umschlaggestaltung, Louise Page für ihre einzigartige PR-Arbeit, Richard Hussey für die Planung der Herstellung mit ruhiger Hand sowie Dallas Manderson, Jo Carpenter und dem restlichen Vertrieb, die das Buch an die Öffentlichkeit gebracht haben. Und natürlich Desmond Elliott, der nicht nur mein Agent, sondern auch ein weiser und humorvoller Zeitgenosse und Freund ist.

Zu guter Letzt bedanke ich mich wie immer bei meiner Familie, insbesondere bei meinem Mann Paul, der mich in einem wieder einmal langen Jahr unermüdlich und tröstend unterstützt hat.

Autorin

Penny Vincenzi (1939–2018) zählt zu Großbritanniens erfolgreichsten und beliebtesten Autorinnen. Mit sechzehn Jahren fand sie eine Anstellung als Bibliothekarin in der damaligen privaten Leihbücherei von Harrods in London. Danach ging sie aufs College und arbeitete anschließend als Journalistin, unter anderem für die *Times*, *Vogue* und *Cosmopolitan*, bevor sie sich der Schriftstellerei zuwandte. 1989 erschien ihr erster Roman, insgesamt hat sie über 20 Bücher veröffentlicht, die sich weltweit über 4 Millionen Mal verkauften. Sie gilt als »Königin des modernen Blockbusters« (*Glamour*).

Penny Vincenzi im Goldmann Verlag:

Rosenblütenträume. Roman
Das Versprechen der Jahre. Die Lytton-Saga Band 1. Roman
Die Stürme der Zeit. Die Lytton-Saga Band 2. Roman
Die Stunde des Schicksals. Die Lytton-Saga Band 3. Roman
Die Zeit der Erbin. Roman

(Alle auch als E-Book erhältlich)

GOLDMANN
Lesen erleben

Unsere
Leseempfehlung

448 Seiten
Auch als Hörbuch.erhältlich

416 Seiten
Auch als Hörbuch erhältlich

Königsberg und Masuren Ende des 19. und Anfang des 20. Jahrhunderts: Drei Familien verwickeln sich in Intrigen, Liebesaffären und verhängnisvollen Entscheidungen. Eine Welt im Wandel bestimmt ihr Schicksal.

www.goldmann-verlag.de
www.facebook.com/goldmannverlag

GOLDMANN
Lesen erleben